Das Buch

Aus der Enge ihres Elternhauses in der irischen Provinz flüchtet Nell in die Ehe mit Walter. Die beiden ziehen nach England. Doch ihr Zusammenleben wird zum Desaster: Irgendwann hält Nell Walters ständige Schikanen und Demütigungen nicht mehr aus. Sie verläßt ihn und ist nun zum ersten Mal ganz auf sich allein gestellt. Das Verhältnis zu ihren Söhnen wird zunehmend schwieriger. Sie läßt sich auf eine Reihe von Affären ein … Ein Frauenleben, geschildert mit Ironie und einem Hauch Bitterkeit. »Das härteste, aber auch schönste Werk der großen irischen Autorin. Sie hat die Seele von Joyces Molly Bloom und das Talent von Virginia Woolf.« (Newsweek)

Die Autorin

Edna O'Brien wurde am 15. Dezember 1932 in der Grafschaft Clare im westlichen Irland geboren und zog später nach London, wo sie zu schreiben begann. Bekannt wurde sie mit ihrem Roman ›Das Mädchen mit den grünen Augen‹ (1962).

Edna O'Brien

Zeit und Gezeiten

Roman

Deutsch von Irmela Erckenbrecht

Deutscher
Taschenbuch
Verlag

dtv

Für John und Suzanne Mados,
meine treuen Freunde

Ungekürzte Ausgabe
August 1996
Deutscher Taschenbuch Verlag GmbH & Co. KG,
München

Titel der englischen Originalausgabe:
›Time and Tide‹ (Farrar Straus Giroux 1992)

ISBN 3-455-05721-7
Umschlaggestaltung: Yvonne Linden
Umschlagbild: ›Asparagus Island‹ (1860)
von William Holman Hunt
Gesetzt aus der Stempel Garamond 10,5/12' (Linotron 202)
Satz: IBV Satz- und Datentechnik, Berlin
Gedruckt auf säurefreiem, chlorfrei gebleichtem Papier
Druck und Bindung: C. H. Beck'sche Buchdruckerei,
Nördlingen
Printed in Germany · ISBN 3-423-12204-8

Gieße wie Blutproben ewige Träume
Aus einem Glas in das nächste hinein...
Ossip Mandelstam

Die Spinne webt ihr Netz an dunklen Tagen.
Sprichwort

Prolog

»Glaubst du ihr?« fragte sie. Was einmal ausgesprochen ist, kann nie wieder ungesagt sein. So ist das mit Worten. Man kann sie nicht einfach abwaschen und blankpolieren, wie sie es gerade mit dem Geschirr tat, nur um dem Gesagten die Brutalität zu nehmen. Drei Worte. Ein dreifacher Verrat. Er sagte nichts, aber er bebte innerlich vor Wut. Dann drehte er sich um und verließ die Küche. Das Wasser lief noch. Zumindest der Wasserhahn würde sich von nun an beim Auf- und Zudrehen ihrem Willen fügen. Wie oft hatte sie im Laufe der Jahre über seine Stärke und die Stärke seines Bruders gestaunt. Diese Kinder, ihre Kinder, besaßen eine Kraft und eine Entschlossenheit, die sie nie in den Griff bekommen hatte. Und jetzt der Bruch. Dabei hatte sie noch vor kurzem etwas gelesen, das wie eine Vorwarnung klang. Sie war im Wartezimmer eines Arztes zufällig darauf gestoßen und hatte es fein säuberlich abgeschrieben, damit es später in der länglichen Küche, die mit dem blauen Fußboden und den blaßblau gestrichenen Wänden an das Deck eines Passagierdampfers erinnerte, wieder zu ihr sprechen konnte. Jetzt waren beide fort. Paddy lag in seinem nassen Grab, und Tristan war auf dem Weg in Pennys Wohnung mit den vielen Kissen und dem leeren Vogelbauer, der an einer langen, goldenen Kordel von der Decke hing. Sie war einmal dort gewesen und so kühl empfangen worden, daß sich ihr jede Eigenheit des Zimmers eingeprägt hatte, selbst die fehlenden Stangen des Vogelbauers, in dem Penny ihre Bürsten und Kämme und kleine, tiefblaue Fläschchen aufbewahrte. Wozu dienten diese seltsamen Reliquienkästchen? Sie stellte sich vor, wie Tristan mit seinem Gepäck bei Penny ankam; vielleicht hielt er eine Dose Bier in der Hand, um seinem plötzlichen, aber unwiderruflichen Erscheinen etwas Lässiges zu geben. Und sie dachte an Pennys heimliche Schreie des Triumphs, hatte sie doch über dieses allmächtige, allgegenwärtige Wesen namens Mutter gesiegt. Zwischen Müttern und Möchtegern-Müttern diese große Kluft.

»Am Morgen des Lebens reißt sich der Sohn von der Mutter los, verläßt den heimischen Herd, um sich zu vorherbestimmten Höhen emporzukämpfen. Stets vermutet er seinen ärgsten Feind vor sich, und doch trägt er ihn in sich selbst, ein tödliches Verlangen nach dem Abgrund, die Sehnsucht, in der eigenen Quelle zu ertrinken, hinuntergezogen zu werden ins Reich der Mütter...«

Während die Sonnenstrahlen schräg durchs Küchenfenster einfielen und tiefe, scharfe Schatten warfen, fühlte sie sich von den Worten direkt angesprochen. Eine Kletterpflanze hatte sich durch Fenster und Rahmen gezwängt, so daß die Küche wie ein Wintergarten wirkte. Ja, die schweren Worte legten sich auf jeden noch so kleinen Gegenstand. Dort, wo sie oder Tristan ein Messer, einen Holzlöffel oder ein sauberes Geschirrtuch herausgenommen hatten, standen die Schubladen noch halb offen. Sie schob sie nie ganz zu. Ihr Mann hatte sie deshalb immer getadelt, hatte darin einen Ausdruck ihres Zauderns, ihrer Feigheit, ihres unzulänglichen Charakters gesehen.

Was konnte sie tun, um die Situation zu retten? Sie spielte mit dem Gedanken, die Treppe zu seinem Zimmer hinunterzueilen, sich so normal wie möglich zu geben, zu sagen: »Wie wär's mit einer Tasse Tee?« oder: »Laß uns ganz offen darüber reden.« Aber sie brachte es nicht über sich, und vielleicht gab es dafür noch einen ganz anderen Grund, einen Grund, den sie sich kaum einzugestehen wagte. Vielleicht wollte sie ja, daß er ging, einfach, weil sie es immer befürchtet hatte. Ein Gedanke, der zu allem anderen im Gegensatz stand, sagte ihr, daß diese Trennung notwendig sei, daß er eines Tages bei der Trennung von seinem Sohn oder seiner Tochter den gleichen

Schmerz empfinden und dann die grausame, unlösbare Verkettung von Erinnerungen erkennen würde, die uns an unsere Vergangenheit fesselt. Den Hund würde er ganz bestimmt auch mitnehmen. Charlie war Paddys Hund, aber er mochte sie, gab ihr die Pfote, leckte ihre Hand, schaute ihr geifernd zu, wenn sie ein Stück Wurst für ihn abschnitt, und hatte offenbar längst vergessen, daß sie ihn in ihrer Verzweiflung ins Tierheim gegeben hatte. Tristan war hingegangen und hatte ihn zurückgeholt, hatte Charlie zwischen all den anderen jammervollen, ausgestoßenen Kreaturen wiedergefunden, hatte ihn nach Hause gebracht, gewaschen, getröstet und verwöhnt, wie er es von nun an mit Penny machen würde. Warum?

»Glaubst du ihr?« hatte sie gefragt, als er ihr sagte, daß Penny, dieses schwarze, finstere Mädchen, schwanger sei, wahrscheinlich von Paddy, sie könne es bloß nicht hundertprozentig sagen, ebensowenig wie Paddy, der auf dem Grund der Themse lag, vielleicht aber auch schon längst von Meerestieren und Seeungeheuern verschlungen worden war. Sie klammerte sich verzweifelt an eine Geschichte, die er ihr einmal erzählt hatte, die Geschichte von den Seelen der Ertrunkenen, die sich in Möwen verwandeln, und bei all ihren Spaziergängen am Fluß hielt sie nach den Möwen Ausschau und wartete darauf, daß eine von ihnen ihr einen Blick zuwarf, der nicht von einem Vogel stammen konnte.

Während ihr Mund diese harten, bitteren Worte formte, erfüllte tiefer Schmerz ihr Inneres, ihr Herz, oder wo auch immer unsere Gefühle beheimatet sind, und am liebsten wäre sie sich selbst ins Wort gefallen: »Ich sage das alles nur, weil ihr alle von mir fortgegangen seid, weil ihr euch alle von mir abgewendet habt. Kommt zurück. Laßt auch Penny wenigstens höflich zu mir sein, und ich werde nie wieder solche harten Worte sagen, denn sie haben nichts mit dem zu tun, was ich tatsächlich empfinde.« Wieso stand sie noch immer hier, wusch Geschirr ab und wischte alles sauber, was in Reichweite der Spüle lag, Löffel, Messer, Gabeln, ja, sogar den beigefarbenen Hundenapf mit den ekligen Futterresten, wo sie doch eigentlich den tiefen Riß kitten sollte? Sie würde noch diesen einen Napf spülen, nahm sie sich vor, und bis sie damit fertig war, würde etwas geschehen. Eine Erlösung, ein wundersamer Stimmungsumschwung. Sie stellte sich vor, wie er pfeifend die Treppe heraufkam und einen Waffenstillstand verkündete. Wie er ihr versprach, sie nicht zu verlassen, zumindest nicht in den nächsten Tagen. Wie er sagte, er wolle sich nicht im Zorn von ihr trennen, sondern in Würde. Würde. Sie hatte einmal so viel davon gehabt. War diese edle Gesinnung abgestorben? Hatte sie sich klammheimlich davongestohlen? Oder war sie geblieben und wartete nur darauf, wiederbelebt zu werden? Natürlich mußte es Tristan so vorkommen, als hätte sie gar kein Mitgefühl mehr, als sei alles in ihr erstarrt und erfroren. Aber das stimmte nicht. Nein, es war nicht wahr.

Sie hörte ihn Möbel rücken. Warum mußte er zum Packen die Möbel verschieben? Sie konnte es sich nicht erklären. Wahrscheinlich packte er seine Bücher und Kleider in Kisten. Alles würde er mitnehmen. Auch das kleine, milchigweißgestrichene Schaukelpferd, auch die chinesische Hutschachtel aus Leder, die sie ihm mitgebracht hatte, auch das Schwert, ein Abschiedsgeschenk einer seiner früheren Freundinnen, auch die Anzüge und Jacketts, die er nie trug, von denen er sich aber nicht trennen konnte. Sie betete darum, daß er wenigstens die häßlichen Metallbügel von verschiedenen Reinigungen auf dem Fußboden liegenlassen würde, ein trauriger Nachlaß, auf den sie sich würde stürzen können.

Einmal hatte sie auf der Bühne in einem New Yorker Theater eine schwarze Frau gesehen, die so tat, als wollte sie mit einem Kleiderbügel selbst abtreiben, ja, ihre Gedanken waren so verwirrt, daß sie glaubte, das Kind, das sie in sich abtrieb, existiere nur in der Erinnerung. Sie sehnte sich danach, alles zu vergessen, auch ihre Kinder. Doch nichts läßt sich vergessen. Es folgt uns von der Stadt aufs Land, beugt sich mit uns, wenn wir uns bücken, um unsere Schnürsenkel zu binden, schleicht sich mit uns in den Schuppen, wenn wir den Schlauch holen, um den Garten zu sprengen, und wenn wir Seefahrer sind, verfolgt es uns bis in den Bauch unseres Schiffes. Und so hörte sie klare, glockenhelle Kinderstimmen wie einen Refrain aus uralter Zeit von der kalten Unendlichkeit zu sich herüberdringen.

Erster Teil

1

»Mein Onkel Franz hatte ’nen Riesenschwanz,
rief: ›Ihr Nachbarsmädchen, schaut mal her!‹
Sie dachten, ’s wär ’ne Schlange,
erschlugen sie mit ’ner Stange,
jetzt hat er keinen Riesenschwanz mehr.«

Unablässig sprudelten ihnen Lieder und Verse über die Lippen. Sie kletterten sogar auf den Apfelbaum, obwohl es verboten war, und schüttelten die Äpfel herunter. »Ein Dutzend für einen Groschen, ein Dutzend für einen Groschen«, riefen sie, ohne sich vor dem Tadel zu fürchten, der sie mit Sicherheit erwartete. Ihr Vater schlief. Ab und zu kamen sie in die Küche gelaufen, nannten ihre Mutter beim Vornamen und fragten: »Nellie, Nellie, ist sie schon da?«

Die bevorstehende Ankunft des neuen Mädchens hatte die Kinder so in Unruhe versetzt, als wären sie schon jetzt ganz sicher, daß ihr Leben von nun an noch aufregender würde. Sie liebten die Aufregung und waren mit dem Wort »langweilig« schnell bei der Hand. Samstage fanden sie ziemlich und Sonntage ganz besonders langweilig, weil sie dann im Park spazierengehen und sich den ganzen Tag über wie brave Jungen benehmen mußten, während in ihnen doch zwei wilde, unternehmungslustige Herzen schlugen, die sie dazu trieben, immer wieder neue Streiche auszuhecken.

»Mein Onkel Franz«, sangen sie unermüdlich zu den verschiedensten Melodien, im Sprechchor und im Duett, bis sie heiser waren und hereingelaufen kamen, um sich etwas zu trinken zu holen.

»Ihr werdet heute abend Halsschmerzen haben«, sagte

Nell und zeigte vorwurfsvoll auf die dicken, handgestrickten Wollpullover, die draußen auf dem matschigen Rasen lagen. Was würde ihre Mutter dazu sagen? Sie hatte die Pullover selbstgemacht und per Einschreibepäckchen nach England geschickt. Ihre Mutter liebte die Kinder und lebte nur für die Sommerferien, die sie alljährlich in Irland verbrachten, schrieb schon Monate im voraus, um mitzuteilen, was sie kochen würde, ja, stellte ihnen verschiedene Gerichte zur Auswahl, fragte, ob sie am ersten Tag lieber gekochtes oder gebratenes Hühnchen essen wollten, wobei sie zu bedenken bat, daß es zu dem gekochten Hühnchen gleich eine Brühe gäbe, die sie natürlich genauso würzen würde, wie sie es am liebsten hatten. Ja, Nells Mutter liebte ihre Enkelsöhne. Meine kleinen Prinzen, nannte sie sie. Prinzen. Barbaren. In ihren Briefen erinnerte sie Nell auch daran, genug Taschen für die Marmeladen und Gelees mitzubringen, die sie für sie gekocht hatte. Sie führte sogar die verschiedenen Sorten auf: schwarze Johannisbeeren, Brombeeren, Holzapfel. Und wenn sie dann da waren, löffelte sie den Jungen haufenweise Gelee auf die selbstgebackenen Scones, und sie aßen, bis sie, wie sie sagten, »kleine Schmerbäuche« hatten. Nells Mutter hatte ihnen diesen Ausdruck und dazu noch ein paar andere Wörter aus der Erwachsenensprache beigebracht. Porridge fanden sie seitdem »abscheulich«. Nells Mutter nahm die Jungen abwechselnd auf den Schoß und sang:

»Hoppe hoppe Reiter,
wenn er fällt, dann schreit er,
fällt er in die Hecken,
fressen ihn die Schnecken,
fressen ihn die Müllermücken,
die ihn vorn und hinten zwicken...«

Bei den Großeltern gingen sie immer sehr spät ins Bett, lange, nachdem es dunkel geworden war und sie ausführlich die Sterne und den Mond betrachtet hatten, wozu man, wie sie in ihrer altklugen Art bemerkten, in der Stadt ja kaum Gelegenheit hatte. Nells Mutter brachte ihnen Limonade und Kekse ans Bett. Sie stellte ihnen die ganze Büchse hin, damit sie sich ihre Lieblingskekse aussuchen konnten, aber sie wollten natürlich beide immer ausgerechnet denselben Keks und gerieten darüber in einen Streit, der fast unweigerlich in eine wilde Kissenschlacht mündete. Und wenn nur noch ein Keks übrig war, zerbröselten sie ihn, bloß damit der andere ihn nicht essen konnte. Doch nach all dem Geschrei mußte Frieden geschlossen werden, und sie mußten sich wie brave kleine Jungen wieder versöhnen. Ihre Großmutter bestand darauf. Und während sie sich die Hände gaben, lachten sie und staunten insgeheim über die Heftigkeit ihres Streits und das beachtliche Repertoire von Schimpfwörtern, das ihnen zur Verfügung stand. Wenn ihre Großmutter nicht aufpaßte, schlich einer von ihnen hinaus und holte Dixie, die Hündin, auf ihr Zimmer. Dixie hatte eigentlich im Haus nichts zu suchen, selbst Dixie wußte das. Sie duckte sich und versuchte, sich dem Griff der Jungen zu entziehen, aber sie packten sie an ihrer mächtigen, goldbraunen Mähne und zerrten sie die Treppe hinauf. Dort fütterten sie sie mit Kekskrümeln und Limonadensuppe, die sie in den Deckel eines Schmuckkästchens gossen, und veranstalteten noch manch anderen Spaß mit ihr. Sie schärften Dixie ein, nicht zu bellen oder zu jaulen, und dann verboten sie ihr, dieses oder jenes zu tun.

»Nein, dieses«, sagte der eine.

»Nein, jenes«, sagte der andere, und sie wiederholten dieses Spielchen so lange, bis sie vor Lachen fast platzten. Wenn ihre Großmutter kam, um ihnen Gute Nacht zu sagen, schoben sie Dixie unter das Bett und zogen die grüne Tagesdecke so weit herunter, daß man sie nicht sehen konnte. Und während ihre Großmutter versuchte, die Decke zurechtzuzupfen, überboten sie sich gegenseitig im Erfinden von Lügengeschichten. Daß sie Fieber oder Platzangst hätten oder unter irgendwelchen anderen exzentrischen Erkrankungen litten. Wenn sie das Wort Fieber hörte, eilte die Großmutter in die

Küche, um ihnen ein heißes Getränk zu machen, und sie hinderten sie nicht daran, denn sie haßten es, einschlafen zu müssen und behaupteten, stets nur schlechte Träume zu haben.

Was würde aus ihnen werden? dachte Nell an jenem Morgen, denn sie wußte wohl, daß die überdrehte Ausgelassenheit ihrer Kinder nicht ganz natürlich war. Sie wußten etwas. Sie ahnten es. Deshalb lachten und prusteten sie und warfen die letzten Äpfel ins Gras, bissen einmal hinein und ließen sie liegen, damit die Wespen sofort über sie herfallen konnten.

Es war Herbst. Wo Nell auch hinschaute, summten Wespen. Sie versammelten sich auf der Butterschale, krabbelten über den zwiebelförmigen Deckel, flogen zum Fenstersims, auf dem ihre Geranien und Kakteen standen, saßen auf dem Wasserhahn im Garten, lauerten auf den angebissenen Äpfeln, und einmal hatte sie sogar eine unter der Sohle ihres Fußes, als sie hinauslief, um noch rechtzeitig vor dem nächsten Regenguß ihre Wäsche von der Leine zu holen. Es stach, als würde sich ein Nagel in ihren Fuß bohren. Ja, die Kinder wußten es, sie spürten es. Deshalb waren sie so eifrig bemüht, Fröhlichkeit an den Tag zu legen.

»Nell, Nello… Ist sie schon da?« fragte Paddy. Er war der ältere, und er wartete einen Moment, um zu sehen, ob sie ihn wegen seines herrischen Tonfalls schelten würde. Sie tat es nicht. Tristan wiederholte die Frage seines Bruders. Wenn sie ihre Mutter beim Vornamen nannten, waren sie für Zurechtweisungen ohnehin unzugänglich, befanden sich in einer Art Rausch.

»Noch nicht«, erwiderte Nell und erklärte, das neue Mädchen habe wahrscheinlich den Bus verpaßt und warte jetzt an der Haltestelle auf den nächsten Anschluß. Die Busse kamen alle zwanzig Minuten in ihre Straße. Sie wohnten am Stadtrand von London, und die Fahrerei war recht umständlich, ein weiterer Grund dafür, warum sie das Haus nicht mochte. »Villa Styx« nannte sie es insgeheim. Walter, ihr Ehemann, hatte es ausgesucht. Er meinte, es sei gesund, weil die Bäume im gegenüberliegenden Park den für die Kinder nötigen Sauerstoff erzeugten. Als ob es ihnen ausgerechnet an Sauerstoff mangelte, dachte Nell. Aber die Jungen hatten sich inzwischen längst in die nächste Rauferei gestürzt.

Was würde ihre Mutter sagen, wenn sie es wüßte? Aber natürlich wußte sie es. Nells Mutter hatte Walter nie gemocht. Keiner von ihrer Familie hatte ihn je gemocht, alle hatten sie vor ihm gewarnt, aber sie hatte ihre Ratschläge in den Wind geschlagen und war aus dem Zimmer geflohen, in das man sie eingesperrt hatte, war aus dem Fenster gestiegen und die Hauswand hinuntergeklettert, hatte sich durch die hinteren Gassen davongeschlichen und an der Straße lässig den Daumen gehoben. Dem Lastwagenfahrer hatte sie erzählt, sie müsse zum Arzt in die Stadt. Von dort aus war sie mit dem Bus zur Hauptstadt und dann weiter zu ihm gefahren. Sie hatte ihm ihre traurige Geschichte erzählt, und er hatte sie getröstet, ihr Kaffee aus einer grauen, irdenen Kanne eingeschenkt und sie mit süßem Gebäck verwöhnt. Sie würde es nie vergessen. Er war froh, sie bei sich aufnehmen zu können. Auch er war einsam gewesen, hatte seit ein paar Jahren keine weibliche Gesellschaft mehr gehabt. Noch am selben Tag fuhr er mit ihr in die nächste Stadt, gab ihr Geld und schickte sie in ein Bekleidungsgeschäft, weil sie nichts anderes anzuziehen hatte als das, was sie am Leibe trug. Sie kaufte Unterwäsche und Strümpfe, ein Nachthemd und ein rosafarbenes Kleid, das mit kleinen, aufgebauschten Stoffknötchen übersät war, die wie Blasen aussahen. Er mochte es nicht sonderlich leiden. Aber er mochte sie. Sie hatte Angst vor ihm. Sie fügte sich.

Ihre Eltern setzten alles daran, sie zurückzuholen – erst kämpften sie mit Gewalt, dann mit flehenden Bitten, später mit dem ersten Herzanfall, dann mit dem zweiten Herzanfall ihrer Mutter und noch später mit den vielen Tabletten, die ihre Mutter einnehmen mußte. Letztendlich waren sie fast froh, sie verheiratet zu sehen – »untergebracht«, wie ihre Eltern es nannten. Besser eine Ehefrau als eine Konkubine. Freie in Eile, bereue mit Weile. O ja, ihre Mutter ahnte mit Sicherheit, daß in ihrer Ehe nicht alles zum besten stand. Sie hatte es in den letzten Ferien merken müssen, als Nell und ihr Mann kein einziges Mal das Wort aneinander richteten und Walter selbst abends, wenn sie rund um den Küchentisch saßen und Karten spielten, sarkastische Bemerkungen über ihre Dummheit fallenließ. Ihre Mutter zog ihre Schlußfolgerungen, sagte aber nichts. Und so entzündete sich der Streit auch nicht an der Entfremdung zwischen den Eheleuten, er entzündete sich an den Kindern und deren Erziehung. Nell war in der Küche und spülte wieder einmal Geschirr. Sie half viel im Haushalt, denn sie wollte in den Augen ihrer Mutter bestehen – und sich die Zeit vertreiben, weil es sonst nicht viel gab, was sie hätte tun können. Sie wusch Besteck und Teller und Milchkannen, die einen intensiv säuerlichen Geruch verströmten. Dann wischte sie die mit gemusterter Folie ausgelegten Regalböden aus. Ihre Mutter war in der Küche und nahm die Hähnchen aus, die es am nächsten Tag zum Mittagessen geben sollte. Mit strenger Miene rief sie Nell zu sich.

»Nellie«, sagte sie, »komm einen Augenblick zu mir.«

Ihr Tonfall ließ Nell das Schlimmste befürchten, und sie begann zu zittern. Sie behielt eine Tasse und ein Geschirrtuch in der Hand, um sich daran festhalten zu können.

»Was wird mit der Ausbildung der Kinder? Auf welche Art von Schule werden sie gehen?«

»Das weiß ich noch nicht. Wir haben uns noch nicht entschieden«, sagte Nell. Sie und Walter hatten beschlossen, Irland zu verlassen und nach England zu ziehen, und Paddy, der ältere, kam im nächsten Jahr zur Schule.

»Werden sie eine katholische Schule besuchen?« fragte ihre Mutter.

»Ich habe dir doch schon gesagt, ich weiß es noch nicht«, sagte Nell und sah zu, wie ihre Mutter die Eingeweide der Hähnchen herauszog und auf den Küchentisch fallen ließ. Dabei verfehlte sie nicht selten die ausgebreitete Zeitung, die sie sich extra untergelegt hatte. Braune, khakifarbene und rote Innereien vermischten sich, die kleinen, dunklen Lebern zart und schutzlos neben den knochigen Gurgeln und plumpen, grauen Mägen.

»Du mußt mir dein Wort darauf geben«, sagte ihre Mutter.

»Nein«, erwiderte Nell. »Es sind unsere Kinder.« Ihre Mutter stocherte aufgebracht in der Bauchhöhle des Vogels herum und zerstieß dabei die Galle. Die bittere Flüssigkeit lief über das pickelige Fleisch. Ein Wort gab das andere. Walter und Nells Vater kamen aus dem Nebenzimmer, und sie stritten zu viert, überhäuften sich gegenseitig mit Vorwürfen und Beschuldigungen, bis Walter, der seit vielen Monaten jede Berührung gemieden hatte, Nell plötzlich am Arm nahm, sie aus dem Zimmer führte und sagte: »Dieses Benehmen brauchen wir uns nicht gefallen zu lassen.«

Sie packten ihre Sachen. Walter ging hinaus, um die Kinder zu rufen. Nell blieb nur ungern allein zurück. Sie hatte Angst, ihre Mutter könne hereinkommen und ihr eine zweite Strafpredigt halten. Planlos stopfte sie die Kleider in die Taschen. Die Kinder kamen weinend ins Zimmer gelaufen, weil sie all ihre selbstgeschnitzten Waffen und heiligen Lieblingsplätze, an denen sie am Tage Füchse und in der Dämmerung Dachse beobachtet hatten, zurücklassen mußten.

»Vergeßt eure Gewehre, die sind jetzt unwichtig«, fuhr ihr Vater sie an und befahl ihnen, sich die Hände zu waschen. Als er feststellte, daß aus beiden Hähnen im Bad kein Wasser kam, fluchte er laut. »Wenn sie sich um die Körperhygiene genauso viele Sorgen machen würden wie um die Seelenhygiene, wäre das für alle Beteiligten besser.« Die Kinder spuckten auf ihre lehmverschmierten Hände und wischten sie widerwillig mit einem Handtuch ab.

Sie waren verzweifelt darüber, daß sie nach unten gehen und ihren Großeltern höflich Lebewohl sagen mußten, wie kleine Gentlemen. An ihrem unsicheren Gang und den hochgezogenen Schultern war zu erkennen, daß sie um die Auseinandersetzung wußten. Walter begleitete sie. Er sah gelassen aus, ja, er wirkte fast fröhlich. Nell trug die Taschen zum Auto, sank auf den Beifahrersitz und wäre am liebsten im

Erdboden versunken. Selbstaufopferung war alles. Sie sah ihren Vater kommen. Die Tweedkappe saß schief auf seinem Kopf, und seine Augen funkelten vor Zorn. Einen Moment lang dachte sie, er würde die Tür aufreißen, sie aus dem Wagen zerren und wild auf sie einschlagen.

»Deine Mutter weint sich da drinnen die Seele aus dem Leib, und du gehst nicht rein, um sie zu trösten«, schrie er durchs offene Fenster.

»Sag ihr, daß ich ihr schreiben werde«, erwiderte sie mit zitteriger Stimme. Sie hätte jetzt Frieden schließen müssen, aber es war unmöglich geworden. All die stummen Kämpfe vieler Jahre waren in diesen einen Streit eingeflossen. Ja, wenn sie alles sagen könnten, jeden einzelnen Groll aus ihrem Inneren herauszerren könnten, wie ihre Mutter es mit den Eingeweiden der Vögel getan hatte, grob und mit grimmiger Miene, dann könnte alles gut werden, sie könnten einen Neuanfang wagen, mochte dabei auch noch soviel Galle spritzen. Aber Nell brachte es nicht über sich, weil sie das Ende nicht vorauszusehen vermochte. Sie könnten zu weit gehen. Bei einem Streit war das gut möglich. Ihre eigene Reaktion ließ sich voraussagen, aber nicht die ihrer Mutter. Ihre Mutter könnte etwas zu ihr sagen, das sich nie wieder aus ihrem Gedächtnis tilgen ließ, eine Bemerkung, die tagein, tagaus an ihrem Seelenfrieden nagen würde, einen Vorwurf, mit dem sie nicht – oder nur unter ständiger Demütigung – leben könnte.

»Du Miststück«, schimpfte ihr Vater. Sein Gesicht war jetzt so nah, daß sie seine Bartstoppeln sehen und den Kaffee riechen konnte, den er erst vor kurzem getrunken hatte. Er trank statt Tee nur noch Kaffee, und zwar am liebsten, wenn er mit gerösteter Zichorie verfeinert war.

»Sag es ihr«, erwiderte sie, schon mit etwas festerer Stimme.

»Du bist ein Miststück… und warst es immer schon… vom ersten Atemzug an.« Ein väterlicher Todesstoß.

Die Kinder kamen aus dem Haus und nahmen schluchzend auf dem Rücksitz Platz. Nells Vater und Walter wechselten noch ein paar bissige Worte, dann fuhren sie los. Aber Dixie kam bellend hinter der Hecke hervorgelaufen und stellte sich ihnen in den Weg.

»Sogar ihr Köter tickt nicht richtig«, sagte Walter. Die Kinder brachen beim Anblick des Tieres erneut in Tränen aus und streckten ihre Hände aus dem Fenster, um Dixie zu beruhigen. Doch dadurch wurde es nur noch schlimmer. Die Hündin sprang wie wild um das Auto herum, die Kinder riefen ihr herzzerreißende Koseworte zu, und Walter drückte so fest auf die Hupe, daß man den Lärm noch im meilenweit entfernten Dorf hören konnte. Schließlich drehte sich Walter zu den Kindern um, packte sie am Kragen und schüttelte sie grob. Unfähig, sie zu beschützen, unfähig, für sich selbst einzustehen, fing Nell plötzlich an zu schreien. Ihre Stimme kam ihr selbst unheimlich vor.

»Hol mich hier raus, hol mich hier raus«, schrie sie und brachte damit die verängstigten Kinder zum Schweigen. Ihr Mann herrschte sie an, sagte, sie solle jetzt nicht auch noch hysterisch werden, und befahl ihr auszusteigen, das Tier zur Seite zu schaffen und das Tor aufzumachen, damit sie endlich losfahren könnten.

Während sie mit dem jaulenden Hund an ihrer Seite zum Tor ging, dachte sie, daß sie das Haus ihrer Eltern wahrscheinlich nie wiedersehen würde, es sei denn anläßlich einer Beerdigung. Selbst die Kühe, die unter den Bäumen lagen, glotzten sie vorwurfsvoll an. An Nells feuchten Händen klebten Hundehaare. Die Hupe dröhnte immer noch gebieterisch. Ihre Mutter und ihr Vater würden sich gequält die Ohren zuhalten und den nervtötenden Krach in ihre Litanei von Vorwürfen mit aufnehmen, die mit diesem Tag unendlich lang geworden war. Ja, es war ein bitteres Ende.

Sie kam an der Roßkastanie vorbei, unter der sie, wie ihre Eltern ihr früher immer erzählt hatten, geboren worden war, und die sie dem blaugestrichenen Schlafzimmer mit den feuchten Wänden, dem Nachttopf und den bedrohlichen Heiligenbildern bei weitem vorzog. Wie schön der Baum aussah. Seine Blätter waren von einem ersten braunen Hauch überzogen, aber es war ein tiefes, kräftiges Braun, noch kein Verwelken. Das würde erst später kommen. Ja, all das nahm Nell in sich auf, trotz ihrer Wut – oder vielleicht auch gerade deswegen. Die dunklen Holunderbeeren glänzten und waren so prall, als wollten sie sagen: »Wir sind Holunderbeeren, schau uns an.« Das Tor mußte dringend gestrichen werden. Trockene Farbe blätterte von den gußeisernen Streben, und jedes Mal, wenn das Tor geöffnet oder geschlossen wurde, rieselten ein paar Späne zu Boden. Das Auto rollte langsam heran, blieb schließlich neben ihr stehen. Das letzte, was sie noch sah, waren Brennesseln, so dicht und üppig, daß ihr intensives Grün Funken zu schlagen schien.

Ja, ihre Mutter hatte damals geahnt, daß ihre Ehe über kurz oder lang in die Brüche gehen würde, aber sie hatte nichts gesagt. Noch nicht. Natürlich hatten sie sich anschließend wieder vertragen – das heißt, sofern ein so tiefer Riß je gekittet werden kann. Die Kinder besuchten eine nichtkatholische Schule, und als Nells Mutter das nächste Mal schrieb, äußerte sie nur die Hoffnung, sie mögen das Land ihrer Geburt nicht vergessen. Sie schrieb den Jungen regelmäßig, erinnerte sie an Spaziergänge, Lieblingsstellen, die Bäume im Obstgarten. Sie versicherte ihnen, daß ihr Baumhaus bis zum nächsten Sommer auf sie warten würde und sich Dixie so übermütig aufführte wie immer. Bis zum nächsten Sommer. Nell zuckte zusammen, als sie es las, fürchtete die Verpflichtung, die in den Worten lag. Alles, was mit der Zukunft zusammenhing, machte ihr angst.

»Oh…« Nell sprang erschrocken auf. Das neue Mädchen stand hinter ihr in der Küche, ohne daß sie es hatte kommen hören. Die Haustür war nur angelehnt gewesen, und da stand es jetzt, ein großgewachsenes, verschlossen wirkendes, geheimnisvolles Wesen, ertappte sie mit Tränen in den Augen und einem feuchten Geschirrtuch in der Hand. Ein beschämender Anfang.

«Die Tür war offen«, sagte das Mädchen keck, ohne sich in irgendeiner Form zu entschuldigen. Die Kinder stürmten herein, hocherfreut, ein junges Mädchen im kurzen Sommerkleid zu sehen. Es brachte Jugend und Unbeschwertheit ins Haus.

»Das ist Rita«, sagte Nell, obwohl die Jungen bereits nach dem Namen gefragt und versucht hatten, darauf einen Reim zu bilden. Rita streckte zur Begrüßung beide Arme aus, und als würden sie sie schon seit Jahren kennen, schmiegten sich die Jungen in ihre Armbeugen und ließen sich sanft hin- und herwiegen.

»Na, ihr beiden?« sagte sie und schenkte ihnen ein strahlendes Lächeln. Tristan bekam mehr davon ab. Er war ein Jahr jünger. Paddy beklagte sich oft darüber, wie ungerecht es doch sei, daß Tristan viel mehr Aufmerksamkeit erhalte und daß er, Paddy, »das Lasttier«, immer alle schweren Sachen tragen müsse, Kohlen für das Feuer und so weiter. Tatsächlich berief sich Tristan, wenn Aufgaben zu verteilen waren, gern auf sein zartes Alter.

»Klein-Tristan muß sich ausruhen«, lispelte er dann, und Paddy zeigte ihm wütend die Fäuste und schwor seinem Bruder bittere Rache. Doch jetzt lächelten beide begeistert das neue Mädchen an. Sie spürten, daß sie jemanden gefunden hatten, der mit ihnen spielen würde, wenn ihre Mutter müde war. Sie mochten es gar nicht, wenn ihre Mutter müde war oder ausging. Um ihr das Ausgehen doppelt schwer zu machen, versteckten sie ihre hochhackigen Schuhe oder tupften sich Parfüm hinters Ohr, wie sie es bei ihr gesehen hatten, und riefen: »Sollen wir gehen, Madam? Die Kutsche wartet schon.« Aber jetzt war Rita gekommen, und auf einmal gab es zwei Frauen im Haus. Irgendwie fühlte sich Nell nicht wohl in Ritas Gegenwart. Vielleicht lag es daran, daß sie nur zu den Kindern sprach und Nell, für die sie schließlich arbeiten sollte, gar nicht ansah. Es kam ihr so vor, als läge irgendwo unter dem nervösen Lächeln eine heimliche Feindseligkeit verborgen. Vielleicht bildete sie sich das aber auch alles nur ein, und Rita war einfach nur schüchtern. Ihr Gesicht war weiß und spitz. Sie stammte aus demselben Dorf wie Nell, war aber bedeutend jünger. Nell erinnerte sich daran, Rita mit einer ganzen Schar anderer kleiner Mädchen gesehen zu haben, wie sie Gänse über die Felder trieben oder Streiche ausheckten. Und hatte Rita nicht auch einmal einen Unfall mit einem Heuwagen gehabt? Ja, tatsächlich, da war ganz deutlich die Narbe auf ihrer Wange zu sehen. Rita zog zwei Bonbons aus der Tasche. Walter hatte den Kindern Süßigkeiten verboten.

»Das würde ihrem Vater gar nicht gefallen«, sagte Nell in dem schwachen Versuch, ein wenig Autorität zu zeigen.

»Ist er Bischof?« fragte Rita und lachte, und wieder fühlte Nell dic dunklen, unterirdischen Kräfte, die von diesem jungen Mädchen ausgingen. Sie einigten sich schnell auf die Bedingungen – Ritas Gehalt, ihren freien Nachmittag und das freie Wochenende. Dann zeigte Nell ihr das kleine Zimmer, in dem sie schlafen sollte. Rita sah nur kurz auf den Korkfußboden mit dem gelben Teppich und sagte, wenn nichts dagegen spräche, würde sie gern am Montag einziehen.

Sie kam am Montag nachmittag und brachte all ihre Sachen mit: eine Plastiktüte mit einem Nachthemd und ein paar anderen Kleidern und eine kleine Blechbüchse, die ihre Haarbürste, ein Armband sowie ein Bild von sich und anderen jungen Mädchen bei der Kommunion enthielt. Bald darauf tollte sie mit den Kindern lachend durchs Haus, erklärte das

Geländer zur Rutschbahn und nahm sie huckepack, bis Walter aus seinem Arbeitszimmer kam und mißmutig »Bitte Ruhe!« rief. Rita schlug entschuldigend die Hand vor den Mund und brach, unmittelbar nachdem er die Tür wieder hinter sich geschlossen hatte, in unbeherrschtes Gelächter aus. Dann schob sie die Kinder in den Garten hinaus, und bald konnte Nell sie dort lachen und kreischen hören. Es war Herbst, ein typischer Londoner Herbst, und über allem hing dichter Nebel; er wanderte umher wie ein Geist und schien sogar die grünen Weinbeeren im Gewächshaus einzuhüllen, mit einem flüchtigen Heiligenschein zu umkränzen. Sie hingen in dicken Trauben herab, doch Walter weigerte sich, sie abzuschneiden.

Ja, dachte Nell, von nun an wird alles besser. Die letzte Zeit war grauenhaft gewesen. Walter und sie lebten in tödlicher Feindschaft nebeneinander her, und während sie früher noch jeden Abend zu einem freundlichen Plauderstündchen in sein Arbeitszimmer gegangen war, bekam sie ihn jetzt überhaupt nur noch dann zu Gesicht, wenn sie ihm sein Essen brachte. Die Kinder wurden eine Stunde vor dem Zubettgehen zu ihm gelassen. Er hörte den ganzen Tag über Musik, klassische Musik, und am Nachmittag, pünktlich von drei bis fünf, ging er spazieren. Nell konnte im nachhinein nicht mehr genau sagen, ab wann zwischen ihnen alles schiefgelaufen war, so schief, daß es nicht mehr wiedergutzumachen war. Auch früher schon hatte er sich manchmal beleidigt zurückgezogen, hatte nicht mehr mit ihr gesprochen, nur noch mißmutig Anweisungen gegeben oder beißende Bemerkungen gemacht. Doch nach ein paar Tagen hatte er immer wieder nachgegeben, hatte plötzlich beide Arme um sie gelegt, sie überrumpelt und ihr gesagt, er sei ein schrecklicher Griesgram gewesen. In diesen Momenten wanderten ihre Gedanken zu Jane Eyre: So mußte es gewesen sein, wenn sie in Rochesters versteinertem Wesen einen Anflug von Wärme erspürte. Jane Eyre und Rochester standen Nell sehr nahe, viel näher etwa als ihre Hausnachbarn.

Die Nachbarn waren es allerdings, die ihr klarmachten, daß das neue Mädchen zuviel Wirbel verursachte und es bald Beschwerden geben würde. Mit der Frau von nebenan hatte Nell sich in gewisser Weise angefreundet, das heißt, sie plauderten abends am Gartenzaun, und die Frau erzählte ihr von ihrer Kindheit bei Edinburgh – von den herrlichen Bergen, ihrer Heirat, dem Abschied von Schottland und dem Umzug nach London, wo ihr Ehemann als Hausmeister in einem Krankenhaus gearbeitet hatte. Er war vor einigen Jahren gestorben, und seitdem hatte sie das Haus nur selten verlassen. Nell brachte ihr häufig ein Stück Kuchen oder ein Glas Apfelgelee und ihr Plauderstündchen am frühen Abend wurde bald zu einem so regelmäßigen Bestandteil des Tagesablaufs wie das Flattern der Vögel, die in den Baumkronen verschwanden, um sich einen Schlafplatz zu suchen. Eines Abends hatte die Frau ihr anvertraut, ihr Haar habe früher den gleichen Kupferton gehabt wie Nells, aber bei der Hochzeit habe sie es abschneiden müssen; sie habe den Zopf aufgehoben und sich daraus eine Perücke machen lassen. Sie lief ins Haus, schleppte eine runde Lederschachtel herbei, hob den Deckel, zog mit prahlerischer Geste die Perücke heraus und sagte: »Sie haben mir nicht geglaubt, nicht wahr?« Aber Nell hatte ihr geglaubt, und die Frau tat ihr leid, und in diesem plötzlichen, beiderseitigen Ansturm von Gefühlen drückte ihr die Frau die Perücke in die Hand und bat sie inständig, sie doch zu tragen, wenn sie das nächste Mal abends ausginge. Aber Nell ging nur selten aus, außer, um sich heimlich mit einem Mann zu treffen, und auch das wurde mit der Zeit immer gefährlicher.

»Das kann ich nicht annehmen«, sagte Nell.

»Bitte«, beharrte die Frau und versicherte ihr, wie glücklich sie wäre, wenn Nell ihr diesen Gefallen tun würde, weil es sie an ihre Jugend erinnerte. Sie sagte, sie sei in letzter Zeit ein wenig barsch gewesen, habe für niemanden ein gutes Wort gehabt, habe die Kinder, die zu Halloween verkleidet vor ihrer Tür erschienen seien, grundlos angeschrien, habe mit den anderen Nachbarn wegen des schrecklichen Kohlgeruchs, der ständig aus deren Küche herüberzog, kein Wort mehr gewechselt. Doch wenn Nell ihre Perücke nähme, könne sie ihren Zorn überwinden und ihren Glauben wiederfinden. Schließlich gab Nell zögernd nach. Eine Woche später forderte die Nachbarin die Perücke zurück. Sie gab dafür keinen Grund an, sondern rief in herrischem Ton über den Gartenzaun: »Ich wäre Ihnen sehr dankbar, wenn Sie mir mein gutes Stück wiedergeben würden.«

Nell hielt es für einen Witz und sagte: »Was reden Sie da, Mrs. Johnstone?«

»Ich warte«, erwiderte Mrs. Johnstone kalt. Also lief Nell ins Haus, um die Perücke zu holen, und reichte sie betreten über den Gartenzaun. Danach entwickelte sich eine Art Stammesfehde. Mrs. Johnstone beschwerte sich, sobald die Kinder schrien oder ein Forsythienzweig über den Zaun in ihren Garten hing. Nell begriff nicht, was eigentlich geschehen war, und erklärte sich das Ganze durch eine schreckliche Bitterkeit, die in der alten Frau zunächst auf wundersame Weise abgeklungen war und dann wieder Oberhand gewonnen hatte. Ständig klopfte Mrs. Johnstone gegen die gemeinsame Wand zwischen ihren Häusern, weil ihr Walters Musik zu laut war, oder sie schob zerknitterte Zettel unter der Haustür durch, auf denen sie sich über die Kleider auf der Wäscheleine oder die Ausdrucksweise der Kinder beschwerte. Walter schrieb ihr einen gestelzten Brief, in dem er ihr mitteilte, sie könne ja die Polizei rufen und sehen, wie weit sie damit käme.

Nell dachte an diese Begebenheiten, als sie Walter in seinem Arbeitszimmer, aus dem wie immer laute Musik drang, auf- und abgehen hörte. Sie kam sich völlig machtlos vor. Sie hatte Angst vor ihm, genauso wie vor ihrer Nachbarin, sie hatte Angst vor allen Menschen. Sie war viel zu ängstlich, um einfach auf Walter zuzugehen, ihn zu fragen, was zwischen ihnen schiefgelaufen sei, ja, sie hatte sogar Angst davor, ihn zu bitten, die Musik ein wenig leiser zu stellen. Ihre Kinder waren ihre einzigen Freunde. Sie klammerte sich an sie, verhätschelte sie, ließ ihnen alles durchgehen. Sie durften zu jeder Tageszeit Kekse naschen, durften Taschenlampen unter ihren Betten verstecken und Baumhäuser im Park bauen, was eigentlich strengstens verboten war. Sie liebte sie nicht nur, sie brauchte sie. Die Kinder waren ihre Nahrung. Jetzt konnte sie sie im Garten lachen und toben hören und dachte: Das neue Mädchen wird gut für sie sein, und vielleicht kann ja auch unsere Ehe noch irgendwie gerettet werden.

Bei diesem Gedanken sah sie im Geist ein Bild von Lazarus vor sich, wie er aus dem Reich der Toten ins Leben zurückkehrte. Sie sah, wie Jesus ihn berührte, sah, wie die Blässe aus seinen Wangen wich und das tiefrote Blut wieder einschoß. Ja, auch ihre Ehe war so tot, wie Lazarus es gewesen war. Ihr Mann legte sich erst ins Bett, nachdem sie es um sieben Uhr morgens verlassen hatte. Einmal hatte sie versucht, ihn zu küssen, aber er war unter ihrer Berührung erstarrt, und als sie sich mit Tränen in den Augen von ihm abwandte, sagte er, wie lehrreich es doch sei, Menschen zu sehen, die bei jeder Kleinigkeit zu weinen anfingen und ihr Herz auf der Zunge trugen. Das Schlafzimmer roch nach Kampferkugeln, weil er darauf bestand, sie zwischen seine Pullover zu legen. Nell zog sich draußen im Hausflur an. Die Kinder sahen ihr durch den Türspalt zu und unterhielten sich hochtrabend in einem bei Mrs. Johnstone abgelauschten schottischen Akzent. Dabei taten sie so, als wären sie zwei hochgelehrte Herren namens Orlando und Jeremias. Der eine sagte: »Orlando, schauen Sie sich diesen Busen an!« Und der andere erwiderte: »Oh, Jeremias, und diese Schlüpfer!« Und dann kicherten sie und warfen die Tür zu, weil sie Angst hatten, bestraft zu werden. Wenn die Tür wieder aufging, war Nell schon nach unten gegangen und bereitete das Frühstück vor. Walter bestand darauf, daß die Kinder Porridge bekamen, der ihnen zutiefst verhaßt war. Damit es so aussah, als hätten sie dennoch davon gegessen, taten sie ein wenig auf ihre Löffel, leckten kurz daran und legten die Löffel dann wieder auf ihre Teller, damit sich Mulden bildeten. »Ich habe mehr gegessen als Sie«, sagte der eine zum anderen, und dann redeten sie so affektiert weiter, zum eigenen Vergnügen, um ihre Mutter abzulenken oder um ihrem Vater zu entkommen. Manchmal nannten sie ihre Mutter beim Vornamen und fragten, warum ihr Vater so böse sei, aber dann vergaßen sie es wieder und erzählten von dem Baumhaus, das sie im Park bauen wollten, oder von den Hausaufgaben, die sie vergessen hatten.

Als Nell sie mit dem neuen Mädchen lachen hörte, versetzte es ihr plötzlich einen Stich. Was, wenn sie Rita am Ende lieber mochten als sie? In einem unvermittelten Anflug von ängstlichem Besitzdenken lief sie in den Garten hinaus, umarmte und küßte sie und nannte sie ihre Engel. Rita ging nicht weiter darauf ein und forderte die Jungen zu einem Wettlauf durch den Garten auf.

Sie hat etwas Zerstörerisches an sich, dachte Nell, ohne zu wissen, was sie damit meinte, und dann ging sie zum Haus zurück und betrachtete die letzten Rosen, die zwar noch blühten, aber schon etwas puderig wirkten, als hätten sie bereits den Frost, einen Hauch des Todes gespürt.

Walter nahm an Ritas erstem Arbeitstag das Abendessen gemeinsam mit der Familie ein. Er schien Spaß an Rita zu haben. Sie erzählte von ihren Abenteuern auf dem Lande, wie sie Torf gestochen, Heu eingebracht, Kühe und Ziegen gemolken und, wenn sie als Kind großen Durst hatte, an den Zitzen der Ziegen gesaugt hatte. Sie war Walter offensichtlich sympathisch, jedenfalls so sympathisch, daß er ihr sagte, sie könne jederzeit in sein Arbeitszimmer kommen, wenn sie ein wenig Musik aus der Heimat hören wolle. Das sagte er, nachdem er sie hatte singen hören. Sie hatte den Kindern beim Tischdecken etwas vorgesungen, ein Klagelied über das Schloß von Drumore im Oktoberwind. Als er sie nach dem Abendessen bat, es noch einmal zu singen, lief sie dunkelrot an und schwor, sie könne gar nicht singen, nicht einen einzigen Ton. Nell sah, wie sehr ihm ihre Scheu und ihr ländlicher Charme gefielen.

3

Es wurde entschieden besser. Die Kinder waren glücklicher. Walter aß jetzt manchmal mit ihnen, und Rita beschwerte sich nie, wenn sie bügeln oder staubsaugen mußte. Sie nannte Nell »Missis« und sagte: »Missis, sagen Sie mir, was ich heute tun soll?« Dann putzte sie oder besserte Stellen am Fensterbrett aus, wo der Lack abgeplatzt war, oder sie tat irgend etwas anderes. Nell kam jetzt häufiger aus dem Haus – sie bummelte tagsüber durch die Stadt, schaute sich fasziniert in den großen Geschäften um, probierte Kleider an und leistete sich ab und zu etwas, etwas Kleines, ein Tuch, eine Haarspange und einmal sogar einen im Preis stark herabgesetzten, schwarzen Satinbolero, der ihr, wie sie glaubte, eine gewisse verführerische Note verlieh. Alle paar Wochen traf sie sich mit besagtem Mann in einem Café, und dann hielten die beiden Händchen und überlegten gemeinsam, was sie tun würden, wenn sie nur könnten. Auch er war durch Schuldgefühle und Pflichten gebunden und sagte, er sei in letzter Zeit so deprimiert gewesen, daß er ein Testament aufgesetzt und darin alles seinen Kindern vermacht habe. Manchmal gingen sie noch gemeinsam in einen Pub, und wenn sie dann so nebeneinander vor dem offenen Feuer saßen und der Alkohol sie belebte, kamen sie sich näher und ließen sich fortreißen. Zwar war Nell immer vor dem Abendessen wieder zu Hause, aber an den Tagen, an denen sie sich mit ihrem Freund traf, wurde sie immer unbesonnener, was ihr Mann bemerkt haben mußte, denn er folgte ihr, spürte sie auf, beobachtete eines ihrer Rendezvous und belauschte sie am Telefon.

All dies wußte Nell aber noch nicht. Sie spürte nur, daß ein übelriechendes Gift durchs Haus strömte, das alles so gründlich einhüllte wie der Herbstnebel zuvor. Zu Weihnachten überreichte Walter Rita und den Kindern Geschenke. Für Nell schrieb er auf eine einfache Postkarte: »Fröhliches Nichts«. Sie hatte den Kindern Trommeln gekauft, doch er sorgte dafür, daß die knallbunten, silbrig verzierten Instrumente binnen einer Stunde konfisziert und auf dem Dachboden verschwunden waren. Am Abend waren sie bei ihren Nachbarn eingeladen, aber er wollte sie nicht begleiten. Also ging sie allein. Die Tochter des Hauses flirtete mit jedem, vor allem aber mit ihrem eigenen Vater. Er hatte eine Kriegsverletzung und hinkte, aber die Tochter bestand darauf, daß er mit ihr Tango tanzte, um allen Anwesenden zu zeigen, wie sehr er ihr verfallen war. Die Ehefrau aß Unmengen von gefülltem Gebäck und erzählte Nell die spektakuläre Geschichte, wie ihre Schwiegermutter eines Tages in die Toilettenschüssel geschaut, in dem klaren Wasser zum ersten Mal ihren Kehldeckel gesehen und vor Schreck geschrien hatte. Der Wein wurde großzügig ausgeschenkt, und da Nell das Trinken nicht gewohnt war, hatte sie rasch einen Schwips, und als sie nach Hause kam, marschierte sie direkt in Walters Arbeitszimmer und sagte, sie habe die Antwort, die Lösung für alle ihre Probleme gefunden: Wenn sie zusammen in den Lake District führen, würde alles gut, und sie könnten ihre Ehe retten. Sie habe gerade bei den Nachbarn von Lake Windermere und den herrlichen Landgasthäusern dort gehört. Sie könnten gemeinsam ins Brontë-Museum gehen, sich die winzigen Schuhe der berühmten Schwestern ansehen und ihre Gräber besuchen. »Bitte«, sagte sie in schmeichelndem Ton.

»Bitte«, sagte er und schob ihren Arm von seinen Schultern, als wäre auch er ein alter Schuh. Ihre Alkoholfahne solle sie einem anderen entgegenhauchen, sagte er, zum Beispiel dem Idioten, mit dem sie, wie er wisse, heimlich verkehre und dem er, wenn er ihn nur zu fassen kriegte, die Vorderzähne ausschlagen würde. Und dann, noch am Weihnachtsabend, zeigte er ihr eine Kopie des Briefes, den er an die Frau des Idioten geschrieben hatte, und plötzlich wurde ihr klar, warum ihr Freund zu ihrer letzten Verabredung nicht erschienen war, ohne ihr schriftlich oder telefonisch abzusagen. Sie hatte bei der Zeitung angerufen, bei der er arbeitete, aber seine Sekretärin hatte ihr gesagt, er sei nicht zu sprechen und sie möge bitte nicht wieder anrufen. Der Brief erschreckte sie. Walter sprach darin die Frau ihres Freundes mit Vornamen an, schilderte die heimlichen Rendezvous der beiden Ehebrecher und bekräftigte abschließend seine Absicht, ihrem mißratenen Ehemann die krummen Vorderzähne auszuschlagen.

»Ich kann einfach nicht glauben, daß du das getan hast«, sagte Nell, noch immer den Brief in der Hand.

»Die beiden hatten bestimmt fröhliche Weihnachten«, erwiderte er und fuhr ungerührt fort, gebrauchte Briefumschläge mit dem Papiermesser aufzuschlitzen, einfach, weil es ihm Spaß brachte.

4

Die Monate schleppten sich mühsam dahin. Obgleich sie wußte, daß ihre Ehe zum Untergang verurteilt war, konnte sie nichts anderes tun als weinen. Sie konnte ihn nicht verlassen, das war gewiß; sie konnte nicht bei ihm bleiben, auch das war gewiß. Auf unbestimmte, stumme Weise wünschte sie sich den Tod; sie bekam heftige Zahnschmerzen und war fast froh, als zwei ihrer Zähne gezogen werden mußten: ein tröstliches Zeichen der eigenen Sterblichkeit. Dabei war sie nicht einmal dreißig. Die Kinder, die ihre Verzweiflung spürten, wandten sich mehr und mehr Rita zu. Vor dem Zubettgehen wollten sie von Rita gebadet werden, Rita sollte sie in die großen Badetücher hüllen, sie ins Bett tragen und ihnen ein Gutenachtlied vorsingen. Ihr Mann verkehrte mit ihr nur noch über schriftliche Mitteilungen, knappe, unpersönliche Feststellungen wie: »Das Bettzeug muß gewechselt werden« oder »Kein verbranntes Gemüse mehr, bitte«. Einmal schrieb er auf ein großes Stück Papier: »Manchmal dachte er, nicht alle Frauen seien des Teufels, aber die Wirklichkeit belehrte ihn stets eines Besseren.« Sie fand den Zettel im Flur, als er sich gerade für seinen Spaziergang fertigmachte, einen Schal umlegte und Handschuhe anzog; von draußen strömten Kälte und Feuchtigkeit herein. Was die Ölöfen anging, bestand er auf absoluter Sparsamkeit, so daß sie erst nach sechs Uhr abends angezündet werden durften. Sie hielt die beleidigende Nachricht in der Hand, und er lächelte zufrieden; es freute ihn, daß seine Worte sie getroffen hatten.

Was denkt er? Was geht in seinem Kopf vor? dachte Nell und sah ihm nach, wie er die Straße hinunterging, hochgewachsen, aristokratisch, unnahbar. Im Garten sprossen die ersten Krokusse, und in ihrem tristen Zustand wirkten sie auf Nell wie kleine, gelbe Klingen, die sich durch die dunkle, traurige Erde geschnitten hatten. Sie betete für eine Weltkatastrophe, ja, sie schreckte nicht davor zurück, sich einen Krieg oder ein Erdbeben herbeizusehnen, ein höheres Schicksal, das sie und ihren Mann wieder zusammenbringen würde. Sie konnte nicht glauben, daß sie sich überhaupt irgendwann einmal nah gewesen waren. Sie beschloß, die Schachtel mit den Fotos herauszuholen und die Bilder durchzusehen, während er spazierenging. Sie erkannte sich selbst nicht, dieses junge Mädchen, viele Jahre jünger als er, wenige Jahre vor ihrem Umzug in dieses Haus. Sie trug eine seiner Jacken, wirkte schüchtern, aber auch stolz in dem Wissen, von ihm geliebt zu werden. Es war noch vor der Geburt der Kinder; sie war selbst fast noch ein Kind gewesen, war von Zimmer zu Zimmer gelaufen, hatte gesungen oder Verse aufgesagt und die Souvenirs in seiner Glasvitrine bestaunt. Seine erste Frau hatte in dem alten Haus mit ihm zusammengelebt, und manche Souvenirs stammten noch aus jener Zeit, darunter zwei vornehme, rosafarbene Speisekarten, Überbleibsel einer Party, zu der sie geladen hatten; es hatte Truthahn gegeben, erinnerte sie sich, Kastanienfüllung und Kürbiskuchen, und seine Frau hatte die Speisekarten mit der Hand geschrieben. Damals war Nell auf solche Dinge noch sehr eifersüchtig gewesen, und einmal hatte sie sogar versucht, die Handschrift auszulöschen, doch solche

Gefühle quälten sie jetzt nicht mehr, nur der Gedanke an diese häßliche Ehe, die sie beide verkümmern ließ, und seine Abneigung, die er so genüßlich zum Ausdruck brachte, als hätte er sie immer schon ablehnen wollen, als hätte er sie gerade aus diesem Grund erwählt.

Und dann war da noch Rita – Rita, die um ihn herumtanzte, die schon seine Pantoffeln angewärmt hatte, wenn er von seinem Spaziergang zurückkam, die ihn nach einer Lösung in ihrem Kreuzworträtsel fragte, und die, ja, unbestreitbar, heimlich mit ihm flirtete, sich zum Abendessen Schleifen ins Haar band und ihm scheinbar interessierte Fragen stellte wie zum Beispiel nach der Bevölkerung von China oder der Landwirtschaft in Indien.

Bald weigerte sich Rita, einen halben Tag pro Woche freizunehmen. Zuerst sagte sie noch, sie habe keine Lust mehr, ihre Schwester zu besuchen – sie hätten sich zerstritten –, später dann, die Kinder hätten sie gebeten, ja angefleht, bei ihnen zu bleiben. Sie und die Kinder hatten unzählige Geheimnisse miteinander; bei Tisch flüsterten sie verschwörerisch und benutzten eine Geheimsprache, so daß Nell manchmal das Gefühl bekam, vielleicht sollte sie einfach gehen, sollte sich irgendwo eine Arbeit suchen, vielleicht sogar London verlassen. Aber das war undenkbar; es waren ihre Kinder, es gab ein Band zwischen ihnen, das niemand durchtrennen konnte, trotz Geheimsprache, trotz Badevergnügen, trotz aller Possen. Auch die Kinder wußten das. Sie brauchte sie nur anzuschauen, und sofort gab es zwischen ihnen einen innigen Fluß, solche Liebe, solche Zärtlichkeit, daß ihre Augen sich trübten, weil sie natürlich wußten, daß etwas im argen lag, weil sie spürten, wie unglücklich ihre Mutter war. Sonntags, wenn Rita zum Tanz ging, hockte Nell mit den Jungen im Kinderzimmer, und sie redeten sich die Köpfe heiß, redeten über die anderen Kinder in der Schule, über Freunde und Feinde und was sie sich zum nächsten Geburtstag wünschten, und wenn sie an Geburtstage und Geschenke dachten, hoben sie die Augen zur Decke in Richtung Dachboden, wo die Trommeln, die sie ihnen geschenkt hatte, langsam verstaubten.

»Es gibt Ratten dort oben«, sagte einer von ihnen.

»Ach was«, entgegnete Nell, und dann lachten sie alle drei, ohne zu wissen, warum. An solchen Abenden hielt sie kleine Schokoladenstückchen für sie bereit, und weil sie sich bereits die Zähne geputzt hatten, strich sie anschließend mit dem Finger ein wenig Zahnpasta in ihren Mund und tat so, als wäre es Zuckerguß. O ja, zwischen den Kindern und ihr gab es ein Band, das weder Walter noch Rita zerstören konnten.

»Dad sagt, du willst, daß wir auf eine andere Schule gehen, eine Schule, die auf der anderen Seite der Hauptstraße liegt, damit wir von einem Lastwagen überfahren werden«, sagte Paddy.

»Das ist verrückt«, sagte sie ungläubig. »Das ist verrückt.«

»Er hat sie uns gezeigt. Er hat gesagt: Da ist die Schule auf der anderen Seite der Hauptstraße. Mutter will, daß die Kinder die Straße überqueren, damit sie vom Lastwagen überfahren werden.«

»Ist das wahr?« fragte sie Tristan, und er nickte. Das war unerträglich. Das war der nackte Wahnsinn. Zu den Kindern sagte sie: »Aber ich habe doch dafür gesorgt, daß ihr auf eure jetzige Schule kommt. Ich bin extra zum Direktor gegangen und habe ihn gebeten, euch aufzunehmen«, und dann hielt sie inne, denn sie wußte, den Kindern von ihrem Kummer zu erzählen, würde nicht das Geringste lösen. Beim Gutenachtkuß sagte sie ihnen noch, sie sollten sich keine Sorgen machen, sondern immer nur an den nächsten Sommer denken, dann würden sie nach Hause fahren, nach Irland, alle drei, und durch die Felder streunen.

»Und ich werde wieder eine blinde Fledermaus, einen Fuchs und eine Fee sehen«, prahlte Tristan, wie immer stolz darauf, daß er diese wunderbaren Dinge gesehen hatte und sein Bruder nicht.

Unten hörte sie Walter in seinem Arbeitszimmer auf- und abgehen.

»Dieses Haus ist ein Gefängnis«, sagte sie. »Wir sind Gefangene.« Diese Worte wiederholte sie immer wieder. Nichts veränderte sich, weder in ihren Gedanken noch in ihrem Zimmer, nur ab und zu versank ein Stück Kohle im offenen Feuer, und ein neues rutschte von oben nach. Sie hörte, wie Rita nach Hause kam, bei ihm anklopfte und fragte, ob sie ihm eine Kleinigkeit zu essen bringen solle. Er lehnte dankend ab, fragte sie, ob das Tanzen Spaß gemacht habe und erinnerte sie daran, daß sie ihm in den nächsten Tagen die Haare schneiden wollte. Inzwischen war sie schon zu seiner Friseuse befördert worden.

»Ich könnte es auch jetzt gleich machen«, erwiderte Rita prompt.

»Morgen«, sagte er und fügte hinzu, er sei gerade dabei, ein paar Briefe zu schreiben und dringende geschäftliche Angelegenheiten zu regeln. Was für geschäftliche Angelegenheiten? fragte sich Nell, und ihr Herz begann zu pochen. Er hatte ihr manchmal damit gedroht, mit den Kindern nach Neuseeland zu gehen, wo er Verwandte hatte, und sie hatte ständig Angst, sie könnte eines Tages nach Hause kommen und die Zimmer wären leergeräumt und ihre Kinder verschwunden.

Sie rief Rita zu sich. Ihre Stimme klang kühl, als wollte sie sagen: »*Ich* bin die Hausherrin hier. *Mich* solltest du fragen, ob du mir eine Kleinigkeit zu essen bringen sollst.«

»Haben die Kinder je mit dir darüber gesprochen, daß sie angeblich in eine Schule auf der anderen Seite der Hauptstraße geschickt werden sollen?«

»Ja, sie haben so etwas erwähnt«, erwiderte Rita und errötete leicht.

»Was haben sie genau gesagt?«

»Ich kann mich nicht mehr erinnern.«

»Er vergiftet ihre Gedanken, er hetzt sie gegen mich auf«, sagte Nell.

»Sie sind nicht ganz bei sich, Missis«, gab Rita schamlos zurück.

»Wie kommst du dazu, so mit mir zu reden?« fragte Nell.

»Sie haben eine rege Phantasie«, sagte Rita, und an dem Glanz in seinen Augen konnte Nell erkennen, daß sich das Mädchen über ihre Verzweiflung freute.

»Was hast du eigentlich gegen mich?« fragte Nell.

»Ich habe keine Ahnung, wovon Sie sprechen«, erwiderte Rita kühl und weigerte sich, noch weiter über das Thema zu reden. Sie stammte aus demselben Ort wie Nell, wenn auch aus einer ärmeren Familie. Könnte das der Grund sein? Sie war in der Schule nie besonders gut gewesen, während Nell mit ihren Leistungen geglänzt hatte. War das vielleicht der Grund? Nein, Nell hatte das Gefühl, daß es überhaupt nicht mit der Vergangenheit zusammenhing, sondern mit der Gegenwart. Sie spürte, daß Rita sich Nell tatsächlich fortwünschte und davon überzeugt war, daß sie sich Dinge einbildete, die Kinder aushorchte, ihrem Mann eine schlechte Ehefrau war, eben ein ständig übelgelauntes Wesen. Wer weiß, wie ihre Unterredung geendet hätte, wenn Paddy nicht laut gejammert hätte, sein Hals tue ihm weh.

»Hast du Schmerzen, mein Schatz?« rief Rita und lief die Treppe hinauf, um ihm beizustehen. Er bekam einen seiner üblichen Bronchitis-Anfälle, würde tagelang krank und hustend im Bett liegen und seinen Bruder beknien müssen, ihm alte Comic-Hefte von der Schule mitzubringen, um die Langeweile zu vertreiben. Die beiden Frauen standen links und rechts an seinem Bett und fühlten abwechselnd seine Stirn. Seine Mutter gab ihm ein Aspirin, und schließlich, als wäre es seine Aufgabe, die beiden zu trösten, sagte er: »Tut mir leid, daß ich euch so zur Last falle. Ich bin nun mal ein altes Wrack.« Rita küßte ihn und ging hinaus. Seine Mutter küßte ihn ebenfalls, blieb jedoch im Dunkeln neben seinem Bett stehen, um ihm ihre Liebe zu zeigen. Oder war es ihre Bedürftigkeit?

5

Als sie später selbst im Bett lag, ging Nell in Gedanken alle ihre Freunde durch und fragte sich, wen sie aufsuchen und um Rat fragen könnte. Sie war noch nicht lange in England und hatte nicht viele Freunde hier, außer den Nachbarn vielleicht, bei denen sie sich am Weihnachtsabend betrunken hatte. Doch die Familie hatte ihre eigenen Sorgen: Ihre hübsche Tochter erwartete von einem Mann, der einer religiösen Sekte angehörte, ein Kind und war mit ihm durchgebrannt. Nell lag da und hatte das Gefühl, daß gegen sie eine schreckliche Verschwörung im Gange sei, die entweder von ihrem Mann oder von Rita angezettelt worden war. Sie hatte das Gefühl, in diesem Spiel keine großen Chancen zu haben, und sie war sich über sich selbst und ihren eigenen Gemütszustand so wenig im klaren, daß sie nicht einmal wußte, ob Rita nicht vielleicht doch recht hatte, wenn sie sagte, sie bilde sich das alles nur ein. Vielleicht hatte Rita gar nichts gegen sie. Vielleicht saß ihr Mann unten in seinem Arbeitszimmer und wartete nur darauf, daß sie mit offenen Armen auf ihn zuging und sagte: »Liebling, Liebling.« Aber sie wußte, auch diese Gedanken waren lächerlich. Sie faßte kleine Vorsätze: Sie würde ein Stärkungsmittel und ein Thermometer für Paddy kaufen. Es reichte nicht, mit der Hand seine Stirn zu fühlen. Ja, er würde morgen krank sein, sie würde in seinem Zimmer sitzen, und wahrscheinlich würde er ihr wieder diese ernsten Fragen stellen, die sich ihm immer aufdrängten, wenn er krank war, Fragen über Gott und den Tod. Einmal hatte er ihr erzählt, er habe von Särgen geträumt, er und sein Bruder hätten darin gelegen, jeder in seinem eigenen kleinen Sarg.

»Unsinn«, hatte sie gesagt, »Unsinn«, und sie hatte die Arme um ihn gelegt; aber sie wußte, irgendwie hatte sich ihm die allgemeine Traurigkeit mitgeteilt, und eines Tages, wenn er erwachsen war, würde er sich an dieses Gefühl erinnern, irgend jemandem von seinen Fieberanfällen, dem seltsamen

Kindermädchen aus Irland, das seinen Bruder immer bevorzugt hatte, und seiner hilflosen Mutter erzählen. Nell sprang aus dem Bett und lief in sein Zimmer; er schlief, aber an seinem unzusammenhängenden Gemurmel konnte sie erkennen, daß das Fieber stieg.

Der Bruch kam an einem der Kindergeburtstage. Der Garten war voller Kinder, Kinder, die lachten und riefen: »Peng, peng, peng!« Andere drängten sich um den großen Tisch und streckten ihre kleinen Hände nach den Süßigkeiten und Speisen aus. Nell hatte eine Tischplatte auf Böcke gepackt, sie zunächst mit rotem Kreppapier überzogen und dann eine Spitzendecke daraufgelegt; es war ihre beste Spitzendecke, und der Tisch sah prächtig aus. Der erste kleine Rückschlag kam, als Tristan, das Geburtstagskind, ein Glas zerbrach. Um sich vor seinen Freunden interessant zu machen, ließ er, aufgekratzt wie er war, sein Glas mit Limonade demonstrativ auf den Tisch fallen. Das Glas zerbrach, das Kreppapier weichte auf, und bald hatte das Tischtuch aus Spitze einen großen hellroten Fleck. Tristan schaute sich vorsichtig um, und als er sah, daß seine Mutter nicht böse war, lachte er laut und sagte: »Bin ich nicht ein tapferer Junge, weil ich nicht weine?« Nell lächelte ihm zu und ging zum Tisch, um die Scherben einzusammeln, damit sich keines der Kinder daran schnitt. Auch das Geschenkpapier, das überall herumflog, hob sie auf und dachte, wie glücklich die Kinder doch waren, wie ausgelassen und unbeschwert. Ihr Vater hatte sich noch nicht blicken lassen. Die Kinder spielten Kriegsspiele, und Rita ging herum, umarmte und küßte sie, band ihnen die Schnürsenkel zu und machte sich auch in jeder anderen Hinsicht wichtig. Es gab Krüge mit Limonade, mit Zuckerguß bestrichenes Gebäck, jede Menge Schnittchen und einen prächtigen Geburtstagskuchen. Die Jungen waren sehr viel aufgekratzter als die Mädchen, schwangen Stöcke als Waffen und stießen wilde Schreie aus, während sich die Mädchen ängstlich um Rita scharten, sich ein Taschentuch ausborgten oder darum baten, ins Haus gelassen zu werden, weil die Jungen so grob zu ihnen waren. Kaum waren sie im Haus, wollten sie jedoch schon wieder nach draußen. Nell schaute von Zeit zu Zeit über die Mauer, um zu sehen, ob ihre Nachbarin schon auf der anderen Seite lauerte, doch sie hatte sich seit drei Tagen nicht mehr blicken lassen. Nell überlegte, ob sie vielleicht krank sei, ob sie vielleicht bei ihr klopfen und fragen sollte, ob sie Hilfe bräuchte, aber sie traute sich nicht.

Gerade als die Party in vollem Gange war und sie die sieben Kerzen auf dem üppig verzierten Biskuitkuchen anstecken wollte, kam ihr Mann in seiner besten Jacke aus dem Haus geschlendert, betont ruhig und mit einem seltsamen Ausdruck auf dem Gesicht. Er sah zu, wie Rita die Kerzen ansteckte und Tristan sie ausblies, wartete, während alle sangen: »Happy birthday, happy birthday to you«, sang aber selbst nicht mit. Nell wußte, er würde sie zu sich rufen. Aber er sagte nichts, sondern krümmte nur den Zeigefinger, und sie folgte ihm ins Haus. Er schloß die Tür, die zum Garten führte, hinter sich, und sie dachte: Das wird hart, vielleicht sogar das Ende.

»Du hast den Scheck, der heute morgen kam, noch nicht auf der Rückseite unterschrieben.«

»Richtig. Und ich werde ihn auch nicht unterschreiben«, entgegnete sie. Es ging um das Honorar für eine von ihr geleistete Arbeit, eine ziemlich bedeutende Summe, viel höher, als sie erwartet hatte. In der Vergangenheit hatte sie alle Schecks unterschrieben und ihm gegeben, aber diesmal war sie der Meinung, daß es ihr Geld war und daß sie ein eigenes Konto haben wollte.

»So etwas Dreistes habe ich noch nie gehört«, sagte er.

»Aber es ist mein Geld«, beharrte sie, wußte jedoch, daß ihre Stimme zitterte und Tränen in ihren Augen standen. So hatte sie sich als Kind gefühlt, wenn sie versucht hatte, sich gegenüber ihrer Mutter zu behaupten, wenn sie versucht hatte, ihr zu erklären, daß sie nichts Falsches getan, nicht absichtlich eine Tasse zerbrochen oder Salz verschüttet hatte. Außerdem, dachte sie, warum habe ich diesen Scheck überhaupt herumliegen lassen, so daß er ihn sehen konnte? Warum habe ich ihn nicht einfach irgendwo eingelöst und auf diese Weise meine Unabhängigkeit bewiesen? Ein Wort gab das andere. Er zog eine Füllfeder aus der Tasche, tauchte sie in schwarze Tinte – sie waren in seinem Arbeitszimmer – und sagte: »Unterschreib den Scheck, unterschreib ihn auf der Stelle!« Aber sie gab nicht nach. Da packte er sie am Arm und zerrte sie die Treppe hinauf ins Schlafzimmer, schloß die Tür hinter sich ab und stieß Nell aufs Bett. Seine Hand legte sich wie eine Schraubzwinge um ihren Hals, während er mit ruhiger, viel zu ruhiger Stimme sagte: »Wenn du ihn nicht unterschreibst, mache ich dir das Leben zur Hölle!«

»Walter! Walter!« sagte sie und wußte doch, daß es Wahnsinn war, an seine Vernunft zu appellieren.

Er drohte, ihr die Kinder wegzunehmen. »Dann kannst du sehen, wo du bleibst.«

»Das kannst du nicht tun! Es sind auch meine Kinder!« keuchte sie, aber er lachte, und seine Finger schlossen sich immer fester um ihren Hals. Sie dachte an Dracula, spürte, wie ihr der Atem abgedrückt wurde.

Irgendwie konnte sie sich aus seinem Griff befreien. Sie ging zur Tür, und durch die Tatsache, daß sie den Stift nahm, gab sie ihm zu verstehen, daß sie kapitulieren und den Scheck unterschreiben würde. Sie ging hinunter und schrieb ihren vollen Namen auf den Scheck, trat in die Küche, sah die Kinder im Garten schreien und toben und dachte: Ich kann keine Minute länger in diesem Haus bleiben. Sie ging zurück in den Flur, öffnete den Schrank, in dem die Mäntel hingen, zog ihren grauen Mantel an, verließ das Haus und wußte, es war für immer.

6

Sie ging weiter, immer weiter. Zuerst zur Schule der Kinder, denn sie dachte kurz daran, den Direktor, der ganz in der Nähe wohnte, aufzusuchen und ihm von ihrer Notlage zu erzählen. Dann entschied sie, daß das wahrscheinlich ein Fehler wäre. Sie lenkte ihre Schritte zu der Ambulanz, in der ein Arzt sie zweimal untersucht, ihr ein Stärkungsmittel verschrieben und einen kleinen Vortrag darüber gehalten hatte, daß sie ihre Nerven schonen sollte. Sie lief an der Ambulanz vorbei, bog in eine Seitenstraße ein und ging weiter, während die Sorge, daß sie nicht wußte, wo sie die Nacht verbringen sollte, immer tiefer in ihr Bewußtsein drang. Es gab eine Frau, die sie durch ihre Arbeit kennengelernt hatte, sie wohnte nur ein paar Meilen entfernt, und Nell nahm einen Bus zu ihrem Haus. Die Frau war überrascht, sie zu sehen, faßte sich aber rasch und sagte: »Kommen Sie doch herein, kommen Sie herein«, und Nell betrat ihr Haus und setzte sich auf das Wohnzimmersofa, von dem aus man auf die Themse und eine geschwungene Fußgängerbrücke blicken konnte, die zur nächsten U-Bahn-Station führte. Zuerst erzählte Nell planlos von diesem und jenem, sagte, es sei alles in Ordnung, sie sei nur zufällig in der Nähe gewesen, dann rückte sie allmählich mit der Wahrheit heraus, sagte, sie habe gerade ihren Mann und die Kinder verlassen, sei verzweifelt und unglücklich und wisse nicht, was sie als nächstes tun sollte. Die Frau kochte ihr Tee und brachte ihr Toast und sagte immer wieder: »Niemand kann Ihnen helfen, Nell, das können Sie nur selber tun.« Aber natürlich würde sie alles tun, was in ihrer Macht stünde, um ihr zur Seite zu stehen. Als es dunkel wurde, bedankte sich Nell und entschuldigte sich dafür, einfach so hereingeplatzt zu sein, und obgleich sie am liebsten gefragt hätte: »Könnte ich wohl heute nacht bei Ihnen auf dem Fußboden schlafen?«, sagte sie es nicht. Sie brachte es einfach nicht über die Lippen.

Als sie ging, mußte sie der Frau hoch und heilig versprechen, sich wieder bei ihr zu melden. Sie sagte sogar, sie könnten sich vielleicht einmal zum Abendessen treffen, und wunderte sich in Gedanken über diese Absurdität. Sie hatte nur eine einzige Zehnpfundnote in ihrer Tasche, das Haushaltsgeld, das er ihr jeden Freitagmorgen gab, wie sie sich voller Bitterkeit erinnerte, Geld, das in Wirklichkeit ihr gehörte. Draußen auf der Straße war es dunkel. Fast automatisch stieg sie in einen Bus, der sie zurück nach Hause brachte. Sie ging zur Polizeistation am Ende der Straße, und ein junger Beamter stellte ihr immer wieder die gleichen Fragen – warum sie gekommen und ob ihr Mann gewalttätig geworden sei. Sie erklärte ihm, er sei fast gewalttätig geworden und jetzt wisse sie nicht, wohin sie gehen sollte. Der junge Polizist sagte, es tue ihm schrecklich leid, aber er könne ihr leider nicht helfen. Er schlug ihr vor, nach Hause zu gehen und sich noch einmal in aller Ruhe mit ihrem Mann auszusprechen.

Als nächstes ging sie zum nahegelegenen Krankenhaus. Gemeinsam mit vielen anderen Menschen, die in viel größerer Not zu sein schienen als sie, saß sie im Wartezimmer. Manche bluteten, andere hatten notdürftige Verbände um ihre Wunden gewickelt. Die schwersten Notfälle wurden auf Tragen in die Behandlungsräume gebracht, wo sich die Schwestern und Ärzte sofort um sie kümmerten. Als Nell an die Reihe kam, wurde sie von einer übereifrigen Krankenschwester befragt: »Was kann ich für Sie tun, meine Liebe?« Aber durch die Art, wie sie die Worte »meine Liebe« betonte, schien sie in Wirklichkeit zu sagen: »Sie haben keine Wunden, keine Verletzungen, warum vergeuden Sie meine Zeit?«

Noch einmal wiederholte Nell, was geschehen war. Daß sie im Garten gewesen sei, daß sie einen Kindergeburtstag gefeiert hätten, daß es zu einer Auseinandersetzung mit ihrem Mann gekommen sei und sie das Haus verlassen habe, ohne auf Wiedersehen zu sagen.

»Das war aber nicht sehr klug von Ihnen, meine Liebe«, sagte die Krankenschwester.

»Können Sie mir nicht irgendwie helfen?« fragte Nell.

Die Schwester nahm einen Schlüssel von dem großen Bund an ihrem Gürtel, schloß einen Schrank auf und holte aus einem großen Glas zwei Schlaftabletten. Sie waren grell türkis.

»Ich schlage vor, Sie gehen nach Hause, nehmen die Tabletten ein und schlafen sich erst einmal tüchtig aus«, sagte sie.

Nell nahm die Tabletten in die Hand und verspürte den heftigen Drang, sie gleich auf der Straße zu schlucken und einfach abzuwarten, was mit ihr geschehen würde. Aber dann nahm sie doch einen Bus, stieg einmal um und fuhr zu einem Bahnhof, von dem sie wußte, daß er den Stadtstreichern als Schlafplatz diente. Das wußte sie, weil sie es in einer Zeitung gelesen hatte, und sie wußte auch, daß sie von diesen Menschen nichts zu befürchten hatte, denn die meisten waren hilflos und verlassen, genau wie sie. Sie saß die ganze Nacht über auf einer Bank, an deren anderem Ende sich eine Frau in so viele Mäntel übereinander eingehüllt hatte, daß sie kaum noch als menschliches Wesen zu erkennen war. Die ganze Nacht über kamen und gingen Menschen, die sonst keine Bleibe hatten. Manche kamen offenbar nur, um sich umzusehen und dann wieder fortzuschlurfen; andere verkrochen sich in ihre Lieblingsecke, wickelten sich in Decken oder Mäntel ein, und einer spannte einen großen, zerfetzten Regenschirm auf, um ihn zwischen sich und die übrige Welt zu stellen. Selbst die Tauben schwiegen, und weil nachts keine Züge fuhren, war auch von den Gleisen kein Geräusch zu hören. Nur gehustet wurde sehr viel. Ab und zu kamen ein paar Bahnarbeiter vorbei, aber sie ließen die Schlafenden in Frieden, ja, schienen sie gar nicht wahrzunehmen. Nell hatte sich entschieden. Sie hatte Freunde auf dem Land. Sie würde am nächsten Tag um die Mittagszeit zur Schule gehen und die Kinder abholen. Sie würden einen Zug aufs Land nehmen, und dann würde sie in aller Ruhe entscheiden, wie es weitergehen sollte.

Die Kinder liefen auf sie zu und riefen: »Mama, Mama!« Sie fragten nicht, warum sie in der Nacht nicht nach Hause gekommen sei, und sie erzählten auch nichts darüber, ob ihr Vater oder Rita deshalb in Sorge gewesen seien. Nell flüsterte den beiden ihren Plan ins Ohr. Sie sollten zurück ins Schulgebäude gehen und ihre Mäntel holen, aber keinem ihrer Freunde etwas sagen und schnell wieder herauskommen, weil sie auf eine Zugreise gingen.

»Safari, Safari...«, riefen sie vergnügt und sausten davon wie zwei eifrige kleine Verschwörer. Im Nu waren sie wieder zurück und hatten nicht nur ihre Mäntel, sondern auch ihre Ranzen dabei, weshalb sie sich besonders klug vorkamen. Nell ging mit ihnen zu Woolworth's, um ihnen ein paar Spielsachen zu kaufen, denn sie hatte das Gefühl, in einem fremden Haus und einer unsicheren Situation würden sie ihre eigenen Spielsachen brauchen. Sie hatte bereits ihre Freunde auf dem Land angerufen und gefragt, ob sie kommen könnten. Ihre Freundin, die frisch verheiratet und darüber wahnsinnig glücklich war, rief ins Telefon: »Aber natürlich, Liebes, kommt ruhig her. Wir werden euch schon aufmuntern.«

Ungläubig hörten die Kinder dem Ehemann zu, als er ihnen gleich nach der Ankunft erzählte, er habe eine sehr schöne Aufgabe für sie, nämlich das Gewächshaus im Garten einzureißen. Es sei schon sehr alt und eine echte Gefahr, und sie könnten sich große Steine suchen, um die letzten Scheiben einzuwerfen. Er zeigte es ihnen, und sie machten sofort begeistert mit. Nell und Sally, die im Wohnzimmer saßen, hörten das zersplitternde Glas und die Freudenschreie, die jeden zerstörerischen Wurf begleiteten. Nell trank Wein, und ihre Gedanken verschwammen ein wenig, während sie die gleiche Geschichte noch einmal erzählte: von den Monaten, den Jahren der Verzweiflung, von dem Streit über den Scheck, von ihrer Nacht im Bahnhof Waterloo, von der Entführung der Kinder aus der Schule. Sally schenkte ihr Wein nach und sagte: »Schrecklich, viel zu schrecklich, um es mit Worten zu beschreiben.« Von Zeit zu Zeit kam Sallys Mann herein und fragte: »Quasselt ihr immer noch?« Dann küßte er Sally und ging wieder hinaus in den Garten. Sally sagte, sie könne ihr eigenes Glück kaum fassen. Sie habe schon lange für diesen Mann, dieses Genie, geschwärmt, aber er sei mit einer anderen verheiratet gewesen, einer blöden Kuh, die nicht einmal ahnte, daß er mit Sally angebändelt hatte, und es mit Sicherheit auch nie erfahren hätte, wenn die beiden sich nicht während eines Balles davongeschlichen hätten, in den Wald gegangen und so glücklich gewesen wären, daß sie im Rausch Narzissenblüten gegessen hatten. »Um zu sterben, Liebes!« sagte Sally und begann, Nell von ihrem Intimleben vorzuschwärmen, und Nell bekam immer mehr das Gefühl, daß ihre Anwesenheit nur Unannehmlichkeiten bereitete und diese Enklave strahlenden Glücks mit einem düsteren Schatten bedrohte. Vorsichtshalber sagte Nell, sie und die Kinder würden natürlich nicht lange bleiben, und Sally erwiderte: »Jetzt schläfst du dich erst einmal gründlich aus, dann kannst du anfangen, über alles nachzudenken.«

Doch Nell konnte nicht nachdenken. Sie langweilte Sally und ihren Mann beim Abendessen, redete zuviel; zusammenhanglose Versatzstücke ihres Lebens fielen aus ihrem Mund wie große Krümel. Die Kinder aßen viel, tranken sogar ein wenig von dem Wein und gingen anschließend ohne jede Widerrede ins Bett. Das Einreißen des Gewächshauses und das Räuber-und-Gendarm-Spiel im Wald hatten sie müde gemacht. Nell spürte, daß sie ihren Gastgeber langweilte, denn von Zeit zu Zeit stand er auf, ging hinaus und rief Sally zu sich – einmal, um ihr den Vollmond, ein anderes Mal, um ihr einen Dachs zu zeigen. Später, als sie im Bett lag, konnte Nell sie in ihrem Schlafzimmer lachen und reden hören, und sie stellte sich vor, was für eine Erleichterung es für die beiden sein mußte, endlich allein zu sein, ohne sich ihre Litaneien anhören zu müssen. Sie nahm eine Schlaftablette, die Sally ihr gegeben hatte, und fiel in einen tiefen, mit wirren Träumen durchsetzten Schlaf, so daß sie sich am nächsten Tag, als Sally plötzlich neben ihrem Bett stand, nicht mehr erinnern konnte, wo sie überhaupt war und wie lange sie geschlafen hatte. Sally sagte, es sei schon Mittag, und als Nell erschrokken aus dem Bett sprang, fügte sie hinzu, die Kinder hätten seit dem Frühstück draußen gespielt, und R. sei dabei, einen neuen Schuppen im Garten aufzubauen, der am Morgen geliefert worden sei. Sally nannte Robert immer nur R., auch wenn er ihr gegenüber stand. Sie hatte Nell eine Tasse Kaffee heraufgebracht; aber unten, auf dem Herd, sagte sie, warteten natürlich auch Spiegeleier und Risotto auf sie. Nell versuchte, sich zu erinnern und ihre Haltung wiederzufinden, tastete nach den winzigen Knöpfen an dem fremden Nachthemd, das sie trug, und betrachtete den Schlüssel am breiten Kleiderschrank, an dem eine Troddel baumelte. Nur sehr langsam fand sie in die Wirklichkeit zurück.

»Liebes!« sagte Sally, als wäre ihr ganz zufällig noch etwas eingefallen. »Du hast Glück. Wir müssen heute nach London fahren, R. hat einen neuen Auftrag bekommen, eine Titelmusik für einen Film, ihr habt das Haus also ganz für euch allein.« Nell dankte ihr, hatte aber das Gefühl, daß sie in Wirklichkeit das Weite suchten, weil sie für sie langweilig war, daß sie nur nach London fuhren, um sie los zu sein. Sie brachen noch vor dem Mittagessen auf, weil R. seiner Frau etwas Besonderes bieten wollte und mit ein wenig Glück den letzten freien Tisch im Connaught ergattert hatte. Nell blieb allein zurück, und mit plötzlicher Verblüffung wurde ihr klar, daß es auf dieser Welt tatsächlich Leute gab, die glücklich waren, warme Öfen und hübsches Geschirr hatten, sich beim Essen gemütlich auf ihren Stühlen räkelten, witzelten und lachten. Ohne zu wissen wieso, begann Nell mit einem Rundgang durchs Haus. Sie sah sich Sallys sämtliche Kleider an, die Sommerkleider in dem einen und die Winterkleider in einem anderen Schrank. Im Schlafzimmer stand ein Himmelbett, dessen Tagesdecke mit rostbraunen Fransen verziert war, überall waren Körbe mit Blumen verteilt, und auf der Chaiselongue lagen Bücher, die offenbar niemand gelesen hatte. Nell setzte sich auf das Bett, strich über die rostbraune Decke und starrte auf das Telefon. Neben dem Bett stand ein kleiner Sekretär. Nell zog die Schublade auf, um nach einem

Telefonbuch zu suchen. Sie wollte tätig werden, die Entscheidung herbeiführen. In der Schublade lag ein Zettel, den sie nicht übersehen konnte. Eine Nachricht von R. für Sally. Darin drohte er in schulmeisterlichem Ton, ihr den Hintern zu versohlen und noch andere unanständige Sachen mit ihr zu machen; zum vereinbarten Zeitpunkt solle sie einen kurzen Lederrock tragen und ihre kratzigste Haarbürste nicht vergessen. Klaps. Klaps, das war die Unterschrift. Nell schloß die Schublade und wählte die Nummer der Vermittlung. Ihr Mann und sie hatten einen gemeinsamen Freund. Sie rief ihn an und wurde mit heftigen Vorwürfen überhäuft. Ihr Mann habe sich schon zweimal bei ihm gemeldet, er sei völlig außer sich, weil er nicht wüßte, wo seine Kinder seien – und das ausgerechnet ihm, der all das schon einmal erlebt, schon einmal seine Frau und sein Kind verloren hatte. Wie sie ihm so etwas nur habe antun können? Sie ihm?

»Ich war verzweifelt«, sagte sie, schwach vor Angst.

»Das ist Walter auch!« entgegnete er.

»Ich dachte, du wärst mein Freund«, sagte sie, um ihn auf ihre Seite zu ziehen.

»Natürlich bin ich dein Freund«, erwiderte er.

Schließlich kamen sie überein, daß Nell mit den Kindern am Nachmittag mit dem Zug nach London kommen, die Kinder bei einer Bekannten in North London abgeben und dann in der Wohnung des Freundes mit ihrem Mann zusammentreffen würde, um die Lage zu klären.

»Ich kann auf keinen Fall zu ihm zurück!«

»Ich glaube, das weiß er«, sagte der Freund und lachte, und an seinem Lachen erkannte sie, daß er auf ihrer Seite stand.

Sie traf frühzeitig ein. Sie war blaß und sah aus »wie in tiefer Trauer«, sagte der Freund. Sie war auf dem Weg bei einer Reinigung vorbeigegangen und hatte versucht, ein Kostüm abzuholen, aber da sie die Quittung nicht dabei hatte, hatte sie es nicht bekommen.

»Ich muß unbedingt diesen Zettel haben«, sagte sie, als wäre das jetzt das Wichtigste auf der Welt.

»Nicht jetzt«, sagte der Freund, und dann klingelte es an der Tür. Nell klammerte sich an ihren Freund und ließ ihn nicht gehen. Sie flehte ihn an, immer in ihrer Nähe zu bleiben und nicht wegzugehen, auch wenn es unangenehm werden oder ihr Mann noch einmal versuchen sollte, sie zu erwürgen. Er versprach, im Nebenzimmer zu bleiben und ihr im Notfall zu Hilfe zu eilen. Nells Mann war tatsächlich verändert. Der Schock stand ihm deutlich ins Gesicht geschrieben. Er schien viel geweint zu haben. Er trug seinen besten Anzug, sein bestes Hemd, seinen besten Schlips, und er küßte sie liebevoll auf die Stirn – etwas, das er schon seit Jahren nicht mehr getan hatte. Er erkundigte sich nach den Kindern, fragte, ob es ihnen gutginge und ob sie ihre Schulaufgaben gemacht hätten. Dann sagte er zu ihrem gemeinsamen Freund, eine Tasse Tee wäre jetzt nicht schlecht – ein Wink, daß er mit Nell alleine sprechen wollte. Sie hörte sich selbst »entschuldige« sagen und bedauerte es sofort. Es schien aber doch eine positive Wirkung zu haben. Er sagte, er könne sie verstehen. Schließlich sei sie noch jung, und es sei nur logisch, daß sie sich die Hörner abstoßen müsse.

»Wohl kaum«, sagte sie und dachte an den Brief, den er an die Frau ihres heimlichen Freundes geschickt hatte. Ihr Freund hatte sich nie wieder bei ihr gemeldet. Wahrscheinlich haßte er sie inzwischen.

»Wir sind doch vernünftige Leute, und wir sind erwachsen«, hörte sie ihn sagen, und er fügte hinzu, daß sie schließlich beide ihre Kinder sehr liebten, genug liebten, um sich ihre Betreuung zu teilen.

»Warum bringst du die Kinder nicht zurück nach Hause?« schlug er vor. »Dann suchst du dir in Ruhe eine eigene Wohnung, und wenn du eine neue Bleibe gefunden hast, kannst du die Kinder an zwei, drei Abenden pro Woche zu dir holen, und die restlichen Abende verbringen sie dann bei mir – oder umgekehrt.«

Es war fast zu schön, um wahr zu sein. Nell konnte kaum glauben, daß er so nachgiebig war, sich ihrem Entschluß beugte und vorschlug, daß sie beide gleich viel Zeit mit den Kindern verbrachten, wo er doch erst vor achtundvierzig Stunden noch damit gedroht hatte, ihr die Kinder wegzunehmen. Sie hatte keine Ahnung, wie sie eine Wohnung finden und wo sie Geld auftreiben sollte, aber er sagte ihr, daß sie die Trennung friedlich regeln könnten, und das war alles, was wirklich wichtig war.

»Wird Rita bleiben?« fragte sie, ein wenig zögerlich.

»Ein Weilchen schon«, erwiderte er beiläufig. »Aber dann sollte sie wohl ausziehen und aufs College gehen.« Der Freund kam mit dem Tee. Sie saßen zusammen und erzählten lachend davon, wie sie eines Abends zu dritt in ein Theaterstück gegangen waren, das ein Bekannter von ihnen geschrieben hatte, das aber so tödlich langweilig gewesen war, daß Nell in der Pause so getan hatte, als würde sie ohnmächtig und müßte von den anderen beiden hinausgetragen werden. So plauderten sie etwa eine Stunde, und da sie sah, daß er tatsächlich weicher geworden war, stand Nell auf und sagte, sie würde jetzt nach North London fahren, die Kinder holen und nach Hause bringen, damit sie die Nacht in ihren eigenen Betten verbringen könnten. Sie selbst hatte eine vorübergehende Bleibe gefunden, denn die Frau, die sie gleich an dem Tag, an dem sie von zu Hause weggegangen war, besucht hatte, wollte für ein paar Wochen verreisen und hatte Nell für diese Zeit ihre Wohnung überlassen.

»Es scheint also alles ganz gut zu klappen«, sagte sie, als hätten sie nicht eine Trennung und Scheidung vor sich, sondern eine fröhliche Spritztour ins Grüne. Auf der Straße lagen festgetrampelte Blüten von lilafarbenem Flieder. Jungen hockten in den Bäumen und schüttelten die Zweige. An einem anderen Tag wäre sie womöglich ärgerlich geworden, jetzt lächelte sie die Jungen nur fröhlich an. Ihre Kinder würden sich freuen. Sie würden die Nacht in ihrem eigenen Zimmer verbringen, und sie würde sie jeden Tag sehen. Nicht ein Tag in ihrem Leben würde vergehen, an dem sie nicht mit ihnen zusammen wäre, und sie würde hart arbeiten und eine

Wohnung finden, in der sie alle zusammen wohnen könnten. Der Alptraum war ein für allemal vorbei.

Die Bekannte in North London war sehr erleichtert. Sie freue sich für Nell, sagte sie, aber sicherlich war sie auch froh darüber, daß sie ihr Wohnzimmer nicht in ein Matratzenlager verwandeln mußte. Auch die Kinder nahmen die Neuigkeit freudig auf. Es schien ihnen Spaß zu machen, ohne jede Vorwarnung von hier nach da geschleppt zu werden, zu ungewohnten Zeiten zu essen und von fremden Menschen geküßt und umsorgt zu werden. Nell borgte sich von ihrer Bekannten Geld und versprach ihr, es so bald wie möglich zurückzuzahlen. Sie nahm ein Taxi, dann einen Zug und schließlich vom Bahnhof aus wieder ein Taxi. Als sie die Straße zu dem Haus hinauffuhren, das einmal ihr gemeinsames Zuhause gewesen war, spürte Nell ihr Herz pochen, und sie erinnerte sich daran, wie sie vor wenigen Tagen die Straße hinuntergegangen war und gefürchtet hatte, er könnte ihr nachlaufen und sie mit Gewalt zurückholen. Und als sie an dem künstlich angelegten See vorbeikamen, der wie ein schwarzes Laken ausgebreitet in der Senke lag, kam ihr der Gedanke, daß sie nie wieder dort spazierengehen und die alten Männer sehen würde, die mit unermüdlicher Geduld und dünnen Bambusruten am Ufer saßen und angelten.

7

Das Haus war hell erleuchtet und strahlte eine einladende Wärme aus, die Nell, als sie noch dort gewohnt hatte, gar nicht wahrgenommen hatte. Sie bat den Taxifahrer, auf sie zu warten, und die Kinder sprangen hinaus, liefen durch das offene Tor zur Haustür und klopften wie wild. Ihr Vater machte ihnen auf. Er trug wieder seinen alten, zerlumpten

Pullover und starrte sie seltsam lächelnd an. Er küßte die Kinder und sagte, sie kämen gerade rechtzeitig, um sich ihre Lieblingssendung im Fernsehen anzuschauen. Die Jungen stürmten an ihm vorbei in den Flur und riefen: »Rita, Rita.« Walter schaute Nell an, und sein Lächeln gefror. Betont höflich sagte er, er sei ihr zu großem Dank verpflichtet.

»Wofür?« fragte sie mißtrauisch, denn er war jetzt nicht mehr der liebenswürdige Mann, mit dem sie in der Wohnung ihres Freundes Tee getrunken hatte. Er war ein Mann, der bleich war vor Zorn.

»Dir ist ja wohl klar«, erklärte er, »daß du die Kinder vor dem Gesetz gerade verloren hast. Du bist ihre Mutter, und du hast sie verlassen.« Er lachte. Dann schob er ohne jeden weiteren Kommentar die Haustür zu.

Nell schlug gegen die Tür und rief: »Warte! Das kannst du nicht machen!«

Und durch den Briefschlitz, dessen Klappe er leicht angehoben hatte, kam seine Stimme: »Zum Teufel! Du siehst doch, daß ich es machen kann.«

Verzweifelt rief Nell, daß sie ihn verklagen würde, daß sie alles tun würde, um ihre Kinder zurückzubekommen, daß er ein Mistkerl sei. Aber er hatte den Briefschlitz geschlossen, und durch die Klappe konnte man sie im Haus nicht hören. Nach fünf Minuten, vielleicht mehr, vielleicht auch weniger, war ihr klar, daß ihr nichts anderes übrig blieb, als wegzugehen. Sie bezahlte das Taxi. Der Fahrer sah an ihrem Gesicht, daß etwas schiefgelaufen war. Er sagte: »Lassen Sie sich nicht unterkriegen, Miss.« Nell ging zu Fuß die Straße hinunter, schmiedete wilde Mordpläne und dachte sich alle möglichen Rachefeldzüge aus. Sie würde ihn erschießen, ihn erschlagen, Killer anheuern, ihn umbringen lassen... alles, alles, um ihre Kinder zurückzubekommen. Die Jungen würden sie in der allerersten Nacht natürlich nicht vermissen; sie würden nicht merken, was los war. Aber was würde in ein paar Tagen geschehen, wenn ihnen klar wurde, daß ihre Mutter nicht zu ihnen kam? Sie würden weinen, sich verraten fühlen. Vielleicht würden sie sich weigern, je wieder mit ihr zu sprechen.

Sie schrieb an ihre Mutter, schrieb mit all der Dringlichkeit und Verwirrtheit eines Kindes. Sie wußte, es handelte sich um eine willkommene Neuigkeit, trotz des Schocks. Jeden Tag wartete sie auf die Antwort.

Als sie den dicken, derben Briefumschlag ihrer Mutter in der Hand hielt, erlebte sie einen Augenblick der Stärke, der Vergebung und der aufkeimenden Hoffnung, es könnte sich vielleicht doch noch alles zum Guten wenden und das Schlimmste liege hinter ihr. Sie blieb auf der Straße neben einer Laterne stehen und riß den Brief mit klopfendem Herzen auf. Das war ganz natürlich. Es war ein dicker Brief, ein ganzes Bündel Worte, warme, tröstliche Worte... Statt dessen hielt sie einen Schmähbrief in der Hand. Ihre Mutter schrieb, die Entwicklung könne eigentlich niemanden überraschen, es sei alles glasklar vorauszusehen gewesen, selbst der oberflächlichste Betrachter hätte sofort erkannt, wie lieblos diese Ehe gewesen sei. Anschließend zählte sie jede einzelne seiner Verfehlungen auf, erinnerte Nell daran, welche Mühe sie sich stets mit seinem Essen gegeben habe, weil er so wählerisch gewesen sei, nur um ihrerseits mit dem Billigsten abgespeist und wie eine Dienstmagd behandelt zu werden. Dann beschrieb sie die bewundernswerte Nachsicht ihres Vaters, der ihretwegen die kaum verhüllten Beleidigungen eines Mannes hingenommen hatte, der es nicht würdig war, seine Stiefel zu putzen. Aber, so schrieb sie weiter, das sei Vergangenheit, von nun an zähle nur noch die Zukunft. Und ihre Mutter beschwor sie, diese Zukunft mit einem Gelübde zu beginnen. Sie solle sich, wo immer sie auch gerade sei, hinknien, wenn sie diese Worte las, und feierlich geloben, daß sie nie wieder ein alkoholisches Getränk anrühren und sich nie wieder mit einem Mann einlassen würde. Nell stand auf der Straße und dachte: Ich werde etwas Schreckliches tun, ich werde mich unsäglich blamieren. Es war eine ziemlich mondäne Straße mit mehreren Antiquitätengeschäften. Im Schaufenster ihr gegenüber stand nichts weiter als der winzige Nachbau einer imposanten Eichentreppe, im nächsten eine wunderschöne, mit Schnitzereien reich verzierte chinesische Truhe, darüber hing ein Korb mit frischen, zarten Blumen, fröhlich und unbeschwert, und Nell dachte, diese Frau, meine Mutter, ist nicht meine Mutter, weil sie kein Mitleid empfindet; diese Mutter hat ein Herz aus Stein.

Er teilte ihr mit, daß er sich entschlossen habe, die Kinder aus Familiengründen an ein paar Abenden pro Woche mit ihrer Mutter zusammenzuführen. Wann die Kinder das nächste Mal zu ihr kommen würden, war allerdings stets ungewiß, hing von seinen Plänen ab, von Ritas Arbeitszeiten und davon, ob die Kinder brav genug gewesen waren, um seine Erlaubnis zu erhalten. So kam es, daß sie ständig auf den entscheidenden Anruf wartete und dann zum Bahnhof lief, um die Kinder abzuholen. Häufig mußte sie eine ganze Stunde oder noch länger warten, und schon bald kannte sie den Bahnhof besser als ihre eigene Wohnung, kannte die Gleise und die Schlackenklumpen dazwischen, die schmierigen Bänke und die bunten Plakate, die – an dieser Stelle völlig unpassend – für Sonnenmilch und Sommerurlaub warben. Jenseits einer steilen Grasböschung lagen kleine Gärten mit bunten Wäscheleinen. Die meisten Menschen am Bahnhof wirkten müde und stumpf, andere strotzten vor Energie – vor allem junge Mädchen, die sich, auf dem Weg zu einem Rendezvous, mächtig in Schale geworfen hatten. Die Kinder kamen jedesmal auf sie zugestürmt, als hätten sie Angst, sie könnte sich im letzten Augenblick doch noch in Luft auflösen. Manchmal murrten sie, weil ihr Vater irgend etwas Unmögliches von ihnen verlangt hatte. Einmal hatten sie ihr Zimmer staubsaugen müssen und führten noch auf dem Bahnsteig in einer gestenreichen Pantomime vor, wie sie die schwerfällige Maschine durchs Zimmer bugsiert und sich nach den Fusseln und Ritas abgebrannten Streichhölzern gebückt hatten. Ein andermal ging es um Milchflaschen: Tristan hatte die Milch hereinholen wollen, aber sofort beim Anheben der Flaschen gemerkt, daß sie zu schwer waren. Er hatte gerufen: »Sie rutschen, sie rutschen!« Aber sein Vater hatte seinen Hilferuf einfach nicht zur Kenntnis genommen und seelenruhig abgewartet, bis die Flaschen – »Bumm! Krach!« – auf den Boden gefallen waren. Paddy hatte seinem Bruder beim Zusammenfegen der Scherben helfen wollen, aber sein Vater hatte es ihm nicht erlaubt. »Laß *ihn* das machen, *er* hat sie fallen lassen«, hatte er gesagt.

»Wir werden schon bald eine Lösung finden«, tröstete Nell die Kinder, ohne zu wissen, ob es tatsächlich je eine Lösung geben würde. Schließlich hatte sie die Kinder verlassen, und deswegen war sie so verängstigt, daß sie sich nicht traute, zum Anwalt zu gehen. Außerdem war da noch die Geldfrage. Geld war ihr zweitgrößtes Schreckgespenst. Sie hatte den Leiter einer Bank aufgesucht, den ihr ein Freund empfohlen hatte, und er hatte Mitleid mit ihr gehabt und ihr einen Überziehungskredit eingeräumt. Er hatte sich väterlich gegeben, hatte gesagt, er wüßte, wie ihr zumute sei, auch er habe einen Sohn verloren – wodurch, das sagte er nicht.

Sie bekam eine Halbtagsstelle im Lektorat eines Verlags, und um ihr Einkommen aufzubessern, las sie auch zu Hause noch Manuskripte – Geschichten, die sich von ihrer nicht allzusehr unterschieden, auch wenn die Frauen in diesen Büchern etwas mehr Schneid besaßen.

»Warum unternehme ich nichts?« fragte sie sich, wenn sie allein in ihrer kleinen Wohnung saß oder am Bahnhof auf die Kinder wartete, aber die Angst hatte sie gelähmt – die Angst, ein großes, himmelschreiendes Unrecht begangen zu haben.

Ihre Mietwohnung war klein, aber sie liebte ihre erste eigene Bleibe. Vom Dachfenster ihres Arbeitszimmers aus blickte sie auf endlose Reihen von Dächern und Fernsehantennen und die mit Grünspan überzogene, blasse Kuppel des nahen Kirchturms, die wie der riesige Helm eines Feuerwehrmannes aussah. Von hier aus wirkte die Stadt ganz fremd; fast hatte sie das Gefühl, nicht in London zu sein, sondern in einer ganz anderen Stadt, in Paris vielleicht, obwohl sie Paris gar nicht kannte. Auch die Kinder fühlten sich in der Wohnung wohl; sie sprangen herum, steckten ihr Revier ab und ließen bei jedem Besuch ein paar Sachen da. Nell hatte ein riesiges Bett gekauft, und nachts schliefen sie eng aneinandergekuschelt. Irgendwelche Liebschaften kamen für Nell nicht in Frage. Sie ging nur selten auf Partys, und einmal lernte sie einen Sänger kennen, der ihr gefiel. Er wirkte sehr weich, trug Wildlederschuhe, eine weiche Lederjacke und ein schwarzes Polohemd, und sie stellte sich vor, in seinen Armen zu liegen. Am liebsten hätte sie schwarzen Samt getragen, um sich seiner Kleidung anzupassen, als sollten ihre Kleider und nicht ihre Körper miteinander verschmelzen. In Wirklichkeit hatte sie große Angst, sich auf jemanden einzulassen, hatte Angst, erwischt zu werden und dadurch die Kinder zu verlieren, aber noch größere Angst, der Situation nicht genügen zu können, zu schäbig eingerichtet oder selbst zu gefühlsbetont zu sein. Aber er schien sich ernsthaft für sie zu interessieren, machte ihr Komplimente über ihre Elfenbeinhaut und ihren Haarschnitt, stellte aber mit Befremden fest, daß sie in ihrer Wohnung keinen Telefonanschluß hatte, sondern gemeinsam mit den anderen Hausbewohnern das Telefon auf dem Flur benutzen mußte.

»Ich habe ein eigenes Telefon beantragt«, sagte sie.

»Wie schön für dich«, erwiderte er, blinzelte und ging zum Tisch hinüber, auf dem sie ein kleines Büffet aufgebaut hatte – Lasagne in einer viel zu hellen Sauce, mehrere Schüsseln mit Salat und frisches Baguette, das sie nicht geschnitten, sondern gebrochen hatte, weil sie das für besonders schick hielt.

Manchmal sagte sie sich, daß ihre Situation erträglich sei. Sie sah die Kinder einigermaßen regelmäßig, die Kinder liebten sie, sie verwöhnte sie mit Comics und Süßigkeiten, und in zehn Jahren wären sie alt genug, um eigene Entscheidungen zu treffen. Zehn Jahre! Dann wieder, wenn sie endlos am Bahnhof warten mußte und Walter mit den Kindern einfach nicht kam, kochte sie vor Wut und überlegte sich die abenteuerlichsten Strategien. Er ließ sie absichtlich warten und sagte den Kindern: »Wollen wir doch mal sehen, wie sehr sie sich aufregen kann.« Er stieg nie aus, sondern öffnete nur die Wagentür und ließ sie hinaus, wie kleine Welpen, die durch eine Luke ins Freie entlassen werden. Das Auto war grau; er hatte es erst kürzlich gekauft, wahrscheinlich, um sich ein wenig aufzumuntern. Es war ein Oldtimer und schon von weitem gut zu erkennen. Um so überraschter war sie, als sie eines Tages, als sie gerade mit dem Bus zur Schule fuhr, um die Kinder abzuholen, das Auto mit heruntergeklapptem Verdeck in die umgekehrte Richtung fahren sah, eine junge Frau neben ihm auf dem Beifahrersitz. Zuerst dachte sie, es wäre Rita, aber nein, es war eine andere Frau, ihr langes Haar flatterte wie eine aufreizende Fahne im Wind. Nell konnte es nicht glauben. Sie stand auf, lief zur Tür, sprang kopflos aus dem fahrenden Bus und lief dem grauen Auto hinterher, das schon bald außer Sichtweite war. Ungläubig und zornig blieb sie stehen. Wer war diese junge Frau? Wohin fuhren die beiden? Hatten die Kinder sie schon kennengelernt?

Die Kinder standen am Schultor und waren mißmutig, weil sie sie hatte warten lassen. Paddy jammerte, sein Schnürsenkel sei aufgegangen, und als Nell sich bückte, um ihn zuzubinden, sagte er: »Ich dachte schon, du wärst für immer verschwunden.« Um ihren Fehler wieder gutzumachen, spendierte sie jedem der Jungen ein Schokoladeneis, und bald lachten sie wieder und hörten erstaunt, daß sie als erstes zum Haus ihres Vaters fahren würden, um ein paar von Nells Sachen zu holen. Nell hatte immer noch ihren Haustürschlüssel. Ihre Kleider hatte sie natürlich längst mitgenommen; sie gab vor, es ginge um ein paar Krüge, die von ihrer Mutter stammten, und um einen Briefbeschwerer, den sie einmal geschenkt bekommen hatte, einen Glasblock mit einem fedrigen Löwenzahnsamen. Als sie die Straße zum Haus hinaufgingen, hielten sie sich nahe an den Mauern und Toren, um nicht gesehen zu werden. Nell hatte sich, für den Fall, daß Walter zurückkam, eine Geschichte zurechtgelegt. Sie würde sagen, eines der Kinder habe ein Schulbuch, ein Buch über Seeigel, vergessen und brauche es dringend, um seine Hausaufgaben zu machen.

»Du Schwindlerin!« sagte Paddy lachend. Offenbar war er froh, sie jetzt in ein und demselben Boot zu wissen, denn er hatte in der Schule überall herumerzählt, seine Mutter habe Tuberkulose und sei auf unbestimmte Zeit in einem Sanatorium. Der Direktor hatte es nicht ihr, sondern Walter gesagt, der sie prompt in einem Brief dazu aufgefordert hatte, ihren Phantastereien ein Ende zu setzen und endlich damit aufzuhören, die Gedanken der Kinder mit ihren Lügen zu vergiften.

Sie schloß vorsichtig die Haustür auf und bemerkte mit einem Blick, daß sich seit ihrer Flucht einiges verändert hatte. Eine neue Fußmatte lag hinter der Tür, und jemand hatte den Schrank im Flur gestrichen. Rita schien nicht zu Hause zu sein. Es war ihr freier Nachmittag, deshalb hatte Nell die Kinder direkt von der Schule abholen dürfen, anstatt stundenlang am Bahnhof auf sie warten zu müssen. Nell schickte die Kinder in die Küche. Sie sagte, sie müsse kurz allein ins Arbeitszimmer ihres Vaters gehen.

»Willst du in sein Geheimfach gucken?« fragte Paddy.

»Du neugieriger Kerl«, sagte sie und zwickte ihn in den Arm.

Im Arbeitszimmer herrschte ein heilloses Durcheinander, aber auf dem Schreibtisch lag das Belastungsmaterial, nach dem sie gesucht hatte: die Anzeige einer Frau, die in London eine Unterkunft suchte, eine Frau mit einem Kind. Nell war sich sicher, daß das die Frau war, die sie in Walters Auto gesehen hatte. Rasch notierte sie sich die Chiffrenummer und beschloß, unter falschem Namen auf die Anzeige zu antworten und auf diese Weise den Namen und die Anschrift der Frau herauszufinden. Einen Augenblick lang glaubte sie, der Kampf sei endlich vorüber, die Existenz dieser Frau sei der Beweis für einen Ehebruch, und dann würden endlich ihr die Kinder zugesprochen. Sie triumphierte noch innerlich, als Rita ins Zimmer hereingeplatzt kam. Sie hatte Lockenwickler im Haar und eine Eierschalenmaske auf dem Gesicht, so daß sie wie ein böser Geist aussah. Offenbar war sie gerade dabei, sich für ein Rendezvous vorzubereiten.

»Was machen Sie hier?« fragte sie.

»Was machst *du* hier?« entgegnete Nell und dankte den Sternen, daß Rita nicht in dem Moment hereingeplatzt war, als sie Walters Schreibtisch durchwühlt hatte.

»Dies ist immer noch mein Haus«, fügte Nell hinzu, ging zum Regal und nahm drei Bücher heraus, in die unübersehbar sein Name eingedruckt war.

»Der Vater der Jungen wird darüber sehr böse sein«, sagte Rita.

»Was du nicht sagst«, erwiderte Nell und verschaffte sich einen wirkungsvollen Abgang, indem sie die Kinder aus der Küche rief und sie anspornte, sich zu beeilen, denn sie seien in einem großen Hotel zum Essen verabredet. Rita küßte Tristan zum Abschied und zwang ihn mit der Frage: »Wen hast du am liebsten?« zu einer Liebeserklärung.

Als sie die Straße hinunterging, hatte sie Angst, die Nachbarn könnten sie sehen, oder ihr Mann könnte mit dem langhaarigen Mädchen von seinem Ausflug zurückkehren. Paddy beschwerte sich, Rita habe ihn nicht lieb und würde seinen Bruder ständig bevorzugen. Häufig, so sagte er, würde er aus dem Zimmer geschickt, damit sich die beiden irgendwelche Geheimnisse erzählen könnten, und einmal hätte sie ihn dazu verdonnert, mit einem Bimsstein die Badewanne sauberzuschrubben.

»Wenn das so ist, muß sie gehen«, sagte Nell und schrieb noch am Abend einen Brief an Walter, in dem sie ihm erklärte, daß Rita für die Betreuung der Kinder ungeeignet sei. Da sie für diese Behauptung jedoch keine vernünftigen Gründe anführen konnte, kam sie zu dem Schluß, daß der Brief, wenn sie ihn abschickte, die Lage nur verschlimmern würde, und so steckte sie ihn statt dessen in einen Krug – in einen der Krüge, die sie am Nachmittag aus dem Haus geholt hatte.

Er erlaubte den Kindern jetzt sehr viel öfter, zu ihr zu kommen, so oft, daß sie Feldbetten kaufte und ins Wohnzimmer stellte. Er war kaum zu Hause. Wahrscheinlich war er bei dem Mädchen, das die Anzeige aufgegeben hatte, dachte Nell, und eines Tages wurde ihr klar, daß sie jetzt schon seit zwei Monaten die Lösung all ihrer Probleme in Händen hielt. Sie bräuchte ihn nur noch mit dem Mädchen zu überraschen, und schon hätte sie den nötigen Beweis. Die Frau, die ihr anfangs ihre Wohnung überlassen hatte, schlug vor, gemeinsam aufs Land hinauszufahren und die beiden aufzustöbern. Nell hatte die Anzeige unter falschem Namen beantwortet und die Adresse bekommen. So machten sie sich eines Nachmittags auf den Weg, und Nell war so besessen von der Vorstellung ihres Sieges, daß sie den Kindern sagte, bald könnten sie für immer bei ihr bleiben.

»Gut, gut«, sagten sie zu Nell und dem Babysitter. Es war ein älterer Mann mit einer Kriegsverletzung, den sie auf einem Spielplatz kennengelernt und der ihr in rührenden Worten von seiner großen Kinderliebe erzählt hatte. Nell ahnte nicht, daß er sich in Wirklichkeit nur an die Jungen heranmachen wollte. Er fragte Paddy und Tristan ständig, ob er ihnen nicht ihre Schlafanzüge ausziehen dürfte. Da sie zu zweit waren, konnten sie sich seiner Zudringlichkeiten gut erwehren, aber er war ihnen trotzdem unheimlich. Natürlich erzählten sie ihrer Mutter nie davon; sie erzählten es Rita.

Die Fahrt war viel länger, als sie es erwartet hatte. Sie fuhren auf der Autobahn, vorbei an neonbeleuchteten Tankstellen mit Metallschildern, die im Wind hin- und herschaukelten, überholten Lastwagen und wurden von Autos überholt. Die Frau erzählte Nell aus ihrem eigenen Leben, von ihrem Ex-Mann und einem befreundeten Ehepaar, mit dem sie so vieles unternommen hatten, gemeinsame Urlaube, Bridge-Abende und so weiter, bis sie eines Tages früher als sonst nach Hause gekommen war und ihren Mann mit der Frau im Bett überrascht hatte, in ihrem Bett. An einer Tankstelle machten sie Rast und holten sich zwei Becher Kaffee, die sie im kalten

Auto tranken, und Nell fragte sich: »Welche Logik steckt eigentlich hinter diesem Beschattungsmanöver?« Zwei Lkw-Fahrer lehnten an ihren Wagentüren, aßen Würstchen und tranken Tee dazu. Einer von ihnen kam herüber und klopfte an ihr Fenster, um zu sehen, ob sie angequatscht werden wollten.

»Ich nehme den Schwarzen«, sagte die Frau, aber als die Männer nicht verschwinden wollten, streckte sie ihnen den Mittelfinger entgegen und signalisierte »Verpißt euch«.

Nell konnte es kaum glauben, als sie die verschlafene kleine Stadt am Meer schließlich doch noch erreichten. Es war inzwischen sehr spät, und in den Häusern brannte nur noch vereinzelt Licht. Das Meer lag am Ende der Straße ausgebreitet wie eine riesige, graue Matte. Der Wind hatte sich gelegt, und es war totenstill. Da, vor dem letzten Haus stand es, das stattliche graue Auto – ihr Beweis. Nell stieß einen Freudenschrei aus, packte ihre Freundin am Arm und rief: »Das ist es! Das ist es!«

Sie hielten an und fuhren in die Einfahrt eines anderen Hauses, das gerade umgebaut wurde. Sie hatten keine Ahnung, was sie als nächstes tun sollten. Sie überlegten, ob sie an die Tür klopfen und warten sollten, bis er oder das Mädchen herunterkam. Aber was dann? Sie kamen zu dem Schluß, daß es am besten wäre, erst einmal gar nichts zu unternehmen, sondern einen Detektiv anzuheuern und ihm die Sache zu überlassen; wahrscheinlich zählte vor Gericht ohnehin nur die Aussage eines Unbeteiligten, und vor Gericht wollte Nell jetzt auf jeden Fall gehen. Um sich Genugtuung zu verschaffen und ihren Rachedurst zumindest ein wenig zu stillen, beschloß Nell, die Telefonnummer zu wählen. Das Mädchen hatte sie bei der Antwort auf ihre Zuschrift im Briefkopf aufgeführt.

Ihre Freundin wartete und hielt die Tür der Telefonzelle auf, doch schon als Nell das Geld in den Schlitz steckte, bereute sie diesen Schritt und spürte, wie ihr Herz zu pochen begann, obwohl sie wußte, daß sie schweigen würde.

Eine schlaftrunkene weibliche Stimme sagte erst einmal,

dann zweimal »Hallo«, schließlich fluchte sie: »Leck mich am Arsch!« und legte auf. Ein resolutes Mädchen, ganz anders als sie.

Nell stellte sich die beiden eng umschlungen vor, sah in Gedanken das Fenster mit Blick aufs Meer, sah einen großen Krug mit Wiesenblumen und Möbel aus rohem Kiefernholz.

8

Gleich am nächsten Tag ging sie, obgleich sie noch ziemlich unausgeschlafen war, zu einem Rechtsanwalt, erzählte ihm ihre ganze Geschichte und bat ihn um Rat. Er war ein sehr beschäftigter Mann und offenbar recht einflußreich. Während sie bei ihm war, bekam er mehrere Anrufe, in denen es darum ging, wie mit dem Nachlaß eines berühmten Popsängers zu verfahren sei, der gerade Selbstmord verübt hatte – Nell hatte in der Zeitung darüber gelesen. Der Anwalt gab knappe Anweisungen zu Golduhren, goldenen Manschettenknöpfen und anderen Wertgegenständen. Als Nell sich verabschiedete, zwinkerte er vielsagend und meinte, wenn sie ihre komplizierten Familienangelegenheiten geregelt hätte, würde er sie gern einmal zu einem romantischen Abendessen einladen. Er sagte, er kenne einen sehr guten Detektiv, der für solche Fälle genau der Richtige sei, er habe sogar schon einmal einen Herzog mit heruntergelassenen Hosen erwischt. Auf Nell wirkte das alles so ungewohnt und irreal, daß sie, um nicht den Halt zu verlieren, an ihre Kinder denken mußte – an ihre strahlenden Gesichter, an ihre duftende Haut nach dem abendlichen Bad, an die Art, wie sie gierig Süßigkeiten verschlangen –, und zum ersten Mal in ihrem Leben fragte sie sich, ob die Kinder ihr später, wenn sie erwachsen waren, das alles zum Vorwurf machen würden – die »komplizierten Familienangelegenheiten«, wie der Anwalt es bezeichnet hatte. Sein Büro war vollgestopft mit geschmacklosen Möbeln, Onyxdosen, protzigen Aschenbechern und grellbunten Kunstdrucken, wie man sie in Warenhäusern kaufen kann.

Der Detektiv, den der Anwalt ausgewählt hatte, war selbst so beschäftigt, daß er einen Angestellten schickte, zumal er dachte, das Ganze sei ein Kinderspiel. Der Angestellte fuhr, wie Nell und ihre Freundin, mitten in der Nacht in das Dorf, klingelte an der Tür, und fragte das Mädchen frei heraus, ob es mit Mr. Soundso ein Verhältnis hätte. Das Mädchen fragte zurück, wer er denn sei, und er war dumm genug, sich ihr als Angestellter einer Detektei zu erkennen zu geben. Sie fragte empört, ob er sie für ein Flittchen hielte, blöd genug, ihm alles mögliche auf die Nase zu binden. Nur um sich etwas dazuzuverdienen, habe sie ihr Gästezimmer untervermietet. Ins Haus ließ sie ihn nicht.

Nells Chancen, bisher ohnehin kaum mehr als mager zu nennen, waren damit vertan. Ihr Mann bekam Wind von ihren Plänen und schrieb ihr in einem Brief, er lehne von nun an für seine Handlungen jede Verantwortung ab. Wenn sie je versuchen sollte, die Kinder durch irgendwelche faulen Tricks an sich zu reißen, würde er nicht locker lassen, bis er sie wiederhätte, und Nell könne sich dann keinen Augenblick mehr sicher fühlen, er würde nichts unversucht lassen, um ihr das Leben zur Hölle zu machen.

Jetzt kam es darauf an, nicht zu zerbrechen, die eigenen Kräfte irgendwie zusammenzuhalten, bis sie genug Munition gesammelt hatte, um wieder von neuem zu beginnen. Ihre Söhne hatten sich Hobbys zugelegt: Der eine interessierte sich leidenschaftlich für Eisenbahnen, der andere für Briefmarken. Tristan machte eines Tages einen kleinen Gewinn, indem er in einem Geschäft eine Briefmarke kaufte und ein paar Türen weiter zu einem höheren Preis weiterverkaufte. Sein Triumph führte zu Zwietracht. Um die Kinder zu besänftigen, spendierte ihnen Nell ein Mittagessen im Savoy. Staunend liefen sie in der glitzernden Eingangshalle umher, klopften auf die Sofas, stibitzten von einem der Tische Briefpapier und debattierten laut, wem sie schreiben könnten.

»Entschuldigen Sie, Madam…, aber ohne Krawatte können die jungen Herren hier nicht speisen«, sagte der Oberkellner, als sie in den Grill Room gehen wollten.

»Seien Sie doch nicht so kleinlich«, sagte Nell, doch schon im selben Moment tat es ihr leid, dem aufgeregten Oberkellner einen Vorwurf gemacht zu haben, denn er schwitzte schon jetzt, obwohl der Speisesaal um diese Zeit noch halb leer war. Der Kellner murmelte etwas, verschwand und kehrte kurz darauf mit zwei grellbunten Krawatten zurück; die Kinder sahen damit aus, als hätten sie sich als Clowns verkleidet. Mit Heißhunger stürzten sie sich auf ihr Essen: Steak and Kidney Pie und als Vorspeise eine kalte Suppe, die sie empört zurückgehen ließen, eben weil sie kalt war. Zum Nachtisch gab es Kochpudding. Beim Anblick der roten Marmelade, die über die gelbe Masse floß, fragten sie frech, ob sie so etwas nicht auch mal zu Hause für sie machen könnte. Sie nannten Nells Wohnung stets ihr Zuhause. Der Kellner, der sich inzwischen mit ihnen angefreundet hatte, flüsterte Nell mit verschwörerischer Stimme das Geheimrezept für den Pudding zu, und dann malte er wortreich eine Szene aus, in der die beiden als junge Männer nach dem Theater ins Savoy kamen, jeder eine hübsche junge Dame am Arm. Sie kicherten, und Nell sah wie durch ein Guckloch in eine Zukunft, in der sie nicht mehr wichtig für sie war.

Der mit einem abgetretenen roten Teppich ausgelegte Platz vor dem Hotel und die livrierten Türsteher, die fieberhaft nach Taxis riefen, verstärkten das Hochgefühl der Jungen. Endlich waren sie dem wirklichen Leben, dem Leben der Busse, Schulstunden und Hausaufgaben, entronnen. Auf dem gesamten Rückweg machten sie die Pfiffe der Türsteher nach und stritten sich, wer von ihnen lauter pfeifen konnte.

Wenig später sah Nell an einem Tag der offenen Tür in der Schule der Jungen zwischen Collagen, Bildern und bemalten Laternen den preisgekrönten Aufsatz ihres Sohnes Paddy, in dem er den Familienausflug beschrieb. Er behauptete, er habe im Savoy einen Martini probiert und ein ganzes Hähnchen gegessen. Auch das wird ein Nachspiel haben, dachte Nell, als die Jungen mit ihren Freunden herbeigelaufen kamen und sie fragten, ob sie mit einem Taxi gekommen sei. Alles würde ein Nachspiel haben.

Es dauerte fast ein ganzes Jahr, bis sie den Mut aufbrachte, zu einem anderen, seriöseren Anwalt zu gehen. Er bestellte sie mehrmals zu sich, und in ihrer Erinnerung wurden unzählige Einzelheiten wach: die lieblose Ehe, der endgültige Bruch, ihre Affäre mit einem sehr netten Mann, einem Amerikaner, der, obgleich er letztlich zu seiner Frau und seinen Kindern zurückkehrte, versprach, immer ihr Freund zu bleiben. Ihre Mutter warnte sie in ihren unheilverkündenden Briefen vor der Schande geschiedener Frauen und behelligte Nell mit ihrer ständigen Sorge darüber, daß die Kinder in einem heidnischen Land aufwuchsen.

Walters romantische Episode am Meer schien zu Ende gegangen zu sein, er führte jetzt ein sehr ruhiges Leben, ging nur gelegentlich mal ins Theater oder mit Rita in eine Ausstellung. Die Kinder erzählten es ihr, und manchmal, wenn sie die beiden abends ins Bett brachte und mit ihnen kuschelte, äußerten sie den Verdacht, ihr Vater wolle sie entführen.

Tristan war so blaß, als würde er an Blutarmut leiden. Walter schrieb ihr einen Brief, in dem er sie dafür verantwortlich machte. Es gab keine andere Möglichkeit, als zu kämpfen. Ihr Anwalt war der gleichen Meinung, äußerte sich aber »ein ganz klein wenig besorgt« wegen der Affäre, von der sie ihm erzählt hatte, und wegen der Umstände, unter denen sie das Haus verlassen hatte.

»Er hatte auch eine Affäre!« entgegnete sie, und ihr Anwalt, ein älterer Mann, schloß einen Moment lang die müden Eidechsenaugen, als würde die laute Stimme, die nach Vergeltung schrie, in ihm widerhallen.

In dieser Zeit häuften sich Walters Gehässigkeiten. Sie

durchdrangen ihr Leben wie ein Gift, zersetzten alle ihre Gedanken. Durch ihren Anwalt hörte sie von seinen Vorwürfen, Ritas Aussagen sowie den Stellungnahmen des Hausarztes und des Schuldirektors. Demnach hatte sie nicht nur ihre Kinder im Stich gelassen, sondern war auch eine gemeine Hure. Rita sagte, sie habe sie am Weihnachtsabend aus dem Haus gehen sehen, obwohl die Kinder sie angefleht hätten, mit ihr zu spielen; erst weit nach Mitternacht sei sie betrunken zurückgekommen. An anderen Tagen habe sie, eine Frau mit bescheidenen finanziellen Mitteln, am Morgen das Haus verlassen und sei am Abend mit Kleidern im Wert von mehreren hundert Pfund zurückgekehrt; diese Sachen habe sie sich nur auf zweifelhafte Weise beschaffen können. Ihr Mann sprach davon, wieviel Kraft es ihn gekostet hätte, vor den Kindern die bittere Tatsache geheimzuhalten, daß ihre Mutter psychisch instabil sei. Ihr Hausarzt beschrieb sie als »ein wenig versponnen«, und der Schuldirektor gab zu Protokoll, sie habe zu einem Sportfest einen reich ausgestatteten Picknickkorb mitgebracht und dessen Inhalt großzügig verteilt. Stündlich regneten neue Vorwürfe auf sie herab: Sie habe einen Pädophilen als Babysitter angestellt; sie habe ihre Kinder krank gemacht; Küsse und Zärtlichkeiten verteile sie nur, wenn sie wüßte, daß andere zuschauten; ihre Mutterliebe sei eine einzige Farce.

»Lügen... Lügen... Lügen«, sagte Nell zu ihrem Anwalt, und ihre laute Stimme drang durch die dünne Wand zum Vorzimmer, wo die Sekretärin, eine Wärmflasche auf dem Schoß, an ihrem Schreibtisch saß und neue Vorwürfe abtippte. Ihr Anwalt scherzte und sagte, eines Tages würden sie über die ganze Sache lachen.

Ihre eigenen Beweismittel wirkten im Vergleich zu diesen Schmähreden ziemlich dürftig. Was sie zu sagen hatte, lag auf der Hand: Sie hatten keine gute Ehe geführt, vermutlich einfach nicht zueinander gepaßt. Nell hatte insgesamt zu vier Männern gehen müssen, um ihnen mitzuteilen, daß ihr Mann behauptete, sie habe mit ihnen geschlafen; einer von ihnen war ein Vorgesetzter von ihr. Die Männer lachten über die Geschichte, doch auch dieses Lachen tat ihr weh, denn es zeigte ihr, daß niemand begriff, welche Qualen sie zu durchleiden hatte.

Schließlich entschieden sie sich für eine Strategie. Nell würde die Scheidung beantragen, und zwar nicht wegen Ehebruchs, sondern wegen seelischer Grausamkeit, wofür es, wie der Anwalt sagte, reichlich Anhaltspunkte gab. Er machte sich mit seinem altmodischen Füllfederhalter in seiner langgezogenen, leicht schrägen Schrift eifrig Notizen. Nell hörte sich davon erzählen, wie sie mit ihrem Mann kurz nach ihrer Ankunft in England in einem Geschäft gewesen war. Sie hatte ein Pfund Räucherlachs verlangt, aber nicht genug Geld dabei gehabt, um es zu bezahlen, weil sich der Preis auf dem Plastikschild, das in der Haut des Fisches steckte, auf ein Viertelpfund bezog. Während sie versuchte, der mißmutigen Verkäuferin begreiflich zu machen, daß dort, wo sie herkam, alle Preise pro Pfund gerechnet wurden, hatte er nur hämisch gegrinst und keinerlei Anstalten gemacht, ihr aus der Patsche zu helfen.

»Ja, aber ich habe die Scheiben schon für Sie abgeschnitten, jetzt müssen Sie sie auch bezahlen«, beharrte die störrische Verkäuferin. Davon erzählte sie dem Anwalt – und von all den anderen Schikanen: daß er ihr kein eigenes Geld zugestanden, wochenlang nicht mit ihr gesprochen, ihr Zettel mit giftigen Anfeindungen geschrieben hatte.

Sie sorgte dafür, daß die Kinder an dem Tag, als ihm der Antrag zugestellt wurde, bei ihr waren. Inzwischen hatte sie auch ihr eigenes Telefon; der Hörer lag neben der Gabel wie eine schwarze Kobra, die auf einen Angriff lauert. Die Kinder saßen vor dem Fernseher, Teller mit Bohnen und Toastbrot auf dem Schoß. Sie hatte ihnen erzählt, daß sie die Scheidung beantragt hatte, wußte aber nicht, ob sie ihr wirklich zugehört hatten, weil gerade ihre Lieblingssendung lief.

Später, vorm Zubettgehen, sagte Tristan: »Wenn Marvell morgen in der Schule damit angibt, daß seine Mami einen neuen Pelzmantel hat, kann ich sagen, daß meine Mami eine neue Scheidung hat.« Sie lachten gemeinsam über seinen Scherz. Es war ein verzweifeltes Lachen. Paddy meinte, sie sollte dem Vater sagen, sie hätte sie ins Erziehungsheim gesteckt, dann könnte er nicht mehr kommen und sie holen. Sie dachten sich die kühnsten Szenen aus, um einander zu beweisen, wie furchtlos sie waren. Bald wird uns das alles vorkommen wie ein böser Traum, tröstete sich Nell. Sie hatte das normale Leben schon ganz vergessen, hatte nie zum Himmel oder zu den Sternen aufgeschaut und nur ganz gelegentlich mal einen Strauß Blumen gekauft, und das auch nur, wenn sich Besuch angemeldet hatte. Sie kaute mechanisch auf ihrem Essen und fragte sich hinterher, wie es geschmeckt hatte. Manchmal blieb sie abrupt stehen, um den Wind auf ihrem Gesicht zu spüren, als könne sie damit in einen Zustand der Sorglosigkeit zurückkehren. Wenn erst einmal alles geklärt ist, kann ich glücklich sein, sagte sie sich, doch wie das Glück über sie kommen würde, war ihr ein Rätsel. Ihr Kopf war wie benebelt, und sie wunderte sich, daß sie überhaupt arbeiten und auf die Fragen anderer Leute halbwegs vernünftige Antworten geben konnte. Die Zwangslage, in der sie steckte, ließ sie gedanklich nie los. Sie war wie ein Hund, der ständig am gleichen Knochen nagt, und sie sagte sich: »Eines Tages werde ich diesen Knochen für immer vergraben.« An ihrem dreiunddreißigsten Geburtstag schrieb sie in ihr Tagebuch: »Stillstand«.

Am nächsten Tag holte ihr Mann Paddy, den Ältesten, von der Schule ab. Wegen des Altersunterschieds besuchten die Kinder jetzt verschiedene Schulen. Nell holte Tristan ab und nahm ihn mit in ihre Wohnung. Die erste unfreiwillige Trennung war für die Jungen bitter. Nell rief bei ihrem Mann an, Rita meldete sich am Telefon. Nell sagte, Tristan würde gern mit seinem Bruder sprechen. Sie blieb im Zimmer und lauschte Tristans gestelzter Konversation. Er sagte nichts von dem, was er gern gesagt hätte. Statt dessen redete er mit seinem Bruder über das Fernsehprogramm und erzählte ihm, in der Schule habe jemand seinen Anspitzer gestohlen. Dann kam offenbar sein Vater an den Apparat. Tristan sagte ihm gute Nacht und versprach, ein braver Junge zu sein. Später sprach Nell mit Paddy. Er weinte und flehte sie an, zu kommen und ihn zu holen.

»Ich will bei meiner Mami sein«, sagte er, als wäre sie nicht selbst am Telefon.

»Morgen«, sagte sie. Immer dieses Vertrösten auf morgen.

»Ich will aber heute bei meiner Mami sein«, erwiderte er.

»Das geht nicht, Paddy«, sagte sie. »Ich darf das Gesetz nicht brechen.« Seine Stimme wurde kalt und beherrscht. Sie hatte ihn im Stich gelassen. Sachlich teilte er ihr mit, er habe zum Abendessen Fischfrikadellen gegessen, und Rita habe einen leckeren Grießpudding gekocht.

In den darauffolgenden Wochen blieben die Kinder bei ihrem Vater. Es war am besten für sie, wenn sie zusammen waren, das wußte Nell, denn in der Nacht, als Tristan allein bei ihr gewesen war, hatte er so heftige Weinkrämpfe bekommen, daß sie ihn in ein Handtuch wickeln und festhalten mußte, weil sie ihn nicht anders beruhigen konnte. Weder sie noch er hatten in dieser Nacht ein Auge zugetan. Trotzdem war er am nächsten Tag frohgemut in die Schule gegangen, als könnte er dort, und nicht bei ihr, Erlösung finden. Nell wünschte, sie hätte die Scheidung nicht eingereicht, und dachte sogar schon daran, ihren Antrag zurückzuziehen, aber ihr Anwalt stärkte ihr den Rücken: »Wir stehen kurz vorm Ziel, junge Frau, verlieren Sie jetzt nicht die Nerven.«

Ihr Mann bombardierte sie mit ganzen Geschwadern von Briefen, um sie zu demoralisieren. Er benutzte immer braune Umschläge. Nell graute davor, zum Briefkasten zu gehen, aus Angst, die braune Farbe zu sehen. Der Anwalt beruhigte sie und sagte, sie solle froh über diese Briefe sein. Ihr Mann liefere ihr damit die beste Munition, und mit jedem Brief werde die Grube, die er sich grabe, tiefer.

Für den Tag vor dem Gerichtstermin hatte sich Nell zwei Dinge vorgenommen: Sie ließ sich bei einem vornehmen Friseur die Haare schneiden, denn sie hatte ihr Äußeres in letzter Zeit eher vernachlässigt, und sie ging zum Gerichtsgebäude, um sicher zu sein, daß sie sich in der ungewohnten Umgebung zurechtfinden würde.

Die Häuser rund um das Gerichtsgebäude bildeten eine eigentümliche Mischung aus Alt und Neu: Neben einer Steinkirche befanden sich eine schmale Gaststätte mit alter Fachwerkfassade und einem großen Bierkrug auf dem alten Wirtshausschild, ein Teeladen und eine moderne Bank. Vom Turm der kleinen Steinkirche, die der Royal Air Force geweiht war, läuteten die Glocken. Die Kirche selbst war geschlossen; Nell stellte sich einen pflichtbewußten Glöckner vor, der kräftig an den Seilen zog.

Das Gerichtsgebäude selbst war grau und beige. Bögen und Pfeiler waren mit dicken Bändern aus gehauenem Stein verziert. Nell ging die Stufen hinauf und trat durch die große Tür. Ehrfürchtig betrachtete sie das Schild, das den Weg zum »Robenraum« wies. Die riesige Eingangshalle war mit Steinfliesen ausgelegt, größere Kreise, die sich um immer kleinere Kreise schlossen, und durch die hohen, bleiverglasten Fenster fiel schräg das graue Licht auf die wuchtigen Porträts ehrwürdiger Lordrichter. Mit ihren roten, hermelinbesetzten Roben und ihren absurden Ringellockenperücken, die ihre kantigen Gesichter wie kleine Würstchen umrahmten, blickten sie auf Nell herab. Ein ähnliches Gesicht würde morgen über sie zu Gericht sitzen. Die Bilder hingen so hoch, daß ihr allein vom Betrachten schwindelig wurde. In einer Glasvitrine in der Mitte der Eingangshalle hing eine Liste der aktuellen Fälle, aber sie suchte vergeblich nach dem eigenen Namen und dem ihres Mannes. In den Seitenfluren, von der Eingangshalle durch große schmiedeeiserne Tore getrennt, waren die Gerichtssäle untergebracht... In einem von ihnen würde sie morgen sitzen, ihren Richter vor sich, ihren Anwalt neben sich. Auf anderen Schildern stand: »Postraum«, »Toiletten«, »Telefon«, und sie nahm sich vor, sobald sie den Urteilsspruch gehört hatte, ihre wenigen Freunde und den Mann, für den sie arbeitete und der sich sehr um sie sorgte, anzurufen. Ganz bestimmt würde es für sie positiv ausgehen. Alles wies darauf hin: die lateinischen Inschriften, die Recht und Gerechtigkeit priesen, das Geläut der heiligen Glocken.

Sie gönnte sich einen Krapfen und eine Tasse Kaffee. Es war alles in Ordnung, ihr Anwalt war zuversichtlich, und mit ihrer neuen Frisur gefiel sie sich schon viel besser, stellte sie fest, als sie in einem der Glaskästen, in dem historische Richterroben ausgestellt waren, einen Blick auf ihr Spiegelbild warf. Plötzlich dachte sie, wie seltsam es doch war, daß ihre Ehe, die auf so verrückte, romantische Weise begonnen hatte, an diesem kalten, unpersönlichen Ort ihr Ende finden sollte.

Abends, als es gerade dunkel geworden war, ereignete sich ein kleines Wunder. Ihr Mann rief sie an, mit leiser, reumütiger Stimme. Er wolle eine einvernehmliche Scheidung. Zwar sei in Wirklichkeit sie an ihrer Trennung schuld, aber immerhin sei sie die Mutter seiner Kinder, und es sei ihm bewußt, daß er dieses Band nicht zerschneiden könne. Sie dankte ihm überschwenglich für seine Einsicht, sprach seinen Namen aus, als hätte es zwischen ihnen niemals Feindseligkeiten gegeben, und rief gleich darauf ihren Anwalt an.

»Er hat seine Meinung schon öfter geändert«, gab der Anwalt zu bedenken.

Diesmal sei das etwas anderes, erwiderte sie, da sei sie sich ganz sicher. Der Schmerz und das Unglück der Kinder habe ihn doch noch zur Vernunft gebracht. Schließlich glaubte er ihr, und da er selbst sehr beschäftigt war und bald zum Kronanwalt ernannt werden sollte, schlug er vor, einen jüngeren Mitarbeiter zu schicken, zumal es sich unter diesen Umständen um eine ganz einfache Sache handeln würde.

»Das spart Ihnen auch Geld«, sagte er und wünschte ihr eine gute Nacht.

Ein Traum verhieß ihr kein gutes Ende. Sie träumte, sie hätte die Kleider der Kinder bügeln wollen, aber statt dessen die Kinder selbst erwischt, so daß ihre Haut am heißen Bügeleisen hängenblieb; ihre Körper schrumpften immer mehr zusammen, bis schließlich nur noch schmale Lappen aus verkohlter Haut übrig waren.

Sie kam viel zu früh ins Gerichtsgebäude, lief auf den Fluren hin und her und zog sich erschrocken in eine Nische zurück, als sie ihren Mann mit Rita auftauchen sah. Sie wirkten beide zornig und erregt. Rita trug ein schwarzes Kleid und eine kecke Baskenmütze. Nell lief sofort zum Telefon, um ihren Anwalt zu warnen. Er fluchte, weil sie beide so leichtgläubig gewesen waren, und schwor, eine Pistole mitzubringen.

Die Verhandlung war für Gerichtssaal 17 angesetzt. Es war ein kleiner Saal ohne Journalisten. Ihr Mann wurde als erster gehört. Er sprach ruhig und sehr beherrscht, bezeichnete die Trennung als eine Tragödie, die über beide Parteien hereingebrochen sei, sprach von der Last, die auf den Schultern seiner Kinder ruhe. Er sagte, er fühle sich berechtigt, für seine Kinder zu sprechen, da sie die meiste Zeit bei ihm verbrächten, und da er mit sehr viel Glück ein gutes, katholisches Kindermädchen für sie gefunden habe, sei es ihm auch gelungen, ihnen ein so gesundes und stabiles Zuhause zu geben, wie das unter den gegebenen Umständen nur möglich sei. Genau das aber könne die Mutter der Kinder nicht ertragen, für sie gäbe es nur Zerstörung und Hysterie. Er erzählte, wie er mit Rita und den Kindern eines Tages im Park habe Fußball spielen wollen, weiß Gott ein harmloses, heiteres Unterfangen, aber die Mutter habe die Kinder mit aller Macht davon abgehalten, weil sie sich ausgeschlossen fühlte. Und, so fügte er gleich hinzu, sie sei auch tatsächlich ausgeschlossen gewesen, weil sie sich mit niemandem vertrug, nur an sich selbst dachte, ihre selbstsüchtigen Wünsche verwirklichen wollte, ihren gefühlsbetonten Impulsen folgte, in allem nur den eigenen Vorteil suchte.

Nells Herz pochte. Sie würde es tun. Nein, sie würde es nicht tun. Sie murmelte vor sich hin, ohne es selbst zu merken, schloß es nur aus den erschrockenen Blicken der Leute, die in ihrer Nähe saßen. Der Anwalt streckte die Hand aus, um sie zu beruhigen. Aber sie stand trotzdem auf. Ja, sie stand. Es kam ihr so vor, als hätte der Stuhl sie nach oben gedrückt, wie eine Schiffsschaukel, die in die Höhe schwang. Jetzt gab es kein Zurück mehr, sie mußte sich Gehör verschaffen, auch wenn es dazu führte, daß sie alles verlor. Sie sah, wie ihr Mann mitten im Satz innehielt und zu ihr herübersah. Vielleicht hoffte er, der Wahnsinn, den er ihr angedichtet hatte, würde sich nun vor allen offenbaren.

»Ich werde für verrückt gehalten«, sagte sie, an den Richter gewandt. Er schaute ruhig auf seinen Tisch, als würde er dort irgendwelche alten Schriftrollen studieren. Es war ganz still im Gerichtssaal, alles wartete auf sie. Ihr Augenblick war gekommen. Sie dachte an das Jüngste Gericht und daß das Urteil über Himmel oder Hölle sie in Kürze ereilen würde. Aber die vielen Stunden, die sie vergeblich am Bahnhof gewartet hatte, die Gesichter der Kinder und deren Ängstlichkeit stärkten sie, und sie öffnete ihre Handtasche und zog die Briefe hervor, die er ihr im Laufe der Jahre geschrieben hatte. Sie zog willkürlich einen Brief aus dem Stapel und las laut: »Wie kommt dein krankes Hirn, denn von gesundem Denken kann man bei dir ja wohl kaum noch sprechen, so selbstverständlich darauf, daß dein Wohlergehen überhaupt für irgend jemanden von Bedeutung ist?« Und aus einem anderen Brief las sie: »Ich werde doch meine gesunden Söhne nicht dem Gefühlschaos einer niederträchtigen, wahnsinnigen Mutter aussetzen.« Sie hörte einige Leute im Saal ungläubig nach Luft schnappen, während sie las: »Ich werde dich bekämpfen. Ich werde dich mit meinen eigenen Mitteln bekämpfen. Böses wird mit Bösem vergolten werden.«

Sie spürte, daß sie weinte – über die Worte und über die Tatsache, daß sie sie aussprechen mußte.

»Ist das alles?« fragte der Richter. Er schaute sie ruhig und väterlich an. Es war der Blick eines Mannes, der schon so manchen verzweifelten Menschen, so manches zerrüttete Heim gesehen hatte. Sie hielt ein Bündel Briefe hoch, als wollte sie sagen: »Es gibt noch viel mehr.« Als sie sich setzte, spürte sie, daß alle Augen im Saal auf sie gerichtet waren. Das

Gesicht ihres Mannes war bleich vor Zorn. Fast konnte sie hören, wie er mit den Zähnen knirschte. Sie wußte, wie der Urteilsspruch lauten würde, konnte es im Gesicht des Richters lesen. Doch als sie ihm zuhörte, wie er ihr das Sorgerecht für die Kinder zusprach und dem Vater nur ein Besuchsrecht einräumte, wurde sie nicht von der großen Welle der Siegesfreude ergriffen, wie sie es eigentlich erwartet hatte. Statt dessen spürte sie, wie die Trauer noch stärker von ihr Besitz ergriff, als würden sich in den Jahren, die jetzt auf sie zukamen, erst die wahren Folgen all der Schlachten zeigen, in denen sie wundgeschlagen worden war, als würden sie ihr wie Geister überallhin folgen, ganz egal, in welchem Zimmer, in welchem Land sie sich auch gerade befand.

Als sie die Treppe hinunterging, merkte sie, daß ihr jemand folgte. Es war Rita, die so heftig durch die Schwingtür gestürmt war, daß die beiden Holzflügel noch immer in ihren Scharnieren knarrten. Rita hatte rote Flecken am Hals und auf dem Gesicht. Rouge und Flecken vermischten sich zu einer grotesken Fratze.

»Sie sind ein böser Mensch«, rief sie und fuchtelte mit dem Zeigefinger in der Luft herum. »Dafür werden Sie büßen... Ihr Leben lang.« Dann lief sie zurück, als gelte es, ihre Verwünschung und auch sich selbst in Sicherheit zu bringen, eine Fledermaus im schwarzen Kleid, die Hüterin eines falschen Fluchs.

Zweiter Teil

9

Sie mietete ein kleines viktorianisches Haus mit einem Garten, der sich bis zum Fluß erstreckte. Die Möbel stammten aus einer Auktionshalle, der Teppich von einem Großmarkt. Am ersten Samstag gingen sie in die kleine Gasse, in der die Zigeuner ihre Buden hatten, um das Nötigste für ihren neuen Haushalt zu besorgen. Sie kaufte einen großen Korb für Brennholz und sammelte darin Krüge, Tassen, Untertassen, eine Suppenterrine, einen Besteckkasten und eine bunte Mischung von Gläsern, darunter sogar ein paar recht hübsche preiselbeerfarbene. Tristan stemmte die Hände in die Hüften, setzte eine besorgte Miene auf und sagte: »Ich frage mich, wer das ganze Zeug bezahlen soll.« Um den Luxus perfekt zu machen, gönnte sie sich noch eine Lampe mit einem Stiel aus milchigem Glas, in dem eine Meerjungfrau schwamm. Die Frau, die sie bediente, schenkte ihnen als Glücksbringer einen kleinen Spitzenläufer dazu.

»Kümmern Sie sich um ihre beiden Jungen und vergessen Sie *ihn*«, sagte die Frau augenzwinkernd. Sie war groß, hatte grobe Gesichtszüge und braune Augen mit goldenen Flecken. Gegen die Kälte hatte sie sich ein Wolltuch um die Schultern gelegt, und wenn es keine Kunden gab, zog sie dicke Fäustlinge an und wärmte sich an einem Öfchen, das sie mit Öl befeuerte. Sie sei Wahrsagerin, erzählte sie Nell; wenn sie am Abend wiederkäme, könnte sie ihr etwas über ihre Zukunft erzählen.

»Schauen wir uns an, was die Kristallkugel zu sagen hat«, schlug sie vor und zeigte auf einen Vorhang, der ihren Verkaufsstand von einer kleinen Kabine trennte. Nell sah einen wackeligen Tisch und zwei Stühle aus alten Apfelsinenkisten.

»Danke, aber ich glaube, das sollte ich lieber lassen«, wehrte sie ab. Sie hatte zuviel Angst davor, etwas über die Vergangenheit oder die Zukunft zu hören; sie lebte in einem geschichtslosen, eisigen Dunst, so wie die Meerjungfrau in ihrer Welt aus Glas.

Doch die Frau sah auch so, was mit ihr los war, sah das kleine Haus, in dem sie mit ihren Kindern lebte, den Trampelpfad zum Fluß, das fehlende Stück im Bleiglasfenster – sah noch mehr, aber sagte nichts.

Nachts träumte Nell oft, man hätte ihr die Kinder weggenommen. Dann sprang sie aus dem Bett und lief ins Kinderzimmer, wo die Jungen schlafend zwischen den zerknautschten Decken lagen, ihre Gesichter warm und unendlich fein, wie ein Gespinst aus dünnen Fädchen. Nells Mutter hatte sie mit Geld unterstützt, bis sie, wie sie es ausdrückte, wieder »Fuß gefaßt« hatte. Sie schickte Päckchen mit Tischdecken und Nippes, Kuchen und anderen Köstlichkeiten. Die Päckchen verströmten einen so verführerischen Duft nach schwerem, mit Brandy oder Sherry getränktem Kuchen, daß selbst der Briefträger meinte: »Das riecht ja wie Weihnachten.« Am darauffolgenden Tag wickelte Nell ein Stück Kuchen in Pergamentpapier, um es ihm zu geben, und das rührte ihn so, daß er ihr einen langatmigen Vortrag hielt, der bei seinem ersten Magengeschwür begann und dem schändlichen Benehmen der englischen Fußballfans im Ausland endete. Er schaute an ihr vorbei auf den kleinen Bambustisch im Flur und sagte: »Hübsches Haus, hübsche Möbel, hübsche Lady.« Hübsche Lady! Sie hatte keine Vorstellung davon, wie sie auf andere wirkte. Jung? Alt? Verhärmt? Oder gar ungepflegt? Auf jeden Fall war sie dünner geworden, und mit dem streng zurückgekämmten Haar war ihr Gesicht sehr ernst. Wollte sie so aussehen, um zu sühnen?

Ja, die Päckchen ihrer Mutter trudelten beständig ein, und die Briefe, die sie begleiteten, zerrten an ihren Nerven. Neuigkeiten über die Äcker und Tiere und über die vielen Toten. Gegen Ende der Seite wurde die Tinte blasser, weil ihre Mutter sie mit Wasser verdünnte, auch dies ein Hinweis auf die grausame Wirklichkeit, den Geldmangel, die Not. Nells Eltern hatten Vieh verkaufen müssen, um Nell Geld für die Anzahlung des Hauses zu schicken, und mit jedem Brief wurden die Belastungen schwerer. Mit besonderer Vorliebe schilderte Nells Mutter Begräbnisse, beschrieb die Größe der Trauergemeinde, den Blumenschmuck, die Hinterbliebenen, die Gäste aus der Ferne, die Art des Todes und die Todesursache. Vor allem Krebs kam häufig vor, nistete sich in den Körpern der Frauen ein. Aber Nells Mutter mied das schreckliche Wort, schrieb immer nur von »Wucherungen«. Selbst Frauen, die in den Bergen lebten, litten unter diesen geheimnisvollen Wucherungen, obwohl sie sich gesund ernährt, niemals einen Tropfen Alkohol getrunken und ihr Leben lang schwer gearbeitet hatten. Krebs war also eine Krankheit der Frauen. Mehrmals sprach ihre Mutter die Hoffnung aus, für sie alle ein Familiengrab zu finden. Ein Familiengrab? Nell hoffte auf das Leben, träumte insgeheim von einem Mann, der kommen und sie glücklich machen würde. Sie hätte diesen Mann nicht beschreiben können, und er hatte auch noch keinen Namen, aber es gab ihn, irgendwo in diesem Universum hielt er sich bereit und wartete auf den richtigen Augenblick, um sich ihr zu erkennen zu geben. Mit solchen Träumen erhielt sie sich am Leben. »Irgendwann komme ich wieder«, flüsterte sie der Zigeunerin zu, »dann können wir über die Zukunft sprechen.«

»Ich würde Ihnen gerne helfen«, sagte die Frau. Sie meinte es ernst. Sie wirkte leidenschaftlich, tief im Leben verwurzelt. Nell war den Tränen nahe. Sie vermißte die Mutter, die sie nie gehabt hatte und die, ebenso wie der noch so ferne Mann, ihre Träume zum Leben erwecken könnte.

Stolz auf ihren Besitz, schleppten die Kinder den neuerworbenen Hausrat durch die engen Straßen. Die Buden quollen förmlich über vor Silber-, Gold- und Zinngefäßen, Samowaren, Teekannen, Wandbehängen, Teppichen und bescheideneren Gegenständen wie Kochtöpfen und Holzlöffeln, jeder Stand eine kleine Fundgrube unterschiedlichster Geschichten. Am Ende der Straße, als sie schon auf den Bus warteten, kaufte sich Tristan noch eine dicke Scheibe weißen Käse, den er wie eine Eiswaffel verzehrte. Als Nell ihn auf einer niedrigen Mauer bei der Haltestelle sitzen sah, wurde sie plötzlich von einer großen Woge des Glücks erfaßt. Sie hatte das Gefühl, auf der Schwelle zu einem neuen Leben zu stehen, mitten im Stimmengewirr, den lauten Rufen, dem Lachen. Die Ladenbesitzer packten bereits ihre Waren ein, die Kinder fegten die Straße, die Frauen wickelten wertvolle Gläser in Zeitungspapier, andere verabredeten sich für später im Pub, und eine Frau erzählte, ihr sei, als sie sich nur einmal ganz kurz umgedreht habe, ein Tuch gestohlen worden. Geschichten strömten in dieses Bild wie Sonnenstrahlen, der Stoff des Lebens. Nell nahm sich vor, neue Freunde zu suchen, die Gespenster der Vergangenheit aus ihrem Leben zu verbannen.

Um ihr Einkommen aufzubessern, las sie abends Manuskripte für den Verlag. Die meisten dieser Manuskripte waren Hilferufe. Eine Frau hatte zwischen den Seiten einen Brief versteckt, in dem sie berichtete, wie unglücklich sie sei, seitdem sich ihr stets so liebevoller Mann von der Tyne Bridge gestürzt habe, und immer wieder fragte sie – fragte sich selbst, die Welt, die fremden Leser ihres Briefes –, wie es zu diesem Unglück habe kommen können. Nur sehr wenige der Romane, die man ihr schickte, atmeten jene Aura des Andersseins, die sie für so wesentlich hielt.

»Kann ich die blaue Glasschüssel haben?« fragte Paddy und zupfte an ihrer Hand. Nells Blick fiel auf ihren Ehering. Warum trug sie ihn immer noch? Auch, um zu sühnen?

»Wofür?« fragte sie erstaunt.

»Für meine Experimente.« Er hatte von seinem letzten Streifzug etwas Froschlaich mitgebracht und sich in den Kopf gesetzt, mit Hilfe einer nur ihm bekannten Methode eine einzigartige Spezies singender Frösche heranzuzüchten.

»Natürlich«, sagte sie. Manchmal sah er sie so bedürftig an, als wollte er sagen: »Richte deine ganze Aufmerksamkeit auf mich.« Und in solchen Momenten wurde ihr klar, daß alles, was geschehen war, ihn geprägt und seine Bedürftigkeit sehr verstärkt hatte. Jahrelang hatte er unter Asthma gelitten, seine Augen waren so wässerig und sein Blick so verschwommen gewesen, als lebte er noch immer in ihrem Leib und müßte erst noch geboren werden. Im Umgang mit Paddy, ihrem Erstgeborenen, hatte sich Nell von Anfang an ein wenig unsicher gefühlt, und das wußte er. Aber vielleicht war das immer so. Außerdem behauptete er, er habe mitbekommen, wie sein Bruder gezeugt wurde, habe gesehen, wie sein Vater sie auf das Schaffell vor dem Kamin gelegt hatte, in einem Moment der Leidenschaft nach einer Reise zu ihrer Familie, einem Moment der Aussöhnung und der Fleischwerdung. Hatte sie ihren Mann damals geliebt? Nell wußte es nicht. Ihre Gefühle waren völlig durcheinander geraten. Eigentlich wußte sie nur, daß sie sich jetzt nach einer großen Liebe sehnte.

»Ich freue mich sehr, daß dein Asthma weggegangen ist«, sagte sie, um seine Ängste zu zerstreuen.

»Ich habe es immer noch, aber ich beklage mich nicht«, erwiderte er.

»Schwindler, Schwindler!« rief Tristan.

»Kameltreiber!« gab Paddy zurück, und dann flogen Schimpfwörter und Vorwürfe hin und her wie spitze Dolche, und während sie sich nach Herzenslust diesen rohen, mörderischen Gefühlen hingaben, schielten sie von Zeit zu Zeit zu ihrer Mutter hinüber, um nicht den Augenblick zu verpassen, an dem sie den Bogen überspannten, aber auch, um zu sehen, wer in ihren Augen der Überlegene war. Oft hatte sie das Gefühl, in zwei Hälften zerrissen zu sein, die jeweils in entgegengesetzter Richtung zu ihren beiden Kindern gezogen wurden.

Kriegsspiele waren für die Jungen der unbestrittene Höhepunkt der Woche. Sonntag für Sonntag strömten ihre Freunde in Nells Garten, schleppten Gewehre, Katapulte und anderes schweres Kriegsgerät herbei, drängten sich um das stattliche Waffenlager, bildeten verschiedene Kriegsparteien und diskutierten wild, ob sie Platzpatronen oder echte Geschosse verfeuern sollten. Dann waren »Angriff! Angriff!«-Schreie zu hören, der Garten war erfüllt vom Knattern ihrer Maschinengewehre, und nach jedem »Deckung!« oder »Stillgestanden!« erklang eine Salve von Stöcken und Steinen, die auf den Boden prasselten.

Das Haus erbebte unter ihren Attacken. Das Bleiglas über der Eingangstür wackelte, als würde es jeden Moment zerspringen, und das Treppengeländer geriet in eine gefährliche Schieflage. Selbst die preiselbeerfarbenen Gläser auf dem Küchenregal erzitterten und gaben ein schauriges, hohes Klirren von sich. Und auch die Blumen, vor allem die noch vom früheren Besitzer gepflanzten Chrysanthemen, wurden Opfer ihres Zerstörungswahns. Die Kinder hackten ihnen die Köpfe ab und warfen damit wie mit Handgranaten.

Die goldbraune Farbe der Chrysanthemen erinnerte Nell an die Hühner ihrer Mutter. Sie nahm sich vor, noch am Abend an ihre Mutter zu schreiben, aber keinen dieser gestelzten Briefe, die doch nur sagten: »Ich erzähle dir nichts«, sondern einen echten Brief, in dem sie das Haus, den Pfad zum Fluß und die einzelnen Zimmer beschrieb und ihrer Mutter berichtete, welchen Platz ihre Geschenke gefunden hatten, vor allem die blaßgrünen Tagesdecken mit den applizierten Rosen.

An diesem Sonntag hatten sich die Kinder Würstchen mit Brot und zum Nachtisch Schokoladenpudding mit Rumaroma gewünscht. Sie liebten den Geschmack von Getränken, die eigentlich den Erwachsenen vorbehalten waren. Manchmal begleiteten sie Nell in den nahegelegenen Biergarten und sahen ihr beim Biertrinken zu. Nell hatte gedacht, das sei vielleicht eine Möglichkeit, neue Bekanntschaften zu schließen, aber die meisten anderen Gäste kamen mit eigenen Freunden her, und nur ein paar wenig vertrauenerweckende Einzelgänger, allen voran ein Mann mit Augenklappe, der mit Vorliebe Zigaretten schnorrte und von seinen ausgezeichneten Beziehungen faselte, zeigten Interesse an ihr. Das Essen, das Nell so liebevoll für die Kinder vorbereitet hatte, wurde in wenigen Minuten verputzt. Dabei waren sie noch immer so in ihr Spiel vertieft, daß sie sich an dem langen Tisch im Wintergarten gegenübersaßen wie feindliche Armeen, sich gegenseitig wüst beschimpften und blutige Rache schworen. Paddy versuchte, Frieden zu stiften, und berief sich dabei auf die Tatsache, daß auch in echten Kriegen die feindlichen Soldaten in nahen Stellungen am Weihnachtstag Frieden schlossen und ihr Brot miteinander teilten.

»Aber heute ist nicht Weihnachten, du Klugscheißer«, sagte Tristan, und seine Truppe sprang auf und fuchtelte wild mit ihren Waffen, um ihre Kriegslust unter Beweis zu stellen.

Als es draußen dämmerte, hatte das Spiel seinen Höhepunkt erreicht; die Nachbarn hatten bereits mehrmals angerufen, um sich über den Lärm zu beschweren. Die Kinder wurden um diese Zeit immer lebhafter, denn sie wußten, sie würden bald von ihren Eltern abgeholt und ihre Abenteuer gingen dem Ende zu. Ihr Vorstellungsvermögen reichte nicht bis zum nächsten Sonntag oder gar bis zu den darauffolgenden Sonntagen; sie schrien und kämpften nur für den Augenblick. Ein Nachbar rief an und sagte, der Lärm sei unerträglich, seine Frau habe bereits einen Migräneanfall bekommen. Nell ging hinaus und beschwor die Kinder, ein wenig leiser zu sein. Um Nell zu beschwichtigen, begannen sie, sich wie Gespenster zu bewegen, schlichen zur Seitentür, duckten sich unter die Treppe und ersetzten ihre Schreie durch stumme Signale, die nur für sie Bedeutung hatten. In dieses Schweigen platzte Nells Ehemann herein, hochgewachsen, herrisch, übertrieben steif.

»So verbringen die Kinder also ihre Sonntage«, sagte er, zufrieden, sie an einem schwachen Punkt erwischt zu haben.

»Es ist nur ein Spiel«, sagte sie und zog in einer Geste der Besänftigung – oder gar der Eitelkeit? – ihre Schürze aus.

»Ja, ja, es ist nur ein Spiel«, sagte er, schnappte sich Derwent, einen Freund der Jungen, der sich gerade hinausschleichen wollte, und trug ihm auf, seine Söhne hereinzuschicken. Derwent war ein sehr dünner Junge, scheu wie ein kleines Reh. Nell mochte ihn. Sicherlich ahnte er, welche Angst sie vor Walter hatte.

»Heute ein Spiel, morgen schon Wirklichkeit. Willst du, daß aus den Jungen Gangster werden?« Er zog einen Notizblock aus der Brusttasche und schrieb etwas auf. Vermutlich würde er es in einem der vielen Briefe, die er ihr nach wie vor schrieb, als Beweis dafür anführen, was für eine unzulängliche Mutter sie sei. Die Küche war übersät mit Abfällen, Brotkrusten, Steinen, Schokoladenpuddingresten und Holzsplittern, die beim Schnitzen von Pfeilen und Bogen heruntergefallen waren.

Paddy und Tristan hatten von der Aufregung des Tages rote Gesichter. Angst stand in ihren Augen. Tristan kam zuerst in die Küche, sein Grinsen wirkte wie immer fröhlich und unbeschwert, als wollte er sagen: »Ich werde mir meine Angst nicht anmerken und mich nicht einschüchtern lassen.« Paddy folgte zögernd. Er befürchtete offenbar, die meisten Vorwürfe abzubekommen, da er der ältere war. Walter bat die Jungen, mit ihm ins Wohnzimmer zu gehen. Derwent saß am Küchentisch und spielte mit dem Zucker, ließ ihn von einem Silberlöffel durch eine kleine Spalte zwischen Daumen und Zeigefinger rieseln. Seine Hände waren dreckig, aber Nell unternahm nichts, um ihn davon abzuhalten. Sie hockten da wie zwei überführte Verbrecher, zu verängstigt, um zu sprechen. Ein paarmal ging Nell zur Wohnzimmertür und versuchte zu lauschen, wagte es jedoch nicht, ihr Ohr an die Tür zu legen, denn sie hatte Angst, ihr Mann könnte plötzlich die Tür aufmachen und sie in dieser peinlichen Situation überraschen.

Eltern kamen, um ihre Kinder abzuholen und sich bei Nell zu bedanken. Als Nell zurück in die Küche kam und Derwent im Zucker herumstochern sah, machte sie auf dem Absatz kehrt, lief in ihr Schlafzimmer und legte Make-up und Lippenstift auf. Sie wollte, daß es so aussah, als hätte sie alles unter Kontrolle. Aber Derwent wußte es besser und lächelte still in sich hinein. Er war offenbar froh darüber, den Abend mit ihnen verbringen zu dürfen. Seine Mutter hatte am Nachmittag ihr fünftes Kind bekommen, ein kleines Mädchen. Nell hatte gegen sechs den Anruf aus dem Krankenhaus entgegengenommen und es ihm gleich erzählt, aber er war so mit seinem Feldzug beschäftigt gewesen, daß er es kaum wahrgenommen hatte.

»Was empfindest du für dieses Baby, Derwent?« fragte sie schließlich, um überhaupt etwas zu sagen.

»Nichts«, sagte Derwent, noch immer ganz versunken in sein Zuckerspiel. Er war offenbar fest entschlossen, seine Gefühle auf keinen Fall preiszugeben. Paddy und Tristan hatten Nell erzählt, daß Derwent zu Hause unglücklich sei und seinen Stiefvater nicht ausstehen könne.

Als Walter mit den Kindern zurück in die Küche kam, schwang Tristan sich tapfer zum Gastgeber auf, sammelte ein paar Reste auf einem Teller zusammen und bot sie seinem Vater an. Als dieser ablehnte, begannen die drei Jungen ungefragt damit, den Tisch abzuräumen. Es war ihre Art, sich davor zu schützen, in das Gespräch der Erwachsenen hineingezogen zu werden.

»Wie ich höre, müssen die beiden bis morgen noch einen Aufsatz schreiben«, sagte ihr Vater.

»Meiner ist schon fertig«, warf Paddy kichernd ein und fletschte in einem Anflug von Rebellion seine Zähne.

»Möchtest du zum Abendessen bleiben?« fragte Nell, eifrig bemüht, so formvollendet wie möglich zu klingen.

Er lehnte ab und sagte dann, nicht an sie, sondern an die Kinder gewandt, daß er jetzt gehen müsse. Er legte jedem Jungen eine Hand auf die Schulter, und Nell empfand plötzlich Mitleid mit ihm, Mitleid, weil er allein in ihrem Schlafzimmer zurückgeblieben war, Mitleid, weil er von der Rolle des Schurken einfach nicht mehr loskam.

»Die beiden würden gerne mal sonntags mit dir ins Kino gehen«, sagte Nell und übersah geflissentlich die empört geballten Kinderfäuste.

»Ein Internat wäre besser für sie«, entgegnete er, meinte aber, er würde es sich überlegen. Dann zog er ein Päckchen aus seiner Tragetasche und legte es auf den Tisch.

»Mit solchen zweitklassigen Sachen gebe ich mich nicht ab«, sagte er. Unter dem zerrissenen Papier waren die Geschenke der Kinder zu seinem letzten Geburtstag zu erkennen: ein Keramikbecher mit seinem Namen und ein Baumwollmäppchen für seine Stifte. Die Jungen zuckten mit den Schultern und versuchten, sich möglichst gleichgültig zu geben, aber Nell wußte, später am Abend würden sie sich Sorgen machen und sich fragen, ob sie ihre Geschenke vielleicht doch allzu leichtfertig ausgewählt hätten.

»Manchmal könnte ich Dad umbringen«, sagte Paddy, als Walter hinausgegangen war. Nell dachte kurz nach, dann lief sie hinterher. Das mit den Geschenken war einfach zuviel. Aber er war schneller, als sie es erwartet hatte, und sie holte ihn erst ein, als er schon im Auto saß und den Motor angelassen hatte. Sie rief seinen Namen und klopfte wild an die Scheibe auf der Beifahrerseite, bis sie plötzlich bemerkte, daß eine Frau in seinem Auto saß, nur wenig älter als sie, das Haar in der Mitte gescheitelt und sorgfältig über beide Ohren frisiert.

»Entschuldigung«, mußte Nell vor dem geschlossenen Wagenfenster rufen und gleichzeitig fürchten, daß man sie im Auto gar nicht hören konnte. Die Frau rührte sich nicht. Also beugte Walter sich zur Seite und kurbelte betont langsam das Fenster herunter, aber nur einen ganz kleinen Spalt, der gerade breit genug war, daß Nell hindurchschauen konnte. Es war, als hätte er ihr einen Maulkorb angelegt.

»Es ist gemein von dir, den Kindern ihre Geschenke zurückzugeben«, sagte sie.

»Wenn du diese Sachen Geschenke nennen willst...«, erwiderte er grinsend. Sie hätte ihm gern noch so vieles gesagt: daß er ein Dieb sei, der ihr das Geld für die Hälfte ihres gemeinsamen Hauses schuldete, ein Dieb, der keinen Finger rührte, wenn es darum ging, die Kosten für die Kinder zu tragen, sich aber gleichzeitig aufs hohe Roß schwang und moralische Ansprüche verkündete. Statt dessen wiederholte sie ihren Vorwurf und wandte sich ab.

In der Küche ging es hoch her.

»Schmarotzer!« sagte Tristan zu Paddy.

»Nichtswürdiger Sklave!« gab Paddy zurück.

»Seine Hoheit wünschen, sich zum Abendessen umzukleiden«, sagte Derwent und warf den Zuckerlöffel in die Luft.

»Fürwahr«, bestätigte Paddy lachend und fügte, an Tristan gewandt, hinzu: »Watson, bringen Sie mir bitte mein Abendgewand.«

»Hol's dir doch selber, du hochnäsiger Schnösel«, entgegnete Tristan und lief, als er sah, daß Nell den Tränen nahe war, zu ihr, ergriff ihre Hand und sagte mit plötzlich viel weicherer Stimme: »Mach dir keine Sorgen, Mami, es wird alles gut.« Vielleicht war es der Anblick der anderen Frau gewesen, der ihr diese Tränen in die Augen getrieben hatte. Nicht daß sie ihn zurückgewollt hätte, aber wenn sie ihn mit einer anderen sah, hieß das, daß er die Scherben seines Lebens viel schneller zusammenkitten konnte als sie. Rita hatte das Haus inzwischen verlassen, ihre Eltern waren über die Tatsache, daß sie allein mit einem Mann zusammenlebte, ziemlich entsetzt gewesen, und eines Tages war ihre Schwester aus Birmingham gekommen und hatte sie abgeholt. Rita schrieb den Kindern regelmäßig, fügte aber nie einen Gruß an Nell hinzu und erwähnte sie mit keinem Wort.

Die drei Jungen verlegten sich nun auf eine ungehemmte Haßtirade gegen die Väter. Paddy und Tristan brüsteten sich mit dem himmelschreienden Unrecht, das ihr Vater ihnen angetan habe, wärmten alte Geschichten auf, lamentierten über seine Knauserigkeit beim Taschengeld, zitierten seine unzähligen Hausregeln, Mahnungen und Vorschriften. Derwent konnte darüber nur verächtlich lachen. »Ihr meint, Väter seien schlecht? Dann solltet ihr es mal mit Stiefvätern versuchen.« Und damit übernahm er die Bühne, ließ sich triumphierend über die Launen seines Stiefvaters aus, über seinen Hang zu Suff und Völlerei, seine stinkenden Socken, sein nervtötendes Geschrei, seine ewige Besserwisserei und die Art, wie er die Schlafzimmertür schloß, wenn er mit Derwents Mutter alleine sein wollte. Kichernd zitierte er die Valentinskarte, die der Stiefvater seiner Mutter geschenkt hatte: »Nach sieben Jahren noch immer meine Königin!«

Die anderen verzogen das Gesicht über diesen idiotischen Spruch. Derwents Vater war ein Fernsehkritiker, der ständig vor der Mattscheibe hing, und wenn irgend jemand sich bewegte oder es gar wagte, seine Stimme zu erheben, zischelte Derwents Mutter sofort: »Psst! Daddy arbeitet.« Nachdem sie kein gutes Haar an ihren Vätern gelassen hatten, wandten sie sich den Schwestern zu. Heulsusen! Und erst das neue Baby! Es sollte Clarissa heißen. Die drei Jungen prusteten vor Lachen, und plötzlich sagte Derwent, viel lieber würde er mit ihnen zusammenleben.

»Ja, ja!« riefen Paddy und Tristan, sprangen begeistert von ihren Stühlen auf und bedrängten Nell, sich dieses armen Jungen anzunehmen, der zu Hause immer den Tisch decken müsse, nie im Wohnzimmer sitzen dürfe, ständig auf seine jüngeren Geschwister aufpassen und wahrscheinlich auch dem neuen Baby so lange auf den Rücken klopfen müsse, bis es endlich sein Bäuerchen machte.

»Du kannst zu uns kommen, so oft du willst«, sagte Nell.

»Das ist aber nicht dasselbe.« Sein kleines Gesicht wurde ernst.

»Aber du hast eine Familie, Derwent.«

»Ja, aber sie ist ganz anders als eure. Ihr liebt euch«, erwiderte er und sah Nell zweifelnd und vorwurfsvoll direkt ins Gesicht. Er hatte blaßgraue Augen, war kein besonders hübsches Kind.

»Sei nicht traurig, wir beide gehen später auf Safari«, sagte Paddy, und Tristan, der sich aus diesem neuen Bündnis ausgeschlossen fühlte, warf sich beleidigt auf den Boden, schimpfte plötzlich auf die Schule und seinen Erdkundelehrer und schrie, wahrscheinlich sei er der unglücklichste Junge der Welt. In dem Moment klopfte es erneut an die Tür. Erschrokken sprangen sie auf und dachten, ihr Vater wäre zurückgekehrt.

Aber es war Daisy, die wie üblich am Sonntagabend einen Höflichkeitsbesuch bei ihnen machte. Sie war eine alte Frau mit dünnem, schlohweißem Haar und Gummiüberschuhen, aus denen die Spitzen und die Fersen herausgeschnitten waren. Sie liebte die Besuche bei Nell und den Kindern, vor allem aber den Sherry, den sie dabei trank, ihren Worten zufolge der Höhepunkt der Woche. Während sie ihr erstes Glas Sherry schlürfte, machten sich die Jungen hinter ihrem Rücken über sie lustig, zupften an ihrem dünnen Haar und an dem Kopftuch, das ihr auf die Schultern gerutscht war, und sangen dabei: *»Daisy, Daisy, give me your answer, do. I'm half crazy, all for the love of you.«*

»Ach, ich werde ja so verwöhnt«, schwärmte Daisy, setzte das Glas ab und machte sich mit großem Appetit über die Makronen her.

»Daisy, hast du uns etwas mitgebracht?« fragte Tristan, von Paddy durch kräftige Rippenstöße dazu angestachelt. Er meinte die alte, ordengeschmückte Uniform ihres toten Bruders George, die sie ihnen versprochen hatte. George war im Leben der Jungen eine so reale Größe, daß sie in Gedanken mit ihm sprachen, ihn über die flandrischen Schlachtfelder ausfragten und sich für ihn die wildesten Abenteuer ausdachten.

»Ach, du liebe Güte, ich habe die Uniform schon wieder vergessen«, antwortete Daisy, rückte ihr Glas ein wenig auf die Flasche zu, um Nell zum Nachfüllen zu animieren, zog eine große Sicherheitsnadel hervor und steckte sie von einem dicken Baumwollstrumpf an den anderen. »Aber jetzt habe ich eine gute Gedächtnisstütze.« Die Jungen kicherten über die dünnen, milchigweißen Schenkel, die sie über den dicken Strümpfen aufblitzen sahen.

»Daisy, du bist hoffnungslos vergeßlich«, stellte Tristan

fest, während sie über seinen Pony strich und ihm sagte, was für ein hübscher Junge er sei. Diesen Teil ihres Besuches genoß sie am meisten. Ein wenig gerötet und angenehm belebt vom ersten Glas Sherry, das zweite bereits vor sich auf dem Tisch, schwelgte sie in Erinnerungen an die Zeit, als sie noch zur »Euston Road Crowd« gehört, namhaften Malern Modell gestanden und mit Künstlern, Galeristen sowie anderen Modellen verkehrt hatte, die alle fröhliche Namen wie Dora oder Bella trugen. Immer wenn sie diese Namen aussprach, erweckte sie auf magische Weise die Hoffnung und den Elan der alten Bohème zum Leben. Sie fragte sich, wo sie alle geblieben seien, und sagte dann, einige habe es ganz gewiß ins gute alte Cornwall verschlagen.

»Und wer sind Sie, junger Mann?« fragte sie, als hätte sie Derwent erst jetzt bemerkt.

»Ein Mitglied der Familie«, erwiderte Derwent stolz.

»So ein dünnes Kind. Er braucht Malz und Lebertran«, verkündete sie und sagte, eigentlich sei es für sie Zeit zu gehen, aber einem dritten Glas Sherry wäre sie gewiß nicht abgeneigt. Es war jedesmal das gleiche: Als sie das leere Glas zurückstellen wollte, verfehlte ihre Hand den Rand des Tisches, und das Glas fiel zu Boden. Aufgeregt rief sie: »Ach, wie peinlich! Was ist bloß mit meinen Augen los?« Nell klopfte ihr, wie immer, beruhigend auf die Schulter, während Tristan pflichtbewußt das Glas aufhob und murmelte: »Das wird schon, das wird schon, das kriegen wir schon wieder hin...«

Das Manuskript, das Nell gerade las, handelte von einem Paar, das in den Schweizer Alpen lebte und ein Baby adoptieren wollte, sich aber nicht auf ein bestimmtes Baby einigen konnte, was die Vermutung nahelegte, daß die beiden im Grunde wohl doch lieber allein bleiben würden. Der Stil war mal mehr, mal weniger ernst. Nell machte sich eifrig Notizen und gab die Hoffnung nicht auf, das zweideutige Hin und Her der Mutter zwischen vermeintlichem Kinderwunsch und versteckter Ablehnung könnte im Laufe des Romans noch deutlicher werden. Sie war so vertieft in ihre Lektüre, daß sie das Klingeln des Telefons zuerst gar nicht hörte. Dann schrak sie auf und zögerte, denn sie hatte Angst, ihr Ehemann könne sie mit neuen Vorwürfen überhäufen.

»Ja?« meldete sie sich ein wenig zögerlich und wartete. Zuerst war gar nichts zu hören, dann ein tiefer Atemzug, bald darauf ein rhythmisches Keuchen. Nell konnte sich dessen Bedeutung nicht erklären und fragte mit hoher Stimme: »Wer sind Sie? Und was wollen Sie?«

»Mein Schwanz ist riesig«, sagte der Mann am anderen Ende der Leitung und schwor, gleich in ihr Haus zu kommen und sie zu ficken, er wüßte, wo sie wohne, und es habe keinen Zweck, die Polizei anzurufen, da er schon in wenigen Sekunden bei ihr sei.

Entsetzt ließ Nell den Hörer auf die Gabel fallen und drückte mit dem Ellenbogen darauf, als müßte sie ein Tier niederhalten, das sich wütend hin- und herwand. Sobald sie den Ellenbogen hob, begann es wieder zu klingeln. Nell legte den Hörer neben das Telefon und dämpfte den Piepton mit einem dicken Kissen. Sie zitterte am ganzen Körper, aber ihre Gedanken waren klar, richteten sich auf praktische Maßnahmen, unmittelbare Erfordernisse. Sie lief durchs Haus, schloß alle Fenster, die den Kindern bei ihren Kriegsspielen als Fluchtweg gedient hatten, verriegelte die Haustür und machte überall Licht. Als sie zurück in die Küche kam, konnte sie sich nicht mehr auf ihre Lektüre konzentrieren. Angespannt saß sie auf der Kante des Küchenstuhls.

»Wer ist da?« rief sie, als es auf der Treppe knarrte. Es war Tristan. Er hatte sich sein Federbett um die Schultern geschlungen.

»Liebling«, sagte sie und schloß ihn in die Arme. Sein Schlafanzug war verrutscht und seine Haut gerötet; offenbar hatte er sich gekratzt.

»Ein böser Traum?« fragte sie, und er nickte. Diese Träume kamen immer wieder, und die einzige Möglichkeit sich von ihnen zu befreien, bestand für ihn darin, aufzustehen und seiner Mutter davon zu erzählen. Aber die Worte kamen stokkend, und dazwischen weinte er oder kämpfte mit den Tränen, denn er wollte tapfer sein.

»Ich komme von der Schule nach Hause... komme zu Pads und dir, aber es ist eine ganz andere Schule, sie liegt mitten im Moor, und plötzlich wird es nebelig... ich weiß, ich sollte nicht im Moor sein, und ich fange an zu laufen... da sehe ich einen Mann auf mich zukommen und gehe zu ihm, um ihn nach dem Weg zu fragen, aber er hat keine Nase... er hat keine Augen und auch keinen Mund... er ist nackt und rund wie ein Ei... ich laufe weg und komme zum Bus... er fährt gerade los, und ich springe auf... der Schaffner hat mir den Rücken zugewandt, und ich erzähle ihm von dem schrecklichen Mann, den ich im Moor gesehen habe, und der Schaffner dreht sich um und sagt: ›Genau wie ich.‹ Und es ist derselbe Mann, es ist derselbe Bösewicht... und ich versuche, zu dir und Pads nach Hause zu kommen, aber ich kann nicht... meine Füße tragen mich nicht.«

»Aber erzähl Derwent nichts davon«, sagte er nach einer Weile, als er sich wieder etwas beruhigt hatte und ihm einfiel, daß sie einen Besucher hatten. Dann erinnerte er sich daran, daß sie durchs Haus gelaufen war und Fenster und Türen geschlossen hatte, und fragte, ob es mit seinem Vater zu tun habe.

»Nein, nein«, sagte sie, »das hatte keinen besonderen Grund.« Denn wenn sie mit den Kindern zusammen war, oder wenn es um die Kinder ging, war sie frei von Angst. Panik überfiel sie nur, wenn sie alleine war.

»Meine liebe Mama«, sagte Tristan, plötzlich wieder ein kleines Kind, und während sie ihn im Arm hielt, spürte sie seine Angst, hörte die kurzen, krampfhaften Atemstöße, fühlte sein Herz, das wie ein Vogel dem engen Käfig seiner Brust zu entfliehen versuchte.

»Müssen wir ins Internat, wie Dad es gesagt hat?« fragte er.

»Noch nicht«, erwiderte sie ausweichend.

»Wann?«

»Noch ganz lange nicht.«

»So lange?« fragte er, löste einen Arm von ihrem Hals und streckte die Hände aus, so weit er konnte, als ließe sich damit ihre Trennung in unendliche Ferne rücken.

»Du Schlingel«, lachte sie.

»Du mußt es versprechen«, sagte er und neigte den Kopf, damit sie ihm ihr Versprechen ins Ohr flüstern konnte. Sein Ohr war weich wie Seide, und das Ohrläppchen war auf der Seite, auf der er gelegen hatte, ein wenig eingedrückt.

»Ihr seid gemein«, beschwerte sich Paddy, der unbemerkt ins Zimmer geschlichen war. Er haßte es, wenn er seine Mutter und seinen Bruder nachts flüsternd und kuschelnd in der Küche fand.

»Tristan konnte nicht schlafen«, erklärte Nell.

»Ich konnte auch nicht schlafen«, versetzte er. Zorn und Mißtrauen erfüllten ihn, als hätten sie sich heimlich verabredet, um ihn auszuschließen.

»Ich weiß, daß ihr über das Internat geredet habt«, sagte er, um kundzutun, daß er über alles Bescheid wußte.

»Wir lassen uns nicht trennen«, erwiderte sie und streckte die Arme aus, und obwohl Paddy sich fest vorgenommen hatte, sich nicht erweichen zu lassen, kuschelte er sich doch hinein und rieb seine Nase gegen den Ärmel ihres Kleids. Es war, als würden drei Herzen gemeinsam schlagen. Halb im Zorn, halb im Spiel fingen sie an, miteinander zu boxen, und Nell ahmte die Stimme ihrer Mutter nach und ermahnte sie, »brave kleine Jungen« zu sein, denn sie wußte, daß sie das immer amüsierte und Erinnerungen an die Sommerferien in Irland wachrief, an die leckeren Kekse, die hausgemachte Limonade und den Abend, an dem Dixie im Kinderzimmer unters Bett gemacht hatte.

»Fahren wir im Sommer wieder hin?« fragte Paddy.

»Vielleicht«, sagte Nell und trug ihre beiden Jungen zum zweiten Mal an diesem Abend die Treppe hinauf, um sie ins Bett zu bringen.

Emma überragte alle anderen. In ihrem dunkelgrünen Leinenkleid und mit den grünen, wässerigen Augen, die aussahen, als wären sie direkt vom Meeresboden aufgestiegen, wirkte sie wie ein Wesen des Waldes, hatte etwas von prächtigem Farn, still, alles in sich aufnehmend, frühlingshaft. Für den Fall, daß sie und Paddy sich zu einem Duett entschließen würden, hatte sie ihre Geige mitgebracht.

»Alberne Göre«, sagte er, doch nur, um seine Freude zu verbergen.

»Hallo, du Schlange«, sagte Tristan zu ihr und nahm ihr die Jacke und das weiche, bauschige Geschenk ab, das sie in braunes Papier verpackt und mit Strickwolle zusammengebunden hatte.

Emma bewunderte den Geburtstagskuchen, der aus einer edlen Konditorei stammte. Er war mit Türmen aus gespritztem Zuckerguß und einer dunkelroten Elf verziert. Die Geburtstagskerzen lagen daneben und mußten noch aufgesteckt werden. Emma sagte zu Nell, sie würde ihr gern helfen, denn von ihrer Mutter wisse sie, daß Mütter sich rasch ausgeschlossen fühlten.

»Danke«, sagte Nell. Ja, sie kannte die Augenblicke, in denen die Jungen vor ihr zurückwichen, wenn sie sich in ihrem Zimmer einschlossen oder vor dem Fernseher hockten und sich gestört fühlten, sobald sie hereinkam, auch wenn sie noch gar nichts gesagt hatte. Und die Lieder, die Tristan ständig summte – »*She was there on the street, smiling from her head to her feet.*« Von wem handelten diese Lieder?

Die Party kam nur langsam in Gang. Die Gäste standen in ihren Sonntagskleidern im Garten herum, sprachen über den Fluß, fragten, ob er unangenehm röche, ob sich die Gezeiten bemerkbar machten, ob sie je eine Leiche oder einen Schmuggler gesehen hätten. Die Jungen scharrten mit ihren Schuhspitzen in der Gartenerde, während sie den Orangensaft schlürften, von dem Paddy behauptete, er enthielte einen winzigen Tropfen Gin, um der Party den nötigen Elan zu geben. »Elan« war sein neues Lieblingswort. In der Woche davor war es noch »Amigo« gewesen. Er hielt Emma einen langwierigen Vortrag über den Fluß, sonnte sich in seiner Rolle als Historiker, während er davon berichtete, wie Heinrich VIII. in den Gemächern William Middletons gefrühstückt hatte, weil er seine Hundezwinger in Poplar inspizieren wollte, oder ihr davon erzählte, daß die Seeleute so abergläubisch waren, daß sie zum Schutz vor allem Bösen stets einen Engelbarsch an den Mast nagelten.

»Siehst du die Möwe?« fragte er, zeigte auf einen der Vögel und meinte dann, das sei der Geist eines ertrunkenen Leichterschiffers, alle Möwen seien in Wirklichkeit die Geister ertrunkener Menschen.

»Das ist ja richtig gruselig«, sagte Emma und schüttelte sich. Als nächstes ging es um die Gefangenen, die, an ihre schwimmenden Gefängnisse gekettet, tagein, tagaus den Fluß ausbaggern mußten und nicht mehr zu essen bekamen als eine dünne Suppe und Hafergrütze am Abend. Paddy war in Emma verliebt, er wußte es bloß noch nicht. Bis dahin war Emma für ihn eine alberne Gans gewesen, die ihrer Mutter am Schultor einen Abschiedskuß gab und ständig ihre Notenblätter vergaß, so daß er der Dumme war, der sie ihr leihen mußte. Wenn er von Emma zurückkam, spottete er über den schrecklichen goldenen Teewagen und die mit Kaninchenfell besetzten Pantoffeln von Emmas Mutter, die ständig erzählte, wie gern sie in der Wigmore Hall gespielt hätte und daß Emma dem gleichen Wunschtraum nachhinge. Nur Emmas Vater blieb von seinen Spötteleien verschont. Soweit Paddy wußte, verließ er das Haus um sechs Uhr morgens, fuhr ins Büro, arbeitete vierzehn Stunden lang, trank abends zwei große Gin Tonics, aß zu Abend und ging früh schlafen, um am nächsten Morgen rechtzeitig über die Kurse an den Börsenmärkten der Welt auf dem laufenden zu sein.

»Soll ich dir ein Geheimnis verraten?« fragte Tristan. »Der

Film, den wir heute sehen, heißt *Cat Ballou.*« Emma knuffte ihn in die Seite, weil es eine Überraschung sein sollte und sie ihn mehrmals zu Stillschweigen verpflichtet hatte.

»Hilfe, rettet mich vor der Hexe«, rief er, als sie die Hand über seine Lippen legte, um ihn am Reden zu hindern, auch wenn es schon längst zu spät war. Beim Tee übernahm Emma die Mutterrolle, sagte den Jungen, sie sollten sich anständig benehmen, und wies die anderen Mädchen an, Sandwiches und Gebäck herumzureichen. Die Jungen grinsten, und die Mädchen wechselten pikierte Blicke.

»Wünsch dir was«, sagte sie und hielt Paddy zurück, als er mit einem Atemzug die Kerzen ausblasen wollte.

»Ich habe mir schon längst was gewünscht«, erwiderte er und schaute beschämt in die Runde.

Als der Film gezeigt wurde, kehrte vorübergehend Ruhe ein. Die Gäste hockten dicht nebeneinander auf einer Bank, ihre Augen glänzten und schauten gespannt in den verdunkelten Raum, ihr Lachen war ansteckend und die Schachtel mit Süßigkeiten bald geleert. Als die Filmrollen gewechselt werden mußten, entstand vor der Toilette ein wildes Gedrängel, nur Emma blieb sitzen, sinnierte über den Film und sagte, immer, wenn sie ein Theaterstück oder einen Film sehe, fühle sie sich mit dem eigenen Leben unzufrieden.

Später wurde ein Spiel vorgeschlagen. Es war nicht ganz so anstrengend wie ihre früheren Kriegsspiele, aber immer noch mit wilden Verfolgungsjagden verbunden, so daß sie das ganze Haus in Beschlag nahmen und plötzlich wie Gespenster in Nells Küche auftauchten und sie fragten, ob sie diesen oder jenen gesehen habe. Die Spannung stieg, als sich die Jagd auf die beiden letzten Mitspieler konzentrierte: Paddy und Emma. Paddy, der das sicherste Versteck kannte, nahm Emma beim Handgelenk und zog sie davon, aber sie sträubte sich.

»Kannst du mich nicht in Ruhe lassen«, sagte sie ziemlich gereizt. Seine Hand senkte sich, als gehörte sie gar nicht zu ihm, und er blieb stehen und sah zu, wie sie weiterging und natürlich sofort gefangen wurde, dann wandte er sich um und ging in umgekehrter Richtung davon, hinunter zum Fluß. So war das mit Partys. Später kam Emma zu Nell, stellte sich mit dicken Tränen in den Augen neben sie an den Herd und sagte, es sei alles schrecklich, und ihr Leben sei zerstört.

»Geh doch zu ihm«, sagte Nell. Paddy saß auf der Ufermauer. Der Wind zerrte an seinem hellblauen Hemd und blähte es auf. Mit seinem neuen Haarschnitt sah er ein bißchen wie ein gerupftes Huhn aus.

»Das kann ich nicht. Er würde sowieso nicht mit mir reden«, entgegnete Emma. Sie erklärte noch einmal, wie unglücklich sie sei und wie sehr sie sich selbst haßte, dann ging sie nach Hause.

Als auch die anderen Gäste gegangen waren, brach die Dämmerung herein. Draußen blies ein frischer Wind, überall lag zerrissenes Geschenkpapier, ein paar Ballons schwebten noch an der Decke, und im ganzen Haus herrschte jene niedergeschlagene Stimmung, die auf jede ausgelassene Fröhlichkeit folgt. Paddy bestaunte ein Überraschungsgeschenk, das ihm ein eher langweiliger Junge aus seiner Klasse mitgebracht hatte, einen teuren Malkasten. Paddy sagte, jetzt könne er endlich Bilder vom Fluß malen, um seine Geschichte zu illustrieren.

»Was hat Emma dir geschenkt?« fragte Tristan beiläufig, als er in die Küche kam. Sein Gesicht war immer noch hinter einer der häßlichen, haarigen Oster-Masken versteckt, die sie für die Party gekauft hatten. Sie war rundherum mit purpurrotgefärbten Palmwedeln verziert, wodurch sie noch bedrohlicher wirkte. Paddy hielt Emmas Geschenk hoch. Es war ein Schal in den Farben der Schule, handgestrickt mit dicken Fransen. Er hielt ihn grinsend hoch, als wollte er ihn lächerlich machen; dann ließ er ihn langsam, ganz langsam in den Papierkorb fallen.

»Ich habe sie geküßt«, sagte Tristan und zog seine Maske ab. Vielleicht wollte er vermeiden, daß Paddy durch andere davon erfuhr, vielleicht hatte der Schal im Papierkorb ihn aber auch zu der Annahme verleitet, daß Paddy an Emma tatsächlich kein Interesse hatte. Wie auch immer, Paddy sagte gar nichts, aber sein Gesicht wurde kreidebleich. Zähneknirschend überlegte er, wie er reagieren, wie er sich rächen könnte.

»Sie geküßt?« brach er plötzlich sein Schweigen und fügte betont gelassen hinzu: »Die ganze Welt küßt sie, warum nicht auch du?« Dann lief er zur Gartentür hinaus und zum Fluß hinunter, um in der Dunkelheit seine Wunden zu lecken.

»Ihr seid beide erschöpft und gereizt«, sagte Nell, und zwar so laut, daß beide es noch hören konnten und es nicht so aussah, als würde sie für einen von ihnen Partei ergreifen. Dann wickelte sie ein Stück Kuchen in eine Serviette ein und verkündete, sie wolle noch kurz bei Daisy vorbeischauen, sie sollten sich in der Zwischenzeit benehmen und auf das Haus aufpassen.

Ein Stern versuchte, sich einen Weg durch den tintenblauen Wolkenmantel des Himmels zu bahnen. Er blitzte kurz auf und verschwand, um sich gleich darauf wieder hervorzukämpfen, und so ging es ständig hin und her, während Nell die Straße hinunterlief. Der Stern tauchte auf und verschwand, glänzte und flackerte, in endlosem Bemühen, doch immer wieder bezwungen, und irgendwie brachte sie das auf den Gedanken, daß ihr eigenes Leben, wenn schon ein Stern keinen festen Platz am Himmel fand, mindestens ebenso vergeblich und unstet war.

Daisy mußte das Bett hüten und empfing sie im Morgenmantel, ihre dünne, knochige Hand war so klein wie die eines Kindes und reckte sich ebenso eifrig jedem Geschenk entgegen. So endete das Leben, in dieser ausgehungerten Existenz, kraftlos, einsam, aller Energie beraubt. Ein elektrischer Heizstab an der Wand warf sein blasses Licht auf den Sekretär, auf dem ein sehr echt wirkender Fuchspelz lag; seine Augen waren von einem glasigen, wissenden Braun.

Wie ein Kind drückte Daisy den Kuchen und die Limonadenflasche mit Sherry an sich. Sie konnte nicht sprechen. Ihr Atem war schwach. Darauf lief alles hinaus, zwang an den Ursprung zurück: Mund, Essen, Trinken, Selbst, Einsamkeit.

»Die arme Daisy ist zum Skelett abgemagert«, sagte Nell, als sie durch die Hintertür zurück in die Küche kam. Tristan hatte ein Staubtuch in der Hand. Er sagte, er habe im Kinderzimmer mit einer längst überfälligen Putzaktion begonnen.

»Wo ist Pads?« fragte sie. Mit seinem Kosenamen deutete sie an, daß aller Ärger vergessen war.

»Ich weiß nicht... Wahrscheinlich draußen«, gab Tristan zurück. Nell ging zur Gartentür und rief nach ihm, und als er nicht gleich antwortete, dachte sie: Diesmal geht sein Schmollen aber zu weit. Rufend ging sie weiter den Gartenweg hinunter, und ihre Stimme wurde immer lauter und schärfer, aber er saß nicht auf seinem Lieblingsplatz auf der Ufermauer und hatte sich auch nicht auf der anderen Seite der Mauer versteckt, wie er es sonst manchmal tat, wenn er sie erschrecken wollte. Nell beugte sich über die Mauer und rief erneut nach ihm, aber er war nirgends zu sehen. Es war Ebbe, und das Ufer war voller Schlamm und Schlick, Häuser und Wohnungen auf der anderen Seite spiegelten sich wie wackelige Pyramiden aus blauen, grünen und goldgelben Steinen in der Mitte des Flusses. Das Plätschern einiger Ruderboote ließ Nell erschrocken zusammenfahren, und selbst ein Stück Treibholz wirkte in dem grausamen Mondlicht unheimlich. Der Mond war herausgekommen, der Himmel war mit Sternen übersät.

»Paddy!« rief sie wieder, doch sie bekam keine Antwort. Sie lief zum Haus zurück und rief Tristan zu, er solle die Taschenlampe holen. Paddy hatte sich wahrscheinlich weiter unten hinter irgendeiner anderen Mauer verschanzt, um sie noch länger leiden zu lassen als sonst – wegen Emma, wegen des Internats, wegen etlicher anderer Kränkungen.

»Bring die Taschenlampe mit«, schrie Nell.

»Warum?« fragte Tristan, aber ihr Tonfall hatte ihm längst verraten, daß etwas nicht in Ordnung war.

»Paddy ist nicht auf der Mauer«, antwortete sie mit schriller Stimme.

»Ist er auf dem Fluß?« fragte Tristan. »Er weiß doch, daß er nicht auf den Fluß darf.«

Jetzt liefen sie beide laut rufend durch den Garten zum Fluß und versuchten, sich in ihren Stimmen nichts von ihrer Ängstlichkeit anmerken zu lassen.

»Wo kann er bloß sein?« fragte Tristan betont gereizt, als wüßte er, daß sich Paddy irgendwo in Hörweite versteckte. Doch so gründlich sie auch suchten, er war nirgends zu finden. Wohin sollten sie sich als nächstes wenden? Was sollten sie als nächstes tun? Nell lief ins Haus zurück und rief bei Emmas Eltern an. Emmas Vater sagte: »Leider ist er nicht hier«, und riet ihr, die Polizei anzurufen. Nell hätte gern mit Emma gesprochen. Wenn jemand ihn hätte finden können, dann mit Sicherheit Emma, aber ihr Vater sagte, sie habe über Bauchschmerzen geklagt und sei früh ins Bett gegangen.

»Sei nicht böse, wenn du ihn findest«, flüsterte ihr Tristan zu. Damit wollte er wohl sagen: Mein Bruder ist nicht ertrunken, so etwas passiert uns nicht.

Die Polizei zeigte sich sehr hilfsbereit, nahm Nells Angaben sorgfältig auf und sagte, es lägen bisher keine Hinweise vor.

»Es ist sein Geburtstag«, sagte Nell immer wieder, während sie die Fragen nach ihrem Namen, dem Namen des Vaters, Paddys Alter, Größe und Kleidung beantwortete. Der Polizist, mit dem sie sprach, merkte wohl an ihrer Stimme, wie besorgt sie war. Er sagte, sie würden sofort ein Polizeiboot schicken, es würde allerdings eine Weile dauern, bis es den Fluß hinauf bei ihr angekommen sei. In der nächsten halben Stunde eilte Nell zwischen Haus und Fluß hin und her. Für den Fall, daß Paddy oder jemand anders anrief, der ihn gesehen hatte, bezog Tristan seinen Posten neben dem Telefon, während Nell nach den Scheinwerfern des Polizeiboots Ausschau hielt. Das dunkle Wasser, das schmatzend gegen das Ufer schlug, erfüllte sie mit Ekel, und die Musik, die von einem weißen Vergnügungsdampfer herüberdrang, war für ihre Ohren die reinste Qual. Paddy konnte schwimmen, aber vielleicht war er zu weit hinausgeschwommen und völlig erschöpft, vielleicht klammerte er sich jetzt an einem Brückenpfeiler fest und wartete auf Hilfe, vielleicht war er flußabwärts an Land gegangen, über die Ufermauer in einen fremden Garten gestiegen und fragte in diesem Augenblick jemanden, ob er bitte durch das Haus zurück zu seiner Mami gehen dürfe. Wenn er Angst hatte oder krank war, nannte er sie immer Mami. In der Dunkelheit tauchten bald die ersten Nachbarn auf. Der alte Mann von nebenan rollte seinen Gartenschlauch zusammen, war sehr teilnahmsvoll, als er von ihren Sorgen erfuhr, vergaß seine unzähligen Beschwerden über den Lärm und versuchte, Nell zu beruhigen, indem er lauter vernünftige Dinge sagte: daß es für Jungen ganz normal sei wegzulaufen, daß in London ständig Kinder wegliefen und wiedergefunden wurden, neulich habe er sogar von einem Jungen gelesen, der bis Berlin gekommen sei. Als das Polizeiboot auf dem Fluß erschien, hatten sich in Nells Garten sämtliche Nachbarn versammelt; es war wie auf einer Party, nur die Stimmen waren seltsam gedämpft.

»Ihr Sohn wird vermißt«, konnte Nell einen der Umstehenden flüstern hören.

»Welcher?«

»Keine Ahnung«, antwortete die erste Stimme, und andere, die später hinzugekommen waren, fragten Nell, ob sie irgendwie helfen könnten.

Ein Polizist rief ihr vom Boot aus zu, sie hätten niemanden gefunden und auch nichts Verdächtiges gesehen, würden aber bis zur Westminster Bridge weiterfahren, um ganz sicherzugehen. Er mußte schreien, um den Motor und den Strudel am Heck des Schiffes zu übertönen, und Nell schrie zurück und fragte, ob der Bruder des Jungen mit ihnen fahren könne. Die Antwort des Polizisten versetzte sie erneut in Panik. Er rief, sie ließen grundsätzlich keine Angehörigen an Bord, denn es wäre ein zu großer Schock für sie, wenn tatsächlich eine Leiche gefunden würde. Einen Augenblick lang war Paddy in ihren Augen schon tot, trieb als willenloses, schwereloses Treibgut im dunklen Fluß.

Im Haus warteten flüsternde Menschen. Es sah aus, als wäre das Schlimmste bereits geschehen. Voller Panik zuckten sie zusammen, als das Telefon klingelte und Nell herbeieilte, um den Hörer abzunehmen. Es war die Mutter eines Geburtstagsgastes, die Nell für den schönen Nachmittag dankte und fragte, ob sie vielleicht einen Gürtel gefunden habe, denn Nigel würde den Gürtel seiner Sporthose vermissen.

»Ich werde später danach suchen«, sagte Nell und erklärte der Frau, warum sie so durcheinander war. Die andere bemerkte mitfühlend: »Ach, Sie Arme!«

»Wir finden ihn, Mami, ganz bestimmt, wir finden ihn!« sagte Tristan und nahm ihre Hand, und in einem plötzlichen Anfall von Höflichkeit entschuldigte sich Nell bei ihren Nachbarn dafür, daß dieser Vorfall sie in ihrer Sonntagabendruhe gestört hatte. Der Mann von nebenan schaute sie so traurig an, als bereute er bitterlich, sich jemals über den Lärm der Kinder beschwert zu haben, mochte seine Frau, eine sensible Künstlerin, auch noch so sehr unter ihrer Migräne leiden. Jetzt stand sie, die langen Haare zu Zöpfen geflochten, wie ein Schulmädchen da und erzählte allen, dies sei genau der Grund, warum sie keine eigenen Kinder haben wollte: Sie hätte es einfach nicht ertragen, Kinder zu bekommen, die sie eines Tages doch wieder hätten verlassen können.

»Ganz ruhig, Liz«, sagte ihr Ehemann, der offenbar befürchtete, sie könnte eine Szene machen. Ein Jogger, den niemand kannte, bot Nell an, im gegenüberliegenden Park nach ihrem Sohn zu suchen, und sie ging bereitwillig auf seinen Vorschlag ein, weil sie dadurch das Gefühl hatte, etwas tun zu können und das Schlimmste noch ein wenig hinauszuzögern.

Dort, wo die Straße einen Bogen um den Park machte, war eine Straßenlaterne ausgegangen. Auf der hohen Begrenzungsmauer, die um das öffentliche Gelände herumführte, waren Glasscherben aneinandergereiht, die im Licht der Taschenlampe wie glasige Fangzähne wirkten. Das Tor war schon geschlossen, aber die Männer kletterten einfach hinüber und ließen Nell nach einer kurzen Ermahnung, vorsichtig zu sein und nicht auf die Straße zu laufen, allein zurück. Nell stand am Tor, hörte hinter sich die Autos vorbeifahren und sagte sich, daß all das, was sie jetzt unternahmen, nur ein Schinden von Zeit war, ein verzweifelter Versuch hinauszuzögern, was sie ohnehin bald würden hinnehmen müssen. Warum hatte er es getan? Wegen Emma? Wegen Nell? Wegen seines Vaters? Der Gedanke an seinen Vater ließ sie erzittern, der Gedanke, ihm die Nachricht überbringen zu müssen, war unerträglich. Sie stellte sich seine Stimme am Telefon vor, erst ruhig, dann wütend, vielleicht sogar weinend. Nein, dazu würde es nicht kommen. Sie begann zu beten. Die ersten Zeilen verschiedener Gebete drängten sich auf ihre Lippen, dann kamen eigene Gebete hinzu und das Gelübde, nie wieder das eigene Vergnügen zu suchen. Sie sah die Männer auf die Bäume zugehen, sah den Strahl der Taschenlampe über das Gras tanzen und an den Baumstämmen hinaufklettern. Die Bäume erinnerten sie an ein abkommandiertes Bataillon, das vor langer Zeit am Flußufer stationiert worden war.

Sie glaubte, einen Schrei zu hören, und rief den Männern zu: »Das ist Paddy, das ist Paddys Stimme«, aber die Männer hörten sie nicht. Vielleicht hatte sie sich den Schrei nur eingebildet, vielleicht war es der Schrei eines Geistes, einer Möwe. Die Männer gingen an der Baumreihe entlang und verschwanden unter dem dunklen Blätterdach. Nur ganz vereinzelt drang der Lichtstrahl der Taschenlampe aus dem schwarzen Dickicht in den nachtblauen Himmel. Schließlich schienen sie aufzugeben, gingen in Richtung Tor zurück. Nell hörte einen von ihnen rufen, und obwohl sie die Worte nicht verstand, spürte sie, daß etwas geschehen war, etwas Wunderbares, denn ihre Stimmen waren laut und fröhlich. Sie sah, wie der Strahl der Taschenlampe an einem Baum hinaufstrich, und hörte, wie ihre Stimmen lauter wurden. Dann eilten sie zum Tor zurück. Sie trugen etwas, trugen Paddy auf ihren Armen.

»Wie wär's mit einem kleinen Jungen zum Abendessen?« rief der Jogger voller Freude über den Erfolg der Suche sowie die Tatsache, daß er derjenige gewesen war, der sie angeregt hatte. Paddy wurde über das Tor gereicht, und als er in ihren Armen lag, spürte sie seine heißen Tränen, die Verzweiflung, mit der er sich an sie klammerte, eine Verzweiflung, die zu gleichen Teilen aus Rebellion und Liebe bestand. Er war so schwer, daß sie ihn nicht den ganzen Weg tragen konnte, aber er klammerte sich an sie, als wollte er sagen: »Bitte, sag nichts. Alles, was du sagst, wird zerstören, was uns noch bleibt.«

Wie oft hatte sie um einen Geliebten gebetet, doch jetzt bat sie Gott, sie nie von ihren Kindern zu trennen, niemals, dann wollte sie auch mit allem anderen zufrieden sein.

11

Jungfrauen, einige blaß, zart und nachdenklich, andere pausbäckig und selbstbewußt, einige in dünnem Gewand, andere in üppigen Kleidern, doch alle erhaben und völlig versunken in ihre Mutterschaft, ja, eine kniete sogar voller Bewunderung vor ihrem kleinen, dicklichen Sohn, der nackt auf einer roten, samtbezogenen Empore lag. Paddy und Tristan wandten sich gelangweilt ab. Noch eine Kapelle, noch eine Jungfrau, diesmal eine schwangere, und dafür hatten sie nun den weiten Weg auf den Berg gemacht! Der Strom war ausgefallen wegen des Sturms, der losbrach, als sie in einem kleinen Taxi bergaufwärts fuhren und fast von der Straße gefegt worden wären, weil ein mit Touristen vollbesetzter Bus in wahnwitziger Geschwindigkeit auf sie zugerast kam. Der Taxifahrer hatte gleichzeitig geflucht und sich bekreuzigt, grelle Blitze hatten den Himmel zerrissen und ein wirres Zickzackbild aus Schwefel und Phosphor über die bewaldeten Berge gemalt, die so dicht beieinander standen, daß sie aussahen wie eine riesige, üppige Hecke aus Immergrün. In ihrem Dickicht lauerten Stechmücken, die sie schon seit ihrer Ankunft belästigten, vor allem in der Dämmerung, als sie arglos am Tisch eines Cafés gesessen hatten.

»Wie heißt das nochmal? Wohin müssen wir fahren?« fragte ein Junge den anderen, Zorn in der Stimme. Sie waren beide ärgerlich, weil ihre Mutter sie ins Ausland geschleppt hatte, obwohl sie sich nichts sehnlicher gewünscht hätten als einen Urlaub bei der Großmutter.

»Arezzo«, sagte Nell und erklärte zum wiederholten Mal, daß es »blau« oder »Grotte« bedeute. Es war ihnen egal. Sie hatten seit ihrer Ankunft ohnehin nur geschmollt, stets als Sichtschutz eine Hand über die Postkarten gelegt, die sie eifrig schrieben, um ihren Freunden, vor allem aber ihrer Großmutter, ihr Leid zu klagen.

Nell konnte das Gesicht der schwangeren Jungfrau im Dämmerlicht nicht erkennen, doch sie sah ihre standhafte Haltung und den Schnitt in ihrem Kleid in Bauchhöhe, eine Vorahnung des messerscharfen Schmerzes, der auf sie wartete. Sie sah auch die Einsamkeit, Mutter und Kind einander innig vertraut und doch fern und fremd. Sie stritt sich mit dem Wärter, der sich weigerte, die Kinder zum halben Preis hereinzulassen, weil Nell nicht gleich von Anfang an gesagt habe, daß es Kinder seien, und er bereits den vollen Betrag in seine Kasse eingetippt habe. Die anderen Besucher schauten zu, wie sie auf ihre beiden Jungen zeigte und sagte, es sei doch offensichtlich, daß sie Kinder seien – *bambini.* Der Wärter blickte sie nur verächtlich an und rührte sich nicht.

In der nächsten Kapelle waren die Jungen ein wenig lebhafter, denn sie hatten dort mehr Platz, so daß sie herumspringen konnten, während Nell hinter dem großen Altar verschwand, um die Fresken zu betrachten. Die blauen, grünen, grauen Farben waren fein wie Eierschalen, blaß und zerbrechlich. In einer Broschüre wurde erklärt, welche Geschichte die Wandgemälde erzählten: wie die Samen vom Baum der Erbsünde zum Kreuz wurden, an dem Christus starb, trotz aller Bemühungen der Königin von Saba. Plötzlich schienen die Farben vor Nells Augen auseinanderzuspritzen und die schönen Oberflächen zu zerfließen, während sie, die – zumindest auf heiligem Boden – so uneingeschränkt an die Reinheit der Heiligen geglaubt hatte, jetzt etwas ganz anderes wahrnahm: Die Figuren schienen von unbezähmbaren Gefühlen beherrscht, von wilden Leidenschaften zerfressen. In der Miene der Königin lag Hochachtung, ihr Auftritt war förmlich, ihre Verbeugung schicklich, die Augen König Salomons, schwarz wie sein Bart und die Krempe seines Hutes, blickten ernst – und dennoch, beide überschritten heimlich die Grenzen der Scham, gaben sich insgeheim der Lüsternheit hin. Einen Moment lang schienen die Steinfliesen unter Nells Füßen dahinzuschmelzen, und ihr Körper löste sich auf, während sie von ferne – woher? – die Worte hörte: »Dein Schoß ist wie ein Hain, wo die Granatäpfel blühen«, und als Antwort: »Mein Geliebter hat seine Hand in meinen Schoß gesteckt, und mein Innerstes geriet in Wallung.« Nell dachte: Vor langer Zeit habe ich den gleichen Augenblick schon einmal durchlebt, habe die gleiche Ohnmacht verspürt und erkannt, daß im Augenblick der Geburt, ja, schon im Schweiß der Zeugung, alles Wissen vorhanden ist, vorhanden, doch dann wieder vergessen, gänzlich ausgelöscht wird.

Auf dem Marktplatz wurden in der brütenden Hitze scheppernd die Rolläden heruntergelassen, so daß die Türen und Fenster der Geschäfte wie hölzerne Waschbretter aussahen. Die Häuser schotteten sich gegen die Außenwelt ab, die gedrückte Stimmung des frühen Abends senkte sich über die Straßen.

»Wir haben Hunger, Hunger, Hunger«, sangen die Jungen, doch auf den ersten Blick sah es so aus, als hätten alle Restaurants geschlossen. Der Fahrer folgte murrend ihren Anweisungen, und als sie in eine enge Seitenstraße einbogen, schimpfte er laut. Vor dem ersten Restaurant gab es eine Schlange, also fuhren sie durch verwinkelte, extrem schmale

Gassen zum nächsten und kamen in völliger Dunkelheit vor einem Café an, in dem es nur kalte Speisen gab. Sie tranken Mineralwasser und aßen fade Brötchen, die mit einem viel zu salzigen und fetten Räucherschinken belegt waren. Wieder tuschelten die Jungen, ohne Nell in ihr Gespräch einzubeziehen. Sie sprachen über ihre Freunde an der Schule, dann tratschten sie über die Mädchen, Emma, Lisa und Jane. Selbst ein neues Schwimmbad, das unweit ihrer Schule erbaut wurde, mußte als Gesprächsstoff herhalten, dann war ihre Lieblingssendung im Fernsehen, eine Science-fiction-Serie, dran. Der Fahrer aß das Brötchen, das Nell zur Seite gelegt hatte. Nell trank selten Kaffee, und der Kaffee hier war so stark, daß sie davon Herzklopfen bekam. Voller Unruhe dachte sie: Wir sind im Urlaub, und es ist eine Katastrophe.

Später am Abend erreichte der Trotz seinen Höhepunkt. Paddy und Tristan saßen in der kleinen *pensione* auf ihrem Bett und weigerten sich, ihre gefütterten Windjacken auszuziehen. Sie hatten beide ein Buch vor der Nase und taten so, als wären sie in ihre Lektüre vertieft.

»Nun macht schon«, rief sie und klatschte auffordernd in die Hände.

»Wir sind fertig«, sagte erst der eine, dann der andere. In ihrer Aufsässigkeit machten sie sich einen Spaß daraus, die Worte und Sätze des anderen haargenau zu wiederholen.

»So könnt ihr nicht ins Restaurant gehen.«

»Warum nicht?« fragten sie.

»Steht jetzt endlich auf und zieht eure guten Jacken an«, erwiderte Nell. »Solche Frechheiten lasse ich mir nicht bieten.«

»So wie es hier aussieht, ist es doch sowieso egal«, sagte Tristan und deutete auf das schäbige Zimmer, ein Verlies mit Küchenstühlen und einigen Holzhaken an den Wänden, an denen ihre besseren Jacken hingen.

»Was fällt dir ein!« entgegnete sie wütend und ging auf ihn zu, als wollte sie ihn schlagen. Aus seinen Augen blitzte ihr zum ersten Mal Haß entgegen. Sie ließ die Hand sinken und holte zu einer langwierigen Predigt über ihre Opfer, ihre unglückliche Ehe und ihre harte Arbeit aus: Sie rackere sich ab, während die Jungen – Paddy mit seiner Eisenbahn, Tristan mit seiner Briefmarkensammlung – dem reinen Vergnügen frönten. Ja, sie ließ sich sogar zu dem Vorwurf hinreißen, sie hätte sich zu Weihnachten für ihr Leben gern einen braunen Lammfellmantel gekauft, zugunsten der Jungen aber darauf verzichtet. Paddy und Tristan schwiegen. Sie erstarrten zu leblosen Gestalten, ließen sich mit ihrem Wortschwall überschütten wie mit einem Eimer Farbe. Nell glaubte, sie lächeln zu sehen. Es war ein Lächeln, das halb reumütig, halb höhnisch war.

»Da gibt es nichts zu lachen!« schrie sie und ging auf sie los, um sie zu ohrfeigen.

»Wir lachen nicht«, erwiderten sie und duckten sich ungläubig vor der ungewohnten Wucht ihres Zorns.

»Kommt ihr jetzt, oder kommt ihr nicht?« fragte sie.

»Wir haben keinen Hunger«, erwiderte Paddy ruhig, und Tristan nickte dazu. Nell schnappte sich ihren Schal und ging hinaus. Wenn sie daran dachte, was sie sich vorgestellt hatte – wie sie mit ihren Kindern an lauen Abenden in einem Straßencafé fröhlich schwatzte, eine Zigarette rauchte, einen Aperitif schlürfte und ein paar Brocken Italienisch sprach!

Im Restaurant an der Ecke aß sie Salat und Fisch, ohne etwas davon zu schmecken, betrachtete die Ansichtskarten von den Jungfrauen, die sie gekauft hatte, und fragte sich, ob die Modelle selbst Jungfrauen, Mütter oder gefallene Frauen gewesen waren. Daß sie vor der Königin von Saba fast ohnmächtig geworden war, erfüllte sie mit heißer Scham. Vielleicht hatten die Jungen es bemerkt, hatten sie beobachtet. Die alten Vorwürfe schmerzten erneut, wie ein Splitter unter dem Fingernagel: ihre Undankbarkeit, ihre Selbstsucht, ihre Frechheit. Auch an den aufblitzenden Haß in Tristans Augen mußte sie denken, wobei sie immer noch davon ausging, daß die Kinder nachkommen würden, aber sie taten es nicht.

Der Kellner knallte ihr eine halbe Flasche Wein auf den

Tisch und gab ihr zu verstehen, daß sie sich beeilen sollte, denn vor dem Eingang hatte sich eine Schlange gebildet. Ein anderer Kellner kam und fragte sie, ob sie bereit sei, sich den Tisch mit anderen Gästen zu teilen, aber sie schüttelte den Kopf und sagte, sie erwarte noch ihre Kinder. Sie stellte sich vor, wie Paddy und Tristan, noch immer in ihren Jacken, auf dem Bett saßen, eine Tüte Chips verdrückten und zwischen Rebellion und Reue schwankten. Der Schwertfisch schmeckte wie eine gegrillte Gummisohle. Der Kellner säuberte seine Fingernägel mit einem kleinen Taschenmesser, das an seinem Gürtel hing, während sie die Speisekarte studierte und überlegte, was sie noch bestellen könnte.

»Ich möchte den Geschäftsführer sprechen«, sagte sie ärgerlich.

»Ich bin der Geschäftsführer«, erwiderte er grinsend. Sie bestellte Pasta, obgleich sie nicht mehr hungrig war.

Leidenschaftliche Rachegefühle stiegen in ihr auf, als sie die Kosten für den Urlaub zusammenrechnete.

»Es tut uns leid«, sagten die Jungen, als sie ins Zimmer kam, und standen stramm wie junge Soldaten, für die der Drill noch etwas ungewohnt war.

»Mir tut es auch leid«, sagte Nell und kramte die Papierserviette mit den Leckereien hervor, die sie beim Verlassen des Restaurants noch vom Kuchenbüfett stibitzt hatte. Sie sprachen alle gleichzeitig, schoben ihren Streit auf die Hitze, den Sturm, das fremde Land, bemühten sich eifrig um Versöhnung.

»Ich habe nachgedacht«, sagte Nell, und die beiden Jungen, die ahnten, was kam, riefen: »Ja! Ja!« und sprangen aufgeregt im Zimmer hin und her. Sie würden den Urlaub abkürzen und nach Hause fahren.

»Es ist anders, als wir es uns vorgestellt haben«, sagte Nell beschämt.

»Es ist nicht das Ritz«, nickte Tristan, froh, endlich all seinem Groll auf die primitive Umgebung Luft machen zu können: das schäbige Zimmer, den fleckigen Teppich, die schadhaften Elektroleitungen, die stellenweise aus der Wand ragten, und die Matratzen, die mit ihren tiefen Mulden einer durchnäßten Hängematte glichen.

»Es ist ein Dreckloch«, sagte Nell.

»Es ist ein Dreckloch«, griffen die Jungen fröhlich ihr Stichwort auf. Aber was sollten sie der Frau an der Rezeption sagen? Sie hatte das Zimmer erst nach anstrengender Überzeugungsarbeit und inständigem Flehen herausgerückt.

»Wir sagen ihr, ich hätte plötzlich eine Blinddarmentzündung«, sagte Paddy und krümmte sich probeweise vor Schmerz.

»Wir sagen ihnen, daß es ein Dreckloch ist... ein besonders nettes, altes, toskanisches Dreckloch«, sagte Tristan.

Letztendlich deutete Nell einen Trauerfall in der Familie an, und da sie sich mit der Italienerin ohnehin nur mit Gesten und Seufzern verständigen konnte, klang ihre Ausrede so überzeugend, daß sie in bester Freundschaft voneinander schieden.

Alles versank in dumpfer Schläfrigkeit. Die Hitze war schuld. Die Hitze und die Luftfeuchtigkeit. Das sonnenbeschienene Gras war wie Satin, blutrote Mohnblumen lagen darauf wie Blumen auf einer Sommerdecke, doch so leicht, als könnten sie sich jeden Moment in Luft auflösen, während sich die fernen, schneebedeckten Kuppen der Berge in den Himmel verloren. Wie ungewohnt, Schnee und Sonne gleichzeitig zu sehen. Sie fuhren mit einem Schnellzug, und die Landschaft blitzte in raschen, durchschnittenen Bildern auf, Villen mit geschlossenen Fensterläden und terracottafarbenem, bröckelndem Putz, dann endlose Felder mit Sonnenblumen, manche noch immer sonnengelb dem Licht zugewandt, die meisten jedoch vornübergebeugt wie schwarze Vogelscheuchen, müde und für die Ernte reif. Schließlich Fabriken, lange, dünne Schornsteine, die über flachen, gedrungenen Häusern, die nicht annähernd so schön waren wie die Villen mit den

Fensterläden, Rauch in den Himmel stießen, und dann wieder Landschaft, Obstbäume in ordentlichen Reihen wie junge Ballerinas, die Beine spindeldürr, als könnte das Gewicht, das sie zu tragen hatten, sie jeden Moment in die Knie zwingen.

Der Zug war voll. Junge Mädchen redeten ununterbrochen aufeinander ein, ließen ihre Armbänder klimpern und boten sich gegenseitig Zigaretten an, ohne Rücksicht auf das Nichtraucherzeichen – einen roten Klecks, der entfernt an ein Kreuz erinnerte, über einer durchsichtigen Zigarette, von der drei zarte Rauchwolken aufstiegen. Sie scherten sich nicht um Verbote. Sie waren fröhlich und ausgelassen. Eines der Mädchen hatte dunkle Haut und dichtes, schwarzes Haar, das ihr Gesicht und ihre Schultern wie ein festgewebtes Tuch umgab. Der Zigarettenrauch zog durch das schwarze Haar und verlor sich darin, und kaum hatte das Mädchen eine Strähne zur Seite geschoben, mußte auch schon eine andere mit Hilfe einer alten braunen Spange gebändigt werden. Das Mädchen hatte ein merkwürdiges Zucken im Gesicht, und jedesmal, wenn sie in Nells Richtung schaute, schien sie sie anzublinzeln, als wollte sie ihr etwas sagen. Und auch Nell hatte das Gefühl, als würde sie das Mädchen gern etwas Besonderes fragen. Aber was könnte das sein? Als sie durch die Dunkelheit der langen Tunnel fuhren, spürte Nell, wie Paddy und Tristan schutzbedürftig ihre Hände oder Füße nach ihr ausstreckten. Aber sobald das grelle Licht wieder durch die Zugfenster schien, zogen sie sich zurück. Nell betrachtete ihre eigenen Arme und Beine und empfand tiefe Schmach, sie waren weißer als je zuvor, das armselige Weiß geronnener Milch.

Auf der anderen Seite saß ein älteres Ehepaar. Die Frau las eifrig in einem Handarbeitsheft, auf dessen Titelseite Nadeln und ein Wollknäuel abgebildet waren, während ihr Mann fortwährend hustete und dann langsam seinen Speichel hinunterschluckte wie einen Hustensaft. Von Zeit zu Zeit bot ihm die Frau Bonbons an, die wie kleine, kakaobraune Sofakissen aussahen. Erst waren die beiden mißtrauisch, aber dann lächelten sie vorsichtig und schauten den Kindern zu, wie sie mit ihren Spielzeugautos über die blauen Veloursitze und die metallenen Fensterrahmen fuhren. Schließlich reichten die älteren Leute ihre Dose mit den Bonbons herum, und es entspann sich ein zögerliches Gespräch. Die jungen Mädchen lauschten mit gespanntem Interesse, und das Mädchen mit dem Augenzucken fragte, ob sie nicht in England bei ihnen wohnen könne, sie fühle sich ziemlich unsicher und hätte gern Freunde in der Nähe. Freunde! Dann sprudelte ihre Lebensgeschichte aus ihr heraus. Sie sagte, sie habe schon einen Prinzen gefunden, aber er sei nur ein Übergangsprinz, denn er habe Verdauungsprobleme und brauche ständig frischgebügelte Hemden, aber in England würde sie ganz gewiß einen echten Prinzen finden und mit ihm Stechkahn fahren. Nell schrieb ihre Adresse auf und dachte, hoffentlich kommt sie nicht wirklich, reichte ihr aber trotzdem den Zettel und notierte sich den Namen des Mädchens: Francesca. Die Freundin beobachtete es mit schwelender Eifersucht und lächelte aus diesem Grund um so eifriger. Dann wieder Landschaft, schwere, rote Erde, die fast wie gefärbt aussah, und die Blätter der Olivenbäume, silbrig und verspielt, ein hübscher Gegensatz zu den dunklen Stämmen, die sich krümmten wie Hexen beim Tanz.

»Sieh mal... noch mehr Vogelscheuchen«, sagte Tristan und zeigte auf ein großes Feld mit Sonnenblumen, deren Köpfe in die entgegengesetzte Richtung wuchsen, so daß die Ränder aus klingenförmigen Blättern aussahen wie grüne Häubchen auf kleinen, gebeugten Köpfen. Mit dieser Beobachtung und seinem Lächeln wollte er sie beruhigen, wollte ihr sagen, daß er und sein Bruder nicht mehr verärgert waren.

Die Fensterläden waren zum großen Teil geschlossen, so daß die Sonne nur durch schmale Ritzen drang und die Kunstschätze im Zimmer nicht beschädigen konnte. Draußen glühten ganze Beete von Dahlien, viel zu bunt, viel zu streng hochgebunden, eine Beleidigung für das Auge. An der Wand hing ein *Letztes Abendmahl*, die Apostel mit nachdenklichen

Mienen, in banger Ahnung des kommenden Opfers, der große Tisch im Schatten, und die ernste, schwarzgrüne Landschaft, das Grün der Zypressen, wie immer im Hintergrund.

»Es paßt zu meinem jetzigen Leben«, sagte Nells Gastgeber und machte eine weitausholende Handbewegung, die die Gemälde, die Statuen, die anderen Kunstschätze und den tatterigen Diener einschloß, der gerade einen kleinen Kartentisch aufklappte, um das Teetablett abzustellen. Seine Hände zitterten so, daß die Tassen auf den Tellern klirrten und die Teelöffel gegen das Porzellan schlugen, als würde jemand einen Satz Stimmgabeln ausprobieren. Mit einer schwungvollen, befehlsgewohnten Geste schickte er ihn hinaus.

»Nehmen Sie doch ein Sandwich... Es wird Ihnen guttun... Zum Glück brauchen Sie ja nicht auf Ihre Figur zu achten«, sagte ihr Gastgeber und fuhr mit der Hand feierlich über seinen Bauch, um auf seinen verborgenen Leibesumfang hinzuweisen. Sie nahm ein Sandwich, aber nur aus Höflichkeit. Das Brot war alt, und der Belag, eine Fleischpastete, schmeckte auch nicht eben frisch. Wahrscheinlich waren die Brote bereits für andere Gäste gemacht worden, die sie dann nicht gegessen hatten. Nell hatte ihn von der Stadt aus angerufen, und er hatte gesagt, natürlich müsse sie zum Tee kommen, seine Hausgäste seien in Richtung Süden aufgebrochen, und so habe er das große Glück, sie ganz für sich zu haben. Er gehörte zu den Autoren ihres Verlages, und während er ihr gegenübersaß und beim Essen zuschaute, lächelte er das dünne, angestrengte Lächeln eines alten Mannes in einem wunderschönen Haus, der sich im Sommer vor Besuchern kaum retten kann. Sein Siegelring, ein blutroter Skarabäus, funkelte sie unfreundlich an. Ihr Gastgeber war eingenickt. Seine gebeugte Haltung erinnerte sie an Glyzinien, welkende Glyzinien. Wahrscheinlich liegt es am Blau seiner Augen, dachte sie. Nell stand auf, als wollte sie gehen, er gab sich einen Ruck, riß die Augen auf und sagte: »Ja, ja... Sie leisten Wunderbares... Ihr Chef hat es mir erzählt... Sie haben etwas von einem Sherlock Holmes... Sie erahnen die Geheimnisse ihrer Autoren und müssen bei so manchem Buch Geburtshilfe leisten ... Ja, mich können Sie nicht täuschen ... Ich weiß alles über Ihre Fähigkeiten.«

»Das ist ein herrliches Zimmer«, erwiderte sie beschämt.

»Meine liebe Mutter ... Ja, meine liebe Mutter erlaubte meinem Vater, ihr Geld in Kunst anzulegen, doch stets mit Verstand ... Das da drüben ist Isabella von Kastilien, die der Jungfrau gelobte, ihre Tücher nicht zu wechseln, bis ihr Granada in die Hände fallen würde. Und der schwarze Jüngling dort ist venezianisch ... ein Nachfahre Othellos vielleicht ... Der Wolf ist natürlich römisch, die Wandbehänge sind flämisch ... Und jetzt erzählen Sie mir etwas von sich. Natürlich sollte ich längst alles über Sie wissen, aber mein Gedächtnis läßt ständig nach. Manchmal kann ich mich am Nachmittag nicht mehr erinnern, was ich am Vormittag getan habe.« Seine Stimme verlor sich, sein Blick schweifte hinaus zu den Dahlien, und er lächelte, als trösteten ihn die grellen Farben. Als Nell ihn anrief, hatte sie noch gedacht, sie und die Kinder könnten ein paar Tage in seinem Haus verbringen und auf diese Weise die Heimfahrt noch ein wenig verschieben. Sie hatte die Kinder am Bahnhof zurückgelassen, auf einer Bank, die von einer Sparkasse gestiftet worden war, und hatte ihnen eingeschärft, mit niemandem zu sprechen und sich nicht vom Fleck zu rühren. In seinen Briefen hatte der Mann sein Haus häufig beschrieben und immer wieder betont, sie könne einen alten Mann sehr glücklich machen, wenn sie es für eine Weile mit Leben erfüllte, im Garten spazierenging und abends vorm Kamin mit ihm plauderte. Aber Briefe waren eine Sache, die Wirklichkeit war eine ganz andere. Als hätte er den heimlichen Zweck ihres Besuches erahnt, wurde er plötzlich hellwach, schaute sie erschrocken an und sagte: »Ich fahre nur noch selten hinunter in die Stadt ... Ich habe immer so viel zu tun ... Es ist nicht so ganz einfach ... Im Sommer ist es besonders schlimm ... Natürlich halte ich die Zimmer geschlossen ... Fünfzig oder sechzig Zimmer im ganzen ... Ja, es sind viele Zimmer, aber es ist nicht ... einfach ... Meine Liebe, was für eine hübsche Halskette Sie tragen! Sie steht Ihnen ganz ausgezeichnet.« Er war mit sich selbst zufrieden, da er sie zugleich abgewimmelt und ihr ein Kompliment gemacht hatte, und nickte wieder ein. Sein Kinn hing schlaff herunter, und sein nervöser Atem bildete einen merkwürdigen Kontrast zu seinem förmlichen schwarzen Anzug. Ob er ihn eigens für sie angezogen hatte?

Zum Abschied winkte er Nell von der Freitreppe nach, den steinalten Butler mit dem grünen Star neben sich, und obgleich sie gar nicht erst gefragt hatte, ob sie und die Kinder bleiben könnten, glaubte sie, in seinem Gesichtsausdruck eine gewisse Gereiztheit zu erkennen. Vielleicht sagte er: »Schon wieder so eine, die eine kostenlose Übernachtung schnorren wollte... Oh, wie ich diese Eindringlinge hasse... Wie ich den Sommer hasse, diese Besucher, diese Proleten...« Trotzdem winkte er ihr freundlich nach, und das Taxi fuhr in die prächtige Abendsonne, die jeden Busch und jede Blume erglänzen ließ. Nell hatte sich entschlossen: Sie würden sich eine letzte Nacht in einem luxuriösen Hotel verwöhnen lassen, und am nächsten Morgen endgültig nach Hause fahren.

Als sie in den gepflasterten Innenhof des Hotels einfuhren, ließ das Abendlicht alle scharfen Konturen schmelzen und verlieh den hellen, verblichenen Fassaden am anderen Ufer des Flusses einen gedämpften, warmen Ton. Sie sahen wie Puppenhäuser aus. Der Fluß, der mittags noch so übel gerochen hatte, war jetzt eine blankpolierte Wasserstraße ohne Verkehr, sah aus wie ein Fluß in einem alten Bilderbuch. In einer Nische der Kirchenwand stand eine blaue Jungfrau aus Ton, und das Läuten der Glocken klang so perlend und weich, als wäre es aus den Tiefen des Flusses gekommen, um sich mit dem Geläut all der anderen Glocken in der Stadt zu vermengen. Abend. Abend. Die Luft so warm, so lau, daß Nell die Finger ausstreckte, um sie zu berühren, wie man es bei einer Blume tun würde – doch welche Blume könnte das sein? Drei Türsteher eilten herbei, um ihnen das Gepäck abzunehmen, während Nell und die Kinder noch verweilten und sich von der erhabenen Schönheit und Eleganz ihrer Umgebung fesseln ließen. Die Verstimmungen und Rückschläge der letzten Tage waren vergessen, jetzt waren sie in Sphären des Luxus und der Kostbarkeiten eingetaucht, umhüllt von schimmernden Goldtönen, die sich bald in Blau verfärben würden, das gedämpfte Blau der Nacht, der Zeit des Betens.

In ihrem Zimmer bestaunten sie alles – Böden und Wände aus farblich aufeinander abgestimmtem geäderten Alabaster, Lichtschalter, die bei der leisesten Berührung scharf umrissene Lichtkegel in den Raum warfen, ein Kühlschrank, der bis obenhin mit Likörflaschen, Nüssen und Trüffeln gefüllt war, und es gab sogar ein Kartenspiel, das die Kinder sofort zum Einsatz brachten. Im Bad erinnerten sie ganze Stapel von Handtüchern und Bademäntel daran, wie spartanisch ihr eigenes Leben war.

»Was würde Granny sagen, wenn sie das sehen könnte?« bemerkte Paddy, allzeit treu, und streckte ihnen mehrere cremefarbene Muscheln aus Seife entgegen. Daß jemand in dieser luxuriösen Umgebung von ihrer Mutter sprach, ließ Nell zusammenzucken. Sie sagte, sie dürften nicht vergessen, ihrer Großmutter ein hübsches Mitbringsel zu kaufen, einen Rosenkranz vielleicht oder eine kleine Jungfrau aus Elfenbein. Nells Mutter hatte Verständnis für ihre Urlaubspläne gezeigt und gesagt: »Reisen erweitert den Horizont«, doch unterschwellig waren ihre Kränkung und ihr Ärger deutlich spürbar gewesen.

Als der Kellner mit dem Teetablett kam, gönnte sich Nell einen kleinen Flirt. Er war attraktiv und ein wenig zurückhaltend, nicht so überschwenglich wie viele andere. Er hatte eine Rose mitgebracht, eine leicht verwelkte Rose, und als er Nell sah, machte er daraus eine große Sache, sagte, die Blume sei nicht *bella* genug für eine Frau, die so *bellissima* sei, und hätte er vorher gewußt, daß sie sein Gast sein würde, hätte er ihr aus seiner Heimatstadt die Blume schicken lassen, für die sie so berühmt sei, das Parmaveilchen.

»Veilchen?« fragte sie und sagte, sie habe immer gedacht, Parma sei für seinen luftgetrockneten Schinken bekannt, den man zu Melonen aß. Sie verachtete sich selbst für diese Besserwisserei.

»Ah«, sagte er, legte die Hand auf sein Herz und ließ keinen Zweifel daran, daß er sie am liebsten auf Nells Herz gelegt hätte.

»Die Signora hat recht... Wir haben den Schinken, aber auch das Veilchen... die Blume Napoleons und seiner Kaiserin Josephine.«

»Was für Veilchen sind das?« fragte sie.

»Ah, Madame«, begann er und hielt einen Moment lang überwältigt inne. »Es sind Veilchen, die zittern... wie ein junges, verliebtes Mädchen... wie Julia an ihrem Fenster... wie Sie, als ich eben zur Tür hereinkam.«

»Unsinn«, entgegnete sie lachend.

»Aber Sie sind noch schöner... Sie sind Mädchen und Frau zugleich...«, fuhr er unbeirrt fort. Es war zuviel. Tristan, der mit seinem Bruder Karten gespielt hatte, kam und zog den Vorhang zu, der das Zimmer in zwei Hälften teilte, als könne er damit alles Unschickliche ein für allemal aussperren. Nell hörte die Ringe über die Messingstange klappern und dachte: Oh, Gott, er denkt, ich hätte diesen Kellner ermutigt... und vielleicht habe ich das auch. Sie streckte die Hand nach Tristan aus, um ihn zu beruhigen, und sagte dem Kellner mit fester Stimme, er müsse jetzt gehen. Während sie Tee tranken, sagte Tristan beiläufig, als hätte es nichts mit dem zu tun, was gerade geschehen war: »Wenn du heiratest, könnten wir deine Pagen sein und weiße Kniebundhosen tragen.«

»Ich werde aber nicht heiraten«, gab sie zurück. Genau das hatte er wahrscheinlich hören wollen, ihre beleidigten Worte waren für ihn ein Ohrenschmaus, doch aus dem gleichen Grund mußte er sie achselzuckend abtun und in lässigem Plauderton erzählen, viele seiner Freunde in der Schule hätten Eltern, die sich scheiden ließen und anschließend wieder heirateten, das sei offenbar der letzte Schrei.

»Hey«, sagte Paddy und sah von der Speisekarte auf, die er ausgiebig studiert hatte. Natürlich wollten sie zum Abendessen in den großen Speisesaal gehen.

»Hey, die haben hier Krötenschwanz auf der Speisekarte.«

»Du Scherzkeks«, sagte Tristan.

»Wenn ich es dir sage. Hier, es gibt *Coda di rospo*«, sagte er und zeigte erst auf den italienischen Text und dann auf die englische Übersetzung daneben.

»*Coda di rospo*!« riefen die beiden im Chor und wiederholten es voller Vergnügen, während sie badeten und sich anzogen, ihr Haar mit Pomade einrieben und anschließend Nell bei den kleinen samtbezogenen Knöpfen hinten an ihrem Kleid halfen, diesen blöden Knöpfen, die sie gleichzeitig ganz putzig fanden.

Als sie später gemeinsam, ganz berauscht von ihrem Glück, die große Treppe hinunterschritten, zögerten sie absichtlich, um den Augenblick voll auszukosten, um die Wandbehänge und Glasmalereien mit ihren plastischen Früchten, Blumen und Allegorien zu bewundern, um die Messingfüße der Lampen zu berühren, die, groß wie Straßenlaternen, an jedem Treppenabsatz standen, um sich benommen nach der Geschichte und dem Ursprung all dieser Dinge zu fragen, aber nicht eingeschüchtert zu wirken, so daß sie für Außenstehende einfach drei Menschen waren, die gemeinsam zum Abendessen gingen, ein wenig altklug und vielleicht auf eine merkwürdige, nicht ganz ungefährliche Weise miteinander verstrickt.

Das Internat der Jungen lag etwa achtzig Meilen außerhalb Londons, von Bäumen umgeben, mit Blick auf die Kreidehügel im Osten und auf die Stadt im Westen. Die Stadt selbst wirkte, als sie gemeinsam mit Tristan herumlief und ein Café suchte, langweilig und trist. Das Café, das sie schließlich fanden, sollten sie schon bald in- und auswendig kennen, denn in dieses Café führten die Eltern an den Besuchstagen ihre Kinder und aßen mit ihnen Käse und Brot, einen Auflauf oder Pfannkuchen mit Gemüsefüllung. Tristan hatte keinen Appetit, er fürchtete, sie könnten zu spät kommen, und schob alle paar Minuten den Ärmel seiner Jacke hoch, um auf seine neue Uhr zu schauen. Am Ende war er derjenige gewesen, der die Entscheidung für das Internat vorangetrieben hatte. Seine besten Freunde waren dort und hatten ihm erzählt, es sei so aufregend wie ein Hotel, mit Mitternachtspartys im Schlafsaal, heimlichen Besuchen im örtlichen Pub und Rendezvous mit Mädchen im Wald. Es war eine gemischte Schule. Offiziell hatte es geheißen, es wären keine Plätze mehr frei, doch durch die Fürsprache eines Freundes hatte Nell ein Vorstellungsgespräch für Tristan erwirken können. Jetzt war er beim Direktor, und Nell ging nervös in dem kargen, gepflasterten Hof des Hauptgebäudes auf und ab, noch immer unschlüssig, ob sie sich freuen oder es bedauern würde, wenn Tristan einen Platz bekäme. Ihr Haus war für sie ohne die Kinder unvorstellbar, das Kinderzimmer ein Geisterzimmer, der lange Holztisch in der Küche ohne ihre Schulbücher und -hefte schrecklich verwaist.

Tristans und Paddys Vater hatte der Entscheidung zugestimmt – nicht aus wirklichem Einverständnis, sondern weil sein Interesse an den Jungen, seit er aufs Land gezogen war, merklich nachgelassen hatte. Außerdem hatte er dadurch die Möglichkeit gehabt, sich abfällig über Nell zu äußern: Es könne für die Jungen nicht von Schaden sein, dem negativen

Einfluß ihrer Mutter zu entkommen. Er und Madeleine betrieben eine Gärtnerei, und in seinen Briefen brüstete er sich mit seinem neuen Glück und seiner neuen Frau.

Es war Ferienzeit, und die Schule war leer. Nells hohe Absätze klapperten laut auf den Steinen, und sie drehte sich mehrfach um, als wollte sie sich dafür entschuldigen. Im kühlen Schulgebäude roch es nach Bohnerwachs und Desinfektionsmittel, stank es nach Regeln und Vorschriften, nach dem Einbleuen von Charakter und Stehvermögen. Wie viele junge Menschen würden nicht in den nächsten Monaten in diesem steinernen Hof Trübsal blasen, einen Bonbon lutschen oder auf einer Lakritzstange kauen und denken: Ich werde weglaufen, ich werde weglaufen, ich werde weglaufen.

Als sie den Direktor verlegen in der offenen Tür stehen sah, spürte Nell Erleichterung: Tristan hatte es nicht geschafft. Doch als sie in seinem kleinen, in schwermütigem Grün gestrichenen Büro Platz genommen hatte, erfuhr sie genau das Gegenteil. Tristan habe ihre Reise nach Italien beschrieben, einen Ausflug auf den Vesuv hinzugedichtet, gesagt, die Lava liege dort »im Dornröschenschlaf«, und von einem Essen erzählt, bei dem ihm und seinem Bruder ein ganzes Brathähnchen serviert worden sei. Obgleich die Schule eigentlich keine freien Plätze mehr habe, müsse er für einen so außergewöhnlichen Jungen unbedingt einen Platz finden, sagte der Direktor, und Nell glaubte, sie würde diesen Augenblick nie vergessen, diesen hochgewachsenen, eher schüchternen Mann mit den schlaksigen, viel zu langen Beinen, der sich in ihrer Gegenwart sichtlich unwohl fühlte, und ihre eigene Enttäuschung über die gute Nachricht. Während er mit ihr sprach, berührte der Direktor nacheinander all die verschiedenen Gegenstände auf seinem Schreibtisch: Souvenirs, Fotos von seiner Frau und den Kindern, ein winziges, chinesisches Teeservice und einen kleinen Krug, in dem bunte Smarties lagen. Es sei ein altes indianisches Flüssigkeitsmaß, erzählte er ihr. Nell war sich gar nicht mehr sicher, ob sie ihre Kinder tatsächlich aufs Internat schicken wollte – ob sie sie dieser geordneten Welt überlassen wollte, einer Welt, in der man ihnen alle Wildheit austreiben würde.

»Da ist noch sein Bruder…«, sagte sie ängstlich. Der Direktor zuckte zusammen und schaute verlegen zur Seite. Warum mußte sie so beharrlich sein? Um Zeit zu gewinnen, steckte er den kleinen Plastikzeiger an seinem Kalender um, dann hustete er nervös und sagte, es gebe keine weiteren Plätze, sie könne gern den Zettel mit den Namen all der Kinder sehen, die sich auf der Warteliste drängten. Er hielt einen dicht beschriebenen Zettel hoch. Draußen leuchtete ein riesiger Kastanienbaum in der Sonne, warmes Licht tanzte auf den dunklen, reglosen Blättern, doch im Zimmer des Direktors war es dunkel und kalt, und zu Hause saß Paddy und schmollte. Er hatte sich geweigert, Nell und Tristan zu begleiten, hatte sich auf seinen Ferienjob berufen: Er würde die Treppe in einem Mietshaus säubern und müsse jetzt den Umgang mit Schrubber und Eimer üben.

»Daddy hatte recht«, rief er empört. »Du willst Snobs aus uns machen.«

Nell sah seine Wut, seinen Wunsch, sich zu widersetzen und ihre Pläne zu vereiteln. Sie hörte sich selbst fragen, wann ihr Vater das gesagt habe und in welchem Zusammenhang – und wie er, Paddy, so kurzsichtig sein und so etwas glauben könne? Dann hielt sie inne und fügte, eher traurig, hinzu: »Ich glaube nicht, daß ich ein Snob bin, Liebling«, und er wandte sich beschämt von ihr ab.

Im sonnenlosen Büro des Direktors sagte Tristan, er könne seinen Bruder unmöglich verlassen, das wäre Verrat.

»Aber eines Tages werdet dein Bruder und du euch ohnehin trennen müssen.«

»Eines Tages«, sagte Tristan mit einer Standfestigkeit, die den Trennungsschmerz um so deutlicher machte.

»Ich kann nichts versprechen«, sagte der Direktor, aber Nell und Tristan war klar, daß er nachgeben und einen freien Platz für Paddy finden würde.

Paddy reagierte zögerlich.

»Ich werde es bestimmt vermasseln«, sagte er, und Nell sah die Tränen in seinen großen grauen Augen, die in Augenblikken wie diesen aussahen wie die Augen eines Schafs.

»Das macht nichts«, sagte Nell und fügte hinzu, falls er es nicht schaffen sollte, würden sie die ganze Sache mit dem Internat einfach vergessen, die beiden Brüder würden auf eine Tagesschule gehen und sie wären alle glücklich bis an ihr Lebensende. Dann fing Paddy allmählich Feuer, ließ sich von Tristan immer wieder das Schulgelände und den Speisesaal beschreiben, den Hof und die Bibliothek, in der er, wie er sagte, häufig an seiner Arbeit über den Fluß sitzen würde. Gemeinsam paukten sie Mathe und Erdkunde, seine beiden schlechtesten Fächer, und Nell und Tristan zollten ihm Beifall, wenn er sich mit seinen Sprachkenntnissen brüstete. Dennoch war er sich seines Versagens so sicher, daß er Nell anflehte, ihn allein zum Aufnahmegespräch fahren zu lassen, und versprach, er würde noch vom Bahnhof aus anrufen, um ihr das Ergebnis mitzuteilen. Mit viel zu lauter und viel zu aufgeregter Stimme erzählte er ihr dann, was Nell den ganzen Tag über bezweifelt hatte, und so wurde die Entscheidung für das Internat getroffen. Die nächsten Wochen waren voll hektischer Vorbereitungen, sie mußten Uniformen, Schuhe, Sportsachen und Schuhputzzeug kaufen und all ihre Neuerwerbungen mit kleinen Namensetiketten versehen. Sie machten Pläne für die Sonntage, an denen Nell sie besuchen könnte, und für das eine Wochenende im Monat, an dem sie nach Hause fahren dürften. Je näher der erste Schultag nach den Ferien rückte, desto anhänglicher wurden sie, es gab kein beleidigtes Türenschlagen mehr, kein abgeschlossenes Kinderzimmer, kein Schild mit der Aufschrift BITTE NICHT STÖREN, das sie aus dem Hotel in Italien hatten mitgehen lassen, an ihrem Türknauf. Sie bekundeten sogar lebhaftes Interesse am Garten, halfen Nell beim Unkrautjäten und vergruben Münzen in Erinnerung an diese bedeutungsvolle Zeit.

Im Zug vertieften sie sich alle drei in ihre Bücher, während eine redselige Dame von einem Hochzeitsfest erzählte, das sie gerade besucht hatte, ein prächtiges Fest, bei dem die Blumen im Brautstrauß zu denen auf den Strohhüten der Gäste gepaßt hatten, bei dem aber auch etwas Schreckliches geschehen war: Öl war auf ihren guten Mantel gekommen, und der Fleck ließ sich nicht mehr entfernen.

»Bis dahin war ich so glücklich gewesen«, sagte sie, starrte Nell an und kaute geräuschvoll einen Keks. Ein junger Mann war mit einem Wägelchen mit Erfrischungen gekommen, und sie hatten Kaffee und Kekse gekauft. Es war Herbst, die Landschaft wandelte sich, die jungen Bäume wurden braun, Büsche und Baumwipfel nahmen die Farbe der Fasanen an, die durch die Wälder stolzierten und auf die Jäger warteten, vor denen zu verstecken ihr Instinkt sie nie gelehrt hatte. Nell hatte Angst, ihre Tränen nicht unterdrücken zu können, und als sie in ihrem Buch, ›Anna Karenina‹, zu einer glücklichen Szene kam, in der zwei Verliebte gemeinsam Schlittschuh liefen, ihr Glück herausforderten, einander verzauberten, trieb ihr das zarte, zögernde Glück Tränen in die Augen. Sie mußte das Buch zuklappen und aus dem Fenster sehen. Im Roman waren die Bäume mit Schnee bedeckt, durch das Zugfenster sah sie nur graue spindeldürre Birken und eine Stechginsterwüste, eintönig und blütenlos. Sie durfte nicht weinen. In weniger als einer Stunde würden sie da sein.

Ein Schild am Beginn der langen Allee warnte vor spielenden Kindern, aber Nell wußte, daß es hier schon lange keine kleinen Kinder mehr gab. Ihr Chef vom Verlag hatte bei einem adligen, verwitweten Kollegen namens Hubert für sie Quartier gemacht. Das Taxi näherte sich langsam einem Wassergraben, holperte über eine alte Brücke und hielt schließlich in einem Hof mit üppig bepflanzten Blumenkübeln an. Ein dunkelroter Rolls-Royce stand, stattlich wie ein Ozeandampfer, vor der offenen Eingangstür, das beigefarbene Leder makellos, der Lack ohne den geringsten Kratzer. Eine ältere Frau begrüßte Nell an der Tür, nahm sich ihres Koffers an und führte sie stumm durch eine große Eingangshalle in ein Wohnzimmer, in dessen Kamin bereits ein Feuer prasselte.

»Wünschen Madame noch irgend etwas?« fragte sie in ehrerbietigem Ton. Madame!

»Nein, danke«, sagte Nell. Ihre Stimme mußte Besorgnis verraten haben, denn die Frau erwiderte ungefragt: »Ich werde Sie seiner Lordschaft melden. Seine Lordschaft ist gerade noch im Bad.« So sah also das Leben dieser Menschen aus: Ordnung, Rituale, Diener, die über jede Bewegung ihrer Herrschaften im Bilde waren, jeder Augenblick so klar umrissen wie die kleinen Stiche auf den alten Wandbehängen mit romantischen Liebesszenen. Nell hatte noch nie solchen Luxus gesehen. Zwar sah man in London freitags manchmal Chauffeure Kleider aus teuren Geschäften tragen, Kleider für ein Dinner oder einen Ball, aber dies hier war viel erhabener, strahlte Tradition, Wohlstand, Ordnung aus. Als erstes beugte sich Nell vor und roch an den Rosen. Sie paßten so perfekt in die flachen Glasschüsseln, als wären sie an Ort und Stelle gewachsen. Dann berührte sie vorsichtig die dicken, mit Edelsteinen besetzten Eier in einem braunen Eierständer auf dem Kamin. Es waren russische Eier, sie hatte einmal darüber gelesen. Ihr eigener Nippes kam ihr im Vergleich dazu lächerlich vor, und sie fragte sich, ob das Kleid, das sie mitgebracht hatte, auch elegant genug war. Sie hatte das Gefühl, auf Luft zu treten, so dick und weich war der strohgelbe Teppich mit der blassen, gewundenen Lorbeerborte. Nell ging auf Zehenspitzen, aus Angst, sie könnte die Harmonie des Zimmers zerstören. Der Barwagen war so schwer beladen, daß er jeden Moment unter seiner Last zusammenzubrechen schien, was er natürlich nicht tat, weil hier alles ganz genau berechnet war. Leuchtende Untersetzer trugen die Namen von Casinos der ganzen Welt, und von der Wand starrte ihr eine rätselhafte Frau in einem protzigen Pelz entgegen.

Nells Chef hatte die verkümmerte Hand ihres Gastgebers nicht erwähnt. Jedenfalls hatte er einen Handschuh aus schwarzem Lackleder an. Den sah sie als erstes, dann seine Augen, traurig und ohne Glanz. Durch sein Eintreten veränderte sich das Zimmer, die Schönheit schwand, seine Stimme und seine Körperhaltung drängten sich in den Vordergrund. Er war weder distanziert noch grantig, wie sie es befürchtet hatte, sondern, ganz im Gegenteil, die Freundlichkeit selbst und begleitete sie höflich zum Sofa vor dem Kamin.

»Wie wär's mit ein wenig Schampus?« fragte er. Dann überhäufte er sie mit Fragen, wollte wissen, ob sie schwitze, ob sie friere, ob die Fahrt erträglich gewesen sei, wie es den beiden Jungen ginge, stellte Frage auf Frage, ließ aber keine Antwort zu. Nell wünschte sich plötzlich weit fort, in ihr eigenes Haus, irgendwohin, wo sie ungehemmt hätte weinen können. Ihre Gefühle ließen sich nicht länger unterdrücken, sie beschrieb den letzten Blickkontakt mit Paddy und Tristan und wie sie sich schließlich abgewandt hatten, zwei kleine Sträflinge mit ihrem Gepäck, die ihrer neuen Welt tapfer entgegengingen.

»Weinen Sie sich ruhig einmal tüchtig aus«, sagte Hubert und fügte hinzu, es sei für ihn eine Wohltat, eine Frau weinen zu sehen, denn die meisten Frauen wären heutzutage gefühllose Drachen. Sie glaubte, ihn leise noch etwas über rosiges Fleisch sagen zu hören, und schaute erschrocken zur Seite. Ein merkwürdiger Mann.

»Chin-chin«, sagte er, sein Gesicht jetzt ganz in ihrer Nähe. Seine Augen glänzten aufgeregt, während er ihren Körper von oben bis unten musterte und ihre Schuhe mit den dünnen Riemchen bewunderte. Er habe sich sehr auf ihren Besuch gefreut, sagte er, dieser Besuch sei der Höhepunkt seiner eintönigen Woche. Nell ersann fieberhaft irgendwelche Ausreden – sie fühle sich plötzlich krank, sie habe vergessen, den Kindern irgendein wichtiges Dokument zu geben und müsse noch einmal zur Schule –, um vor ihm fortlaufen zu können.

»Es ist sehr nett von Ihnen, daß Sie mich bei sich aufgenommen haben«, sagte sie statt dessen.

»Aber es ist mir ein Vergnügen«, erwiderte er. Dann zeigte er auf den Rasen, schüttelte den Kopf, schnalzte mißbilligend mit der Zunge, entschuldigte sich für die häßliche, mit Steinen beschwerte schwarze Plastikplane und sagte, es sei ihm sehr unangenehm, ihr bei ihrem ersten, ihrem Jungfernbesuch einen solchen Anblick zumuten zu müssen. Ein Mann mit spitzen Gerätschaften sei gekommen, um den Rasen aufzustechen, das alte Gras, das Moos, das Unkraut und den ganzen Mist zu entfernen, den Boden zu lockern und frischen Samen auszusäen, aber ein besonders widerspenstiges Stück habe nicht reagiert und den Samen nicht angenommen.

»Ich kann Ihnen gar nicht sagen, was für ein Mist da drin war«, sagte er, als wollte er dieses Wort unbedingt noch einmal aussprechen. Nell trank rasch. Seit ihrer Hochzeit hatte sie keinen Champagner mehr getrunken, und er ließ sie, genau wie damals, an Chiffon denken, der sanft die Haut kitzelte. Er sah ihr zu und sagte, er habe für das Abendessen zum Wild einen sehr guten Bordeaux ausgewählt. Sein Koch sei nicht für Cordon Bleu und ähnlichen Firlefanz, sondern für die solide englische Küche, und den ersten Gang, eine Consommé mit einem Schuß Sherry und einer Prise Curry, habe er selbst zubereitet.

Ihr Gästezimmer war ein Refugium – geblümte Tapete mit passender Tagesdecke und eine Frisierkommode mit silberner Bürste, Kamm und Puderdose. Die bunten, dicht aneinandergepreßten Wattekugeln, die in einem Glasbehälter danebenstanden, erinnerten auf den ersten Blick an russische Eier. Sie tupfte sich verwegen Puder aufs Gesicht, als er plötzlich hereinplatzte, sich dafür entschuldigte, daß er so ein schrecklicher Umstandskrämer sei, aber er wolle nur sichergehen, daß sie auch gut versorgt sei und genügend Kleiderbügel hätte. Ihr schwarzes Kleid auf dem gepolsterten Kleiderbügel sah idiotisch aus, und ihre Strümpfe, die ebenfalls auf einem Bügel hingen, wirkten geradezu obszön. Er stellte das Badewasser an und ließ es eine Weile laufen, damit der Rost weggespült wurde; dann ahmte er die Unterwürfigkeit seiner

Dienerin nach und fragte, ob »Madame noch irgend etwas wünsche«.

»Nichts, gar nichts«, wehrte Nell ab. Die Haushälterin, in deren Tonfall er gerade gesprochen und die offenbar Nells Koffer ausgepackt hatte, huschte vorbei, zu scheu, um zu ihr aufzuschauen.

Als Nell in der Badewanne lag, hörte sie das Gurren der Tauben und sagte sich, daß ihre Kinder wenige Felder entfernt dieselben Tauben hören konnten. In Gedanken hatte sie bereits die ersten Briefe geschrieben, hielt die ersten Antwortbriefe in der Hand. Sie sah die krakelige Kinderschrift und spürte einen Kloß im Hals. Aber der eigentliche Schmerz hatte noch gar nicht eingesetzt, er wartete auf den Augenblick, in dem sie den Schlüssel ins Schloß ihrer Haustür stekken würde. Da war auch schon der Gong zu hören, der sie zum Abendessen rief. Nell sprang nervös aus der Wanne, trocknete sich notdürftig ab, zwängte sich in ihr Kleid und eilte auf hohen Absätzen die Treppe hinab.

An einer Wand des Speisezimmers hing ein Bild von einem Pferd, das einsam in irgendeiner Sumpflandschaft stand, auf der anderen Seite ein Gemälde von einer Frau. Sie hatte ihre Beine gespreizt und das Kleid über das Gesicht gezogen, um ihre Scham zu verbergen – oder ihre Begierde zur Schau zu stellen. Er kam herein, trat zu ihr, knipste das Licht an, damit sie das Bild besser sehen konnte, und sagte: »Mistress Polly mit gespreizten Lippen.« Er erzählte ihr, das Bild mache ihm große Freude, immer, wenn er sich mies fühle, stelle er sich davor, betrachte Polly, spreche mit ihr, ja, mache ihr gelegentlich sogar anzügliche Offerten. Er sagte, er habe sie vom ersten Augenblick an begehrt, sein bester Freund allerdings auch, und sie hätten beide bei demselben Kunsthändler um sie gebuhlt; der habe das Bild natürlich beiden gegönnt, es aber schließlich doch dem Freund überlassen, weil jener den höheren Kaufpreis geboten habe; am folgenden Tag sei dann sein Freund mit dem Flugzeug über den Alpen abgestürzt.

»Bunny hatte nie viel Glück im Leben«, sagte er abschließend und führte Nell höflich zum Tisch, wo bereits die Consommé auf sie wartete. Beim Essen ging es bedächtig zu, zumal der Butler die ganze Zeit über schweigend neben der breiten, schwarzen Anrichte stand und darauf wartete, Wein, Gemüse oder sonst etwas zu reichen. Seine ganze Aufmerksamkeit war auf seinen Herrn und dessen Gast gerichtet, so daß er, als Nell einen Tropfen Suppe verschüttete, sofort mit einem feinen Lappen neben ihr stand, um das Tischtuch trokken zu tupfen. Sobald das Hauptgericht serviert wurde, gab Hubert das Signal für Daphnes Futternapf, eine wunderschöne Schüssel aus geschliffenem Glas, eine der wenigen Schüsseln, aus denen Daphne zu speisen geruhte. Daphne, eine kläffende kleine Hündin, trottete herein, bemerkte sofort, daß jemand Fremdes im Zimmer war, und schnüffelte neugierig an Nells Knöchel. Daphne hatte vor kurzem Durchfall gehabt, und die Ursache der Krankheit und der Fortgang der Genesung wurden ausführlich diskutiert. Dann hielt Hubert es für angebracht, über Schulen zu sprechen, die Schulen, die seine Kinder besucht hatten, und das Internat, in dem jetzt Nells Kinder ihre erste Nacht verbrachten. Nell schaute immer wieder verstohlen auf die Uhr, fest entschlossen, sich gleich nach dem Abendessen auf ihr Zimmer zurückzuziehen. Doch als hätte er diesen Verrat geahnt, sagte er, er habe eine Überraschung für sie, ein Spiel, das sie ganz bestimmt noch nicht kenne.

»Ich bin keine gute Spielerin«, wehrte sie ab.

»Dieses Spiel wird Ihnen gefallen«, entgegnete er mit einer Bestimmtheit, als wollte er sagen: Sie werden mitmachen, weil Sie mein Gast sind und Sie mir deshalb etwas schulden.

Er rückte vom Tisch ab, wedelte mit der Hand durch den Zigarrenrauch, der die Sicht behinderte, und sagte, er liebe die Zigarren ebenso wie die Frauen und habe seinen Arzt gebeten, ihm, wenn seine Zeit gekommen sei, von einer hübschen Krankenschwester eine große Zigarre in den Mund stecken zu lassen. Sie begaben sich in einen rotlackierten Raum, in dem es, wie er sagte, viel gemütlicher sei und wo sie über einem Wandschirm ihr säuberlich gefaltetes Schultertuch entdeckte. Im großen Zinnkübel sackte das Eis zusammen, so daß sich die Champagnerflasche wie von Geisterhand zu bewegen schien. Die Flasche war bereits offen, und Hubert goß ihr großzügig ein. Doch was sie vorhin noch an Chiffon hatte denken lassen, schmeckte jetzt schlicht und ergreifend bitter; fieberhaft suchte sie nach einer Gelegenheit, sich zurückzuziehen. Das Spiel bestand aus einem Tonband mit den Paarungsgeräuschen von Fröschen, die er selbst aufgenommen hatte. Plötzlich war das Zimmer angefüllt mit lauten, lüsternen Schreien, die nicht aus den Kehlen, sondern aus den Bäuchen aufzusteigen schienen, ja, aus den Genitalien dieser brünstigen Geschöpfe, die nur darauf warteten, sich aufeinanderzustürzen.

»Der da ruft nach seinem Weibchen«, sagte Hubert und beugte sich über Nell. Die schlaffe Haut an seinem Hals sah aus wie der Kamm eines Truthahns; er hatte sein Hemd ein Stückchen aufgeknöpft, um sein drahtiges, graues Brusthaar zu zeigen. Er lächelte. Sei das nicht das schärfste Geräusch, das sie je gehört habe? Was bewirke es unter ihrem engen schwarzen Kleid und den hauchdünnen Strümpfen? Er liebe Mädchen in Strümpfen, habe für billige Strumpfhosen nicht das geringste übrig. Nell spürte, wie steif und prüde sie auf ihn wirken mußte, während er sich in der Beschreibung einer tropischen Szene verlor, einer lauen Nacht, in der einfach alles in heiße Wallung geriet – Frösche, Vögel, Dienstmägde, wilde Tiere. Sie starrte auf ihr Tuch, um seinem Blick auszuweichen, aber sie spürte, wie sein Zorn – oder eher seine Ungeduld – stetig wuchs. Das Spiel sei ganz einfach, sagte er. Sie solle den Fröschen Namen geben und ihnen Worte in den Mund legen, lüsterne Worte, die sie aus ihren Körpern spien und furzten.

»Wie Blasen«, sagte er und blies Wangen und Lippen auf, um es zu illustrieren.

»Das kann ich nicht«, sagte Nell.

»Natürlich können Sie es«, erwiderte er und flüsterte ihr einen Vers ins Ohr:

»Die mannstolle Eleonor Hicks
wichste mit einem Kruzifix.
Sie fanden ihr Dings
in Manitou Springs
und Fetzen vom Arschloch in Dix.«

»Sie meinen, Sie haben noch nie von solchen Scharfmachern gehört?« fragte er ungläubig.

»Nein«, erwiderte Nell.

»Ach, was für ein streng behütetes Leben wir doch geführt haben«, meinte er grinsend und erklärte ihr, damit würden sich die Männer in Stimmung bringen, ehe sie sich in das Boudoir ihrer Dame begaben. Dann nahm er ihre Hand und sagte, sie solle einem alten Mann etwas Gutes tun, endlich die Nell Gwyn in ihr zum Vorschein bringen, seine Landkarte Italiens drücken und auch das darunter baumelnde Sizilien nicht vergessen. Jetzt war sie an der Reihe, sollte die Brunftschreie von Mr. Frosch beantworten.

»Ich kann das nicht«, beharrte sie. »Ich kann das nicht.«

»Natürlich können Sie es.« Er begann, ihr vorzusagen, geiferte lüstern bei jedem Wort.

»Wir scheinen irgendwie nicht die gleiche Wellenlänge zu haben«, sagte Nell steif.

»Dann schalten Sie einfach auf meine Wellenlänge um... ›Wenn du sie fickst, Jack, fick ich dich, während du sie fickst...‹ Oder so ähnlich«, sagte er. Sie blickte zur Seite, sah erst eine Vase und erwog, sie ihm über den Kopf zu ziehen, dann die Rufglocke, die an einer Kordel vom Kaminsims hing.

»Ich würde dir gern einen Schürhaken in den Arsch stekken«, sagte er und schwenkte sie im Walzerrhythmus durchs Zimmer. Wenn Worte ihre Libido nicht entfachen, ihr Höschen nicht feucht machen konnten, würde ein Tänzchen schon das seine tun, meinte er. Nell sah den ehrwürdigen Kamin, die unveränderlichen Flammen des Gasfeuers, den chinesischen Wandschirm, ihr Tuch, den Champagnerkübel, während er sie in schwindelerregendem Tempo durch Zimmer wirbelte, sie gerade dann, wenn sie es am wenigsten erwartete, wütend hierhin und dorthin schwang und ihr versicherte, er sei zehn andere Männer wert, und sie würde winselnd um eine Zugabe flehen, wenn sie erst einmal wüßte, wie es sei, von ihm gestopft zu werden.

»Ich weiß doch, welches Feuer in dir steckt«, sagte er, blieb plötzlich stehen und richtete eine Drehlampe wie einen grellen Scheinwerfer auf ihr Gesicht.

»Welches Feuer?« fragte sie. Das Tanzen hatte sie vollends ernüchtert, und sie dachte: Ja, ich werde ihm die Vase über den Schädel ziehen.

»Bei Ronnies sechzigstem Geburtstag hattest du gleich drei Männer... einen auf jeder Toilette und einen auf der Treppe«, sagte er.

»Aber ich war gar nicht bei Ronnies sechzigstem Geburtstag«, erwiderte sie.

»Sein Club... unser Club hat ihn ausgeschlossen«, kicherte er vergnügt.

»Das war ich nicht«, beharrte sie.

»Entschuldigung, wie heißen Sie?« fragte er, sichtlich verwirrt.

»Nell«, sagte sie und wiederholte es mehrmals.

»Scheiße... Und ich dachte, Sie wären Samantha«, sagte er, zog eine Schublade auf und sah in einem kleinen Notizbuch nach, in das er mehrere Namen eingetragen hatte. Ein gräßlicher Fehler. Er könne ihr gar nicht sagen, wie peinlich ihm dieses Mißverständnis sei. Er würde ein Wörtchen mit ihrem Chef reden – oder mit dieser Drecksau von Sekretärin mit dem starken Körpergeruch. Er habe ein kleines Dossier angelegt, und sie, Nell, stünde unter »T« für »Trauerkloß«.

»Sie werden mich entschuldigen müssen«, sagte sie mit einem Nachdruck, von dem sie selbst nicht gewußt hatte, daß er in ihr steckte.

»Nicht mal einen lausigen Muschifurz?« witzelte er gezwungen, unfähig, seine Verachtung für ihre Zurückhaltung zu verbergen.

Wenig später lag Nell in ihrem schwarzen Kleid und den Pumps auf der geblümten Satinbettdecke und war fest entschlossen, bei Anbruch der Dämmerung aus Huberts Haus zu fliehen. Sie vermißte ihre Kinder so sehr, daß es ihr angst machte, und malte sich die Leere aus, die zu Hause auf sie wartete. Indem sie so ausschließlich für die Kinder gelebt hatte, war es ihr gelungen, das Leben selbst in Schach zu halten, doch jetzt lauerte es mit all seinen Wechselfällen auf sie. Sie mußte an eine Postkarte denken, die ihr einmal jemand geschickt hatte: Ein Mädchen lag schlafend auf verbrannter Erde, und ein Löwe von der gleichen versengten Farbe ging auf das Mädchen zu, eine stille, mondbeleuchtete Szene, ganz auf die bevorstehende Katastrophe ausgerichtet.

»Einstein sagt, man könne in die Zukunft reisen, aber nicht zurückkehren. Was für ein irrer Gedanke«, schrieb Paddy in einem seiner ersten Briefe. In ihren Briefen wetteiferten die Kinder darin, Liebe, Zusammenhalt und ihre eigene Bedeutung zu betonen. Tristan schrieb, er habe im Naturkundeunterricht ein Gürteltier gezeichnet, habe aber Schwierigkeiten mit der Musterung des Panzers gehabt. Außerdem habe er gelernt, daß der Mensch größere Hirnrinden hätte als der Affe. Er wollte wissen, ob ihr das Briefpapier gefiele. Es sei aus Seidelbastrinde nach einem uralten Verfahren hergestellt, das das ökologische Gleichgewicht in den Wäldern Nepals nicht belaste. Ein Freund habe es ihm geschenkt und ihn nach Nepal eingeladen, ein Angebot, das er sehr gerne annehmen würde. Im Internat ergattere er stets die leckersten Sachen, da er noch so klein sei, daß er in den Speiseaufzug passe und in der Dunkelheit hinunterklettern könne, um Pampelmusen zu stehlen. Sie seien für seinen Freund Partridge, der heimlich Astronomie studiere und unter seinem Bett ein Teleskop versteckt habe. Alle diese Informationen seien »streng geheim«, niemand dürfe davon erfahren.

Paddy schrieb, er habe mehrere ehrenamtliche Aufgaben übernommen, helfe einer alten Dame beim Einkaufen, bringe ihren Abfall zur Mülltonne und schleppe ihre Kohlen aus dem Keller herauf. Am vorigen Sonntag habe er sie überraschen wollen, aber sie habe weinend in ihrem Sessel gesessen, denn ihr Sohn und ihre Schwiegertochter waren zum Mittagessen dagewesen und gerade wieder abgefahren. Sie sei völlig aufgelöst gewesen, ihr Taschentuch triefnaß, und es sei ihr peinlich gewesen, so gesehen zu werden.

»Man hätte meinen können«, hieß es in seinem Brief, »die Welt wäre untergegangen, dabei ging ihr Leben ganz normal weiter, und der einzige Grund für ihre Tränen bestand darin, daß ihre Verwandten zum Mittagessen gekommen und um vier Uhr wieder gefahren waren.«

Tristan genoß die Vorteile der nahen Stadt, schrieb, er könne jetzt mit Stäbchen essen und überlege, ob er in Zukunft immer Stäbchen statt Besteck verwenden sollte. Außerdem habe er das große Glück gehabt, den Gemeindeältesten persönlich kennenzulernen. Dieser habe voller Stolz behauptet, einhundertunddrei Jahre alt zu sein, und Tristan deshalb dazu überredet, ihm einen Drink zu spendieren.

Paddy schickte ihr ein Gedicht über Sterne, das er selbst geschrieben hatte. Die Sterne beschrieb er darin als Menschen, die schlafen gegangen waren, in ihren Häusern jedoch das Licht angelassen hatten. Tristan berichtete von einem Ausflug zum Kricketfeld, wo er und sein Freund Entenfedern und andere Spuren von einem Kampf zwischen zwei Erpeln entdeckt hätten. Es gab Zeiten, da tobte zwischen ihm und seinem Bruder ein vergleichbarer Kampf. Dann verschanzte sich Tristan, schloß seinen Bruder aus, ohne irgendwelche Gründe zu nennen. Sein Bruder war der Feind Nummer eins. Ihre Briefe, die stets zusammen im selben Umschlag kamen, enthielten in der Regel heftige Schimpfkanonaden gegen den anderen, aber gelegentlich wurde auch ein Waffenstillstand erzielt, zum Beispiel, wenn sie ein Freßgelage planten und sich gemeinsam über eine Ananas hermachten.

Für die Sonntage, an denen Nell zu Besuch kam, schrieben sie lange Wunschlisten, baten um Marmite, Erdnußbutter,

Gentleman's Relish, Süßigkeiten. Auf einem kleinen selbstgebastelten Kalender strich Tristan die verbleibenden Tage bis Weihnachten durch und schrieb, er wisse bereits ein wunderbares Geschenk für sie, sei sich aber nicht sicher, ob er es sich leisten könne. Es war eine Ikone, ein feierlich-ernstes Gesicht, von einer silbernen Nische wie ein Ritter von seiner Rüstung schützend umschlossen.

13

»Nennen Sie mich Ned«, sagte der Gemüsemann, der es sichtlich genoß, sie in seinem Laden zu haben, seiner bescheidenen Behausung, der sie ihre strahlende Gegenwart bescherte. Ihr Strahlen hatte ihn angesteckt. Er hatte sofort erraten, daß es um eine Party ging, als er ihre Einkäufe in eine Kiste stapelte und die gespreizten Blätter einer Ananas darüber breitete wie ein priesterliches Federkleid. Er berechnete den Kaufpreis auf dem Handrücken, strich Beträge aus, die er bereits aufgeschrieben hatte, und gab ihr augenzwinkernd einen kräftigen Preisnachlaß. Um sie noch fröhlicher zu stimmen, bot er ihr an, sie nach Hause zu fahren, sagte, er werde nicht zulassen, daß sie in ihren hochhackigen Schuhen und dem guten Mantel die Kiste durch die Straßen schleppte. Es war ein grüner Tuchmantel, den sie auf Raten gekauft hatte. In der Manteltasche steckte eine glänzende, rotbraune Kastanie, die sie von der Straße aufgelesen hatte; nur weil sich die Kastanie so hartnäckig an ihr stachliges Bett geklammert hatte, war sie den plündernden Kindern entgangen.

»Aber Sie können mich nicht nach Hause fahren... Sie können Ihren Laden nicht unbeaufsichtigt lassen«, sagte sie in fast vorwurfsvollem Ton, weil sie sah, daß er völlig vernarrt war. Das Leben bedeutet alles oder nichts: Entweder du bist eine graue Maus, eine Ausgestoßene, oder du bist ein menschliches Leuchtfeuer, das die Menschen anzieht, die sich wärmen wollen.

»Es ist mir eine Ehre«, sagte er, zog die Schublade seiner Kasse auf und wieder zu, bloß um sich irgendwie zu beschäftigen. Eine gehetzte Mutter fragte durch die offene Tür, ob sie einen halben Kohlkopf haben könne, und Nell hätte fast gesagt: »Nehmen Sie einen ganzen, ich bezahle ihn, weil ich glücklich bin«, aber die Frau war schon wieder weg. Andere Kunden traten herrischer auf, fingerten an den Früchten herum und fragten nach dem Herkunftsland. Eine Frau redete lang und breit über den richtigen Reifegrad von Avocados, bis Ned die Geduld verlor und eine idiotensichere Methode zur Prüfung von Avocados vom Stapel ließ. Er sagte, man müsse einen Finger auf den eigenen Augapfel und einen auf die Avocado legen, dann zudrücken und den Weichheitsgrad vergleichen. Fühlten sich beide ähnlich an, hätte man einen Volltreffer gelandet. Die Frau war so entsetzt, daß sie sich rasch für eine andere Vorspeise entschied und sagte, sie werde statt dessen Fischpastete machen. Ned zwinkerte Nell zu, und als die Frau gegangen war, gab er durch ein feines Kräuseln seiner Lippen zu erkennen, daß er für solche Frauen, die sich Ladys nannten, im Gegensatz zu ihr aber in Wirklichkeit gar keine Ladys waren, nichts übrig habe.

»Ich habe Sie neulich auf der High Street gesehen«, sagte er.

»Mich?«

»Ja, Sie.«

»Wieso ausgerechnet mich?« fragte sie.

»Sie sind anders als alle anderen«, sagte er und sah sie mit so unverhohlener Bewunderung an, daß sie sich abwenden mußte. Die von der Decke hängenden Lorbeerbüschel und Plastikfrüchte strotzten vor Dreck und waren so spröde, daß sie dachte, wenn man ein Streichholz daranhielte, würde gleich der ganze Laden abbrennen. In seiner Begeisterung fing Ned an zu tanzen, trat auf Kohlblätter und Beeren, sagte, er habe sie sofort wiedererkannt, und jetzt sei sie in seinem

Laden. Er trug Stiefel, wie Leute vom Lande sie tragen, alte, klobige, schwarzgrüne Stiefel, die sich vorne an den Zehen leicht nach oben bogen.

»Wird das eine große Party?« fragte er dann, unfähig, seine Sehnsüchte zu verbergen.

»Ziemlich groß«, antwortete sie. In Wirklichkeit hatte sie keine Ahnung. Duncan hatte gesagt, er würde ein paar Freunde mitbringen. Gerade als sie hatte aufgeben wollen, als sie schon fast daran geglaubt hatte, eine Ausgestoßene zu sein, war Duncan aufgetaucht, dieser rundliche, blonde, irische Hüne mit seinen blauen Augen und seinem bernsteinfarbenen Lächeln; Duncan, Hypnotiseur, Trinker, gefallener Engel. Sie hatte ihn auf einer Party kennengelernt. In dem Baumwollpullover, der viel zu klein für ihn war, hatte er wie ein Arbeiter ausgesehen, hatte »Scheißdreck, Scheißdreck« gerufen, während eine Frau mit hoher, zitteriger Stimme ein wehmütiges Lied vorgetragen hatte, in dem es um ihren jungen Geliebten ging, der sie verlassen und ihr alles, Ost und West, Sonne und Sterne, genommen hatte.

Als Nell auf der Party erschien, lächelte er, reichte ihr die Weinflasche, aus der er gerade getrunken hatte, und sagte: »Wandle den Wein in Blut, Schwester.« Schwester. Ehe er ging, drückte er ihr ein zerknittertes Streichholzheftchen in die Hand und sagte, sie solle lesen, was darauf stand, und es gleich wieder vergessen. Sie lief zur Toilette und las: »Laß uns zusammen das Nordlicht sehen«, und darunter stand seine Telefonnummer. Als sie ihn ein paar Tage später anrief, war er zuerst verwirrt und konnte sich nicht mehr erinnern, aber dann fiel sie ihm wieder ein. Er war im Theater, im Hintergrund herrschte reger Betrieb, wurde gerufen und gehämmert. Er erkundigte sich nach ihrer Adresse, und dann fragte er, ob er und seine Freunde am Abend kommen könnten, um mit ihr das Brot zu brechen.

Nell war daraufhin den ganzen Vormittag beschäftigt gewesen. Als erstes war der Fleischer gekommen und hatte die Gans gebracht, die sie mit zwei verschiedenen Füllungen stopfte, Kartoffeln und Bries, ein Rezept, das sie aus einer Zeitung ausgeschnitten hatte. Anschließend hatte sie sich in den Strom der Käufer auf der High Street eingeordnet und hätte am liebsten geschrien: »Hey, alle mal herhören, ich schmeiße heute eine Party, die erste Party meines Lebens.« Es war, als hätte die Jugend, die sie nie gelebt hatte, die ganze Zeit über auf der Lauer gelegen und wäre jetzt mit einem Mal zum Vorschein gekommen. Wohin würde das alles führen? Immer wieder meldete sich in ihr eine kleine, ängstliche Stimme zu Wort, ermahnte sie, nicht so extravagant zu sein, denn sie würde in den nächsten Wochen furchtbar dafür büßen, doppelt so hart arbeiten, sich voll und ganz in die Arbeit stürzen müssen. Doch eine andere Stimme sagte: »Lebe, lebe.« Viele Kunden, vor allem Frauen in ihrem Alter, wirkten schrecklich angespannt, hatten Falten im griesgrämigen Gesicht und schoben ihre Kinderwagen vor sich her, als lägen keine Kinder darin, sondern schwere Kohlensäcke. Beim Gemüsemann war sie besonders verschwenderisch gewesen, hatte Gemüse, Obst, kandierte Früchte, Nüsse, einen Strauß Blumen verlangt. Die grauen, verhängnisvollen Tage lagen hinter ihr. Sie hatte sogar manche Stücke aus ihrer Garderobe ausrangiert, weil sie nach Verzweiflung rochen, schwarze Schleier und so weiter, Trauerkleider. Mit der bloßen Hand knackte Ned eine Walnuß für sie und hielt sie ihr hin, damit sie etwas zu knabbern hatte. Die freigelegte Walnuß sah traurig aus, rief eine flüchtige Erinnerung an den Schmerz wach – ihren eigenen oder den ihrer Mutter –, und die wiederum ließ den Traum der vergangenen Nacht lebendig werden. Ihre Mutter war durch die Schlafzimmertür gekommen, doch nicht als wirkliche Mutter, sondern als Geist in einem blauen Flanellnachthemd, das dem, das Nell trug, erschreckend ähnelte. Dann war sie neben Nell ins Bett geschlüpft und hatte gesagt, sie sei immer da, eine stumme Beobachterin bei der Arbeit, beim Spielen, wo auch immer.

Als sie mit Ned in seinem Lieferwagen saß, drückte Nell in Gedanken bereits die kleinen Klumpen im Zucker mit der

Teigrolle platt und dachte mit großer Befriedigung an den Hefeteig, der in ihrer Küche in der großen Emailleschüssel gerade aufging, Hefepilz für Hefepilz in wohliger Wärme anschwellend, so daß der Teig, der vorher fest wie Knete gewesen war, über den Schüsselrand quoll, genau wie Duncan in ihren Gedanken immer mehr Raum einnahm. Der Lieferwagen schien Ned als zweites Zuhause zu dienen. Nell sah eine Kiste mit alten Kleidern, auf dem Armaturenbrett seine Tasse mit dem Sternzeichen Krebs, seinen Rasierapparat, Putzlumpen, Quittungen vom Buchmacher, einen Spiegel, der einmal rundherum mit kleinen Muscheln verziert gewesen war, und zahlreiche Zettel mit der Aufschrift: ZURÜCK IN FÜNF MINUTEN oder ZURÜCK IN ZEHN MINUTEN oder BIN BEIM BUCHMACHER NEBENAN.

Als Ned ihr Wohnzimmer sah, wurde er ganz verlegen. Der langgestreckte Eßtisch und die langstieligen, preiselbeerfarbenen Gläser wirkten zusammengenommen recht bombastisch. Er nahm seine Kappe ab und sah sich ehrfürchtig um. Nein, sagte er, er wolle nichts trinken, er müsse zurück in seinen Laden. Und während er hinauseilte, rief er ihr noch zu, falls sie etwas vergessen hätte, bräuchte sie ihn nur kurz anzurufen.

Den ganzen Nachmittag über arbeitete Nell in der Küche, so daß sie bei Einbruch der Dämmerung nichts mehr zu tun brauchte, außer die Soße zu rühren, etwas Pergamentpapier über die Gans zu legen und in den Spiegel zu schauen, um ihr Make-up zu überprüfen. Ihre Gäste verspäteten sich. Nell hatte sich bereits einen Drink genehmigt, zweimal dieselbe Schallplatte gespielt, dabei wie auf glühenden Kohlen gesessen und das Klingeln an der Haustür herbeigesehnt. Das Lied auf der Platte handelte von einem Mann, der einem anderen klarzumachen versuchte, daß die Liebe im Leben das allerwichtigste sei. Der Sänger auf dem Cover hatte einen Pferdeschwanz und ein trauriges, empfindsames Gesicht. In gewisser Weise war dies der glücklichste Augenblick des Abends, denn in Gedanken sah sie vor sich, wie alles laufen würde, sah, wie er neben ihr stand, wie sie schüchtern waren und sich doch näherkamen, von freudiger Erregung erfaßt, von seinen Freunden umgeben. Sie selbst hatte niemanden eingeladen, wollte, daß es ganz allein seine Party war.

Das Zimmer wirkte wie eine Kapelle, schummerig beleuchtet, mit Blumen und Kerzen geschmückt, ein gestärktes weißes Tuch auf dem Tisch. Sie hatte Winterjasmin und andere Zweige in großen Krügen verteilt, denn an irgend etwas hatte sie natürlich sparen müssen. Aber in ihrem Schlafzimmer stand ein kleiner Strauß Schneeglöckchen, die Ränder der Blütenblätter im gleichen Grün wie die üppigen Blätter, ein heimlicher Luxus, den sie sich nicht hatte verkneifen können. Er würde bestimmt für kurze Zeit mit ihr dort hinaufgehen, und sei es auch nur, um sie heimlich zu küssen. Den ganzen Tag über hatte sie versucht, den Gedanken an die Zärtlichkeit dieses Kusses abzuwehren, und es kam ihr so vor, als hätte es ihn bereits gegeben, so daß das, was noch gar nicht geschehen war, schon als Erinnerung existierte, ein Erzittern und gleichzeitig eine Vorahnung auf all das Schöne, das noch kommen sollte.

Als es an der Haustür klingelte, ging sie so zuversichtlich zur Tür, als hätte sie sich vollständig in eine andere Person verwandelt, zeigte sich aber ziemlich verblüfft, als dort drei Männer standen, die sie noch nie gesehen hatte.

»Ist das hier Duncans Fete?« fragte einer von ihnen.

»Duncan ist nicht da«, erwiderte sie ein wenig brüsk.

»Aber es ist seine Fete?« fragte der Mann.

»Ja«, sagte sie und ließ sie herein, und während sie ihre Gäste ins Wohnzimmer führte, erkundigte sie sich, wo Duncan sei.

»Er ist unterwegs«, sagte einer der Männer.

»Er wird aber doch noch kommen, oder?« fragte sie, eine Spur von Verärgerung in der Stimme.

»Klar«, antworteten sie und erklärten, Duncan sei zum Pub gegangen, um noch ein paar Freunde und einen ordentlichen Vorrat an Flaschen abzuholen. Sie nannten den Namen des

Pubs, als könnten sie sie damit beruhigen. Im Wohnzimmer hockten sie sich nebeneinander aufs Sofa, tranken Whisky und unterhielten sich über ihr neuestes Stück, ›Gullivers Reisen‹.

»Wann ist die Premiere?« fragte Nell.

»Tja, wenn es überhaupt zur Premiere kommt«, sagte einer und lachte, und die anderen fielen nervös in sein Gelächter ein und erinnerten sich gemeinsam an den heutigen Krach mit dem Produzenten, erzählten, Duncan habe ihn angeschrien, er solle sich zum Teufel scheren, und der Produzent habe sich geweigert, das Theater zu verlassen, daraufhin hätten die beiden auf der Galerie eine Schlägerei veranstaltet, und am Ende habe der hinausgeworfene Produzent gebrüllt: »Sie sind gefeuert, Sie sind gefeuert.«

Als nächstes klingelte ein hochgewachsener, sehr aristokratisch wirkender junger Mann mit einer Zigarettenspitze zwischen den Zähnen. Er stellte sich als Andrew und den winzigen Mann, der an seiner Seite stand, als seinen Hofnarren vor. Die Bühnenarbeiter kannten ihn und zollten ihm Respekt, indem sie ihr Gemurmel unterbrachen und in seine Richtung blickten, bereit, irgendeine Frage zu beantworten oder einen Befehl zu befolgen.

»Wo ist Duncan?« fragte er mit näselnder, herablassender Stimme.

»Im Elm«, antwortete einer der Männer verlegen.

»Scheiße«, fluchte Andrew und packte seinen Hofnarren am Kragen, um mit ihm aus dem Haus zu stürmen.

»Aber ich habe den Wagen schon fortgeschickt«, sagte der Narr.

»Wie wär's mit etwas Pocheen?« fragte Nell rasch, denn sie ahnte, wenn sie Andrew verlor, würde sie auch Duncan verlieren, weil alles an Andrew – seine Arroganz, seine Ausgehkleidung, die Zigarettenspitze, der Spott, mit dem er den anderen begegnete – verriet, daß er der Dreh- und Angelpunkt war. Er sah sie an, als hätte er bereits eine Beleidigung auf der Zunge, überlegte es sich dann jedoch anders und sagte:

»Pocheen.« Er wiederholte das Wort ehrfürchtig und wartete, während sie nach oben lief, um die in einem Kopfkissenbezug versteckte Limonadenflasche zu holen, ein Geschenk aus der Heimat. Andrew hielt die Flasche an die Nase und taumelte, als wäre er schon jetzt vom Duft berauscht. Dann sagte er mit etwas milderer Stimme: »Das ist es, Leute. Hier bleiben wir.«

»Das bläst dir das Gehirn weg«, stöhnte er nach einem gierigen Schluck aus der Flasche und wischte sich die Lippen, um das Feuer zu löschen. Seine langen Beine in den beigefarbenen Reithosen aus Kordsamt zuckten wild.

Als nächste kam Cissy, eine rundliche Frau mit lauter Stimme und orangerotem Haar, die in einen hautengen Anzug aus schwarzem Samt eingeschnürt war.

»Das liegt ja hier am Arsch der Welt«, sagte sie, als sie ins Zimmer trat. Sie küßte alle Anwesenden, nannte sie ausnahmslos Schätzchen, musterte Nell mit unverhohlenem Naserümpfen und spöttelte: »Und wer bist du? Cathleen ni Houlihan oder Deirdre die Vergrämte?« Sie nahm das Glas, das Nell ihr anbot, verkündete dreist, heute sei ihr Geburtstag und sie habe gerade ein absolut göttliches Geschenk bekommen.

»Schon wieder diese Dinger«, stöhnte Andrew und berührte sein eigenes Ohr, um die Aufmerksamkeit auf die Häßlichkeit ihrer orangeroten Plastikohrringe zu lenken.

»Alles Rache, Schätzchen, alles Rache«, erwiderte Cissy und unterhielt sie mit einer denkwürdigen Begebenheit, die sich wenige Stunden zuvor ereignet hatte. Sie war im Bad gewesen, als es an der Haustür klingelte. Sie schaute aus dem Badezimmerfenster, und ein ungepflegter Lümmel rief ihr zu, er habe etwas abzuliefern, ein Geschenk für Mrs. Liddell, und zwar höchstpersönlich.

»Ein Geschenk von wem?« fragte Cissy und wuchs über sich selbst hinaus, als sie ihren eigenen Hochmut nachahmte.

»Von Ihrem Ex-Mann und der zweiten Mrs. Liddell«, sagte sie, wobei sie den derben Tonfall und die Plumpheit seiner

Stimme übertrieb. Dann führte sie in einer gekonnten Pantomime vor, wie sie ihren Morgenmantel übergestreift, auf nackten Füßen die Treppe hinuntergetrippelt und sich auf eine Azalee oder eine Kiste Vino gefreut hatte, zu ihrem Entsetzen aber in einem Korb mit Stroh ein armseliges, rosafarbenes Geschöpf erspähte, einen Pudel, bis auf ein paar spärliche Haarbüschel, die wie Wattefetzen wirkten, bibbernd und nackt. Und an diesem Punkt gab sie dann eine wahre Kostprobe ihres Talents, indem sie beschrieb, wie sie dem Lümmel den Korb in die Hand gedrückt und gesagt hatte: »Bring ihn sofort wieder zurück«, worauf er erwiderte, er denke gar nicht daran, wie sie sich das vorstellen würde und was aus ihm und dem armen kleinen Hündchen werden sollte. Doch ehe er noch weiter über dieses Schicksal lamentieren konnte, hatte sie ihm schon die Haustür vor der Nase zugeschlagen und rief ihm durch den Briefschlitz zu, ihretwegen könne er das verdammte Vieh in irgendein Tierheim bringen oder die Toilette hinunterspülen, das sei ihr scheißegal.

»Du gemeine Sau«, sagte Andrew und warf sich lachend hin und her. Die hohen Absätze seiner Stiefel klickten auf dem Boden.

»Das Leben hat mich zur gemeinen Sau gemacht«, erwiderte Cissy, und da sie offenbar befürchtete, Nell ein wenig zu voreilig übergangen zu haben, fügte sie hinzu: »Hübsche Bude ist das hier.«

Es dauerte noch eine Stunde, bis Duncan endlich kam, eine bunte Truppe im Schlepptau.

»Gott schütze euch alle!« sagte er. An dem Zucken in seinem Gesicht erkannte sie, daß er betrunken war. Sie hatte ihn nur einmal flüchtig gesehen und war sich daher nicht ganz sicher, ob sie sich auch wirklich zu ihm hingezogen fühlte, doch als sie ihn jetzt zum zweiten Mal auf sich zukommen sah, den Kopf ein wenig gebeugt, sein Lächeln schüchtern und entschuldigend, die gedrungenen Hände in einer Geste der Versöhnlichkeit ausgestreckt, spürte sie, wie ihr ganzer Körper vor Begierde zitterte.

»Verzeih mir, Schwester, verzeih«, sagte er und drückte ihre Hand. Dann drängte sein Gefolge herein, und Nell wußte sofort, daß das eifrige Mädchen, das wie ein Flamingo auf extrem hohen Absätzen hinter ihm her stolzierte, seine Freundin war. Sie erkannte es daran, wie sie ihn mit ihren Blicken quer durchs Zimmer verfolgte, sich einen Weg durch die Polster bahnte, seine Hand festhielt.

»Das ist Nell, das ist Sue«, stellte er die beiden einander vor, und um ihren Anspruch auf ihn zu unterstreichen, fuhr Sue mit der freien Hand durch sein Haar.

Nell sagte, sie wolle etwas zu essen holen, und flüchtete in die Küche, und dann stand sie am Tisch und wußte nicht, was sie da eigentlich tat, während sie die Gans aufschnitt und die Füllung auf tiefe Teller löffelte.

»Hör zu, Schätzchen, du bist nicht die einzige, der es so geht«, sagte Cissy, entkorkte zwei Flaschen Wein und murmelte, außerdem sei es völlig egal, er könne sowieso nicht fikken, sei eine Niete im Bett, ein Drei-Minuten-Ei.

»Ihr seid alle herzlos«, sagte Nell. Sie sah ihr Haus, ihre Küche, ihre Erwartungen entweiht.

»Ja, wir sind alle herzlos, Schätzchen«, sagte Cissy, streckte die Zunge heraus und ging, in jeder Hand eine Flasche, ins Wohnzimmer zurück.

Gegen Mitternacht hatten die Dinge ein fieberhaftes Tempo erreicht. Nell trank alles, was ihr gereicht wurde, und spürte, wie sie langsam einen Schwips bekam. Neue Gäste kamen, andere gingen, weil sie gelangweilt waren oder noch irgendwo etwas Alkohol auftreiben wollten, und immer wieder klingelte das Telefon, so daß Nell ins Zimmer rufen mußte: »Ist Keith hier? Ist eine Miranda da?« Einmal mußte sie sogar nach oben laufen, um einen Sänger zu suchen, der sich mit einer Schwarzen im Kinderzimmer eingeschlossen hatte. Seine Frau war ihm gefolgt, stand taumelnd in weißen Fransenstiefeln auf der Treppe.

»Ist mein Mann hier?« fragte sie. Nell hatte das Gefühl, sie würde jeden Moment in Tränen ausbrechen.

»Nein, nein«, erwiderte Nell und zog sie fort, sagte, er wäre im Garten, sie hätte ihn mit seiner Gitarre in den Garten gehen sehen.

Im Wohnzimmer wankte Andrew auf sie zu und fragte, wie es mit Irish Coffee stünde und wo er welchen finden könnte. Sie wußte es nicht. Ihre Augen waren auf Duncan und Sue geheftet. Sie saßen dicht nebeneinander. Sue hatte die Hand in seiner Hosentasche, und ihr Körper schwankte rhythmisch hin und her, um zu zeigen, welches Vergnügen sie ihm bereitete.

»Das ist abscheulich! Ekelhaft!« hörte sie sich sagen, und Andrew folgte ihr, packte sie an ihrem Spitzenkragen und sagte, er wisse, daß sie hinter Duncan her sei, aber sie müsse sich Duncan ein für allemal aus dem Kopf schlagen, und damit basta. Schon beim bloßen Anblick käme ihm das kalte Kotzen. Er sei auch einmal verheiratet gewesen, habe Frau und Kind und all den andern Scheiß gehabt, und es sei schiefgegangen, absolut schief, so wie das eben immer läuft, sie solle sich Duncan gefälligst aus dem Kopf und aus dem Schoß schlagen.

»Uns verbindet eine Seelenfreundschaft«, erwiderte sie.

»Eure Seelen mögen sich im Schlamm wälzen, eure Körper niemals«, sagte er und rief den anderen zu, es sei Zeit zu gehen. Manche bedankten sich bei Nell, andere vergaßen es und griffen sich lieber die Flaschen, in denen noch etwas Wein war. Sue schüttelte Duncan und versuchte, ihn aufzuwecken. Nachdem Nell das Zimmer verlassen hatte, war er eingeschlafen, vielleicht aus Scham.

»Wach auf... wach auf, Baby«, sagte Sue, glitt mit der Hand unter seinen Baumwollpullover und kitzelte ihn.

»Lassen Sie ihn schlafen«, sagte Nell, die darin den Anflug eines Sieges witterte.

»Den Teufel werd' ich tun«, entgegnete Sue und begann, auf Duncan einzutrommeln. So würde es sein: Sie würden beide dasein, wenn er schlief, und beide dasein, wenn er erwachte, wie die Frauen am Fuß des Kreuzes. Nells Wohnzimmer sah aus, als wäre eine Herde wilder Tiere hindurchgetrampelt – der Fußboden war übersät mit Tellern, Kissen und Platten, die Aschenbecher quollen über, Zigarettenpapier, das sie zum Drehen der Joints gebraucht hatten, lag überall herum, und daneben prangte, eigentlich ziemlich fehl am Platz, ein Gulden, den jemand dagelassen hatte, um für ein Telefongespräch zu zahlen.

»Baby, Baby«, rief Sue, aber Duncan drehte sich einfach um und vergrub sein Gesicht in den Falten des weichen Polsterbezugs. Sue versuchte ein letztes Mal, ihn zum Aufstehen zu bewegen. Als sie sah, daß es zwecklos war, nahm sie einen Stift vom Beistelltisch und schrieb eine Nachricht auf seinen Handrücken, dann hüllte sie sich in ein weites schwarzes Cape, sagte, sie hoffe, sie hätten kein allzu großes Chaos angerichtet, und ging.

»Shakespeare hatte unrecht«, sagte er. Seine Lippen erwachten, aber seine Augen waren noch fest geschlossen.

»Warum?« fragte sie. Sie hatte die ganze Nacht über neben ihm gesessen, hatte ihn nicht berührt, kein einziges Mal, war ihm aber so nah gewesen, daß es sich wie eine Berührung angefühlt hatte.

»Sie ist keine Bühne, es stimmt nicht, daß die ganze Welt eine Bühne ist... Sie ist eine Traumbühne.« Er schlug die Augen auf und sah sich erstaunt um.

»Die anderen sind gegangen«, sagte Nell, während er das verwüstete Zimmer betrachtete und dabei jede Einzelheit in sich aufnahm, selbst die kleinen, runden Blütenblätter des Winterjasmins. Dann schaute er auf seine Hand hinunter, las das Gekrakel: »Bis heute abend, du Scheißkerl«, ließ die Hand fallen und stöhnte:

»Scheißdreck, Scheißdreck.«

»Verzeihst du mir?« fragte er dann mit sehr viel sanfterer Stimme.

»Was soll ich dir verzeihen?«

»Den ganzen Müll gestern abend.«

»Erinnerst du dich daran?«

»Nein ... ich weiß nicht mehr viel ... Aber an eine Sache erinnere ich mich, an eine sehr wichtige Sache.« Und dann streckte er die Hand aus und berührte ihre Wange, erstaunlich sanft für einen Mann, der so kräftige Hände hatte, mit Zeigefingern, die flach waren wie grobe Spatel – die Hände seines Vaters, wie er ihr erklärte. Sie wollten zusammen das Nordlicht sehen. Daran erinnert er sich. Sie schwebte innerlich schon über dem Boden, dachte: Wann, wo und juchhee. Vorgeblich im Scherz, in Wirklichkeit aber, um ihm näherzukommen, bedeckte sie sein Gesicht mit ihrem Chiffonschal, um das Licht der Morgensonne zu dämpfen, und allmählich trafen sich ihre Hände, umklammerten sich, tasteten vorsichtig, erkundeten sanft, während sie hin- und herschaukelten wie Kinder. Zuerst redete er ziemlichen Unfug, sagte die üblichen unsinnigen Dinge, dann verstummte er, stand auf und reckte sich, lief herum, blickte Nell an, stöberte in ihren Büchern und Platten und kehrte dann mit solcher Zärtlichkeit zu ihr zurück, als sei er aufs neue überrascht, sie in all dem Dreck gefunden zu haben. Was er zu sagen versuchte, war für ihn weder einfach noch üblich: »Eine totale Vereinigung ... Fleisch und Intellekt ... Ich möchte mit meinen Eiern denken, mit meinem ganzen Körper ... Ich will dich fühlen ... Ich will dich kennenlernen ... Keine Unklarheiten ... Keine Erklärungen ... Die Quintessenz der Liebe«, und an dieser Stelle wurde er traurig und fragte in die Luft: »Aber wie zum Teufel besingt man Quintessenz, und welche Tonart muß man dafür wählen?«

Er drehte ihr Haar zu festen Strähnen, zog so fest daran, daß es an den Wurzeln schmerzte, und dann sagte er, daß sie sich nicht verlieben dürften.

»Warum nicht?« fragte sie.

»Weil ich festsitze und versuche, mich loszureißen«, erwiderte er und küßte sie, doch anstelle dieses Kusses hätte er auch einfach sagen können: »Ich liebe dich«, denn der Kuß kam aus seinem tiefsten Innern, es war ein feierlicher, fast schon schmerzhafter Kuß.

Nachdem er gegangen war, zog sie die Vorhänge zu und fiel in einen langen, süßen Schlummer. Als sie am Nachmittag erwachte, murmelte sie eine Zeile aus einem Traum: »Es kommt alles auf die Musik und die Modulation an.« Er hatte gesagt: Wie besingt man es, und welche Tonart muß man dafür wählen? Sie dachten ähnlich. Und plötzlich erinnerte sich Nell an ihn, dachte daran, wie er sie gehalten hatte, in einer Umarmung, die etwas von der Leidenschaft ihrer Heimat hatte, uralt, ungestüm, jenseits allen Erbarmens.

14

Nacht, finstere Nacht, die Landschaft draußen wie ein dunkles Meer, endlos, gleichförmig, bis auf die Büsche, die mit ihren groben Umrissen wie Tiere in einem fremden Land aussahen; überall Stille. Dann Städte mit hohen Mauern, Türmen und Zinnen, und etwas weiter schäbige Schuppen, in denen Männer in biblischen Gewändern hockten, den Schein der offenen Kohlenfeuer auf ihren ebenmäßigen Gesichtern, auf ihren sehnigen, mahagonifarbenen Gliedern; Frauen hinter Schleiern, gänzlich verhüllt; Schafe schlafend, außer Sichtweite gebracht; Apfelsinen am Boden, zertrampelt wie verfaulte Kartoffeln. Die Erde war braun, rotbraun, ockerfarben, gewellt, gewunden, karg, selbst die Häuser aus Erde erbaut; Häuser und Landschaft aus demselben Material, ein seltsames, verdorrtes Land. Es gab auch Kakteen, schwarz jetzt am Abend, aber türkis bei Tag, die Arme nach außen gebogen wie Zinken, ein gezinktes Willkommen und eine Leere, die die unermeßliche Weite der Wüste vorwegnahm, der Wüste, deren Schreckensbild überall herumgeisterte, sogar in den Bus kroch und das Futter ihrer Jacke ein klein wenig kälter erscheinen ließ.

»Nur wir und der Sand und die Stille«, hatte Duncan gesagt. Was für eine lange Reise, um ihre Liebe, ihre stockenden Umarmungen zur Vollendung zu führen. Er hatte viel gesagt an jenen Morgen nach den Partys, an denen er zuckend erwachte, »Sag mir, wo die Blumen sind« murmelte und sie festhielt, seine Umarmungen so kräftig und fest, daß sie sich vorkam wie gepreßt, in einer Hülle gefangen. Die Partys und Zechtouren am Samstagabend waren zu einer festen Einrichtung geworden, mit Fremden, Freunden, Mitläufern, Leuten, die ihr sagten, sie sei in einem früheren Leben ein Wassermann gewesen, Leuten, die das *I Ging* befragten, um ihr Schicksal zu ergründen, oder sich ehrfurchtsvoll über Spiegel beugten, um das in Reihen ausgestreute Kokain zu schnupfen, als ginge es um die Heilige Kommunion, und mittendrin Nell, vor der sich all dies auftat, die endlich lebte und die Fesseln der Verpflichtung und des Anstands sprengte, die sie bis dahin niedergehalten hatten. Sie sah sogar anders aus, lebendiger, wagemutiger.

In Träumen empfing sie Warnungen, die sie bei Tageslicht ignorierte. In einem Traum sah sie all diese Menschen, ihre Pappmaché-Gesichter einem ockerfarbenen Pulver zugewandt, und ihre eigene Küche in Flammen. Aber es war alles für Duncan, Duncan, in dessen Gegenwart sie stets in Hochstimmung war, sich an Worte klammerte, die ihre Hoffnungen am Leben hielten. Sie flirtete auch mit anderen Männern, vorzugsweise mit einem Arzt, denn ihr gefielen sein Christusgesicht und das spöttische Lächeln, mit dem er allen anderen begegnete, den Gefolgsleuten, die zu seinen Füßen saßen und seinen mehrdeutigen Verkündigungen lauschten: Das Leben ist ein Brunnen; das Leben ist kein Brunnen. Sie hatten sich gegenseitig Zeilen aus Baudelaire-Gedichten vorgetragen, aus den ›Blumen des Bösen‹ zitiert, die in ihren Augen für alles Schöne und Gesunde standen, Gedanken waren zwischen ihnen hin- und hergeflossen, Spannungen, die der Begierde zuneigten, hatten sich zwischen ihren Körpern aufgebaut. »Odaliske«, hatte er ihr ins Ohr geflüstert, und sie hatte gelächelt. Ihre Kinder hatte sie anderswo untergebracht, das ständige Nachdenken über sie beiseitegeschoben, so als hätte sie einen Gegenstand hoch aufs Regal gestellt, in dem sicheren Wissen, daß er noch da, aber außer Sichtweite war. In ihren Briefen stellten die Kinder drängende Fragen, wurden spürbar mißtrauischer. Warum sie letzte Woche nicht gekommen sei, ob das Problem mit ihrem Vermieter inzwischen gelöst sei, ob sie vergessen habe, daß sie ihnen frische Unterwäsche schicken sollte und so weiter. Ja, sie hatte es vergessen. Schließlich hatte Paddy heftig protestiert: »Ich komme mir wie ein armer Schlucker vor. Ich habe schon seit drei Wochen denselben ausgefransten Schlafanzug an.« Tristan hielt vorsorglich einen Fahrplan der Sonntagszüge bereit. Ja, sie waren mißtrauisch.

»Wie soll man diesen Himmel malen?« hatte Duncan sie an einem Morgen gefragt, als sie sich hin- und herwiegten und unsinnige Dinge sagten, als er die Wüste in Arizona beschrieb, diese gewaltige Landschaft, und dann von dem Spielzeugtheater erzählte, das er als Kind aus Streichholzschachteln gebastelt hatte. Die Wüste und das Theater, seine beiden Leidenschaften.

»Wir dürfen uns nicht verlieben«, sagte er oft, und Nell tat so, als stimmte sie ihm zu.

»Wo werden wir schlafen?« fragte sie, als er von einer Reise nach Marokko sprach, und sie spürte, wie die Erregung von jeder Faser ihres Seins Besitz ergriff.

»Wir werden im Sand schlafen ... Ich werde dir eine Sandburg bauen«, sagte er und küßte sie, um ihre Verabredung zu besiegeln. Sie sagte ihren Kindern nichts davon, daß sie mit einem Mann verreisen würde, erklärte ihnen, die Reise habe mit ihrer Arbeit zu tun, und sah an ihren Augen, daß sie ihr nicht glaubten. Sie saßen im Café unweit der Schule, an einem nassen, regnerischen Sonntagnachmittag, und ihre Wollmäntel verströmten einen feuchten, säuerlichen Geruch. An den anderen Tischen saßen andere Kinder mit ihren Eltern, und überall wurde geschmollt, gewünscht und gehofft.

Während der Fahrt mit dem klapperigen Bus konnte sie sich nur mühsam wachhalten. Sie sah die Wellblechhütten außerhalb der Stadtmauern, Familien, die rund um ein Kohlenfeuer hockten, ihre Gesichter grell erleuchtet von den Flammen. Es regnete. Der Regen hatte sie verfolgt. Und Duncan, er saß noch in seinem Dachzimmer, die dunkelblauen Jalousien heruntergezogen, die Troddel am Gardinenband schlaff wie eine schlafende Fledermaus über dem Sims, seine pralle Reisetasche halb aufgerissen auf dem Boden. Ach, welch ein Schreck hatte sie durchzuckt, als der Grenzbeamte seinen Paß studiert und gesagt hatte: »Würden Sie bitte mitkommen, Sir.« Als er den Paß einbehielt, wußte sie, daß er wahrscheinlich abgelaufen war. Zuerst hatte Duncan sein gewinnendes Lächeln aufgesetzt, hatte versucht, dem Mann schöne Augen zu machen und um ein provisorisches Visum, ein Ersatzdokument, irgend etwas, ein Papier mit einem offiziellen Briefkopf zu bitten. Als er jedoch sah, daß er damit nicht weiterkam, hatte er auf die scheißbürokratischen Arschlöcher geflucht und war durch das Drehkreuz zurückgegangen, die blaue Baumwolltasche über die empörte Schulter geworfen. Schließlich hatte er sich noch einmal umgedreht und gesagt: »Fahr voraus und entzünde schon mal das Feuer, Schwester.«

Nell war weitergegangen, ein wenig niedergeschlagen und enttäuscht, wie man es aus der Kindheit kennt, wenn einem etwas versprochen wird, das dann aber nicht eintritt, und wenn man trotzdem wartet und noch lange danach fest daran glaubt, es könnte doch noch geschehen. Aber dies hier war etwas ganz anderes – er würde kommen, ganz bestimmt.

Im Hotel herrschten Lärm und große Aufregung. Unzählige Menschen quollen, von der Reise durchgerüttelt und zerknautscht, aus dem Bus, riefen ihre Namen oder beschrieben laut ihre Gepäckstücke. Träger in langen Gewändern sprangen hin und her, um den Forderungen nachzukommen, eine funkelnde Schläue in den Augen, Augen, die sich wie Kneifzangen verengten. Die Wege zu den einzelnen, verstreut gelegenen Bungalows waren beleuchtet. In einem dieser Bungalows würde sie ihr Gepäck abstellen, sich hinsetzen und auf ihn warten. In gewisser Weise war es viel aufregender, daß sie vorausgefahren war, so könnte sie ihn in ihrer Behausung willkommen heißen, in ihrem vorübergehenden Zuhause, in dem sie bis zum Aufbruch in die Wüste bleiben würden. Sie würden in der Stadt Nomaden ausfindig machen, sich mit ihnen anfreunden und über eine Reise in die Wüste verhandeln, denn er hatte ihr gesagt: »Nur Scheißidioten wagen sich ganz allein in die Wüste.«

Die Eingangshalle des Hotels war der Luxus selbst, eine Reihe dunkler Salons, von eiförmigen Messingstrahlern erleuchtet, Lichtbündel, die sich sanft auf Tische, Teppiche und getrocknete Häute legten, die von der Decke hingen wie riesige Fliegenfänger, und an der Rezeption ein lautes Stimmengewirr, laute Fragen, welcher Bungalow wem zugeteilt sei, ob das Feuer schon brenne und ob es ein Abendessen gäbe. Alle auf der Suche, auf der hektischen Suche; auch sie, obgleich sie sich eine gewisse Duldsamkeit bewahrte. Wenn er jetzt bei ihr wäre, würde er ihre Hand drücken, und ihr wäre nicht mehr so ängstlich zumute inmitten all dieser lauten Stimmen und den ausgefransten Häuten, denen die Geister der Tiere, die sie einmal umhüllt hatten, noch innewohnten. Das Lächeln der Träger war schmeichlerisch und schneidend zugleich.

Nells Bungalow lag abseits, am Ende einer halbmondförmigen Reihe niedriger, rosafarbener Gebäude, jedes Haus, jeder Balkon überhäuft mit üppigen Bougainvilleen, deren dunkles Rot in der künstlichen Beleuchtung noch glühender wirkte. Mußte sie unbedingt so weit von der Rezeption, vom Mittelpunkt, von den Salons mit ihrem schummerigen Licht und den hängenden Häuten entfernt sein? Einen Moment lang dachte sie daran, zurückzulaufen und um ein anderes Zimmer zu bitten, statt dessen ging sie folgsam hinter den beiden Männern her, die ihr vorausschritten. Der eine trug ihr Gepäck, der andere ein riesiges Tablett mit einer Silberglocke, unter der sich ihr Abendessen verbarg.

Ihr Zimmer war ein Palast, das niedrige Bett wie ein Märchenpodest unter einem festlich bemalten Baldachin, und überall standen Schalen mit Obst und Rosen. Die gleichen eiförmigen Leuchter tauchten es in ein schummeriges Licht, so daß sie das Gefühl hatte, in einen großen buntbemalten Wohnwagen zu treten. Scheite und Anmachholz waren neben dem Kamin gestapelt, genau wie zu Hause, nur daß das Anmachholz aus Zweigen bestand, die kaum dicker waren als Schnurrbarthaare. Die beiden Männer zogen sich höflich zurück, und als sie alleine war, begann sie zu reden, als wäre Duncan schon da, aß ihr Abendessen und ging im Zimmer umher. Von der Terrasse aus sah man auf ein Feld, dahinter lag eine Kette dunkler Berge, gespenstisch, ein anderes Königreich, ein Land verborgener Geister. Die geschlossenen roten Blüten ragten aus dem Hibiskusbusch wie Vogelschnäbel, fühlten sich aber so weich an wie die Finger von Lederhandschuhen. Sie berührte die Blüten, sie berührte alles, lief umher und wußte, sie würde nicht schlafen, würde nicht ruhen, bis er endlich bei ihr war.

Am Morgen waren die Berge weiß, strahlend weiß, wie gesalzen, und zwischen den weißen Hauben konnte sie blaue Schluchten erkennen. Die Berge warteten auf ihn. Die Gärten quollen über vor lodernden Farben und prächtigem Vogelgesang. Bougainvilleen bauschten sich üppig und farbenfroh von den Bäumen, und die Vögel schwangen sich durch die Äste, als wollten sie fortwährend ihre Fröhlichkeit beteuern. Die Vögel waren überall – riefen, kreischten, flogen, manche putzten das Gefieder ihrer Jungen, andere hoben ihre Schwanzfedern, überall explodierten Lieder und Farben, pralle Natur im Gegensatz zu den dünnen Körpern, hageren Gesichtern und stumpfen Augen der Menschen. Arbeiter in langen, blaugebleichten Gewändern rechten auf dem Feld vor ihrer Terrasse. Nell aß ihr Frühstück und beobachtete sie. Sie hatten eine Trage aus Sackleinen, die sie an vier Pfählen befestigt hatten, und jeweils ein Mann, der kaum dicker war als der Pfahl, stand an jeder der Ecken Wache. Sie arbeiteten schweigend, redeten kaum. Nell aß gierig. Sie aß Dinge, die sie noch nie zuvor gekostet hatte – Früchte, die wie Brote in Scheiben geschnitten waren, und Pfannkuchen, die in süßem, zähflüssigem Sirup schwammen.

Als die Männer ihre Trage gefüllt hatten, schleppten sie sie zu einem Karren, wo ein kleiner Junge die Zügel eines Esels hielt. Der Esel stieß einen triumphierenden Schrei aus, der an einen Jodler erinnerte, und wollte in einen stürmischen Galopp verfallen, versank jedoch mit seinen Vorderbeinen im Schlamm. Der Regen hatte aufgehört, und alles zitterte im glänzenden Sonnenschein; kleine Regentropfen glitzerten auf den tellergroßen Blättern wie geschmolzene Diamanten. Einen Moment lang kamen ihr Zweifel, doch sie schob sie fort wie eine Handvoll Krümel, die man den Vögeln zuwirft. Aber die üppigen Gärten machten sie gereizt, das Laubwerk war zu dicht, zu verschwenderisch. Die Staubgefäße der weißen Lilien sahen wie die phosphorgetränkten Spitzen großer Streichhölzer aus, die nur darauf warteten, angezündet zu werden, und die Palmwedel waren wie spanische Kämme, bereit, Haar und Kopf zu zieren. Alles wartete. Auch sie mußte warten, wie die Natur. Er würde zur gleichen Tageszeit ankommen wie sie, die gleiche holprige Busfahrt mitmachen, das karge Land sehen und seine Kälte spüren, die Büsche und die Arme der Kakteen wahrnehmen und die Fremdheit in sich eindringen lassen, so daß sie sich am Ende wie zwei Wanderer in ihrem kleinen Wohnwagen treffen würden.

Die Stadt sah am Morgen ganz anders aus, zeigte sich in ihrer grellen Armut, ohne Schlösser und Türme, ohne großartige Geschäfte, ohne Ausblick auf Stufen, die zu Pyramiden führten, nur eine bescheidene, korallenfarbene Moschee, die dringend einen neuen Anstrich brauchte, und ein Markt mit einer armseligen Ansammlung von Haushaltswaren. Die engen Straßen waren voller Männer, die zwischen den Pfützen über die Straßen sprangen, ihre Schienbeine nackt und knochig, wenn sie ihre langen Gewänder hoben. Verschleierte Frauen standen hinter aufgebockten Tischen und verkauften Datteln, braune, hellbraune und karamelfarbene Datteln, von einem Heer von Fliegen umschwirrt. Ab und zu schüttelte eine der Frauen eine Plastikrassel, um die lästigen Fliegen zu vertreiben, mit dem Erfolg, daß sie über die Datteln am Nachbartisch herfielen und beim Herannahen eines Kunden auch von dort verscheucht wurden. Überall Hunger, unfreiwilliges Fasten in den Augen und das Wissen, daß dieses Fasten niemals enden wird.

Als Nell stehenblieb, um Zahnpasta zu kaufen, versuchte die Frau, ihr gleich noch einen Kochtopf und einen Topfkratzer zu verkaufen, und sie hatte große Mühe zu erklären, daß sie in einem Hotel wohnte und keine eigenen Töpfe brauchte. Kleine Jungen drängten sich um sie, gaben sich als ihre Beschützer aus und versprachen ihr, sie zu einem ganz besonders günstigen Preis mit Souvenirs zu versorgen. Nell wollte keine Souvenirs, wollte keine Beschützer, doch wie bei den Fliegen tauchte, kaum war sie den einen Schwarm losgeworden, schon der nächste auf und heftete sich an ihre Fersen. Die Jungen sahen alle gleich aus. Sie haßte sich dafür, daß sie ihrer Meinung nach alle gleich aussahen.

»Schöne Augen... schöne Augen«, riefen sie in dem Versuch, ihre Kühnheit zur Schau zu stellen oder ihr gar den Hof zu machen. Nell sah Messinglampen und Wandbehänge, Korankästchen, Taschen, Beutel und Häute, die in der Hitze einen leicht fauligen Geruch ausströmten. Sie sah Bernsteinklumpen, die sie gern in der Hand gehalten hätte. Die Inhaber standen in ihren offenen Ladentüren, Rosenkränze in der Hand, und empfingen die stummen Signale der Jungen, die um sie herumtänzelten. Irgendwie hatten sie erraten, daß sie sich gern einen Teppich gekauft hätte, also wurden im gleißenden Sonnenlicht Teppiche vor ihr ausgerollt, Teppiche mit Schnörkeln, Zickzackmustern und mythologischen Wesen, die Krieg, Liebe oder Barbarei darstellen sollten.

»Morgen... morgen«, sagte sie und stellte sich vor, wie sie

mit Duncan über den Markt gehen würde, stolz, nicht allein zu sein, frei von jeder Belästigung.

»Nicht jetzt... nicht jetzt«, sagte sie, schlängelte sich durch die Menschentraube ins Freie und ließ sich kurz darauf doch wieder in einen Laden schieben, der bis obenhin mit silbernen Gegenständen vollgestopft war, so daß der ganze Raum silbrig schimmerte wie eine Kirche mit Bleiglasfenstern zur Zeit der Vesper. Der Ladenbesitzer war so dünn, so durchsichtig, als hätte man ihm jeden Bissen, den er je gegessen hatte, gewaltsam wieder entrissen, doch bei der Aussicht, mit ihr handeln zu können, begannen seine Augen zu glänzen. Sie zeigte Interesse an einem Korankästchen. Er erklärte ihr das Verfahren: Sie würde einen Preis vorschlagen, er würde einen anderen Preis fordern, und nach langem Hin und Her würden sie sich irgendwo in der Mitte treffen. Nell brachte es nicht über sich, wollte bezahlen, was der Ladenbesitzer verlangte, und die Sache hinter sich bringen. Es war ein flaches Korankästchen, an der Vorderseite mit Emaille verziert, an der Rückseite mit einem stabilen Scharnier versehen. Sie würde es Duncan schenken, es würde ihr erstes Geschenk für ihn sein. Die blauen Emaille-Rhomben schienen davonzuschwimmen, in der grellen Sonne zu schmelzen und sich mit dem ziselierten Silber zu vereinigen. Aber der Ladenbesitzer ließ nicht locker. Das Handeln zog sich endlos hin, sie mußte mehrere Tassen Pfefferminztee schlürfen, andere, kostbarere Kästchen bewundern, Halsketten und Anhänger betrachten und sogar eine Einladung für ein Wiedersehen nach Sonnenuntergang über sich ergehen lassen.

Auf dem Weg zurück zum Marktplatz, wo sie nach einem Taxi Ausschau halten wollte, sah sie drei Dinge, die sie erschaudern ließen. Zuerst einen jungen Mann, der um den Kopf einer toten Ziege feilschte, einen schwarzen, sauber abgetrennten Kopf mit braunen, arglosen, offenen Augen. Das schwarze Ziegenhaar glänzte seidig und mädchenhaft, und doch wedelte der junge Mann mit dem Ziegenkopf wie mit einem alten Lumpen, fuchtelte damit vor den Augen des Verkäufers herum, der offenbar einen zu hohen Preis verlangte, und ließ ihn dann verächtlich fallen. Ein Stückchen weiter auf den glühenden Pflastersteinen lag der Fötus eines toten Vogels, ein Fetzen gelbliches Beinahe-Fleisch, und trocknete in der Sonne. Und schließlich ein Bettler mit nur einem halben Gesicht, die klaffende Höhle von Fliegen geschwärzt. Wie konnte sie auf Liebe hoffen, wenn es solches Leid gab? In dem kleinen Taxi lehnte sie sich zurück und versuchte, ruhig zu wirken, winkte den Leuten zu, die in ihren Verschlägen hockten, obwohl sie wußte, daß es lächerlich war. Als sie ins Hotel zurückkam, erzählte ihr ein kleiner Junge, für sie sei eine Nachricht eingetroffen. Es war derselbe Junge, der ihr frische Rosen gebracht und für ein kleines Trinkgeld noch einen zusätzlichen Strauß dagelassen hatte. Er war netter als die anderen, zugänglicher. Sie lief zur Rezeption. Der Hoteldirektor saß in seinem Büro, über Zahlenkolonnen gebeugt, und als sie ihn ansprach, klingelte sein Telefon. Träge nahm er den Hörer ab und sprach ausführlich hinein. Als er endlich fertig war, blickte er sie herablassend an, als ob die Vorstellung einer Nachricht für sie nur ein Ausbund ihrer blühenden Phantasie sein könnte.

»*Communiqué*«, beharrte sie. Er schüttelte den Kopf und stellte das Telefon auf den Tresen; offensichtlich dachte er, sie wolle es benutzen. In stockendem Französisch fragte sie ihn, ob sie mit dem Bus zum Flughafen fahren könne, um ihren Freund abzuholen. »Bus *complet*«, entgegnete er mit solcher Strenge, daß sie nicht weiter zu bitten wagte.

Sie ging zum Pool und starrte auf das Wasser, auf die Kacheln, die wegzustreben schienen, sich zu befreien suchten von den dünnen Strichen aus grauem Zement, die durchhingen wie feuchte, verrottete Bindfäden. Die Leute lagen ausgestreckt auf ihren Liegen, lasen und sonnten sich, viele von ihnen so weiß, doch niemand so rastlos wie sie. HAMMAM – BADEHAUS. Als sie das Schild sah, beschloß sie, hineinzugehen, sich verwöhnen und mit Zweigen schlagen zu lassen, wenn auch nur, um die Zeit herumzubringen. Die Wärterin stand draußen und balancierte auf Tennisbällen, um ihre Fußsohlen zu stärken, ihr Körper schwang vor und zurück, gelangweilt und zäh.

»Hammam«, sagte Nell und zeigte auf das Schild über der Tür, aber die Frau tat so, als würde sie nichts verstehen. Nell klopfte auf das Schild, um ihre Absicht zu unterstreichen. Diese Ungeduld gefiel der Wärterin ganz und gar nicht, und sie nahm sich extra viel Zeit, um von den Tennisbällen zu steigen und Nell darauf hinzuweisen, daß sie sich im Haupthaus eine Eintrittskarte holen müsse.

»Warum?« fragte Nell, deren ganzer Körper nun von brennender Ungeduld erfaßt wurde.

»*Bientôt*«, sagte die Frau.

»Warum?« wiederholte Nell. Schließlich gab sie auf, ging über die Trittsteine durch den Garten, dessen Schönheit sie jetzt so zu erdrücken schien, daß es sie am ganzen Körper zu jucken begann, und durch die vielen Salons mit den faulig riechenden Häuten zur Rezeption, um eine Eintrittskarte zu kaufen. Ein junges Mädchen in einem dunkelroten Gewand gab ihr eine Karte und wünschte ihr einen angenehmen Aufenthalt. Es war ihre Gelassenheit, ihre Unbekümmertheit, die Nell am meisten aufbrachte.

Im Hammam hockte sie auf der brennend heißen Liegefläche und sah zu, wie der Wasserdampf die Wände herunterlief, auf ihrem Körper kleine Sturzbäche bildete und auf dem Boden vor sich hinzischte. Sie war barfuß hereingekommen und mußte zurückgehen, um sich Holzschuhe zu holen, die ihr nicht paßten. Es war niemand da, der ihr hätte helfen können. Sie hatte Angst, sich auf der glühend heißen Liegefläche zu verbrennen. An der Wand standen drei Eimer, die offenbar mit kaltem Wasser gefüllt werden sollten, damit sie sich abkühlen konnte, aber niemand füllte sie, und die Wärterin war längst gegangen. Nell lag in der Hitze und versuchte sich vorzustellen, wie sie und Duncan sich lieben würden, aber sie fühlte nur Beklommenheit und die bange Befürchtung, daß er nicht sie, sondern andere Frauen begehrte – jene spröden, blonden Wesen, die ihn bis in ihr Haus verfolgten, denen er sich letztendlich jedoch immer entzog, indem er auf ihrem Sofa einschlief und bei ihr blieb. Und wenn sie ihn, im Lampenlicht oder in der Morgendämmerung, auf ihrem Sofa liegen sah, fiel ihr die rührende Zeile aus einem Lied über einen Helden ein, der »in weißes Leinen gewickelt« war, als ob die Liebe zu ihr mit dem Tod verknüpft wäre. Das waren dunkle Gedanken, die sie wegschieben mußte. Es war nur die Angst, die sie zurückschrecken ließ. Wenn sie erst einmal zusammenwaren, würde sie sich öffnen und entfalten können wie die handschuhweichen Hibiskusblüten.

»*Entrez*«, rief Nell, als es an der Tür klopfte. Es war ein junges Mädchen mit einem Silbertablett, auf dem ein Telegramm lag. Nell wußte, was in dem Telegramm stand, ehe sie es geöffnet hatte, aber sie hegte immer noch einen letzten Rest wahnwitziger Hoffnung. In dem Dampf konnte sie das Telegramm nicht entziffern, sie mußte vor das Badehaus gehen, wo das Mädchen sofort ein Handtuch um sie legte.

KANN NICHT KOMMEN. GAB ZWEI VERSPRECHEN. BEIDE VERRECKTEN AUF DEMSELBEN BERG, las sie, sah das Mädchen an und dachte, daß sie angesichts der Hitze und dieser Neuigkeit in Ohnmacht fallen würde. Wann fährt der Bus zum Flughafen? hörte sie sich selbst in zwei Sprachen fragen.

»Bald, Madame, bald«, sagte das Mädchen und war verschwunden.

Nell griff sich ein zweites Handtuch und ihre Kleider und lief hinter dem Mädchen her, um es einzuholen und zu überreden, ihr beim Packen zu helfen, denn in diesem Zustand fühlte sie sich nicht fähig, es selbst zu tun. Statt dessen stieß sie auf ein anderes Mädchen, das eine weiße Schürze und eine Haube trug und offenbar zur Küche gehörte. Sie bat es, ihr zu helfen, und war dabei so außer sich, daß das Mädchen sie mit einem Anflug von Scham betrachtete, einer Scham, die besagte: »Du bist keine Frau... Du mußt deinen Schmerz schweigend und duldsam ertragen... So wie wir.«

»Können Sie mir helfen?« wiederholte Nell und versprach dem Mädchen Geld für die Gefälligkeit. Gemeinsam eilten sie durch den Garten, in dem die Vögel sich zu einem gleichmütigen Chor vereinigt hatten, und das Wort, das sie zu zwitschern schienen, war »Philadelphia«. Das Mädchen packte mit langsamen, bedächtigen Bewegungen Nells Sachen zusammen. Es war offenbar schockiert, auch wenn es Nells aufgeregte Tirade am Telefon nicht verstand. Nell schrie den Direktor an, wann das Telegramm gekommen sei, wo es den ganzen Tag über gelegen und warum sie es nicht früher erhalten habe. Dann knallte sie den Hörer auf die Gabel und wiederholte, was er ihr geantwortet hatte: »Leider, Madame, sind auch wir nur Menschen, und wir machen Fehler.«

Das Mädchen betrachtete Nells Kleider, ihre Puderquasten, Make-up-Fläschchen und das Korankästchen mit bewundernden, begehrlichen Blicken, und obgleich Nell ihr eigentlich etwas schenken wollte, brachte sie es nicht über sich, ihr Herz war erstarrt. Wie sie jetzt diese Berge haßte, Berge, die in der Morgendämmerung noch rosig geschimmert hatten, dann immer blauer geworden waren, mit weißen Salzhauben, und jetzt schwarz und dunstig wirkten, weil die Nacht kam und Nell sie für immer verließ.

Der Bungalow wurde für weitere zweiundsiebzig Stunden in Rechnung gestellt.

»Scheiße, *merde*«, sagte Nell zu dem Direktor, der seelenruhig darauf wartete, daß sie die Reiseschecks unterschrieb, und anschließend sorgfältig eine Gebührenmarke auf das grüne Papier klebte. Als sie die Stufen zum wartenden Bus hinunterlief, holte sie ein kleiner Junge ein und präsentierte ihr eine Rechnung für die Benutzung des Hammam.

»Nein, nein«, sagte sie und schimpfte über den kleinen, stickigen Raum, die schlecht passenden Holzschuhe, das Fehlen der Wärterin und das so lange liegengebliebene Telegramm, das sie so plötzlich und brutal getroffen hatte, daß der bloße Gedanke daran Perlen aus Schweiß und Tränen an ihrem Körper herunterlaufen ließ. Der Junge hörte ihr ungerührt zu und wartete darauf, bezahlt zu werden. Schließlich kramte sie das Geld heraus und warf es auf den Boden.

»*Malade*, Madame«, sagte er und sah sie ohne Mitleid an. Ja, *malade*. Sie schwang sich auf den Rücksitz des leeren Busses, sah die karge Erde, das Dornengestrüpp, Ziegen- und Schafherden wie Überbleibsel aus dem Alten Testament, Frauen, die sich beim Unkrautjäten bückten, als wären sie aus den Schößen ihrer Mütter auf diese verdorrte Erde gefallen, an die sie ihr ganzes Leben lang gebunden sein würden. Wie konnte sie über den Verlust eines Geliebten weinen? Sie haßte diese Weichlichkeit. Es war, als hätte sie nichts dazugelernt und würde immer noch an die Wandlung durch einen anderen Menschen glauben.

Duncans Haus lag im Dunkeln. Hinter dem Briefschlitz im Flur lag ein Berg Post, vor der Haustür häuften sich die Milchflaschen. Im Theater konnte ihr auch niemand helfen. Die Bühnenarbeiter, die sie von ihren eigenen Partys her kannte, zuckten die Schultern und sagten, sie hätten keine Ahnung, wo er sei. Daß er plötzlich für ein paar Tage von der Bildfläche verschwand, sei für ihn nichts Ungewöhnliches, es habe Ärger gegeben, ein Teil der Kulissen sei am Tag der Premiere zusammengestürzt, und die Aufführung sei verschoben worden. Sie hinterließ beim Pförtner eine Nachricht für ihn und ging. Die träge Gleichgültigkeit der Leute machte sie wahnsinnig.

Als nächstes suchte sie in den Pubs in der Nähe seiner Wohnung nach ihm. In manchen ließ sie sich nieder und trank etwas. Sie trank Wermut und gab sich hemmungslos der Vorstellung hin, daß er jeden Augenblick hereinkommen würde. Der Alkohol brachte ihn näher, ja, er machte es ihr sogar möglich, mit ihm zu sprechen, ihm zu sagen, daß sie verstünde, was das zweite Versprechen auf dem Berg zu bedeuten hätte, daß sie ihm verzieh. In einer der Kneipen sprach sie der junge Barkeeper an und spendierte ihr ein paar Drinks. Er war gerade erst aus der Heimat gekommen und dachte schon wieder daran, zu Weihnachten zurückzufahren.

»Heimat«, sagte sie. Mit jedem Tag legte sie ein Stück mehr Distanz zwischen sich und ihre Vergangenheit, glaubte, sie könnte sie vergessen, würde schließlich geheilt von dieser alles verschlingenden Einsamkeit. Und doch rief die Stimme des Barmanns, der Eifer, mit dem er sich den Heiligen Abend in Gedanken vorstellte – die Kerze in der ausgehöhlten Rübe, die Nachbarn, die hereinschauten – in ihr die Sehnsucht wach, mit dabei zu sein. Er hatte die Reise bereits gebucht, eine besonders billige Überfahrt mit der Nachtfähre.

Als sie am dritten Abend wieder in den Pub kam, wußte sie sofort, daß er eine Neuigkeit für sie hatte, denn er strahlte übers ganze Gesicht. Er sagte, Duncan sei in einer Kneipe, die kurz vor der Schließung stünde. Ein Spekulant habe das Haus gekauft, um Büroräume daraus zu machen, und nun hätten sich Duncan und seine Kumpel dort verschanzt, um die letzten Flaschen zu leeren.

Die Kneipe war in einem Keller am Leicester Square, dunkel wie die Katakomben. Duncan saß mit drei Männern an einem Tisch und wirkte ziemlich angetrunken. Als Nell hereinkam, blinzelte er und tat so, als würde er sie nicht erkennen. Regentropfen perlten über ihren grünen Mantel und hingen in ihrem Haar wie ein Heiligenschein.

»Ich bin gerade zufällig vorbeigekommen«, sagte sie und wußte sofort, daß sie nicht hätte kommen sollen.

»Steigt irgendwo 'ne gute Party?« fragte er, als wäre sie eine zufällige Bekanntschaft oder gar ein Barmädchen. »Partys sind nämlich die *axis mundi.*«

»Axis wer?« rief einer seiner Freunde, ein großer Mann mit einem Erdbeergesicht und erschrockenen Augen.

»Halt's Maul, Ahab«, sagte Duncan und fragte Nell, ob sie auch der Meinung sei, daß die *axis mundi*, die durch den Kosmos lief, Himmel, Erde und Hölle miteinander verband. Er war hart, hart wie Stein.

»Ich habe das Telegramm bekommen«, sagte sie verlegen.

»Tatsächlich?« fragte er lächelnd, als ginge es um etwas höchst Angenehmes. »Auf welchem Berg?« Und lachend fügte er hinzu, es müsse sich um Dante Alighieris Berg des Fegefeuers handeln, nicht um den verdammten Mourne.

»Blödsinn«, warf der Mann mit dem Erdbeergesicht ein.

»Duncan«, sagte Nell, als könne sie ihn, wenn sie seinen Namen nur sanft genug ausspräche, dazu bewegen, sie anzuschauen und ihr zu antworten. »Könnte ich dich einen Moment lang sprechen?«

»Sprechen. Scheiße«, sagte er, einen verletzten Ausdruck in den Augen, blaue Augen, die darum rangen, ihr etwas zu sagen, etwas, an das er sich nicht erinnern konnte, weil es viel zu weh tat. Das war das Allerschlimmste – sie war da, um sich seiner anzunehmen, und dennoch fühlte er sich von ihr abgestoßen. Der große Mann tadelte ihn, sagte, das sei keine Art, eine Dame zu behandeln, stand auf, staubte mit seiner Kappe einen der Stühle ab und bat sie, Platz zu nehmen, bot ihr seine Gastfreundschaft an. Sie setzte sich und dachte: Wenn ich warte, wird Duncan schmelzen, irgend etwas in ihm wird weich werden, und dann wird es wieder so sein wie früher. Andrew saß ebenfalls mit am Tisch, war aber so im Tran, daß er Nell für eine Tänzerin hielt und sie ständig Vicky nannte. Der dritte Mann war sehr jung, sehr umgänglich, und da er sah, wie nervös sie war, versuchte er, sie abzulenken, indem er einen ausgestopften Fuchs kniff, der auf dem Tresen stand. Es war ein alter, heruntergekommener Fuchs, und im Scherz hatte ihm jemand ein Geschirrtuch umgehängt, so daß er wie ein Kellner oder eine Kellnerin aussah. Der ganze Raum wirkte verwahrlost. In einem leeren Kühlschrankeinsatz lagen ein Haufen Besteck und eine Kugel roher, verschimmelter Teig. Auf einem handgemalten Schild stand: TRINK JETZT, DANN ENTGEHST DU DEM WEIHNACHTSRUMMEL. Auf einem anderen stand: DENKE FLOTT, VOR ALLEM AUF DEM POTT. Auf einem Sperrholzregal lag bunter Nippes – ein Akkordeon, ein Schlehdornknüppel und ein paar schwarze Töpfe –, Erinnerungen an ihre gemeinsamen Ursprünge, und unklugerweise bezog sie sich darauf.

»Scheißdreck«, sagte er. Alles an ihr quälte ihn. Kaum zu glauben, daß er einmal in Lila auf ihr Tischtuch geschrieben hatte: »Einen anderen Menschen zu lieben, ist unermeßlich... und doch wollen wir es versuchen.«

»Eine hübsche Sammlung«, sagte der junge Mann und zeigte auf einen rechteckigen Glaskasten, in dem sich ein paar armselige Relikte vergangener Pracht befanden – eine Spitzenserviette, feines Besteck und ein Tafelteller mit einem dazu passenden Knochenteller.

»Ja«, nickte Nell und schluckte ihre Tränen hinunter.

»Bestellen Sie: Speck, Eier, Blutwurst«, sagte er und lächelte sie an. Mit einem Stück Kreide schrieb er ihre Bestellung auf eine Tafel, die in die Armbeuge des Fuchses geklemmt war.

Sie wußte nicht, wie sie aufstehen und dabei ihre Haltung wahren sollte, also blieb sie sitzen. Alles in ihr schien erstarrt zu sein, sie war wie gelähmt, nur ihre Augen bewegten sich, richteten sich auf den Fuchs, auf ein altmodisches Bierplakat mit Rosen und einer brennenden Zigarre, auf Duncan.

»Schau mich verdammt noch mal nicht so an«, sagte er. Ihre Augen wanderten weiter zu einem Spielautomaten; er war nicht erleuchtet, aber im Dämmerlicht konnte sie knallige Bilder von Himbeeren, Apfelsinen und Zitronen ausmachen, die sich jederzeit per Knopfdruck wieder zu greller Fröhlichkeit erwecken lassen würden.

»Ich gehe«, sagte sie, und in einer plötzlichen Anwandlung von Höflichkeit, vielleicht aber auch, weil er so erleichtert war, stand Duncan auf, um sie zur Tür zu bringen. Ihr Körper, der sich schmerzlich nach ihm sehnte, sank fast in seine Arme, als sie nach draußen wankten.

»Ich bin nicht gut für dich, Baby«, sagte er, stand mit dem trüben Blick eines geschlagenen Boxers in der offenen Tür und winkte ein paar Passanten zu.

»Warum bist du nicht gekommen?« fragte Nell. Sie konnte sich nur mit Mühe davon abhalten, ihn zu berühren, seine Hand zu streicheln, die mit Tinte beschmiert war. Er spürte es und wich einen Schritt zurück, und sie sah, wie sein Wohlwollen schwand und er wieder hart wurde.

»Du bist eine Höhlenfrau«, sagte er. »Willst mir Fußfesseln anlegen, Ketten mit schweren Gewichten dran.«

»Alle Frauen sind Höhlenfrauen. Sie haben keine andere Wahl«, erwiderte sie.

Er zuckte zurück. Es war so schmerzvoll, daß sie dachte, seine Schläfen könnten zerplatzen. Es tat weh, Spuren der Liebe in ihm zu sehen, und gleichzeitig zu wissen, daß sie nicht ihr galten, und während sie ihn anschaute, dachte sie: Sag es nicht, denk es nicht, spiel nicht einmal mit dem Gedanken, er trampelt ihn jetzt schon tot, löscht jeden Funken aus. Ein scharfes Pfeifen bewies es ihr.

»Wink mir zu, falls wir uns noch mal begegnen«, rief er ihr nach, als sie die Straße hinuntereilte.

Der Regen hatte aufgehört, doch kleine Ströme rauschten durch die Rinnsteine, und überall spritzten Busse und Autos rachsüchtig um sich. Der Stadthimmel verblich zu einem winterlichen, fliederfarbenen Dunst, bei weitem hübscher als alles, was die Straße zu bieten hatte, diesen verrückten Galopp von Füßen und abgehetzten Gesichtern, den Zeitungsverkäufer, der kaum zu verstehen war, während er die letzte Meldung über irgendein bedeutendes Ereignis herausschrie und alles daransetzte, der vorbeiströmenden Menge gefaltete Zeitungen wie Speere zuzuwerfen. Sie wollte nicht nach Hause gehen. Sie wußte nicht, wohin sie gehen wollte, auf keinen Fall aber nach Hause. Kalte Stadt. Schwarze Stadt. Öd und leer.

Du gehst über den Leicester Square und siehst die dicken Fleischstücke in den Schaufenstern; siehst Ketchup und verwundete Gesichter, gebrochene Gesichter, gierige Gesichter, Haigesichter; biegst in eine Seitenstraße ein und siehst Müll; siehst ein altes, ausgeweidetes Radio, drehst dich wieder um und gehst die Hauptstraße hinunter, nimmst dir vor, in der Menge unterzutauchen, dich nicht in Seitenstraßen zu verirren; siehst den Zeitungsmann wieder, siehst ihn die kurzlebigen Speere in die Hände vorbeieilender Passanten werfen, siehst ein Schild über einem Theatereingang und einen Pfeil, der zu einem anderen Theater zeigt, und du denkst: Gold, zarte Fäden, Zauber des Scheins. Du gehst am Theater vorbei und kommst zu einem zwielichtigen Schießstand, an dem sich Leute, hauptsächlich Männer, die Zeit vertreiben, und in ihren Gesichtern kannst du die Reste ihrer ungelebten Hoffnungen sehen; eine Gabelung zwingt dir die Wahl zwischen zwei Straßen auf – in der einen Speisekarten, vom Regen durchnäßt, Bierschaum und eine Balalaika in der Ferne, schwach wie eine Muschel, die man sich ans Ohr hält; die andere Straße bei weitem eleganter mit einem großen Steinbau, der gerade gesäubert wird, der eine Teil hellgrau, der andere noch rußigschwarz, und dann eine Kirche, mit Stufen, die du hinaufsteigen könntest, aber du willst dich nicht ausruhen, sondern weitergehen, immer weitergehen; du liest Schilder mit Preisnachlässen für Kreuzfahrten, wieder Ketchup und lackierte Minnie-Mouse-Tische, und schließlich erreichst du den Zebrastreifen und läßt dich mit den anderen Menschen, die alle irgendein Ziel zu haben scheinen, über die Straße treiben. Hauptsache, du bist unterwegs und murmelst leise vor dich hin, um den hämmernden Gedanken an dein Zuhause aus dem Weg zu gehen. Kalte Stadt. Schwarze Stadt. Geschäftige Stadt. Öd und leer.

15

Dann wieder ein Morgen, ein neuer Morgen, an dem Einsamkeit und Zögerlichkeit hinweggefegt würden, die Herbstblumen so frisch und feucht, als wären sie gerade gewässert worden, und die letzte Rose, die munter das Kommando über das niedrige Immergrün übernahm. Noch waren es Blumen und Pflanzen, doch schon sehr bald würden sie sich in lebendige Wesen verwandeln, atmen, murmeln und miauen wie Katzen, und später, sehr viel später, würden die Rosenblätter in einem wilden, schamlosen Rausch an ihrem Körper heruntersegeln. Noch hätte sie die Verabredung absagen können, doch irgend etwas hielt sie davon ab, auch wenn sie nicht sagen konnte, was es war. Dabei gab es nur schlechte Vorzeichen. Ihr Traum zum Beispiel, ein deutlicher, atemberaubend einfacher Traum: Sie als kleines Mädchen, das versuchte, vor dem Leben davonzulaufen, über Wiesen, Sümpfe, Moore in Richtung Horizont, dorthin, wo die Welt zu Ende war, dorthin, wo sie den Himmel vermutete. Den Himmel! Sie war auf dem Weg zur Schule, spürte die Riemen des Ranzens auf ihren Schultern, sah die vertrauten Meilensteine auf dem Weg – Steinmauern, Tore, Milcheimer, Kohlköpfe, türkis und gesprenkelt, von Schnecken durchlöchert, hörte das Bellen von Hunden und die Stimmen von Leuten, die einander freundlich grüßten oder mürrisch anknurrten. Kurz hinter dem alten Armenhaus geschah es dann, ihr Gehirn fiel aus ihrem Schädel und landete am Straßenrand neben einem Haufen Hundedreck, ein kleines, graues, kräuseliges Etwas. Von überall her strömten Leute herbei, um es zu betrachten, um zu rätseln, was das denn wohl sein könnte. Manche dachten, es wäre ein Kreisel, und bald fingen sie an, mit großen, tolpatschigen Schritten darauf herumzutanzen und vor Freude zu jauchzen. Sie konnte sein ängstliches Schwirren hören, denn obgleich sie hirnlos war, war ihr ein Rest ihres Denkvermögens geblieben, so daß sie begreifen konnte, in welche Katastrophe sie da geraten war. Von Zeit zu Zeit flatterte ihr Gehirn ängstlich auf, versuchte, dem Gedränge, den genagelten Schuhen, den energischen Tritten zu entfliehen, wand sich spiralförmig in die Luft, doch irgend jemand fing es immer wieder auf, packte es gierig mit beiden Händen und zwang es zurück in die ausgelassene Menge. Der Traum sagte ihr alles, und doch nahm sie ihn nicht ernst.

Als der Arzt hereinkam, wirkte er unnahbar und blaß, und alles in ihr sehnte sich danach, ihn zu umarmen, ihn zu wärmen, ihn zu erhellen mit ihrer Glut. Statt dessen nahm sie seinen Mantel, führte ihn ins Wohnzimmer, deutete auf den Schaukelstuhl und sagte, vielleicht würde er gern dort sitzen und über den Fluß schauen, während sie miteinander sprachen. Es war nicht viel los auf dem Fluß, eine der üblichen Flauten; ein paar Schleppkähne zogen vorbei, Schwäne präsentierten sich in all ihrer Stattlichkeit, und das brackige Wasser schwappte träge ans Ufer. Vielleicht könnten sie darüber sprechen, ob das, was sie vorhatte, auch wirklich klug sein würde. Er hatte ihr die Berichte anderer Menschen gezeigt, wirre, bruchstückhafte, groteske Geschichten. Ein Mann erzählte, er habe seine eigenen Zähne gegessen, habe wie wild darauf herumgekaut, ohne sie kleinzukriegen. Ein anderer beschrieb eine wilde Schlittenfahrt im steilen Winterwald, bei der er gegen den Stamm eines großen Baumes gerast sei, und zwar mit solcher Wucht, daß sich Moos und Rinde wahllos in seine offene Stirnhöhle gedrückt hätten. Als er nach Hause gelaufen sei, um sich helfen zu lassen, habe ihm seine Mutter, die gerade den Fußboden schrubbte, ein paar kräftige Ohrfeigen versetzt und ihn gefragt, was er nun schon wieder ausgefressen habe, eine berufstätige Mutter in einer Sozialwohnung in Aberdeen habe einfach keine Zeit für solche Katastrophen. Ja, es gab all diese Berichte anderer Menschen, die die Reise schon hinter sich hatten, und es gab ihren Traum, und dennoch nahm sie bereitwillig Platz und lächelte sogar, als er ihr das Zeug aus der Ampulle verabreichte. Es hatte weder Farbe noch Geschmack. Juchhee. Dann würde es auch keine Wirkung haben. Wie sollte es auch, dieses farblose, geschmacklose Nichts? Sie würde wie ein Kind einschlafen, mit dem Schnellzug ins Schlafland reisen. Sie würde es hinter sich bringen, ohne es wirklich tun zu müssen, und er würde sie lieben oder ihr zumindest näherkommen, neben ihr ins Bett kriechen, sie schweigend nehmen, schweigend, aber mit voller Absicht, und dann würde er sich davonschleichen und wieder

der Arzt sein, zu dem sie einmal pro Woche ging, um sich die Backenzähne aus dem Gehirn ziehen zu lassen.

Sie wußte, daß er sie begehrte, hatte es in dem Moment gespürt, als sie sich zum ersten Mal gesehen hatten. Jemand hatte ihn auf eine ihrer Partys mitgeschleppt, und er hatte sich mit großen, glänzenden, schurkischen Augen umgesehen und gesagt: »Das ist nicht wie London... es ist wie... Rußland.«

»Ich mag Rußland«, hatte sie geantwortet.

Und dann hatte er sich an ihre Fersen geheftet, und als sie endlich nebeneinander saßen, waren sie bereits ein wenig vernarrt gewesen, hatten Baudelaire zitiert und seine ›Blumen des Bösen‹. Er würde der Entzifferer ihrer Angst sein, der Seher, der in die fiebrigen Gletscherspalten ihrer Seele sah. Er würde mit ihr verschmelzen, und gemeinsam würden sie eine verrückte Reise in das Innerste des Waldes unternehmen, das *elixir vitae* schlürfen. Sie saßen da, tauschten zitternd Verse über jene todgeweihten Blumen aus, und ihre Augen, ihre Knie, die Außenseiten ihrer Schenkel und Schultern berührten sich, stützten einander, so daß sie sich wie umgestürzte Bäume im Fallen umschlangen und gegenseitig aufrechthielten. Doch dann kam seine Frau vom Garten herein, warf Nell ein Glas ins Gesicht, stolzierte wütend im Zimmer umher und erzählte allen und jedem von den Demütigungen, die sie zu erleiden hatte. Niemand antwortete ihr, denn sie alle wußten, daß sie sich erst kurz zuvor mit dem Verführer in den Garten zurückgezogen hatte, einem Mann, der überall damit prahlte, daß er im Leben nur wenig bräuchte, um glücklich zu sein, denn sein *raison d'être* bestehe ganz einfach darin, Muschis zu streicheln, und zwar alle Muschis, ganz egal, ob es englische, europäische oder orientalische Muschis waren; sie zu streicheln und zu reizen und dann zu sehen, wie die Frauen zusammenbrachen, wie sich ihre Gesichter in unendliche Verzerrungen auflösten, wie sie stöhnten, bis sie nur noch Mösen waren und alles andere an ihnen zur bemalten Fassade wurde.

»Achte gar nicht darauf«, hatte er gesagt und auf das Glas gezeigt, das auf dem Boden lag. Sie achtete nicht darauf. Sie saß da und spürte, daß sie eins waren, sie mit ihm und er mit ihr.

Einige Zeit später ging er in den Garten und legte sich in den Tau. Die anderen Gäste standen um ihn herum und machten Witze, fragten sich, ob sie ihn einfach zudecken und schlafen lassen sollten, während seine Frau darüber lamentierte, wie sie eigentlich dazu gekommen sei, mit einem Säufer verheiratet zu sein. Doch es gab noch einen weiteren Rückschlag an diesem Abend. Als sie gehen wollten, konnte er seine Schlüssel nicht finden.

»Die Hexe hat ihn versteckt«, sagte sie, schaute Nell an und stürmte durchs Haus, um die Schlüssel zu suchen. Er schaute unter die Sessel, steckte seine Hand zwischen die Kissen, riß die Handtasche seiner Frau auf, konnte sie aber nirgends entdecken. Seine Frau drehte seine Taschen nach außen, Münzen und Bonbonpapiere fielen auf den Boden. Seine Taschen hatten Löcher.

»Hat sie dir nicht nur den Schwanz, sondern auch die Schlüssel ausgelutscht?« fragte sie und klopfte seinen Körper ab, in der Hoffnung, vielleicht doch noch auf das Schlüsselbund zu stoßen. Am Ende wurde es im Garten gefunden, dort, wo er sich hingelegt hatte.

Als sie ihn in der Woche darauf in seinem Sprechzimmer wiedersah, wirkte er verschlossen, und seine besorgte Miene sagte: »Kannst du nicht sehen, daß ich innerlich beschäftigt bin?« Eine Woche später lachte er, lachte sich kaputt, und in der darauffolgenden Woche erläuterte er ihr seine Lehren. Er hatte in ihr Duncan oder das Bedürfnis nach Duncan ersetzt. Er war die Kraft, die sie zu sich selbst bringen würde. Nicht ein einziges Mal gab sie zu, daß das, wonach sie suchte, ihr eigener Untergang war. Nicht ein einziges Mal geben wir es zu.

Aber jetzt war sie kurz davor, ließ sich auf diese Steigerung ein, dieses Schwindelgefühl, das sie zusammenbringen würde. Sie sah ihm zu, wie er das Zeug aus der Ampulle goß, und wußte, noch hatte sie Gelegenheit, sich zu retten. Statt dessen nahm sie es, trank es wie Nektar, trank es in einem

Schluck, glaubte fest daran, daß es ausgerechnet sie mit seiner Wirkung verschonen würde. Aber es dauerte nicht lange, bis es zu wirken begann. Sie spürte ein Schlingern in ihrem Gehirn, als würde Blut hineingegossen oder abgezapft oder beides gleichzeitig.

»Doktor«, rief sie, aber das Wort kam nur in einem Zischen aus ihrem Mund. Sie schaute auf und sah, daß er sich in eine Ratte verwandelt hatte: Er war Dr. Ratte, hockte auf ihrem samtbezogenen Gebetsstuhl, und seine Borsten sträubten sich im Takt. Nur sein Gesicht war noch menschlich, die weißen Gesichtszüge wirkten wie eine Maske aus Pappmaché über dem pelzigen Ausgehanzug.

Sie stand auf, um zu ihm zu gehen, vielleicht aber auch, um vor ihm fortzulaufen, aber sie fiel hin und hatte das Gefühl, in eine häßliche, schlammige Höhle zu stürzen. Sie lag auf dem Boden, ihrem Parkettfußboden, kroch mühsam dahin, dann fühlte sie seinen borstigen Arm, der sie mit sich schleppte. Das Zimmer drehte sich wie ein großes Rad, und sie war mittendrin und völlig machtlos, wurde hin- und hergeschleudert, und der Schrecken wurde immer größer, während sich das Zimmer, die Höhle, in der sie gefangen war, ausbeulte und wieder zusammenzog, so daß sie gleichzeitig herumgewirbelt und aufgesogen wurde. Ein scheußliches Gemisch aus Gebeten und Flüchen schoß aus ihrem Mund, ohne gehört zu werden. Er sagte etwas. Was sagte er? Seine Stimme war wie ein Murmeln in einem Stimmengewirr, das Zimmer selbst eine alles verschlingende See. Ihre Chaiselongue schwankte auf ihren sich biegenden Rollen und nahm sie wie einen ächzenden Leichnam auf. Er hatte sie darauf geworfen. Dann verlor sie ihre Sehkraft, ihre Augen waren voll von einem zähflüssigen Brei, so daß sie wie eine Blinde die Hände ausstrecken mußte, um sich die Welt zu ertasten. Dann die Erscheinungen: Gesichter, Münder, ein paar dahintreibende Lippen mit einem bierschaumweißen Schnurrbart – und in der Ferne Dr. Ratte, der zu seinen eigenen esoterischen Träumereien tanzte. Sie setzte mehrmals zum Sprung an, um zu ihm zu gelangen, fiel aber jedesmal auf die Chaiselongue zurück. Männer, Frauen, Mißgestalten, die halb wie Männer, halb wie Frauen aussahen, und verschiedene Tiere keuchten und stolzierten über sie hinweg. Dann kam der Verführer, und sein langer, schwarzer Schnurrbart, der unter seinen Nasenlöchern unglaublich breit hervorstand, schob sich der verkorksten Kopulation, die er irgendwie hinzudeichseln versuchte, ständig in den Weg. Engel schauten ihnen zu. Tuschelnd klammerten sie sich an die Gardinenstange.

»Bring mich zurück, bring mich zurück!« brüllte sie. Er beachtete es nicht. Ihre Hilferufe polterten durchs Zimmer wie zerbröckeltes Mauerwerk. Er war in seiner eigenen Trance, aber einen Moment lang hielt er inne, um etwas zu sagen. Sie sollte atmen. Sah er denn nicht, daß sie in diesem Sumpf versunken war und gar nicht atmen konnte? Sie hörte ihre Küchenuhr schlagen, eine blasse Erinnerung an die Wirklichkeit. Das war das Schlimmste daran. Die Welt, von der sie fortgeschleudert worden war und zu der zurückzukehren sie sich so sehr sehnte, war da, nur eine kleine Spanne, eine Ewigkeit entfernt. Sie versank tiefer, immer tiefer in diesen Strudel, der zur Hölle wurde, deren Flammen zwischen Feuer und Blut hin und her züngelten, so daß sie in einem Moment zu verbrennen drohte und im nächsten entsetzlich fror.

»Oh, diese Dreckskerle, diese Dreckskerle, jetzt weiß ich, wie sie es tun. Sie halten dich immer ein bißchen feucht, damit du nicht zu Asche verbrennen kannst«, sagte sie, aber die Worte kamen natürlich nur als Sabbern heraus. Sie schmeckte Blut, so wie sie Feuer schmecken konnte; vielleicht das Blut ihrer Mutter oder das Blut der Mutter ihrer Mutter oder das einer noch weiter entfernten Grundsubstanz. Er schleppte den großen vergoldeten Spiegel quer durchs Zimmer und hielt ihn vor sie, damit sie sich sehen konnte. Ihr Gesicht war dunkelrot, verzerrt, ihre Augen fleischige Höhlen. Warum zeigte er ihr dieses rohe, schmutzige Lebewesen?

»Geh weg… geh weg«, sagte sie zu sich selbst, und dann ergriff sie eine noch größere Ohnmacht, sie geriet in einen noch tieferen Abgrund, rief Gott an, rief Gottes Namen, verfluchte Gott für ihr verrücktes Leben. Irgendein Teil von ihr, es muß ihre Hand gewesen sein, ja, es war eine Hand, reckte sich ihm entgegen, aber er war nicht da, und statt dessen umfaßte sie die Lehne der Chaiselongue, um Rettung zu finden. Aber das Holz war weich, fast flüssig, und während sie sich verzweifelt daran klammerte, empfand sie sich selbst als kleinstes, unbedeutendstes Wesen auf Erden, nicht mehr als ein Stäubchen der Existenz, die sie einmal gewesen war. Es würde ewig dauern. Ewig. Sie flehte um Hilfe. Ihre Hände und Augen sandten unzählige Botschaften aus. Nur er konnte sie retten, wenn er sich denn dazu entschloß, aber er reagierte nicht, er tanzte und bewunderte seine eisigen Züge im Spiegel, der jetzt an die Wand gelehnt war. Er war fröhlich, weinerlich, glücklich, traurig, gefangen in einem amethystfarbenen Dunst, Narziß, von seinem eigenen Gefasel verzaubert. Der Vater-Schamane-Sohn-Liebhaber, der mit ihr getändelt hatte, war nicht mehr bei ihr.

Einen Moment lang dachte sie, das Schlimmste wäre vorbei, denn sie war sich plötzlich ihres eigenen Körpers, körperlicher Dinge bewußt. Die Innenseiten ihrer Schenkel waren feucht. Hatte sie gepinkelt? Hatte sie sich vor ihm, der sie auf Rosen betten sollte, tödlich blamiert? Sie versuchte, sich zu entschuldigen, doch spürte nur, wie sie erneut hinuntergezogen wurde, hineingezerrt in die Verliese voller Stimmen, Flammen, Mißgestalten, die mit ihr ein heilloses Chaos veranstalteten. Es kam und ging. Kaum war sie in ihr Zimmer zurückgekehrt, wurde sie wieder hinausgestoßen, wie eine Sagengestalt, die ständig verwandelt und aufs neue vertrieben wird.

Sie wußte, daß es vorbei war, sobald sie ihren Atem spürte. Sie stellte sich ihre Lungen als kleine reifende Apfelsinen vor. Es war ein kurzer, ruckartiger Atem, doch immerhin ein Atem, und sie lächelte glücklich über die Treue ihres Körpers und sagte: »Ich lebe… Ich bin zurückgekehrt.«

»Ich glaube, jetzt verstehst du, warum man es Trip nennt«,

sagte er, ein flüchtiges, unergründliches Lächeln auf dem Gesicht.

»Es war entsetzlich«, sagte sie, und seine Unnahbarkeit, seine Gelassenheit erschreckten sie. Er schaute auf seine Uhr.

»Wie lange hat es gedauert?« fragte sie und fühlte nach ihren Knochen, erleichtert, daß sie sich nicht aufgelöst hatten.

»Fünfeinhalb Stunden«, sagte er. Spätestens in einer Woche, wenn sie seine Rechnung bekam, würde sie sich wieder daran erinnern.

»Habe ich es überstanden?« fragte sie schwach.

»Ich glaube schon«, erwiderte er und schlug ihr vor, eine Freundin anzurufen, da er bald gehen müsse. Ein Foto von Paddy sah sie ernsthaft an, das Bild eines stolzen, einsamen, wütenden kleinen Jungen in einem hellen, grobgestrickten Pullover. Er stand unter einem weißen, stuckverzierten Torbogen, der ihm eine fast patrizische Würde verlieh. Sie fragte sich laut, ob es wohl eine gute Idee sei, ihre Kinder anzurufen. Er sagte, das könne er nicht entscheiden, und außerdem könne er auch sonst nichts mehr für sie tun und würde jetzt gehen. Sie brachte ihn nicht zur Tür, ihr Körper war einfach noch nicht kräftig genug, um aufzustehen, doch als er gegangen war, kroch sie auf allen vieren durchs Zimmer und begrüßte jeden Gegenstand, als wäre sie lange Zeit fort gewesen, was ja auch der Wahrheit entsprach. »Turmspitzen, sitzen, schwitzen«, hörte sie sich sagen. Woher kamen diese Worte? Warum sah die Seegrasmatte so grün aus, und warum pulsierte sie? Die hohen Glasscheiben im Erkerfenster schienen in ihren dicken, weißen Rahmen zu zittern, das Glas hatte das helle Grün reifer Stachelbeeren.

Sie ging hinaus, um die Blumen zu betrachten. Manche sahen schön, manche bedrohlich aus. Die Rosenknospen waren kleine Finger, die auf verschiedene Dinge zeigten, die Farben sehr viel intensiver, als sie es je gesehen hatte. Farben und Blütenblätter waren eine wilde Vereinigung eingegangen, hatten alle Grenzen fallenlassen. Sie sehnte sich danach, auf dem Land zu sein, auf einer Wiese zu liegen, die Halme warm und hoch, und neben ihr jemand, der sie im Arm hielt, jemand, in dessen Arm sie sich kuscheln konnte. Das war alles, was sie wollte. Hätte er sie gehalten, wäre sie nicht in Stücke zerbrochen. Am Himmel ein Sonnenuntergang, Ströme von Rot und Rosa, aber viel zu weit entfernt. Vielleicht sahen Paddy und Tristan jetzt denselben Sonnenuntergang. Sie konnte sich ihre Kinder in feinen Kleidern vorstellen, weit von ihr entfernt, ihre Stimmen ungewohnt, ein leises Trällern, die Stimmen toter Kinder. Kinder.

Das Telefon klingelte. Es war dunkel, und das vielleicht schon seit längerer Zeit. Der Abend war vorbei, und jetzt erinnerte sie dieses schwarze Gerät mit seinem eigenartigen, unüberhörbaren Geräusch plötzlich daran, daß sie noch existierte. Sie hatte Angst, es anzufassen, fürchtete, es könnte weich und geschmeidig sein wie ein Panther, aber nein, es war nur ein Telefon aus Bakelit, hatte keine Muskeln und Sehnen. Sie brüllte hinein, ohne zu wissen, was sie sagte.

»Schneid es vom Teppich ab, schneid es vom Teppich ab«, schrie sie.

»Entschuldigung«, sagte eine scheue, kleine Stimme und legte auf. Es war Paddy. Er hatte seine Mutter, seine eigene, übergeschnappte Mutter nicht erkannt. Gleich darauf klingelte es wieder, und Paddy bat sehr förmlich darum, mit seiner Mutter sprechen zu dürfen.

»Ich bin deine Mutter«, sagte sie.

»Mama«, sagte er. Sie spürte den Schock in seiner Stimme, während sie versuchte, sich den Anschein von Normalität zu geben.

»Schneid es vom Teppich ab«, wiederholte sie, um ihn wissen zu lassen, daß sie es gewesen war, die diesen Satz gesagt hatte, auch wenn er keinerlei Sinn ergab.

»Was ist los, Mama?« fragte er.

»Nur ein kleiner Witz«, erwiderte sie.

»Ich habe nur eine Minute«, erklärte er. »Ich habe alle meine Münzen eingeworfen, und Norrie wartet auf mich.«

»Wer ist Norrie?« fragte sie, als ob das die Situation retten konnte.

»Ein Freund von mir«, antwortete er und platzte dann mit dem Grund für seinen Anruf heraus.

»Ich bin finanziell in Verlegenheit«, erklärte er gestelzt, wohl um sein schlechtes Gewissen zu überspielen. Dann hörte sie es piepsen, sein Geld war alle, und seine besorgte Stimme rief: »Mama, Mama, bitte, sag mir, was mit dir los ist... Hat es mit Dad zu tun?« Dann wurden sie unterbrochen. Sie hielt das Ding aus schwarzem Bakelit noch eine Weile in der Hand, als könnte Paddys oder gar Norries Stimme aus den kleinen Löchern tröpfeln. Dann versuchte sie, die Nummer zu wählen, aber die Ziffern rutschten ineinander, so daß sie eine Ecke ihres Taschentuchs mit Spucke befeuchten und die runden Löcher und die staubverschmierten Ziffern reinigen mußte. Als sie die Nummer endlich gewählt hatte, nahm niemand mehr ab; die Kinder hatten längst den Hof verlassen und waren hinauf in ihre Schlafsäle gegangen. Eine Weile lang stand sie da und wünschte sich inständig, daß sie jemand anrief, daß sich eine Stimme, irgendeine Stimme auf dieser Welt ein wenig Zeit für sie nahm. Dann begann sie, seine Nummer zu wählen und wußte sofort, daß sie es schon die ganze Zeit über vorgehabt hatte.

»Ich habe nicht mehr alle Tassen im Schrank«, sagte sie zu Dr. Ratte, der es ganz und gar nicht schätzte, gestört zu werden.

»Ich habe es für dich getan«, fügte sie zärtlich hinzu, so zärtlich, daß er es einfach fühlen und sich ergeben mußte. Er sagte nichts. Sie spürte, wie er überlegte, und sie betete innerlich, er würde für eine Stunde herüberkommen, nur für eine Stunde, um ihr über das Ende mit Schrecken hinwegzuhelfen, um ihr mit ruhiger Stimme zu sagen: Dir kann jetzt nichts mehr geschehen, du bist aus der Hölle zurückgekehrt. Das war es, was sie wollte, worauf sie wartete. Aber er sagte nichts, sagte kein einziges Wort, und irgendwann war die Leitung tot.

»Dreckskerl, Dreckskerl«, sagte sie und malte sich aus, wie sie sich an ihm rächte, gab sich Rachegelüsten hin, von denen sie gar nicht gewußt hatte, daß sie in ihr steckten, rammte ihm imaginäre Gartenscheren in den Leib, kratzte ihm mit rosenroten, mit Aschestaub bedeckten Schürhaken die Augen aus, entstellte ihm mit scharfer Hand das Jesusgesicht, beraubte ihn all seiner Reize, so daß er für keine Frau je wieder begehrenswert war. »Dreckskerl.« Jede Tasse und jeder Krug, der am Geschirrschrank hing, wiederholte das Wort, tanzte und klirrte.

Die Worte schrieben sich von selbst, spritzten aus ihr heraus wie Farbe, bespuckten Wände, Decken, Spiegel, den Spiegel, in dem er ihr das Bild ihres eigenen, gequälten Selbst gezeigt hatte. »Liebe Mutter«, begann der Brief. Warum »liebe«? Unter den gegebenen Umständen wirkte das fast komisch.

Liebe Mutter,

lirum larum Löffelstiel, wer nichts lernt, der kann nicht viel. Ich war bei Verwandten von Dir, entfernten Verwandten; sie hatten wohl gedacht, ich wäre eine ganz angenehme Gesellschaft, nicht der Trauerkloß, der ich schon immer war. Ich ging ihnen auf die Nerven, weil ich die ganze Zeit heulte, also schickten sie mich hinaus zum Spazierengehen, und als ich am Restaurant vorbeikam und den Soßengeruch wahrnahm, erfaßte mich ein schrecklicher Hunger, nicht nur ein Magen- oder ein Mundhunger, sondern ein Seelenhunger, eine Sehnsucht nach Dir, die noch schlimmer wurde, als ich die Kuchen sah, wie Prinzessinnen, mit weißen Rüschen aus Zuckerguß geschmückt und mit Kokosraspeln und Schokoladenflocken verziert. Dieser Geruch, wie könnte man diesen Geruch je vergessen; es war mehr als ein Geruch, er fuhr direkt in die Geschmacksknospen, drang durch sie hindurch, ins aufgewühlte Fleisch. Ich schmeckte die Schokolade, die Kokosnuß, die Vanille oder was auch immer es war, ohne je satt zu werden, und da ich früher als erwartet zu den Verwandten nach Hause kam und wenig willkommen war, wurden mir ein paar Aufgaben im Haushalt zugeteilt, Betten machen und so weiter. Ich schrieb Dir einen Brief, in dem ich Dir von meiner Not erzählte, aber ich wußte nicht, wie ich ihn aufgeben sollte. Ich kannte mich nicht genug aus, um ein Postamt zu finden, und ich konnte die Verwandten nicht um Briefmarken bitten. Sie machten Bemerkungen über mich, ahmten mein Heulen und meinen Akzent nach und fragten mich scheinheilig, ob ich nicht doch ein wenig zu weit ginge.

»Ich will nach Hause!« sagte ich.

»Ich will nach Hause!« äfften sie mich nach.

Weil sie so grausam zu mir waren, wurde als Beschwichtigungsmittel eine Fahrradtour vorgeschlagen.

Eines der Mädchen – es waren insgesamt drei – meinte, sie und ich sollten abends mal einen Ausflug in die Randgebiete der Stadt unternehmen. Manchmal versuchten sie, nett zu sein, um ihr Gespött wiedergutzumachen, und so kam es zu dieser Fahrradtour, einem gefährlichen Ausflug durch dichtbefahrene Straßen in die Vororte, wo wir uns rauhverputzte Bungalows anschauten, die nach Meeren, Flüssen und Städten in Italien benannt waren, ganz normale Bungalows mit ganz normalen Toren und gepflasterten Zufahrtswegen, und sie betonte immer wieder, wie hübsch diese Häuser seien. Gelegentlich hielt sie an, um ein Ei aufzuschlagen – kannst Du Dir das vorstellen? Sie hatte in einem Korb ein paar rohe Eier mitgebracht, schlug sie auf und schlürfte sie direkt aus der Schale. Ich war ziemlich angewidert. Sie war auf irgendeinen Mann scharf, ich hatte sie mit ihrer Schwester über ihn reden hören, vor allem über sein tolles Brusthaar, wahrscheinlich wollte sie für ihn gesund aussehen. Sie war bläßlich, aber abends, bei Lampenlicht, sah sie ganz gut aus. Ihre Schönheit kam erst am Abend zum Vorschein.

Sie wirkte irgendwie vornehm auf dieser Fahrradtour mit ihren dunkelroten Tweedsachen und einer Veilchenbrosche, um die ich sie beneidete. Von Zeit zu Zeit erkundigte sie sich sehr zuvorkommend, ob ich mich auch amüsierte. Sie alle konnten sehr zuvorkommend sein, wenn sie es wollten, aber man wußte nie genau, wann das war. Und auf dieser Fahrradtour ist es dann geschehen. Auf einmal fühlte ich, daß mein Sattel feucht war, obwohl es nicht regnete, dann wurden auch meine Beine feucht, und ich dachte, ich hätte mich aus Angst vor all den Autos und Lastwagen, die an uns vorbeigerauscht waren, ohne es zu merken, eingenäßt. Zum Glück stieg sie ab. Ich dachte schon, sie wollte sich noch ein Ei genehmigen, aber nein, sie wollte nur eine Verschnaufpause einlegen und mir das Kraftwerk zeigen, das erst vor kurzem erbaut worden war. Dazustehen und ein Kraftwerk anzuschauen, war so ungefähr das Dämlichste, was ich mir vorstellen konnte, aber immerhin bot es mir Gelegenheit, diese rätselhafte Feuchtigkeit näher zu untersuchen. Ich steckte eine Hand unter meinen Rock, zog die Finger wieder hervor und sah Blut.

»Großer Gott! Blut!« schrie ich. Sie konnte nicht glauben, daß ich nicht wußte, was das zu bedeuten hatte, daß Du es mir nicht erzählt, mich nicht darauf vorbereitet hattest, und konnte meine Hysterie nicht verstehen. Und ich war wirklich hysterisch. Ich stand da, die Beine zusammengepreßt, in dem vergeblichen Versuch, diesen schrecklichen Blutfluß zu stoppen. Ich sah den Sattel an und gelobte, daß ich für nichts und niemanden wieder auf das Fahrrad steigen würde, nicht mal für sie, obwohl ich wußte, daß sie mich deswegen hänseln würde.

Zuerst gab sie sich freundlich und besorgt, schlug vor, nach Hause zu fahren und Binden zu besorgen, die aus der Drogerie, nicht die, die Du immer benutzt, aber ich weigerte mich und sagte, ich würde mich nicht von der Stelle rühren. Dann versuchte sie es mit vernünftigen Argumenten, sagte, das sei alles ganz natürlich, ein großer Moment im Leben, und ich sei jetzt eine Frau. Wieder wunderte sie sich, warum Du mir nichts davon erzählt hattest. Natürlich hatte ich Deine Binden gesehen, wenn Du sie in einem Eimer eingeweicht hattest, das Wasser blutrot wie das Öl der Altarlampe, bloß ganz unheilig und weltlich. Aber ich hatte keine Ahnung gehabt, woher diese Farbe stammte, hatte nicht gewußt, welches Gemetzel dahintersteckte.

Wir standen also vor diesem lächerlichen Kraftwerk, zwei oder drei Meilen von der Stadtmitte entfernt, ich weigerte mich stur, wieder aufs Fahrrad zu steigen, und sie redete verzweifelt auf mich ein. Ich hatte keine Angst vor ihr. Ich war jenseits aller Angst – oder besser: Ich war in einem Zwischenstadium der Angst, aus dem es kein Entrinnen gab. Ich glaubte, all mein Blut flösse plötzlich aus mir heraus, und wenn es mir nicht gelänge, diesem Strom Einhalt zu gebieten, würde dies zum Tod führen, meinem eigenen Tod und einem Erinnerungstod, ja, einem Erinnerungstod von etwas längst Vergangenem, das mit Deinem Blut zu tun hatte, mit Dir und mit mir. Damals dachte ich, Dein Herz war nicht groß genug, um mich anzunehmen, und heute denke ich es wieder. Diese Dinge sind unumstößlich, die Quelle unserer Weisheit, der Kern unseres Schmerzes. Unter der Oberfläche eines Geheimnisses, das wir lüften, lauert stets noch ein anderes, dunkleres Geheimnis auf uns. Gott spricht auf sonderbare Weise zu uns, findest Du nicht? Ich warte auf Dich. Dich.

Irgendwann, als es dämmerte, stahl sie sich auf die Straße hinaus, schlich an Gärten und Häusern vorbei, die wie Festungen auf sie wirkten, weißgebleicht und dicht zusammengedrängt, wie die Häuser eines kleinen Städtchens am Meer. Der Tau in den Gärten und auf den hölzernen Zäunen ließ sie noch entrückter und abgeschlossener aussehen. Alles war überspült, auch ihre Gefühle, auch ihre Gedanken. Die zerbeulten Autos lagen wie mißmutige Tiere am Straßenrand. Wäre ihr jemand begegnet, hätte sie den Brief vielleicht nicht abgeschickt, aber es begegnete ihr niemand, und sie sah keinen anderen Hinweis auf ein Lebewesen als das Ende eines Katzenschwanzes, das sich wie in einer Art tierischer Trance langsam hob und senkte. Sie warf den Brief ein und bereute es in dem Moment, als er in den Briefkasten fiel. Nur die Erkenntnis, daß er sie für immer voneinander trennen würde, tröstete sie.

Ein Mann auf dem Bürgersteig wandte sich bestürzt von ihr ab. Sie wußte, sie sah flittchenhaft aus. Wahrscheinlich lag es am Lippenstift, an dem gewagten Balken aus Rot, den sie auf dem Weg noch hastig aufgetragen hatte und der zweifellos längst verschmiert war. Der junge Ladenbesitzer holte gerade die Waren herein, die draußen gestanden hatten – Wassereimer, Papierkörbe, Reisigbesen und Dünger in weißen Plastiksäcken, auf denen vorne eine Moorlandschaft abgebildet war: ein einsames Moor, umrahmt von grünen Binsen, ein erdiger, rückständiger Ort.

»Kann ich Ihnen helfen?« fragte er, wobei er den Stiel eines Besens in der Hand hielt wie einen Wanderstab. Er war ein großer, schlanker, hochmütiger junger Mann, am Hals und an den Handgelenken mit Lederriemen geschmückt. Normalerweise saß seine Mutter wie ein Buddha an der Kasse und ließ jedesmal, wenn sie einen Betrag einzutippen hatte, ihre kleinen Augen blitzen.

»Ejlert Lövborg mit Weinlaub im Haar«, sagte Nell zu dem jungen Mann. Die Worte perlten ganz von selbst von ihren Lippen.

»Wie bitte?« fragte er.

»Ejlert Lövborg mit Weinlaub im Haar«, wiederholte sie, diesmal schon etwas koketter. Er mußte doch Hedda Gabler kennen, die Tochter des Generals, mit ihren Wutanfällen und ihrem Hochmut.

»Möchten Sie eine Zigarette?«

»Vom Tod erneuert, wach ich auf, den Hirtenmantel über mir«, sagte sie und warf die Regenjacke ab, die sie sich um die Schultern gelegt hatte. Langsam begann er zu verstehen. Er folgte ihr in den hinteren Teil des Ladens und schaute zu, wie sie sich hinter den Plastikschnüren verbarg, die wie ein Vorhang vor dem großen Kühlschrank hingen, ab und zu das Gesicht durchsteckte und »Buh!« rief.

»Wo ist deine Mama?« fragte sie streng.

»Oben im Bett… Sie hat Probleme… Mit dem Uterus«, antwortete er.

»Uterus!« wiederholte sie und kreischte vor Lachen. Sie war versucht, ihm zu erzählen, was in ihr vorging, daß sie davon träumte, in seinem Laden zu kommen, umgeben von Lebensmitteln, Reisigbesen und Schubkarren, daß sie über ihm, der schwarz wie Hamlet gekleidet war, kommen wolle, über die ganze Welt. Daß sie Sperma sah, Sperma schmeckte, wie es glänzte, schäumte, glitzerte, wie es überall war, nur nicht in ihr.

»Du kennst das Lied?« fragte sie, noch immer lachend.

»Welches Lied?« fragte er zurück. Er versuchte, den Anschein von Ruhe zu wahren, fürchtete, es könne jeden Moment ein Kunde hereinkommen. Zwei Stadtstreicher standen in der offenen Tür und bettelten um ein Brötchen, wurden aber abgewiesen. Ein Franz von Assisi war er nicht.

»Das Lied über den hübschen Jungen«, erklärte sie.

»Sie finden mich hübsch?« Er grinste.

»Sehr sogar«, antwortete sie. »Sehr, sehr hübsch.« Sie würde ihn packen, würde ihn nehmen, sobald er den Riegel vorgeschoben und die Jalousie vor dem Fenster heruntergezogen hatte, das mit Preisen und Sonderangeboten vollgekritzelt war. Er war genau das, was sie wollte, war vom Himmel oder von der Hölle geschickt, sie begehrte seinen schlanken, aalglatten Körper, seine verschlagenen, engstehenden Augen, seinen Hochmut. Er zündete zwei Zigaretten an und blies ihr, ehe er ihr eine davon reichte, den Rauch direkt ins Gesicht. Mit dieser Geste sagte er: Ja, ich habe verstanden, du bist ein Straßenmädchen, und ich werde auf dein Angebot eingehen.

»Machen dir meine Stoppeln auch nichts aus?« fragte er und preßte sie, als er die Antwort in ihren Augen sah, gegen den Rand der Kühltruhe.

»Du willst Ficki-Ficki?« fragte er. Ja, genau das wollte sie, wollte, daß er endlich den Laden schloß und sie nahm, sah sich selbst als Loch in der erdigen Moorlandschaft, naß und glitschig, ein Moorloch, das er bestürmen und in Besitz nehmen würde wie ein wildes Bergpony. Sie konnte nicht länger warten.

»Meine Muh-ter«, sagte er und hob seine müden, haselnußbraunen Augen zur Decke.

»Sie wird nichts merken.«

»Sie wird es merken. Jeder weiß, was Ficki-Ficki ist«, kicherte er. Sie wollte ihn nicht in ihrem Haus haben – auf dem Fußboden, auf der Straße, überall, aber nicht in ihrem eigenen Haus. Es hatte für einen Tag genug Wahnsinn gesehen. Er sah, daß sie zögerte, ließ jede Rücksicht auf mögliche Kunden fallen, preßte seine Hand zwischen ihre Beine und sagte, er wisse, wie man die Frauen glücklich macht.

»Wie das?« fragte sie.

»Ich mache sie glücklich... Ich mache sie wild... Zuerst vernasche ich ihre Muschi wie ein Stück Sahnekuchen, dann schlecke ich auch noch den Teller ab und bringe sie damit zur Raserei«, sagte er und hielt sie fest, bis sie ihm erlaubte, mit ihr nach Hause zu gehen.

Lachend und prustend jagte er sie durch den Garten, legte sie auf die feuchte Erde, zog ihr die Strümpfe und den Schlüpfer aus, steckte eine Rose in sie hinein und schüttelte sie so wild, daß die Blütenblätter abfielen und sich verstreuten. Er wollte wissen, wann er ihr zum erstenmal aufgefallen sei und was ihr am besten an ihm gefallen habe, seine Haut, seine Augen, seine Kleidung oder sein Haar. Dann schaute er sich in ihrem Schlafzimmer um, fragte, ob ihr Schmuck echt oder unecht sei, machte den Kleiderschrank auf, zog eines ihrer Kleider heraus und steckte ihr die grüne Glaskette in den Mund, ließ sie an den Perlen nagen wie ein Baby.

»Zieh es an«, sagte sie und zeigte auf ihr bestes Kleid aus grauem Chiffon mit Samtbesatz und Schärpe. Ihre Erregung, die vor einer halben Stunde noch so stark gewesen war, schwand dahin. Sie hatte sich leidenschaftliche Exzesse, wahre Orgien vorgestellt, als sie zu ihm ging, ihn anmachte und später, fest an ihn geklammert, mit ihm über die Straße nach Hause lief, und hatte ihn nicht einmal losgelassen, als er sich bückte, um den Schlüssel aus dem Geranientopf zu holen, aus dem Geheimversteck, das sie ihm leichtsinnigerweise verraten hatte. Doch jetzt hatte sich plötzlich etwas verändert. Sie sah auf einmal klar, sah sich nackt auf ihrem Bett, sah ihn in ihrem Kleid, und ihre Begierde sackte in sich zusammen. Plötzlich sehnte sie sich nur noch nach dem Alleinsein, nach ungestörtem Schlaf. Wie hatte sie sich je so weit verirren können?

»Was ist los?« fragte er. Er spürte die Veränderung, die Abkühlung; wahrscheinlich glänzten ihre Augen nicht mehr so fieberhaft, sie sprach nicht mehr so schnell und so unzusammenhängend, redete nicht mehr von Saskia, Rembrandts zweiter Frau, beschrieb nicht mehr die goldenen Ärmel von Saskias Gewand, die Rembrandt gemalt hatte, Ärmel wie Flure, die zum Reichtum führten, dem Goldtum, dem Saskiatum in ihr selbst.

»Ejlert Lövborg mit Weinlaub im Haar«, sagte sie leichthin. Wenn sie sich an die gleichen Worte, das gleiche sinnlose Gebrabbel hielt, könnte sie die Spannung vielleicht irgendwie aufrechthalten und ihn glauben lassen, daß alles, was sie anfangs für ihn empfunden hatte, noch immer stimmte und in ihr lebendig war.

»Sprich Ficki-Ficki mit mir«, sagte er, über ihr kniend, und sie schaute ihn ängstlich an, fürchtete, er könne gewalttätig werden, wenn sie das einmal Begonnene nicht bis zu Ende führte.

»Ich kenne nicht mal deinen Namen«, sagte sie.

»Boris.«

»Wir brauchen nicht zu reden, Boris, wir können uns einfach lieben«, sagte sie mit einschmeichelnder Stimme und spürte doch, wie sie sich versteifte, wie sie fröstelte, während sie weiter versuchte, ihn mit den lüsternen Worten, die er so gern hören wollte, über ihre Kälte hinwegzutäuschen, über die Hausfrau in ihrem Nachthemd, einem Kattunnachthemd, das sie auf seine Bitte hin angezogen hatte, weil er es ihr später vom Leib reißen wollte. Er fühlte sich betrogen und sagte es auch. Wo war die Frau, die mit ihm im Garten herumgetollt, Fangen gespielt, sich hingelegt und ihm erlaubt hatte, Rosenblätter in sie hineinzustopfen, die ihm mit ihren Ficki-Ficki-Worten den Kopf verdreht hatte? Wo war diese Frau?

Sie behauptete, sie wäre noch immer da, und erschauderte, um frische Begierde vorzutäuschen.

»Bin ich ganz große Klasse?« fragte er.

»Du bist ganz große Klasse«, erwiderte sie und lächelte.

»Lutsch meinen Schwanz«, sagte er in beleidigtem Ton.

»Alles zu seiner Zeit«, entgegnete sie mit einem Selbstvertrauen, das sie gar nicht besaß. Aber ihm gefiel das, er mochte Frauen mit Mumm, sagte er. Außerdem hätten sie ja wirklich keine Eile, und er würde gern eine Zigarette rauchen. Als sie aufstand, um Zigaretten zu holen, bat er sie, sich etwas anzuziehen, damit die Nachbarn nicht sehen könnten, wie sie nackt durchs Haus lief. Seine plötzliche Prüderie erschien ihr absurd.

»Ich glaube, ich könnte auch einen Cognac vertragen.«

»Es gibt keinen Cognac.«

»Dann bring mir was anderes zu trinken mit.«

Am Morgen fühlte sie sich sonderbar, war entsetzt beim Gedanken an die Ereignisse des vorangegangenen Abends: wie sie zu ihm gegangen war, ihn abgeschleppt hatte, das ganze Gerede von Ejlert Lövborg mit Weinlaub im Haar.

»Wie ihr säet, so werdet ihr ernten.« Wie auf einem Stickmusterbuch erschienen die Worte vor ihrem geistigen Auge, gestickt von einer unsichtbaren, aber alles sehenden Hand. Wessen Hand? Sie brauchte nicht lange zu raten. Die Hand der Frau, an die der wahnsinnige, zornige Brief gerichtet gewesen war. Sie balancierte ein Ei auf einem Teelöffel und sah zu, wie das Wasser verdampfte. Mit seinen Frühstückseiern nahm er es sehr genau. Sie durften nicht mehr, aber auch nicht weniger als dreieinhalb Minuten kochen, durften weder zu hart noch zu weich sein. »Genau wie die Frauen«, erklärte er und zwinkerte dabei. Die Uhr war stehengeblieben, hatte den wütenden Schlag, den Nell ihr letzte Nacht nach ihrem Telefongespräch mit Dr. Ratte versetzt hatte, nicht überstanden.

»Es war schön für dich«, sagte er.

»Es war schön für uns beide«, erwiderte sie. Sie ahnte, daß er sie um einen Gefallen bitten würde. Nicht um Geld, hoffte sie inständig. Sie würde ihm den Kerzenständer geben, der ihm so gefallen hatte, oder den roten Aschenbecher aus venezianischem Glas. Sie wollte nur, daß er endlich ging und alle Erinnerungen mitnahm, damit sie, wenn sie am Abend von der Arbeit zurückkam, das ganze Haus schrubben und auch die letzten Spuren von ihm und ihrer Sünde beseitigen könnte.

»Darf ich meine Freundin mitbringen?« fragte er.

»Nein.«

»Sie wird dir gefallen... Sie ist sehr verständnisvoll... Wir könnten sogar einen Dreier...«

»Ich will keinen Dreier«, kreischte sie. Dann sammelte sie sich wieder. Sie wollte ihn nicht beleidigen, wollte einfach im Frieden auseinandergehen. Er nahm ihre Hand und küßte sie, aber sie wußte, dieser Kuß sollte seiner Bitte Nachdruck verleihen. Er sagte, er wolle sie um einen großen Gefallen, einen wirklich sehr großen Gefallen bitten und tue dies nur, weil er sie so gern habe und sie ihn auch gern habe und ihre gemeinsame Nacht so schön gewesen sei. Könnte sie ihn und Olga nicht eine Woche lang bei sich aufnehmen? Sie lebten in einem besetzten Haus, aus dem sie verschwinden müßten, und hätten bereits ein anderes Haus gefunden, in das sie aber erst in einer Woche einziehen könnten. Die Polizei sei hinter ihnen her, und Olga würde ausgewiesen, wenn sie sich nirgends verstecken könnte.

»Sie kann in eure Wohnung über dem Laden ziehen.«

»Aber meine Muh-ter...«, wandte er gereizt ein.

»Meine Kinder kommen bald nach Hause«, sagte sie. Er hatte Fotos von ihren Kindern gesehen. Er glaubte an ihre Existenz, wußte, daß es bald Ferien gab, aber hätte sie nicht trotzdem irgendein Eckchen für Olga und ihn?

»Boris, das ist unmöglich«, sagte sie.

»Nur ein paar lausige Nächte«, maulte er.

»Nicht hier, nicht hier«, beharrte sie, Bestürzung in der Stimme, in den Augen und in der Art, wie das Ei auf ihrem Teelöffel wackelte.

»Ihr seid doch alle gleich, ihr reichen Frauen... so verdammt gleich!« sagte er und stürmte hinaus. Er hatte sein Frühstück nicht einmal angerührt.

17

Die Blumen schauten sie an, als wollten sie aufbegehren. Es waren Tulpen, eine ganze Kolonne Tulpen in einem großen Blumentopf, das Geschenk eines Autors aus Dankbarkeit für ihre Arbeit an seinem Roman. Die Tulpen waren gelb. Sie nickte ihnen zu und hätte schwören können, daß sie sich in ihrem Tontopf fast unmerklich drehten, langsam rotierten, so daß jede einzelne ihr für einen kurzen Augenblick ihre ungeteilte Aufmerksamkeit schenkte. Und auch sie schenkte ihnen ihre Aufmerksamkeit, studierte die Tiefen der großen, gelben Kelche mit der pechschwarzen Mitte und den dicken verzweigten Staubgefäßen. Wie ein Karussell in Zeitlupe drehten sie sich herum, bis die einzige zweifarbige Blume an der Reihe war. Sie hatte ihre rotgelben Blütenblätter wie Flügel um den grünen Stab geschlungen, der zu ihrer Stütze in der Erde steckte.

»Armes Ding... du bist verwundet«, sagte sie und versuchte vorsichtig, die Blütenblätter abzulösen, aber sie fielen sofort wieder zurück in ihre Umklammerung. Sie riß sie ungeduldig ab und legte sie auf ihre Papiere. Es waren insgesamt sechs Blätter. Die dunkelroten Streifen am Rand sahen wie verhedderte Fäden aus.

»Was ist in dich gefahren?« fragte Jan und schielte mit schmalen, trägen Augen zu ihr herüber. Jan war die rundliche junge Frau, die mit Nell im gleichen Büro arbeitete und grimmig ihre Rechte verteidigte. Zu ihren Rechten gehörten der Tisch neben dem Fenster und eine Untertasse mit Wasser für ihre Katze. Ihre Katze und sie waren in einem früheren Leben Bruder und Schwester gewesen.

»Launen«, sagte Nell, »Launen.« Die großen Blumen kamen ihr vor wie Schutzengel tiefer Geheimnisse. Sie hatte das graue Chiffonkleid, Zeuge ihrer Ausschweifungen, anbehalten und eine lange, dunkelblaue Strickjacke darübergezogen. Sie trug das Kleid nicht aus Liebe oder Sympathie, auch nicht aus Abscheu, sondern aus Trotz, als Ausdruck einer neugefundenen Sorglosigkeit. Und zur Krönung hatte sie einen Knutschfleck am Hals.

»Ist das ein Ausschlag?« fragte Jan entsetzt.

»Du weißt genau, was das ist«, sagte Nell und schob spielerisch eine nasse Haarsträhne über den Fleck. Sie hatte es sich gegönnt, sich auf dem Weg zur Arbeit naßregnen zu lassen, hatte sich mitten auf die Straße gestellt und den Regentropfen ihren offenen Mund entgegengereckt, hatte das Wasser in sich aufgenommen wie eine Ergänzung, eine Verstärkung ihrer Lust. In den Falten ihres Kleids konnte sie ihn noch spüren, kalt und fröstelig auf der Haut ihrer nackten Schenkel, eine letzte Erinnerung an ihn und den köstlichen Schauer, als er verkündete, er wolle sie noch einmal nehmen, sie ins Bett zerren, als hätte er sie gerade von der Straße geholt, aber vorher müsse sie sich hochhackige Schuhe und einen Regenmantel anziehen. Ja, vielleicht würde sie noch einmal zu ihm gehen, bei ihm Erlösung von der verzehrenden Sehnsucht nach Duncan suchen.

»WP ist heute da«, sagte Jan in unheilvollem Ton.

»Ich weiß«, nickte Nell. Sie hatte seinen schwarzen Regenschirm vor der Bürotür gesehen. WP war die Abkürzung für William Pickwick, der ganz am Ende des langen Flurs im eichenvertäfelten Allerheiligsten residierte, im beständigen, klaren Licht seiner Lampen in seinen stets sorgfältig geordneten Büchern und Papieren las und jedem, der ihn bei seiner langsamen, meditativen Art des Arbeitens störte, mit unfreundlicher Gereiztheit begegnete. Er war der unbestrittene Herrscher in seinem Reich, besaß eine feine Urteilsgabe und das seltene Geschick, Kunst und Kommerz miteinander zu verbinden. Doch auch er war mit einem Makel behaftet, hatte einen dunklen Punkt auf seiner weißen Weste. Dieser ernste, hochgeachtete, fähige, erfolgreiche und stets so korrekte Mann hatte eine Geliebte, die ihn mindestens zweimal pro Tag anrief und am Telefon zärtlich mit ihm turtelte. Jedenfalls behauptete das die dienstälteste Telefonistin, die schon seit Jahren für ihn arbeitete. Doch nicht nur das, er reiste auch mit ihr ins Ausland, nahm sie auf Buchmessen und Konferenzen mit und spielte – welch ein Skandal – mit dem Gedanken, ihretwegen schmählich seine Frau zu verlassen, seine brave Frau, die sich auf vorbildliche Weise der Wohltätigkeitsarbeit widmete, seine Statthalterin, seine treue Gefährtin, die ihm den Erfolg überhaupt erst ermöglicht hatte. Aber jetzt brauchte er seine Frau nicht mehr, er brauchte Miss Flight. Miss Flight war eine Karrierefrau, die dennoch ein Faible für Satinunterwäsche und hohe Absätze hatte und mit so federleichter Stimme sprach, als wollte sie die Menschen mit ihren Worten kitzeln, die ihre eigenen Interessen und Pläne dabei aber so energisch vertrat, daß ihr letztendlicher Sieg von niemandem bezweifelt wurde. O ja, unter all der verführerischen, federigen Leichtigkeit steckte eine zweite Statthalterin, wenn auch sehr viel besser getarnt, eine Ränkeschmiedin, die ihre heimlichen Ziele in Satinunterwäsche und seidene Hosenröcke verpackte und ihr rotbraunes Haar perfekt frisierte, manchmal aber auch mit Schildpattkämmen aufsteckte, so daß es wild und unbändig aussah und so ihre wundersame Tarnung ergänzte.

Miss Flight wohnte auch den wöchentlichen Mittagessen bei, die im Konferenzraum gleich neben dem Allerheiligsten abgehalten wurden, Mittagessen für Autoren, ausländische

Verleger und Lektoren. Bei diesen Gelegenheiten glänzte Miss Flight, nahm sich Zeit, sowohl mit den Männern als auch mit den Frauen zu plaudern, obgleich letzteres für sie reine Pflichterfüllung war. Es gelang ihr stets, so lange zu bleiben, daß sie mit William noch ein »letztes Täßchen« trinken konnte. William zuckte vor Nervosität und Aufregung, wenn sie, für alle hörbar, sagte: »Wirst du mich rausschmeißen, oder wollen wir noch ein letztes Täßchen zusammen trinken?« Die anderen Gäste verstanden den Wink und machten sich rar. Schließlich hatte Miss Flight längst alle wissen lassen, daß sie nur mit dem Finger zu schnipsen bräuchte, und schon wäre William machtlos, beugsam, weich wie Wachs. An einem dieser Nachmittage pfiffen Miss Flight und William auf den Schein der Anständigkeit. Hinter der eichenvertäfelten, schallgedämmten Tür konnten sie der schamlosen Verlokkung einer heimlichen Sexorgie nicht länger widerstehen, und hinterher wurde ihr Schlüpfer gefunden, taubengrau, wie neu, aus feinem Satin. Eine Putzfrau entdeckte ihn unter Williams Schreibtisch, wo ihn einer der beiden im Taumel der Leidenschaft hingeworfen haben mußte. Und natürlich wußten bald auch alle anderen davon, was unter den Verlagsangestellten zu hitzigen, endlosen Mutmaßungen führte, begleitet von mißbilligendem Kopfschütteln, anzüglichem Geflüster, Gekicher und sogar heller Empörung bei den alten Damen im Postraum, die behaupteten, noch nie im Leben etwas so Unanständiges gehört zu haben. Im Mittelpunkt der allgemeinen Erörterung stand die Frage: Warum war die flatterhafte Miss Flight mit ihrem Schlüpfer gekommen, aber ohne ihn wieder gegangen? Warum hatte sie sich an einem stürmischen Wintertag ohne Schlüpfer in den Rachen der grauen, baumlosen, ungemütlichen Great Portland Street geworfen? Um zu einem anderen Freier zu eilen? Um ihre Lust mit ins Taxi zu tragen, um in ihrem Leichtsinn zu verweilen, sich darin zu aalen wie eine verwöhnte Sultanin? Um sich zurückzulehnen, sich auf den Hintersitz des Taxis zu lümmeln, sich genüßlich eine Zigarette anzuzünden und die dünnen Beine in den mauvefarbenen

Netzstrümpfen auszustrecken und zu denken: Da wäre ich also meinem Ziel wieder ein Stückchen nähergekommen? William dagegen hatte zur selben Zeit seine Arbeit wieder aufgenommen, war wieder William Pickwick geworden, hatte mit sachlicher Stimme untadelige Anweisungen gegeben und nach seinem Vieruhrtee und den Kleiekeksen geklingelt.

Ja, alle wußten davon, aber nur wenige hatten deshalb eine schlechtere Meinung von ihm, wenn auch durchaus Spuren des Mitleids für seine Frau zu erkennen waren, für die Frau, die sich der Wohltätigkeitsarbeit widmete, flache Schuhe zu schlichten Röcken trug und Miss Flight bei offiziellen Anlässen häufig ins Gesicht gesehen und mit ihr Konversation getrieben hatte. Vielleicht hielt sich jede der beiden Frauen für die Stärkere, denn Stärke war es, was im Kampf um William letztendlich den Ausschlag geben würde. Unter dem Tisch gefickt zu werden oder nicht unter dem Tisch gefickt zu werden, sondern gemächlich im Ehebett und anschließend fürsorglich gefragt zu werden: »Habe ich dir auch nicht weh getan, Liebling?« – beides war letztendlich Routine, eine ebenso eingefahrene Routine wie die Kleiekekse zum Vieruhrtee. Denn er lebte in einer Welt, in der man für solche Dinge Verständnis hatte, in der man von den Bedürfnissen des Fleisches wußte, sie mehr oder weniger duldete, bis Beatrice, die Putzfrau, kurz Bea genannt, das anstoßerregende Kleidungsstück mit dem Stiel ihres Besens angelte und rief: »Was ist denn das? Ein Platzdeckchen für seinen Piepmatz?« Sie hielt den Schlüpfer sogar vor ihre Schürze und fand ihn »äußerst knapp«.

»Ich glaube nicht, daß WP dich gern in diesem Kleid und dann auch noch barfuß sehen würde«, sagte Jan mit einer gekünstelten Stimme, die sie sich in ihrer Zeit beim Theater angewöhnt hatte, wo sie im Bereich der Öffentlichkeitsarbeit tätig gewesen war. Sie warb, wo sie ging und stand, warb für alles, was sie tat, sagte und dachte, und den ganzen Tag über warb sie um Journalisten, denen sie die Tugenden und schrulligen Angewohnheiten von Autoren pries, um sie in den Zeitungen oder gar im Fernsehen unterzubringen.

»Ihm ist es egal, was ich anhabe«, erwiderte Nell und ahmte dabei Jans gekünstelte Stimme nach. Dann wandte sie sich wieder dem Manuskript zu, das sie gerade zu lesen hatte, spürte aber bald, wie sie von Minute zu Minute wütender und ungeduldiger wurde. So ging das einfach nicht. Diese Heldinnen mit ihrer Pfirsichhaut, die kein Wässerchen trüben konnten, waren ihr ein ebensolches Greuel wie die aufgeblähten Schilderungen alter Schlösser, zumal sich hinter den nebulösen Worten doch nur heimliche sexuelle Wünsche verbargen. Nein. Nein.

Eia popeia, was raschelt im Stroh?
Das sind die kleinen Gänschen,
die rascheln da so.

Nell schrieb an den Rand: »Sie sind brünstig, Mrs. Gilbert, daher die Nebelschwaden in Ihrer Prosa.«

Und an Daphne Winterton, die Schlösser über alles liebte und sich endlos darüber verbreitete, schrieb sie: »Sie wären besser beraten, uns Ihren Salon und Ihre Porzellanhündchen zu beschreiben. Warum? Weil Sie sich damit besser auskennen, während Sie von den Intrigen, dem Blut, dem Klirren, den Geistern in den Treppenhäusern, den Bergen warmer Leichen nichts verstanden haben.«

Zur nächsten Autorin war sie nachsichtiger, ja, beinahe zärtlich. Es war eine Frau namens Millie, die schrieb, sie habe mehrere Wochen gebraucht, bis sie den nötigen Mut gefaßt und ihre Geschichte abgeschickt habe. Es war eine Zusammenfassung ihres Lebens, die Geschichte einer ledigen Mutter im viktorianischen England, deren Geliebter im Krieg gefallen ist. Sie bringt in einer Anstalt ihr uneheliches Kind zur Welt und tritt dann den Dienst in vornehmen Haushalten an, pflegt alte Menschen bis zu deren Tod. So viele alte Menschen, so viel Todesröcheln. Sie bat um einen Ghostwriter, schrieb, die Geschichte sei ihr so nah, daß sie sie unmöglich selbst erzählen könne. Nell antwortete ihr: »Sie müssen Ihrer

Geschichte nah sein, um sie gut erzählen zu können, und dann müssen Sie ganz weit Abstand nehmen, um ihr jenen Zauber zu verleihen, den nur die Distanz uns schenken kann und die von der Unfehlbarkeit der Götter rührt. Versuchen Sie, es sich vorzustellen, Millie, stellen Sie sich vor... Es ist Morgen in Ihrem Cottage in Somerset; an Ihrer Wäscheleine blähen sich Nachthemden, Pumphosen, Geschirrtücher; Sie haben den Aschenkasten gesäubert, den Kohleneimer gefüllt; die Knospen schwellen, und Sie denken daran, daß der Waldboden bald ein Teppich aus Anemonen, Schlüsselblumen, Glockenblumen sein wird, zart und hell, ein Wunder für das Auge, ein Balsam für das Herz, aber... aber der Mann, auf den Sie warten, nennen Sie ihn Ihren Geliebten, Ihren Verlobten, Ihren Bräutigam, nennen Sie ihn, wie Sie wollen, kommt nicht. Millie, wir wissen es. Sie und ich wissen es. Wir wissen, es werden Glockenblumen und auch Veilchen blühen, aber Ihr Bräutigam wird Ihr Tor nicht durchschreiten. Vielleicht ist er im Krieg gestorben, vielleicht aber auch nicht, vielleicht hat er eine andere geheiratet, vielleicht sogar Ihre Doppelgängerin, oder er ist nach Australien ausgewandert, schert dort Schafe und denkt gelegentlich voll schmerzlicher Sehnsucht an Sie zurück; aber er kommt nicht, wir wissen, daß er nicht kommt, weil es keine Wiederkunft gibt. Ziehen Sie also das kleine Motiv unter Ihrem Kopfkissen hervor, oder holen Sie es aus der Eichentruhe, an der die Holzwürmer nagen, und verschenken Sie es. Dann setzen Sie sich mit Ihrer Geschichte hin, Ihrer reichen, rohen, trostlosen, unerbittlichen Geschichte, der Sie so nahe sind, und ölen Sie sie mit jedem Tropfen Schmerz und Eiter, den Sie in sich haben, bis sie den feinen Glanz einer frischgeborgenen Perle annimmt. Sie können sich frei entscheiden, wo Sie sie ansiedeln wollen, in welcher Jahreszeit, an welchem Ort, in einem Obsthain, einer Straße, einer dunklen Höhle, denn mit Hilfe der Sprache können Sie alles riskieren, immer wieder neu denken, plündern, weinen, erobern – und das Wunderbare ist, daß es außer Ihnen niemand kann. Es ist eine so grundlegende Erfahrung wie die Mutterschaft; der Keim liegt in Ihnen selbst. ›Wie soll das gehen?‹, höre ich Sie fragen. Es ist ganz einfach. Die Spermien sind die Strahlen von Sonne und Mond, die Schatten jedes halb gedachten Gedankens und der Eizelle jeden Gefühls, das Sie seit dem ersten Atemzug der Not begleitet hat. Denken Sie nur an große Dinge, Millie, große, traurige, einsame, glorreiche, grundlegende Dinge.«

»Du hörst mir ja gar nicht zu«, sagte Jan und versuchte, über Nells Schultern zu schauen, um herauszufinden, was sie da so flüssig niederschrieb.

»Verschwinde«, sagte Nell, aber den neuesten Büroklatsch konnte sich Jan nicht verkneifen.

»Anita ist gefeuert. Donald hat sie entlassen, brieflich, hatte nicht den Mumm, es ihr persönlich zu sagen. Natürlich ist das alles Davids Schuld. Sobald seine Frau von der Sache Wind bekam, hat er den Schwanz eingezogen. Seine Frau ist zu einer Kartenleserin gegangen, und ob du's glaubst oder nicht, diese Kuh hat doch tatsächlich den Braten gerochen, hat ihr von David und Anita erzählt, und jetzt hockt Anita in einem Wohnwagen, ohne Job, ohne David, scheußlich, scheußlich; und dann auch noch als alleinerziehende Mutter...«

»Ich bin auch alleinerziehende Mutter«, sagte Nell.

»Und du verwöhnst deine Kinder«, sagte Jan, nicht nur sie, sondern *tout l'office* seien der gleichen Meinung.

»Willst du wissen, was wir letzte Nacht gemacht haben, ich und mein Geliebter?« fragte Nell, schockiert von der eigenen Offenheit.

»Ich fürchte, das würde ich nicht überleben«, erwiderte Jan und hielt es für ein Zeichen der Vorsehung, daß gerade in diesem Moment ein Bote mit einer Fotomappe erschien, auf die sie schon den ganzen Vormittag gewartet hatte.

Nell war an der Reihe, für sie beide etwas zum Mittagessen zu holen, doch irgend etwas an dem Glanz in Jans Augen, an dem aufblitzenden Triumph, irritierte sie, als sie hinausging. Der erste Imbiß war überfüllt, dicke Männer bestellten dicke, überquellende Sandwiches; beim zweiten reichte die Schlange bis auf den Bürgersteig. Nell ging weiter zu einem exklusiveren Feinkostgeschäft und kaufte zwei Stücke gelbe, luftige Quiche, die, mit einer verquirlten Eimasse reichlich übergossen, in einem kleinen Ofen aufgewärmt und dann getrennt in zwei blaßgelbe, dreieckige Schachteln verpackt wurden. Während sie wartete, trank sie eine Coca-Cola und hatte das Gefühl, die Geschmacksknospen ihrer Zunge könnten jede künstliche Zutat einzeln erkennen. Auf einmal war alles scharf und verwandelt. Das Getränk verschmolz mit den warmen Blasen des Glases, nahm die Form eines schiefen Mundes an. Wie lange würde es noch dauern, bis es endlich nachließ? Würde ihr Kopf irgendwann wieder ganz ihr gehören? Oder würde es sie immer wieder aus der Bahn werfen, in völlig unerwarteten Momenten überfallen? Hatte sie sich auf einen Handel mit dem Teufel eingelassen? Ja, Dr. Ratte war der Teufel, sie hatten einander mit der Raserei eines Avatara begehrt, als könnten sie sich gegenseitig die Lebenskraft aussaugen.

Die Tulpenblätter auf ihrem Schreibtisch lagen nicht mehr am gleichen Platz. Jan summte vergnügt vor sich hin.

»Ein Anruf für dich«, sagte sie und winkte mit einem Zettel. Es sei ein Mann gewesen, er habe nichts weiter als »Hallo … Auf Wiedersehen. Hallo … Auf Wiedersehen« gesagt. Nein, seinen Namen habe er nicht genannt, und warum hätte sie ihn auch aus ihm herausquetschen sollen?

»Was für einen Akzent hatte er?« fragte Nell lächelnd. Sie wußte, daß es Duncan gewesen war.

»Den dreckigsten, den du dir vorstellen kannst«, sagte Jan, biß in ihre Quiche und meinte, von dem kleinen Stück werde sie nicht satt. Er habe von einer Telefonzelle aus angerufen.

»Woher weißt du das?«

»Ich habe gehört, wie es gepiept hat, als sein Geld alle war«, sagte sie, zufrieden mit ihrer scharfen Beobachtungsgabe.

Seit dem Tag, an dem er ihr den Laufpaß gegeben hatte, vor mehreren Monaten in der schmuddeligen Kneipe, hatten sie nicht mehr miteinander gesprochen, doch ziemlich häufig hatte ihr Telefon geklingelt, und wenn sie sich meldete, wurde am anderen Ende sofort wieder aufgelegt, besonders nachts. Nell war sich sicher, daß er es war, daß er an sie dachte, daß zwischen ihnen eine Verbindung bestand und daß selbst diese wortlosen Anrufe eine Aufforderung an sie waren. Häufig spürte sie, wie er am anderen Ende der Leitung zu irgendeinem Wort ansetzte, es aber nicht über die Lippen brachte, und dann stellte sie sich vor, wie er den Hörer auflegte und »Scheißdreck« sagte. Hatte er vom Flughafen aus angerufen? Vielleicht war er zu einer Beerdigung nach Hause geflogen. Merkwürdig, daß sie ihn in Gedanken aus diesem Grund nach Irland schickte, wo ihr bald selbst eine solche Reise bevorstehen sollte. Jedenfalls war er für sie nicht verloren. Fröstelnd schlang sie ihre Strickjacke fester um die Schultern, umarmte sich selbst. Die Blätter, auf die sie ihre Beschimpfungen und Ermutigungen geschrieben hatte, fühlten sich so warm an, als seien sie direkt aus einem Brutkasten gekommen, wie kleine Küken.

»Warum sind die Blätter warm?« fragte sie.

»Warum ist der Papst katholisch?« gab Jan zurück und fuhr mit dem feuchten Zeigefinger in der dreieckigen Schachtel hin und her, um nach Teigkrümeln zu fischen.

»Hast du was damit gemacht?« fragte Nell und sah die Mißgunst in Jans Gesicht, den Triumph, der sie leicht erröten ließ.

»Du hältst dich wohl für was Besonderes«, erwiderte Jan, bückte sich, um die Untertasse aufzuheben, in der das Wasser längst verdunstet war, und sagte, Nell den Rücken zugewandt: »Wir sind alle Künstler, weißt du ... aber wir prahlen nicht damit.«

»Wovon redest du?« fragte Nell.

»Du setzt dich aufs hohe Roß und schaust auf diese armen Frauen herab, die versuchen, sich irgendwie ein paar Pfennige zu verdienen ... oder mal so richtig Dampf abzulassen.«

»Du hast die Seiten kopiert«, sagte Nell, der plötzlich klar wurde, warum sich die Blätter so warm anfühlten.

»Das nimmst du sofort zurück«, zischte Jan, das Gesicht verzerrt vor Zorn. Sie griff nach ihrem Strickzeug und stürmte aus dem Zimmer. Eine derartige Unterstellung würde sie nicht auf sich sitzenlassen, sie ginge ein wenig spazieren, und wenn sie zurückkäme, erwarte sie von Nell eine schriftliche Entschuldigung.

»Miss Marie Antoinette«, sagte sie. Jedes Wort triefte vor Galle.

Lieber Gott, laß mich nie so werden wie sie, dachte Nell, sah plötzlich glasklar, daß nur zwei Eigenschaften diese junge Frau beherrschten: Gier und Gehässigkeit.

Er schnaubte wütend. Sein Lächeln war dünn und kalt. Nell starrte auf seinen Schreibtisch, sah einen Weinkorken mit Silberkappe, ein Foto seiner Frau als junges Mädchen, das Haus in London, ein Haus, in dem früher einmal Charles Dickens gewohnt hatte, und ihre eigene Handschrift, wild und aufdringlich.

»Was sollen die Leute denn Ihrer Meinung nach schreiben?« fragte er und schlug wütend auf die Papiere.

»Ihr Herzblut«, erwiderte sie.

»Ihr Herzblut«, wiederholte er und lachte ein bitteres Lachen. Allerdings mußte er einräumen, daß sie recht hatte. Er mußte ihren Worten jedoch noch etwas hinzufügen. Wenn es soweit war, daß er die Welt in seinen Memoiren behandeln mußte, würde er auch nicht sein Herzblut geben, obgleich er ebenso litt wie alle anderen Menschen auch. Nell lächelte nicht, versuchte nicht, ihn freundlich zu stimmen, dazu war es ohnehin zu spät.

»Ich nehme an, Sie verachten mich dafür.« Seine Stimme klang fast bitter. Warum sollte er es nicht annehmen? Die ganze Firma verachtete ihn dafür, daß er zwei Frauen hinhielt, sich nicht entscheiden konnte; selbst seine dreiundneunzigjährige Mutter verachtete ihn, sagte: »Wähle, William, wähle die eine oder die andere… aber um Himmels willen, wähle endlich.« Das Problem war, er konnte sich nicht entscheiden, war wie das Kamel in der Fabel, das sich auf halbem Weg zwischen Futter und Wasser befand – ging es voran, konnte es seinen Durst stillen, ging es zurück, seinen Hunger, doch niemals beides gleichzeitig. Er schaute sie so ernst, so mitleiderregend an, daß sie es ihm so einfach wie möglich machen wollte.

»Werden Sie mir wenigstens ein gutes Zeugnis schreiben?« fragte sie und lächelte matt, damit er sich nicht allzu mies fühlte.

»Wofür?«

»Für...«

»Guter Gott, nein, so zimperlich bin ich nicht... auch wenn es manchmal vielleicht den Anschein hat.« Um es zu beweisen, zog er hinter einem ledergebundenen Wörterbuch eine Flasche Whisky hervor, zwinkerte ihr zu, goß ihnen beiden reichlich ein und sagte mit einem schelmischen Blick, der ihr fast die Tränen in die Augen trieb: »Trinken wir auf die nächsten zwanzig oder dreißig oder vierzig Jahre.«

Er ging auf und ab, rastlos und sentimental, erinnerte sich daran, wie er sie zum erstenmal zufällig im Lift getroffen hatte, ein eifriges junges Mädchen, das einfach von der Straße hereingeschneit war, um nach einem Job zu fragen, und nicht einmal einen Termin hatte, sondern ihn nach Ideen und Ratschlägen ausfragte. Ja, er erinnerte sich an jenes erste Mal, erinnerte sich daran, wie verzaubert er gewesen war, so wie jeder Mann an seiner Stelle es gewesen wäre, und sie dachte: Wie seltsam, er sieht gar nicht mich, er sieht etwas ganz anderes, sieht Freiheit und Selbstvertrauen, sieht Verzauberung.

»Und ich habe Sie nie berührt«, sagte er mit einer merkwürdigen, jungenhaften Unschuld, einer jungenhaften Sehnsucht, und – wie um seine Ehrbarkeit wiederherzustellen – fügte er hinzu, wenn sie ihn jemals bräuchte, wenn sie jemals in Schwierigkeiten geriete, müsse sie auf jeden Fall zu ihm kommen, könne sie immer auf ihn zählen.

Das Telefon klingelte, als sie ein paar Abende später gerade nach Hause kam. Freudig lief sie hin, in der Gewißheit, daß es Duncan war. Hatte sie es sich nicht oft genug vorgestellt, die zärtliche Rückkehr, sein reuevolles Gesicht, das wunderschöne, herzzerreißende Zucken in seinen Augen, deren Blau sie an die glitzernden Keramikteilchen im Rauhputz eines Landhauses erinnerte? Statt dessen eine Stimme aus der Heimat, eine Frau, Maisie, eine Nachbarin. Schlechte Nachrichten. Schreckliche Nachrichten. Ihre Mutter sei plötzlich gestorben, heute morgen, nach dem Füttern der Hühner und der Kälbchen. Sei die Stufen hinuntergefallen, auf die Steinfliesen geschlagen, habe sich am Hals und am Kopf verletzt.

»Ist sie an den Folgen des Sturzes gestorben?« fragte Nell, und das Bild, wie ihre Mutter ausgestreckt auf dem Steinfußboden lag, ließ sie nicht mehr los.

»Nein, Liebes... ihr armes Herz hat versagt«, sagte die Frau und holte zu einer langen Vorgeschichte aus, berichtete, Nells Mutter sei am Morgen wie immer zur Messe gegangen, habe die anderen Kirchgänger begrüßt und einen Laib frisches Brot gekauft, von dem sie selbst keinen Bissen mehr bekommen habe.

»Ihr armes Herz hat versagt«, wiederholte sie.

»Ich habe sie umgebracht«, sagte Nell, aber es war niemand da, der es hätte mithören können.

Sie warteten auf sie: ihr armer, verwirrter Vater, die Überreste ihrer Mutter, alle warteten auf sie. Nell spielte in Gedanken verschiedene Ausreden durch. Sie fürchtete sich vor der Reise – fürchtete, sie würde vor allen diesen Leuten zusammenbrechen, ihre Fassung verlieren, ihr Verbrechen gestehen. Statt dessen hörte sie sich mit matter Stimme sagen, sie würde den Morgenflug nehmen. Der Fahrer, der sie abholte, zerquetschte ihr fast die Hand, als er ihr kondolierte: »Tut mir wirklich leid, Missis.«

Ihr Vater stürzte sich auf sie, stöhnte, schrie, nannte sie seinen Liebling, sagte: »Mein Liebling, wir haben die beste Freundin verloren, die wir je hatten.« Aber so war es nicht. Zwischen ihr und ihrer Mutter, zwischen den Ausdünstungen ihrer Mutter und ihren eigenen hatte Feindschaft geherrscht. Ihre einzige Chance, unentdeckt zu bleiben, bestand darin, sich dumm zu stellen, zu schweigen. Das Haus war entsetzlich klamm, Wände und Fenster waren feucht, der scharfe Geruch nach Desinfektionsmittel in der Toilette bereitete ihr Übelkeit. Ihr Vater wartete draußen auf sie. Sie war jetzt alles, was er noch hatte. Ein Helfer hatte eine grüne Schleife um eine neue Rolle Toilettenpapier gebunden. Wenn niemand sie sehen konnte, sprach sie mit sich selbst, beschwor sich, es durchzuziehen, es zu überstehen, ihre Panik nicht zu zeigen. Die verrückten Bilder könnten jeden Augenblick wieder auftauchen, ein Gesicht, das ihr plötzlich aus dem Türknauf entgegenblickte, Augen, die vorbeiflogen und sie mit fremdem Gram anblickten – die Augen ihrer Mutter? Sie würde den Brief suchen, ihn an sich nehmen und bis ins hohe Alter behalten; derzeit könnte sie ihn ohnehin nicht lesen.

In der Küche herrschte reger Betrieb, Frauen bereiteten Sandwiches für die Trauergäste vor, die ins Haus strömen würden, sobald die sterblichen Überreste zur Kapelle gebracht waren. Sie sprachen stets von den »sterblichen Überresten«, nicht von ihrer Mutter. Sie hatten die Wunde mit einem Mulltuch verbunden, Maisie hatte es ihr erzählt. Die Sandwiches waren mit Mayonnaise bestrichen und mit Eiern und Zwiebelstückchen belegt. In der Kapelle zerquetschten die Männer ihr fast die Hand, die Frauen umarmten sie so heftig, daß sie kaum noch Luft bekam. »Tut mir leid, tut mir leid«, hörte sie wohl hundertmal, aber was wußten diese Leute schon? Außer ihr selbst wußte niemand, was geschehen war. Aber sie mußte ihr Verbrechen leugnen, mußte so tun, als sei nichts geschehen. Auch die Kapelle verriet Zeichen des Verfalls, ein altes, wirres Vogelnest hing schief unter einem der

Sparren, und der Blumenschmuck auf dem Altar war mehr als armselig zu nennen, ein paar Zweige Immergrün. Die Kränze auf dem Sarg waren künstlich, blasse Plastikgebilde, ein schwacher Abglanz dessen, was Blumen sein sollten, ohne Leben, ohne Atem, Trompeten des Todes. Ein kalter Abschiedsgruß an eine Frau, die ohne jede Vorwarnung gestorben war.

Später hockten die Trauergäste rund um den Tisch im Frühstückszimmer und kauten auf den Sandwiches. Und alle wollten sie etwas von Nell, überhäuften sie mit Fragen, endlosen Fragen nach den Geschäften in London, den Preisen für Lebensmittel. Sie antwortete mechanisch, und ihre Augen nahmen dabei alle Einzelheiten des traurigen Zimmers wahr: das Gitter vor dem kalten Haufen Asche, in dem Zigarettenkippen herumlagen; erstarrter Staub auf den Knöpfen der mit Kordsamt bezogenen Couch; dunkle Flusen auf den Bilderrahmen; und überall Briefe, bloß nicht der eine Brief, den sie überall suchte. Sie mußte ihn finden, um jeden Preis. Doch jedesmal, wenn sie aufstehen wollte, nötigte sie jemand, sich wieder hinzusetzen; sie verschlangen sie förmlich, lechzten nach ihrer Ermutigung. Einer bewunderte das taillierte Kleid, das sie trug, ein anderer sagte: »Es gab keinen Grund, des Guten zuviel zu tun.« Wenn sie die geringste Ahnung von meinen Verbrechen hätten, würden sie mich einsperren, dachte Nell. Deshalb mußte sie sofort nach Hause fahren, irgendeinen Notfall erfinden, sich taub stellen für die flehentlichen Bitten ihres Vaters, doch bei ihm zu bleiben.

Ihr Vater schlürfte seinen Tee aus einer Untertasse, tunkte einen Keks hinein und stöhnte laut. Die Nachbarn versuchten, ihn zu beschwichtigen, erinnerten ihn an die vielen guten Jahre mit seiner Frau, einer Königin in einem wunderschönen Haus, einer frommen Katholikin, die täglich zur Kommunion ging und für ihr Chutney berühmt war. Sie legten eine Wolldecke über seine Schultern, um ihn zu besänftigen, doch er warf sie von sich wie ein bockendes Pferd. Er brauchte einen Arzt, eine Spritze, ein Stärkungsmittel, irgend etwas, das ihn von seinen Qualen befreite. Er brüllte, brüllte wie ein Tier, wollte gar nicht wieder aufhören zu brüllen. Die Frauen legten ihm abwechselnd die Hand über den Mund, sagten, er ginge entschieden zu weit. »Erbärmlich«, sagte einer der Nachbarn, ein pedantischer Mann, der unbedingt mit Nell sprechen wollte. Er hatte eine kleine Chronik der Gemeinde geschrieben und sie ihr zum Lesen geschickt, aber nie wieder von ihr gehört.

»Es tut mir leid«, sagte sie matt.

»Na ja, wer sind wir hier schon?« sagte er und drehte den Salzstreuer aus geschliffenem Glas in der Hand.

Eine der Frauen zerkleinerte eine Schlaftablette, mischte das Pulver in den Tee ihres Vaters und ließ ihn davon trinken, so daß es nicht lange dauerte, bis er den Kopf auf die Brust fallen ließ und sie ihn nach oben trugen, bis auf die Flanellunterhosen auszogen und auf die Seite des Bettes legten, die der Tür am nächsten war.

»Armer alter Mann«, sagte Maisie mit einem traurigen Blick auf seine dünnen Beine und das karge Zimmer.

»Können Sie über Nacht bleiben?« flüsterte ihr Nell auf dem Treppenabsatz zu.

»Sie brauchen keine Angst zu haben, Liebes, Ihre Mutter ist bei Gott«, erwiderte Maisie.

»Ich möchte, daß Sie ihre Krokoledertasche bekommen«, sagte Nell. Damit ließ sich Maisie sicherlich dazu verleiten, die Nacht über hierzubleiben, denn sie liebte schicke Sachen, auch wenn sie kaum Gelegenheit hatte, sie zu tragen. Trotzdem versuchte sie, sich herauszuwinden, sagte, sie würde gleich am frühen Morgen mit einem Korb warmer Brötchen kommen.

»Aber ich habe Angst«, sagte Nell.

»Wovor denn, Liebes?«

»Vor meinem Vater.« Maisie dachte einen Moment lang nach, dann gab sie ihr zwinkernd ihr Einverständnis.

Die Feuchtigkeit quoll geradezu aus den Decken und Federbetten, so daß sie sich in ihren Kleidern ins Bett legen mußten. Maisie bestand darauf, daß Nell sie zur Toilette begleitete. Jetzt war ihnen beiden unheimlich zumute.

Später erzählte ihr Maisie ihre eigene traurige Geschichte. Nells Mutter habe seit fast einem Jahr nicht mehr mit ihr gesprochen. Es sei um einen Löffel gegangen, einen fehlenden Eierlöffel. Ihre Mutter habe ihr zwölf Löffel für das große Essen nach dem Wettpflügen ausgeliehen, zwölf Löffel in einer Schachtel mit verblichenem Samtfutter und einer kleinen Vertiefung für jeden Löffel, aber einer sei verlorengegangen, sei wahrscheinlich mit den Abfällen weggekippt worden und einfach nicht mehr aufgetaucht, obwohl Maisie alles auf den Kopf gestellt und sogar die Asche durchgeharkt hatte. Aber Nells Mutter habe keine Entschuldigung angenommen, habe sie des Diebstahls bezichtigt und nie wieder mit ihr gesprochen.

»Ich wünschte, wir hätten uns ausgesöhnt«, sagte Maisie und schluchzte.

Vom Zimmer auf der anderen Seite der Treppe konnte sie die Schreie ihres Vaters hören; das ganze Haus schien zu schreien, und bald stimmte auch der Hund in seinem Bau unter der Hecke in das Geheul mit ein. Seitdem die Hausherrin gestorben war, hatte er sein Futter verweigert. Zuerst gab er nur ein leises Jaulen von sich, dann wurde es immer lauter, weckte die Nachbarhunde im weiten Umkreis, die bellend ihre eigenen Unterschlupfe verließen und immer wilder kläfften, je näher sie kamen. Bald hatten sie das Haus umzingelt und heulten im Chor: ein schauriger Trauergesang für eine tote Frau.

Wenig später das Geräusch eines nahenden Fahrzeugs, quietschende Bremsen und das Knallen einer Autotür.

»Ach, du liebe Güte! Der Herr Doktor«, rief Maisie. Sie hatten am frühen Abend nach ihm gerufen, aber es hatte geheißen, er sei unterwegs und käme, da er irgendwo Karten spielte, wahrscheinlich erst spät in der Nacht zurück.

Nell sah ihn von der Treppe aus, sah sein großes, rotes Gesicht und die stolze Haltung seines Körpers, ein Mann auf

Freiersfüßen in einem fleckigen, zerknitterten Jackett. Sein Gesicht strahlte, als er Nell sah, die wie für eine Reise gekleidet war, das Haar noch aufgesteckt.

»Großartig... großartig«, sagte er.

»Er ist sturzbetrunken«, flüsterte Maisie und lief ihm entgegen, um ihm zu sagen, daß sie ihn nicht mehr bräuchten, daß Nells Vater inzwischen schlief. Aber er wollte nicht gehen, sagte, dann wolle er wenigstens mit Nell ein Schwätzchen halten, und die stets pflichtbewußte Maisie dankte ihm für sein Kommen und zog sich zurück. Er faßte Nell am Arm und ging mit ihr durch den Flur in die Küche, wo der Herd, wie er wußte, noch warm sein würde. Als er am Morgen aufgestanden sei, sagte er, habe er nicht im Traum daran gedacht, daß er abends mit ihr in der Küche ihrer Eltern sitzen würde.

»Ergo, es sollte so sein«, sagte er und suchte nach etwas Trinkbarem. Er wußte, wo der Stärkungswein versteckt war und die Kristallgläser standen. Er lehnte sich zurück, genoß ihre Anwesenheit und den glücklichen Zufall, der ihn hergeführt hatte, trank und sprach über städtische Themen, Rennen, die er besucht, Jagdtreffen, an denen er teilgenommen hatte, ja, er erwähnte sogar einen Pokal, den er gewonnen hatte und der jetzt zu Hause auf seinem Kaminsims stand.

»Ich würde dir den Pokal gern einmal zeigen«, sagte er stolz und erinnerte sie daran, daß sie als kleines Mädchen ganz wild auf kandierte Pflaumen gewesen sei und er ihr einmal einen ganzen Korb mitgebracht habe, kandierte Pflaumen, weich und süß wie türkischer Honig.

»Du warst ganz verrückt nach mir«, sagte er und stupste sie neckisch an.

»War ich das?« gab sie verlegen zurück. Sie erinnerte sich daran, wie sie für ihn und einen anderen beschwipsten Mann Verse aufgesagt und ihm im Herbst ständig wegen der kandierten Pflaumen in den Ohren gelegen hatte. Jetzt schämte sie sich dafür.

Ob sie wüßte, daß seine Frau gestorben sei? Seine liebe Frau, seine geliebte Annie? Ja, sagte sie, sie wüßte es, ihre

Mutter habe es ihr geschrieben. Ob sie alles wüßte? Sie nickte, aber er fing dennoch an, die sattsam bekannte Geschichte zu erzählen, wie er sich verliebt, ja, verliebt habe in ein ganz junges Ding, und jetzt hätten sie ein Kind, das das junge Mädchen als Kind seiner verheirateten Schwester ausgegeben habe. Traurig. Traurig. Ob die Liebe nicht eine schreckliche Plage sei, die einem Menschen das letzte Fünkchen Verstand rauben könne? »Tja, was ist die Liebe?« fragte er, die blassen Augen in einer Mischung aus Weinen und Lachen auf sie gerichtet, als wäre ihm ein lüsterner Gedanke gekommen. »Und wo wohnt sie, im Kopf, im Herz – oder im Schoß?« Jedenfalls habe sein Ruf, wie sie sich denken könne, unter der ganzen Geschichte ziemlich gelitten, sie habe ihm viele Feinde eingebracht, so daß ein dahergelaufener Spund, ein junger Vertretungsarzt, sich im Dorf habe breitmachen und ihm seine Praxis stehlen können und nur noch ein paar wenige anständige Leute, so wie Nell und ihre Familie, ihm vertrauten, weil sie wüßten, daß er einer von der alten Garde sei.

Er war nicht zu bremsen. Sein Stuhl rückte näher und näher, und sie wußte, daß er sie bald berühren, seine Hand auf ihr Knie legen würde. Tränen standen in seinen blassen Augen, die wie Quallen in ihren blutunterlaufenen Augenhöhlen schwammen. Er zitterte, zitterte vor Alkohol und Begierde, schwelgte im Überschwang der Erinnerungen, unschuldigen und sündigen Erinnerungen. Irgendwie, er wisse selbst nicht wie, sei er auf die schiefe Bahn geraten. Und was sei sein Leben jetzt? Ein Trümmerhaufen. Das junge Ding zöge in der Weltgeschichte umher, betröge ihn, triebe es mit einem Förster im Wald. Jeden Tag – oder ganz bestimmt jeden zweiten Tag – ginge er zum Grab seiner Frau, betete und sagte: »Es ist immer das gleiche verdammte alte Lied, Annie.« Und dann legte er seine Hand auf Nells Hand und flehte sie an, sie solle ihn um Gottes willen trösten, denn er sei am Ende. Drei- oder viermal wiederholte er es, als könnten ihm die Worte einen seltenen Genuß verschaffen: »am Ende«. Seine Gedanken wanderten zurück zu dem Tag, als er kurz nach dem Medizinexamen auf seinem Fahrrad ins Dorf gekommen sei, ohne einen Pfennig Geld in der Tasche, aber reich an Idealen, ja, Idealen. Er sei ins Dorf gekommen, als es noch keine Cottages, keine Fabrik und keine verputzten Bungalows gegeben habe, nur das Armenhaus mit seinen verbretterten Fenstern und das Dorf mit einer Handvoll Leute, die er habe retten wollen. Es war seine feste Absicht gewesen, in diesem Ort jede Krankheit, jede verdammte Krankheit auszuradieren.

»Wie ein Apostel«, sagte er, langte nach der Flasche und stimmte ein Klagelied über seinen jüngsten Schicksalsschlag an. Er erzählte, wie er am Morgen unter dem Bett des jungen Mädchens ein Geschenk gefunden habe, das nicht von ihm stammte, ein Paar pelzbesetzte Handschuhe, aber sie habe geleugnet, daß die Handschuhe ihr gehörten, habe behauptet, sie wisse nicht, wie sie dort hingekommen seien. Dabei wisse das ganze Dorf Bescheid; seine schmutzige Wäsche würde wieder einmal in aller Öffentlichkeit gewaschen.

»Verstehst du, worauf ich hinauswill?« fragte er flehentlich. Ja, sie wußte, was er sagen wollte, kannte den großen Fehltritt in seinem Leben, wußte, wie vollkommen hilflos er war. Er erinnerte sie an eine Maschine, die sie nachmittags beim Spazierengehen gesehen hatte, eine alte, kaputte Mähmaschine, die man einfach stehengelassen hatte und die schon tief in den nassen Boden gesunken war, mit Moos und Efeu überwuchert, ein paar Arme trotzig in die Luft gestreckt, ein grotesker Anblick. Ja, sie wußte, worauf er hinauswollte, aber sie blieb steif wie die künstlichen Blumen am Grab, steif und ungerührt.

»Was kann man da schon tun«, sagte sie mit sachlicher Stimme, nicht mit der Stimme, nach der er sich so sehnte. Er stieß sie ab, und er wußte, daß er sie abstieß und wurde dadurch noch gereizter, sagte wilde, unangemessene, anzügliche Sachen.

Am Ende mußte sie ihn bitten, das Haus zu verlassen. Er stand beleidigt auf, schwankte beträchtlich und sagte, das sei nur logisch, schließlich sei sie jetzt eine Städterin und habe

Wichtigeres zu tun, habe keine Zeit mehr für ihre alten Freunde, keine Zeit für ihn, einen einfachen Landarzt, der überdies am Ende sei. »Trallali, trallala«, sang er und tanzte in einem halsbrecherischen Tempo zur Tür hinaus.

Am nächsten Morgen nach dem Frühstück entschloß sich Nell zu einer gründlichen Suche. Aber der Brief war nirgends zu finden. Selbst die Asche wühlte sie durch, fand aber keine Spur eines verkohlten Briefes, nur schwarzen Staub, Schlacke und Zigarettenkippen.

»Kannst du nicht stillsitzen?« fragte ihr Vater nach einer Weile.

»Sie sucht nach ihrer lieben Mutter«, sagte Maisie, um ihn zu besänftigen. Nell mußte den Brief unbedingt finden. An der Art, wie er gefaltet oder zusammengeknüllt war, würde sie erkennen, ob er ihre Mutter das Leben gekostet hatte. Sie klammerte sich an Strohhalme. Vielleicht hatte ihre Mutter den Brief gar nicht verstanden, vielleicht war er zu hochgestochen formuliert, oder die Schrift war unleserlich, die Vokale und Konsonanten waren von der Seite gerutscht, hatten sich aufgelöst wie Strickzeug, aus dem man die Nadeln herausgezogen hat. Sie konnte sich nicht erinnern, den Brief unterschrieben zu haben, er hätte ebensogut von irgendeiner anderen Person stammen können. Sie konnte sich nicht daran erinnern, den Brief abgeschickt zu haben, aber sie war zum Briefkasten und anschließend in den Laden gegangen, um sich wie die letzte Schlampe Boris an den Hals zu werfen, war ihrer zügellosen Seite gefolgt, die ihre Kinder nicht kannten, nicht kennen durften. Ihre Kinder. Nell stellte sich vor, wie sie jetzt im Klassenzimmer saßen, sie vielleicht vermißten, Angst hatten, sie würde womöglich nicht wiederkommen. Nells Vater saß vorm Kamin und fragte abwechselnd, ob sie bei ihm bleiben würde oder ob er mit zu ihr kommen könne. Eines von beidem müßte es sein.

»Wir werden sehen ... Wir werden sehen«, antwortete sie ausweichend. Sie durchwühlte die Einkaufstasche, die alltägliche Meilensteine im Leben ihrer Mutter enthielt, verwitterte Meilensteine, Rechnungen, Rezepte, eine Gutschrift von einem Stoffladen, Traueranzeigen von verstorbenen Freunden mit herzzerreißenden Fotos und ebenso herzzerreißenden Versen. Auch sie würden eine Todesanzeige für ihre Mutter auswählen und an Freunde und Verwandte verschicken müssen. Auch einen Grabstein würden sie besorgen müssen, ihr Vater hatte es schon erwähnt – einen Grabstein, den kaum jemand sehen würde, denn das Grab lag auf einer Insel, auf der die Ruinen eines Klosters und eines Oratoriums aus dem zehnten Jahrhundert standen. Eine große Tafel informierte über die Geschichte der Insel und führte die Namen der Mönche auf, die hier gefastet und gebetet hatten. Der örtliche Fleischer hatte die Weiderechte gepachtet und ließ dort seine Ochsen grasen. Auch Nell könnte sich eines Tages dort begraben lassen, es gab schon einen Platz für sie, direkt neben ihren Eltern. Der Gedanke ließ sie erbeben.

Die Post kam immer gegen zehn, das wußte sie, das hatte sie herausgefunden. Ihre Mutter war gegen elf gestorben. Sie war hinausgegangen, um die Hühner und Kälber zu füttern, und hatte auf dem Steinfußboden ihr Leben gelassen, den Oberkörper über eine Stufe gekippt wie eine schiefe Statue. Das wußte sie.

»Hat sie sich über irgend etwas aufgeregt?« fragte sie in vermeintlich harmlosem Tonfall.

»Woher soll ich das wissen?« erwiderte ihr Vater und berief sich auf einen vom Unglück gezeichneten Mann, der hinausgegangen war, um das Vieh zu zählen, und bei seiner Rückkehr dieses armselige Bündel fand, den aufgeschlagenen Kopf sah, das Blut, den Hund, der jaulend daneben stand.

In der Anrichte fand sie neben Gläsern mit verschimmeltem Apfelgelee ein Bündel Briefe von sich, frühere Briefe, verhärmt und verschwiegen. Auf seine Weise hatte der andere Brief nach der Wahrheit gesucht. Aber wer will schon die Wahrheit wissen? Als sie in der orangefarbenen Salatschüssel einen strahlend blauen Umschlag erspähte, glaubte sie schon, sie hätte endlich den Brief entdeckt. Aber alle ihre Umschläge waren strahlend blau, erweckten den Anschein, als hätten sie etwas Fröhliches zu verkünden.

Vielleicht war der Brief oben. Als sie die Heißmangel aufklappte, stieß sie einen Schrei aus, denn dort lag ein Tier, ein Fuchsjunges, das sie mit stechendem Blick anschaute und ihr, ehe es wieder verschwand, hämisch zurief: »Du hast deine Mutter getötet... Du hast sie fertiggemacht.« Rührung und nagender Schmerz erfaßten sie, als sie zwischen den Handtüchern die Geschenke fand, Geschenke für sich und die Kinder. Es waren handgemachte Brieftaschen, die ihre Namen trugen. Die Riemchen waren zu dick, und das Leder war nicht weich, aber es waren Geschenke. Sie fand auch mehrere Flaschen mit Brombeerwein, und einen Moment lang sah sie die Feldwege und Hecken im September, sah, wie sich ihre Mutter auf der Suche nach den besten Beeren hinkniete und die süßen Säfte des Landes für sie pflückte.

Bestimmt lag der Brief unter der Matratze. Nell lief ins Schlafzimmer, fand das Kruzifix, das ihre Mutter in Zeiten des Kummers beim Schlafen in der Armbeuge hielt, fand den Brief einer alten Freundin, die schrieb, daß sie erblindet sei und ihre Kinder, die kein Fünkchen Mitgefühl zeigten, sie verlassen hätten. Sie fand auch Blutflecken – einen großen Fleck, der die Form eines Fisches angenommen hatte, und ein paar kleinere Spritzer. Sie schmeckte Blut, spürte es ihre Kehle hinunterlaufen wie warmen, ranzigen Fruchtlikör.

Plötzlich blickte sie auf und sah rote Streifen am Himmel, rote Streifen, die sie irgendwie zu Tränen rührten, als würde in diesem stummen Tableau die Erklärung für etwas Schönes, Tiefgründiges, Trauriges liegen. Unterhalb der roten Streifen hingen purpurrote Schwaden, dunstig, schleppend, wie fliederfarbener Chiffon über einem grauweißen Schleier, der in einsame Unsichtbarkeit überging. Ein verirrter Lichtstrahl, der über den Knauf des Messingbetts strich, ließ sie erschaudern wie der Atem einer umherirrenden Seele. Sie hatte nie länger über den Tod nachgedacht, hatte den Gedanken an ihn stets gemieden, wußte aber aus ihren Gebetbüchern, daß genau zu dem Zeitpunkt, in dem sich die Seele vom Körper trennt, das Urteil gesprochen wird. Sie sollte sich hinknien und mit ihrer Mutter reden, dem Weg ihrer Seele folgen, um Vergebung bitten, ein Gebet sprechen, aber sie konnte es nicht; sie floh aus dem Zimmer, ohne sich noch einmal umzublicken.

»Was zum Teufel machst du da oben?« rief ihr Vater.

»Nichts... nichts«, rief sie zurück und ging die Treppe hinunter. Seine Stimmung war äußerst gereizt. Er konnte nicht verstehen, warum sie in England bleiben wollte. Er war als junger Mann nach seiner Brustfellentzündung dort gewesen und hielt es für die scheußlichste, freudloseste Gegend, die er je gesehen hatte. Ob sie wüßte, daß ihr der Schmuck ihrer Mutter zustünde? Ja, sie wußte es. Sie hatte die Schildpattschatulle mit den wenigen Schmuckstücken gefunden, die ihr früher einmal unschätzbar wertvoll vorgekommen waren, ein Ring mit einem viereckigen, schwarzen Stein und einem Diamanten in der Mitte, ein zweiter Ring mit einer cremefarbenen Kamee. Sie dankte ihm. Sie war ein kleines Kind, das sich als erwachsener Mensch ausgab. Auch er war ein Kind. Ihre eigenen Kinder durfte sie nicht erwähnen, denn für ihn waren sie Rivalen. Wieder versuchte sie es mit Fragen nach den letzten Stunden ihrer Mutter.

»Heiliger Jesus, du zerreißt mir das Herz«, sagte er, schlug mit der Faust in die Luft und regte sich dabei so auf, daß er einen Löffel von seinem Tonikum nehmen mußte. Maisie kam mit der frischen Wäsche. Das saubere Weiß und der frische Geruch waren eine Wohltat, als wäre damit alles Blutvergießen vergessen. Maisie hatte Nells Vater saubere Hemden mitgebracht, saubere Handtücher und Kissenbezüge. Wie eine Zauberin löste sie den Knoten eines Tuches und ließ warme, mit Butter bestrichene Scones herauspurzeln. Maisie wußte, wie sie ihn bei Laune halten konnte. Seine Frau, behauptete sie, habe die größte Trauergemeinde aller Zeiten gehabt, habe den Rekord gebrochen, es seien fast tausend Gäste gewesen, der Postbote habe sie gezählt. Vielleicht sollte sich Nell bei dem Postboten nach dem Brief erkundigen – ja, er würde wissen, ob am Morgen ihres Todes ein Brief angekommen war.

»Hörst du das?« fragte er Nell. Ja, sagte sie, sie habe es gehört. Er wollte, daß sie es hörte, damit er sie wieder fragen konnte, ob sie dableiben wollte oder er mit zu ihr kommen könnte. Er wußte, daß sie sich weigern würde, weinte und wünschte den eigenen Tod herbei, sagte, er sei schon immer eine Waise gewesen, ein Findelkind, und als sie ihn so kläglich, so bar jeder Liebe sah, streckte sie die Hand aus, damit er sie halten, damit er darin Trost finden konnte. Mehr als alles andere wünschte sie sich, daß sie ihn lieben könnte – oder ihn wenigstens glauben lassen könnte, daß sie es tat.

»Ruhig... ganz ruhig«, sagte sie und erlaubte ihm, ihre Hand zu drücken, daraus Zärtlichkeit und ein Gefühl der Zusammengehörigkeit abzuleiten, und das rührte ihn so, daß er ihr erneut beschrieb, wie er durchs Tor gekommen sei, ihre arme Mutter gesehen und gedacht habe, sie sei vom Fasten ohnmächtig geworden oder habe sich am Eimer eine Krampfader aufgerissen, wie er zu ihr gelaufen sei, wie er sie aufgerichtet und versucht habe, sie zu beatmen.

»Ach, die Arme, dieser Blick auf ihrem Gesicht, dieser Schmerz um ihren Mund«, sagte er und zeigte ihr, wie er sie aufgehoben hatte. Dann brach er zusammen, und sie sah, daß er seine Frau auf seine grobe, ungestüme Art unendlich geliebt hatte und dies das einzige war, an das er sich klammern konnte. Sie hätte ihm so gern ihr Herz ausgeschüttet, hätte ihm so gern erzählt, wieviel Angst sie früher vor ihm gehabt hatte, vor seinem Geschrei, vor seinen Stiefeln, dem Klicken des Riegels, wenn er die Tür aufmachte, hätte ihm so gern von ihrer unvergänglichen Angst erzählt, daß alle anderen Männer, ganz egal, wie sie aussahen oder was für eine Stimme sie hatten, im Grunde Schatten ihres Vaters waren und daß sie sich vor ihnen fürchtete und daß sie aus Angst vor ihnen unnatürlich und befangen war, auf immer von den Vertraulichkeiten ausgeschlossen, nach denen sie sich gleichzeitig so schrecklich sehnte. Ihre Mutter hatte nie vermittelnd eingegriffen, vielleicht aus Angst, vielleicht aus anderen, geheimnisvolleren Gründen. Sie waren sich alle in ihrem Zorn und ihrer Feindschaft so nah gewesen und wußten doch nicht das Geringste über die tiefsten, erbärmlichsten Gefühle, die in dem anderen steckten, schoben jeden Gedanken daran zur Seite. Nur indem sie sich in ihren Käfigen eingerichtet hatten und einander anknurrten wie Tiere, kamen sie überhaupt zurecht.

»Ich werde eine Woche bleiben«, sagte sie. Das war alles, was sie sagen konnte.

»Danach werde ich also alleine sein«, sagte er und schaute durch das beschlagene Fenster hinaus in die einbrechende Dunkelheit. Er würde sich zurechtfinden, würde in Wirtshäuser gehen, alte Pfade beschreiten, anderen Leuten an Kreuzungen und am Gartenzaun vom plötzlichen Tod seiner Frau erzählen und über seine Einsamkeit klagen, anschließend mit ihnen oder ohne sie kräftig trinken, und ehe ein Jahr vergangen war, würde er neben seiner Frau auf dem Friedhof liegen, auf dem die Ochsen grasten.

»Was war das?« fragten sie und starrten einander an, zu verängstigt, um sich von der Stelle zu rühren. Es war Maisie, die als erste etwas unternahm, die ins Zimmer auf der anderen Seite des Flures lief, in die gute Stube, das Allerheiligste, vollgestellt mit Nippes und Porzellan. Ein ovaler, goldgerahmter Spiegel war vornüber auf den Boden gefallen, hatte sich vom Haken gelöst, weil die Schnur, die ihn gehalten hatte, brüchig geworden war. Aber an diesem Abend, an dem die Gedanken ohnehin um nichts anderes als um den Tod kreisten, hatten die Scherben eine besondere, furchterregende Bedeutung. Maisie las sie auf und legte sie mit einer Feierlichkeit auf den Tisch, als hätte auch ein Spiegel sterbliche Überreste. Dann sagte sie, so zuversichtlich, wie sie konnte: »Ich werde ihn wieder kleben.«

Sie sahen einander an, und ihre Augen verrieten, daß die Qual gerade erst begonnen hatte – drei Menschen, vereinigt durch die gleiche und doch getrennt durch eine schlimmere Angst, die viel zu schrecklich war, um sie sich einzugestehen.

19

Etwas an dem Haus war anders. Sie spürte es, als sie aus dem Taxi stieg. Das Tor war in einem seltsamen Winkel angelehnt, ganz anders, als der Postbote es normalerweise hinterließ. Außerdem brannte oben ein Licht, und sie konnte sich nicht daran erinnern, es angelassen zu haben. Ihr Herz machte einen Freudensprung, als sie das Gepäck der Kinder im Flur stehen sah. Sie hatten sie überrascht, waren einen Tag früher zurückgekommen, hatten dem Direktor vom Tod der Großmutter erzählt. »Juchhee«, rief sie, stellte ihren Koffer ab und lief die Treppe hinauf, um sie zu suchen, sah bereits ihre kleinen Gesichter, ihr Strahlen, ihre leicht verunsicherten Mienen, weil sie einfach einen Tag zu früh gekommen waren, fühlte, wie sie die beiden in die Arme schloß, wußte, daß sie dann sicher war, sicher vor all den Schwindelgefühlen und dem Wahnsinn der letzten Woche.

Eine Frau in einem kurzen schwarzen Unterrock erschien auf dem Treppenabsatz. Sie hatte eine Brille auf und war von so gedrungener Statur, daß der Unterrock an ihr viel zu zierlich aussah; die Spitzenborte über ihrem Knie wirkte geradezu absurd.

»Wer sind Sie?« fragte Nell, weniger Angst als Empörung in der Stimme.

»Ich... Ich bin Olga«, sagte die Frau, »die Freundin von Boris.« Als sie sah, wie wütend Nell war, hob sie die Hand, als wolle sie sich entschuldigen, und wich zurück ins Kinderzimmer. Nells erster Gedanke war, die Polizei zu rufen, doch dann fiel ihr ein, daß sie und ihre Kinder die beiden gemeinsam hinauswerfen könnten. Er war also tatsächlich so dreist gewesen und war bei ihr eingebrochen, hatte gedacht, er könnte sie erpressen, und alles nur wegen einer lasterhaften Nacht.

»Wo sind meine Kinder?« fragte sie schroff. Schweigen trat ein, dann rief Boris frech: »Sie sind wieder abgehauen.«

»Wohin?« fragte Nell und dachte, vielleicht sind sie zum Kiosk gelaufen, um sich mit Süßigkeiten und Comics einzudecken, vielleicht sind sie bei Nachbarn, spielen mit den Jungen, deren Vater mit Gebrauchtwagen handelte und deren Mutter immer so leidend aussah.

»Zu irgendeinem Freund«, rief Boris.

»Hör gut zu, Boris... Du und dein Flittchen, ihr verschwindet sofort aus meinem Haus«, schrie sie ihn an. Stirnrunzelnd, weil er es nicht mochte, wenn jemand so über seine Freundin sprach, trat er aus dem Zimmer. Er fummelte an den Knöpfen seines strahlendweißen Hemdes, die gestärkten Manschetten hingen über seine Hände wie Servietten. Die Tatsache, daß die beiden halbnackt in ihrem Haus herumliefen, machte es nur noch schlimmer.

»Willkommen zu Hause«, sagte er und kam lächelnd die Treppe herunter, griff nach dem Fuchskragen ihres Mantels und kitzelte sie damit am Kinn. Es war der Mantel ihrer Mutter, aus braunem Samt mit Fuchspelzbesatz. Sie hatte ihn aus reinem Pflichtgefühl mitgenommen, hatte vorgehabt, ihn gleich nach der Reise für immer auszuziehen.

»Ihr verschwindet hier«, wiederholte sie. Jeder Zug seines Gesichts und jedes Merkmal seines Körpers, den sie vor einer Woche noch so schamlos begehrt hatte, erfüllten sie jetzt mit abgrundtiefem Haß.

»Nicht so schnell«, sagte er mit einem verschlagenen, selbstbewußten Lächeln.

»Doch. Am liebsten noch schneller«, entgegnete sie zitternd angesichts seiner bodenlosen Dreistigkeit.

»Wir ziehen am Sonntag aus... So ist es geplant«, sagte er und zog die Hemdsärmel zum Mund, um die Manschettenknöpfe mit den Zähnen zu befestigen, aber Olga eilte schon herbei, um ihm zu helfen.

»Wir müssen schneller gehen«, warf Olga ein und stellte sich in ihrer Verlegenheit so dicht vor ihn, daß sie ihn sowohl zu schützen schien als auch mit ihm verschmolz.

»Wir haben nirgends zu gehen«, stieß Olga hervor, Tränen in den großen, fassungslosen Augen hinter den dicken Brillengläsern.

»Ich werde die Polizei rufen«, sagte Nell.

»Nur nicht nervös werden«, sagte er in der Gewißheit, daß sie sich daran erinnern würde, daß er diese Worte schon einmal zu ihr gesagt hatte, nämlich damals, als er sie über die Straße getragen hatte, ihr Körper willenlos in seinen Armen. Alles an ihm, sein Lächeln, sein Augenzwinkern, die Zigarette in seinem Mundwinkel, schien zu sagen: »Ich habe dich gefickt, und jetzt wirst du mich nicht mehr los.«

»Diebe«, sagte sie. Ihre Stimme klang viel zu schrill.

»Wie bitte?« fragte er stirnrunzelnd und überlegte laut, ob er grob zu ihr werden, ihr eine Lehre erteilen müßte.

Fast hoffte sie, er würde grob und ihrem Zorn dadurch ein Ventil verschaffen. Wie oft hatte sie geträumt, ihr Mann wäre plötzlich bei ihr eingezogen, hätte sich geweigert, ihr Haus zu verlassen, hätte behauptet, daß es sein Haus wäre, und die rasende Wut, die sie in diesen Träumen empfunden hatte, übertrug sich jetzt auf Olga und Boris. Er ballte die Faust, und einen Augenblick lang dachte sie, er würde sie schlagen, aber dann beschwor er seine vornehme Herkunft, das Familienschloß, die riesigen Ländereien, die Jagdgründe, die Pelze und Juwelen, die seine Mutter einst so stolz getragen hatte und dann verkaufen mußte, um für ihre Flucht aus dem eigenen Land zu bezahlen. Nein, sie waren keine Diebe, sie waren selbst bestohlen worden.

»Dein Familienschloß ist mir scheißegal«, erwiderte sie.

»Wir müssen am besten gehen«, sagte Olga und nahm die Brille ab, so daß Nell die Angst in ihren feuchten Augen sehen konnte.

»Und ich habe gedacht, ich würde dir gefallen«, sagte Boris in höhnischem Ton.

»Da hast du eben falsch gedacht«, entgegnete sie und schaute Olga an, um der scheußlichen Anspielung die Schärfe zu nehmen.

Doch er hatte sich bereits entschieden, seinen letzten Trumpf auszuspielen, kitzelte sie wieder mit ihrem Pelz und sagte: »Olga wird uns eine schöne Massage verpassen... dir und mir... wir trinken was und machen Ficki-Ficki... Hehheh.«

»Ich will keine Massage«, sagte sie, Panik in der Stimme, zeigte auf die Tür und schrie: »Raus... raus.« Er dachte nach, zuckte die Schultern und sagte schließlich, wenn sie so eine Zicke wäre, würden sie eben gehen, aber sie bräuchten mehrere Stunden zum Packen.

»Wo sind meine Kinder?«

»Bei einem Freund.« Boris tätschelte eine von Olgas Pobacken, als wäre sie seine Preiskuh, dann verschwand er wieder im Kinderzimmer.

Nell ging auf die Straße, sprach die Nachbarn an, die von der Arbeit nach Hause kamen, und fragte jeden: »Haben Sie meine Kinder gesehen... Haben Sie zufällig meine Kinder gesehen?« Autos wurden geparkt, Tore geräuschvoll zugeworfen, und in den Fenstern gingen die Lichter an. Sie kannte jedes Haus, kannte alle Besonderheiten: die Kanadier, die für den Fall, daß sie mal ein Feuer machen wollten, immer einen riesigen Holzvorrat hatten; die rechtschaffenen Leute mit den Plakaten im Fenster, in dieser Woche: DIABETES, DIE TÖDLICHE KRANKHEIT; dann die Alternativen, die Möbel und Statuen im Freien stehenließen und einmal sogar eine ganze Woche lang ein Klavier im Garten hatten. Sogar den ersten geschmückten Weihnachtsbaum gab es schon, mit bunten Kugeln, so groß wie Tennisbälle, und knallroten und -grünen Bändern. Nell nahm sich vor, gleich am nächsten Tag einen Weihnachtsbaum zu besorgen. Sie kannte einen Markt, wo es ganz frische Bäume gab, jeder Baum in einem Plastiknetz zu einem dünnen Stab zusammengepreßt, der sich erst zu Hause, wenn die Verpackung aufgeschnitten wurde, wieder entfaltete. Weihnachten. Ein Wort, an dem sie sich festhalten, das sie mit allen Ablenkungen füllen wollte, die sie nur aufbieten konnte. Ihre Mutter hatte ihr Geld hinterlassen, ein kleines, unerwartetes Geschenk.

Zuerst hatte sie die Geldscheine nur glattgestrichen, war zu beschämt gewesen, um sie gleich zu zählen. Sie waren auf altmodische Weise angespart worden, zerknüllt, gefaltet, mit einem Gummiband zusammengehalten und samt Umschlag in eine alte Abendtasche gestopft, die ihren Bernsteinverschluß längst verloren hatte und nur noch von einer verrosteten, hervorstehenden Schraube zusammengehalten wurde. Als Nell sich mit der Tasche aufs Bett gesetzt hatte, waren die kleinen, rechteckigen Schmucksteinchen herausgefallen und hatten auf der weißen Tagesdecke getanzt. Auf dem Umschlag stand ihr Name, weiter nichts, und so konnte sie das Gefühl, das in diesen Ersparnissen begraben lag, nicht ergründen. Wie so vieles blieben sie unvollendet. Ihr Vater hatte in einem letzten Verständigungsversuch gesagt, es werde noch mehr Geld geben, wenn er das Haus verkaufen und zu den Nonnen ziehen würde. Am Ende war er froh, als sie fuhr, hatte sich mit seinem bohrenden Schmerz und seiner haltlosen Rache abgefunden.

Ihre Kinder spielten nicht mit den Kindern des Gebrauchtwagenhändlers, sie hatten nicht cinmal dort angerufen. Die Mutter, blaß und entrückt, einen dunkelroten Fleck unter dem rechten Auge, holte zu einer langen Erklärung aus, sagte, ihre Treppe sei viel zu eng und der Teppich lose, so daß sie mit dem Staubsauger ins Stolpern gekommen und ans Geländer gestoßen sei. Die rätselhafte Scham einer geschlagenen Ehefrau. Nell wußte, daß sie manchmal verzweifelt flüchtete und an so unterschiedlichen Orten wie einem Nonstop-Kino, dem Wartesaal eines Bahnhofs in Dorset und einmal sogar in einem Obdachlosenasyl wiedergefunden wurde. Sie kam aus Dorset; ihre Vorfahren waren dort Weber gewesen.

»Vielleicht sind sie in den Park gegangen«, sagte sie, um Nell etwas aufzurichten.

»Aber der Park ist geschlossen«, erwiderte Nell und zeigte auf den bläulichen Lichtkegel der Straßenlaterne, der ihre Gesichter gespenstisch wirken ließ.

»Da haben Sie recht«, sagte die Frau und fragte sich laut, wie sie nur hatte vergessen können, daß gerade Winter war, warum sie die Jahreszeiten verwechselt hatte.

Nell ging den schmalen Pfad hinunter und schaute sich erwartungsvoll um, sicher, daß die Kinder jeden Moment auftauchen, ihre Suche und ihre Sehnsucht sie zusammenführen würden. Natürlich würde sie über die fremden Besucher im Haus Rechenschaft ablegen müssen, würde sich dafür entschuldigen müssen, daß Olga und Boris das Kinderzimmer in Beschlag genommen hatten, wobei sie dem Himmel dankte, daß die Kinder sie nicht allein mit Boris überrascht hatten. Sie dachte daran, zu Emmas Eltern zu gehen, aber auf dem Weg dorthin würde sie die große Straße überqueren müssen, und das traute sie sich noch immer nicht zu. Sie glaubte, wenn sie diese Straße oder überhaupt irgendeine Straße überquerte, würde sie überfahren, übel zugerichtet, als Fremde sterben in einer fremden Stadt. Aber sie könnte Emmas Eltern ja auch anrufen. Ganz bestimmt würden die Kinder bei ihnen sein, in der Küche sitzen, Tee trinken, Toast essen und über ihren mißglückten Überraschungsbesuch lachen.

Kaum war sie wieder zurück in ihrem Haus, zog sie als erstes den Mantel ihrer Mutter aus. Sie spürte, daß er ihr kein Glück brachte, spürte, daß all der Kummer, den er miterlebt hatte, noch in ihm steckte und sich jetzt auf sie übertrug. Dann lauschte sie, um festzustellen, wie weit Olga und Boris mit dem Packen gekommen waren.

Als sie ihren Koffer aufmachte, um ihre Strickjacke herauszuholen, entdeckte sie die Nachricht von den Jungen. Paddy hatte sie auf die Rückseite eines Briefes geschrieben, und sie hatten beide unterzeichnet: »Wir sind nach Hause gekommen, aber du warst nicht da. Zwei Leute waren hier, Fremde.

Wir fahren zu unserem Freund auf eine Ponyfarm in Wales. Die Fahrt dauert mindestens sechs Stunden.« Nell lief die Treppe hinauf und nahm dabei zwei, drei Stufen auf einmal. »Warum habt ihr nichts davon erzählt? Wann sind die Kinder weggefahren? Wer hat sie abgeholt?« Ihr Tonfall empörte Boris und verletzte ihn so sehr in seinem männlichen Stolz, daß er ausholte, um sie zu schlagen, doch Olga packte ihn am Arm und murmelte süßliche Worte, um ihn zu beruhigen, nannte ihn Kermit, Kermit. Das war wohl sein Kosename.

»Wir packen, wir packen...«, sagte Olga, als Nell angewidert auf das Durcheinander im Kinderzimmer starrte – Taschen, Kisten, Truhen, ja, sogar ein alter Samtvorhang mit Gardinenstange lag auf dem Boden.

»Ich werde euch kein zweites Mal bitten«, sagte sie.

Sie ging in die Küche, um sich Tee zu machen, schwor sich, sobald die beiden endlich das Haus verlassen hatten, nach oben zu gehen und das Zimmer zu scheuern, jede noch so kleine Spur von ihnen zu beseitigen. Es geschah, als sie das Streichholz ans Gas halten wollte. Sie sah nur, daß Glas durch die Luft flog, gezacktes Fensterglas, und dann lodernde Flammen. Sie schrie, und als die beiden in die Küche gelaufen kamen, sah sie, wie er Olga etwas fragte, sie dann auf die Wange schlug und rief: »Kuh... du dumme Kuh... Was hast du getan?«

»Ruft einen Krankenwagen«, rief Nell, doch als sie versuchte, eine Hand auszustrecken, um sich an ihnen festzuhalten, verschwamm alles vor ihren Augen, und sie fiel zu Boden.

Auf der Notfallstation schienen sich die verwahrlosesten Gestalten der Stadt versammelt zu haben. Ein Mann blutete heftig an der Schläfe, was ihn jedoch weniger zu beunruhigen schien als die Tatsache, daß es für seinen Unfall keine Zeugen gab. Ein Lastwagen hatte ihn angefahren, und der Taxifahrer, der direkt hinter dem Lastwagen gefolgt war, wollte nichts gesehen haben.

»Nicht sehen, nicht hören, nicht schreien«, rief er empört ins Wartezimmer. Sie saßen alle auf einer langen Bank, Nell neben Olga, die ihr ein Handtuch in den Nacken hielt und die wenigen Worte des Trostes murmelte, die sie auf Englisch kannte. Boris stand neben ihnen und ging ab und zu hinaus, um zu rauchen oder einen Schluck aus seinem Flachmann zu nehmen. Er hatte auch Nell einen Schluck gegeben. Sie fühlte sich dadurch etwas benebelt. Aber das war auch nötig. Glasstücke steckten in ihrem Hals, und ihre Hände und ihr Gesicht waren schwer verbrannt. Olga hatte ihr auf die Hände Vaseline geschmiert, die im Neonlicht des Wartezimmers seltsam glänzte. Auch ihr Gesicht war verbrannt, mit ihrer gesunden Hand tastete sie nach den Blasen und drückte daran herum, obwohl sie wußte, daß sie das nicht tun sollte. Eine Kranke neben ihr zitterte nur, ihre Lippen und Wangen bewegten sich eigenmächtig, als versuchten sie verzweifelt, irgend etwas von größter Bedeutung auszusprechen. Andere starrten mit dem geistlosen, gequälten Blick der Abgeschobenen ins Leere, hatten keine sichtbaren Verletzungen und sahen so aus, als seien sie nur hergekommen, weil sie sonst nirgendwo hingehen konnten. Ein junger Mann hatte sich eine graue Wolldecke umgeschlungen, kauerte auf der Bank und lachte leise in sich hinein. Ein Pärchen, das sich im Streit mit Blumentöpfen beworfen hatte, versöhnte sich mit leidenschaftlichen Küssen und albernen Koseworten. Ein paarmal wollten die beiden aufstehen und gehen, aber die Schwester hielt sie zurück. Sie schaute ab und zu herein und prüfte, ob sich auch niemand von der Stelle gerührt hatte. Besonders wachsam beäugte sie das küssende Pärchen. Die Frau hatte keine Strümpfe an, obwohl es Winter war, ihre Arme und Beine waren mit Frostbeulen übersät.

»Nicht loslassen«, flüsterte Nell immer wieder Olga zu. Sie hatte das Gefühl, wenn Olga das Handtuch losließe, würde ihr Kopf herunterfallen.

»Entschuldigen... ich habe vergessen...«, sagte Olga und wiederholte ein ums andere Mal, sie habe das Gas angedreht, um ihm sein Mittagessen zu kochen, aber dann habe er sie nach oben gerufen, weil er noch einmal mit ihr ins Bett gehen wollte. Sie seufzte reumütig, war bereit, alles zu tun, um ihre Schuld zu sühnen, sprach leise auf Nell ein, bemutterte sie. Boris war bereits zweimal zur Schwester gegangen und hatte gefragt, ob sie nicht schneller drankommen könnten, seine Freundin stünde unter Schock. Aber er mußte sich anhören, in der Notfallaufnahme stünden alle Patienten unter Schock. Eine Sekretärin hatte ihre Daten aufgenommen, nach ihrem Namen, ihrem Alter, ihrem Mädchennamen, ihrem Beruf gefragt, und Boris hatte die ganze Zeit über wissen wollen, wozu diese Scheißfragerei nötig sei.

»Du darfst mich nicht alleine lassen«, flüsterte sie Olga zu.

»Ich bleibe… wir bleiben«, sagte Olga.

Ein Mann kam herein und schrie, er würde sie alle umbringen, sie sollten gefälligst aufstehen und für ihn Platz machen, ob sie denn nicht wüßten, wer er sei. Sie rutschten noch enger zusammen, durch diese neue Bedrohung plötzlich vereint. Sobald der Mann saß, stieß er eine endlose Flut von Flüchen aus, nutzte jedes Gesicht, jedes erschrockene Augenpaar, um seine Wut abzulassen. Nell sagte sich immer wieder: »Mein Kopf wird nicht abfallen… mein Gesicht ist nicht entstellt.« Dabei hatte sie das Gefühl, ihr eigener Atem würde sie erdrosseln, ihre Luftröhre wäre ein Faden, ein dünner, weißer Faden, von dem ihr Leben abhing. Auch dafür hatte Olga ein Heilmittel. »Jetzt atmen wir…«, flüsterte sie, und sie atmeten zusammen – einatmen, bis vier zählen, ausatmen. Mit jedem Atemzug glaubte Nell, dem Tod näherzukommen. Wie passend es doch war, dachte sie, daß sie schon eine Woche nach ihrer Mutter sterben sollte, daß die Vergeltung so rasch kommen würde. Olga, die nur einen Teil ihrer Geschichte verstand, flüsterte ihr zu, wenn sie Ängste plagten, sollte sie immer die gleichen Worte vor sich hinmurmeln: »Guten Morgen, Sir, guten Morgen, Madam, guten Morgen, St. Nicholas.« Es war nicht zu übersehen, mit welchen Ängsten Olga zu kämpfen hatte: daß Boris sie eines Tages verlassen könnte.

»Ich kann kein Kind haben«, sagte sie traurig, aber ohne Bitterkeit.

Der ältere Arzt, der sich schließlich mit Nell befaßte, gab sich sachlich und distanziert; mit ihrer Hysterie und ihrer lächerlichen Phobie, ihr Kopf würde abfallen, konnte er nichts anfangen, und als sie die Droge erwähnte, die sie genommen hatte und unter deren Wirkung sie gelegentlich noch immer litt, wurde er erst recht gereizt.

»Halten Sie still, Missis«, sagte er und nahm das Handtuch weg, betrachtete ihren Hals, beleuchtete ihn mit einer kleinen Taschenlampe, rief der Schwester etwas zu und ging zum Telefon. Seine Eile beunruhigte sie mehr als die eigenen Alpträume.

»Könnte ich bitte mit Dr. Dows Sekretärin sprechen?... Deborah?... Ja, hier ist die Notfallaufnahme... Ich weiß nicht... aber es sieht ziemlich scheußlich aus, ich glaube, wir müssen uns beeilen...« Als Nell das hörte, wollte sie aufstehen, wollte ihm sagen, daß sie nicht ins Krankenhaus könne, solange sie nicht ihre Kinder wiedergefunden habe.

»Ja, bitte... lassen Sie den OP vorbereiten«, sagte er ins Telefon, ohne darauf zu achten, daß sie ihm wild gestikulierend etwas mitzuteilen versuchte.

»Aber ich muß erst nach Wales und meine Kinder abholen«, sagte sie, als er den Hörer auflegte.

»Sie müssen ins Krankenhaus, Missis. Und Sie können von Glück reden, daß Sie den besten Chirurgen bekommen, den Ihnen ein modernes Krankenhaus heutzutage bieten kann... ein As auf seinem Gebiet, Anthony Dow«, sagte er und setzte sich, um ein Formular auszufüllen, das sie mitnehmen sollte.

»Wie lange muß ich im Krankenhaus bleiben?« fragte sie, und die asiatische Krankenschwester schaute sie müde an, zuckte die Schultern und sagte, darüber würden ganz allein die Ärzte entscheiden.

20

Den Weihnachtstag verbrachte sie in einem kleinen Zimmer im Krankenhaus, wo sie sich von ihrer Operation erholte. Sie saß in ihrem Bett, einen Stützapparat um den Hals, so daß alle ihre Bewegungen an eine hölzerne Marionette erinnerten. Die Fäden sollten bald gezogen werden. Zu ihrer großen Überraschung liebte sie ihr kleines Zimmer, liebte den Blick auf die Gärten, liebte es, daß zu allen Tages- und Nachtzeiten Schwestern hereinkamen, die sich um sie kümmerten, und alle waren sie unterschiedlich, einige fröhlich, andere mürrisch und streng, und jede hatte ihre kleine Nylonkappe anders festgesteckt, als ob sie damit ihre Individualität unter Beweis stellen wollte.

»Frohe Weihnachten... Frohe Weihnachten.« Seit Tagesanbruch hatte sie es unzählige Male gehört. Sie kuschelte sich unter die Decke, sehnte sich danach, in den Schlaf, in den Mutterkuchen ihrer Träume zurückzusinken. Sie hatte von einem Rosenbeet geträumt, einem kleinen, dichtbewachsenen Rosenbeet, und Tristan hatte eine neue Rose pflanzen wollen, aber sie hatte ihn sanft darauf hingewiesen, es sei das falsche Beet, die Büsche stünden schon jetzt viel zu dicht zusammen. Im Traum wirkte Tristan irgendwie zerknautscht.

»Frohe Weihnachten.« Die junge, blonde Schwester, die Nell recht gern hatte, kämpfte mit der Kordel am Stoffrollo, die nie richtig funktionierte, so daß entweder die rechte oder die linke Seite des Rollos wie ein trauriger Kadaver herunterhing.

Das Frühstück war festlicher als sonst. Außer dem üblichen Honigtoast hatte Nell ein kleines Stück cellophanverpackten Christmas Cake bekommen. Auf dem Zuckerguß klebte eine silbrige Kugel, und aus irgendeinem Grund erinnerte sie das an einen anderen Traum, in dem sie ein Baby zur Welt gebracht hatte, leicht verwachsen, aber höchst lebendig und eifrig Fragen stellend. Am deutlichsten erinnerte sie sich an seine Augen und die kleine Zunge. Beide waren purpurrot, die Augen klein, aber flüssig, und die Zunge wie eine violette Feder, aus der Tinte tropfte, Tinte, die seine Sprache war. Das Baby sagte sein erstes Wort. Es war »Echo«. Dann fragte es, was das Wort bedeutete, und sie erklärte es völlig falsch, sagte, es bezeichne einen Fuchs oder das Muhen einer Kuh; sie wußte, das Wort hatte irgend etwas mit dem Land zu tun, aber ihre Erklärungsversuche waren einfach lächerlich.

»Ihr Sohn hat gestern abend noch mal angerufen. Er sagte, Sie wären unterbrochen worden, und ich soll Ihnen ausrichten, das Haustier, das sie sich anschaffen wollten, sei ein Pony, und Sie sollten sich keine Sorgen machen.« Paddy und Tristan verbrachten die Ferien gemeinsam mit anderen Kindern, deren Eltern im Ausland lebten, auf einer Ponyfarm. Die Oberschwester hatte dort angerufen und ihnen von der Operation berichtet; offenbar hatten sie die Nachricht recht gut aufgenommen. Als Nell das erste Mal mit ihnen telefonierte, hatte sie Angst, daß sie etwas Grausames sagen würden, aber nein, sie hatten sich besorgt nach ihrer Genesung erkundigt, hatten gefragt, ob es ihr gutginge und ob sie auch genug zu essen bekäme. Sie hatten beide ähnliche Worte benutzt, und keiner von ihnen hatte gesagt: »Wir sind nach Hause gekommen, und du warst nicht da.« Aber der Satz hatte im Raum gestanden. Paddy hatte erzählt, er verdiene sich ein wenig Geld, indem er den Stall ausmisten half, und Tristan hatte gesagt, sein Pony sei mit ihm durchgegangen, aber er hätte Glück gehabt beim Sturz und habe sich nicht weh getan.

Das zweite Mal telefonierten sie am Heiligabend. Sie hatten verabredet, daß Nell zu einer bestimmten Zeit bei ihnen anrufen sollte. Kurz vor dem Abendessen humpelte Nell ins Büro hinunter, und jedesmal, wenn sie sich selbst in einem Spiegel entdeckte, zuckte sie zusammen: Ihr ganzer Körper war steif und unansehnlich, ihr Gesicht gezeichnet. Die Kinder waren aufgeregt. Tristan hatte gerade am Spielautomaten den Jackpot gewonnen, hatte eine Menge Geld erbeutet und große

Angst, die anderen Jungen, diese Schufte, könnten die Münzen während seines Telefonats an sich reißen und in ihren Socken oder unter den Betten verstecken.

»Die Münzen kamen nur so herausgeschossen«, sagte er. Seine Stimme überschlug sich fast vor Aufregung, als er den Hörer an Paddy weitergab, der sagte, er müsse sich sputen, um seinem Bruder beizustehen. Kurz bevor es in der Leitung knackte, rief er ihr noch zu, sie hätten vor, sich ein... zuzulegen, aber sie hatte das Wort nicht verstanden. Ein Pony! Wo sollten sie ein Pony unterbringen?

»So, dann wollen wir mal«, sagte die Schwester, streckte ihr einen roten Knallbonbon entgegen und verzog das Gesicht in gespielter Angst vor dem Knall, den sie gleich hören würden. Wenig später hatte Nell einen rosa Papierhut auf, betrachtete nachdenklich den Klee auf ihrem kleinen Honigtopf und dachte: Werden sie mir verzeihen? Im Innersten ihres Herzens verzeihen? Sie war dumm genug gewesen, die Schwestern zu fragen, und die Meinungen waren recht unterschiedlich ausgefallen. Einige sagten, sie wüßten es nicht, andere meinten, sie selbst könnten so etwas niemals tun, und eine besonders strenge Schwester, die sich damit brüstete, jeden Morgen vor dem Dienst um sechs Uhr aufzustehen, sich um ihre Babys zu kümmern und das Mittagessen vorzukochen, sagte, es wäre natürlich falsch gewesen. Diese Schwester, glaubte Nell, war es wohl auch gewesen, die ihr die Irre auf den Hals gehetzt hatte, eine dunkelhäutige Frau aus der Küche, die kreischend in ihr Zimmer platzte und schrie, sie müsse auf der Stelle ihre Sünden bereuen, weil sie vom Satan besessen sei. Es war morgens nach dem Frühstück, als die Schwestern im Operationssaal oder bei der Teepause waren. Die Frau hatte eine häßliche Adlernase und Hände wie Klauen. Mit schriller Stimme schrie sie: »Ora... orakel... orakulemus.«

»Ora... orakel... orakulemus«, wiederholte sie lachend und schnüffelte an Nells Bett, an der übelriechenden Decke und dem sündhaften Körper darunter. Fix wie ein gehässiger kleiner Kobold grapschte sie nach dem Notruf und steckte ihn in die Tasche. Nell fragte erneut, wer sie sei. Sie sagte, sie sei die einzige, die Satan in die Flucht schlagen könne. Sie sei zu ihr gesandt worden. Ihre Stimmen hätten sie geschickt. Mit seltsam kehligem Gemurmel und gequältem Gesicht suchte sie Nells Körper ab, um den Sitz der Sünde zu finden, schimpfte über Satans bestialischen Gestank, schnappte ihn, jagte ihn, packte ihn am Kragen und zerquetschte ihn wie eine Laus zwischen ihren langen Fingernägeln. Dann schaute sie unter das Bett, rief noch etwas, richtete sich wieder auf und zog zwei kleine Metallstäbe aus der Tasche, die wie wild zuckten, während sie geheimnisvoll vor sich hinmurmelte. Ehe sie ging, zog sie noch ein fleckiges, zerfleddertes Gesangbuch aus der Tasche und sagte, Nell solle jedes einzelne Lied daraus abschreiben und singen, nur durch diesen Gesang könne sie zurückfinden zu Gott.

»Ich werde Sie melden«, sagte Nell, ohne zu erbleichen.

Die Frau blickte sie mit seltsamer, boshafter Heiterkeit an und sprang, zuckend wie ihre kleinen Metallstäbe, unbekümmert zur Tür.

»Niemand wird Ihnen glauben«, sagte sie und knickste, ehe sie verschwand.

Und so breitete sich der Tag vor ihr aus, ein langer, ruhiger Weihnachtstag, das Wetter ebenso nebelig wie ihr Gehirn, denn sie hatten ihr Schlaftabletten gegeben. Die Umgebung war ihr inzwischen so vertraut wie die Linien in ihren Händen oder die Bleistiftstriche an der Wand hinter ihrem Bett, verrückte Schnörkel, die eine ihrer Vorgängerinnen dort hinterlassen hatte. Draußen ein Spielplatz, die Rutsche mit ihrer blankgewetzten Bahn, die Schule mit senfgelbgestrichenen Fensterrahmen, hohe Bäume, Londoner Platanen, ohne die Weitschweifigkeit und Gelassenheit echter Bäume vom Land, aber dennoch unverkennbar Bäume, kraftvoll von den Wurzeln bis zu den lehmfarbenen Zweigen. Nell tat vieles, um nicht nachdenken zu müssen, haschte nach jeder Ablenkung, als würde sie Fliegen fangen. Sie tat alles, um nicht zusammenzubrechen. Ihr Blick hielt sich an den Bäumen fest, der Rutsche, den Rosensträuchern in den Gärten, den Säcken mit Dünger, den Schubkarren, diesem bescheidenen Troß der Vorstädte, und sie dachte: Ich befinde mich auf dem Weg der Besserung... ja, ich genese. Der Chirurg war wegen ihrer Verwirrtheit besonders nett zu ihr gewesen. Nach der Operation hatte sie so geschrien, daß zwei Schwestern sie festhalten mußten, während eine dritte ihr den Mund zuhielt und sagte, sie solle endlich ruhig sein, Patienten, die viel schlimmer dran seien als sie, Patienten, die im Sterben liegen, würden von ihrem Geschrei nur noch verzweifelter. Sie riefen nach dem Chirurgen, da sie wohl hofften, er würde noch strenger sein. Zuerst dachte Nell, er wäre Koch, weil er einen weißen Mantel und eine weiße Kappe trug. Sie wollte nichts mit ihm zu tun haben. Aber er setzte sich zu ihr, sprach mit leiser Stimme auf sie ein und fragte immer wieder, was denn mit ihr los sei. Zuerst konnte sie ihm gar nichts sagen, denn sie hatte Angst, wenn sie es beschrieb, würde sie alles noch einmal durchleben, aber nach und nach erzählte sie ihm von ihrer Vision beim Aufwachen: Sie war gerade zu Hause, ja, zu Hause gewesen, war die Allee hinauf, durch das hohe Gras und die Disteln gelaufen, an jungen und alten, sanft schimmernden Bäumen vorbei, und hatte an der Haustür einen Mann in Livree getroffen. Er ließ sie herein, und in der Vorhalle sah sie eine wunderschöne Sammlung von Roben, ausgelegt wie für eine Zeremonie, scharlachrot, weinrot, mit goldenen Schulterstücken, Emblemen der Herrschaftlichkeit. Doch als sie eine der Roben hochhob, entdeckte sie zwei abgetrennte Köpfe, frisch abgehackt, bluttriefend, so daß sie entsetzt die Robe fallenließ, um vor dem Blutbad zu fliehen, doch das Weglaufen hatte gar keinen Zweck, denn sie wußte ja, wußte ganz genau, daß dies ihre eigenen Leute waren, übel zugerichtet, auf rituelle Art geopfert. Und in ihrer Angst rief sie: »Aber das Haus hat geglänzt, wie die Welt für alle glänzen muß, die sie betreten, ehe die Gefäße ihre gefräßigen Grenzen sprengen.« Er sagte ihr, das Ganze sei nur ein Traum, eine Nachwirkung der Narkose, in dieser Phase würden viele Menschen seltsame Dinge hören und sehen. Er beneidete sie, wünschte, er hätte selbst auch Visionen, aber er würde immer nur den alten Examenstraum träumen, und selbst der würde allmählich verblassen. Sie solle sich jetzt darauf konzentrieren, gesund zu werden, weil er es wünschte, weil die Schwestern es wünschten, weil alle nur das Beste für sie wollten. Das Leben sei schön. Sie solle es genießen. Ihr Leben läge vor ihr wie ein bunter Teppich.

»Thelma, schäl mir 'ne Traube«, zitierte er Mae West, um sie zu amüsieren, war plötzlich Mae mit ihren hochhackigen Schuhen und ihrem tiefen Ausschnitt, behandelte alle anderen wie niedere Küchenmägde.

»Thelma, schäl mir 'ne Traube...« Er wiederholte es so lange, bis sie lachte.

Die große, dralle Schwester, die zu ihr kam, um ihr die Verbände abzunehmen, zog sie mit ihm auf, sagte, wahrscheinlich würde er davonschleichen, solange zu Hause noch der Truthahn im Ofen briet, um bei ihr einen Überraschungsbesuch zu machen.

»Er ist bei seiner Familie«, sagte sie, und irgendwie hoffte sie, er würde nicht kommen; sie wollte, daß er mit seiner Familie beim Essen saß, Witze riß, den Truthahn anschnitt. Er war so gut und sanft; sie wollte, daß er zufrieden war. Als sie die Verbände abgenommen hatte, jauchzte die Schwester vor Freude, schwärmte, die Wunden seien wunderbar verheilt, und die neue Haut sei herrlich weich.

»Weich wie Babyhaut«, sagte sie. Dann holte sie eine Schüssel mit Wasser, und zum erstenmal seit mehreren Wochen wusch Nell sich die Hände. Plötzlich fühlte sie sich ganz verspielt, es war wie ein Gefühl aus fernen Zeiten, als sie ihre Hände in einen Bach oder eine Regentonne gehalten hatte. Ihre Hände wollten schlagen, spritzen, planschen, allein und mit anderen Händen. Mit welchen anderen?

»Was war der glücklichste Augenblick, den Sie je erlebt haben?« fragte sie die Schwester.

»Hm...«, sagte die Schwester. Das sei eine sehr schwierige Frage. Sie wüßte es nicht. Sie hätte viele glückliche Momente erlebt, jeder davon sei auf seine Weise der schönste gewesen.

»Aber es muß doch einen gegeben haben, der schöner war als alle anderen.«

»Tja... Vielleicht der, als die Petersilie angegangen ist.«

»Wieso die Petersilie?«

»Na ja, wenn die Petersilie angeht, heißt das, daß man mit seinem Liebsten zusammenbleibt«, sagte sie. Ihr Lachen und ihr Akzent, tief und schnarrend, verrieten ihre Herkunft aus dem Norden.

»Und wer ist dieser Liebste?« fragte Nell und bekam die rätselhafte Antwort, wer diese Frage stelle, beginge den Leichtsinn, in einem Wespennest nach Taubeneiern zu suchen.

Boris und Olga kamen nach dem Mittagessen, sie schwebten förmlich ins Zimmer und sahen strahlend aus. Sie sagten, sie hätten beschlossen, London zu verlassen. Boris ging zum Fenster und schaute hinaus, während Olga dicht neben Nells Bett stand und ihr ein in zerknittertes Seidenpapier gewickeltes Geschenk überreichte. Es war eine Brosche, ein Blatt aus geschliffenem Pyrit mit einer über die Jahre nachgedunkelten Einlage aus Elfenbein. Die Brosche hatte ihrer Großmutter gehört, die in Prag verschwunden und zusammen mit ihrer Schwester und ihren beiden Brüdern verhaftet worden war.

»Aber das hättest du nicht...«, begann Nell gerührt.

»Natürlich hätte sie... dumme Kuh«, sagte Boris und lachte, denn die dumme Kuh warf reichlich Geld ab; es gab viele Frauen, die über die Weihnachtstage eine Massage brauchten, Frauen in Belgravia und St. John's Wood, sogar in Highgate, verheiratete Frauen, unverheiratete Frauen, geile Frauen, die allein zu Hause waren und ihre Bauchmuskeln straffen wollten. Um zu beweisen, wie wohlhabend sie waren, nahm Boris Olgas Tasche und stülpte sie um, bis die

Münzen über den Fußboden rollten und Olga herumkroch, um sie aufzuheben, während er sie aufmunternd trat und sie wimmerte: »Das tut weh, Kermit... das tut weh.« Er sagte, sie würden ins Ausland gehen, erst nach Bali und Indonesien und von dort aus nach Australien, wo sie als Strandgutsammler leben könnten.

»London ist häßlich... häßlich«, sagte er und verzog das Gesicht, um seinen Abscheu zu unterstreichen. Seltsam, daß sie keine Bitterkeit spürte, nicht die geringste Bitterkeit, aber irgendwie erschienen ihr die beiden nicht ganz real, obgleich sie deutlich ihre rötlichen Gesichter sah und sogar den Cachougeruch in Olgas Atem wahrnahm, als sie ihr die Brosche an den Kragen ihres Nachthemds heftete. Insgeheim wünschte sie, die beiden würden gehen. Ihr Geist war zu erschöpft, und als sie an ihr Gehirn dachte, erschien ihr ein Bild von Telefonkabeln unterm Bürgersteig, verworren, wie Rüsselkäfer ineinander verbissen, so daß Männer mit Kneifzangen kommen mußten, um sie zu entwirren und auseinanderzuschneiden.

»Schnipp... schnipp«, sagte sie, als sie sah, daß Boris sie anblickte und dachte, wie beschränkt sie doch war, beschränkt und alt, mit alten, glanzlosen, müden Augen.

Es könnte am Licht gelegen haben, ja, sie glaubte, es lag am Licht, dem weichen, melancholischen Licht eines Winterabends, das sie zutiefst berührte.

»Liebe Mutter«, begann sie wieder. »Es gibt Augenblicke, in denen du zärtlich erscheinst, wie auf einem unscharfen Schnappschuß, von Schönheit und Anmut gestreift, die gleiche unbestimmte Trauer vermittelnd wie ein Bild von einem alten Mann oder einem kleinen Kind in einem Bauernhaus, und das Kind winkt, ist sich aber nicht sicher, ob sein Winken gesehen wird, bis es mittendrin plötzlich der Mut verläßt. Du kommst vom Hof zurück, deine Hände mit Schrotmehl beschmiert, ein paar Eier in der Schüssel, aber nie genug. Die Eier sind mit Kot und Mehl verdreckt, und eines ist mir besonders in Erinnerung geblieben, ein Ei ohne Schale, weich wie jede Plazenta, in seiner Verletzlichkeit uns sehr ähnlich. Wenn wir uns doch bloß in die Tiefen des anderen hätten hineindenken können. Wenn!«

Sie faltete das Papier mehrmals zusammen und dachte dabei, vielleicht würde sie eines Tages unerkannt zurückkehren und es aufs Grab legen wie eine zerpflückte Blume.

Es war schon dunkel, als sie in der offenen Tür eine Gestalt sah und einen Moment lang glaubte, es wäre Duncan, ihr fahrender Sänger. Erst an seiner Stimme erkannte sie, daß es der Pförtner war, und als sie das Licht anknipste, stand er im Mantel da, bereit, nach Hause zu gehen, aber ein Geschenk in der Hand, eine Schale mit Trauben, Erdbeeren und Kiwis. Wie ein Höfling streckte er sie ihr stolz entgegen und murmelte: »Wird Ihnen guttun.« Sie waren sich früher am Tag schon einmal begegnet, er hatte sie weinen sehen, als er kam, um zu fragen, was ihr lieber wäre, helles oder dunkles Truthahnfleisch, hatte sie im Nachthemd in ihrem Spind wühlen sehen, um nachzuschauen, ob ihre Kleider und ihr Geld noch da waren, hatte eine Plastikvase gesucht für den Fall, daß sie Blumen bekam.

»Wird Ihnen guttun«, wiederholte der Pförtner, der nicht recht wußte, wo er seine Opfergabe ablegen sollte. Er sagte, er habe ihr auch einen Brief mitgebracht, der unten ins falsche Fach einsortiert worden war. Auf dem Umschlag tatsächlich Duncans Schrift, kindlich und energisch zugleich. In dem Umschlag ein Bild für sie. Es sah aus, als hätte er eine Flasche mit roter Tinte genommen und über das dünne Papier gekippt, hätte der Tinte ihren eigenen, verrückten, ungezähmten Lauf gelassen. Darunter stand: »Für Dich, heute nacht, das Blut, das ich auf meiner Zunge trage, und die Liebe, die ich verließ.« Der Brief war in Arizona abgestempelt. Er war also doch noch in seine Wüste gegangen, ohne sie.

»Ungewöhnlich«, sagte der Pförtner, als sie ihm die Karte zeigte. Er hatte wohl Rotkehlchen oder einen Schlitten mit Glöckchen erwartet.

»Aus Arizona...«

»Arizona... das ist sehr weit weg«, sagte der Pförtner. Ja, sie konnte sich Duncan vorstellen, die Augen gerötet vom Sand, Sonnenuntergänge wie brennende Fußbälle, doch so sehr sie es auch versuchte, sich selbst konnte sie in der Leere neben ihm nicht sehen.

21

Die Felder stiegen zum Waldrand hin allmählich an, und das Licht war so klar, daß sie dort oben über den Zweigen etwas sehen konnte, das sich bewegte, einen Bussard, ein Bussardpaar, das schwarz und schwerelos über den gestutzten Wipfeln kreiste. Alles war so still, so ruhig, so festgefügt – so schön, wie es Menschen empfinden müssen, die gerade von ihrer Begnadigung erfahren haben. Eine Freundin hatte Nell für den Rest der Ferien ihr Wochenendhaus zur Verfügung gestellt, und so saß sie schweigend da, schaute auf der einen Seite über die Felder und durch das gegenüberliegende Fenster auf die hochaufragenden Bäume, deren Zweige auf jede Veränderung des Windes reagierten, ächzten und knackten, wenn ein Windstoß über sie strich, schwankten und wogten, wenn eine Sturmbö sie an den Ästen packte. Rehe grasten im hellen Tageslicht auf den Feldern, hoben gelegentlich ihre edlen Köpfe und starrten herüber. Das Grün auf den Feldern sah weich aus, federig, wie Kresse. Eine Zufluchtsstätte. Die Küchenwände waren grün, die Stühle hellgrün gestrichen und mit goldenen Schnörkeln verziert. Der Weihnachtsbaum war ihr eigenes Werk: grüne Zweige, mit Glimmer und kleinen Glühbirnen geschmückt, verzierte Arme und Beine, ein Buddha des Waldes, der die Luft anhielt. Sogar ein paar weiße, rotgeränderte Papierrosen hatte sie aufgetrieben und einen Stoffengel auf die Spitze gesetzt.

Bei ihren täglichen Spaziergängen hatte sie die Leute aus dem Dorf kennengelernt. Alle hatten sie freundlich gegrüßt und mit ihr gesprochen, und eine Frau hatte ihr anvertraut, Virginia, die Besitzerin des Hauses, fände sie hochnäsig, weil sie mit den Dorfbewohnern nichts zu tun haben wolle. Ein Förster führte sie einen Waldweg hinauf, um ihr zu zeigen, wo sie Stechpalmenzweige mit Früchten finden könne. Sein Stock versank bei jedem Schritt im nassen, lehmigen Boden, während er mit ihr plauderte, ihr erzählte, er würde von allen Greg genannt, obwohl Greg gar nicht sein richtiger Name sei, er hieße in Wirklichkeit Angus, höre inzwischen aber nur noch auf Greg. Er war in der Gegend aufgewachsen, kannte jeden Baum, jeden Hufabdruck, jeden Vogelruf. Zum erstenmal sah sie eine Hemlocktanne, und er erzählte ihr, eine gewisse Lady Sophie habe sie vor fünfzig Jahren aus dem Osten mitgebracht. Die Lords und Ladies, sagte er, hätten oft seltsame Angewohnheiten gehabt und seien nicht immer glücklich gewesen, trotz ihres Reichtums. Seine Mutter habe im Schloß als Magd gearbeitet, sei morgens um fünf Uhr aufgestanden, um Feuer zu machen und die Bügeleisen aufzuheizen, damit die Gentlemen zum Ausreiten frischgebügelte Hemden hatten. Das Schloß sei abgebrannt. Er zeigte auf die Mauern und Türme der Ruine, und sie sah den Flügel, der stehengeblieben war, ein niedriges Gebäude, das an die spärlichen Überreste eines Kreuzgangs erinnerte, sah efeubewachsene Bleiglasfenster und eisige, fahle Düsternis.

Wenn sie draußen war, verging die Wartezeit schneller. Sie sagte sich, daß sie sich keine bestimmte Art der Begrüßung ausmalen, nichts erwarten dürfte, sondern sich so verhalten müßte, als hätte sie die Kinder erst gestern und nicht schon vor vielen Wochen zum letztenmal gesehen. Die Bäume waren jetzt dunkel, Soldaten einer finsteren Armee, zwischen den Stämmen leuchteten Flecken eines salzigblauen Himmels, und sie dachte: Wenn ich diese blauen Flecke nicht mehr sehe, die einzelnen Bäume nicht mehr unterscheiden kann, wird es Zeit zurückzugehen.

Dunkelheit stahl sich in jedes einzelne Bild, in jedes Detail, verkehrte die Dämmerung am Morgen in ihr genaues Gegenteil. Hecken und Boden verschwammen, und bald schien es ihr, als wäre es ihr eigenes Sehvermögen, das sie verließ, und nicht der Abend, der hereinbrach, seinen weichen, dunklen Mantel über alles legte. Manchmal kam sie vom Weg ab, trat in den Wald, kam wieder auf den Pfad zurück und ging dann bergab am Bach entlang, der im Dunkeln noch geräuschvoller zu glucksen schien. Die Gräser und Halme am Bachrand, die das Wasser durchzogen wie zarte Kämme, konnte sie nicht sehen. Alles wurde jetzt zur Geistererscheinung: Hecken, Büsche, alte Düngertüten, die an weißliche Leichen erinnerten, und Bäume, gefangen in Käfigen aus Nebel.

Wahrscheinlich würden sie an ihr eine Veränderung bemerken, daß sie gealtert war vielleicht, daß der Schock noch in ihr nachwirkte, aber sie würden es ihr nicht sagen, es sich statt dessen für eine unbestimmte Zeit in der Zukunft aufheben, so wie wir das tun, wenn wir noch jünger sind und einfach verdrängen, was wir uns früher oder später doch anschauen müssen, auch wenn es uns noch so sehr schaudern läßt. Es ist, als würden unsere Augen in ein Bleichbad geworfen und von nun an jedes tröstlichen Bildes beraubt. Die Eule hatte bereits mit ihrem Schlachtruf begonnen, einem Ruf, in den sich Zorn und Trauer mischten, während sie durch den dunklen Wald flog.

Als sie auf das Häuschen zukam, hörte sie die Stimmen der Kinder und lief die Treppe zur Tür hinauf, um sie zu begrüßen.

»Ihr seid schon da… ihr seid da«, rief sie und wartete darauf, daß sie auf sie zuliefen, wie sie es immer getan hatten, aber sie verharrten zögernd auf der Schwelle, die Distanz und die Befangenheit waren zu groß.

»Der Zug ist früher angekommen, als du gesagt hast«, brach Paddy das Schweigen. Er sah älter und kräftiger aus. Beide Jungen wirkten ziemlich verwahrlost.

»Ich wollte hier sein und das Taxi bezahlen«, sagte sie.

»Wir haben es selbst bezahlt«, erwiderte Tristan und ließ

die Finger über verschiedene Gegenstände im Haus gleiten, um sich mit ihnen bekanntzumachen.

»Ist es nicht hübsch hier?« fragte sie und knipste stolz das Licht an, damit sie den Baum und das restliche Zimmer bewundern konnten.

»Von wem sind die Weihnachtskarten?« fragte Paddy.

»Sie sind nicht für uns«, antwortete Nell abrupt und hielt die Karten fest, damit er sie nicht dreckig machen konnte. Sie waren für Virginia, die in Afrika auf Safari war. Auf einer waren Pferde abgebildet, ein paar alte Gäule, die auf schneebedeckten Koppeln standen und einander über einen verschneiten Zaun hinweg traurig anstarrten. Die zweite wirkte sehr viel vornehmer: Grünliche Pferde wurden von einem Stallburschen über grünes Gras geführt, während die Herrschaften im Hintergrund auf ihre Kutschen warteten. Die dritte Karte zeigte Big Ben hinter einer attraktiven Nebelschwade. Dieser hübsche Turm hier hatte keinerlei Ähnlichkeit mit dem Bauwerk, zu dem sie gleich an ihrem zweiten Tag in London hinaufgestarrt hatte, ohne dabei irgendeine Erregung empfinden zu können. Der Turm war ihr schrecklich hoch vorgekommen, die Verzierungen viel zu weit entfernt. Die angrenzenden Parlamentsgebäude und die schwarzgoldenen Eisentore hatten sie dagegen wesentlich stärker beeindruckt, denn sie trugen die ganze Last der Geschichte, waren dem brausenden Leben auf seltsame Weise entrückt. Die Fahnenmasten ohne Fahnen sahen wie dünne, weißgekleidete Postulanten aus.

»Das hier sind nur ein paar Kleinigkeiten... euer eigentliches Geschenk ist im Umschlag«, sagte sie und reichte ihnen Schuhkartons, die sie ungeschickt eingewickelt hatte. Sie sah, wie sie einen Blick wechselten, in dem sowohl Übermut als auch Scham lag, Übermut, weil sie sich freuten über das, was im Umschlag auf sie wartete, und Scham, weil sie so zurückhaltend gewesen waren.

»Macht sie auf«, sagte sie und ging zum Herd, um den Kessel aufzusetzen und den Christmas Cake aufzuschneiden, den sie bei der Krankenhausfeier gewonnen hatte.

»Geht's Mama besser?« fragte Tristan.

»Ach, ich bin einfach ein bißchen übergeschnappt«, sagte sie, um ihnen das Geschehene verständlich zu machen.

»Du bist nicht übergeschnappt«, versetzte Paddy, und sein erschrockener Blick sagte: Rede nicht solchen Unsinn, so spricht eine Mutter nicht.

»Du warst einfach geistesabwesend«, erklärte Tristan zärtlich, und als könnte er damit alles ungeschehen machen, überreichte er ihr feierlich ein rechteckiges Päckchen mit chinesischen Schriftzeichen, auf das er ihren Mädchennamen geschrieben hatte. Es war ein Bambuskalender, auf dessen blasse, weizenfarbene Oberfläche zwei Pandabären gemalt waren, die saftige Bambusblätter mampften.

»Er ist wunderschön«, sagte Nell. Auf dem Kalender standen der Name, die Telefonnummer und die Öffnungszeiten eines chinesischen Restaurants in Wales sowie der Hinweis, daß alle Speisen auch ins Haus geliefert werden könnten.

»Sie haben ihn mir geschenkt«, erklärte er beschämt, als müsse er sich für sein Mitbringsel entschuldigen. Paddys Geschenk war ein Eßlöffel, dessen vorderer Rand vom Auskratzen diverser Kochtöpfe so dünn und scharf wie die Schneide eines Messers geworden war.

»Weißt du, was ich geträumt habe?« fragte er. »Ich habe geträumt, wir hätten Emily Brontë getroffen und gesagt: ›Entschuldigen Sie, Emily Brontë, warum haben Sie eigentlich nur einen Roman geschrieben?‹ «

»Und?« fragte Nell und legte den dünnen Rand des Löffels an die Lippen, um ihm zu zeigen, wie dankbar sie war.

»Und dann«, sagte er und wedelte mit den Armen, »ist sie in einem weißen Leichentuch davongetanzt.« Wie sehr sie sich danach sehnte, die beiden zu küssen, immer wieder zu küssen, aber sie traute sich nicht. Das Geschrei der Eule vermischte sich mit ihrer Sehnsucht, der gleiche schauerliche, unerbittliche Ruf dort draußen in der Dunkelheit, ein Tier, das im Baum hockte, seine Beute verdaute, seine Entrüstung herausschrie. Sie hörten zu, warteten auf jeden neuen Schrei und jede Pause, und plötzlich schlug Tristan vor, »in die Wälder zu ziehen«.

»Es ist zu dunkel, Liebes«, sagte sie und deutete auf die Fensterscheibe, eine dunkle Fläche, wie ein Fluß.

»Aber wir haben eine Taschenlampe«, sagte Paddy und hob die Lampe auf, die Nell bereitgestellt hatte, um die Kinder mit »Juchhee« und »Vorsicht, Stufen« zu begrüßen, während sie die rosafarbenen, abgerundeten Stufen hinaufkamen, die tagsüber wie Nieren aussahen.

»Ein kleines Abenteuer«, rief Tristan. Das war es, was sie suchten. In den Wäldern würde es keine Zögerlichkeiten und keine Fragen mehr geben, dort würden sie wieder zueinanderfinden, träumte sie.

Draußen täuschten sie Angst vor wilden Tieren vor und wünschten gleichzeitig, irgendein Tier würde sie anspringen. Sie stellten sich die Glasigkeit der Rehaugen vor, die ihnen entgegenstarrten, dachten an die Rehe, die sie abends erschrocken davonspringen sahen, an die grau-weißen Hinterteile, die wie Meteore durchs Gras schossen.

»Sch, sch«, sagte der eine oder der andere, wenn sie auf heruntergefallenen Ästen ausrutschten oder im Dickicht hängenblieben; ihre Schuhe versanken im Matsch, ihre Strümpfe waren längst naß, sie behaupteten, nichts zu sehen, und flehten den Mond an, sich doch bitte, bitte zu zeigen. Wolken zogen über das Gesicht des Mondes, wurden verscheucht, um kurz darauf von den nächsten Schwaden ersetzt zu werden, die sich in den Vordergrund drängten, als wollten sie ihm unbedingt ihre Aufwartung machen.

»Das mit Grannys Tod tut uns sehr leid«, sagte Paddy. Er bedauerte, daß er die Karte, die er als Weihnachtsgeschenk für sie gekauft hatte, nicht abgeschickt hatte. Es war ein Gebet mit dem Titel »Desiderata«, das die Menschen zur Gelassenheit mahnte; vielleicht hätte es die arme Granny, wenn sie es rechtzeitig bekommen hätte, noch retten können.

»Arme Granny«, sagte Tristan und versuchte, sowohl traurig als auch erwachsen zu klingen.

In den dunklen, verborgenen Wäldern hatten sie einander wiedergefunden, die abhandengekommene Zärtlichkeit und all die kleinen Neuigkeiten ausgetauscht, die zur Vertrautheit dazugehören. In den Wäldern mit ihren unsichtbaren Bedrohungen fanden sie wieder den Mut, sich aneinanderzuklammern, gemeinsam allen Gefahren zu widerstehen und über die Sterne zu staunen, die inzwischen am Himmel erschienen waren. Manchmal geben sich die Sterne mit einem ganz normalen Glanz zufrieden, doch in jener Nacht schienen sie mit solcher Ausdruckskraft, als würden sie über alle Weiten des Himmels hinweg miteinander sprechen, und Nell und die Kinder fragten sich, was sich die Sterne wohl zu sagen hatten, welche Euphorie sie wohl durchdrang.

»Sterne sind wie Menschen, die sich schlafen gelegt und das Licht angelassen haben«, sagte sie in Erinnerung an das Gedicht, das Paddy ihr einmal geschickt hatte.

»Ich habe noch viel mehr Gedichte, die ich dir zeigen kann... noch viel bessere«, sagte Paddy.

»Und *moi*«, warf Tristan ein und erzählte eine Geschichte, die er geschrieben hatte, ›Die gute Mutter Heberdeen‹. Sie lebte am Rand des Moores, half den Menschen, und wenn Hirten und Wanderer von bösen Räubern bedroht wurden, gewährte sie ihnen Unterschlupf. Sie schenkte ihnen Marmelade, eine ganz besondere Marmelade, die sie in roten Töpfen mit versiegelten Deckeln aufbewahrte und ihnen mit frischgebackenen Scones servierte. Wenn sie die Marmelade probierten, verwandelten sie sich in Geister und schwebten über die nebeligen Moore. Je ausführlicher er Mutter Heberdeen, ihre Knöchel, das Hühnerschrot unter ihren Fingernägeln, ihre Scones und ihre magische Marmelade beschrieb, desto deutlicher sah Nell ihre Mutter vor sich und dachte: Tristan und Paddy dürfen es nie erfahren, denn sie würden nur für ihre Großmutter Partei ergreifen und sich gegen mich wenden. Und da sie dies mehr fürchtete als alles andere, nahm sie die Jungen an den Händen und begann, auf sie einzureden, ihnen dieses und jenes zu erzählen, Witze, Krankenhausanekdoten, ländliche Gruselgeschichten – wie ein Komödiant, der meint, mit hohlem Gerede ließe sich alles ersticken, was nicht gesagt werden darf. Sie sprühte vor Energie, während sie mit kühnem Schwung vorwärtsschritt.

»Mam-ma!« riefen die Jungen, hocherfreut über ihre plötzliche Leichtigkeit.

22

»Am einunddreißigsten«, sagte er ohne jedes Mitgefühl. Er war ein kleiner Mann mit trockener, bellender Stimme, mit einer weit nach hinten geschobenen Strickmütze und pfeilschnellen Augen, die daran gewöhnt waren, mit einem Blick den Wert aller Dinge einzuschätzen. Während er auf seinen Lippen kaute, gewann sie zwei völlig gegensätzliche Überzeugungen: daß es nicht geschehen würde – und daß es selbstverständlich geschehen würde, weil sie es gewollt, es gesucht, es darauf angelegt hatte.

»Am einunddreißigsten«, sagte sie, doch ohne jeden Nachdruck. Er registrierte es. Offenbar war das eine übliche Reaktion: Die Menschen wollten nicht wahrhaben, daß sie ruiniert waren. Er nahm seinen Kalender heraus und sagte, bis dahin seien es noch sieben Tage, eine ganze Woche. Sie hatte drei letzte Mahnungen erhalten, hatte sich geweigert, sie wahrzunehmen. Sie seufzte, fragte, wohin sie denn gehen solle, meinte, das könne er ihr doch nicht antun. All das hatte er schon tausendmal gehört und war ebenso unbeeindruckt, als hätte sie gesagt, es würde regnen. Schließlich gäbe es Herbergen, Pensionen, möblierte Zimmer, jede Tageszeitung sei voll von Anzeigen, unzähligen Möglichkeiten.

»Unsinn«, sagte sie bitter. Daraufhin sah er zur Seite, auf einen alten Schleppkahn, der gemächlich flußaufwärts tukkerte. Ein Junge in Ölzeug stand am Steuer, schaute durch ein Fernglas. Es mußte doch irgend etwas geben, das sie sagen könnte, um eine Atempause zu erreichen, um wenigstens einen Monat Aufschub zu bekommen, um sich bis dahin etwas Geld borgen zu können. Nein, sagte er, eine Woche sei eine Woche. Schließlich tue auch er nur seine Pflicht. Die Welt beruhe auf Geschäften, auf weiter nichts. Natürlich würde es auch schöne Dinge geben, wie Gärten und Möbel und Kinder, aber Geschäft sei Geschäft.

»Ich war krank«, sagte sie schwach.

»Tja, eine Krankheit kann die Besten von uns aus der Bahn werfen... das kommt immer wieder vor«, sagte er trocken, wandte den Blick vom Fluß ab und schaute sie an, als wollte er sagen: Wann werden Sie endlich glauben, daß die Sache längst beschlossen ist?

»Ich kann das Geld besorgen«, sagte sie.

»Gut«, antwortete er, gab ihr seine Karte und fügte hinzu, die Gebühren würde sie natürlich trotzdem bezahlen müssen, aber er wäre froh, wenn er den Räumungsbefehl zurücknehmen könne, und das gleiche gelte für den Vermieter, der sie immer gemocht habe, auch wenn sie eine etwas ungewöhnliche Persönlichkeit sei. Falls sie das Geld nicht zusammenbekäme, bliebe es beim einunddreißigsten. Alle möglichen Strategien, eine so unmöglich wie die andere, schossen ihr durch den Kopf. Sie überlegte fieberhaft, an wen sie sich wenden könnte, doch sobald ihr irgendein Name einfiel, entschied sie sich auch schon dagegen. Sie dachte an ihren Vater, aber sie wußte, es würde seinen Hoffnungen nur Nahrung geben. Sie dachte an ihren Chef, dachte daran, wie er ihr sein Herz geöffnet und gesagt hatte: »Meine Liebe, Sie haben mich nie um irgend etwas gebeten, aber Sie sollen wissen, daß Sie jederzeit zu mir kommen können.« Sie konnte es nicht, brachte es einfach nicht übers Herz, sich so zu erniedrigen. Sie würde nachdenken, sich hinsetzen und ernsthaft nachdenken. Die ganze Stadt strotzte von Geld, die prunkvollen Tore, Säulen und Balustraden bezeugten es. In den Foyers der Hotels, in denen die Kronleuchter niemals ausgingen, saßen gutgekleidete Männer und debattierten über Geld. Es war überall. Es war greifbar. Sie bräuchte nur die Hand auszustrecken, und schon würde es Gestalt annehmen. Aber wie? Sie erwog, zu einem Geldverleiher zu gehen. Auf keinen Fall würde sie sich von ihren Zimmern und von ihrem Garten trennen – und schon gar nicht von ihrem Hochsitz am Fluß, wo sie so gerne saß und die Schiffe beobachtete, schwimmende Häuser im Bauch des Flusses. In der Ferne tuteten die Nebelhörner. Jeden Abend vorm Schlafengehen würde sie sich sagen, daß ein Traum ihr eine Antwort bringen würde. So mußte es sein. So mußte es sein.

Sie war noch nie in Freddies Haus gewesen, obwohl er sie schon zweimal eingeladen hatte, aber sie hatte beide Male abgesagt, jedesmal eine Grippe als Grund angegeben. Freddie, der auf orientalische und byzantinische Seide spezialisiert war, lebte wie ein Einsiedler in einem großen Haus. Er war mit Duncan auf Nells Partys gekommen, hatte sich von den anderen mitschleppen lassen. Er hatte gesehen, daß auch sie in Duncan verliebt war und deshalb Mitleid mit ihr empfunden. Sie hatten in der Ecke miteinander getuschelt, und er hatte ihr erzählt, wie er sich einmal wegen eines Freundes, der etwas Unsagbares getan hatte, hart an der Grenze des Erlaubten bewegt habe, obgleich er ihr nicht verriet, was das gewesen sei. Er liebte das Theater und die Oper, sprach gern darüber und beschrieb ihr besonders eindrucksvolle Momente, die er gesehen hatte – einen großen Hamlet, eine große Julia, ein Bühnenbild für den ›Kirschgarten‹, bei dem die Bäume aus weißem Leinen im Laufe des Abends angefangen hätten, Blüten zu treiben. Er erzählte ihr vom Opernhaus in Mailand, hatte Maria Callas auf die Bühne kommen sehen, ein volles, vor Spannung totenstilles Haus und seine Hohepriesterin, die ihr Publikum nach Belieben in Stein oder Salz verwandeln konnte. Er kannte die besten Hotels, die schönsten Parks, die geschmackvollsten Suiten, hatte schon in dem Zimmer gesessen, in dem Wagner Teile des ›Rings‹ geschrieben, und in Österreich in einem Schloß geschlafen, in dem Rilke seine siebte Elegie komponiert hatte. Ja, von all diesen Herrlichkeiten hatte ihr Freddie erzählt, und von seinen Reisen hatte er ihr meist eine Postkarte mitgebracht, von einer feierlichen *Annunciation* aus Padua oder einer *Assumption* aus Verona, wo die Jungfrau wie eine Konkubine auf einer dicken Wolke hockte. Von all ihren ungeladenen Gästen war er stets der höflichste gewesen, hatte ihre Gläser oder einen neuen Vorhang bewundert, eine kleine Skulptur in die Hand genommen und gesagt: »Sie haben einen guten Geschmack... Sie haben den richtigen Blick für schöne Dinge.«

Sie hatten sich aus den Augen verloren, aber Nell wußte, wo er wohnte, und kam zu dem Schluß, wenn sie zu ihm ginge und ihn geradeheraus fragte, würde er sie nicht im Stich lassen. Eine breite Treppe führte zu seiner Haustür, die von Säulen flankiert war, von cremefarbenen Säulen, sanft getönt, wie Sahne mit Erdbeer vermischt. Sein Wäschekorb stand draußen, und die beiden Lorbeerbäume waren gerade mit einem Schlauch bewässert worden. Die Tür hatte zwei Klingeln, und sie fühlte sich so klein, daß sie versucht war, die Klingel mit der Aufschrift KINDERHORT zu drücken. Als er zur Tür kam, sagte er: »Das ist wirklich seltsam.« Er habe erst vor kurzem von ihr geträumt, von ihr in einer Kutsche, und plötzlich seien die Pferde durchgegangen, seien in die Zuschauerränge eingebrochen, und sie habe sich an die Deichsel geklammert und sei gen Himmel gefahren. Natürlich erinnerte er sich, wer sie war, erinnerte sich an ihre wunderbaren Partys und an den Abend, an dem ihr die Gans in der Küche hinuntergefallen war und sie beide kichernd die Einzelteile vom Fußboden aufgelesen und in die Bratpfanne gelegt hatten, damit sie knuspriger aussahen. Er erinnerte sich an die streitenden, betrunkenen Gäste, an Duncan und an den Möchtegern-Dichter, der darauf bestanden hatte, ihnen seine Verse vorzutragen. »Und die grünäugige Hure im rotäugigen Kleid...«, begann er, »...stolziert durch die Tundra meiner begierigen Lenden«, fiel sie ein. Sie lachten. Ja, es würde sich alles zum Guten wenden.

Wahrscheinlich fragte er sich, warum sie gekommen war und warum sie so zitterte. Sie lehnte ab, als er ihr Tee anbot, weil sie den Eindruck hatte, es würde ihm Umstände machen, zumal die Küche im Keller lag und seine Haushälterin schon gegangen war. Sein Wohnzimmer hatte die unpersönliche Ausstrahlung eines kleinen Museums, eines Raums, in dem die Besitztümer einer berühmten Persönlichkeit aufbewahrt wurden, im düsteren Dämmerlicht, mit einer Samtkordel vom Leben abgetrennt. Ein bronzener, männlicher Torso in einer Fensternische sah aus wie der Wärter, doch hatte der Bildhauer seine Augenhöhlen mit Blattgold ausgelegt, so daß sein Blick jenseits des Menschlichen lag, wie der einer Mumie. Sie hätte ihn gleich als erstes um das Geld bitten sollen. Überall standen Blumen, dicke Sträuße in hohen Porzellanvasen, wilde und gezüchtete Blumen, so daß das Zimmer wie ein Garten wirkte, und um das Eis zu brechen, roch Nell an den Blüten.

»Sie hatten immer wunderbare weiße Lilien«, sagte er.

»Jetzt nicht mehr«, erwiderte sie und hielt dies für einen günstigen Übergang, um zu sagen: »Ich gebe keine Partys mehr, im Gegenteil, ich bin völlig abgebrannt und habe eine Räumungsklage am Hals.« Aber sie sagte es nicht, sondern zögerte und scheute wie ein junger Windhund, vor dem plötzlich die Klappe aufgerissen wird. Sie sprachen von Duncan, seiner Wildheit, seinen verrückten Freunden, dem schwarzen Sänger, der sich einem Kult angeschlossen und sich das Haar abrasiert hatte und jetzt in der Oxford Street mit den Mitgliedern seiner Sekte mystische Gesänge anstimmte. Es hatte in allen Zeitungen gestanden. Sie sprachen vom Wetter, wie scheußlich es sei, wie grau, daß es möglicherweise schneien würde, von der Faszination des ersten Schnees. Zwischen ihnen herrschte Befangenheit, und Nell wünschte, sie hätte den angebotenen Tee angenommen, denn er hätte ihnen jetzt eine kleine Ablenkung verschafft, ihnen etwas zu tun gegeben. An der gegenüberliegenden Wand hing ein Gemälde, ein Sandweg, der auf einen Berg zulief, so daß sie laut fragte, was wohl dahinter lag.

»Ein glückverheißendes Bild«, sagte sie.

»Ja, es ist sehr tröstlich«, sagte er und erzählte, es habe sich um ein wahres Schnäppchen gehandelt und sich seitdem in seinem Wert verdreifacht. Dann sprach er von Glück und Zufall in der Welt der Kunst, wie einige Künstler, erstklassige Künstler, im Wert fielen, während andere astronomische Summen erzielten. Nell bewunderte einen Wandbehang, der ganz aus dunklen, bläulichen Fäden bestand, so daß er aus der Ferne wirkte wie ein Nebel, aus dem schemenhaft Gestalten hervortraten. Sein Gegenstück, sagte er, hinge im Louvre. Er holte ein Buch, um es ihr zu zeigen, aber die beiden Behänge stimmten nicht in allem überein. Die Vögel – Strauße, glaubte sie – waren anders angeordnet und hatten einen leereren Blick.

»Der Louvre«, war alles, was sie sagen konnte. Um Mut zu fassen, ging sie zur Toilette, schaute sich dort in einem runden, italienischen Spiegel an, dessen Rand mit dicklichen, kleinen Amoretten geschmückt war. Dann drehte sie sich um und blickte in die Toilettenschüssel, las in dem gemaserten, getupften, cremeweißen Porzellan den Namen W. Crapp & Sons.

»Das ist ein sehr witziger Name in der Toilette«, sagte sie.

»Nicht wahr?« gab er zurück. Er hatte eine Vase verrückt, wahrscheinlich, weil sie zu dicht am Heizkörper stand und er befürchtete, die Blumen könnten verwelken. Der Heizkörper stieß von Zeit zu Zeit seltsame Gluckser aus.

»Hat Ihnen die Blumen jemand geschickt?« fragte sie.

»Nein... mir schickt niemand Blumen«, entgegnete er ein wenig mürrisch, aber sie wußte, daß er im Grunde seines Herzens nicht mürrisch war, denn er hatte ihr einmal erzählt, wie sehr er seine Mutter liebte, wie wunderschön, wie entrückt sie sei, wie Alabaster, und daß sie einmal, um ihm eine Freude zu machen, mit ihm von London nach Brighton gefahren sei, in einem riesigen, altmodischen Auto, mit karierten Wolldecken über den Knien und einem Picknickkorb auf dem Vordersitz. Seine Mutter habe ihm erlaubt, sich an sie zu schmiegen, so daß er nicht nur ihr Parfüm habe riechen können, sondern auch, wie es sich in ihren Kleidern ausbreitete und wie es sich durch die verschiedenen Stoffe veränderte, so daß es in ihrem Chiffonschal ganz anders duftete als in ihrem Ärmel mit Astrachanbesatz. Seine Mutter, hatte er Nell erzählt, kleidete sich stets wie Anna Karenina und hatte auch stets einen Liebhaber. Lydia sei ihr Name, sagte er. Und kaum seien sie in Brighton angekommen und hätten gesehen, wie rauh die See war, habe Lydia beschlossen, es sei an der Zeit, nach Hause zu fahren. Sie seien nicht einmal aus dem Auto gestiegen, der Picknickkorb sei unberührt geblieben. Weil er ihr diese Geschichte erzählt und dabei ein wenig geweint hatte, empfand sie eine gewisse Sympathie für ihn und fühlte sich mutig genug, um auf ihn zuzugehen.

»Ihr Haus gefällt mir sehr«, sagte sie, vielleicht ein wenig zu schmeichlerisch.

»Ja, es ist schön... aber ich weiß nicht, wie lange ich es mir noch leisten kann«, erwiderte er. Sie rang nach Luft, glaubte, er habe ihre Absicht erraten.

»Freddie«, sagte sie eindringlich, »ich bin gekommen, um Sie um einen Gefallen zu bitten... Es ist schrecklich... Ich bin gekommen, um Sie zu fragen, ob Sie mir fünfhundert Pfund leihen können.« Seine Reaktion hätte sie nicht voraussehen können. Er wurde blaß, die Farbe wich aus seinem Gesicht, er begann zu husten – ein trockenes, zwanghaftes Husten –, dann nahm er ein Samtkissen von der Armlehne des Sofas, umklammerte es und sagte, zu jedem anderen Zeitpunkt hätte er ihr das Geld gern überlassen, aber er habe gerade seinem lasterhaften Cousin eine größere Summe geborgt.

»Familienbande«, sagte er schwach und zuckte mit den Schultern, und sie wußte, daß sie etwas Schreckliches getan hatte, etwas, das er immer befürchtet hatte, und daß sie ihn mit ihrer Bitte so gekränkt hatte, als hätte sie sich tatsächlich mit seinem Geld aus dem Staub gemacht. Dann begann er zu niesen, bekam einen wahren Niesanfall, stammelte: »Tschuldigen Sie... tschuldigen Sie...«, umklammerte das Kissen und krümmte sich, wie von Schmerzen gequält. Sie haßte und bemitleidete ihn abwechselnd und dachte: Wenn er es bloß über sich bringen könnte, wäre es wunderbar für ihn. Und sie dachte auch, daß sie ihn krank gemacht hatte, daß er sich würde hinlegen müssen, nachdem sie gegangen war, daß er wahrscheinlich den ganzen Tag im Bett liegen und später jemanden anrufen würde, nicht gerade seinen Cousin, sondern irgend jemand anderes, daß er erzählen würde, was geschehen war, sagen würde, die Menschen hätten heutzutage keine Scham mehr, keine Scham. Sie stand auf, um sich zu verabschieden, sagte, sie hätte gar nicht erst kommen sollen, wäre furchtbar aufdringlich gewesen, und um die Situation noch irgendwie zu retten, um ihr Handeln entschuldbar zu machen, fügte sie hinzu, sie würde ihm ihre neue Adresse schicken.

»Ach, Sie Arme«, rief er, zeigte sich besorgt, fragte, wohin sie denn ziehen würde, und als sie sagte, sie wisse es noch nicht, war er mit Vorschlägen rasch bei der Hand: die Anzeigen in der Abendzeitung, in der Zeitschrift ›Lady‹, vielleicht eine Wohnung außerhalb, vielleicht in Barnes, denn dort sei es grün und außerdem viel preiswerter. Sie sah die Angst in seinen Augen, seinen erblaßten Augen mit den kleinen Zysten am Lid, sah seine Angst, sie könnte vielleicht noch länger bleiben oder ihn sogar nochmals bitten, und sie dachte verbittert: Fünfhundert Pfund würden dein Zimmer und dein Leben nicht um ein Jota verändern, und dennoch verachtete sie sich dafür, daß sie gekommen war und sie beide solcher Schmach ausgesetzt hatte.

»Ich muß meine Tante anrufen... sie ist schwer gestürzt«, sagte er, als könne er sich durch den Hinweis auf ein Familienmitglied einen Hauch von Anständigkeit zurückerobern. Seine Tante wohne in Kew, sagte er, um den tropischen Pflanzen näher zu sein, und es gebe eine Rose, die nach ihr benannt sei, eine dunkelrote Rose.

Als Nell die Straße hinunterging, stellte sie sich vor, wie er durchs Zimmer marschierte, mit den Zähnen knirschte, vor sich hinmurmelte: »Warum sollte ich... warum zum Teufel sollte ausgerechnet ich...«, und dann jemanden anrief, einen Kumpel, und ihm ihren Besuch in allen Einzelheiten beschrieb, wie sie mit jämmerlichem Blick erschienen sei, sein Zimmer bestaunt und seine Blumen bewundert habe und dann auf ihn losgegangen sei. »Fünfhundert Pfund... fünfhundert Pfund... Sie muß verrückt sein, eine so unverbesserliche Optimistin habe ich noch nie gesehen...«

Nell ging weiter, ohne zu wissen wohin.

23

»Es wird mir nicht wieder passieren«, sagte sie zu den Kindern und dachte: Was für ein Gegensatz zu der Freude und dem Taumel an jenem Tag, als ich das Sorgerecht für die beiden bekam, zu den Sonntagen, an denen die Jungen im Garten ihre Kriegsspiele veranstalteten. Es kam ihr jetzt vor, als habe all das in einer völlig anderen Zeit stattgefunden, einer rosigeren Zeit, in der sie selbst, auch wenn sie es damals vielleicht nicht erkannt hatte, mit Hoffnung schwanger gegangen war – naiver, junger, unbestimmter Hoffnung. Und jetzt hockte sie hier und wischte am Vorabend ihres Abschieds vom eigenen Haus das Wasser auf. Im Badezimmer, in der Küche und im unteren Flur waren einige Rohre geplatzt, so daß sie mit mehreren Wischlappen eilig hin und her lief, um das Wasser aufzusaugen, das über den Rand der Schüsseln lief, die sie unter die Rohre gestellt hatte.

Die Jungen waren hereingekommen, blaß, aufsässig, ein Funkeln des Widerstands in den Augen, auf den Dufflecoats Schneespritzer, die wie durchnäßte Reiskörner aussahen.

Welche Schande hatte sie angerichtet? Der Schnee war schon eine Woche alt, die schwarzen Halme und Gräser im Garten streckten bereits ihre Spitzen hindurch, so daß der Rasen aussah wie eine löcherige, weiße Decke. Nell war nicht draußen gewesen und würde auch nicht mehr in den Garten gehen; der Abschied lag fast hinter ihr. Der Pfad zur Haustür sei gefährlich glatt, meinte Paddy, jemand – und damit meinte er Nell – hätte Salz streuen müssen, die Nachbarn hätten das alle längst getan. In Augenblicken wie diesen sah sie Eigenschaften seines Vaters in ihm. Ach, wie würde sich sein Vater jetzt an ihrem Absturz ergötzen. »Ich denke, wir sollten ihm erst einmal lieber nichts davon erzählen«, hatte sie gesagt. Tristan und Paddy hatten es nicht verstanden, zumal er früher oder später doch davon erfahren würde. Sie tauschten regelmäßig knappe Briefe aus, und Madeleine hatte ihnen zu Weihnachten ein Jugendlexikon geschenkt, das mit ihren beiden Namen versehen war. Ja, ein Elend kommt selten allein. Sie zeigten unverhohlen ihren Groll, machten patzige Bemerkungen und wütende Gesichter. Sie hatten es kommen sehen. Partys. Zigarren aus Kuba, darunter habe sie es wohl nicht gemacht. Wo waren überhaupt diese Zigarrenkisten mit den Schiebedeckeln? erkundigte sich Paddy. Als verarmter Schüler könnte er sie jetzt als Etui für seine Stifte nehmen. Er zeigte auf zwei Kübel mit Sträuchern und fragte: »Nehmen wir die mit?« Ein Vogel pickte an den harten, roten Beeren, und da Nell um die Sinnlosigkeit seines Handelns wußte, bemitleidete sie ihn.

»Wir stellen sie unter«, gab sie ohne jedes Zugeständnis zurück. Wie konnten sie es wagen, sich in dieser Lage so gefühllos zu zeigen, wo sie doch alles andere mit ihr gemeinsam durchgestanden hatten, jeden Atemzug und jede Behinderung ihres gemeinsamen Lebens. Hatte nicht auch sie das Recht, Fehler zu machen, lebenshungrig zu sein, Sehnsüchte zu haben, die sie auf ihre Weise zu stillen versuchte? Niemand war einfach nur eine Mutter, ein Vasall. Die Partys hatten einen Grund gehabt – die Einsamkeit abzuwehren, Freunde zu finden, darunter insgeheim natürlich *den* Freund, den Liebhaber, den Bräutigam.

»Wir stellen sie unter«, wiederholte Tristan und verdrehte die Augen. Er gab sich schärfer als sein Bruder, dachte wohl, sein ehemaliger Charme würde ihm helfen, leichter davonzukommen.

Das mit dem Unterstellen war in Wirklichkeit eine ziemlich bescheidene Sache, eine Adresse aus der örtlichen Zeitung, ein Mann, der in seinem Schuppen gegen Bezahlung für Fremde Sachen aufbewahrte. Er würde später mit seinem Lieferwagen vorbeikommen. Sie hatten heftig darüber gestritten, welche Dinge sie unterstellen würden und welche die Jungen mit zur Schule nehmen dürften.

»Wie die Zigeuner«, hörte sie einen von ihnen im Nachbarzimmer sagen, wo sie ihre Eisenbahn abbauten, die Gleise sorgfältig in Schachteln verstauten, ihre Spielsoldaten in Watte betteten und ihre Bilder von den Wänden nahmen. Die ganze Zeit über tuschelten sie leise miteinander. Nach einer Weile rief sie, das Essen stünde auf dem Tisch, heißer Toast und Gentlemen's Relish.

Essen, das alte Bindeglied. Sie lehnten dankend ab, sagten, sie hätten im Zug eine Tüte Chips gegessen. Aber sie würden ihre Mahlzeit aufessen – zumindest darauf bestand sie.

Sie wischte noch immer Wasser auf und dachte, daß sein Herausquellen etwas Lebendiges hatte, wie ein Patient, der Blut hustet oder grüne Galle spuckt, auf den Boden, auf die Scherben, auf die Erinnerung. Sie hatte das alles für Duncan getan. Um ihn für sich zu gewinnen. Von all den Abenden mit ihm hatte sie der, an dem er unerwartet hereingeschneit war, am meisten gefreut. Er hatte zwei Produzenten im Schlepptau, und weil sie nicht wie sonst immer aus dem vollen schöpfen konnte, war sie ins nächste Restaurant gelaufen und hatte Wein und einen ganzen Korb voller Köstlichkeiten, Pasteten, Meeresfrüchte, gekochtes Kalbfleisch geholt – ein Festmahl, um sie zu verwöhnen, um sie gefangenzuhalten, wie Odysseus in den Fängen der Sirenen.

Und dann all die anderen Torheiten. Wie sie samstags zum Antiquitätenmarkt gegangen war, um Dinge zu kaufen, mit denen sie sich schmücken konnte. Zuerst eine Kette, eine lange Halskette mit blaßvioletten Steinen, die aussahen, als hätten sie in violettem Wasser gelegen, und altmodische Wildlederschuhe mit straßbesetzten Schnallen, die ihr, wenn sie sie trug, erlaubten, jemand anders zu sein, eine italienische Gräfin vielleicht.

Dann ein Kleid, die Kreation eines französischen Modeschöpfers, ein Einzelstück, das sie, wenn es einmal nötig würde, jederzeit auch wieder verkaufen könnte, wie der junge Verkäufer taktloserweise bemerkte. Auch das Kleid war violett, hatte einen Kragen und eine Passe aus Spitze. Später Fußschemel und Kissen. Zuletzt ein dreiarmiger Silberkandelaber; die Arme wie ein Baum sorglos ausgestreckt, winkte er unermüdlich von ihrer Fensterbank.

Vieles hatte sie wieder verkauft, hatte die Sachen zum Auktionator gebracht, mit anderen Leidensgenossen am Tresen gestanden, verlegen ihre Ware aus dem Zeitungspapier gewickelt und gewartet, bis jemand kam, um sie zu prüfen und nach Mängeln abzusuchen. Bei dem Kleid hieß es, sie müßte warten, bis der Textilexperte vom Mittagessen zurück sei, denn er müsse prüfen, ob es auch keine Fälschung sei.

»Es ist keine Fälschung«, hatte sie gesagt, ärgerlich über die Tatsache, daß sie überhaupt dort sein mußte. Der Mann neben ihr hatte Teddybären dabei, eine ganze Bärenfamilie, und war noch mißmutiger als sie; jedenfalls weigerte er sich, seine Zigarette auszumachen, als der Pförtner ihn darum bat. Voller Qual dachte sie an ihr kleines, vergoldetes Sofa, das in einem Gartenschuppen verschwinden sollte, gemeinsam mit ihren Büchern, ihrem Bett, ihrem Gebetsstuhl und dem Perlmuttisch, dem sie den Phantasienamen Zena gegeben hatte.

Sie hatte in einem großen Haus in Chelsea Unterschlupf gefunden. Wie ihr der barsche Eigentümer ungefragt versicherte, vermietete er die oberen Räume nur, damit sie regelmäßig beheizt und gelüftet wurden. Ihr Chef hatte sie ihm empfohlen, und sie merkte sofort, daß er ein Geizkragen war, sah es an der Tatsache, wie er mit seinem Papiermesser alte Briefumschläge zu Notizzetteln zerschnitt, und spürte es an dem düsteren Ton in seiner Stimme, als er begann, über alles und jeden zu schimpfen, den Lärm, die Nachbarn, die Arbeiterklasse. Er war Innenarchitekt, doch auch dieses Gewerbe sei, wie er ihr umständlich erklärte, im Niedergang begriffen, von Scharlatanen und schmierigen Typen bedroht. Die Zeit seiner Herrschaft war eindeutig vorbei.

»Ich bin ein Künstler... ein Künstler«, sagte er immer wieder und streichelte seinen kleinen Pudel, der irgendeine Krankheit zu haben schien, denn die Haut unter seinem dünnen Fell war rosa und brüchig. Innerlich stöhnte sie über die Verbannung, die sie sich selbst zugefügt hatte, ihm jedoch bot sie eine perfekte Fassade, erkundigte sich höflich nach den Kochmöglichkeiten und den anderen Mietern, fragte, ob Besuch erlaubt sei, und glaubte selbst jetzt noch, es käme irgendwann eine wundersame Erlösung.

Sie wrang die Lappen aus, leerte die Schüsseln und dachte dabei, daß sie diesen Absturz vielleicht immer gewollt hatte. Geld – oder besser: der Mangel an Geld – hatte im Leben ihrer Eltern eine so große Rolle gespielt, hatte soviel Kummer verursacht; sie sah die Rechnungen auf der Anrichte liegen, hinter den Tellern versteckt, Mahnungen, Zahlungsbefehle; sie hörte ihre Mutter verzweifelt ausrufen: »Wie in Gottes Namen sollen wir das nur schaffen«, hörte ihren Vater schreien: »Hör endlich auf mit dem ewigen Geld.«

Als sie die nächste Schüssel leerte, spie plötzlich ein Rohr im Zimmer nebenan Wasser aus. Sie lief hinüber und sah, daß ihr wunderschöner Afghane ruiniert war, über die kleine, spiralförmige blaue Borte hatte sich rostiges Wasser ergossen. Die Kinder hörten ihren durchdringenden Schrei und kamen herbeigelaufen. Bei ihrem Anblick und dem Anblick des Teppichs konnten sie ihre Feindseligkeit nicht länger aufrechterhalten.

»Arme Mumsies«, sagte Paddy und berührte ihren Arm, und Tristan folgte seinem Beispiel. Jetzt knieten sie alle drei am Boden, wrangen Lappen aus und sagten tröstliche Dinge: Es würde alles gut werden. Auch die Kinder würden etwas beisteuern, ihre Spielsoldaten verkaufen, das Internat verlassen, in den Ferien arbeiten, in ein billiges Cottage in Wales ziehen. Tollkühne, phantasievolle Pläne sprudelten von ihren Lippen, und ihre Hände faßten in den widerlichen braunen Schlamm, und das war alles, was in diesem Moment wichtig war. *»Plus ça change«*, sagte Tristan feierlich, als durch den Briefschlitz im kalten, nackten Flur plötzlich ein großer Umschlag fiel. Sie sprangen auf. Wahrscheinlich glaubten sie alle an eine Begnadigung in letzter Minute.

»Herzlichen Glückwunsch...«, las Paddy laut, »Sie gehören zu den glücklichen Gewinnern eines wertvollen Gratisgeschenks.«

»Und was für ein Geschenk ist das?« fragte sie.

Paddy riß den Umschlag auf. »Eine Gartenschere für Ihre Zimmerpflanzen«, sagte er und wedelte mit einer Broschüre, in der Bilder von Alpenveilchen mit dazu passenden schwülstigen Sprüchen abgedruckt waren.

Sie brachen in Gelächter aus, das angespannte Gelächter der Angst, das Gelächter einander entfremdeter Menschen, die sich freudig auf diese Chance der Selbstvergessenheit stürzen, sie lachten laut, schrill, überschwenglich – wirbelndes Gelächter, strudelnd wie das glucksende Wasser; Gelächter auf dem Spiegelglas, auf der faserigen Teppichunterlage, auf dem von ihren vielen Rutschpartien blanken Geländer; Gelächter in dem alten Feuerrost, Gelächter in den dunklen Ekken, wo die neuen Bewohner, wer auch immer sie sein mochten, ein Echo dieses Gelächters finden würden, wie ein fernes Wiehern; Gelächter, das laut war, laut und fiebrig, aber nicht freundlich; Gelächter, das sagte: »Wie bitter das Leben ist... wie bitter«, das aber trotz allem Gelächter war.

Am ersten Abend in ihrer neuen Unterkunft saß sie am Fenster ihres Zimmers im zweiten Stock und schaute auf die Straße hinunter. Die beeindruckende gelbe Doppelfassade der Pension zeigte auf eine enge Straße mit winzigen, weiß- oder cremeverzierten Backsteinhäusern. Eine kleine Enklave, nicht reich, nicht protzig, aber geliebt, jedes Haus mit einem Blumenkasten und weißen Gardinchen geschmückt. Und sie konnte den Himmel sehen, ein breites Band, mit rosigen Wolken übersät, kleinen, bauschigen Wolken, Sesseln, in denen es sich ganz bestimmt herrlich räkeln ließ. Rechts davon eine Frauengestalt, eine weiße Wolkenfrau mit einer Krone, die mit Hilfe einer wunderbaren Federung über ihrem Kopf schwebte. Ja, sie war weit davon entfernt, niedergedrückt zu sein, weil sie alles verloren hatte, im Gegenteil, sie war freudig erregt, hatte das Gefühl, daß diese Wolken, diese aufsteigende Frau ein Zeichen waren, eine Herausforderung, eine Erinnerung daran, daß auch sie eine Frau war, daß ihre Hoffnungen nicht gestorben waren, daß sie einfach nur ruhten und darauf warteten, durch ein neues, magisches Ereignis wiederbelebt zu werden. Ja, es hatte ein neues Kapitel begonnen. Wer hat nicht schon einmal so gedacht? Wer hat nicht, wenn jede Verbindung gekappt war, an Erlösung gedacht, an einen Rettungsanker, der aus dem Nichts auftaucht? Wer hat nicht schon einmal ein paar rosige Abendwolken zu Luftschlössern erklärt?

Ist das nicht das letzte leidenschaftliche Trugbild gegen die Sinnlosigkeit, das Skelett eines ausgehungerten Traums?

Dritter Teil

24

Viele waren an diesem stürmischen Sonntag unterwegs, wenn auch aus verschiedenen Gründen. Manche wollten sich die Zeit vertreiben oder ihre Kinder in einen der Parks ausführen, sie auf Schaukeln, Wippen oder Rutschen setzen und auf das unersättliche Gequengel: »Guck mal, Mama, guck mal, wie gut ich das kann«, erwidern: »Ja, mein Liebling, Mama schaut dir zu.« Andere wollten zu einem stattlichen Preis auf Pferde steigen, auf einem schmalen Streifen aufgewühlter Ackerkrume hin und her reiten, ständig in Hörweite von Bussen und Autos, die die süße Illusion vom Landleben ein ums andere Mal zerstörten. Wieder andere wollten zu ihren Familien oder Freunden, Schweinebraten mit Kruste und dreierlei Gemüse essen und anschließend in weiche Sofas sinken. Angehörige eilten in die Krankenhäuser und Pflegeheime der Stadt, besuchten die Kranken und die Sterbenden, die mit düsteren Blicken in den gußeisernen Betten saßen, die Augen fest auf die Tür gerichtet, in Erwartung eines vertrauten Gesichts, des Nelkenstraußes, der Pralinenschachtel; ein Inferno des Hustens, Ächzens und Starrens, stumme Blicke, aus denen die Frage sprach: Wer wird der Nächste sein?

Ja, viele waren unterwegs, trotzten dem schneidenden Märzwind, der alles darauf anzulegen schien, seinem Ruf gerecht zu werden. Er zerrte an allem, riß Blütenblätter von den Stengeln, zerzauste die kleinen Schlüsselblumen mit ihren blaßgelben Blüten, fegte Zeitungsseiten über die Fußwege, denn die dicken Sonntagszeitungen waren zu unhandlich für die faulen Städter, so daß sie ganze Teile einfach aus dem Autofenster warfen und den Spaziergängern für ein paar kurze Augenblicke Adlige, Mannequins oder Verbrecher vom Boden entgegenschauten, ehe die nichtigen Zeitungsmeldungen auf der Suche nach einem sichereren Ort weiterflatterten. Aber es war schon spät, und die meisten Ausflügler machten sich auf den Nachhauseweg, beeilten sich, um noch das Ende des freien Tages auszukosten, sich noch einmal im Sonntagsgefühl zu suhlen, ehe wieder die Arbeitswoche, die tägliche Mühle begann.

Nell hatte es nicht eilig. Sie wandte sich schaudernd ab, während die Autofahrer, die ebenfalls spürten, daß der Tag zu Ende ging, einander den Krieg erklärten. Sie rasten die breite Straße, die mitten durch den Park verlief, hinunter, ohne auf Kinder oder Fußgänger zu achten.

Sie würde bald nach Hause gehen, ziemlich bald. Sie war in den Park gegangen, um Paddy das Haus zu überlassen. Ja, so stand es inzwischen um sie. Es herrschte kein offener Krieg, aber Entfremdung. Es war sein letztes Jahr vor der Universität, und in zwei Fächern, Englisch und Mathematik, nahm er an einem Paukkurs teil. Er hätte gern eine eigene Wohnung gehabt, wie er oft genug betonte, aber er saß bei ihr fest, was er so niemals gesagt hätte, was sie aber beide wußten. Wann wird eine Mutter zur Last? Es war nicht das erste Mal, daß sie sich das fragte, und es würde auch nicht das letzte Mal sein. Sie hatte es sich immer wieder gefragt, hatte darüber nachgedacht in all den Jahren, in denen sich die Kinder unaufhörlich von ihr fortentwickelt hatten, manchmal in riesigen Schüben, unterbrochen von kleinen Rückfällen, Inseln der Zärtlichkeit und der unverhofften Komplimente, wenn sie plötzlich sagten: »Du siehst sehr hübsch aus heute.« Aber insgesamt waren sie immer unnahbarer geworden, verbrachten immer mehr Zeit mit ihren Freunden, reisten mit Rucksäcken in fremde Länder und kehrten voll von abenteuerlichen Erlebnissen zurück, stolz auf ihre braungebrannte Haut, die, wie Nell fand, ihre Gesichtszüge jedoch sehr viel gröber erscheinen ließ. Manchmal brachten sie ein kleines Geschenk für sie mit, eine Plakette, ein Bild oder ein Poster, manchmal kamen sie mit leeren Händen. Natürlich hatte es auch schon Freundinnen gegeben, die über Nacht geblieben waren, sich abends heimlich die Treppe hinaufgeschlichen hatten und nicht wieder heruntergekommen waren, und Nell hatte dann plötzlich einen Ohrring auf dem Küchentisch oder eine Haarbürste oder eine Parfümflasche im Badezimmer gefunden.

Einige machten keinen Hehl daraus und wollten am liebsten gar nicht wieder gehen, pflanzten sich am Morgen auf das Sofa und tranken eine Tasse Kaffee nach der anderen, um den Abschied hinauszuzögern. Nell wußte nur allzu gut, warum, verstand es und hatte Mitleid mit ihnen, sah aber, daß alles Klammern ein Fehler war.

Meg war eines der Mädchen. Meg war die Abkürzung von Megan. Sie hatte langes, schwarzes, seidiges Haar, das sie sich zum Schutz vor den Menschen vors Gesicht zog wie einen Schleier. Ihre eigentliche Verbindung zur Außenwelt bestand dann bloß noch in der Zigarette, die sie ständig zwischen den Lippen hatte, und der hohlen Hand, in der sie die Asche auffing, falls jemand mit ihr schimpfte. Meg hatte Emmas Platz bei Paddy eingenommen, obgleich sie nicht annähernd so lebhaft und eindrucksvoll, sondern eher scheu und wurzellos war.

Emma hatte ihre wohlverdiente Strafe bekommen, hatte sich allzu verfügbar gemacht und mußte daher zurückgewiesen werden, genauso wie der Schal, den sie ihm gestrickt hatte und der jetzt ganz oben in seinem Schrank bei den alten Koffern und zerbrochenen Tennisschlägern lag. Nell hatte sie an dem Morgen, als es zum Bruch kam, so gut sie konnte getröstet. Es war an einem Sonntag gewesen, einem warmen Sommermorgen. In einem leicht deplazierten Chiffonkleid hatte Emma neben der Laterne, neben Paddys angekettetem Fahrrad auf der Straße gestanden, hatte gewartet, doch absichtlich nicht zum Haus hinübergeblickt, hatte sich geweigert, die Warnsignale wahrzunehmen, hatte mit falscher Sicherheit und einem Lächeln, das von der bevorstehenden Trennung kündete, auf den Boden geschaut und auf ihn gewartet. Das Fahrrad war Paddys Markenzeichen. Er hatte es gebraucht gekauft, es war abgeschabt und fleckig, das Schutzblech weiß überstrichen, der Lenker verbogen und verkratzt. Am auffälligsten war der grellbunte Sattel, den er sich erst vor kurzem angeschafft hatte. Als ihm jemand den alten Sattel gestohlen hatte, hatte er an sein Fahrrad ein Schild angebracht: »Wie würden Sie es finden, wenn man Ihren Ihr... stehlen würde?« Und daneben hatte er ein Rechteck für den Sattel gemalt. Nell, der das nicht gefiel, sagte, es sei ein Übergriff. »Auf was?« hatte er gefragt. »Auf die Privatsphäre«, hatte sie geantwortet, und er hatte sich abgewandt.

Emma kannte seine Gewohnheiten, wußte, daß er an den Wochentagen zu seinem Paukkurs und an den Sonntagen zum Schwimmen ging. Sie war noch immer schön, doch irgend etwas war verlorengegangen, die Zeit des stolzen Herausputzens war vorbei. Nell hatte gehört, im Internat habe Emma einmal eine Flasche Wein getrunken, Schlaftabletten genommen, die sie aus dem Erste-Hilfe-Raum entwendet hatte, und sei zum See gegangen, um sich das Leben zu nehmen. Ihr Magen mußte ausgepumpt werden. Paddy hatte es Nell erzählt, ohne dabei irgendein Gefühl zu zeigen, ohne sich auf die Vorstellung einzulassen, ihre Verzweiflung könnte irgendwie mit ihm zusammenhängen. Nell hatte mehrfach ans Fenster geklopft, aber Emma hatte nicht aufgeblickt, sondern war in ihrem durchsichtigen Kleid neben dem Fahrrad stehengeblieben, als würde sie für eine Kamera posieren.

Sie wohnten inzwischen in einem anderen Haus, das zwar sehr viel kleiner war als ihr altes Haus am Fluß, aber ihr Eigentum; ihr Eigentum, wie sie oft genug betonte.

Wie sehr sie es gehaßt hatte, in einer Pension zu wohnen, wie sehr sie den Pudel gehaßt hatte, der ständig nach Pipi roch, und den Vermieter mit seiner ewigen Knauserigkeit, seinen Paraffinöfen und seiner Angewohnheit, hinter ihr herzuspionieren. Wie sehr sie ihre Nachbarin Rachel gehaßt hatte, die immer nur von »Mutter« sprach – wie sie und Mutter einen Kammerdiener der Königin kennengelernt hätten, wie sie und Mutter ihr Leben lang von einer Kreuzfahrt geträumt hätten, wie Mutter sie über ihre schwere Erkrankung im Unklaren gelassen hätte, um ihren Abschiedsschmerz zu mindern. Die drei Mieterinnen, Rachel, Geneviève und Nell, hatten nie zusammen gegessen, waren sich nur mit ihren Tabletts auf der Treppe begegnet, mit verdrießlichen und beschämten Gesichtern. Sie alle hatten bessere Zeiten gekannt, glaubten, ein besseres Schicksal verdient zu haben. Die Erinnerung an den Glanz und die Zwanglosigkeit ihrer rauschenden Feste quälte Nell. Sie war von Bitterkeit erfüllt, wenn sie an ihr altes Haus dachte, die einzelnen Zimmer, kleine rote Windlichter auf allen Stufen der Treppe, Geist und Körper im Warten auf Duncan freudig erregt. Die Zeit vergrößerte die Erregung, die Heiterkeit an diesen Abenden, die Zeit schlug die Zimmer auf, als schwängen prächtige Doppeltüren zur Seite; Zimmer, wie für ein Sakrament hergerichtet, heilig und zugleich profan: riesige Blumensträuße, die roten Windlichter, nicht nur als Wegweiser, sondern als Einladung zu einem alten, orgiastischen Ritual. Was hatte sie damals für Träume gehegt! Selbst noch in den verrückten Wochen, in denen Dr. Ratte seine braungebrannte Frau verlassen hatte und ihr die rotbeleuchteten Stufen hinauf gefolgt war. Die Erinnerung an Samtkissen, golddurchwirkte Pokale, preiselbeerfarbene Gläser, die das Wesen dieser Früchte in sich aufgesogen zu haben schienen, während die Beeren an der Oberfläche an einen Küchengarten im Sommer erinnerten, weiche Beeren, die auf dünnen Stielen schwankten. Ja, sie hatte das Leiden gewollt; indem sie ihn gewählt hatte, hatte sie sich für die Liebe entschieden, die von Halbsätzen lebt, von Halbversprechungen, von halben, gebrochenen Akkorden. Was sie traurig machte, war nicht nur der Schmerz, nicht nur die Qual, sondern dieser kranke, innerliche Zwang, das Leid zu wollen und womöglich immer wieder zu suchen, als sei ihr die Liebe auf ewig verwehrt. Ihr Paradies bestand darin, ausgeschlossen zu bleiben, zu träumen, von außen hineinzuschauen.

Er war plötzlich gestorben, an einem Schlaganfall, in Kanada. War in einem Theater gestorben, in seinem Element – oder besser: hatte in einem Theater das Bewußtsein verloren und war kurz darauf in einem großen Krankenhaus gestorben. Hatte Irisch gesprochen, ehe er das Gedächtnis verlor. Ein Mädchen war bei ihm gewesen. Wie sollte es auch anders gewesen sein. Das Mädchen, Nancy, hatte Nell einen Brief geschrieben und ihr darin mitgeteilt, sie habe vor, einen Film über das Leben ihres Geliebten zu drehen. Ihres Geliebten! Sie hatte eine Liste von Namen beigelegt, an die sie ebenfalls geschrieben hatte, berühmte Namen, und all diesen Leuten hatte sie diesen Unsinn über ihren Geliebten geschrieben und mit den Worten geschlossen, sie würden alle ganz gewiß der Feststellung zustimmen, daß er ein außergewöhnlicher Mann gewesen sei, ein Vertreter der Renaissance. Ja, Duncan hatte den Tod gewollt. Er war so zielgerichtet darauf zugegangen, wie andere Menschen zur Arbeit gehen. Im Haus eines Freundes hatte er am Silvesterabend davor noch ins Gästebuch geschrieben: »Das Leben ist nichts weiter als die dumme Angewohnheit, zu gehen und zu sprechen, ich habe die Angewohnheit, auf den Tod zuzugehen.« Er hatte ihr noch am selben Abend von dort aus geschrieben, wie sehr er sie vermissen würde. Jetzt schwebte er auf seiner eigenen Wolke, während eine Frau unbestimmten Alters mit herrlich trauriger Stimme »Red Roses for Me« sang. Sein Grab war fern. Eine ganze Weile lang war Nell fest davon überzeugt, daß er ihr erscheinen würde, nicht nachts im Bett zur Geisterstunde, sondern am hellichten Tag, in einem Café oder auf der Straße, daß er plötzlich neben ihr auftauchen und etwas Bedeutendes sagen würde, etwas Erstaunliches über das Leben und über den Tod, und daß auf eigentümliche Weise alle Barrieren zwischen ihnen fallen würden, gerade weil er gestorben war und drüben erkannt hatte, wie tief das Band zwischen ihnen tatsächlich war.

»Da hast du deine Antwort«, sagte sie zu Nancy, während sie den Brief in eine Kerzenflamme hielt und sich vorstellte, wie die sich kräuselnden Ascheflocken als Vögel um seine Seele flatterten.

25

Der Morgen, an dem sie von dem Wandel in ihren Vermögensverhältnissen erfuhr, war der zweitschönste in ihrem Leben, rangierte gleich nach dem Tag, an dem sie das Sorgerecht für ihre Kinder bekommen hatte. Die Nachricht erreichte sie in einem braunen Briefumschlag mit dem Namen eines Anwalts als Absender, dem Anwalt ihres Vaters. Er hatte ihr schon einmal geschrieben, als ihr Vater gestorben war, hatte eine Aufstellung aller Schulden geschickt, eine jammervolle, ernüchternde Liste von offenen Rechnungen beim Friseur, beim Fleischer, beim Viehhändler, bei mehreren Hotels. Es hatte so ausgesehen, als müßte sie noch für weitere Schulden aufkommen, sobald die Farm verkauft war, und außerdem eine Menge Erbschaftssteuer zahlen, doch nun schrieb er ihr von einer beträchtlichen Summe, die gegen Ende des Monats an sie ausgezahlt würde. Mit welchem Stolz sie die Kinder zu ihrer neuen Bleibe führte. Sie hatte nicht verraten, was die angekündigte Überraschung war, hatte nur beim Direktor eine Sondererlaubnis eingeholt, um sie vom Unterricht zu befreien, hatte sie mit einem Wagen mit Chauffeur vom Bahnhof abgeholt, für jeden ein Geschenk auf den Rücksitz gelegt, Gutscheine, damit sie sich neu ausstaffieren konnten, in bunten Umschlägen, auf die sie ihre Initialen geschrieben hatte.

»Emma steht unten auf der Straße… Sie ist schon seit einer Stunde da«, sagte sie jetzt, als sie in Paddys Zimmer ging, um ihn zu wecken. Blinzelnd setzte er sich auf und fragte, wie spät es sei, dann fluchte er und stöhnte, er würde zu spät zum Schwimmen kommen. Das war auch so eine Sache: Er schlief morgens unglaublich lange, kam abends sehr spät nach Hause und morgens nicht aus dem Bett. Er begründete es damit, daß er immer noch im Wachstum sei. Sie waren jetzt in so vielen Dingen anderer Meinung: Kleidung, Essen, Filme, Mädchen. Auf einer seiner Reisen hatte Tristan sich sogar in ein Bordell gewagt, war ins Rotlichtviertel einer Großstadt gegangen und hatte sich unter die anderen Freier gemischt, bis die Puffmutter bemerkte, wie jung er noch war, ihn in die Wange kniff, ihn »Poussin, poussin« – Küken – nannte, ihn nach Hause schickte und ihm den Ratschlag gab, in ein paar Jahren wiederzukommen.

»Und was hättest du gemacht, wenn«, fragte Nell, zu verlegen, um den Satz zu Ende zu führen.

»Ich wäre nach oben gegangen«, antwortete er lässig, und am liebsten hätte sie ihn gefragt, ob er sich denn überhaupt zu verhalten gewußt hätte, aber sie brachte es nicht über sich. Das war das größte Problem. Dieses Zögern und Zaudern, das überall hervorsproß, sich ständig vermehrte. Ihr Lehrer hatte in der Schule mit ihnen über Sex gesprochen, hatte ihnen Dias aus der Tierwelt gezeigt, Bilder von Insekten und Schmetterlingen, aber die Frage, was sie wußten oder nicht wußten, war für Nell völlig ungeklärt, bis Tracy, Tristans Freundin, anrief und verkündete, daß sie schwanger sei. Sie rief aus Amerika an, sagte, sie müsse dringend mit Tristan sprechen. Am Telefon war er standhaft, hinterher weinte er, wie sie ihn seit seiner Kindheit nicht mehr hatte weinen sehen. Dann riß er sich am Riemen und verkroch sich in sein Schnekkenhaus. Er verstummte völlig, verweigerte jegliche Nahrung, hockte neben dem Telefon und brummte nur, wenn Nell etwas sagte, ihm ihre Hilfe anbot oder ihr Mitgefühl bekundete, und irgendwann drehte er sich zu ihr um und sagte: »Laß mich wenigstens das alleine regeln, ja?«

Eine Woche verging, dann stellte sich heraus, daß Tracy nicht schwanger war. Die Erleichterung stimmte Tristan redselig und fröhlich, Paddy und er überboten sich mit Witzen über Väter und Onkel, nahmen sie in ihre Mitte, wollten sie in ein Restaurant ausführen, ein italienisches Restaurant, in dem der Wirt ihnen stets einen Likör ausgab, einen süßen, durchsichtigen Sirup, den er auf eine Kaffeebohne goß, und Makronen, deren dünnes Seidenpapier, wenn es angezündet wurde, leicht wie ein Gefieder zur Decke aufloderte.

»Nimm einen *grissino,* Vater«, sagte Paddy.

»Oh, *molto* danke, Onkelchen«, gab Tristan zurück, und dann diskutierten sie ausgelassen die Frage, ob es ein Junge oder ein Mädchen geworden wäre. Tristan schwor, er würde Tracy, wenn er sie das nächste Mal zu sehen bekam, ordentlich die Leviten lesen, aber sie kehrte nicht ins Internat zurück, ihre Eltern hatten beschlossen, sie in Maryland auf eine reine Mädchenschule zu schicken. So lief das nun mal. Auf der ganzen Welt zittern Eltern um ihre Kinder, gestehen sich ein, daß sie ihnen zu viele Freiheiten gelassen haben, zittern aber auch *vor* ihnen, genau wie Nell an diesem Sonntagmorgen, als sie Paddy weckte, um Emma zu Hilfe zu eilen, und gleichzeitig befürchtete, er könnte beleidigt sein, als er herunterkam, einen Pullover überzog und zu seiner Rechtfertigung unzählige Male gähnte.

»Na, Landflucht begangen?« sagte er mit offenem Sarkasmus zu Emma, als sie ihre bestickte Tasche ablegte und in der Küche Platz nahm. Es war mehr als deutlich zu sehen, daß seine Gefühle für sie nicht nur abgestorben, sondern in mürrische Bitterkeit übergegangen waren. Er fragte brüsk, warum sie nicht auf dem Bauernhof geblieben sei, auf dem sie in den Ferien hatte arbeiten wollen, sprach so barsch mit ihr wie ein vorwurfsvolles Elternteil, meinte, wenn sie wirklich Tierärztin werden wolle, dürfe sie nicht hier in der Küche herumsitzen, sondern müsse auf einem Bauernhof sein und Ställe ausmisten. Emma erwiderte, sie wolle gar nicht mehr Tierärztin werden, sie habe ihre Meinung geändert, Tänzerin würde viel besser zu ihr passen.

»Dazu bist du zu groß«, entgegnete er ohne einen Funken Freundlichkeit und setzte sich mißmutig zu ihr an den Küchentisch, und Emma sah ihn mit großen Augen an, bereit, alles zu tun, solange sie bloß nicht fortgejagt wurde.

»Der Bauer und seine Frau sind abends um neun ins Bett gegangen... Ich habe es dort einfach nicht länger ausgehalten«, sagte Emma.

»Na, wunderbar«, antwortete er. Er hätte sie genausogut nach oben führen, seine Schranktür öffnen und ihr den Schal zeigen können, den er ebenso gnadenlos ausrangiert hatte wie sie selbst. Wahrscheinlich hatte er längst mit ihr Schluß gemacht, aber die Eintönigkeit des Landlebens hatte in ihr eine neue, unvernünftige Hoffnung genährt. Sie wedelte mit zwei Konzertkarten, sagte, sie habe sie geschenkt bekommen, eine Gruppe aus Mali sollte in Glastonbury spielen; sie habe es ausgewählt, weil Glastonbury so mystisch sei.

»Glastonbury«, murmelte er. Er hätte ebensogut irgendein paar sinnlose Laute ausstoßen können.

»Wir sollen Zelte mitbringen«, schwärmte sie, und in ihrer Begeisterung sah sie sich schon mit Paddy im Zug sitzen, Tee trinken, Händchen halten, wieder verliebt. Hatten sie sich nicht auch schon vorher so manches Mal unter größten Schmerzen getrennt, nur um später herauszufinden, daß sie unzertrennlich waren? Aber Paddy blieb hart, sagte, er müsse lernen, müsse zu seinem Paukkurs, und außerdem habe er gleich eine Verabredung zum Schwimmen, wolle sich mit einem Tauchlehrer treffen.

»Nur noch dieses eine Mal, Pads, als Abschiedsgeschenk«, sagte sie mit piepsiger Babystimme, der Stimme, die ihn früher, als sie noch frisch verliebt waren, und später, als er ihre Geige von Probe zu Probe schleppte, freudig hatte erzittern lassen. Aber er ging nicht darauf ein. Im Gegenteil, er stand abrupt auf, sah demonstrativ auf die Wanduhr und verkündete, ohne Emma oder Nell dabei anzusehen, er müsse in fünfzehn Minuten im Schwimmbad in Porchester sein.

»Kann ich noch ein bißchen bleiben?« fragte Emma Nell, während sich ihre Augen mit Tränen füllten.

»Natürlich«, erwiderte Nell.

Sie schwiegen. Nell reichte Emma eine Tasse Tee, später noch eine und anschließend ein Glas Gin; Tränen, groß wie Bernsteinanhänger, tropften auf den Tisch und auf die Zeitung.

»In unserer allerersten Liebesnacht hat er mich gefragt, ob ich seine Frau werden will«, sagte sie schließlich, nicht vorwurfsvoll, sondern unter Schock, denn so grob er sie auch zurückgewiesen hatte, an dieser Äußerung hatte sie sich immer festgeklammert; sie war ihr Pfandbrief gewesen, in der Schule, zu Hause, auf dem Land, wo immer sie auch gerade gewesen war. Jetzt dämmerte ihr die schlichte Erkenntnis, daß sie auch diesen Strohhalm verloren hatte, und sie wußte, daß es nichts gab, was es hätte mildern können: Dies war sein letzter Abschied gewesen.

»Ich werde mich umbringen«, sagte sie in ruhigem Ton, einem erstaunlich ruhigen, trockenen Ton, der zu ihren Tränen in einem seltsamen Widerspruch stand, doch dann wurde sie wieder in dunklere Tiefen der Verzweiflung hineingestoßen und begann, von ihrem Vater zu erzählen, ihrem bedauernswerten Vater und seiner Affäre, der einzigen Affäre, die er je in seinem Leben gehabt habe, und von ihrer Mutter, die davon erfahren und geschrien habe, er solle sofort das Haus verlassen, auf der Stelle; sie hätten eine Abmachung getroffen, er wisse sehr wohl, wie diese Abmachung lautete, und habe sie trotzdem gebrochen. Emma erinnerte sich daran, wie ihr Vater seinen Koffer packte, wie er an ihre Zimmertür klopfte und verlegen fragte, ob sie sich ab und zu mal auf eine Tasse Tee treffen könnten. Dann der Abschied – seine Kleidung auf Bügeln, seine Uhr und seine Gummistiefel in einem Korb. Und ein kurzer Vorgeschmack auf ihre Zukunft – das leere Haus, der eingeschaltete Fernseher (es lief *Oliver Twist*) und ihre wild um sich schlagende Mutter. Doch noch ehe eine Stunde vergangen war, erschien der entsetzte, leichenblasse Schatten eines Mannes an der Tür. Er mußte klingeln, weil er seinen Schlüssel dagelassen hatte, stolperte weinend in den Flur und stammelte, seine Geliebte wolle ihn nicht, habe ihn abgewiesen, er habe jetzt überhaupt keine Bleibe mehr. Mitten im Flur ging er in die Knie und bettelte wie ein Kind, zurückkehren zu dürfen, wieder aufgenommen zu werden, versprach, treu zu sein, immer pünktlich zum Essen zu kommen, sich ganz und gar der Familie zu widmen. Seine Selbsterniedrigung war unerträglich, und die ganze Scham spiegelte sich jetzt in Emmas Scham wider, erlaubte ihr aber auch, sein

Leid besser zu verstehen, ein Leid, das sie jedoch nicht lindern konnte, denn er selbst hatte sich mit etwas zufriedengegeben, das er eigentlich nicht ertragen konnte. Benommen und verzweifelt fragte sie, ob das Leben denn immer so sein müsse, fragte, wie Menschen, ihr Vater und ihre Mutter zum Beispiel, es schafften, einfach weiterzumachen, sich nichts anmerken zu lassen, auf Partys zu gehen, sich an ihren Hochzeitstag zu erinnern, obgleich ihr Herz eine Mördergrube war? Wie? Wie? »Sie tun es einfach«, erwiderte Nell und wiederholte es.

»Und Sie? Haben Sie es auch schon getan?« fragte Emma und schaute Nell mit dem flehenden, traurigen Blick eines jungen Mädchens an, das glaubt, das Allerschlimmste schon erlebt zu haben, das sich in gewisser Weise in seinem Kummer sonnt und dabei denkt: Jetzt bin ich eine richtige Frau.

»Laß uns ein bißchen spazierengehen«, sagte Nell, die sich an die verschiedenen Abschiede in ihrem Leben erinnerte, jeder davon ein verzerrtes Spiegelbild aller vorherigen, Schmerz, den kein Haus, kein Zimmer, kein Beichtstuhl fassen konnte. Und sie erinnerte sich daran, wie sie auf dem Höhepunkt des Leidens durch die Stadt gelaufen war und geglaubt hatte, sie könnte es irgendwo zurücklassen, in einem kleinen grünen Pavillon im Battersea Park, an einem verlassenen Taxistand oder vor der Tür eines Ladens mit spanischen Fliesen, Fliesen in glasiertem, gebrochenem Blau, Totems aus helleren, sonnigeren Breiten. Einmal war sie sogar so verzweifelt gewesen, daß sie geglaubt hatte, sie könnte den Schmerz in einem Waschsalon zurücklassen, könnte zusehen, wie er in einem grauen, mit Seifenlauge gefüllten Maul davongewirbelt wurde.

26

Das Haus war dunkel, als sie von ihrem Spaziergang zurückkam. Sie rief nach Paddy, wollte ihm erzählen, daß sie auf dem Weg Blumen gekauft hatte, Casablanca-Lilien, seine Lieblingsblumen. Der Verkäufer an der Ecke war gerade fröhlich summend dabei gewesen, seine Segeltuchmarkise aufzurollen und die unverkauften Sträuße in lange, perforierte Schachteln mit dem Aufdruck HOLLAND zu verpacken. Er hatte gesagt, sie könne jeden Strauß, der ihr gefiele, für ein paar Pfund bekommen, und dann hatte er ihr diesen herrlichen Lilienstrauß in die Hand gedrückt.

Als sie das Licht in der Küche einschaltete, sah sie, daß Paddy dagewesen war und gegessen hatte, denn auf dem Tisch standen sein Becher und sein Teller mit den Überresten von verbranntem Toast, die Krümel unendlich klein, fein wie der Sand einer Eieruhr, bloß schwarz und verkohlt. Außerdem hatte er seinen Mantel über das Geländer gehängt. Er war also nicht ausgegangen. Häufig konnte sie seine Schritte nur anhand solcher Spuren verfolgen.

»Paddy… Pads«, rief sie und ging die Treppe hinauf zu seinem Zimmer, die eingewickelten Lilien wie ein Baby im Arm, und da sie so stolz auf die Blumen war, öffnete sie die Tür, ohne anzuklopfen, etwas, das sie sonst grundsätzlich nie tat. Er saß mit gekreuzten Beinen auf dem Boden, trug seinen Schlafanzug, hatte sich bloß eine Decke übergeworfen, schien in Gedanken oder in ein Gebet vertieft.

»Was machst du da?« fragte sie erstaunt.

»Nichts«, erwiderte er. Aber seine Stimme war verändert, und obgleich sie sein Gesicht nicht sehen konnte, hätte sie schwören können, daß es angespannt war.

»Was machst du da, Paddy?« fragte sie erneut, diesmal schon ein wenig ängstlicher.

»Geister beschwören«, entgegnete er, ohne den Kopf zu heben, und begann mit einem fremdartigen Gesang.

»Was für Geister?« Ihre Stimme klang jetzt schrill. Er begann zu lachen. Es war kein normales Lachen, und es war kein freundliches Lachen, es war ein Lachen voller Spott.

»Willst du dich über mich lustig machen?« fragte sie, ein wenig zu gereizt.

»Ach, was... Ich bin nur für alle Zeit maskiert«, erwiderte er förmlich, seine Stimme weit, weit weg, wie von Äther benebelt.

»Du hast irgend etwas genommen«, sagte Nell.

»Mutter«, antwortete er mit gespieltem Entsetzen.

»Das ist Wahnsinn«, sagte sie, schaltete das Licht ein, ließ die Blumen aufs ungemachte Bett fallen und trat zu ihm, um ihm ins Gesicht zu schauen. Seine Augen waren sehr groß und wehmütig, als er sie bat, doch so nett zu sein und das Zimmer zu verlassen, er sei mitten in einer Zen-Meditation.

Natürlich waren ihr seine Stimmungsumschwünge in letzter Zeit nicht entgangen, war er doch manchmal so zärtlich, dann wieder so entrückt oder schrecklich abweisend, daß er zu allem nur noch »Ja, ja« sagte. Natürlich hatte sie die merkwürdigen Nachrichten auf ihrem Anrufbeantworter gehört, geheime Losungen wie: »Hast du das A bekommen?« oder: »Hat's geklappt?«, für die er immer irgendeine plausible Erklärung hatte. Und jetzt saß Paddy, der eigentlich lernen und geistig wach sein sollte, benebelt in seinem Zimmer, summte irgendeinen fremdartigen Singsang und sagte ihr, wenn sie nicht sofort gehen würde, hätte er die unangenehme Aufgabe, sie rauszuschmeißen, und das würde er lieber vermeiden.

»Untersteh dich«, erwiderte sie und beugte sich zu ihm, eine Schärfe in ihrer Bewegung und in ihrer Stimme, von der sie kaum wußte, daß sie in ihr existierte. Er sah es und zuckte ein wenig, und sein Gesicht wurde ziemlich blaß, während er versuchte, es ihr zu erklären, doch seine Art der Erklärung bestand darin, etwas so Unverständliches zu sagen, daß sie dachte, sie würde jeden Augenblick auf ihn einschlagen.

»Indem wir nur die Kreise und die Linien sehen, verschließen wir die Augen vor den Galaxien.«

»Oh, Gott«, sagte sie und umarmte ihn mit einer Kraft, in der alles lag: Angst, Wut, Zärtlichkeit, Schutz. Sie wußte, daß sie ihn nicht durch Vorwürfe von sich wegstoßen durfte, also kniete sie sich neben ihn und sagte, so ruhig sie konnte: »Was ist los, Liebes? Was ist geschehen?«

»Du hast eine gelbe Nase«, erwiderte er, wischte den Blütenstaub ab und studierte ihn so intensiv, als wäre er jetzt das Wichtigste auf der Welt.

»Ich habe Angst um dich, und ich habe Angst um mich«, sagte sie ohne Bitterkeit.

»So ist die Welt«, antwortete er, aber in seinen Augen lag Angst – und der gleiche Schmerz, den sie schon einmal bei ihm gesehen hatte, als er noch jünger war und ein paar Rowdys ihn angehalten und gefragt hatten, ob er Feuer hätte, und er ganz unschuldig geantwortet hatte, er rauche nicht, weil er noch zu jung dafür sei. Daraufhin hatten sie zu fünft auf ihn eingeschlagen, ihn zu Boden geworfen und getreten, ihm seinen Füller und seinen Kamm abgenommen und gedroht, ihn in den Fluß zu werfen. Seine Augen hatten jetzt den gleichen verwundeten Blick, den Blick eines Menschen, der von seinen Feinden mißhandelt wird, nur daß jetzt sie seine Feindin war.

»Wie lange geht das schon so?« fragte sie und erinnerte sich an die vielen Fingerzeige: sein spätes Nachhausekommen, den Zustand des Hauses, wenn sie mal für ein Wochenende weg war und wieder zurückkam, Toilettenpapier über den Bildern, Schnörkel auf dem Notizblock neben dem Telefon, ihre Schals in Unordnung.

»Papperlapapp«, sagte er, wandte sich einer Gestalt zu, die nur in seiner Phantasie existierte, und sagte mit kalter Stimme: »Sie nerven dich, oder?«

»Ja, Paddy, sie nerven, und sie haben jedes Recht dazu, denn es sind deine Eltern, die für dich bezahlen, über dich wachen, sich Sorgen um dich machen, und ich bin deine Mutter, und ich werde nicht tatenlos zusehen, wie du vor die Hunde gehst«, sagte sie, sprach jedes Wort mit solcher Schärfe aus, daß sie dabei Speichel mitausstieß.

»Oh... Schneid es vom Teppich ab«, sagte er ungerührt und erinnerte sie an die viele Jahre zurückliegende Nacht ihres eigenen Wahnsinns, als er von der Schule angerufen hatte, um sie um Geld zu bitten, und die Stimme seiner eigenen Mutter nicht wiedererkannt hatte, so weit war sie abgedriftet, so weit hatte sie, auf irgendeinem notdürftig zusammengezimmerten Gerüst, neben sich gestanden.

»Du darfst dich nicht wegreißen lassen, Pads, so wie ich damals... ja, mir ist es so ergangen«, sagte sie und strich über die Decke, um ihm näher zu sein, und mit der weichsten, vertraulichsten Stimme, der sie mächtig war, sagte sie ihm, daß sie ein Team seien, daß er, Tristan und sie ein Team seien, daß sie einander liebten, einander stützten, und daß sie ihm nichts vorschreiben wolle nach dem Motto »Du sollst nicht«, sondern daß sie ihm helfen wolle, als seine Teampartnerin, als seine Freundin.

»Mumsies«, sagte er, als er ihre Verzweiflung spürte, die nicht an ihrem Zorn, sondern am Nachlassen ihres Zorns deutlich wurde. Er versicherte ihr, er würde keine Dummheiten machen, wüßte, was er tue, und außerdem würde das Fasten und Meditieren zu neuen Bewußtseinszuständen führen, das Tor zum Reich des Unbewußten öffnen. Auch sie könne davon profitieren, könne glücklicher und gesünder werden, wenn sie ihre Dämonen zu Freunden mache.

»Gesünder?« fragte sie.

»Mut zur Erkenntnis – Siggi Freud«, antwortete er mit müdem, weisem Blick.

»Du hast also Drogen genommen«, sagte sie und schaute ihm ernst ins Gesicht, damit keine Lüge unbemerkt seinen Lippen entfloh, und er reagierte auf die einzig mögliche Weise und gab unumwunden zu, die meisten jungen Leute in seinem Alter hätten irgendwann mal etwas geraucht, und einmal sei er in der Schule vor einer Party besonders schüchtern gewesen, und sein Freund Jeremy habe zu ihm gesagt: »Willst du heute abend Funken sprühen?« Und dann seien sie beide zu den Ställen gegangen, hätten so getan, als wollten sie den Ponys der Mädchen Hafer bringen, hätten heimlich ein paar Züge genommen und anschließend auf der Party die Puppen tanzen lassen.

»Es ist bloß eine Art Gras... man kann es auf der Fensterbank ziehen«, sagte er und streckte die Hand aus, um es abzutun und sie in seinem mystischen Zustand willkommen zu heißen. Im Gegenzug hielt sie ihm die Blumen hin, und er steckte traumverloren die Nase hinein wie früher als Kind in den Schrank mit ihren Kleidern, wenn Tristan und er Erwachsene spielten und mit ihr Walzer tanzten.

»Warst du denn so schüchtern damals in der Schule?« fragte sie und dachte daran, wie lebhaft die Geräusche im Hof gewirkt hatten, wenn sie bei den Jungen anrief, wie sehr sie sie immer um das enge Verhältnis beneidet hatte, das sie zueinander hatten, Jungen und Mädchen, die miteinander witzelten und rangelten. Eine feste Freundin zu haben, sei in der Schule sehr wichtig gewesen, erzählte er ihr. Wer eine feste Freundin hatte, der hatte es geschafft, konnte mit ihr in den Eßsaal und auf dem Schulgelände spazierengehen, vor den Lehrern und den anderen Schülern Händchen halten und damit alle wissen lassen, daß sie ihm gehörte, seine Prinzessin war.

»Ich mußte um Boda kämpfen«, sagte er, ließ seine Gedanken langsam und genüßlich in sein Hirn sickern. Nell stand auf der anderen Seite, spürte die Feinheit seiner Gedanken und wußte, die groben Worte, die noch vor wenigen Minuten gefallen waren, hatten sich aufgelöst.

»Wie wär's, wenn wir zusammen essen gingen, in irgendein nettes Restaurant?« fragte sie.

»Das wäre toll«, sagte er und half ihr auf. Ihre Knie knacksten wie trockenes Brennholz.

»Ich werde alt, Pads«, sagte sie.

»Du doch nicht«, erwiderte er, grenzenlose Zärtlichkeit in der Stimme.

»Ich lasse uns einen schönen Tisch reservieren«, sagte sie und ging hinaus, um beim Restaurant anzurufen und sich umzuziehen. Als es an der Tür klingelte, zuckte sie erschrocken zusammen, denn sie erwarteten niemanden, und sonntags kamen selten fremde Leute an die Tür, höchstens mal ein sehbehinderter Jugendlicher, der Geschirrtücher für die Blindenhilfe verkaufte. In einem kurzen Moment der Verwirrung dachte sie, es wäre Tristan, er habe sich den Sonntag freigenommen, um mit ihnen zu feiern. Aber es war Jock, Paddys Freund, der Freund, dem Nell die Hauptschuld an Paddys Unberechenbarkeit gab.

»Hallo, Jock«, sagte sie, bemüht, ihre Abneigung zu verbergen.

»Wie gefällt Ihnen meine neue Hose?« fragte er und streckte ihr ein Bein entgegen. Er hatte eine orangefarbene, glitzernde, hautenge Hose an.

»Sehr schick«, sagte sie und nahm sich vor, ihn auf keinen Fall mit ins Restaurant einzuladen.

»Wo ist denn unser lieber Junge?« säuselte Jock, woraufhin Paddy die Badezimmertür aufriß und voller Freude rief: »Jock... der Joker... komm zu mir.«

»Du bist also nicht nach Australien geflogen?« fragte Nell. Paddy hatte ihr erzählt, Jocks Familie habe ihn für die Ferien auf einer australischen Farm einquartiert, damit er wieder auf den rechten Weg kam. Er hatte bereits mehrere Autounfälle hinter sich, war von drei Schulen geflogen und einmal wegen Ladendiebstahls verhaftet worden. Er sagte, seine Eltern hätten zwar fest vorgehabt, ihn nach Australien zu schicken, aber er habe zum optimalen Zeitpunkt eine äußerst hartnäckige Lungenentzündung bekommen. So bliebe er der Alten Welt erhalten und habe vor, ein Geschäft zu gründen, würde an reiche Leute, die zu dämlich wären, sich selbst um so etwas zu kümmern, Grundstücke auf dem Land verkaufen.

Als sie vor der Badezimmertür stand, hörte sie Paddy fragen: »Und wer wird noch da sein?«

»Nur wir, Steve und Lindy.«

»Wer ist Lindy?«

»Die kennst du doch.«

»Nein, ich kenne keine Lindy.«

»Na, das ist die Kleine, die aussieht, als wäre sie in Dachau gewesen.«

»Ich bin ein bißchen nervös«, sagte Paddy.

»Ach, was, du machst das mit links, du wirst schon sehen...«, sagte Jock, und an der Stelle riß Nell die Tür auf, sah, wie Paddy sich ärgerte, weil sie einfach so hereingeplatzt war, sah, wie Jock sich über ihren Hut amüsierte. Es war ein schwarzer Hut mit einer Kokarde aus schwarzen Federn, ein Hut, der eher zu einem Begräbnis als zu einem Abendessen paßte.

»Ich glaube, Sie haben abgenommen, Mrs. Steadman«, sagte Jock, »kann das sein?« Nell erinnerte Paddy daran, daß sie bereits einen Tisch reserviert hatte, und richtete die mäßig begeisterte Frage an Jock, ob er mitkommen wolle.

»Ein andermal, ein andermal«, erwiderte er, während Paddy ihr erklärte, Jock und er hätten eine Verabredung, einen wichtigen Termin, der schon vor Ewigkeiten ausgemacht worden sei, den er aber völlig verschwitzt hätte, eine Geburtstagsfeier.

»Und wer hat Geburtstag?« forderte sie ihn heraus.

»Daphne«, antwortete er. Natürlich wußte sie, daß er log, aber sie konnte ihn schlecht vor seinem Freund der Lüge bezichtigen.

»Eine kleine Nachtmusik«, sagte Jock, hob ein Bein und betrachtete fasziniert seine glitzernde Hose.

»Nimmst du Drogen, Jock?« fragte sie. Ihre Stimme klang dünn und unsicher, sie spürte, wie eine schreckliche Wut in ihr aufstieg.

»Drogen? Was meinen Sie damit, Mrs. Steadman?« Und mit großer Überzeugungskunst fügte er hinzu, nein, er doch nicht, er nehme höchstens mal eine Pille gegen Heuschnupfen oder zum Einschlafen, auf keinen Fall aber irgend etwas Ausgeflipptes.

»Ich möchte nicht, daß Paddy in so etwas hineingezogen wird«, sagte sie.

»Paddy ist jetzt ein großer Junge«, erwiderte er.

»Ja, und er ist außerdem mein Sohn«, sagte sie, ohne ihren Ärger noch länger verbergen zu können, woraufhin Jock Paddy am Ellenbogen griff und sagte: »Schwing dich aufs Rad, du Wunderknabe.« Sie eilten an ihr vorbei die Treppe hinunter, während Jock immer noch laut darüber sinnierte, daß er ohne Lungenentzündung jetzt im australischen Hinterland gewesen wäre und Schafe geschoren hätte.

»Es ist ziemlich kalt, zieh lieber deinen Mantel an«, rief sie Paddy nach, womit sie ihm auf ihre Art sagte: »Auch wenn ich mit deinem Freund etwas hart umgesprungen bin, mit *dir* hatte das nichts zu tun.«

»Ich merke von der Kälte nichts«, erwiderte er, obwohl sie wußte, daß er sehr kälteempfindlich war und selbst im Sommer eine Weste trug.

»Doch, doch«, beharrte sie in der Absicht, etwas Vertrauliches zu sagen, etwas, das nur sie beide betraf.

»Und wie es schneit«, sagte er, seine Stimme wenig fest und seltsam entrückt.

»Aber es schneit nicht, Paddy«, erwiderte sie bestimmt.

»Wenn ich reich bin, werde ich dir einen wunderschönen russischen Schal kaufen«, sagte er, schloß die Augen und schenkte ihr ein verklärtes Lächeln. Ihre Hand umklammerte die Türklinke, denn im Grunde wollte sie ihm folgen, ihm nachlaufen wie ein Marktweib, aber sie wußte, es würde vergebens sein; Nell erkannte es an der Eile, mit der sie gegangen waren, und an ihrem ausgelassenen Gebrabbel, sobald sie sich von ihrer Gegenwart befreit gefühlt hatten.

Allein gelassen stand sie am gardinenlosen Fenster ihres Wohnzimmers im oberen Stock und schaute auf das mit Rüschen besetzte Rollo am Fenster gegenüber. Nun hatte sie den ganzen Abend Zeit, um über alles nachzugrübeln, sich auszumalen, wo er war, in einem dunklen, verrauchten Zimmer mit dröhnender Musik, Jock als Zeremonienmeister und Paddy, ängstlich und übermütig zugleich, verzückt und, wie sie, in Gefahr, den Verstand zu verlieren, unfähig, wieder zurückzukehren, aber nach Atem ringend, so wie man in den entscheidenden Momenten von Geburt und Tod nach Atem ringt. Ja, viele Stunden, in denen sie sich hin und her wälzte, in denen sie versuchte, vor ihrem geistigen Auge Ereignisse ablaufen zu lassen, von denen sie trotz größter Anstrengung niemals wissen würde, ob sie tatsächlich so passiert waren, und in denen in ihr die Erkenntnis wuchs, daß es an diesem Sonntagabend, an dem die Lilien auf seinem Bett verwelkten, zum eigentlichen Bruch gekommen war.

Sie lag wach, bis er nach Hause kam. Leise schlich er nach oben, um sie nicht zu wecken. Es war fast fünf.

Am nächsten Morgen hielt sie es für das klügste, sich freundlich und umgänglich zu zeigen.

»Ein netter Geburtstag?« fragte sie.

»Spitze«, erwiderte er.

»Jock ist ein lustiger Kerl«, sagte sie mit einer gewissen Schärfe in der Stimme. Aber er hörte es nicht, sagte nur, Jock sei manchmal ziemlich nervös und ein bißchen schroff im Umgang mit anderen Leuten, aber er sei sein bester, sein engster Freund. Wenn er einmal in Not geriete, würde Jock sein letztes Hemd mit ihm teilen. Wahnsinn. Wahnsinn, dachte sie, doch sie erkundigte sich höflich nach der Geburtstagsfeier, fragte, ob es einen Geburtstagskuchen gegeben habe, und zitterte innerlich, als er den Kuchen beschrieb, das Aroma, die Füllung, den Zuckerguß. Und währenddessen dachte sie: Jetzt hat er ein Labyrinth der Unwahrheiten betreten, in dem ich ihn niemals wiederfinden werde, in dem er, was noch viel schlimmer ist, sich selbst nicht finden wird. Nachdem er gegangen war, beschloß sie, sein Zimmer zu durchsuchen. Sie würde ihn direkt auf das Problem ansprechen müssen, und dann bräuchte sie handfeste Beweise. Sie ging in sein Zimmer und machte sich klar, daß es das erste Mal war, daß sie Verrat an ihm beging. Sie zog Schubladen auf, durchsuchte Ordner und alte Brieftaschen, ja, schlug sogar sein heiliges kleines Notizbuch auf, das eine Haarlocke enthielt und seine unvollendete Geschichte über die Themse.

»Mein Fluß«, hieß die Geschichte, und die letzte Eintragung endete in kindlichem Ton: »Und nun, verehrter Leser, muß ich eine Pause einlegen, denn ich höre von der Straße mein liebstes Geräusch, den Eiswagen, der ›The Swedish Rhapsody‹ spielt.« Dann fand sie Jocks Brief. Zitternd faltete sie ihn auseinander und las:

Hey, Chick,
sollte es in diesen Zeilen irgendwelche Ungereimtheiten geben, kannst du das getrost der Tatsache zuschreiben, daß ich rammelvoll bin, aber nicht von dem üblichen Fußballrowdykram, sondern von sehr viel asiatischeren Genüssen. Ich bin völlig fertig vom vielen S... Ich war auf einem Elefantentreck, bin mit dem Floß in den Urwald vorgedrungen, habe Anna getroffen (die Freundin von Sue, der Indianerin), habe Rasierklingen gesehen, Milchshakes und dicke Panzer, die, sehr zur Verblüffung der sie begleitenden Ziege, in einem zwielichtigen Nachtclub aus der Gebärmutter eines jungen Mädchens rollten. Ich lebe, Mann, und alles, was mit Lernen zu tun hat, finde ich doof... mohnstrohdoof, und ich glaube, das ist kein schlechtes Wortspiel für einen ungezogenen Jungen...

Dein dich liebender,
treuer Freund
Jock

Als sie es las, war Nell drauf und dran, Paddy bei seinem Paukkurs, Tristan in der Schule oder gar den Schuldirektor anzurufen und zu fragen, was sie tun sollte. Bei der Arbeit versuchte sie, einen Brief an Paddy zu schreiben, machte fünf oder sechs Anläufe, versuchte, einen Kurs zwischen Vernunft und Besorgnis zu steuern. Sie wollte nicht, daß er sein Leben ruinierte. Würden sie miteinander reden können? Würde er ihr erzählen, wie er dazu gekommen war? Haßte er sie? Würde er bereit sein, zu einem Arzt zu gehen? Alle Entwürfe waren so unzulänglich, daß Nell sie wütend zerriß und gleichzeitig dachte, wenn er nicht rechtzeitig die Kurve bekam, würde er eines Tages in der Gosse landen. Letztendlich beschloß sie, ihm beim Abendessen zu eröffnen, daß sie in seinen Papieren herumgeschnüffelt habe und sich sowohl seinetwegen als auch wegen seiner Freunde große Sorgen mache.

»Zerbrich dir darüber nicht den Kopf... ich weiß schon, was ich tue«, sagte er, aber in seinem Blick lag Angst, gepaart mit Wut. »Unser Verstand ist alles, was wir haben«, sagte sie, und ein wenig hochtrabend zitierte sie Sir Arthur Stanley Eddington: »Der Verstand ist das erste und unmittelbarste Mittel unserer Erfahrung; alles, worauf wir uns sonst noch stützen, sind nachrangige Schlußfolgerungen.« Er stimmte ihr zu. Er stimmte allem zu, was sie sagte, meinte, sie müßten das alles ausführlich besprechen, aber leider müsse er sich jetzt beeilen, denn es sei sein Rock 'n' Roll-Abend, und er und Chrissie nähmen an einem Wettkampf teil. Letzte Woche seien sie Zweite geworden, diesmal hofften sie auf den ersten Platz.

»Laß mich mitkommen«, schlug sie vor und dachte, daß sie sich in all den Jahren mit ihren Eltern, mit ihrem Mann, ja, selbst in der Zeit mit Duncan noch nie so hilflos gefühlt hatte wie jetzt. Von dort aus, wo sie jetzt saß, in den überschaubaren vier Wänden ihrer Küche, mit den Fischresten auf dem Teller, versank er, doch nicht in Wasser, sondern in einem schlammigen Morast, in dem sein Verstand, so wie ihr eigener, ein schlimmes Ende finden könnte – am Straßenrand liegengelassen, übel zugerichtet, zerschunden, in Stücke zerfetzt.

»Nicht heute abend... wir sind ein bißchen aufgeregt«, sagte er und küßte sie zärtlich auf die Wange. Als er hinausging, kaute er an einem Büschel Petersilie und erinnerte sie fröhlich an eine Sendung im Fernsehen, die sie sich anschauen sollte, damit sie nicht so einsam herumsaß und sich vor Sorgen verzehrte.

Kaum war er gegangen, klingelte es an der Tür. Sie glaubte

schon, er wäre reumütig zurückgekehrt, um ihr zu sagen: »Komm schon, mach dich ein bißchen hübsch... natürlich kannst du mitkommen, natürlich kannst du uns beim Tanzen zuschauen.« Statt dessen stand ein fremdes Mädchen vor der Tür und brachte kein Wort heraus. Ihr dunkles, hennagefärbtes Haar sah wie ein dicker Klumpen gefärbter Zuckerwatte aus. Als sie hörte, daß Paddy schon gegangen war, fing sie an zu wimmern, blickte auf ihre zarten Riemchen-Schuhe und sagte, sie wisse nicht, wo die Party stattfände, könne sich nicht mehr daran erinnern. Im Wohnzimmer saß sie mit gesenktem Kopf auf dem Sofa, wartete darauf, daß Paddy anrief, lehnte alles ab, was Nell ihr anbot, und zeigte von Zeit zu Zeit ein zögerliches, leeres Lächeln, als fürchte sie, gescholten oder mit Vorwürfen überhäuft zu werden.

»Wußte Paddy, daß Sie herkommen wollten?« fragte Nell.

»Ich denke schon«, erwiderte sie unbestimmt. Sie wirkte wie im Nebel, verloren in ihrer eigenen Welt, sagte nur hin und wieder etwas Schmeichelhaftes, vermutlich, um nicht vor die Tür gesetzt zu werden.

»Sie haben den gleichen Geschmack wie ich, Sie mögen Kerzen«, murmelte sie.

»Ja, ich mag Kerzen«, sagte Nell, stand auf und zündete eine an. In mehreren Anläufen gelang es ihr, aus dem Mädchen herauszuquetschen, daß es Christina hieße, daß es am letzten Montag zwar auch im Club gewesen sei, sich aber nicht mehr erinnern könne, an welchem Ende der Oxford Street er liege. Dann erneut Schweigen, gefolgt vom zweiten Teil ihrer Geschichte, der darin bestand, daß sie mit einem Mädchen namens Sarah zusammenwohnte und daß es Sarah viel besser ginge, seitdem sie mit Craig verlobt sei. Der halte sich zur Zeit zwar in Indien auf, würde ihr aber jeden Tag schreiben.

»Ja, sie ist viel netter geworden«, sagte sie und zog sich wieder in ihr Schneckenhaus zurück. Einmal fragte sie noch, wie spät es sei.

Plötzlich fing sie an zu keuchen und sah aus, als würde sie

jeden Moment in Ohnmacht fallen. Ihr Gesicht war kreidebleich.

»Haben Sie vor irgend etwas Angst?« fragte Nell.

»Sie haben den gleichen Geschmack wie ich«, erwiderte Christina, die Augen starr auf einen Stuhl gerichtet, als könne sie darin irgendeine Prophezeiung erkennen.

»Sind Sie in Panik?« fragte Nell.

»Nein... nein... das habe ich sehr gut im Griff... in Panik gerate ich nie«, entgegnete sie und starrte auf die Uhr, die gerade sieben schlug. Dann fragte sie, wie alt Paddy wohl sei, sprang plötzlich voller Erregung auf, faselte etwas von Schokoladenkeksen, sagte, sie pfeife aus dem letzten Loch, müsse unbedingt nach North London, Highgate, erwähnte eine Konditorei; wenig später war sie verschwunden, ließ nur ein Papiertaschentuch mit ein paar geringelten Orangenschalen zurück.

27

»Wir haben Besuch«, sagte Paddy stolz und schob ein Tier über die Schwelle. Es war ein streunender Hund, den er mit Hilfe seines grauen Schals angeleint hatte. Er sagte, das arme Geschöpf sei in der U-Bahn-Station herumgestromert, sei auf der verzweifelten Suche nach seinem Herrchen hin und her gelaufen und habe vergeblich versucht, sich durch eines der Drehkreuze zu quetschen. Niemand habe ihn beachtet, alle hätten ihn einfach zur Seite geschubst, bis Paddy voller Mitleid stehengeblieben sei und gesagt hätte: »Guter Hund... guter Hund«, woraufhin der Hund sich an seine Fersen geheftet habe. Und zu allem Überfluß habe er auch noch auf Anhieb den Namen des Hundes erraten. Er habe den erstbesten Namen genannt, der ihm in den Sinn gekommen sei, nämlich Charlie, und Charlie habe freudig gekläfft und seine Hand geleckt, ihn als sein neues Herrchen betrachtet. Charlie war eine Promenadenmischung, eine Kreuzung aus einem Spaniel und irgendeiner anderen, wolfsähnlichen Rasse.

»Was sollen wir mit ihm anfangen, Paddy?« fragte sie, ein wenig erschrocken. Im Grunde hätte sie gar nicht erst zu fragen brauchen. Sie wußte es bereits. Charlie wurde durchs Haus geführt, damit er sein neues Zuhause kennenlernte; Charlie wurde hochgehoben, damit er den hübschen kleinen, von einer Mauer umgebenen Garten bewundern konnte, in dem er zweifellos seine Spuren hinterlassen würde.

»Was sollen wir mit ihm anfangen?« wiederholte sie. Sie wollte keinen Hund, fühlte sich in Gesellschaft von Hunden nicht wohl, schon gar nicht in der eines unberechenbaren Straßenköters. Charlie erriet ihre geheimen Gedanken, denn jedesmal, wenn sie ihn ansah, riß er das Maul auf, zeigte ihr seinen rhabarberroten Gaumen und seine langen, verfärbten Zähne.

»Er ist bösartig«, sagte sie.

»Also, Charlie, jetzt hör mal gut zu, du darfst nicht bösartig sein... nicht beißen... darfst deine neue Mutter nicht beißen«, sagte Paddy, sein Gesicht dicht an Charlies Schnauze, woraufhin Charlie kräftig nach ihm schnappte.

»Er ist bösartig«, beharrte Nell, aber Paddy wollte nichts davon hören, sagte, Charlie sei durch sein langes Haar einfach sehbehindert und könne Freund von Feind nicht unterscheiden, folglich bräuchte er als erstes einen ordentlichen Haarschnitt. Als er sah, wie Paddy mit der Schere schnappte, warf sich Charlie auf den Teppich, zappelte, wand sich wie wild hin und her und gab sich auch sonst jede Mühe, Widerstand zu leisten. Es blieb ihnen nichts anderes übrig, als ihn aufzuheben und in eine Ecke zu tragen, wo Nell ihn festhalten mußte und sich gegenüber dem ängstlich zusammengekauerten Wesen als grausame Verräterin empfand.

»Halten... du hältst ihn nicht fest genug«, schimpfte Paddy, der Charlie gerade noch am Schwanz erwischte, als er im Begriff war, zur Tür zu sausen. Offenbar sehnte er sich schon jetzt nach der entspannten, scherenlosen Welt der Straße zurück. Diesmal wurde Charlie unter einem Stuhl festgeklemmt; dicke, gelbbraune Haarbüschel fielen zu Boden.

»Du schneidest zuviel ab«, sagte Nell, als sie – hin und hergerissen zwischen Mitleid und Abscheu – an einigen Stellen Charlies Haut durchschimmern sah.

»Das wächst schnell nach«, entgegnete Paddy und fügte hinzu, das Wichtigste sei jetzt erst einmal, Charlie gründlich zu säubern und zu entflöhen, ihm etwas zum Abendessen zu machen und ihm eine ihrer Küchenschüsseln zuzuteilen, die von nun an unter dem Namen »Charlies Napf« geführt werden sollte. Außerdem müßten sie ihn fotografieren, damit sie ein Bild von ihm hätten, falls er jemals so leichtsinnig sein sollte, seinem Fernweh nachzugeben und wieder wegzulaufen.

»Lächeln... alle beide... lächeln«, rief Paddy und schoß eine rasche Folge von Fotos, auf denen Nell ihr Gesicht dem Hund zuneigte und Charlie sich noch unschlüssig war, ob er nach ihr schnappen sollte oder nicht. Charlie war jetzt ihr gemeinsames Kind, war etwas, worüber sie sprechen konnten, das sie vereinte. Und diese Gespräche gaben Nell Gelegenheit, ihn zu fragen, ob es mit dem Lernen und so weiter gut voranginge, und sich auf diese Weise indirekt zu erkundigen, ob er seine schlechten Angewohnheiten aufgegeben habe. Er sagte, ja, es sei alles in bester Ordnung, und mehr als das: Sein Tutor sei überzeugt, daß er seine Prüfungen mit Bravour bestehen würde, und nächstes Jahr würde er sie und Charlie vor den Toren einer ehrwürdigen Universität fotografieren können.

Sie saß oben in einem Doppeldeckerbus, als sie plötzlich Paddy, Jock und einige Freunde in einer Nische neben einer öffentlichen Bedürfnisanstalt aus imitiertem Marmor erspähte. Tauben schwirrten um sie herum, ließen sich auf ihren Köpfen nieder, ein merkwürdiges, irgendwie unwirkliches Bild. Das ist er nicht... das kann er nicht sein, sagte sie sich immer wieder. Aber da stand er, neben ihm Jock in einer orangefarbenen Toga. Paddy trug eine schwarze Melone, auf der in goldenen Lettern der Name einer Champagnermarke aufgedruckt war. Der Bus fuhr weiter. Nell sprang auf, lief nach hinten, drückte auf die Notklingel, stürzte die Treppe hinunter, sprang, gleichgültig gegen die tödlichen Gefahren des Straßenverkehrs, aus dem rollenden Bus und hätte sich fast das Genick gebrochen, als sie, direkt vor dem Vorderrad eines wütenden Fahrradfahrers, im Rinnstein landete. Als sie sich auf den Bürgersteig gerettet hatte, kam sie an dem schwarzen Mann vorbei, der drei müllübersäte Stufen und einen Torbogen zu seinem Basislager erkoren hatte. Er war durch und durch schwarz, sein Gesicht mit schwarzem Öl beschmiert, seine Hände mit schwarzen Lederhandschuhen bedeckt und sein Körper in einen schwarzen, bodenlangen Mantel gehüllt. Sie kannte ihn vom Sehen. Er stand hinter seinem Schatz, einem alten Einkaufswagen mit einem Müllberg, der täglich höher wurde. Sie hatte es nie gewagt, ihm in die Augen zu blicken, doch jetzt tat sie es und wurde zweier dunkler, haßerfüllter, eiskalter Augen gewahr, die in eine Welt hinausstarrten, die für ihn weder Zeit noch Platz hatte, Augen, die schrien: »Ihr habt mir unrecht getan, und ihr werdet dafür büßen.« Er stand reglos da, wie eine Statue, die Arme in dem langen, schwarzen Mantel völlig unbeweglich, den Kopf mit einer schäbigen Studentenmütze bedeckt.

Sie zögerte einen Augenblick, ehe sie die Straße überquerte, sowohl, um Paddy zu warnen, als auch, um sich selbst zu wappnen. Je näher sie ihm und seinen Freunden kam, desto mehr sank ihr Mut. Einige der Mädchen waren oben ohne, zwei hatten silbriges Haar, das wie zementiert nach oben stand. Von einer nahegelegenen Bank aus sahen ein paar Betrunkene zu den grellbunten Eindringlingen hinüber und wußten nicht recht, ob sie über sie lachen oder sie vertreiben sollten. Es war ein brütendheißer Tag. Die Sonne ließ die gefärbten Haare, die rasierten, glänzenden Köpfe und die bunte Kriegsbemalung einiger Mädchen noch greller erscheinen. Sie sahen wie Nachtgespenster aus, Gespenster des Waldes, ihre Augenhöhlen mit dunklem Violett ausgemalt wie für ein geheimnisvolles Ritual.

»Paddy«, sagte sie, trat auf ihn zu und versuchte, nicht allzu besorgt zu klingen. Einen Moment lang schien alles zu erstarren. Er sah sie ungläubig an.

»Josie«, sagte er dann, so lautete ihr zweiter Vorname, seine Stimme war kalt, als ob eine Fremde vor ihm stünde. Ein Mädchen in einem Brokatmieder kam auf sie zu und sagte, sie solle sich gefälligst verziehen, das sei ihr Platz und sie wollten keine Alten dabeihaben.

»Es handelt sich um eine private Feier«, erklärte Paddy und lüftete seinen Champagnerhut.

»Ja... wir haben eine kleine Feier«, nickte Jock und hielt eine leere Bierdose hoch, als wäre hier ein ausschweifendes Fest im Gange. Seine Augen, die sie bisher noch nie bewußt betrachtet hatte, waren von einem grellen, fauchenden Grün, einer Farbe, die bis dahin in ihrer Vorstellung den Augen Satyrs vorbehalten gewesen war. Ein schottischer Junge in aufgeschlitzten Karohosen nahm ihren Arm und fragte: »Haben Sie sich verlaufen, Missis?«

»Das da ist mein Sohn«, entgegnete sie und zeigte auf Paddy, aber der Junge wollte ihr nicht glauben, sagte, das könne sie ihrer Großmutter erzählen.

»Doch, er ist mein Sohn«, beharrte sie laut. Einige der Mädchen wurden unruhig, begannen, höhnisch zu grinsen oder mürrisch zu grummeln.

»Sie würden doch bestimmt nicht Ihre eigene Mutter verleugnen«, sagte sie zu dem schottischen Jungen, aber der lachte nur und sagte, das hätte er längst getan, aber jetzt würde er es nicht mehr tun, denn er fühle sich wunderbar, es sei unbeschreiblich, viel besser als Alkohol oder Sex.

»Was denn?« fragte sie scharf.

»Halt bloß die Schnauze, Glasgow«, ging eines der Mädchen dazwischen.

»Sehen Sie das kleine grüne Männchen da?« fragte er und zeigte auf die Fußgängerampel, die abwechselnd von Rot auf Grün umsprang. Er versuchte hochzuspringen, um die jeweils leuchtenden Felder mit der Hand berühren zu können. Er war besorgt. Der kleine grüne Mann schien keinen Schwanz zu haben.

»Er hat keinen Schwanz«, sagte er und flehte seine Freunde an, ihn hochzuheben, damit er sich vergewissern konnte. Zwei der Mädchen stemmten ihn hoch, und er rief laut: »Der arme kleine Scheißer hat tatsächlich keinen Schwanz.«

»Das ist verrückt«, sagte Nell zu Paddy, der jedoch in einen Dialog mit einer Taube vertieft war, die auf seiner Hand saß. Der Boden war von graugrüner Taubenscheiße bedeckt, die teilweise frisch und teilweise wie trockener Kalk aussah. Irgend jemand hatte ein paar Gelbveigelein gepflanzt, die in der Hitze vor sich hinwelkten.

»Geh weg«, sagte Paddy brutal.

»Aber ich habe dich seit Tagen nicht mehr gesehen«, entgegnete sie, wobei das Stocken und die Dringlichkeit in ihrer Stimme gleichzeitig ausdrückten: »Tu mir das nicht an, bitte nicht, du bist mein Sohn, das kannst du mir nicht antun, du kannst nicht so grausam sein, auch wenn es so scheint.«

»Florenz«, begann er, zog einen Reiseführer aus der Tasche, stieg, um besser gehört zu werden, auf ein Mäuerchen und gab seinem Publikum Zeit, sich um ihn zu sammeln.

»Florenz, die Göttliche, auf den sanften Hügeln des Arnotals gelegen, birgt in ihren Mauern alle erdenklichen Schönheiten. Umhüllt von einem herrlich transparenten, bernsteinfarbenen Licht, vermischen sich Kunst und Leben unter der roten Türkenkappe und der Lilie, den Wappenzeichen der Stadt, auf einzigartige Weise.«

»Kauf dir 'nen Strick«, rief der schottische Junge einem Betrunkenen zu, der versuchte, Paddys Vortrag zu unterbrechen. »Die Guelfen unterstützten den Papst, während die Ghibellinen Anhänger des Heiligen Römischen Reiches waren...«

»Scheiß auf die Guelfen«, rief jemand.

»Ist das die Stadt, in die wir fahren wollen, Mann?« fragte lächelnd eines der Mädchen.

»Ja, Süße«, antwortete Paddy. Dann nahm er wieder seine theatralische Haltung ein und trug vor, wie Savonarola, der Dominikaner, den Florentinern ihre Liebe zur Kunst und ihre feine Lebensart austreiben wollte und wie er, um sie zu bestrafen, 1497 auf der Piazza della Signoria ein Fegefeuer der Eitelkeit veranstaltete und Perücken, Musikinstrumente und Gedichtbände verbrannte.

»Ein Fegefeuer der Eitelkeit!« riefen einige, und Nell, die sich nicht länger zurückhalten konnte, trat nach vorn und sagte: »Merkt ihr denn nicht, daß ihr alle mächtig in Schwierigkeiten geraten könnt?«

»Wer ist das denn?« fragte das Mädchen mit der Stickbluse. Jock, der sich bis dahin in Schweigen gehüllt hatte, sagte, wenn sie in Schwierigkeiten geraten könnten, warum dann nicht auch die Säufer mit ihren Fuselflaschen und Bierdosen?

»Aber Alkohol ist legal«, wandte Nell mit schwacher Stimme ein.

»Das sagen meine Eltern auch immer«, meldete sich ein anderes Mädchen zu Wort und begann, die Stimme ihrer Mutter nachzuahmen: »Hast du Donnerstag gesagt, Liebling, also gut, Donnerstag, die Wheelers... wunderbar... ja, haben wir... *haben* wir... genau das gleiche, bloß anders herum, vor fast zwanzig Jahren... gleich nach dem Krieg... dort wurde Nummer fünf gezeugt, am Fuß des Atlasgebirges...« Die Freunde lachten, offenbar kannten sie die Geschichte schon, mit der sie ihre Mutter und ihre armselige Empfängnis beschrieb. Abschließend erzählte sie Nell, sie verstünde sich mit ihren Eltern ganz und gar nicht, sie habe nichts übrig für diese Gin-Tonic-Schlürfer, und wenn man sie fragen würde, was auf dieser Welt das Allerlangweiligste sei, würde sie sagen, das Essen am Sonntagmittag zu Hause. Igitt.

»Ich habe Sie aber nicht gefragt«, entgegnete Nell, wandte sich zu den anderen um und fragte schlicht, was sie hier eigentlich machten.

»Ein riesiges Energiefeld... Können Sie es nicht spüren?« antwortete ihr ein junger Mann und fügte hinzu, wenn er wollte, könnte er auf jeden vorbeifahrenden Bus oder jedes andere Fahrzeug springen.

»Ihr werdet alle im Knast enden«, sagte Nell.

»So... wir werden also alle im Knast enden? Kann nicht endlich mal einer der Alten sagen, daß sie Leine ziehen soll?« fragte eines der Mädchen.

Schließlich meinte ein blonder junger Mann mit rotblonden Wimpern, den Vermittler spielen zu müssen. Er sagte, er könne ja verstehen, daß das Ganze für sie sehr beunruhigend sei, aber sie müsse auch versuchen, sie zu verstehen. Was sollte sie verstehen? Warum waren sie alle so feindselig? Sie hatte ihnen doch gar nichts getan.

Nein, erwiderte er, nachgiebig lächelnd, sie persönlich habe ihnen nichts getan, aber ihnen sei genügend angetan worden. Nell sah eine Clique potentiell dynamischer, begabter junger Menschen, die alle auf die eine oder andere Art die Orientierung verloren hatten.

»Warum? Warum?« rief sie verzweifelt.

»Wer kann das schon sagen«, antwortete er traurig, und dann hob er den Blick zu den Häuserdächern und sagte weise: »Es gibt zu viel Schönheit und zu viel Scheiße... zu viel Schönheit und zu viel Scheiße.«

»Ach, bleib auf dem Teppich, Barnaby«, sagte eines der Mädchen, und der schottische Junge rief, er müsse dringend aufs Klo.

»Ich habe dir doch heute morgen extra gesagt, daß du nochmal scheißen gehen sollst«, sagte Jock, griff nach der zerfetzten Hose des Jungen, die er dabei noch mehr zerriß, und führte ihn zur Eingangstür der Toilette, vor der zwei Betrunkene lungerten und Eintrittsgeld verlangten.

Nell nahm sich vor, es noch ein letztes Mal zu versuchen. Sie wollte Paddy so nett und freundlich wie möglich sagen, daß die Gefahr geringer sei, wenn sie wenigstens von der Straße verschwinden würden. Inzwischen waren Leute stehengeblieben, um sie anzustarren; andere, die vorbeieilten, beobachteten sie zweifelnd und unruhig aus den Augenwinkeln.

»Kommt mit nach Hause, wir machen ein Picknick im Garten«, sagte sie, beschämt über den eigenen Drang zur Beschwichtigung.

»Das geht nicht... wir fahren nach Florenz«, erwiderte Paddy sanft. Seine Augen leuchteten angesichts der Aussicht, am nächsten Morgen Michelangelos berühmte unvollendete *Pietà* zu sehen.

»*Pietà*«, sagte er laut.

»*Pietà* bedeutet Erbarmen, Paddy«, sagte sie, dem Weinen nahe.

»Ich weiß, was es heißt«, entgegnete er, und sie glaubte zu sehen, wie etwas in ihm zerbrach, aber Jock sah es ebenfalls, nahm ihren Arm, als wollte er sie wegführen, und sagte: »Mrs. Steadman, darf ich Sie ganz offen etwas fragen?«

»Natürlich«, sagte sie.

»Glauben Sie nicht auch, daß Christus und die Apostel irgend etwas intus hatten?«

»Nein, das glaube ich nicht.«

»Wie hätten sie sonst auf dem Wasser gehen, Wasser in Wein verwandeln und den ganzen anderen Scheiß machen können?«

»Aber das waren Wunder«, sagte Nell, und alle lachten; ihr lautes Gelächter war wie ein Signal für die Säufer, die sich davon anstecken ließen und sich amüsiert auf die Schenkel klopften, und plötzlich fühlte sich Nell wie in einem Zoo, in dem sich alle Lebewesen, Menschen und Tiere, in einem Anfall wahnwitziger Verzweiflung zusammenrotteten.

»Was ist daran so witzig?« fragte sie erzürnt.

»Komm... laßt uns abhauen«, sagte Jock und klatschte in die Hände, und trotz der entrückten Gesichter sammelten sie sich und klaubten ihre Habseligkeiten – Rucksäcke, Taschen, ein Skateboard und einen Einkaufswagen – zusammen. In einem letzten Appell wandte sich Nell an Natasha; sie wußte, daß ihre Schwester Amy vor kurzem einen Motorradunfall gehabt hatte.

»Was macht Amy... geht es ihr wieder gut?« fragte sie.

»Klar geht es ihr gut«, antwortete Natasha verdrießlich. Das Schlimmste war, daß sie ihr alle mißtrauten.

»Wann kommst du nach Hause?« fragte sie Paddy, den sie gerade noch am Jackenärmel erwischte. Er trug seinen abgewetzten grünen Frack und eine Weste.

»Demnächst«, murmelte er und trat mit den anderen auf die Straße, ohne sich um den Verkehr zu kümmern, ohne die hupenden Autofahrer zu hören, ohne den Busfahrer zu sehen, der sich aus seinem Fenster lehnte und sie wüst beschimpfte.

»Zum Musikpavillon... zum Musikpavillon«, sangen sie.

»Das ist Wahnsinn«, sagte Nell zu Jock.

»Entweder du hast Glück oder eben nicht«, sagte er hart. Ein Satz, den sie nie vergessen würde.

»Und Sie sind der Urheber dieses Wahnsinns.« Sie starrte in seine Augen, die vor Wut funkelten, einer Wut, die er, wie sie glaubte, an ihr abreagierte, wegen der Liebe, die sie für Paddy empfand, als wäre das eine Krankheit, ein Gebrechen.

»Ich bin eben ein finsterer Mensch«, sagte er kalt, und dann fiel ihm ein, daß er ihr noch etwas Wichtiges erzählen wollte, eine Parabel zum Thema Mutterschaft.

»Ich will Ihre Parabel nicht hören«, sagte sie, aber er bestand darauf, sie ihr zu erzählen. Ein Freund von ihm, ein junger Mann, sei kürzlich gestorben – oder »heimgegangen«, wie man in manchen Kreisen zu sagen pflege –, aber die Mutter des Freundes sei in den letzten Minuten aus dem Zimmer geschickt worden, und warum? Weil sie ihren Sohn kein einziges Mal zum Lachen gebracht hatte und es auch jetzt, wo für ihn der Vorhang fiel, nicht getan hätte.

»Ich habe nicht gewußt, daß Menschen wie Sie überhaupt existieren«, flüsterte Nell mit belegter Stimme.

»Der Geist der Ahnen«, sagte er, zwinkerte ihr zu und warf sich wie ein Druide ins Straßengetümmel, wo drei aufeinanderfolgende, seltsam willfährige Ampelanlagen auf Grün schalteten, um ihm den Weg zu ebnen.

»Sind sie weg?« rief eine halb kindliche, halb benommene Stimme. Ein junges Mädchen, das auf dem kleinen Stückchen Rasen hinter der Mauer geschlafen hatte, richtete sich mühsam auf. Sie trug ein an der Naht aufgeschlitztes Jeanshemd und eine orangefarbene Halskette mit schwarzen Fäden, die wie Insekten durch die dicken, durchsichtigen Perlen krochen. Sie schüttelte ihr weizenblondes Haar, um richtig wach zu werden.

»Ja, sie sind weg«, antwortete Nell.

»Diese Schweine«, sagte das Mädchen und schaute sich suchend um. Dann bat sie um eine Fluppe und fragte, wo die nächste Telefonzelle sei. Sie verstand nicht, wie die anderen einfach so hatten weggehen können, und meinte: »Big Celia hätte mir das nicht antun dürfen.«

»Haben sie gesagt, wo sie hinwollten?« fragte das Mädchen und warf ungeduldig alle möglichen Gegenstände aus seiner Tasche, während es nach einer Telefonnummer suchte.

»Florenz«, sagte Nell.

»Florenz... das ist geil«, kicherte das Mädchen und sagte, es könne sich schon lebhaft vorstellen, was für ein Gesicht ihre Direktorin, eine gewisse Miss Stow, machen würde, wenn sie davon erfuhr. Sie sagte, sie ginge auf eine Mädchenschule in Ascot und habe sich einen Zahnarzttermin ausgedacht, um einen Tag frei zu bekommen; in der vorherigen

Woche sei es ein Arztbesuch und in der Woche davor wiederum ein Trauerfall gewesen.

»Sprich mit mir, Schmetterling«, sagte das Mädchen zu einem weißen Schmetterling, der um die verwelkten Gelbveigelein und die nach vorne gesunkenen Köpfe der Betrunkenen herumflatterte. Eine Weile folgte sie ihm, um ihn zu fangen, dann fiel ihr wieder ein, daß ihre Freunde sie verlassen hatten, und rief: »Wo zum Teufel steckst du, Big Celia?« Ihre Stimmung schwankte zwischen kindlicher Hilflosigkeit und wütender Raserei.

Schließlich stolzierte sie zu den Säufern und fragte, ob sie Feuer hätten. Einer von ihnen, ein ziemlich junger Mann, der behauptete, das Mädchen zu kennen, stand auf und sagte: »Hey, Kleine.« Er sagte, er habe sie im World's End getroffen.

»Schwachkopf«, erwiderte das Mädchen und sagte, er solle sich verziehen. Er war jedoch nicht von dem Gedanken abzubringen, daß er sie kenne und im World's End mit ihr ein paar Bierchen getrunken habe.

»Aber ich bin noch nie im World's End gewesen«, sagte das Mädchen höhnisch lachend und legte Lippenstift auf.

»Miststück«, schimpfte der Mann.

»Arschloch«, entgegnete das Mädchen, was die anderen Galane dazu veranlaßte, sich von ihrer Bank zu erheben und sich um ihren Kumpel zu scharen. Sie machten Witze über die Knie und Streichholzbeine des Mädchens, von den Fetzen aus dem Trödelladen, die es trug, ganz zu schweigen. Der Streit hatte sie ausgenüchtert, und offenbar hatten sie nicht übel Lust, daraus eine Schlägerei werden zu lassen, aber Nell zog das Mädchen fort, ging mit ihm in Richtung Bahnhofseingang, wo der Schwarze gerade mit unendlicher Sorgfalt seinen Müll durchwühlte.

»Wer sind Sie?« fragte das Mädchen.

»Ich bin Paddys Mutter«, sagte Nell.

»Oh. Er spricht oft von Ihnen ... erzählt Geschichten über Sie.«

»Was für Geschichten?«

»Ach, so den üblichen Familienkram... Wie er mit seinem Bruder und Ihnen in einem Schloß in Irland war, in dem es lauter Ochsen und Dingsdas gab.«

Im künstlichen Licht einer nachgemachten Straßenlaterne, vor einem großen Poster des Golfs von Neapel hockten sie hinter Eisengittern und tranken Kaffee. Das Mädchen saß mit dem Rücken zum Fenster, rauchte und streifte von Zeit zu Zeit die Asche an einem Kasten mit Blumen ab, die so tot, so kraftlos wirkten, als ob sie aus Gummi wären. Ganze Heerscharen von Larven lagen auf den Farnen und verstaubten Kakteen, regten sich aber ebenfalls nicht. Obwohl das Café mit den vielen Eisengittern wie ein Gefängnis aussah, saßen doch Leute dort, kamen doch Leute eigens hierher. Für sie, vor allem für die Stammgäste, die mit der Kellnerin plauderten, war dieser Ort eine Art Zuflucht. Die junge, dunkelhäutige Kellnerin streckte die Zunge heraus und ließ sie über die Lippen kreisen, wenn sie von Männern Bestellungen entgegennahm, während sie bei den Frauen sehr viel förmlicher war und höflich »Bitte sehr, meine Dame« flötete. Die goldenen oder vergoldeten Reifen an ihrem Handgelenk klimperten, und es roch nach altem Bratöl. Die gegenüberliegende Häuserfront war rundum eingerüstet; hinter dem grünen Maschendraht wirkten die Menschen wie allegorische Schattengestalten. In einem der Schaufenster standen lebensgroße nackte Puppen, die mit ihren Porzellangesichtern, roten Perücken und herausgeschobenen Hüften genauso unwirklich aussahen wie die grellbunte Truppe, die das Mädchen, das Nell jetzt gegenübersaß, allein zurückgelassen hatte. Wo waren sie jetzt? Wo würden sie das nächste Mal auftauchen? Und was bewegte all die todgeweihten Menschen um sie herum, verlorene Seelen, die sich in möblierten Zimmern versteckten und am Nachmittag zum Tee herauskamen, in dem Glauben, es würde sie etwas Einmaliges erwarten?

Pandora, denn das war der Name des Mädchens, ging zweimal zur Toilette. Als sie das zweite Mal zurückkam, war sie auf einmal sehr viel redseliger, bat Nell, doch bitte, bitte kein Urteil über sie zu fällen, denn das täten alle Eltern, das sei deren Lieblingsbeschäftigung.

»Ich hatte es bisher nicht vor«, sagte Nell und wollte sich gerade erklären, aber Pandora hatte, von einem plötzlichen Energieschub getrieben, bereits dazu angesetzt, ihr zu erzählen, warum sie damit begonnen habe: das Abenteuer, die Gefahr, das allererste Mal, wie aufregend, die Schule zu schwänzen, mit Big Celia in einem Zug zu sitzen, in Bayswater einen Typen mit Klumpfuß zu treffen, ums Geld zu feilschen und dann in ein kleines Hotel zu gehen, vorzugeben, man wolle sich mit seiner Mami treffen; Big Celia, die auf dem Klo alles vorbereitete, sich vorbeugte, das Ritual, die Angst, erst nichts, dann auf einmal – wow! – ein inneres Glühen, eine herrliche Wärme im Bauch; dann hinaus in die Stadt, sich treiben lassen, klauen, was einem gefällt, zu Respektspersonen »Verpiß dich« sagen, in eine Wohnung gehen, die irgend jemandem oder den Eltern von irgend jemandem gehört, zusammen ins Bett gehen und sich selbst beim Bumsen zusehen, sich selbst zusehen, wie man es mit Jungen oder mit Mädchen treibt, ohne daß es einem das geringste ausmacht, weil es nicht weh tut, weil es nicht nahegeht... Sie schaute Nell herausfordernd ins Gesicht, und beseelt von dem Wunsch, erwachsen zu wirken, fügte sie hinzu: »Deshalb nehmen wir es. Weil nichts mehr weh tut, die Jungen nicht, die Tage nicht, und auch nicht, wenn deine beste Freundin stirbt... Nichts tut mehr weh... Vor allem die Liebe... die Liebe tut nicht mehr weh.« Aber dann konnte sie diese Farce nicht länger aufrechterhalten, und ihre Augen füllten sich mit Tränen, Augen, die Nell wie blasse Fruchtdrops vorkamen, und auch sie kämpfte mit den Tränen, älteren, zurückhaltenderen Tränen, und in einem plötzlichen Gefühl der Gemeinsamkeit gaben sie sich die Hände. »Wir sind alle ein Teil desselben Planeten... Wir sitzen alle im selben Boot«, sagte Pandora feierlich, und ihre kleine Porzellanhand griff nach Nells Hand und drückte sie.

Ich muß eine Mutter für sie sein, für sie alle. Sie brauchen mich, dachte Nell.

Doch Einsicht kommt zu spät.

29

Er plapperte vor sich hin, manchmal verständlich, dann wieder nicht. Er sprach mit Charlie und mit ihr. Zu Charlie sagte er: »Ei der Daus, was bist du doch für ein edler Hund«, und zu ihr: »Hilfe, Mami, Hilfe, Hilfe.« – »Nimm den Deckel nicht ab... nimm bloß den Deckel nicht ab«, wiederholte er immer wieder und hielt dabei seinen Schädel, als drohte er zu zerspringen. Er sagte, es sei ihm ziemlich schlimm ergangen. Ein Weiser habe ihm ein Loch in die Stirn bohren wollen, um ihm nach einer uralten östlichen Tradition das dritte Auge zu öffnen.

»Genau hier... genau hier«, sagte er und zeigte ängstlich auf die Stelle zwischen seinen Augenbrauen.

»Aber ich habe nein gesagt... bin nach Hause gelaufen zu meiner Mami.« Er nahm ihre Hand und legte sie auf seine Stirn.

»Nimm bloß den Deckel nicht ab, versprich mir, daß du den Deckel nicht abnimmst«, beschwor er sie erneut.

Nach und nach erzählte er ihr, daß er mit Freunden zusammengewesen sei, neuen Freunden, und plötzlich sei dieser Fremde aufgetaucht, um ihren Geist zu erweitern, sie zu trepanieren. Er habe ihnen Erleuchtung versprochen, habe ihnen zugesichert, daß all der alte Eiter abfließen könnte und sie ihre bürgerlichen Verklemmungen ablegen, endlich mit freiem Blick das Wesentliche erkennen könnten. Er sei zum Versuchskaninchen auserkoren worden, seine Stirn war es, die durchbohrt werden sollte. Er beschrieb den Weisen in seiner wallenden Robe, erzählte, wie er seinen Instrumentenkoffer geöffnet habe, um seinen Bohrer und andere Utensilien herauszuholen, wie er das richtige Instrument ausgesucht und gesagt habe, nur das Allerbeste wäre gut genug. Über das dritte Auge selbst habe niemand gesprochen, sie hätten keinerlei Anhaltspunkte gehabt, und niemand habe daran gedacht, sich zu erkundigen, ob Paddy anschließend tatsächlich ein Loch in der Stirn hätte, eine klaffende, unbedeckte Wunde. Niemand habe für ihn Partei ergriffen und gesagt: »Armer Paddy, er hat solche Angst.« Niemand sei so vernünftig gewesen zu fragen, wo dieser Mann überhaupt herkam und woher er die Berechtigung zu seinem Tun bezog.

»Mein Gott«, sagte sie und streichelte ihn. Er sagte, er sei ihnen nur entkommen, weil ihm übel geworden sei, weil er einer seiner Bewacherinnen auf die Füße gekotzt habe. Daraufhin habe man ihn zum Klo gelassen, um sich abzuwaschen, von dort aus sei er durch ein winziges Fenster auf das Dach eines Geschäfts gekrochen, habe an ein Dachfenster geklopft, und eine ältere Dame, die zuerst furchtbar erschrak, habe ihn hineingelassen. »Aber jetzt bin ich in Sicherheit... Ich bin in Sicherheit bei meiner Mumsies«, sagte er.

In den Wochen seit ihrer Begegnung auf der Straße schien er einen neuen Anfang gemacht zu haben. Er hatte abends mit ihr zusammengesessen, ihr aus dem Stück vorgelesen, das auf der Lektüreliste für seine Prüfungen stand, und sie dazu überredet, ihm Teile daraus vorzulesen, so daß sie abwechselnd Lady Wishford, Mrs. Fainall oder wer auch immer waren, hatte ihr versprochen, im Garten Laub zu harken, für sie Regale anzubringen und auch sonst in jeder Hinsicht zu den häuslichen Pflichten sein Scherflein beizutragen.

»Ei der Daus, was bist du doch für ein hübscher Hund«, sagte er zu Charlie. Aber er weigerte sich, seinen Mantel auszuziehen, nahm nur seinen Schlips ab, sagte: »Ich will meine langen Unterhosen« und beschwerte sich über die Kälte. Eine Münze, die aus seiner Tasche fiel, fing er auf und steckte sie in den Mund, lutschte daran, als wäre es eine Pastille, und wehrte sich verspielt, als sie versuchte, die Münze mit dem Finger herauszufischen.

»Das ist nicht zum Lachen, du könntest an der Münze ersticken«, sagte sie, aber er kicherte nur: »Das kitzelt... das kitzelt.« Charlie eilte ihm in diesem Gerangel zu Hilfe und wurde für sein Heldentum damit belohnt, daß er ins Bett hüpfen und Bernhardiner spielen durfte.

»Hol mir dein schönes Tuch«, sagte er zu Nell und meinte damit den großen, kakaofarbenen Schal mit den langen Fransen, der manchmal als Sesselüberwurf, manchmal als Tischdecke und manchmal auch als Umhängetuch diente. Er drückte es an sich und zählte die Fransen, sagte, das Tuch sei sein kleines Kätzchen, und erinnerte sich daran, wie er vor langer, langer, langer Zeit in Irland im Heuschuppen eingeschlafen sei, wie ihn alle vergessen hätten und er fast das Abendessen verpaßt habe. Er sagte, die Natur sei die einzig wahre Heilerin, und mit dieser Ansicht stünde er nicht allein. Schon Alexander Pope habe gesagt: »Wer es in der Kunst zu größter Leistung bringt, empfindet auch die größte Liebe zur Natur.« Überdies sei der Baum, den Samuel Palmer gemalt habe, eine Nachbildung des Baumes im Garten Eden, und der befinde sich in Kent. Er verlangte Gerstenbrei und Zuckerwürfel zum Hineintunken und lutschte daran wie an dem alten Penny.

»Der alte Penny«, sagte er und hob mahnend den Zeigefinger. Sie tadelte ihn nicht und überschüttete ihn nicht mit Fragen, sondern dachte nur: Er ist zu Hause, er ist fürs erste in Sicherheit. Sie saß geduldig am Fußende seines Bettes und hörte ihn prahlen, er könne jedes Körnchen, das in diesem wunderschönen Zuckerwürfel stecke, einzeln schmecken. »Ei der Daus, was verbreitest du für einen Gestank«, sagte er zu Charlie, fächelte sich mit einem Ende des Tuches Luft zu und befahl dem Hund, aus dem Zimmer zu gehen und erst wieder hereinzukommen, wenn die üble Wolke verflogen sei. Auch an seine Mumsies hatte er eine Bitte. Könnte sie ihm eine Geschichte vorlesen? Die Geschichte, die er so gerne habe, die traurige Geschichte von Tristan und Isolde? Während sie hinausging, um das Buch zu suchen, legte er den Telefonhörer neben die Gabel, offenbar aus Angst, seine Freunde könnten ihn anrufen und ihn einen Feigling nennen, einen Spielverderber, einen Verräter oder was auch immer. Um es zu überspielen, hielt er den Hörer an Charlies Schnauze, und als Nell hereinkam, soufflierte er ihm gerade ins Ohr: »›Genug, sie kommen – verbirg dein Gesicht und deine Tränen, und hast du eine Maske, so setze sie auf…‹«

»Ich finde, du solltest schlafen«, sagte sie.

»Ich habe zu große Angst«, erwiderte er und klopfte ungeduldig auf das Buch. Wann würde sie endlich mit dem Vorlesen beginnen?

»Als Tristan verwundet war, pflegte ihn die heilkundige Isolde. Bei seiner Rückkehr nach Cornwall berichtete er dem König davon, und der König hielt um ihre Hand an und nahm sie zur Frau. Aber sie liebte Tristan noch immer und traf sich heimlich mit ihm, doch ihre verbotene Liebe wurde entdeckt, Tristan wurde aus dem Palast verbannt, zog fort und kämpfte in großen Schlachten in Spanien und in der Bretagne. Dort lernte er Isolde Weißhand kennen und heiratete sie. Nach vielen weiteren Heldentaten wurde er erneut verwundet, aber diesmal war seine Wunde so tief, daß keine Aussicht auf Heilung bestand, so daß er nach Isolde in Cornwall schickte. Zum Zeichen, daß sie ihn gesundpflegen wolle, sollte sie bei ihrer Ankunft mit dem Schiff eine weiße Flagge hissen. Isolde eilte herbei, um dem Geliebten beizustehen, doch Isolde Weißhand sagte ihm, das Schiff der Königin habe ein schwarzes Segel gesetzt. Als Tristan dies hörte, stürzte er sich auf die Felsen, sein Gehirn spritzte aus dem Schädel und er starb. Kurze Zeit später vernahm seine geliebte Isolde die Nachricht, warf sich schluchzend über seine Leiche und starb an gebrochenem Herzen. Ihr Ehemann, der König, ließ die beiden in einem Grab bestatten und pflanzte einen Rosenbusch und einen Weinstock darauf, die bald so eng miteinander verschlungen waren, daß kein Mensch sie jemals wieder trennen konnte.«

»Und so endet meine Geschichte«, sagte er mit Tränen in den Augen. Warum hatte er ausgerechnet diese Geschichte hören wollen? Wegen seines Bruders?

»Wer weiß ... wer weiß«, sagte er zu Charlie, der sein Herrchen mit gespannter Ruhe betrachtete. Ja, er und sein Bruder hatten sich auseinanderentwickelt. Sie waren keine Feinde, aber sie waren sich fremd geworden. Dabei hatten sie noch immer Kämpfe auszufechten, aber auf einer tiefen, sehr tiefen Ebene. Er behauptete, er könne sich daran erinnern, wie das Leben seines Bruders begonnen hatte.

»Du hast versucht, ihn umzubringen ... hast eine Schüssel mit Pappmachémasse über ihm ausgeschüttet.«

»Das meine ich nicht«, erwiderte er traurig, »ich meine den Moment, als er zu existieren begann ... als der Samen eindrang.« Er schaute sie unverwandt an, als wäre sie gar nicht seine Mutter, sondern irgendeine Fremde, der er diese Geschichte erzählte. Und während er mit den Fransen des Schals spielte und Charlie erlaubte, den Zucker von seinen Lippen zu lecken, sagte er, vor langer Zeit habe er einmal eine Frau und einen Mann ineinander verschlungen vor dem Kamin gesehen, und obgleich er weggelaufen sei, weil er gewußt habe, daß er weglaufen sollte, habe er auf der Stelle gewußt, daß es in Zukunft nicht nur ihn, die Frau und den Mann geben würde, sondern daß ein anderer, ein Rivale, in ihre Welt eindringen würde. Aus Eifersucht und Wut habe er dann die Vase mit den Wicken umgeworfen und sei auf den Blumen herumgetrampelt. Aber die Bestrafung hatte nicht lange auf sich warten lassen. Sein Vater hatte ihn in seinen Hochstuhl gesetzt und festgeschnallt, so daß er gezwungen war, sich die Bescherung mit dem nassen Teppich, den zertrampelten Blumen und dem umgeworfenen Krug anzuschauen.

»Ich hätte es nicht zulassen dürfen«, sagte sie und erinnerte sich deutlich, wie er festgeschnallt in seinem Stühlchen gesessen hatte, erinnerte sich an den Ausdruck auf seinem Gesicht, als sie vom Nachbarzimmer hineinschaute, seine Augen, die ängstlich nach einem Rettungsanker, vielleicht nach ihr gesucht hatten, Augen voller Hoffnung und Schmerz.

»Wir sind Feinde, aber wir sind vom selben Blut... mein Bruder und ich, und jeder würde den anderen gegen Angreifer von außen tapfer verteidigen.«

»Pads, Pads... du mußt jetzt schlafen«, sagte sie und zog die Decke über ihn. Er kuschelte sich hinein und sagte, wie schön es sei, von seiner Mumsies ins Bett gebracht zu werden, so wie in alten Zeiten, als seine Mumsies noch so allmächtig war, daß sie dem Regen sagen konnte, er solle sanft gegen sein Fenster prasseln, oder dem Mond, er solle seine Lampe ein wenig dämpfen – als sie ihn noch mit ihren Worten und ihren Armen, die immer so herrlich nach Vanillepuddingpulver rochen, in den süßesten Schlummer hatte wiegen können. Er schlief ein, und sie blieb bei ihm sitzen, sah seinen Körper unter der Decke verängstigt zucken und dachte: Wenn ich ihn doch bloß verzaubern könnte, wenn ich ihn doch bloß in ein heilsames Schlafland schicken könnte, fort von allen Gefahren, wenn ich doch bloß so allmächtig sein könnte, wie ich es früher einmal für ihn war.

30

Sie stand neben einem Blumenbeet, sah hinunter auf die ersten Krokusse, zwei zarte, kleine Dinger, Würmchen, die aus dem Boden gekrochen waren. Die Stadt schlief noch, kein einziger Motor war zu hören, nur die weichen, kehligen Rufe der Tauben, die im Feigenbaum saßen. Aufrechtstehende Blätter hielten Wassertropfen wie kleine Sanduhren, der Boden und die Rosensträucher waren feucht. Er kam aus dem Haus, um ihr zu sagen, daß er jetzt gehen würde. Er war sehr ernst, sagte erwachsene Dinge – sie bräuchten jetzt beide ein wenig Abstand, hätten bis zu dem Streit am letzten Abend nicht bemerkt, wie angespannt sie seien –, und er entschuldigte sich für seinen Anteil an ihrem Streit.

»Mir tut es auch leid, Paddy«, sagte sie, insgeheim ein letzter Versuch, ihn zum Bleiben zu bewegen. Aber er würde gehen, wollte London verlassen und eine Pause einlegen, vor den Planierraupen in die Stille des Landlebens flüchten – Kaninchen, Fasane, plätschernde Bäche, Obstgärten, gesprenkelte Schatten sehen: die eigentliche Welt, wie er immer wieder betonte. Er hatte mit seinem Freund Stefan telefoniert, und sie hatten ausgemacht, daß er für eine Weile zu ihm kommen würde. Stefan war schon älter, verheiratet: ein stabilisierender Einfluß, wie er ebenfalls betonte.

»Aber was wird aus deinem Paukkurs und der Universität, Paddy?«

»Ach, ich glaube, ich bin sowieso nicht für akademische Gefilde geschaffen.«

»Gib ihnen doch wenigstens eine Chance.« Sie hätte alles getan, um den Zorn auszulöschen, der am Abend zuvor sein böses Gesicht zum Vorschein gebracht hatte.

»Zwing mich nicht dazu«, sagte er.

»Ich will dich nicht zwingen«, erwiderte sie einfach und sagte, er könne ja erst auf die Universität gehen, einen Abschluß machen und dann mit der Natur, den gesprenkelten Schatten und so weiter Zwiesprache halten. Sie bat ihn inständig, darüber nachzudenken.

»Aber ich kann jetzt nicht nachdenken«, entgegnete er. »Ich kann mich einfach nicht konzentrieren... kann nicht einmal ein Buch lesen... Ich kann nicht, kann nicht, kann nicht.« Dann riß er weit den Mund auf und sagte, er stünde kurz vor einem Zusammenbruch.

»Nein, tust du nicht«, entgegnete sie abwehrend, denn es machte ihr angst, daß er dieses Wort gebrauchte. Aber er schüttelte den Kopf, ließ sich nicht davon abbringen und sagte, es gebe keine Möglichkeit mehr, den Zusammenbruch aufzuhalten. Er sei wie eine Lawine, die auf ihn zugerollt kommen und ihn unter sich begraben würde.

»Mein Liebling«, sagte sie und bereute jedes einzelne Wort in ihrem Streit, all die häßlichen Dinge, die sie zu ihm gesagt hatte; sie hatte ihm seine Unverschämtheit, seine brutale Härte vorgeworfen und sich selbst damit in das zweifelhafte Heer aller anderen selbstgefälligen Eltern eingereiht; dann hatte sie ihn heftig angefahren und gesagt, er habe ja auch nichts dagegen, bei ihr zu essen und zu trinken, ihr Geld für einen Paukkurs, Drogen oder die Bewirtung seiner anspruchsvollen Freunde auszugeben, die zwar ausnahmslos irgendwelche dikken Erbschaften in Aussicht, aber – wie die Queen höchstpersönlich – nie einen Pfennig Geld in der Tasche hätten.

»Hast du etwa was an meinen Freunden auszusetzen?« hatte er wütend gefragt.

»Schmarotzer... alles Schmarotzer«, hatte sie geantwortet und ihn gebeten, doch mal zu überlegen, ob je einer seiner Freunde auch nur ein müdes Gänseblümchen mitgebracht oder eine lausige Postkarte geschrieben habe, um sich für ein Abendessen oder ein Wochenende zu bedanken. Zwar wolle er sie und ihresgleichen, die Konsumgesellschaft, ausrotten, aber er selbst sei doch der größte Konsument, genau wie seine angeblichen Freunde.

»Ich habe das Gefühl, daß ich die Gastfreundschaft dieses Gefängnisses bei weitem überstrapaziert habe«, hatte er zurückgeschossen, auf boshafte Weise froh darüber, sich endlich den Rückzug gesichert zu haben. Aber jetzt, am nächsten Morgen, sah alles anders aus. Zwei zermürbte Menschen, die kaum geschlafen hatten, standen einander gegenüber und versuchten, die Scherben zu kitten.

»Von was für einem Zusammenbruch redest du?« fragte sie.

»Ich kann ihn nicht näher beschreiben... außer, daß er sehr schmerzhaft ist«, sagte er, schaute auf die beiden kleinen Krokusse hinunter und fragte: »Sind die fliederfarben?«

»Hat dich jemand hängenlassen?« fragte sie zurück.

»Das auch«, erwiderte er, und sie erinnerte sich an seine panische Angst, daran, wie er immer wieder gesagt hatte: »Nimm den Deckel nicht ab«, und plötzlich kam es ihr so vor, als wäre der Deckel angehoben und klappere wie wild hin und her, so daß seine geistige Gesundheit in akute Gefahr geraten war. Er sagte, niemand könne sich vorstellen, wie angespannt und verwirrt er sei, und blickte sie an, als wünschte er, daß sie sich auf die Zehenspitzen stellte, in die Höhlung seines Geistes blickte und die Felsenwände genauestens inspizierte.

»Clarissa?« fragte sie vorsichtig. Clarissa, seine Ex-Freundin, war verschwunden. Clarissa, die alle Puggy nannten und die gerne so genannt wurde; Clarissa, die an den meisten Abenden mit ihrem Fahrrad vorbeigekommen war, eifrig, fordernd, immer ein Blatt Hotelbriefpapier in der Tasche, auf das sie markige Zusammenfassungen von Filmen geschrieben hatte, die sie mit Paddy sehen wollte: »Für aufgeschlossene Teenager und sexbesessene Erwachsene«, »Billigproduktion mit beachtlichem Elan« oder »Ansehnliche Familienkost«. Während Clarissa diese Kurzkritiken laut vorlas, dachte Nell: Sie weiß, wie sie die Männer herumkriegt, sie kennt sich aus. Clarissa verbrachte ihre Tage in einem Gymnasium, das an ein schickes Hotel grenzte, und an den Nachmittagen hockte sie dort, schrieb Briefe an ihre Freundinnen, las die Filmkritiken in den Zeitungen und trank ein Kännchen Tee, das sie auf irgend jemandes Rechnung setzen ließ, auf irgendeine Zimmernummer, die ihr gerade einfiel. Wenn er gegen einen ihrer Vorschläge den leisesten Widerstand anmeldete, machte sie auf dem Absatz kehrt und sagte, er bräuchte nicht mit ihr ins Kino zu gehen, schließlich könnte sie jederzeit auf ihren Bruder zurückgreifen. Und er sagte »Pugs« und strich über ihre leicht mit Puder bestäubte Wange, »liebe Pugs... brave Pugs... was würdest *du* am liebsten sehen?« Doch seit einiger Zeit war sie verschwunden. Gemeinsame Freunde vermuteten, sie sei mit einem berühmten Popsänger durchgebrannt, der sie im Foyer des Hotels entdeckt habe.

»Sie will nichts davon wissen«, sagte er, und der Ernst in

seiner Stimme machte es furchtbar endgültig, furchtbar brutal.

»Geh noch nicht von zu Hause fort«, sagte sie. Er schaute sie mit seinen übernächtigten Augen an, das Augenweiß von einem zarten Netz kleiner, roter Äderchen überzogen, und erinnerte sie daran, daß sie ihm in jungen Jahren immer ein Sprichwort zitiert hatte, an das sie sich jetzt doch bitte halten möge: »Ein gutes Herz gibt immer ein wenig mehr.«

Es blieb ihr nichts anderes übrig, als ihm beim Packen zu helfen, als zu versuchen, sich fröhlich zu geben, ihm Erinnerungsstücke anzubieten, denn er war ziemlich sentimental, und ihn zu fragen, ob sie in Kontakt bleiben, vielleicht gelegentlich zusammen essen gehen könnten.

»Sooft du willst«, antwortete er mit neugewonnener Großzügigkeit. Jetzt, wo es zum Bruch gekommen war, fühlte er sich frei von ihren Klauen, frei, das Geschenk der Freundschaft anzubieten. Sie holten seinen Koffer herunter, mußten einen Streifen Lametta abziehen, der an der Rückseite klebte, öffneten erst den einen, dann den anderen Riemen und legten Hemden und Pullover hinein. All dies taten sie wie im Nebel, abgestumpft durch das Fieber des Streits, das sie beide zutiefst erschüttert und ausgelaugt hatte. Er hatte versprochen, am Abend nach Hause zu kommen, weil es sein Geburtstag war, aber der Lammbraten, die Bohnenkrautfüllung und der Rosenkohl waren auf dem Teller, den sie auf einem Topf warmgehalten hatte, langsam vertrocknet. Währenddessen hatten seine Freunde aus verschiedenen Kneipen angerufen, weil sie ihn ebenfalls nirgends aufspüren konnten. Auch ihnen hatte er die Gunst eines Abendessens versprochen. Gegen drei oder vier Uhr morgens hatte sie ihn dann auf der Treppe getroffen, ein Strafgericht im Morgenmantel, genau das, was sie immer vermeiden wollte, hatte ihm Selbstsucht und Gedankenlosigkeit vorgeworfen und gesagt, daß er nicht das kleinste Versprechen einhalten könnte, sie und seine Freunde versetzte und keine Spur von Manieren hätte. Er hatte ihr zähneknirschend zugehört und schließlich erwidert, sie solle endlich den Mund halten. Er sei nicht selbstsüchtig und verlogen, das würde er nicht auf sich sitzenlassen; außerdem hätte er härter gearbeitet, als sie das wahrhaben wollte.

»Ach, ja? Wann denn bitte?« hatte sie bitter entgegnet.

»Du willst mich einen Lügner nennen?«

»Das habe ich nicht gesagt.«

»Du willst mich einen Lügner nennen.«

Und dann hatten beide Seiten ein ganzes Geschwader von Klagen ausgesandt, und während sie ihm noch zuhörte und selbst häßliche Dinge aussprach, dachte sie, wie verquer das alles war, wie weit vom Kern der Sache entfernt, der doch darin bestand, daß die Liebe, die es einmal zwischen ihnen gegeben hatte, dieses süße, lebendige Reservoir der Liebe, letztendlich verschwunden war, verschwunden wie manche Flüsse, die im Boden versickern, ohne eine Spur zu hinterlassen.

»Was ist mit Charlie?« fragte sie.

»Er kommt mit... nicht wahr, alter Kumpel?« sagte er, und Charlie, der spürte, daß etwas Unangenehmes im Gange war, stand auf und leckte sie beide, erst sein Herrchen, dann sie, als wollte er sagen: »Seid Freunde... seid Freunde und vertragt euch wieder.«

»Ich habe ihn ins Herz geschlossen«, sagte sie, und das war alles, was sie sagen konnte, ohne völlig zusammenzubrechen.

»Stadt der Glocken, Stadt meines Herzens«, ertönte es zwischen zwei Kammermusikstücken aus dem Radio. Es war der Aufschrei eines russischen Dichters an einen Kollegen, und es sprach so durchdringend und schnörkellos zu ihnen, daß Nell es auch noch auf ihrem Weg nach unten zu hören glaubte – Charlies aufgeregtes Getrippel lauter als Paddys Schritt, dann das Schließen der Haustür, leiser als je zuvor, als wäre mit diesem Schließen ein Tod verbunden.

»Stadt der Glocken, Stadt meines Herzens«, hallte es immer wieder in ihr nach, und sie versuchte, die einzelnen Momente wieder zusammenzusetzen, kämpferische Momente, die sie zu ihrer Zeit kaum hatte ertragen können, die aber zweifellos wiederauferstehen würden, um sie zu beschämen und zu erschrecken, wie im Winter, wenn man einen Fensterladen öffnet und dadurch ein Nest schlafender Schmetterlinge aufscheucht. »Stadt der Glocken, Stadt meines Herzens«, hörte sie immer wieder, wartete auf einen Hinweis, eine Stimme, die es weitertrug.

31

Sie blickte hinab auf die schön kolorierte Landkarte und hatte in demselben Moment das Gefühl, für kurze Zeit wieder zu Hause zu sein, so daß sie nicht nur die Namen der Städte und Dörfer und Flußmündungen wahrnahm, sondern alles andere auch: die mit Gras und Ampfer bewachsenen Ufer, den scharfen Duft der Nesseln, die abendliche Unruhe der Kühe, die mit prall geschwollenen Eutern dem Melken entgegenfieberten. Und in den krakeligen dunkelroten Strichen, die den Grenzen zwischen den Bezirken folgten, sah sie die Krampfadern ihrer Mutter, herausgehoben, violett, ein wirres Geflecht. All diese Bilder nur vom Anschauen der Karte, die auf dem Küchentisch lag, das Glas des Bilderrahmens zersprungen, und daneben ein Zettel von Kim: »Ich gebrochen, tut mir leid.«

»Du gebrochen, tut dir leid«, sagte Nell verärgert und suchte nach dem Besen, denn die Glasscherben, die wie ein zerstörtes Puzzle über den Städten und Flüssen lagen, hatten Glasstaub und unendlich kleine Splitter um sich verbreitet.

»Du gebrochen, tut dir leid«, wiederholte sie, während sie in Gedanken kleine Strafen für Kims Nachlässigkeit ersann; Kim, dieses kleine asiatische Wesen, das offen war wie eine Lotusblüte und ständig lachte, in dem Glauben, sie wäre dadurch vor Bestrafung gefeit; Kim mußte jetzt als Zielscheibe ihrer Wut herhalten. Ja, seit dem Morgen, an dem er gegangen war, hatte sie sich immer mehr in sich selbst zurückgezogen, hatte sich langsam, aber unerbittlich in das Heer der Vergrämten eingereiht.

»Du gebrochen… Scheiße.«

Doch als sie ein paar Wochen später aus der Kunsthandlung kam, hörte sie sich sagen: »Sieh nur, Kim, was du für mich getan hast… was du mir beschert hast.«

Sie sah ihn zuerst. Er kam aus dem Geschäft für Künstlerbedarf, einen Farbkasten in der Hand. Sie erkannte ihn an seiner Baskenmütze und daran, daß er sie schräg aufgesetzt hatte; das hatte er dem Bretonen abgeguckt, der, stets betrunken und auf einen Cognac aus, auf seinem Fahrrad Zwiebeln ausfuhr. Einen Moment lang zögerte sie, aber er hatte sie ebenfalls entdeckt und kam auf sie zu, fröhlich strahlend, zeigte ihr seinen kostbaren Kauf, Farben für seinen Malkurs. Er nahm jetzt zweimal pro Woche Malstunden, saß vor seiner Staffelei, malte ein Modell oder einen Milchkrug, eine Frucht oder was auch immer sein Lehrer ihm zu malen aufgab. Es war schon Wochen her, daß er von zu Hause weggegangen war, und obgleich sie in der Zwischenzeit mehrmals miteinander telefoniert hatten, war ihr Zusammentreffen für sie beide etwas ganz Besonderes. Er freute sich, sie zu sehen. Begeistert zeigte er ihr seine Farben, runde, appetitliche Pastillen, die Rot- und Blautöne wirkten am verlockendsten, das Weiß stach kraß dagegen ab, wie die Schminke eines Zirkusclowns. Er schwärmte von der Malerei, sagte, Farbraubzüge seien wunderbare Abenteuer und verliehen ihm eine nie verspürte Freiheit, ein Gefühl von Sinn. Er könne ihr gar nicht sagen, wie angenehm es sei, sich über eine frische Leinwand herzumachen oder ein paar Gänseblümchen zu malen, die auf einem Emailleteller lagen.

»Wie Kandinsky«, sagte sie.

»Nicht ganz«, antwortete er lächelnd. Sie konnte sein Lächeln im Licht der Straßenlaterne kaum sehen, kannte es jedoch aus der Erinnerung, es war respektvoll, schüchtern, aber auch auf Anerkennung erpicht.

»Ich habe den Glasrahmen der Landkarte von zu Hause erneuern lassen… Kim hatte ihn zerbrochen.«

»Wie geht es Kim?« fragte er, offenbar nicht mutig genug, um zu fragen: Wie geht es dir?

»Du fehlst ihr... Sie sagt immer: ›Kein Bügeln mehr für jungen Herr.‹«

»Junger Herr«, kicherte er. Dann fiel ihm ein, daß Kim vor Charlie stets große Angst gehabt hatte, daß sie sich vor Charlie häufig versteckt und den Staubsauger oder einen Stuhl zwischen sich und den knurrenden Hund gestellt hatte.

»Er hat sie ja auch gebissen«, sagte Nell.

»Ach, was, er hat doch nur ein bißchen geschnappt«, sagte Paddy und versprach, Kim eine Karte zu schicken. Wie er es auch schon in seinen Briefen geschrieben hatte, sagte er ihr, er empfinde es als sehr befriedigend, auf dem Land zu leben, mit den Händen zu arbeiten, Holz zu hacken, Kohl zu verziehen und die Kühe zu melken – all das habe er inzwischen gelernt. Und wie sie recht bald merkte, war dies nur eine Vorrede, der Auftakt, mit dem er feierlich zu der Erklärung überleitete, wie unglücklich er früher gewesen sei, wie sehr alle anderen darunter gelitten hätten, vor allem die Menschen, die ihm nahestanden und ihm besonders lieb waren, eine Tatsache, die er immer bedauern würde.

»Liebling«, sagte sie nur.

Er hatte sie zweimal in einem Brief gebeten, doch zu Besuch zu kommen, hatte von der Familie erzählt, von dem neugeborenen Baby, von der Hängematte unter dem Baum, wo das Baby schlief, von dem Haus, das direkt an einem Bach lag, so daß er beim Einschlafen und Aufwachen das Wasser plätschern hörte, hatte das Plätschern hochtrabend eine Threnodie genannt.

»Ich komme bald«, sagte sie, und dann küßte er sie sehr zärtlich und fügte, wie in alten Zeiten, tadelnd hinzu: »Ich hoffe, du kommst genug raus und lebst nicht zu einsiedlerisch.« Sie sah seinem Schatten nach, der in der Menge anderer Schatten verschwand, und kämpfte mit den Tränen eines warmen Glücks.

Der Bürgersteig schien unter ihren Füßen zu tanzen, und

dann hatte sie plötzlich das Gefühl, als würde sie von einer unsichtbaren Schaukel getragen und von oben herabwinken – vor Freude und Stolz. Eine zufällige Begegnung, besser, viel besser als jede gewollte Verabredung. Sie dachte an das Lächeln auf seinem Gesicht, als seine Augen sie erkannt hatten, an die Eile, mit der er auf sie zugekommen war, an seine Begeisterung für den neuen Farbkasten, an den sanften Tadel, den sie ebenfalls als Zeichen der Zuneigung interpretierte. Sie sah all die Menschen um sich herum und nahm sich vor, wenigstens einen von ihnen anzulächeln. Sie waren jung und alt, gesund und schwach; Männer schwangen ihre Aktenkoffer wie Kuriertaschen, junge Mädchen hämmerten mit ihren Absätzen auf die Pflastersteine; andere plauderten, Männer eilten in Pubs, und als der Bus in Sichtweite kam, fingen die Wartenden an der Haltestelle an zu drängeln, aber der Bus war bereits überfüllt, so daß die Drängler sich wieder in die Schlange einreihen und beschämt zu Boden schauen mußten. Wem konnte sie mitteilen, wie überrascht sie gewesen war? Wem konnte sie sagen, daß sie unter all den zehn Millionen Menschen, die sich in dieser Riesenstadt in allen möglichen Ecken und Winkeln drängten, in Pensionen und Villen oder gar Palästen wohnten, ausgerechnet ihren Sohn auf der Straße getroffen hatte, ihren Sohn, der ihr zurückgegeben worden war, der zum Abschied sogar zu ihr gesagt hatte: »Ich bin jetzt ein braver Junge… Ich bin wieder clean.« Clean!

Ein Stückchen weiter kauerte eine Gestalt auf einer Bank, und Nell dachte, ich werde mit diesem armen, hilflosen Menschen sprechen. Es war eine jener Straßen, die sich ins Nichts verlieren, hinter einem bröckeligen Steintorbogen ein dunkler Durchgang, der von ein paar Lagerhäusern gesäumt wurde. Jenseits der Bank eine halb verfallene Backsteinkirche, die Fenster eingeworfen, die Tore verschlossen, das Grundstück voller Weißdornbüsche, die gerade zu blühen begannen. Welches Mitleid empfand sie für alle, die hier vorbeihetzten und drängelten, die nicht lächelten und keinen Blick für den Weißdorn hatten, dessen blasse, zarte Blütenpracht nur kurze Zeit andauern würde. Die Gestalt, eine Frau in zerlumpten Kleidern, hatte ihr Kopftuch weit nach vorn ins Gesicht gezogen, so daß man ihre Miene nicht erkennen konnte. Sie murmelte etwas vor sich hin. Ihre Schuhe waren derb, und ihre Strümpfe rutschten ihr von den Waden. Ihre Hände, breit wie Spaten, öffneten und schlossen sich, als würden sie Erdklumpen zerdrücken. Eine Frau vom Lande.

Nell nahm sich vor, die Frau im Anschluß an die ersten verlegenen Sätze nach ihrem Leben zu fragen, ihr zuzuhören und ihr etwas Geld zu geben. Aber es kam ganz anders. Das Gemurmel, das leise und unverständlich gewesen war, schwoll an zu etwas anderem, etwas unüberhörbar Feindseligem, Giftigem. Zu einem wahren Strom von Flüchen schwang sie drohend einen Schulranzen, der zu ihren Füßen gestanden hatte. Der Ranzen war aus Segeltuch, und sie holte mit der offenen Schnalle aus, schleuderte die Tasche der vermeintlichen Feindin entgegen und schrie: »Weg... Weg mit euch allen... Großer Herr Jesus... Heiliger Paul... Weg, sag ich, beim Blut der heiligen Sakramente... Laßt mich in Frieden... Ich bin eine Lady... Mehr als ihr... Ihr habt auch nur Haut unter den schicken Klamotten.« Dann verbeugte sie sich spöttisch und neigte sich ihrer vermeintlichen Angreiferin zu, um etwas zu rezitieren, vielleicht aus einem alten Schulbuch, vielleicht von einer herausgerissenen Seite, die sie in ihrem Ranzen mit sich trug.

»O Dun Dealgan, Stadt meiner Väter, du sollst einen gerechten Lohn bekommen für die vielen Schlachten, die du gekämpft und gewonnen hast.«

Dann zog sie das Kopftuch zurück und sagte, um ihren Heldenmut zu betonen: »Ja, Madam... Ich preise die, die mich in den Dreck gestoßen haben.«

Nell zitterte ungläubig, von eiskaltem Schrecken gepackt. Es war Rita, Rita fast unkenntlich, alt, menschlicher Ausschuß mit krausem Haar, lächelnd, weil ihr vage dämmerte, daß dort eine Frau vor ihr stand, gegen die sie einmal ins Feld gezogen war.

»Rita«, sagte Nell. Als Rita ihren Namen hörte, schlug sie erneut mit dem Ranzen nach ihr, schnitt damit wie mit einer Sichel durch die Luft, als wollte sie einer Herde Vieh den Weg durchs Unterholz bahnen. Gleichzeitig wünschte sie Pech und Schwefel auf jedes vorbeieilende Haupt herab, auf jeden verstädterten Schuh, jeden verstädterten Strumpf.

»Rita«, sagte Nell noch einmal.

»Gebrochenes Versprechen… Gebrochenes Versprechen«, flüsterte Rita heiser, aber selbstgefällig, und in diesen Worten steckten tausend echte oder imaginäre verräterische Taten. Sie streckte der Frau, die sie einmal verflucht hatte und in ihrem tiefsten Inneren vielleicht noch immer verfluchte, hämisch die Zunge heraus.

Dann war sie verschwunden. Erst schwollen ihre Schreie an, dann verebbten sie allmählich, die übergeschnappten Schreie einer maßlosen Frau; aber es hätte genausogut ein Mann sein können, der sich selbst zerfleischte, einen verrückten, sinnlosen Kampf im gewaltigen, unberechenbaren Schlund einer Stadt ausfocht. Etwas, das häufig vorkam, aber Nell war zutiefst erschrocken. Vor dieser Panik, diesem befremdlichen Schrei, diesem kochenden Zorn war sie geflohen. Doch wie lange können wir uns verstecken vor dem, was uns formt, was die Ursubstanz unseres Wesens ausmacht? Erinnerungen verblassen oder werden beiseite geschoben, doch auf der Straße wird weiter gehetzt, wird ein rasendes Tempo angeschlagen, während wir in unsere vielen Kleidungen und Verkleidungen schlüpfen, abwechselnd Ehemänner, Ehefrauen, Geliebte, Feinde, Freunde sind; und doch werden wir früher oder später immer wieder auf das dunkle Gebräu zurückgeworfen, das uns selbst – und vor uns unsere Ahnen – geprägt hat. Wir reisen zurück zur Morgendämmerung unserer Rasse, deren Sünden und Lieder wir in uns tragen.

Wie schmerzlich sie sich nach einem dieser Lieder sehnte, nach jemandem, irgend jemandem, der sich vor sie stellte, etwas sang oder summte; nach Paddy, der, wie früher zu Weihnachten, für sie sang, die Augen geschlossen, überwältigt von der Melodie und den Worten, von Zeilen wie »List for a while to a blind Irish harper« oder »Only five nights in Ballygrand«, während die Gefühle, die er mit seinem Gesang auslöste, ihn selbst zu verschlingen drohten.

Erst dachte sie, es wäre nur eine Vision, aber nein, da stand er, auf den Stufen vor der Haustür, lehnte sich zurück und schaute hinauf zu den Sternen, als versuchte er, sie zu zählen. Er war nicht ins Haus gegangen, um sie nicht zu erschrecken.

»Paddy«, rief sie überrascht.

»Ich habe beschlossen, über Nacht zu bleiben – das heißt, wenn du nichts dagegen hast«, sagte er, und wieder staunte sie darüber, daß all seine alte Anhänglichkeit und Willigkeit zurückgekehrt waren.

Beim Abendessen sang er für sie, weil sie ihn darum gebeten hatte. Sie sagte nichts über den Grund und erzählte auch nichts von der Begegnung mit Rita, denn sie wollte ihn nicht beunruhigen. Sie wußte, daß Rita ihn nicht gemocht und stets ins Unrecht gesetzt hatte. Wozu die Verletzungen aus der Vergangenheit wieder ans Tageslicht zerren, wenn es ohnehin keinen Nutzen hätte? Er sang zwei ihrer Lieblingslieder, und sie saß in ihrem rotvertäfelten Zimmer mit den dunkelblauen, kelchförmigen Gläsern, betrachtete seinen neuen Haarschnitt, mit dem er sauber und ländlich aussah wie eine frisch gemähte Weide, und dachte: Dies sind die schwermütigsten und zugleich ermutigendsten Lieder, die ich je gehört habe, und von allen Momenten, die wir zusammen erlebt haben, selbst den leichtfertigen, unbekümmerten Momenten seiner Kindheit, war keiner so süß und so dauerhaft.

»Wenn du mich jemals brauchen solltest… würdest du es sagen«, sagte sie, aber ohne ihn zu berühren, ohne die Hand nach ihm auszustrecken.

»Und umgekehrt«, erwiderte er.

Später wiederholte sie diese Worte, löste sie aus der endlosen Kette ihrer Gedanken, um sie immer wieder zu betrachten, wie ein junges Mädchen, das ein kleines Stückchen vom Hochzeitskuchen aufbewahrt, herausholt und nach seinen Träumereien befragt, obwohl es weiß, daß es vergebens ist. Es waren schlichte Worte, aber sie waren tief in sie eingebrannt.

Vierter Teil

32

Kalt! Die Kälte schlug Wurzeln in ihr, breitete sich immer mehr aus. Ja, alles Tiefe ist kalt, innen und außen kalt, wie das Innere eines Felsens im Meer, der, selbst wenn man ihn spaltet und sprengt, die ihm eigene Kälte behält, von ihr durchdrungen ist. Gnadenlos, herzlos, gefühllos kalt, die Kälte von Äonen. Eine Kälte, die sich selbst erkennt, doch nicht verändern kann, nicht verändern will. Aber Menschen sind keine Felsen, sollten auch keine Felsen sein. Menschen sind Menschen. Und doch war Nells Herz zum Felsen geworden. Ihr Herz – oder der Teil ihres Herzens, der fühlte, küßte, mit der Welt in Verbindung stand – hatte sich unerbittlich verändert. Wie sollte sie diese Kälte vertreiben? Wie sie auch nur ein bißchen erwärmen? Und doch kannte sie dieses Gefühl bereits. Vielleicht seit ihrer Geburt. Vielleicht entfaltet sich vor uns im Augenblick unserer Geburt die Kälte unseres Lebens in einem kühlen, verständnislosen Tableau. In den ersten schlüpfrigen, unerforschten Momenten, in denen die Verbindung durchtrennt und die dunkle, enge Stille des Geborgenseins gegen die grenzenlose Unwirtlichkeit einer lärmenden Außenwelt ausgetauscht wird, erkennen wir den Tod. Ja, in der Geburt erkennen wir den Tod. Und jetzt, im Tod, war es ihr, als erkenne sie die Geburt, ihre eigene und auch die seine, denn das Wasser, das unergründliche, unersättliche Wasser, hatte ihn und andere zu sich genommen. Ja, der Tod war an jenem Abend durch die Stadt geschritten, war auf die Pirsch gegangen wie ein großer Wasserwolf. Der Fluß – der glatte, gekräuselte, graue, braune, schwarze, khakifarbene Fluß – hatte die Toten in seinen unwirtlichen Schoß gezogen. Warum? Warum hatte der Fluß sie haben wollen? Wofür?

Ihr ganzes Leben lang hatte Nell geglaubt, sie würde es spüren, wenn einem von ihnen ein Unglück geschehen sollte. Ihre Knochen würden rebellieren, ihr Blut würde schreien, ihre Haare würden einzeln zu Berge stehen. So manches Mal hatte sie sich vorgestellt, wie es wohl wäre, hatte sich gelegentlich, wenn sie von einem Unfall auf dieser oder jener Straße, auf der Autobahn oder auf einem Feldweg hörte, einer Ahnung des Schreckens hingegeben und gewartet, bis sich das Warten als überflüssig erwies. Aber sie kannte sich aus. Ein Polizist – oder besser: zwei Polizisten standen in solchen Fällen vor der Tür, das hatte sie irgendwo gehört. Und doch hatte sich in ihr nichts geregt, als ihr der Taxifahrer von einem Unfall auf dem Fluß erzählte, von jungen Leuten, die auf einem Vergnügungsdampfer gefeiert hatten. Sie war einfach froh gewesen, nach Hause zu kommen und bald ins Bett gehen zu können. Es war ein Samstagabend. Partyzeit. Ein Vergnügungsdampfer war mit einem Schleppkahn zusammengestoßen, viele Passagiere waren ertrunken, viele ertranken noch. Nell verspürte ein kurzes Aufblitzen von Bestürzung, ein blasses Abbild der abgrundtiefen Traurigkeit, die auf sie wartete.

Wenn eine Mutter zwei Polizisten vor ihrer Haustür sieht, weiß sie, was es zu bedeuten hat. Nell dachte, es ginge um Tristan, glaubte, in der Türkei, wo Tristan mit seinen Freunden den Sommer verbrachte, wäre ein Lastwagen von der Straße abgekommen. Aber es ging um Paddy. Sie sagten, er habe zu den jungen Leuten auf dem Vergnügungsdampfer gehört und würde noch vermißt, aus rechtlichen Gründen seien sie verpflichtet, sie darüber zu informieren. Vermißt. Vermißt ist nicht tot. Wenn eine Mutter weiß, was geschehen ist, tut sie alles, um es zu verdrängen. Sie geht ins Schlafzimmer, um sich umzuziehen, streift die Strümpfe ab, die sie tagsüber getragen hat, sucht ein neues Paar, Gott weiß, warum. Sie sagt: Das ist nicht wahr, das ist ein Fehlalarm, stützt sich auf ihre letzten Kraftreserven. Sie legt eilig Puder auf, kehrt zu den Polizisten zurück und bietet ihnen, als wären sie zu einem ganz normalen Höflichkeitsbesuch gekommen, eine Tasse Tee oder ein Glas Brandy an. Aber die Polizisten meinen, es sei besser, zum Unglücksort zurückzukehren, denn dort würden alle Kräfte gebraucht.

Sie steigt in das schwarze Polizeiauto und wiederholt langsam und feierlich die Worte Christi in Gethsemane: »Mein Vater, ist 's möglich, laß diesen Kelch an mir vorüberziehen.« Vermißt ist nicht tot. Auch das sagt sie ihren Begleitern immer wieder und fügt hinzu, was für eine glückliche Fügung es doch sei, daß die Nacht so lau sei, daß es keinen Sturm gebe. Die Polizisten spüren die Hoffnung in ihren Worten und tauschen Blicke aus, in denen Nell Schatten der Nichthoffnung zu sehen glaubt. Sie sind schon dort gewesen, haben Menschen halb bewußtlos herumkriechen sehen. Sie haben die Schreie gehört, die ungläubigen, wahnsinnigen Schreie verzweifelter Menschen, die ständig fragten »Was ist passiert... was ist passiert?« – und es ist nicht ihr Beruf, Nettigkeiten von sich zu geben. Nell hat all das noch nicht gesehen. Erst jetzt bekommt sie es zu Gesicht. Vor den Eingangsstufen Notarztwagen, deren blaue Lichter sich im Kreise drehen, ohne daß Sirenen zu hören wären, stumme Geistermaschinen. Innen Aufregung, Lärm, Entsetzen, Menschen, die nur um Haaresbreite dem Tod entkamen, und immer wieder verzweifelte Fragen. Stimmen überschlagen sich, Schreie gellen hin und her. Wurde Alex gefunden? Gefunden. Das Wort klingt eindringlich und stumpf zugleich. Ein Mädchen hat den Freund verloren, ruft seinen Namen, schreit ihn hinaus, aber er verhallt ins Leere. Das Mädchen rennt hinaus, wird von der gläsernen Tür verschluckt. Ein Mann hat seine Frau verloren. Er steht da, verzweifelt und durchnäßt, eine Decke über den Schultern, die ihm ständig herunterrutscht, und sagt mit ruhiger Stimme: »Meine Frau... meine wunderbare Frau.« Ein jüngerer Mann weint um die Frau, mit der er ans Ufer geschwommen ist. Wo ist sie, wo ist sie nur? Er beschreibt, wie sie sich an den Händen gehalten hatten, fest, mit aller Kraft, bis sie sich plötzlich von ihm gelöst, sich seinem Griff entzogen hatte. War sie tot? Oder kämpfte sie noch mit dem Wasser?

Es ist dieser junge Mann, der ihr alles sagen könnte, was sie wissen muß. Er ist der Schicksalsprophet, den sie eines Tages, wenn schon alles bestätigt ist, wiedertreffen wird. Sie sitzt stumm da, abseits von den anderen. Sie hat Angst vor diesen Menschen. Sie gehen auf und ab, wirken ganz ruhig, dann werden sie plötzlich von ihren Gefühlen übermannt. Die Geschehnisse dieser Nacht haben ihre Zurückhaltung, ihre Vernunft aufgehoben. Sie schreien die Krankenschwestern an, die mit Formularen, Thermometern und Decken herumgehen, sagen, sie sollten sie in Ruhe lassen. Das Ganze hat die Unwirklichkeit eines Traums, aber es ist kein Traum. Es ist die ungeschminkte, schamlose Konfrontation mit der Frage, wer weiterleben darf und wer nicht. Unaufhörlich werden Namen gerufen. Samantha, Sue, Paul, Jeff. Niemand ruft Paddys Namen. Es ist, als würde ihn außer ihr niemand kennen. Draußen kreischen die Sirenen wie übergeschnappte Lebewesen. Drinnen wird Kaffee verteilt, und sie hört eine Stimme, die nach einem Löffel Zucker verlangt. Paddy, wo bist du? Man hatte ihr gesagt, sie solle sich hinsetzen und warten, man würde sie informieren, sobald es etwas Neues gebe. Gerüchte tauchen auf wie die Gesichter auf der Wasseroberfläche, ein Vergleich, der sich ihr unfreiwillig aufdrängt. Sie sieht sein Gesicht. Sein Gesicht und sonst keines. Acht Meilen flußaufwärts in Hammersmith ist eine Leiche gefunden worden. Die Leiche einer Frau. Nicht seine Leiche. Soll sie nach Hammersmith fahren? Folgen ertrunkene Körper einander wie die Fische in einem Schwarm? Irgendwo muß sie hingehen. Paddy, wo bist du? Aber man hatte ihr gesagt, sie solle sich hinsetzen und warten. Sie haben ihren Namen und den Namen ihres Sohnes notiert. Beide stehen auf einem Formular. Viele Menschen weinen, wünschen sich, sie wären nicht gerettet worden, behaupten, ohne ihre toten Kameraden nicht weiterleben zu wollen. Ihre Zähne klappern, sie zittern, ihre Gesichter sind mit schwarzem Schlamm und Dreck beschmiert.

Ein junger Mann stürzt zur Tür herein und ruft: »Wo sind meine Freunde? Verdammt, wo sind meine Freunde?« Sein Kopf ist aufgeschlitzt, und das Blut, das über sein Gesicht strömt, hat schwarze Klumpen. Er erzählt allen, wie kalt es sei, wie kalt und wie unendlich mühsam. Nell läuft hinaus, läuft den schmalen Pfad hinunter zu einer Menschentraube, die sich um eine Gruppe von Polizisten gebildet hat, Namen ruft, fragt, ob dieser oder jener schon gefunden sei. Es ist dunkel, totengleich, ein einziges Chaos. Polizei und Rettungsmannschaften huschen wie Schatten umher, geben Befehle, nehmen Befehle entgegen, sprechen mit angespannten Stimmen. Der Fluß ist ruhig, aber undurchdringlich schwarz, eine schwarze, beängstigende Grube. Nell schaut zum ersten Mal zum Fluß, betrachtet ihn mit festem Blick, denkt, es kann nicht wahr sein, er ist nicht dort drin. Er ist ans Ufer geschwommen, wartet irgendwo, ist einer der umherirrenden, schlammverschmierten Menschen mit einer Wolldecke über den Schultern, bittet gerade jemanden, bei ihr anzurufen. Er lebt. Er lebt. Sie hört die Flut, hört, wie die Wellen gegen die Rettungsboote schwappen, und denkt: Du hast ihn nicht bekommen. Aber die Ketten der Boote, die klirrend aneinanderschlagen, singen ein anderes Lied, vereinigen sich zum Totengeläut, und Nell fällt – wie hätte es auch anders sein sollen? – die Zeile ein: »Unter Wasser zerpflückt der Sturm leise wispernd seine Knochen.«

Ein junger Polizist verliert die Beherrschung, schreit, woher zum Teufel er denn wissen solle, wieso die beiden Boote zusammengestoßen sind. Sirenen heulen durch die Straßen, und Nell denkt, wenn Paddy noch im Wasser ist, und er muß noch im Wasser sein, werden diese Sirenen für ihn wie eine Fanfare sein, sie werden ihm klarmachen, daß draußen an Land Alarmbereitschaft besteht, daß zu seiner Rettung alles unternommen wird.

»Oh, Paddy, wir kommen zu dir, wir kommen«, sagt sie, geht zu einem Beamten und fragt, ob man das Wasser nicht besser beleuchten könne, um denen, die noch gegen die Flut ankämpften, Hoffnung zu geben, aber er hält sie für eine Journalistin und sagt, sie solle die Klappe halten. Sie schreit ihn an, sagt, daß sie die Mutter eines Opfers sei.

»Warum ist der Fluß nicht hell erleuchtet, wie bei einem Jubiläum der Königin oder bei einer Krönung?« fragt sie, und in seinem Blick liegt eine gewisse Brutalität, als er ihr antwortet, die Menschen, die jetzt noch dort unten seien, hätten sowieso keine Chance mehr. Sie stößt einen Schrei aus, einen kurzen, unheimlichen, gebrochenen Schrei. Dieser Mensch, dieser Vertreter der Autorität, wünscht ihnen den Tod. Sie weiß nicht, warum, aber sie weiß, es ist wahr, und einen Moment lang ist sie mit all den anderen Menschen in einer leidenschaftlichen Fehde vereint.

»Mistkerl«, ruft eine Frau empört. Ein Streichholz wird angezündet, und die schon bald wieder erlöschende Flamme zeigt, wie wenig selbst Suchscheinwerfer gegen diese Unendlichkeit aus Schwarz ausrichten könnten. Doch da sie in diesem Moment noch nicht alles weiß, läßt sich Nell für den Bruchteil einer Sekunde vom Fieber des Aufruhrs anstecken. Mistkerle. Mistkerle. Wie hilflos sie alle sind, und in ihrer Hilflosigkeit klammern sie sich mit dem letzten Hauch einer Hoffnung an jeden verrückten Strohhalm. Fragen werden wie Pfeile durch die Luft geschleudert. Warum dauert es so lange? Hat man die Verantwortlichen schon gefunden? Hatte das Schiff keine Rettungsboote? Was war mit den Wachtposten geschehen? Ein älterer Polizist versucht, sie zu beruhigen, sagt, sie würden alles Menschenmögliche tun, und alle Opfer, die jetzt noch im Wasser seien, würden bestimmt gefunden. Gefunden. Wieder dieses Wort. Nell fragt, ob sie mit dem Polizeiauto nach Southwark fahren könnte, da einige andere sich offenbar auf den Weg gemacht haben. Der Polizist schaut sie mit all der Offenheit eines Mannes an, der eine Bitte abschlagen muß, sagt nein, es wäre viel besser für sie, zurück ins Krankenhaus zu gehen und dort zu warten.

Im Krankenhaus ließ sie sich neben vier in Decken eingehüllten Jugendlichen nieder, fragte nichts, hörte nur zu. Sie alle hatten die gleiche häßliche Geschichte hinter sich, mußten sie immer wieder erzählen; sie hatten eine Party gefeiert, auf dem Wasser, im Freien, mit Ballons, einer Bar, einer Disco, neuen Freunden, alten Freunden; einige seien an Deck gegangen, um sich die City bei Nacht anzuschauen, St. Paul's, die Hochhäuser; andere seien auf der Tanzfläche geblieben, die Stimmung sei ausgelassen gewesen, dann plötzlich seien sie alle durcheinandergefallen, es habe ein lautes Geräusch gegeben, das Boot sei auf eine Seite gekippt wie ein betrunkener Wal, und dann seien sie alle in ein schwarzes Loch gestürzt, eine schwarze Flut sei über ihnen zusammengeschlagen, Wasser von allen Seiten. Sie alle kannten die Geschichte, hatten alles selbst durchgemacht und sprachen doch immer wieder davon, denn sie konnten nicht anders, waren naß und durchgefroren und standen unter schwerem Schock. In manchen Augenblicken waren sie vereint, waren eine Familie, eine leidgeprüfte, trauernde Familie, eine große Familie, in der jeder Rücksicht auf den anderen nahm, eine Schulter anbot, eine Hand, ein Ohr. In anderen Augenblicken wiederum waren sie getrennt, und jeder dachte nur an sich selbst, an sich selbst auf Kosten der anderen. So ist das Leben. Es gab Tee, Kaffee, Orangensaft, und gelegentlich wurde versucht, einen Witz zu machen: »Eine feuchtfröhliche Party, was?« Nell rauchte. Sie hatte schon seit Jahren nicht mehr geraucht. Es schmeckte abscheulich, aber es gab ihr etwas zu tun, und in diesen Minuten war das alles, was zählte.

Drei junge Menschen weinen still, halten einander und wiegen sich hin und her, wie Kinder in einem Ställchen. Der Junge und die beiden Mädchen haben ihren Freund verloren. Der Junge war ins Wasser gesprungen, um den Vermißten zu suchen, mußte jedoch wieder herausgezogen werden. Sie schwanken vor und zurück, wie Frauen in ihren Wehen, gebären ihre Trauer. Jedesmal, wenn sie sich Zigaretten anstekken, geben sie Nell eine ab. Später blickt das Mädchen auf und schreit. Sie hat Angst, daß es nicht wahr ist. Es kann nicht wahr sein. Sie schaut zu Boden, hält sich die Augen zu und fordert die anderen auf, den Blick zu heben. Er ist da. Justin ist da. Er ist gefunden worden. Oder nicht? Ist er ein Geist? Seltsam benommen geht Justin auf seine Freunde zu. Er hält die Hälfte eines Gummirings in der Hand. Sie stehen auf. Sie umarmen sich, die vier Freunde, die nicht wissen, was sie sagen sollen, die gar nicht sprechen können. Sie haben Mühe, es zu glauben. Ein Wunder. Sie weinen. Sie küssen sich. Justin kann nicht sprechen. Er kann nicht sagen, wie er ans Ufer geschwommen ist. Er hält das schwarze Gummi hoch, weigert sich, es loszulassen. Saugt daran wie an einem Schnuller. Es hat ihn gerettet. Dann findet einer von ihnen seine Sprache wieder, sagt, sie müßten sofort aus diesem gräßlichen Loch verschwinden, mit seinem Auto nach Hause fahren, Getränke und etwas zum Essen kaufen, alle ihre Freunde anrufen und die Party ihres Lebens feiern, eine Willkommensparty für Justin. Nell rückt von ihnen ab. Die jungen Mädchen wissen warum. Sie gehört immer noch zu den Wartenden. Es gibt nichts zu sagen. Sie können nicht mit ihr tauschen. Wäre sie die Glückliche, hätte auch sie nicht mit ihnen tauschen können. So grundlegend einfach ist das.

Ihre Aufgabe ist es, Paddy Kraft zu geben, ihm Botschaften zu schicken, eindringlich auf ihn einzureden, ihm zu sagen, daß er schwimmen, schwimmen, nicht aufgeben soll. Ihr Atem wird immer schneller, als wäre auch sie plötzlich im Wasser. Sie hält inne und sagt: »Leg dich auf den Rücken, Liebling, ruh dich aus und laß dich ein wenig treiben.« Dann macht sie weiter, ohne Ende, aber es gibt eine Tatsache, die sie nicht wegschieben kann. Folgende Tatsache. Manche sind mit dem Boot gesunken, waren in den unteren Räumen gefangen; liegen als Leichen Seite an Seite oder haben sich an den Möbeln festgeklammert. Das Boot kann erst bei Tageslicht gehoben werden, wenn das wahre Ausmaß der Katastrophe zu sehen sein wird. Aber er ist nicht mehr dort unten, da ist sie sich ganz sicher. Er hat einen Weg nach draußen gefunden, ist herausgekrochen, schwimmt, ist auf dem Weg zu ihr, hält sich an einem Floß fest, liegt erschöpft am Ufer, wartet darauf, gefunden zu werden. Er ist die Möwe, deren Geschichte er immer so gerne gelesen hat, die Möwe, die höher flog als alle anderen, sich aufschwang in einsame Höhen. Sie hört sich selbst »Möwe« sagen und schreit erschrocken auf, blickt auf die Mahlströme, die vor ihr liegen.

33

Ein neuer Tag. Eltern. Verwandte. Polizei. Namen wurden ausgerufen, Angehörige ins Leichenschauhaus gebeten, Leichen identifiziert. Leichen in Glaskabinen, mit Laken abgedeckt, aufgedunsen, aufgebläht, entstellt. Beute des gleichen verrückten Schicksals.

»Oh, mein Gott«, sagte Nell zu der Frau, die neben ihr stand, während der Polizist ein Laken hob und etwas entblößte, das mit einem Gesicht keine Ähnlichkeit mehr hatte, etwas Graues, Prähistorisches. Nell kann nicht erkennen, ob es ein Junge oder ein Mädchen ist. Der Haaransatz ist schwarz und unheimlich, ein dicker Streifen, wie mit Kohle gemalt. Nell ist unbemerkt hereingekommen, um sich Mut zu machen, jetzt wendet sie sich ab. Paddy ist nicht gefunden worden, Paddy und ein anderer. Sie geht zurück zur Aufbahrungskapelle, wo sich Trauernde stumm versammelt haben, viel zu stumm. Sie beten zu einem kahlen Altar, zu einem kahlen Gott.

Eine Mutter und ein Vater halten einen schwarzen Rosenkranz in der Hand. Wenig später kommt ein Mann, flüstert ihnen etwas zu und sagt, ja, es sei Jason, ihr Sohn Jason, er könne die beiden Füllungen, die er letzte Ostern gemacht habe, eindeutig erkennen. In der Hand hält er einen Umschlag mit Röntgenbildern von Jasons Zähnen. Sie beraten kurz. Dann geht der Vater hinein, während die Mutter in der Kapelle sitzen bleibt und betet, ein Musterbeispiel an innerer Kraft. Plötzlich erschüttert ein gellender Schrei die Stille. Der Schrei einer Frau. Sie besteht darauf, daß das Mädchen, das man ihr gezeigt hat, nicht ihre Tochter Fiona, nicht ihr liebes Mädchen sei und daß ihr niemand etwas anderes erzählen könne. Fiona habe mit dem verunstalteten Menschenklumpen da drinnen nichts zu tun. Ein Polizist versucht, sie zu beruhigen, sagt, man habe sie gewarnt und ihr geraten, nicht hineinzugehen, zumindest nicht allein.

»Was blieb mir denn anderes übrig?« erwidert sie, schlägt wild um sich und schreit, auf dem Schiff seien alle betrunken gewesen außer ihrer Fiona, die in ihrem ganzen Leben nie einen Tropfen Alkohol angerührt habe, und ausgerechnet dieses liebe Mädchen sei nun geopfert worden, geopfert für wen? Geopfert für üble Schurken, Banditen, Trunkenbolde. Und als sie sieht, daß Nell entgeistert zu ihr herüberschaut, schreit sie: »Was glotzen Sie mich so an?« Nell duckt sich und würde am liebsten hinter der weißgekalkten Wand verschwinden. Fionas Mutter hält Schmuck, ein paar Armbänder und Silberketten, in der Hand, Dinge, mit denen sich Fiona in der Unglücksnacht geschmückt hatte. Wie ungerecht, daß dieser Tand und nicht der Mensch der zerstörerischen Kraft des Wassers entkommen konnte. Paddy hatte keinen Schmuck, aber eine Tätowierung, und Nell fragt sich, ob sie sich wohl im Wasser verfärben würde.

»Bitte, lieber Gott, mach, daß er gefunden wird«, wiederholt sie in Gedanken immer wieder, damit sie nicht zusammenbricht, damit das Entsetzen ihr nicht die Luft abdrücken kann. Daß man ihn findet, ist alles, worum sie jetzt noch bittet. Die Hoffnung, daß er noch lebt, beginnt sie zu verlieren. Manche Leute lächeln ihr zu, als wollten sie sagen: »Wir sind auch hier, wir gehen gemeinsam durch dieses Jammertal.« Im improvisierten Speisesaal werden mit erhitzten Gemütern Standpunkte vertreten. Eine kleine Gruppe hat sich bereits zusammengefunden, will Druck ausüben, für ihre Rechte kämpfen, für Entschädigungen, für schnödes Geld. Nell kann nicht mitmachen. Sie kann sich nicht einmal empören. Sie sagt, es sei einfach zu früh. Sie sagt: »Wer kann schon sagen, was im Dunkeln auf dem Wasser geschehen ist? Es wird Hunderte von Versionen und Ausflüchten geben, und trotzdem wird es immer ein Geheimnis bleiben, wie ein Schleppkahn den Vergnügungsdampfer von der Seite rammen, aufreißen, zum Kentern bringen und innerhalb von wenigen Minuten auf den Grund des Flusses schicken konnte.«

»Jetzt hören Sie aber mal zu«, sagt eine Frau zu ihr, weiß aber nicht, wie sie weiterreden soll. Wut und Trauer ringen in ihr miteinander, und ihre Augen sehen vom vielen Weinen aus wie offene Wunden.

»Ich höre zu«, entgegnet Nell, und die Frau wirft ihren Kopf zurück, zieht eine haßerfüllte Grimasse und sagt, sie wisse schon, zu welchem Anwalt sie gehen, wer ihre Sache vor Gericht vertreten werde. Ein Freund steht ihr bei, redet von Schiffseigentümern mit unermeßlichem Reichtum und Villen in Spanien. Das Gespräch wirkt seltsam unangemessen, wenn man bedenkt, wie nah sie dem Leichenschauhaus sind und daß die dunkelsten Tiefen ihrer Gefühle nur darauf warten, dort drinnen aufgerissen zu werden.

Gegen Mitternacht kam ein Polizist und bat sie, nach Hause zu gehen und ein wenig zu schlafen.

»Ich würde lieber hierbleiben«, erwiderte sie.

»Das ist ein Befehl, Ma'am«, beharrte er, und sie wußte, daß er ihr das nur sehr ungern sagte, weil es bedeutete, daß sie ihren Sohn mehr oder weniger aufgegeben hatten. Die Tränen, die bisher nur auf der Lauer gelegen hatten, kamen in diesem Moment, unangekündigt, unangemeldet, in einem Schwall. Sie schluchzte laut. Eine Entweihung. Bis dahin hatte sie nur – wie alle anderen auch – still in ihren Ärmel oder in ihr Taschentuch geweint, aber jetzt flossen reißende Ströme und ließen die wenigen verbliebenen Trauernden fassungslos verstummen. Sie hatte der Wahrheit erlaubt, in ihr Bewußtsein zu dringen. Die Wahrheit lautete, daß sie ihn nie mehr sehen würde. Es war schlimmer als der Tod. Unbegreiflicher als der Tod. Nie wieder würde er durch die Tür kommen, auf seinem Fahrrad fahren, mit dem Kamm durch sein Haar streichen.

»Drücken Sie meine Hand... drücken Sie fest meine Hand«, sagte der Polizist, während die Tränen aus ihr herausstürzten, Pfützen, Teiche, Seen, Meere von Tränen, heiß und lebensspendend wie Blut. Das Blut des Todes im Gegensatz zum Blut des Lebens. Warum sie? Warum ausgerechnet sie? Warum er? Warum ausgerechnet er? Die Worte schossen wie Schrotkugeln aus ihr heraus. Sie erzählte, daß er geglaubt habe, die Möwen am Fluß seien die Seelen toter Leichterfischer. Möwen. Sie glaubte, ein Möwenpaar gesehen zu haben, das vorbeigesegelt war, kurz mit den Flügeln geflattert hatte und dann verschwunden war. So weit war sie schon gegangen.

»Sie werden es schaffen«, sagte der Polizist.

»Ja, ich werde es schaffen«, erwiderte sie und erinnerte sich daran, wie er ihr, während sie noch hemmungslos schluchzte, erzählt hatte, es gebe eine Broschüre von einem berühmten Spezialisten, in der er den Tod durch Ertrinken beschrieb, ein schöner, schmerzloser Tod, glücklich, eine Art Ekstase, die einsetzte, sobald der Körper aufgab und das Wasser in sich eindringen ließ.

»Könnten Sie die Broschüre für mich besorgen?« fragte sie.

»Ich werde es versuchen«, sagte er und begleitete sie zur Tür.

Draußen war niemand mehr. Ihr gespenstisches Totengeheul hatte sie alle vertrieben. Nichts als Statuen und ihre Schatten. Eisenmänner, Eisenfrauen, Eisenpferde und eine Eisen-Boadicea. Gelbbraune Gebäude und ein gelbbrauner Uhrenturm thronten wie goldbezinnte Märchenschlösser auf ihren gemauerten Rechtecken. Seltsame Vorstellung, daß sie an einem Sonntag eigens hergekommen waren, um eine purpurrote Orgie der Macht zu sehen: Kutschen, Pferde, Träger des

Amtsstabes, Standarten, eine glitzernde Parade, die sie vom Straßenrand aus beobachtet hatten, während die Jungen ein Softeis schleckten. Die Strahler in ihren stolzen Sechsecken leuchteten matt und schön, kündeten nicht von Katastrophen, sondern ausgelassenen Freuden, von einer erst wenige Stunden zurückliegenden Zeit, in der eine Clique lebhafter, lebendiger junger Leute zu einer Party gegangen war. Vielleicht hatten einige von ihnen sogar die sechseckigen Lampen in ihren goldenen Gittern gesehen, Embleme der Festlichkeit.

»Wo sind meine Freunde jetzt... wo sind meine Freunde?« rief sie, wedelte wie wild mit den Händen, um ein Taxi zum Anhalten zu bewegen, lief hierhin und dorthin, überquerte die Straße, kam wieder zurück, winkte mit einer Tasche, Paddys Tasche mit ein paar Schätzen aus seiner Kindheit darin, die sie mitgebracht hatte, um sie in seine Arme zu legen, damit sie ihm Gesellschaft leisteten, eine kleine Tabakbüchse und eine Sprungdeckeluhr, die nie richtig funktioniert hatte, ein Geschenk ihres Vaters.

»Sie sehen so aus, als ob Sie zum Flughafen wollen«, sagte der Fahrer und kurbelte die Scheibe geräuschvoll hoch.

»Nein... Ich will nach Hause.«

»Wie bin ich bloß darauf gekommen, daß Sie zum Flughafen wollen?« fragte er mürrisch.

»Ich will nach Hause«, erwiderte Nell schwach.

Nach Hause. Wenn sie erst einmal dort war, würde es an der Haustür klopfen, das Telefon würde klingeln, und sie würden ihr mitteilen, daß sie ihn gefunden hatten. Sie würden ihn finden, und sie würde ihn noch einmal küssen, noch einmal berühren können. Sie würde sich von der grausamen Verwandlung nicht erschüttern lassen, o nein, ihr Sohn war und blieb ihr Sohn, ein kleines Bildnis, tief eingeprägt, unangetastet, so wie er einmal in ihrem Bauch geschwommen war und mit seinen Beinchen getreten hatte. Und um diesem Bildnis Gesellschaft zu leisten, sang sie den Vers, den er mit vier oder fünf Jahren so geliebt hatte, hörte seine Kinderstimme, hell wie ein Spielzeugxylophon:

Heile heile Segen
Drei Tage Regen
Drei Tage Schnee
Tut's schon nimmer weh

Sie würde ihn begraben. Sie würde ihn begraben, so gut sie konnte. Alle seine Freunde würden kommen, und es würde Blumen geben, viele Blumen; schließlich war Sommer, Hochsommer, die Zeit der Malven und der Glockenblumen. Sie würden eine Trauerfeier halten, und was dann? In ihren Gedanken war ein weißer Fleck, eine mit Erinnerungen gefüllte Mauer, die immer höher wuchs, wie ein Stapel Bücher. Erst mußte er gefunden werden. Dann würde sie ihn begraben, das war sehr wichtig, denn die Erde, nicht das Wasser, ist der freundlichste, der geziemende Ruheort für den Menschen. Warum fürchtete sie sich so sehr vor dem Wasser, dem Wasser, aus dem er gekommen war, dem Wasser in ihr, so wie sie aus dem Wasser ihrer Mutter entstanden war, Wasser des Lebens und des Todes, bekannt und unerforscht, nährend und blutsaugend, gebend und nehmend? Sie stellte sich Erde vor, kleine Grabhügel, Friedhöfe, auf denen etwas wuchs, Gänseblümchen, Moos, irgend etwas.

Der Fahrer fuhr Umwege, trödelte und war wild entschlossen, sie über die Schmach seiner letzten Fahrt in Kenntnis zu setzen. Ausländer. Zulus. Vier Stück. Da habe er im Wagen kaum noch Luft gekriegt. Im stillen rügte sie ihn, aber sie wollte sich nicht mit ihm anlegen. Ein böses Wort, und sie würde zusammenbrechen, möglicherweise sogar aus dem fahrenden Auto springen.

Drei Tage und drei Nächte lang klammerte sie sich an diese Hoffnung, glaubte, die Minuten, in denen sie nicht zu erreichen war, seien die Minuten gewesen, in denen man sie angerufen habe, um ihr mitzuteilen, daß er gefunden sei, und deshalb war sie ständig unterwegs, von ihrem Haus zum Pier in Westminster, von dort zum Leichenschauhaus in Southwark. Die Polizisten wandten sich beschämt ab, wenn sie sie kommen sahen, und sie war verständnisvoll, viel zu verständnisvoll, um sie zu schütteln und anzuschreien, und außerdem waren auch sie gereizt, erschüttert, unausgeschlafen. Sie fühlte sich schrecklich allein. Kein Vater, kein Tristan und von Tag zu Tag keine Nachricht, so daß sie eine andere Anlaufstelle ansteuerte, ihr Büro, wo alle ihr helfen wollten, doch nicht helfen konnten. Die ganze Zeit über zwang sie sich zu dem Glauben, daß er gefunden würde, und doch wuchs die schleichende Angst, daß er unauffindbar bliebe und daß die tiefste, die unfaßbarste aller Verletzungen noch auf sie wartete, ein schwarzes Loch, das mit jedem Tag größer, tiefer und häßlicher würde, so daß sie den Gott, zu dem sie bis dahin so leidenschaftlich gebetet hatte, zu verfluchen begann.

34

Noch eine Nacht, noch eine Taxifahrt, noch einen Bissen Toast, noch eine Morgendämmerung. Ein blondes Mädchen, das sie anschrie, weil sie Paddy beschrieben hatte, jede Einzelheit, seine Augen so grau, so blau, wie heller Basalt, nur viel weicher, seine Sommersprossen und seine wunderschönen Hände, wic die Hände eines Pianisten. Das Mädchen schrie, sie solle verdammt noch mal die Schnauze halten, ihr Freund habe auch schöne Hände gehabt und sie hätten im September heiraten wollen. Das war in dieser Nacht – oder in der vorigen oder in der nächsten –, und dann die Morgendämmerung, gnadenlos mit ihrem fahlen Licht, ein paar Stunden in ihrem eigenen Haus, ohne daß es dafür irgendeinen Grund gegeben hätte, anschließend ein Besuch in Paddys Wohnung, eigentlich längst überfällig, aber sie hatte es bis dahin einfach nicht über sich gebracht, und auch jetzt, als sie die endlosen Treppen hinaufstieg, war sie fast gelähmt vor Angst, seine Freundin Penny könne da sein. Aber Penny war nicht da. Penny war in Spanien und lernte töpfern. Paddy war in seine eigene Wohnung gezogen, um sich über sein Leben klarzuwerden, wie er es genannt hatte. Nell stieg die steilen Stufen hinauf und erinnerte sich daran, wie er beim letzten Mal die Tür geöffnet, sie ganz außer Atem vorgefunden und gesagt hatte, wenn er nicht regelmäßig trainierte, würde er genauso keuchen wie sie, und in einem letzten Aufbäumen hoffnungsfrohen Wahnsinns dachte sie: Er ist gar nicht tot, die Polizei hat sich geirrt, hat ihn verwechselt, er ist hier, in seiner Wohnung, schläft oder ist wach, und gleich wird sich die Tür von innen öffnen. Zum Glück hatte er ihr einen Schlüssel gegeben. Sie hatten die Schlüssel ausgetauscht, ein weiteres Zeichen des Vertrauens. Charlie kam mit jammervollem, ängstlichem Blick auf sie zugerannt, und alles, was sie sagen konnte, während sie ihn streichelte, war: »Du hast die ganze Zeit über nicht gepinkelt, Charlie, und auch kein großes Geschäft gemacht«, und dabei dachte sie an die Kindheit der Jungen und an Dixie, den Hund, den ihre Eltern vor Jahren hatten, Jahre, die ihr jetzt, verglichen mit diesem Inferno, als heitere Jahre erschienen. Charlie leckte ihr dankbar und erleichtert die Hand. Er hatte Hunger. Er mußte unbedingt nach draußen. Im Vorgarten wartete sie ein paar Meter von ihm entfernt, tat so, als ob er nicht zu ihr gehörte, falls eine Vermieterin oder ein Hausmeister wütend ans Fenster klopfen und mit der Faust drohen sollte. Charlie nahm sich Zeit, hockte sich unter einen Fliederbusch. Er war nervös, übernervös. Sein Schwanz und seine Hinterbeine zitterten unbeherrscht, aber es kam nichts heraus. Seine Augen waren starr auf Nell gerichtet, verfolgten jede ihrer Bewegungen. Der Fliederbusch war verdorrt, seine Zweige sahen wie ausgefranste Klobürsten aus. Nell steigt ein moderiger Geruch in die Nase. Was geschieht mit einer Leiche im Fluß? Nell nimmt sich vor, es in einem Buch nachzuschlagen. Nein, sie wird es nicht nachschlagen. Charlie probiert es an einigen anderen Stellen, drückt ein paar Tropfen heraus, dann gibt er auf.

Wieder oben in der Wohnung, beginnt sie, Paddys Sachen durchzugehen. Ein Kalender mit Eintragungen und kurzen Sinnsprüchen. Was wäre er geworden? Lehrer, denkt sie. Ja, ein Lehrer der Menschen, getrieben von seinem Gewissen und von seinem Mitgefühl, Mitgefühl für alle, die nichts hatten. Ein Lehrer der Menschen. Er hatte Geburtstage in den Kalender eingetragen. Auch ihren Geburtstag. Er hat sie nicht ausgelassen. Ein Spruch: »Der Kiebitz schreit um so lauter, je weiter er vom Nest entfernt ist.« Warum ausgerechnet dieser Spruch? Neben dem Kalender liegen seine drei Pfeifen und ein Stapel Pfeifenreiniger, außerdem ein Foto von Penny in Shorts, so jung, so verletzlich, ganz anders als die bedürftige Penny, die sie kennengelernt hat. Von dem Kind, das einmal erwähnt worden war, keine Spur. Keine Spur. Was geschehen war, würde sie nie erfahren. Die Gardinen, die sie ihm geschenkt hat, sind zugezogen. Er hat sie zugezogen, ehe er zur Party gegangen ist. Auch der Holzstuhl vom Sperrmüll ist da und eine wunderschöne Lapisschale, der einzige wirklich schöne Gegenstand im Raum. Sie würde ein paar seiner Kleider mitnehmen, denn er würde sicherlich furchtbar frieren, ein wahnsinniger Gedanke, denn Kleider gehören zu den Sorgen der Lebenden; die Toten brauchen nichts weiter als ein dünnes weißes Gewand. Auf Zehenspitzen schleicht sie zum Schlafzimmer, klopft an, als würde sie ihn dort mit Penny vermuten, aber sie findet nur Spuren der beiden, und als sie den Kleiderschrank aufmacht, kommen ihr die Tränen, weil sie ihm nicht mehr Geld gegeben hat, weil seine Kleidung so ärmlich ist. Im Schrank hängen ein paar gebraucht gekaufte Anzüge, einige Pullover und Hemden und drei knalligbunte Krawatten, wahrscheinlich Geburtstagsgeschenke seiner Freunde. Sein Allerheiligstes. Sie berührt nichts, läßt nur ganz leicht die Finger über die Stoffe gleiten und geht hinaus. Anschließend ein hastiger Besuch in einem Laden, um für Charlie ein paar Scheiben Schinken zu kaufen; er verschlingt sie gleich auf der Straße und versucht, sogar das Pergamentpapier zu essen, das sie immer noch in der Hand hält.

Eine weitere Fahrt, ein weiteres Taxi. Menschen, die sie noch nie gesehen hat, sitzen im Vorraum, warten und murmeln, andere Menschen als bisher, frisch zusammengetrommelt, voller Hoffnung und Verzweiflung. Die anderen sind inzwischen nach Hause gegangen, sitzen in ihren Wohnzimmern, versuchen weiterzuleben, fluchen, kochen vor Wut, denn wer ist schon bereit für den Tod? Im Leichenschauhaus sind alle einzeln eingesperrt in beschämender Stille. Wozu der Stoizismus? Wozu das Schweigen? Nell fragt vergeblich, ob man ihren Sohn gefunden habe. Der Polizist schüttelt den Kopf. Sie sagt, vielleicht sei er doch gefunden worden, man habe ihn bloß nicht erkannt. Sie redet von seiner Kreditkarte, die er nicht bei sich gehabt, die sie in seiner Wohnung gefunden habe. Sie bittet den Polizisten, sie hineinzulassen. Er nickt. Drinnen stehen drei Gruppen von Menschen vor den zurückgeschlagenen Laken, tun, was ihnen noch zu tun bleibt, nikken in häßlicher, gläubiger Ungläubigkeit. Nur drei Leichen, drei der letzten. Weder die Lebenden noch die Toten scheinen zu atmen. Es ist ein Raum ohne Atem, der kälteste, den sie je betreten hat, und auch als sie hinausgeht, verläßt sie die Kälte nicht. Draußen gibt ihr jemand eine Rose. Man kennt sie hier inzwischen, und man weiß, daß das Warten langsam zu Ende geht. Es ist eine weiße Rose, und sie duftet. Ein Mädchen namens Jackie hat sie ihr geschenkt. Sie weiß nicht, ob sie Jackie kennt, aber Jackie muß sie kennen, denn sie lädt sie zu einer Einäscherungsfeier ein.

»Ich kann nicht«, sagt Nell.

»Aber es würde Ihnen guttun«, beharrt Jackie. Sie hat ihre beste Freundin verloren. Sie sagt, sie sei Friseuse, sei in letzter Minute eingeladen worden, habe jemandem in einer schicken Wohnung die Haare gemacht, und die Frau sei so zufrieden gewesen, daß sie gesagt habe: »Kommen Sie doch einfach mit.« Sie habe gesagt: »Aber ich bin mit Rosie verabredet«, und die Frau habe erwidert: »Rosie kann auch mitkommen.« Es sei also eine ganz spontane Sache gewesen. Jackie und Nell riechen an der Rose, weinen in die Blütenblätter, nennen einander ihre Namen und die Namen der beiden, die sie verloren haben. Paddy und Rosie. Rosie und Paddy. Es klingt wie ein Liebespaar. Nell erzählt Jackie von ihrem jüngeren Sohn, der mit Freunden in der Türkei Urlaub macht und den sie noch immer nicht benachrichtigt hat, weil sie damit warten will, bis man seinen Bruder gefunden hat. Dann wird sie ihn nach Hause rufen. Mit keinem Wort erwähnt sie den Vater der Jungen, den Mann, mit dem sie seit mehr als einem Jahrzehnt nicht mehr gesprochen hat.

35

Charlie kam ihr entgegengelaufen und leckte ihr mit Freude und wachsender Bedürftigkeit die Hand. Sie machte eine Büchse Sardinen auf, probierte eine und löffelte den Rest auf eine Untertasse, fragte sich, ob das gelbe Öl für ihn zu schwer sein könnte, goß es trotzdem dazu und redete verzweifelt auf Charlie ein. Charlie leckte den Teller so sauber, daß er glänzte, dann trat er danach und verlangte mehr, war nicht im geringsten dankbar, sondern knurrte sie an, bis sie Zucker auf den sauberen Teller streute und ein paar besänftigende Worte für ihn fand. Wußte Charlie, was passiert war? Ja, Charlie wußte es, denn in der Nacht begann Charlie mit seiner eigenen Geisterbeschwörung, seiner eigenen Totenwache, seinem unmenschlichen Geheul. Zuerst kam es aus der Küche, weckte sie aus einem unruhigen Schlaf. Sie hatte eine halbe Tablette genommen, hatte sie sorgfältig in der Mitte geteilt, denn sie wollte am nächsten Morgen nicht verkatert sein, aber sie brauchte dringend Schlaf, auch wenn es nur zehn Minuten waren, auch wenn sie von anderen Alpträumen heimgesucht wurde. Aber das Telefon würde klingeln, und sie dürfte auf keinen Fall so tief schlafen, daß sie den Anruf verpaßte.

Der nette Polizist hatte ihr versprochen, sie in dem Moment, da die Leiche gefunden würde, sofort anzurufen, ganz egal, zu welcher Tages- oder Nachtzeit. Er kam aus Wales und war freundlicher als die anderen Polizisten. Er hätte die Broschüre noch immer nicht gefunden, sagte aber, er erinnere sich ganz deutlich daran, dort gelesen zu haben, daß Ertrinkende ein Gefühl der Ekstase erlebten, sobald das Wasser in ihre Lungen eingedrungen war und der Körper den Kampf aufgegeben hatte. Aber sie wurde nicht vom Telefon, sondern von Charlies Geheul geweckt, einem Geheul, das etwas menschlich Klagendes hatte, einem Geheul, aus dem ihr die eigene Hysterie entgegenschrie. Charlie wußte, was geschehen war. Er vermißte sein Herrchen. Er lief schnüffelnd herum und suchte nach ihm, roch an Schuhen und Gummistiefeln, gab einfach nicht auf. Entnervt ging Nell in die Küche hinunter, um Charlie eine Standpauke zu halten. Er duckte sich und stahl sich schweigend davon, doch sobald sie in ihrem Zimmer war, begann das Heulen wieder von vorn. Diesmal klopfte sie mit dem Besen gegen den Boden, erst mit den abgewetzten Reisigzweigen, dann mit dem hölzernen Griff. Sie stopfte ihren Wintermantel in die Ritze unter der Tür, um nichts mehr hören zu müssen. Sie würde durchdrehen, wenn sie nicht endlich schlafen könnte. In ihr brodelte es, sie war in höchster Anspannung, als würde jede einzelne ihrer Zellen von Stromschlägen heimgesucht. Aber es hatte alles keinen Zweck. Er fing schon wieder an zu heulen. Sie zerrte ihn in den Garten, dachte, er wollte hinaus, aber das war es auch nicht. Sie nahm ihn mit zurück in die Küche, durchstöberte ihre Vorräte, fand einen alten Keks, einen feuchten Ingwerkeks, und versuchte, ihn damit zu beschwichtigen, aber er spuckte ihn aus, wollte nichts davon wissen. Sie ging wieder ins Bett, aber das Geheul, das sofort von neuem begann, fraß sich in ihr Gehirn, und als sie voller Rachegelüste in die Küche zurückkehrte, sagte sie einfach, als könne er jedes Wort verstehen: »Charlie, ich hab genug... ich halte das nicht mehr aus.« Die Beißspuren an den Querstäben der Stühle sagten ihr, was sie bereits wußte. Charlie rebellierte, Charlie war nicht zu bändigen, Charlie mußte gehen. Die Beißspuren, ihr zerkauter Mantel, die herausgezupften grauen Fäden, das war einfach zuviel.

Sie sah die Straßen kaum, durch die sie fuhren, die Ampeln, den Fluß, der sich vorwärts wälzte, ohne seine Beute auszuspeien. Wie kann man Wasser um etwas bitten? Es ist nie da, ist ständig auf der Flucht, ist wankelmütig, unergründlich, gerissen. Wie gut sie die Farben des Flusses kannte. Sie hatte an seinem Ufer gewohnt. Sie hatte ihn geliebt, hatte behauptet, von seiner inneren Harmonie, seinen Farben, seiner Kraft, seinen gekräuselten Wellen und seinen Strudeln fasziniert zu sein. Auch Paddy hatte den Fluß geliebt, hatte sogar ein Logbuch über ihn angelegt. Ein Logbuch über das Leben und ein Logbuch über den Tod. Sie hatte es gefunden, als sie seine Sachen durchgegangen war, hatte darin gelesen: »Es wird erzählt, die Zerstörung des alten Lebens auf dem Fluß sei ein großes Unglück, und die toten Leichterfischer spukten in Gestalt von Möwen am East End um ihre alten Kais herum. Ich neige dazu, dieser Vorstellung Glauben zu schenken. Schließlich bin ich jung, und das Sprichwort sagt: ›Je jünger wir sind, desto näher wohnen wir am Land der Feen.‹« Nell sah Charlie kein einziges Mal an, sah die Straßen nicht und auch nicht das filigrane Spitzenmuster an den Trägern der schmiedeeisernen Brücken.

Das Gebäude hatte eine undefinierbare Farbe, ein schmuddeliges Braun. Ein Spaziergänger, der seinen Hund an der Leine führte, rief laut, kein Tier, für das er die Verantwortung trüge, würde je einen Fuß in diese Hölle setzen. Drinnen lautes Bellen, das allmählich stärker wurde, verebbte und wieder anstieg wie die Wogen einer schäumenden See. Das Bellen vieler Kehlen. Kein vereinzeltes Bellen, das verzweifelt rief: »Komm zu mir… Schau in meinen kleinen Käfig und nimm mich mit.« Sie sollte das Charlie nicht antun. In Wirklichkeit tat sie es Paddy an. Am schlimmsten war es, an den Käfigen vorbeizugehen. Manche Hunde kläfften. Andere starrten schweigend vor sich hin, suchten ihre Erlösung in trotzigem Schweigen. Manche dösten in den Aluminiumbecken, und überall lag frische und nicht mehr ganz so frische Scheiße herum. Sie wurde über Charlies Temperament, Charlies Zähne und Charlies Haar ausgefragt. Dann nahmen sie ihn mit, um ihn zu untersuchen und zu impfen. Tat es weh? Natürlich tat es weh. Alles tat weh. In einem kleinen Zimmer, in dem es einen Kaffeeautomaten gab, kämpfte sie sich durch die Formulare. Wo war ihr Herz? Es war nicht da. Es war ermordet. Es lag bei ihrem Sohn auf dem Grund des Flusses, versuchte verzweifelt ihn zu finden. Lag in einem Sack wie ein totes Tier, blutete, sickerte durch, völlig abgestumpft. Es waren reine Routinefragen. Ihr Name, ihr Beruf, wie lange sie Charlie besessen habe und ob er kinderlieb sei. Von der Wand starrte ihr die Geschichte eines Hundes namens Patch entgegen. Patch, so hieß es darin, sei schrecklich mißhandelt und schließlich ausgesetzt worden, dann sei er in dieses Heim gekommen, wo er sich wunderbar erholt habe. Anschließend habe Patch ein neues Zuhause gefunden, und die neuen Eigentümer waren es auch, die nach seinem Tod diese Lobesrede auf ihn verfaßt hatten. Warum tat sie Charlie das an? Nur weil Charlie heulte, weil sein Heulen ihr tiefe Wunden riß.

36

Zurück in die Aufbahrungskapelle, froh, einen Augenblick – oder zumindest den Bruchteil eines Augenblicks – mit den anderen zusammenzusein, dem eigenen Drama zu entfliehen. Sie erlaubte ihnen, mit ihr zu weinen, sich an sie zu klammern, die herzzerreißendsten Dinge zu sagen. Geheimnisse wurden im Stakkato gelüftet. Eltern, die ihre Kinder seit Jahren nicht gesehen hatten, schoben die Schuld anderen zu, schlechten

Freunden. Freunden! Alle drohten, innerlich zu zerspringen. Eltern und Großeltern, Brüder und Schwestern, Stiefbrüder und Stiefschwestern, alle beteuerten, nicht weitermachen zu können. Die Hoffnung war ihnen herausgerissen wie ein Teil ihrer Eingeweide, ihrer Därme, ihrer Mägen. Wer gedacht hatte, er würde einen Urlaub buchen, den Führerschein machen oder die Rosenzucht erlernen, begann jetzt mit einer Spritztour zur ewigen Trauer. Alles lag in Scherben, jeder Plan, jeder Traum war in tausend Fetzen zerrissen.

Mit den anderen zusammenzusein, verlieh ihr Stärke. In ihrer Gesellschaft dachte sie nicht ständig daran, was sie Tristan sagen, wie sie es ihm beibringen sollte. Sie dachte dann eher: »Du weißt es noch nicht, Liebling, du kannst lachen, kannst noch ein bißchen fröhlich sein.« Wenn es nach ihr ginge, würde er es nie erfahren, würde er auf ewig in Unwissenheit weiterleben.

»Sie war mein Morgenlicht und mein Abendlicht...« Eine Mutter stand auf der Kanzel, beschwor mit dramatischer, gemessener Stimme die Ausstrahlung ihrer Tochter. Catherine war ihr Name. Es war, als würde Catherine jeden Moment vor ihnen erscheinen. Ihr Name flog um die dicken Balken des Kirchendaches wie ein Spatz. Catherine war nicht auf Erfolg ausgewesen, Catherine hatte ihr Leben für andere gegeben, hatte als Krankenschwester in einem städtischen Krankenhaus schwer gearbeitet. Gottesdienste und Trauerfeiern überall, in der Stadt, in den Vororten, im ganzen Land. Junge Leute, die Lebenslust mit Trauer verbanden, kurze Röcke und Blusen, die an eine Stierkampfarena erinnerten. Was für ein Unterschied zwischen den sorgsam geschmückten Särgen und den kalten Fleischkästen im Leichenschauhaus.

Die Leute waren nett zu ihr, luden sie zu Gedenkfeiern und Einäscherungen ein. Ein junges Mädchen mit wirrem, rotem Haar stand auf, redete schnell und laut: »Wir werden diese Tragödie nicht tatenlos hinnehmen... Catherine und Dom und Henry und Samantha und Rosie und Sophie und alle anderen schauen uns von dort oben zu und lachen wahrscheinlich, bitten uns, zusammenzuhalten, Freunde zu sein, einander beizustehen, weil wir jetzt eine Familie sind. Vater Themse, dieser Scheißkerl, hat uns zusammengebracht.« Sie brach in Tränen aus, wiederholte die Namen, nahm ein paar Blumen vom Sarg und gab jeder Blume den Namen eines Freundes, bis jemand sie am Arm nahm und begütigend auf sie einsprach: »Komm, Becky... laß uns nach draußen gehen... Becky.«

Der Pfarrer segnete die Trauernden und die Toten, sagte, in jedem Leben müsse Platz für Vergnügungen sein, daher solle niemand diese jungen Menschen tadeln, sie trügen ebenso wenig Schuld wie die beiden Kapitäne; niemand, niemand trüge irgendeine Schuld. Dann ein Psalm, anschließend ›Lucy in the Sky with Diamonds‹ und eine kurze Lesung aus ›Der kleine Prinz‹. Nell kannte das Buch. Ein Mann hatte es ihr geschenkt. Ein Liebhaber. Ein Finne. Beim Sex, dachte sie, würden die Frostbeulen des Todes vielleicht für ein paar Augenblicke verschwinden. Jedenfalls hatte sie so etwas gehört.

Draußen ein seltener, strahlender Morgen. Das Kirchengelände makellos, die Bäume und Büsche sorgfältig geschnitten, der Sommer hatte sich fest eingenistet, für eine festliche Atmosphäre gesorgt. Am Zaun hingen Ballons. Ein Motorradkonvoi wartete darauf, die jungen Leute zum Krematorium zu bringen. In den gedehnten silbrigen Häuten der Ballons war soviel Luft, als würden sie jeden Augenblick pfeifend davonschweben. Gelächter. Die Jungen waren scheinbar viel besser in der Lage, dem Tod gegenüberzutreten, gingen das Ganze heroischer an. Nell mußte mühsam ihre Kräfte sammeln. Manche der Trauergäste sprachen wieder von Entschädigungen und Anwälten und der ganzen Skala von Vergeltung und Recht. Nell konnte nichts dazu sagen. Ihr Gehirn war porös, zischte und platschte, war voller kleiner Wellen, kam ihr vor wie eine Zisterne, die in ihr leckgeschlagen war. Am Vortag hatte ihr eine Frau ein Beruhigungsmittel gegeben, hatte ihr ein paar Tabletten in einem Taschentuch zugesteckt. Die Tabletten hatten eine eigenartige Wirkung. Nell hatte das seltsame Gefühl, die ganze Zeit über neben sich zu stehen.

Die Grabstätten für Urnengräber waren winzig. Steintafeln, klein wie die auf Hundegräbern, winzige Inschriften, eine einzelne gelbe Iris in einer leeren Flasche. Ach, wie unzulänglich alles war. Sie mußten anstehen, weil drinnen noch eine andere Trauerfeier stattfand, die gleichen Sätze gepredigt wurden. Wir sollen uns Gottes Willen fügen. Warum? Warum? Im Auto erzählte ihnen eine Frau, wie sie in den Fernsehnachrichten von dem Schiffsunglück gehört habe. Sie habe geglaubt, ihre Tochter Amanda wäre in Amsterdam und würde auf einer Tulpenfarm arbeiten, aber nein, sie war in London, hurte herum und nannte sich Ruby. Warum hat sie sich mit solchen Leuten herumgetrieben? An Euren Freunden sollt Ihr sie erkennen. »Sie hat uns betrogen… hat uns jämmerlich betrogen.« Amanda sei nie gut mit ihrem Stiefvater ausgekommen. Beide seien schreckliche Dickköpfe. Sogar jetzt noch habe sich Amandas Stiefvater geweigert, zur Trauerfeier mitzugehen, sei zu Hause geblieben und habe ein Feuer angezündet, obwohl es doch draußen so warm war. Rache und Vergeltung. Eine andere Mutter, die Jeans trug, murrte, weil sie warten mußte. Ihre Jeans wirkten irgendwie fehl am Platz, dem Ereignis unangemessen, doch noch schlimmer wurde es, als sie ihren Gürtel enger schnallte, um allen zu zeigen, was für eine tolle Figur sie hatte. Ein sehr großgewachsener, düster aussehender junger Mann trat zur Seite, als wolle er beten. Er sah wie Hamlet aus, wirkte wie betäubt. Überall Fassungslosigkeit und Tränen, und plötzlich zog die Frau den weißen Gürtel aus den Laschen ihrer Jeans und schlug, schlug verzweifelt um sich.

37

»Schätzchen, jeder Mensch erlebt irgendwann einmal die Nacht seines Lebens, du ebenso wie Hinz und Kunz und alle anderen.« Dolly, eine abgemagerte Frau mit orangefarbener Perücke, saß ihr in einem traurigen Club gegenüber, schlürfte ihren Wermut und prahlte. Was ist schon dabei? Mitten im Tod das Leben. Besser, Dollys Geschichte anzuhören, als über gerichtliche Untersuchungen der Todesursache zu sprechen. Nell war rein zufällig in den Club gekommen, dessen verblichene Samtvorhänge und mit Kerzenwachs überkrustete Weinflaschen ebenso ins Auge fielen wie ein Vogelkäfig mit Wellensittichen. Früher war es einmal ein Künstlerclub gewesen. Jetzt sah alles schäbig und verblichen aus, traurige Überbleibsel einer kühnen Bohemien-Vergangenheit. An den Wänden hingen Aktzeichnungen und Fotos von Bootsausflügen, die Speisekarte war mit Kreide auf eine Tafel geschrieben. Nach dem Gottesdienst hatte Nell beschlossen, nicht mit den anderen nach Hause zu gehen, sondern durch die Stadt zu wandern, war bis Soho gelaufen, hatte mit dem Gedanken gespielt, dort vielleicht in irgendein Kino zu gehen. Niemand hatte sie aufgehalten, niemand hatte gesagt, sie dürfe nicht hereinkommen. Der junge Mann hinter der Theke war beschäftigt, pendelte zwischen Bar und Küche, wo er gleichzeitig als Koch zu tun hatte.

Dolly hockte auf ihrem Stammplatz, trank das übliche, Wermut mit Soda, und freute sich über einen Schwatz. Sie unterhielt Nell mit ihrer wahren oder unwahren Geschichte, erzählte von dem Schwarzen Prinzen, von der Nacht ihres Lebens, einer Nacht auf dem Altar, ja, dem Hochaltar der Liebe. Wie sie sich brüstete, wie sie sich in ihre Geschichte hineinsteigerte, bei jedem schlüpfrigen Geständnis enger an Nell heranrutschte. Sie war sein kleiner Kuckuck gewesen, aber eines Tages hatte er sie zurück in die Kuckucksuhr gesteckt, ihr befohlen zu warten und war verschwunden. Er hatte sie geschlagen, hatte sie grün und blau geschlagen, aber sie hatte es auch verdient, war ungezogen gewesen, hatte auf der Bühne eine Lesbe gespielt und nichts dabei angehabt, nicht ein Fädchen auf dem Leib, nur eine Puderquaste, aber genau das war der Clou der Nummer: Sie stand splitterfasernackt auf der Bühne, schwenkte die Puderquaste, krümmte den Finger, wackelte mit den Hüften und sagte freche Dinge. Dafür wurde sie schließlich bezahlt. Aber dem Schwarzen Prinzen gefiel das gar nicht, er steigerte sich in eine rasende Wut, folgte ihr bis ins Striplokal, sprang auf die Bühne, schlug die Bühnenarbeiter zusammen, ließ den Vorhang herab und zerrte sie nach Hause, wo er sie sich gründlich vornahm und ihr befahl, sich nicht von der Stelle zu rühren. Wohin war er gegangen? Sie hatte keine Ahnung. Vielleicht hatte er einen Spaziergang am Hafen gemacht. Es war in Sydney gewesen. Ja, in Sydney, Schätzchen, das war noch in den guten alten Zeiten. Als er zurückkam, sah er aus wie ein Gott, ein großer, glitzernder, sehr männlicher Gott mit einem festen Plan. Er sagte, er wollte ihr ein Geschenk bereiten, wie sie es noch nie bekommen hatte. Ja, der kleine Kuckuck könne aus seinem Käfig kriechen und sein Gefieder putzen. Er würde ihr sein Land schenken, seine Lieder, Kriegslieder, Liebeslieder, Haßlieder, würde ihr die Regenwälder schenken, bis sie selbst ganz flüssig war, würde ihr die Früchte, die köstlichen Früchte aus der Zeit nach dem großen Regen schenken, Papaufrüchte und Guaven, und er würde die Trommel schlagen, die Trommel auf ihrem kleinen Hurenarsch, bis er zu brennen beginne, denn er sei ihr Prinz und er wisse, wie man liebte, wie man fickte, und dies sei ihre Nacht, die Nacht, in der die Engel vom Himmel herunter und von der Hölle herauf auf diesen Mann schauen würden, der sich entschlossen hatte, dieser Frau alles zu geben. »Und dann nahm er mich, nahm mich die ganze Nacht über, Schätzchen... nahm mich, bis ich dachte, ich wäre nicht mehr von dieser Welt... dachte, ich würde schwimmen... fliegen... lachen... sein kleiner Kuckuck war verrückt geworden... suhlte sich in seiner Lust...

bettelte um mehr... mehr Schwanz... mehr Mann, mehr Prinz... und er tanzte auf mir und sang, wand sich und stieß in mich hinein, in meinen Arsch, in meine Möse... war in mir... in mir... nahm alles in Besitz... Ich war im Himmel.« Ihre Augen brannten wie die Früchte auf einem Orangenbaum in der Abenddämmerung. Sie erinnerte sich daran, wie er gegangen war, denn diese Nacht war sein Abschiedsgeschenk an seinen kleinen Kuckuck, der in einem Striplokal arbeitete. Aber sie würde ihn nie vergessen. Selbst wenn sie irgendwann völlig verkalkt und ohne Zähne in irgendeinem Kaff in Kent oder Essex säße, würde sie sich noch an diese Ekstase erinnern, an den Hochaltar der Liebe, und würde damit prahlen, bis jemand ihr den Mund zuhielt. Mitten im Tod das Leben. Besser, viel besser, als nach Hause zu gehen. Nell wünschte, der Club hätte Fremdenzimmer und sie könnte über Nacht, über viele Nächte dort bleiben.

Wie sie es haßte, nach Hause zu gehen. In ihr dunkles Haus. In den Schlaf und in die Träume. Suchscheinwerfer in ihren Eingeweiden, rufende Männer. Was riefen sie? Dann ein kaltes, weißes Schiff, ein Dampfer, auf den Fahrgäste stiegen, ganze Scharen von affigen Leuten mit Sonnenschirmen und Handtaschen. Hungernde Menschen. »Wartet, bis ich den Ofen angemacht habe«, rief sie, denn sie wollte nicht, daß sie frieren mußten, wollte sich nicht als schlechte Gastgeberin erweisen. Aber der Elektrostecker wurde weich in ihrer Hand, weich und lauwarm, und hatte sich plötzlich in einen nassen Teebeutel verwandelt. Ihre Vorgesetzten bei der Arbeit hatten zusammengelegt, um ihr einen Kuraufenthalt zu ermöglichen. Dachten, es würde ihr guttun. Doch sobald sie die Schwelle überquerte, wußte sie, daß sie es dort nicht aushalten würde. Es war alles so hell und hygienisch, und es roch nach Pampelmusen. Sie floh und zog in Paddys Wohnung, damit niemand merkte, daß sie zurückgekehrt war. Sie schlief auf Paddys Bett in der Hoffnung, er würde ihr erscheinen. Und in gewisser Weise tat er das auch. Ein Traum als Balsam.

Ein Traum, in dem er lebendig wurde. Sie sah einen fremden Ort, einen Platz in warmem, goldenem Licht, eine südländische Stadt, gelbe Wände, Mauern und Türme, strahlende Sonne. Ein wunderschönes Mädchen in Leopardenfellhosen und hohen Leopardenfellstiefeln wartete dort. Penny winkte ihr zu, bat sie um einen Gefallen. Sie solle zu Paddy gehen und ihm etwas ausrichten, ihn im Mönchsraum suchen, wohin er sich verkrochen hatte und um Erleuchtung betete. Er solle zum Platz kommen, dem goldenen Platz, denn dort würden wichtige Unterweisungen auf ihn warten. Paddy stimmte zu und nickte erfreut über die bevorstehende Erlösung. Dann war plötzlich der nächste Morgen angebrochen, die weißen Stühle waren auf den runden weißen Tischen gestapelt, ihre Beine standen unansehnlich in die Luft. Paddy kam, glattrasiert und mit einem Mönchsgewand bekleidet, dazu trug er ein weißes, an den Manschetten abgewetztes Hemd. Er sah sich nach der Botin um, der Frau im Leopardenfell. Statt dessen erschien Penny und ging auf ihn zu, strahlte und lachte, weil sie ihm einen Streich gespielt hatte. Sie tanzten auf dem Platz. Die rötlichen Pflastersteine waren dort, wo man sie mit Wasser begossen hatte, dunkel, und die Musik hatte keine nächtliche Kraft, tröpfelte eher wie eine Flöte, die man von Ferne in den Bergen hört. Sie tanzten zwischen den Tischen und Stühlen, tanzten auf ein Schild zu, auf dem TIVOLI GARDENS stand. Als sie erwachte, war sie fast glücklich. Sie würde Penny schreiben. Sie würde ihr schreiben, ihr von diesem Traum erzählen und ihr damit sagen: »Wir müssen Freundinnen sein.« Sie schickte den Brief nach Spanien. Sie würden das Kriegsbeil begraben. Es gab kein Kind, das Kind war nur eine List gewesen, und es gab auch keinen Paddy mehr. Er schwamm mit den Barschen, den Plötzen, den schlüpfrigen Aalen und war doch von aller Raublust befreit, trieb zwischen den Algen und schwankenden Wasserpflanzen friedlich dahin.

Doch dann zu Hause, auf der Fensterscheibe, ein Mahnmal, ein quälendes, entsetzlich quälendes Zeichen von ihm. Der Wasserdampf ließ es an der Scheibe erscheinen. In verschwommenem Grau, im Nebel sein Initial. P für Paddy. Nudeln kochten sprudelnd in einem Topf, lange Bandnudeln, grün gefärbt. Der Topf spie Wasser aus, das zischend auf die Herdplatte sprang, große Wasserperlen hüpften herum wie durchsichtige Insekten. Die Küche war nebelig, in feuchte Schwaden eingehüllt wie ein Fluß am späten Abend. Es war seine Handschrift, sein charakteristischer Schnörkel. Mein Gott. Sie ging zum Fenster. Ja, es war ein P. Sie hatte gehofft, es wäre ein O, aber es war kein O. Er hatte es irgendwann einmal geschrieben, als sie gerade kochte, an irgendeinem ihrer gemeinsamen, freundlichen oder gereizten Abende, hatte es auf die Scheibe geschrieben, wo es unsichtbar gewartet hatte, bis ein bißchen Wasserdampf es wieder zum Vorschein brachte wie eine Geistererscheinung. Sie fuhr die Linien mit dem Finger nach, langsam und vorsichtig, denn sie wollte sie nicht verschmieren und dachte, wenn etwas die Toten beschwören kann, dann dies. Eine Nachgeburt der Hoffnung.

Sie ging zum Telefon. Man hatte den Angehörigen immer wieder gesagt, in solchen Momenten sollten sie einander anrufen, sich beraten lassen, sich gegenseitig beraten. Die Frau, die sie anrief, schäumte vor Wut, nannte alle Journalisten Dreckskerle und alle Zeitungsbesitzer noch schlimmere Dreckskerle, Millionäre, die sich an den Tragödien anderer Menschen eine goldene Nase verdienten. In einem Zeitungsartikel hatte es geheißen, ihr Sohn sei schwul gewesen, habe mit einem jungen Mann zusammengelebt, ihm ein Eheversprechen gegeben, mit ihm eine Hochzeitszeremonie abgehalten und vorgehabt, mit ihm ein Baby zu adoptieren. Lügen. Alles Lügen. Dreck. Sie habe vor, morgen höchstpersönlich zum Chefredakteur zu marschieren. Die nächste Frau, die sie anrief, riet ihr, zu einem Spiritisten zu gehen. Das sei die einzige Möglichkeit. Es bewirke Wunder, bringe den Menschen Seelenfrieden. Sie kenne da jemanden in Belgravia.

Sie würde sich nach den Sprechstunden erkundigen, und dann könnten sie zusammen hingehen.

Die Nudeln schmeckten wie Klebstoff, wie der Porridge, den sie früher einmal in Schottland bekommen hatte. Wie lange war das her? Zu lange. »Sie setzen sich aufs hohe Roß und pinkeln auf uns herab«, hatte die erste Frau am Telefon gesagt und Nell war plötzlich in ein irres Gelächter ausgebrochen, hatte sich daran erinnert, wie Paddy und Tristan einander jeweils vom Apfelbaum aus angepinkelt und dabei gerufen hatten: »Peng, peng, du bist tot, und ich lebe«, wie sie miteinander gewetteifert hatten, wer am längsten pinkeln konnte und sich traute, die gewagtesten Dinge zu sagen.

38

Sie hatte die Adresse auf Anhieb in Paddys Kalender unter V wie Vater gefunden. Er war in einem Heim. Bei ihm waren die Sicherungen durchgebrannt. Auch bei ihr hatten ein paar Sicherungen versagt, bloß leider nicht diejenigen, die mit ihren Erinnerungen zusammenhingen. Wie häßliche Käfer krochen sie in jede Minute ihres Lebens, brachten ihr frischen Schmerz, bohrten wie der Widerhaken einer Häkelnadel in ihr, versuchten, ihr das Blut herauszuziehen. Die Reise war schrecklich monoton. Felder. Wiesen. Felder. Kühe. Vieh. Wäscheleinen. Städte mit armseligen kleinen Schornsteinköpfen. Schilder von Lebensversicherungen. Paddy hatte ein Testament gemacht und ihr alles hinterlassen. Große Häuser mit breiten Toren. Wieder Felder. Wie eine Fahrt durch die russischen Steppen. Sie hatte sich ein Buch zum Lesen mitgebracht. ›Licht im August‹. Ein trauriges, eigenwilliges Buch. Von tiefer, animalischer Traurigkeit. Sie kam an dem hübschen, kleinen Bahnhof an, der einen Preis gewonnen hatte.

Hängende Blumenkörbe und so weiter. Auf der Straße freundliche, lächelnde Gesichter. Weit von allem städtischen Konkurrenzkampf entfernt. Überall als Fremde im Ort erkannt. Teestuben. Weiße Scones, dicke Schlagsahne, Malzzucker in Papiertüten. Im Wintergarten des Pflegeheims große Geranien. Riesig. Klauenartig. Grellrot. Brennendrot. Die Farbe des Lebens. Des Feuers. Weiß ist die Farbe unseres Todes. Baxter, einer von Paddys alten Schulfreunden, hatte das gesagt. Hatte ihr einen gefühlvollen Brief geschrieben, nachdem er Paddys Namen unter den Vermißten in der Zeitung gefunden hatte. Hatte versucht, sich männlich zu geben. Hatte geschrieben, das Leben habe sich ziemlich verändert, seit sie sich das letzte Mal gesehen hätten.

Briefe, die sie trösten wollten, taten das Gegenteil, quetschten auch noch die letzte Lebenskraft aus ihr heraus, und das Bild, das sich ihr aufdrängte, war das einer Mangel, die Wasser aus alten Kleidern wrang. Baxters Nachnamen hatte sie vergessen, aber nicht sein blasses, ernstes Gesicht, sein ständig aus der Hose gerutschtes Hemd, sein Lispeln, das sich einstellte, sobald er aufgeregt war. Liebte Paddy, wußte es aber nicht. Hatte einmal gegenüber Paddy die Beherrschung verloren, ein Wort in die falsche Kehle bekommen. Sie waren gemeinsam in Schottland gewesen. Die Gastgeberin aufgetakelt und rosig, wie ein aufgedunsenes Marshmallow. Die Fenster klapperig, alt, uneben, das Glas stachelbeerfarben, die Rahmen morsch. Draußen Sturm. Hecken und Büsche hoben fast vom Boden ab. Die »Drei Grazien« mit Moos und Vogelscheiße beschmiert, ihre Locken üppig und bezaubernd, ihre kleinen Pobacken knackig und fest. Baxter mit seiner eigenen Trauer beschäftigt. Der Trauer um das Kind, das er mit Pandora hatte, ganze zwölf oder dreizehn Wochen lang, bis sie es herauskratzen ließ. Pandora verhuscht wie ein Nachtfalter, bis sie weinte, dann rosa und nackt wie die jungen Würmer, die nach dem Regen auf die Straße kriechen und plattgefahren werden. Auch Penny war da, schmeichelte sich ein, ihr glänzender, dunkler Zopf wie ein Seil, an dem sich Paddy festhielt, an dem er mit seinen Ich-verliebe-mich-Augen hing. Baxter und Pandora in einem wortlosen Krieg. Pandora, an jedem Abend betrunken vom Sherry, die Zunge gelöst, ließ sich über Eltern aus, die nur an sich und ans Bumsen dachten und alle, mit denen sie bumsten, mit hineinzogen in den Dreck. Ihre Mami sei darin viel besser gewesen als ihr Daddy. Daddy habe nur ein Flittchen gehabt, eine Miss Buchanan, die in der Kosmetikbranche arbeitete. Aber Mami habe die ganze Lady-Chatterly-Ferkelei mitgemacht, habe sich in den Wäldern mit dem Wildhüter rumgetrieben, sei in der Abenddämmerung mit ihrem Schottenrock und ihrem Jägerhut hinausgezogen, um ein paar Kaninchen abzuballern, und sei so lange draußen geblieben, bis der Gong zum Abendessen läutete. Dann sei sie hereingeeilt, habe die Häschen mit ihrem blutbeschmierten, glitzernden Fell aufs Ablaufbrett geknallt, wo ein Sklave sie später häuten und ausnehmen würde, habe sich auf der Treppe ausgezogen und dabei so glücklich ausgesehen, so durchgefickt, bis Daddy an einem dieser Abende, an dem die Suppe kalt wurde und die Gäste nervös auf das Tischtuch trommelten, der Kragen platzte und ihr ein paar saftige Ohrfeigen verpaßte, aber Mami habe es nichts mehr ausgemacht, denn sie hatte sich so ausgiebig in Daddys Wäldern herumgewälzt, daß er ihr nichts mehr anhaben konnte. Je wütender und zugleich lustvoller er auf sie einschlug, desto stärker erstrahlte die blaßgesichtige Schäferin in ihr.

Natürlich habe Mami auch ihre gute Seite gehabt. Mami habe immer gesagt, Gott verzeihe alles, und das sei doch sehr nett von ihr gewesen. Und jetzt sei sie hier, rauchte und trank, könne es nicht ertragen, allein zu sein, hielte es aber auch nicht mit anderen aus. Es habe keinen Zweck, sie damit zu trösten, ein ungeborenes Kind wüßte von nichts, sie sei sich sicher, daß es alles gewußt hätte. Sie könne es nicht mehr ertragen, wenn Baxter sie küßte oder berührte. Außerdem hasse er sie ohnehin, sagte, sie hätte es nicht tun sollen, obgleich sie beide einverstanden gewesen waren. Dann durchlebte sie das Ganze noch einmal. Wie sie noch ganz großspurig zum Krankenhaus gegangen sei, Freunde angerufen, im Fahrstuhl kalte Füße bekommen und gezittert habe, wie die Schwester sie beschwichtigt habe, das Ganze wäre im Nu vorbei, und wie es dann doch ganz anders gekommen sei. Wie sie aufgewacht sei, wie erbärmlich sie sich gefühlt habe... Blut und stechende Schmerzen dort unten... aber nicht nur Blut, nicht nur Schmerz, sondern noch etwas anderes, etwas, das verschwunden war, ohne eine Spur zu hinterlassen, eine aufgelöste Masche, klebriges Zeug in einem Mixgerät, ihr eigenes Blut, das sie vergossen hatte, aber nicht nur Blut allein, sondern auch Fleischklumpen darin, das Ganze in Zeitungspapier gepackt und in einen Verbrennungsofen gesteckt, nicht verschwunden, sondern noch immer in der Luft schwebend. Manchmal könne sie es sogar hören, ein kleines Wimmern, ein schwaches »Ich bin da«. Keine Freunde, nur Paddy. Paddy sei mit einem Topf Usambaraveilchen ins Krankenhaus gekommen und habe ihr zugehört.

Pandora hatte aus Florenz angerufen, wo sie an einem Malkurs teilnahm. Sagte: »Für manche von uns ist Pads so eine Art Jesus gewesen.« Dann fing sie an zu schluchzen und fragte, ob sie nach Hause kommen und Nell beistehen sollte. Sagte, Giorgione sei ihr Meister, und sie würde eine Totenmaske von Paddys Gesicht modellieren. Das Gespräch wurde zweimal unterbrochen. Mit jedem Mal wurde ihre Stimme dünner. Sagte, überall stürben junge Menschen. Die Welt sei im Wandel begriffen. Discos seien zu Leichenschauhäusern geworden, Orte, die man aufsuchte, um den Tod abzuschütteln, was aber niemals gelang. Sagte, Pads und Nell seien ihre besten, ihre allerbesten Freunde. Wenn sie durch Florenz ginge, könne sie an nichts anderes denken, nur an sein Gesicht, seinen Pullover, sein Lächeln. Baxter gab sich beherrschter, schrieb, Paddy und er seien in Yorkshire zusammen in eine Grube eingefahren, seien eine halbe Meile unter Tage gewesen, in einem ein Meter zwanzig hohen Kohleflöz herumgekrochen, nur sie beide. Hätten dort unten geredet. Über das Leben und alles, was für sie noch zu tun war. In einem P.S. erinnerte er sie daran, daß Aphrodite aus dem Schaum des Meeres geboren sei, und entschuldigte sich dafür, ein bißchen bekifft zu sein.

Auch andere hatten geschrieben. Ein Mädchen, das mit ihm an einer Gruppentherapie teilnahm, hatte sogar ein Gedicht verfaßt:

> Es war nur ein Traum,
> daß ich einen Sohn hatte,
> blond und groß.
>
> Es war nur ein Traum,
> daß ich einen Sohn hatte,
> einst noch so zart und klein.

Eine Putzfrau aus seiner Schule beschrieb, wie er sie nach ihrer Brustamputation im Krankenhaus besucht und sie gebeten habe, sich die Narbe ansehen zu dürfen. Von seinen Lehrern nur Hochachtung. Durch seine Freunde lernte sie ihren Sohn neu kennen und dachte: Ich habe Tristan... Ich habe Tristan... Ich habe einen Sohn.

Mitleid, viel schlimmer als Zurückweisung. Mitleid war das Allerschlimmste. Sie würde alles tun, um diese Treppe nicht hinaufgehen, seinem Vater nicht gegenübertreten zu müssen, alles. Ein kleiner Aufschub – er war gerade auf der Toilette. Mußte warten. Wollte fliehen. Lief einen Flur hinunter, durch eine Tür in einen engen Durchgang, in dem sie auf eine weiße Tür stieß. Sie gab so leicht nach wie eine Falltür. Eine fast nackte Frau neben einer Toilettenschüssel, in die sie hineinschaute, lachte, kreischte vor Vergnügen. Weißes Hemd, Beine wie Kerzen, dünne Kerzen, weiß. Alter und Tod. Jugend und Tod. Die Stimme einer Schwester: »Sie können jetzt kommen, Mrs. Steadman. Ihr Mann ist soweit.« In einer Stunde würde das Schlimmste vorbei sein. Steh auf und stell dich, verteidige dich, falls er sagt: »Du hast mich verlassen«, oder: »Du hast die Kinder auf dem Gewissen«, oder: »Es ist deine Schuld, daß er gestorben ist.« Hätte sich keine Sorgen zu machen brauchen. Mann im Schlafanzug, leerer Blick, leeres Gesicht, saß aufrecht im Bett. Ein armseliger Schatten des Tyrannen, der er einmal gewesen war, der einmal von »Lieben, Ehren und Gehorchen« gefaselt hatte. Noch eine Verwandlung. Er atmete leicht und starrte. Starrte sie an. Sie mußte sich setzen. Ein wartender weißer Stuhl sagte ihr, daß sie sich setzen mußte, und mit dem letzten Rest Mut, der ihr geblieben war, erwiderte sie dem Möbelstück: »Ich bin nicht hier... Bin gar nicht hier... Ich setze mich nicht... Ich war mit diesem Mann nie verheiratet... und ich habe auch nicht die Absicht, mich für irgend etwas zu entschuldigen.« Unten im Wintergarten Geranien, die vor Liebe und Wut nur so loderten, das Glasdach in ihre Klauen genommen hatten. Vor der Tür ein wartendes Taxi. Die Freiheit nur zwei Treppenabsätze entfernt. Sein Mund bewegte sich, wollte etwas sagen, aber es kam nicht, das Mitgefühl für seinen Sohn. Aber er mußte doch das Telegramm gelesen haben, das sie ihm geschickt hatte, er mußte doch wissen, was geschehen war. Lippen, die sich zusammenpreßten und lockerten und anschließend streckten wie Gummibänder; eine Art Geräusch, aber ohne jeden Sinn. Lippen, die sich spitzten, die fast etwas sagten, dann aber doch nicht sprachen, noch nicht. Mann im Bett nebenan, der keine Zurückhaltung zeigte. Röhrte wie ein Eselhengst. Es war ein Röhren, das sie allzu gut kannte. Vater, Ehemann, Mutter, alle hallten sie darin wider. Sicherlich wäre es besser, den Stier bei den Hörnern zu packen, aber sie zögerte noch. Seine Lippen, die aussahen wie plattgedrückte, mauvefarbene Früchte. Seine Augen, die sie scharf und böse anstarrten. Seine Nägel, die sich tief eingraben wollten in ihr Fleisch. Es ging um seinen Sohn, und er begriff es nicht. Sie hatte es deutlich, sehr deutlich gesagt. Auf dem Bett neben ihm lagen Stift und Block. Ob sie es für ihn aufschreiben sollte? Nein, das wäre zu schrecklich. Seine Blicke durchbohrten sie. Er wußte es. Er war kurz davor, ihr eine Strafpredigt zu halten.

»Schläfst du?« fragte sie.

»Ich schlaa...aaa...aaa...fffe« – die Worte quollen heraus wie ein zäher Brei. Schrecklich. Rasch holte sie die Geschenke heraus, die sie mitgebracht hatte. Schatten der Liebe oder Möchtegern-Liebe. Blumen vom Bahnhof. Rote Nelken, versunken in weißes Schleierkraut. Rot und weiß. Keine glückliche Wahl. Sie würde alles, was Paddy ihr hinterlassen hatte, Tristan vermachen. Tristan würde sie retten. Er hatte sie schon früher gerettet. Durch seine Geburt hatte er sie gerettet, als sie deprimiert war, durch seine kleinen Küsse, durch die Zähne, die er bekam, und durch die Zähne, die er verlor und für die sie ihm als Belohnung einen Groschen in einen Eierbecher steckte.

Sie hatte Blumen und eine Flasche Roséwein mitgebracht. Unmögliche Vorstellung, daß sie einmal verheiratet gewesen waren. Nicht wiederzuerkennen, und doch erkennbar an seinem Spott, seiner Verachtung. Ansonsten ein Fremder, ein Fremder mit Pergamenthaut. Keine Spur von seiner anderen Seite, von seiner galanten Seite, von seinem Schneid. Wann verändern wir uns? Im Schlaf? In unseren wachen Stunden? Vermutlich immer. Sie hatten nebeneinander gestanden, stolz darauf zu heiraten, während ein Priester in der Sakristei seiner Kirche widerwillig den Bund fürs Leben zwischen ihnen schloß. Arbeiter als Trauzeugen. Paddy, der wie wild mit seinen Füßchen strampelte, sagte: Laßt mich raus, laßt mich hier raus. Ein paar Tage später kam er zur Welt. Ihr Erstgeborener. Immer die Angst, zu ängstlich zu sein, ängstlich angesichts seiner Zerbrechlichkeit. Die kleine offene Mulde in seinem Schädel ließ sie erschaudern. Zwei Knochenränder, die sich öffneten und schlossen, als wollten sie ihr etwas sagen.

Aber sie versuchte, mutig zu sein. Holte den Pfeffer, als er sich eines Tages Murmeln in die Nase steckte. Damals fing er gerade an zu krabbeln. Dachte wohl, die Murmeln wären Süßigkeiten, braune Malzbonbons oder saure Drops. Lief und holte den Pfeffer, damit er kräftig nieste, und tatsächlich, er stieß ein paar fröhliche Nieser aus, und dann umarmte sie ihn und schimpfte mit ihm, was er ungerührt an sich abperlen ließ. Dieser Schlingel. Es waren auch Walters Kinder, ihre und seine. Aber sie hatten Angst vor ihm. Er setzte sich noch gerader auf und erzählte ihr langsam aber bestimmt, das Krankenhausessen könne er nicht essen, weil es vergiftet sei. Jedes Wort brauchte eine halbe Ewigkeit, bis es endlich ausgesprochen war, Zunge, Lippen und Kehlkopf kämpften mit jeder Silbe.

»Paddy ist ertrunken«, hörte sie sich sagen, ruhig, aber ohne jede Beschönigung.

»Du bist ertrunken«, hörte sie als Erwiderung. Ein Lächeln. Vergeltung selbst noch in absentia.

»Du... bist... er... trun... ken« – ein Lächeln in einem Lächeln, verschwommene Nischen in unergründlicher Dunkelheit. Mann gegenüber rief immer lauter nach der Schwester, Schwester. Das Schlimmste war gesagt. Seine gequälten, quälenden Augen wollten sie festnageln.

»Nein... Paddy... nicht ich.«

»Du bist ertrunken«, wiederholte er triumphierend. Die Worte kamen erstaunlich schnell, deutlich, ihre Aussage klar. Der Haß, den er für sie hegte, war wie eine Zündflamme, die sich nicht löschen ließ, sondern nur darauf wartete, ein größeres Feuer zu entfachen. Sie haßte ihn auch, erinnerte sich deutlich an all das Unrecht, das von ihm ausgegangen war, und wünschte doch mehr als alles andere, sie könnten einander wenigstens ein paar Brosamen zuwerfen. Warum hatten sie sich zusammengetan? Welche Sterne hatten eine so sonderbare Verbindung zustande gebracht? Welche neue Verwirrung lag jetzt in seinen Augen? Als sie hörte, daß andere hinuntergingen, um Tee zu holen, stand sie auf, um auch ihm eine Tasse zu bringen, doch als sie erst einmal draußen war, wußte sie, diese Schwelle würde sie nie wieder überschreiten.

39

Zuerst dachte sie, er würde zerbrechen, auslaufen in ihren Armen, aber dann mischten sich Worte zwischen die Schluchzer, schoben sich wie Kitt zwischen die Scherben. Er hatte ein paar Stunden gewonnen. Zwischen der Türkei und England bestand ein Zeitunterschied von zwei Stunden. Sie dachte, er müßte sich übergeben. Sie hielt ihn. Er hielt sich an ihr fest. Es war eine unbeholfene Umarmung. Er wäre natürlich schon früher gekommen, schon am Unglückstag. Sie hätte es nicht alleine tragen sollen. Sie hätte es nicht alleine tragen müssen. Kannte sie die Leute, die die Party gegeben hatten? Natürlich nicht. Es tat ihm leid. Er hätte nicht danach fragen sollen. Er würde keine Fragen mehr stellen. Fragen waren grausam. Alles, was gesagt wurde, sollte trösten, stärken, ihren Zusammenhalt betonen. Er hatte zwei Stunden gewonnen, und das war doch schon etwas. Er hatte Geschenke mitgebracht. Er sagte nicht, für wen die anderen Geschenke waren, überreichte ihr ein Ziegenfell in einem gefleckten, üppigen Braun, das die glühende Hitze eines türkischen Tierlebens überdauert hatte, so daß es fast schwarz geworden war. Sie legte es auf die Treppe, wo sie saßen und gemeinsam Pläne schmiedeten. Praktische Pläne. Tristan würde in Paddys Wohnung gehen, alles zusammenpacken und einer wohltätigen Einrichtung spenden. Paddy hatte eine kleine Versicherungspolice. Sie sagte, er könne sie haben. Er sagte, er wolle sie nicht. Er wolle nichts.

»Wenn du willst, könntest du dort wohnen, mein Liebling.«

»Nein... Ich bleibe hier bei Mumsies.« Mit jeder Silbe, mit jedem Gedanken, mit jedem erneuten Anfall von Trauer kam er näher, griff nach den Fransen des Ziegenfells, um Trost zu suchen, schützte mit dem anderen Arm die Augen vor dem grellen Licht. Ein mit Efeu fast völlig zugewachsenes Fenster schaute zu ihnen herein, die Blätter der Pflanze von der Hitze gewellt. Er erkundigte sich nach dem Sommer in England. Es sei warm gewesen, sagte sie, wenn auch nicht so warm wie dort, wo er gewesen sei. Er sagte, er habe viel Joghurt gegessen, habe sich zu seiner Überraschung daran gewöhnt. Sei in fremde Häuser eingeladen worden, Häuser mitten in der Wildnis, wo Hunde mit großen Maulkörben an jedem Auto emporgesprungen seien und die Frauen verschleiert in den Häusern gesessen und gesponnen hätten. Am letzten Abend in Istanbul habe er sich mit seinem Freund Andy betrunken, sei mit ihm von einer Taverne zur anderen gezogen und habe die abenteuerlichsten Gestalten kennengelernt, wisse nicht mehr, wie er nach Hause gekommen sei, er sei sturzbetrunken gewesen. Am nächsten Tag habe er in seiner Tasche lauter Karten gefunden, Visitenkarten mit exotischem, byzantinischem Aufdruck, den Namen, Adressen und schmeichelhaften Worten türkischer Abenteurer.

»Wo ist Charlie?« fragte er, sah sich um und spitzte die Lippen, um nach ihm zu pfeifen.

»Charlie...«, erwiderte sie nervös und spürte, daß er, noch ehe sie den Satz begonnen hatte, Bescheid wußte. Charlies Geheul habe ihr zugesetzt, sie fast um den Verstand gebracht, sagte sie, und beschrieb das fürchterliche Geräusch mehr als einmal mit dem Wort »Totengeheul«. Er sagte nicht: »Wie konntest du?« Aber in ihm schien sich plötzlich eine wilde Entschlossenheit zu regen, und er zitterte vor Haß.

»Ich konnte nicht schlafen... Ich hatte Angst, verrückt zu werden«, sagte sie und versuchte ihm klarzumachen, wie gespenstisch das leere Haus auf sie gewirkt hatte, wie die Hoffnung ihr immer mehr zwischen den Fingern zerronnen war und wie Charlie dann mit seinem Heulen an ihren bloßgelegten Nerven gezerrt hatte. Es dauerte lange, zu lange, bis er die richtigen Worte fand, um den Zorn, der ihn beherrscht hatte, zu entkräften. Schließlich sagte er, er würde sofort ins Tierheim gehen und Charlie zurückholen, koste es, was es wolle.

Er fand ihn auch gleich, so daß sie jetzt wieder ein Zuhause und eine Art Waffenstillstand hatten. Charlie lief durchs

Haus, sehr viel stiller, sehr viel fügsamer als früher, so froh war er, wieder hier zu sein, ja, er war so erbärmlich dankbar und froh, daß er selbst ihr, die ihn so grausam ins Exil geschickt hatte, die Hand leckte. Tristan entdeckte eine Zecke hinter Charlies Ohr, die entfernt werden mußte. Sie holte ihre Pinzette und sah zu, wie er das Tier geschickt und liebevoll entfernte. Dann zeigte er ihr den kleinen, gedrungenen Körper voller Blut, Charlies Blut, das der Zecke seit Wochen als Heimstatt gedient hatte. Charlie wimmerte aufgeregt und zeigte keine Spur von Bosheit, während sie ihn festhielt. Dann steckte er ihn in die Badewanne, etwas, wogegen Nell normalerweise Einspruch erhoben hätte. Sie wechselten sich dabei ab, Charlie gründlich abzuseifen. Sie dachte: Tristan haßt mich nicht mehr; es war nur vorübergehend. Später goß er kochendes Wasser in eine Seifenschale und tauchte die Pinzette hinein, um sie zu sterilisieren.

Sie waren einander nahe, würden sich stützen, Halt geben. Damals wußte sie noch nicht, daß auch er gehen würde, aber sie fürchtete es bereits, fürchtete, sie könnte ihn mit ihrem nächtlichen Weinen vertreiben, mit dem Weinen und mit dem Kauern auf dem Teppich, mit den hemmungslosen Faustschlägen, mit denen sie ihren Schmerz zu exorzieren versuchte. Auch die Veränderung, die jetzt, wo er die schreckliche Nachricht allmählich verdaute, in ihm vorging, hatte sie nicht vorausgesehen, diese Innerlichkeit, diese Schuldgefühle, hatte nicht geahnt, daß er sich wochenlang nicht rasieren, nicht essen und nicht sprechen würde. Und weder sie noch er hätten sich träumen lassen, daß ausgerechnet Penny den Ausschlag geben würde, Penny, die mit vollen Segeln auf der Barke ihrer Fruchtbarkeit auf ihn zusteuerte. Nachdem sie Penny über Paddys Tod und ihren Traum vom Tivoli geschrieben hatte, bekam sie eine knappe, schmollende Antwort, die mit dem Satz endete: »Ich kannte ihn besser als irgend jemand sonst auf dieser Welt, und doch habe ich ihn nicht gekannt.« Das einer Mutter. Zwischen Penny und ihr eine Guillotine. Ihr Herunterrauschen besiegelte den denkwürdigen Abend mit der vielgepriesenen Schwangerschaft.

Nell war hingegangen, um sie zu besuchen, Paddy und Penny, die sich in einer Dachwohnung in Primrose Hill eingerichtet hatten, Kiefernmöbel, Räucherstäbchen, Pennys Turnschuhe rosa eingefärbt. Ein Familienessen, hatte Paddy es genannt. Zuerst hatte Penny in der Küche hinter einem Perlenvorhang auf der Lauer gelegen, hatte nichts weiter getan, als einfach dazustehen und zu warten, hatte etwas Weiches und Verstohlenes an sich gehabt. Später hatte sie Karotten geschnitten, auf Paddys Schoß gesessen, aus seinem Glas getrunken und mit einem scharfen Gemüsemesser – ratsch, ratsch – kleine rote Rädchen gehackt. Mit ihm eine ganz andere Penny, seidig wie eine Blume, schwarz und purpurrot, eine Anemone. Mit ihren Freunden am Telefon wieder eine ganz andere, aufgeregt, leicht zu beeindrucken: »Nein... Sag bloß... Das kann doch nicht wahr sein... Mein Gott, du hast wirklich gesagt... Und er, ist er in Ohnmacht gefallen?« Mit Nell abweisend. Ein grausames »Komm mir bloß nicht zu nahe«-Blinken in ihren dunklen Lakritzaugen. Mitten beim Essen verschwand sie dann plötzlich, stieg die Leiter zu ihrem Nest hinauf. Paddy tat so, als sei nichts geschehen, holte zu einer langen Geschichte über einen Mann aus, der, während er im Auto saß und auf den Abschleppwagen wartete, einen Strafzettel bekommen hatte. Aus dem Augenwinkel blickte er immer wieder zur Leiter. Dann tauchte Penny wieder auf, einen Strohhut auf dem Kopf, schüttelte Paddy und kicherte: »Hey, hey, hey... Du solltest langsam mit dem Stricken anfangen... Ein As im Sprücheklopfen, aber eine Niete im Kinderwagenschieben.« Er schaute sie ungläubig an, mit einem schüchternen, jungenhaften, völlig verblüfften Blick, dann dämmerte es ihm, sie erröteten beide, und Penny rief, sie müsse in den Garten gehen, um die Kräfte der Natur zu spüren, ihr Herz klopfe ihr bis zum Hals. Sie führte diese Aufregung auf ihr schwarzes Blut zurück und entschuldigte sich. Ein Kind. Paddys und Pennys Kind. Sein Samen, Blutsverwandtschaft, auf immer und ewig. Und in Nell, die kein Recht hatte, so etwas zu sagen oder auch nur zu denken, das spontane Gefühl, daß sie dieses Kind nicht wollte, daß sie es vergessen wollte, vernichten wollte. Sie wurde von den schwärzesten Gedanken überschwemmt.

Natürlich hatte sie auch gute Gründe, eine ganze Litanei von Gründen sogar, seine Jugend, Pennys Jugend, die übergroße Verantwortung, aber der wahre Grund war ein viel eitrigeres Geschwür. Sie sagte nichts. Sie brauchte nichts zu sagen. Ihre Augen verrieten ihre Meuterei, und er begegnete ihrem Blick mit Angst und auch mit Qual. Es war ein großer Augenblick, der richtige Augenblick, um ihn in Frieden gehen zu lassen; alles andere war bloß eine Generalprobe für diesen Augenblick gewesen. Aber sie tat nichts. Saß nur da, stumm, wie versteinert, den Blick auf den Nippes gerichtet, den sie ihnen geschenkt hatte, bis er aufstand und sagte: »Ich glaube, ich gehe mal lieber zu ihr und schaue nach, was sie macht.«

Er eilte hinaus. Ein Kind. Unbegreiflich. Und doch greifbar. Unauslöschlich. Ein Kind, das ihren Platz in seiner Welt für immer in Beschlag nehmen würde. Bei diesem Gedanken spürte sie ein Gift durch ihren Körper kreisen, braun wie das Wasser aus einem rostigen Rohr. Ihre Erinnerungen wanderten zurück zu einem ach so fernen Tag, als ihre Mutter sie gescholten – nein, nicht gescholten, sondern halb aufgefressen hatte und in ihrer Wut die Galle des Hähnchens zerstach, das sie gerade ausnahm; die Galle hatte genau dieselbe Farbe gehabt wie das Gift, das sie jetzt in ihren Adern spürte, war tabakbraun, verströmte den gleichen durchdringenden Gestank. Und während sie noch dieser grausamen Erinnerung nachhing, dachte sie: Welch hübsche Namen geben wir der Raubgier, die sich Mutter nennt.

In den ersten beiden Wochen nach Tristans Rückkehr versuchten sie, heiter zu sein und Witze zu machen, wenn sie abends gemeinsam vor dem Fernseher zu Abend aßen. Tristan legte großen Wert darauf, von Paddy zu sprechen, erzählte von den Stücken, bei denen er in der Schule Regie geführt hatte, und von den Hauptdarstellerinnen, in die er verliebt gewesen war. Einmal war er nach Hause geschickt worden, weil sein Freund Norrie und er heimlich getrunken hatten, und sie beschrieb, wie die beiden in ein türkisches Badehaus gegangen waren, um ihre Schuld auszuschwitzen. Sie drängte ihn, sich mit Freunden zu treffen, mit seinen und mit den Freunden von Paddy. Wenn er wegging, hinterließ er ihr kleine Zettel: »Helfe beim Rasenmähen, bin bald zurück.« Charlie folgte ihm wie sein Schatten, wartete hinter der geschlossenen Haustür auf ihn, konnte seine Schritte schon aus zwei Straßen Entfernung erkennen. Zur Begrüßung hob er Charlie hoch, warf ihn voller Hingabe zur Decke und fing ihn mit beiden Armen wieder auf. Mit seinem Direktor hatte er abgemacht, daß er Charlie mit zur Schule bringen und bei einer Familie in der Nachbarschaft unterbringen dürfte. Mit Nell hatte er noch nicht darüber gesprochen. Es war der erste Riß in ihrer Vertrautheit. Sie dachte: Für Außenstehende scheinen wir einander nah, doch zwischen uns ist etwas vorgefallen, er ist enttäuscht von mir, glaubt, ich würde mich in meiner Trauer suhlen, aber er weiß nicht, was es bedeutet, älter und von allen Menschen abgeschnitten zu sein. Sie kaufte ihm Geschenke, versuchte, ihn zu bestechen. Sie dachte daran, wie sie vor langer Zeit bei einem Spaziergang auf dem Land eine Wiese überquert hatte, um ein paar Rhododendronzweige zu pflücken, die es ihr besonders angetan hatten, weil sie so herrlich dunkelrot blühten. Von weitem sah es so aus, als stünden die Blüten dicht beieinander, jedes Blütenblatt eng an das nächste geschmiegt; von nahem bot sich ihr dann ein ganz anderes Bild, jedes Blütenblatt hatte seinen eigenen kleinen Stengel, stand für sich allein, kämpfte ums Überleben, und so ist es mit allen Lebewesen.

40

Der Gedenkgottesdienst war ein großes öffentliches Ereignis, zu dem zahlreiche Würdenträger erwartet wurden. Nell hatte eine persönliche Einladung bekommen, eine gelbe Karte mit einem Bild der Kathedrale. Anschließend sollten sie sich alle noch in der Glaziers' Hall versammeln. Nell schreckte zurück vor dem Pomp und dem Gleichmut. »Der Herr ist mein Hirte, mir wird nichts mangeln« – unwahrere Worte sind wohl niemals gesprochen worden. Tristan entschloß sich in letzter Minute, nicht nach London zu kommen, ohne dafür einen Grund anzugeben. Seine Trauer war mit der Zeit immer düsterer geworden, er eckte bei vielen Menschen an. Er und ein anderer Junge hatten sich auf dem Schulhof einen erbitterten Boxkampf geliefert. »Bitte, schreib mir in nächster Zeit lieber nicht«, hatte er gesagt. Ihr Kummer belastete ihn. Er rasierte sich nicht, aß kaum etwas. Sein Direktor meinte, nach einer gewissen Zeit würde sich das alles von allein wieder geben.

Vor der Kathedrale sah sie die Angehörigen, die sie zuletzt so niedergeschmettert und betäubt erlebt hatte. Jetzt standen sie in kleinen Grüppchen beieinander und plauderten angeregt, hatten Hüte und Kopftücher in bunten Farben auf. Nur wenige trugen schwarz. Sie wollten wissen, warum sie nicht zu den Treffen gekommen sei. Warum sie sich so zurückgezogen, sich nie wieder gemeldet habe. Warum? Sie wüßte doch, wie wichtig es sei, einander in diesem Kampf zu unterstützen, daß es nicht die richtige Zeit sei, um sich abzukapseln.

»Ich konnte einfach nicht«, sagte sie und führte gesundheitliche Probleme an. Gesundheitliche Probleme! Männer tranken. Frauen schluckten Beruhigungspillen. Familien waren unwiederbringlich zerstört, und sie wollte sich da einfach heraushalten? Als Nell sich umdrehte, um ihnen zu entfliehen, kam ein junger Mann auf sie zu und berührte ihren Arm. Sie spürte eine Vorahnung in dieser Berührung. Er war sehr dünn, trug einen abgewetzten Gabardinemantel und hatte die blauesten Augen, die sie je gesehen hatte, Augen, die sie an Schultinte erinnerten. Sein hellbraunes, kurzgeschnittenes Haar sah wie ein Rasierpinsel aus. Alles an ihm war kurzgeschoren, zusammengepreßt.

»Ich habe Ihren Sohn als letzter lebend gesehen.«

»Bitte nicht«, wehrte sie ab. Jedes seiner Worte durchbohrte sie. Ein ganz anderer Schmerz als damals, als sie zum ersten Mal von dem Unglück gehört hatte.

»Ich wollte mit Ihnen sprechen... Ich habe Sie angerufen, aber ich hatte nicht den Mut, es Ihnen zu sagen.«

»Sie sind das also«, versetzte sie wütend. In den zurückliegenden Wochen hatte immer wieder das Telefon geklingelt, und wenn sie sich meldete, wurde wieder aufgelegt. Zuerst hatte sie gedacht, es steckten Journalisten dahinter, später hatte sie geglaubt, es wäre Tristan, der sie verletzen, ihr gründlich die Meinung sagen wollte.

»Wieso?« fragte sie.

»Ich hatte Schiß«, sagte er und lachte. Wie sie ihn haßte. Sein unverschämtes Lachen, seine kleinen, schwarzen Mitesser, die sie am liebsten auf der Stelle ausgedrückt hätte. Um sie herum strömten die Trauergäste in die Kirche. Nell wollte sich ihnen anschließen, wollte hineingehen, die Predigten erdulden, die Orgelfugen und die Kirchenlieder, wollte es hinter sich bringen, den Zorn vergessen, der sie zu verschlingen drohte, den Zorn auf diesen jungen Mann, der ihr erzählte, er habe ihren Sohn auf dem Boot kennengelernt und sich, weil sie sich beide fürs Theater interessierten, auf Anhieb mit ihm verstanden. Er sei Schauspieler, sagte er, betonte diese Tatsache immer wieder. Er zwang sie, ihm zuzuhören, wollte seine Geschichte unbedingt loswerden. Wenn es ihr nicht paßte, habe sie eben Pech gehabt. Ja, sechs Wochen lang hatte er sich auf dieses Geständnis vorbereitet: Er und Paddy seien gemeinsam hinunter zum Klo gegangen, beide hätten unbedingt pinkeln müssen und beschlossen, um die Reihenfolge zu knobeln, hätten eine Münze geworfen.

»Um die Reihenfolge beim Pinkeln?« fragte sie pikiert.

»Ja, und er hat gewonnen. Er verschwindet auf dem Klo, und auf einmal wird um mich herum alles schwarz... ich werde weggerissen, hineingesogen in dieses schwarze Loch, und überall um mich herum Schreie... ich gehe auf das Licht zu... einen hellen Schlitz... eine Hand klammert sich um meine... erst denke ich, es ist die Hand Ihres Sohnes... aber es ist eine Frauenhand... sie trägt Ringe... wir halten uns an der Hand, diese Frau und ich, weil wir sterben müssen, und wenn man sterben muß, ist es besser, sich an jemandem festzuhalten... glauben Sie mir, alles ist besser, als allein zu sein... aber sie rutscht mir weg, wo zum Teufel ist sie... ich rufe sie, aber ich bekomme keine Antwort, alles, was ich höre, ist: ›Elsa kann nicht schwimmen... Elsa kann nicht schwimmen.‹ Ich weiß nicht, ob ich schwimme, aber offenbar schwimme ich doch, denn ich bewege mich in diesem schwarzen, schmierigen Chaos... ich stoße irgendwo an, etwas schlägt gegen meinen Kopf... kaum zu glauben, es ist ein Faß... also klammere ich mich an dem Faß fest, an diesem Faß mitten in der Wildnis, den Satz ›Elsa kann nicht schwimmen‹ immer im Kopf... eine Brücke, eine Scheißbrücke, Stein, mein Grabstein, und ich bin so durch und durch naß und ohne Atem, daß ich dankbar bin, daß ich sterben kann, dankbar, endlich alles aufzugeben... diese Farce, die man Leben nennt...«

»Aber Sie sind nicht gestorben«, erwiderte Nell, die Augen starr auf seinen tanzenden Adamsapfel gerichtet, der weit hervorsteht, wie ein Kropf.

»Nein, ich bin nicht gestorben«, sagte er traurig und zog sich einen Moment lang in eine Nische seines Denkens zurück, ehe er das rettende Schiff beschrieb, das hell erleuchtet war wie ein Bus, die Arme, die ihn durchs Wasser zogen, obwohl er gar nicht gezogen werden wollte, er wollte sterben. Dann im Innern des Schiffes, zitternd und bibbernd vor Kälte. Er brauchte dringend einen Brandy, aber der Barmann sagte: »Wenn er einen Brandy braucht, muß jemand für den

Brandy bezahlen.« Niemand wollte für ihn einspringen. Dann tauchte ein Mädchen auf, nannte alle anderen armselige Scheißer, warf ihre Motorradjacke auf den Tresen und rief, sie würde für ihn bezahlen. Er sagte, bis heute könne er sich an die blinkenden Pailletten auf ihrer Jacke erinnern.

»Warum in Gottes Namen erzählen Sie mir das alles?« fragte Nell und rannte davon, rannte an den Leuten vorbei auf die Straße und flüchtete in ein Taxi, das gerade ein paar elegant gekleidete Trauergäste abgesetzt hatte. »Zum Fluß«, sagte sie. »Wir sind am Fluß, Schätzchen«, sagte der Fahrer. Er war ein dicker Mann mit einem gutmütigen Strahlen auf dem Gesicht und in der tiefen Stimme.

»Weiter flußaufwärts... nach Chelsea«, entgegnete sie.

»Ach, Sie wollen zu den Schickimicki-Hochhäusern mit vornehmer Rundumversorgung...«

»Noch weiter flußaufwärts...«, beharrte sie.

»Da fährt man nicht ohne Grund hin«, sagte er.

Wie sich herausstellte, kannte er den Fluß. Er war auf dem Fluß geboren worden, gehörte zu den alten Flußveteranen, hatte als Kind unter den Schwänen der Queen gewildert. Jeder einzelne Schwan habe einen Namen gehabt, sagte er; damals habe sie, die Königin, an ihren Schwänen gehangen wie heute an ihren Welsh Corgi. Nell hörte nicht zu. Sie wollte zum Fluß, als würde das irgend etwas lösen, als müsse sie einen letzten – oder ersten? – Kampf gegen ihren Feind, das Wasser, führen. Natürlich geschah nicht das geringste. Der Fluß glitt in seinem forschen, geschäftsmäßigen Tempo dahin, auf der leicht gekräuselten Oberfläche Muster, die an Fische erinnerten. Je länger sie den Fluß anschaute, desto grausamer und gleichgültiger erschien er ihr. Glasig seine Oberfläche, unergründlich alles, was darunter lag. Überall um ihn herum ragten neue Gebäude in den Himmel, protzten mit ihrem Stahl und Beton. Plötzlich eine stärkere Strömung. Wellen durchfurchten die Oberfläche wie die Blätter eines Pflugs.

»Entschuldigen Sie.« Die Stimme ließ sie erschrocken zusammenfahren. Im ersten Moment dachte sie, der junge

Mann, der Hochstapler, wäre ihr gefolgt, hätte irgendwie über seinen Geruchssinn herausbekommen, wohin sie gefahren sei, wie ein Schwein, das die Trüffel riecht.

»Mögen Sie die Beatles?« fragte die Stimme. Es war ein anderer junger Mann, bärtig, ein wenig unheimlich. Er hatte Platten unter dem Arm, die er verkaufen wollte. Sie hatten keine Hüllen mehr. Er sagte, er würde sich nur ungern von den Platten trennen, aber er habe großen Hunger, habe seit Tagen nichts mehr gegessen, und wenn man Hunger habe, sei man zu allem fähig.

»Lassen Sie mich in Ruhe«, sagte sie so empört, als hätte er sie tätlich angegriffen. Erschrocken zog er sich zurück und wünschte ihr noch einen schönen Abend. Ein kriecherischer Haß schlug Wurzeln in ihr. Jemand hatte an Paddys Stelle überlebt, und wenn sie auch nur ein Fünkchen Mumm in den Knochen hätte, würde sie springen, jetzt, in diesem Moment, würde sich zum Spielball der schneidenden Wellen machen, diesem Leben, das zu leben oder zu sterben sie nicht die Kraft besaß, ein Ende setzen, anstatt ständig zwischen beidem hin und her zu schwanken.

41

Wieder November, die heiligen Seelen, Buße, Regen. Sie wollte darum beten, wieder beten zu können, denn es könnte hilfreich sein. Der Regen schlug schräg gegen die hohen Fenster des Büros, zog in die Holzrahmen ein. Befleckte die Backsteinmauer des gegenüberliegenden Hauses, veränderte die Farben der Steine, so daß sich abstrakte Fresken bildeten. Sie hatte sich selbst das Versprechen gegeben, noch einmal nach Italien zu fahren, mit Tristan, wie sie hoffte. Noch einmal die Fresken zu sehen. Eines Nachts träumte sie, Tristan habe ihr einen Versöhnungsbrief geschrieben, auf Pergamentpapier, das er mit einem Gemälde von Leonardo da Vinci geschmückt hatte. Sie glaubte, ›Das letzte Abendmahl‹ erkannt zu haben. Zumindest taute er langsam auf. Niemand kann wissen, was die Trauer aus einem anderen Menschen machen wird, welche Formen sie annehmen, welche verschlungenen Wege sie einschlagen wird. Sie fürchtete sich vor Weihnachten, der Zeit der Zusammenbrüche. Sie hatten Einladungen, jede Menge Einladungen bekommen – von Dolly zu einer wilden Weihnachtsfete, von einer Familie in Guildford, der Familie einer Autorin, deren Buch sie bearbeitet hatte, und von ihrem Chef. Er hatte inzwischen den Bruch vollzogen – oder besser: hatte ihn dreimal vollzogen und war jedesmal zu seiner Frau zurückgekehrt, war wieder mit ihr in den Urlaub gefahren, in die zweiten, dritten, vierten Flitterwochen, aber während des letzten Urlaubs im Lake District waren sie fast erfroren und hatten einander nicht wärmen können. Miss Flight hatte gesiegt. Eine bittere Scheidung und viel bösartiger Klatsch in den Zeitungen, und er war plötzlich älter, sehr viel älter geworden, die allgegenwärtige Scham war zuviel für ihn gewesen, hatte ihn zu tief verwundet. Aber er hatte gesagt, sie seien herzlich willkommen, sie und ihr Sohn, und könnten gern über Nacht bleiben. Sie würde Tristan fragen. Auf keinen Fall sollten sie über Weihnachten alleine bleiben. Mit jemandem, den man liebt, alleine zu sein, wenn man sich selbst völlig leer fühlt, ist eine scheußliche Sache. Als sie ihn am Telefon fragte, antwortete er ausweichend: »Wir werden sehen, wir werden sehen.« Er schien es nicht zu wollen. Wahrscheinlich steckte ein Mädchen dahinter. Sonst hatte er immer über die Mädchen gesprochen, hatte ihr von ihrer Schönheit, ihrer Ausstrahlung, ihren Besonderheiten vorgeschwärmt, hatte ihr erzählt, welches Mädchen schüchtern war und welches gern mit Pferden ausritt, aber dieses Mädchen, wer auch immer es war, blieb im dunkeln. Nein, sie hätte es nicht voraussehen können.

Sie feierten in einem stattlichen Herrenhaus mit offenen Kaminen und reichlich Getränken. Die ganze Zeit über strömten Nachbarn herein. Nach der Messe wurde eine große Büchse Kaviar geöffnet. Eine alte Dame, die mit ihrer Familie gekommen war, ließ etwas Kaviar fallen und stellte den Fuß darauf, damit es keiner merkte. Nell hatte Mitleid mit ihr. Sie selbst würde auch bald alt sein. Die Leute waren so nett zu ihr; selbst Miss Flight hatte sich mit ihren Geschenken besondere Mühe gegeben, hatte ihr etwas Flauschiges geschenkt, einen herrlichen grauen Schal aus Kaschmirwolle.

Von Tristan waren alle entzückt. Er trug frische Holzscheite herein, reparierte den Plattenspieler, legte genau die Platten auf, die Miss Flight sich wünschte, alte Jazzplatten, zu denen sie so anmutig tanzte, daß ihre Gäste zuschauten und dachten: Welche Haltung, welche Grazie. Nell mußte sich immer wieder zurückziehen, um zu weinen. Heimliches Weinen, wie heimliches Trinken. Einige Leute riefen sie an, sagten voller Mitgefühl ihren Namen, weil sie es wußten. Weihnachten war eine schlechte Zeit zum Grübeln. Bei der Mitternachtsmesse hatte sie sowohl für ihn als auch zu ihm gebetet. Zum Glück war sie ein wenig zu spät in der Kirche angekommen und mußte sich in die nächstbeste Kirchenbank quetschen, so daß sie zwischen fremden Menschen saß und fremde Hände schüttelte, fremden Menschen Frieden wünschte, sich von ihnen Frieden wünschen ließ und dabei innere Qualen durchlitt. Es war, als könnte sie nur Erleichterung finden, wenn sie aus der eigenen Haut platzte, aus dem eigenen Leben explodierte, bis zur Nichtexistenz verblutete. Sie dachte nicht an das Treffen ihrer Eltern mit Paddy im Jenseits. Sie konnte es sich nicht vorstellen.

Der Truthahn war köstlich, die Füllung ein Triumph. Das Rezept stammte aus einer französischen Zeitschrift, hatte lauter ungewöhnliche Zutaten, geräucherte Austern und kandierte Angelika. Sie trank Champagner, ließ ihn die Kehle hinunterrinnen. Tristan sah ihr beim Trinken zu und hob warnend den Zeigefinger. Als er von der Toilette zurückkam, fing sie ihn ab, um ihm sein Geschenk zu geben. Es war ein Fehler. Durch ihr Geschenk beorderte sie ihn zurück in ihr

Jammertal. Es war ein kleines Album mit Fotos von Paddy und ihm von früher Kindheit an, ein illustriertes Protokoll ihrer gemeinsam verbrachten Zeit. Auf der Karte, die sie dazugelegt hatte, standen zu viele Worte, zu viele Koseworte. Sie sah, wie es ihn zurück zu den anderen zog, zurück zu Charlie und den Fasanen, die zu rupfen er Miss Flight versprochen hatte.

»Was hast du, Liebling?«

»Ich glaube, die anderen warten schon auf uns.« Er tanzte um Miss Flight herum, half beim Feuermachen, teilte die Knallbonbons aus, reichte die Schachtel mit den Trüffeln herum, erklärte der alten Dame die verschiedenen Geschmacksrichtungen. Als er ihr einen Gutenachtkuß gab und sie ihn fragte, ob irgend etwas nicht in Ordnung sei, sagte er: »Pah.« Das war jetzt sein neuestes Wort, mit dem er sie sowohl besänftigen als auch abwehren konnte. Sie hörte, wie er am Telefon mit der Bahnhofsauskunft sprach und sich nach Zügen nach Exeter erkundigte. Auf eine Weise war sie erleichtert. Sie mußten beide allein damit fertig werden. Jeder allein in seiner tropfnassen Zelle sitzen.

42

Es geschah im Antiquitätenmarkt, den sie samstags häufig besuchte. Die Zigeunerin, die ihr den Spitzenläufer geschenkt hatte, war dorthin umgezogen, nachdem sie den Straßenverkauf wegen ihrer Arthritis nicht mehr hatte ertragen können. Jetzt war sie mit ihrem Krimskrams und den weiten Angorapullovern, die ihre Töchter strickten, im Warmen untergebracht. Nell besuchte die Zigeunerin, um mit ihr zu plaudern, hatte sich aber nie von ihr die Zukunft voraussagen lassen, schlug bloß die Zeit tot, betrachtete Taschen und Broschen und staunte über die Jugendstillampen, deren milchige Kugeln sie an Giftpilze erinnerten. Die Zigeunerin sprach über ihre eigene Gesundheit, über die Gesundheit ihrer Kinder, Krankheiten, Allergien und so weiter, und sie ermahnte Nell, aus dem Haus zu gehen, ihr Gesicht zu zeigen, ein bißchen Lebensfreude zurückzugewinnen – kurz, sie tat alles, um nett zu ihr zu sein. Wenn der erste Kunde kam, um sich etwas über seine Zukunft sagen zu lassen, verabschiedete sich Nell und ging ins nahegelegene Café, während der Kunde auf einem alten Melkschemel Platz nahm und die Zigeunerin ihre Kristallkugel so vorsichtig umfaßte, als handelte es sich um den zarten Kopf eines neugeborenen Säuglings.

In dem Café geschieht es dann. Sie weiß, daß es nicht Paddy ist, daß es nicht Paddy sein kann, und doch stimmt alles, von den blaugrauen Augen und der dick gefütterten Jacke bis zu der Baskenmütze, die er genauso trägt wie der alte Bretone, der stets betrunkene Zwiebelmann, der sich überall für Marc Chagalls Neffen ausgab. Sie sieht, wie Paddy – oder Paddys Doppelgänger – ein paar Tische weiter den Zimt vom milchigen Schaum seines Cappuccino pustet. Er ist mit zwei jungen Männern zusammen, der eine ist hell-, der andere dunkelhäutig, und der dunkelhäutige ist so dünn wie ein Besenstiel, trägt bunte Lederamulette. Die Ähnlichkeit nimmt ihr den Atem. Sie denkt: Ich muß aufstehen und es ihm sagen. Aber wie wird er reagieren? Was werden die anderen denken? Vielleicht werden sie mich auslachen oder glauben, daß ich übergeschnappt bin. Sie beugt sich vor, um seine Stimme zu hören. In ihrem Kopf pocht es unerträglich, Bitterkeit steigt in ihr auf, Bitterkeit darüber, daß sie auch dies noch erleben muß, daß sie ahnungslos herkommt, um Trost und Ablenkung zu finden, und dann mit ihrem ganzen Schmerz konfrontiert wird. Sie ist kurz davor, auf ihn zuzugehen, denn sie kann die Spannung nicht länger ertragen, doch dann blickt er auf und lacht, und es ist nicht Paddy, seine Zähne sind völlig anders. Der Schock ist zuviel für sie. Die Ähnlichkeit ist zu groß. Mit einem Schlag spürt sie, wie sehr er ihr fehlt, wie sehr sie dieses Gefühl in sich begraben hat. Ihn zu sehen, seine Haut, seine

Augen, hat ihn für einen Augenblick lebendig gemacht, wenn auch natürlich nicht wirklich lebendig, aber sie kann sich nicht länger halten, sie löst sich in Tränen auf, ihr Gesicht zerfließt, Wasser strömt aus ihren Augen wie aus einer phantasmagorischen Quelle, strömt heftig und heiß, läuft ihre Wangen hinunter, auf ihre Kleider, heiß und doch so kalt, daß es sie frösteln läßt.

Die Jungen sehen sie an, wissen nicht, warum sie so weint, die anderen Gäste werden ebenfalls aufmerksam, bringen ihr Tee und reden tröstend auf sie ein, und jemand, der sie wiedererkannt hat und weiß, daß sie regelmäßig samstags herkommt, holt die Zigeunerin, die sich ihr gegenübersetzt und gar nichts sagt, einfach da ist, wie eine Schwester in einem Krankenzimmer. Noch mehr Tränen quellen aus ihr heraus, als hätten sich die Trauer ihres Lebens und die Trauer des Lebens selbst – die Trauer, die sie kennt, und die Trauer, die ihr noch unbekannt ist – zusammengetan, um endlich gehört zu werden. Aber es ist auch ein Segen, denn sie ist bar aller Gedanken. Alle Gedanken und Erinnerungen sind in Tränen verwandelt und strömen aus ihr heraus, aus ihren Augen, ihrem Bauch, ihrem Magen, ihrem Geschlecht. So ist es, und niemand kann etwas dagegen tun, nicht die Leute, die stehenbleiben, glotzen und rasch gelangweilt sind, nicht die Frau, die geduldig neben ihr sitzt und sagt: »Lassen Sie es heraus... lassen Sie nur alles heraus.« Es muß eine Art Geburt sein, denkt sie, denn nach all diesen Tränen kann es nie wieder so schlimm sein wie früher – oder?

Die Tränen strömten weiter. Sie strömten weiter, während an den Marktständen die Rolläden heruntergelassen wurden, während zu allen Seiten rasselnd Metall zu Boden ging, während die Lichter gelöscht und die Kaffeemaschinen ausgestellt wurden, während der Eigentümer des Cafés mit seinem Schlüsselbund zu ihnen kam und sagte, falls sie ihn bräuchten, er sei im Pub gegenüber. Ja, die Leute waren nett zu ihr. Er hatte Mitleid. Er blinzelte. Später, sehr viel später, fühlte sich alles still und betäubt an, und sie war schrecklich erschöpft, als sie sich bei der Zigeunerin entschuldigte, weil sie sie so lange aufgehalten hatte. Sie hatte den Zug verpaßt, mit dem sie sonst immer nach Hause fuhr, und ihr Sohn oder ihre Tochter würden sich bestimmt schon Sorgen machen.

»Ich habe Sie so lange aufgehalten«, sagte Nell, ihre Stimme ebenso müde wie ihr Verstand.

»Ach, was. Ich bin gerne noch spätabends unterwegs... Das ist etwas, das ich vermisse... Es ist komisch, aber ich vermisse es sehr«, sagte die Zigeunerin. Dann standen sie beide auf. Es gab einen Stand mit Uhren, Gold-, Messing-, Chrom- und Schildpattuhren, und alle zeigten eine andere Zeit an. Nell schaute erst auf die eine, dann auf eine andere und schließlich noch auf eine dritte Uhr. Es könnte gestern sein, könnte damals sein oder jetzt. Es könnte vor seinem Tod sein, könnte zu der Zeit sein, als er noch lebte, könnte morgen sein... oder nie.

»Ich schaffe das einfach nicht«, sagte Nell und schaute auf eine Glaskuppel, unter der ein offenes Uhrwerk zu sehen war, seine Einzelteile so hübsch, so perfekt bei der Arbeit, daß das Pendel mit dem Sonnenrad fast zu sprechen schien, links rechts, rechts links, und der kleine Hammer hämmerte mächtig vor sich hin.

»Doch, Sie schaffen das«, sagte die Zigeunerin, wenn auch mit gepreßter Stimme.

43

Ostern. Schon bald ertönten die Glocken, hell und dunkel... weiblich und männlich... Zinn und Blei... das Geläut der Auferstehung. Ach, könnte sie dem Auferstandenen begegnen. Sie und Tristan würden zu einer russischen Messe gehen. Sie hatte es ihm am Telefon vorgeschlagen. Er brachte nicht viel Zeit mit, kam nur mit einer kleinen Tasche zur Haustür herein. Er sagte es gleich, als er durch die Tür kam, die Jacke noch über die Schulter geworfen. Es war schon warm, warm wie im Sommer, und draußen tanzte bereits der erste Mükkenschwarm.

»Ich glaube, es ist besser, wenn du es gleich erfährst«, begann er, die Augen fest auf ihr Gesicht gerichtet, als wollten sie sagen: »Unterbrich mich nicht und versuch nicht, es uns einfach zu machen.« Sie dachte, es ginge darum, daß er die Ostertage lieber mit seinen Freunden verbringen würde, nahm sich schon vor, es ihm heimzuzahlen, indem sie betonte, was für eine gute Idee das sei, wie ungesund es doch wäre, mit ihr in der Bude zu hocken und welch großes Verständnis sie für ihn hätte.

»Penny und ich ziehen zusammen.«

»Penny«, erwiderte sie, und obgleich sie nicht schrie, hing ihr Schrei in der Luft.

»Du hast dich mit Penny getroffen?« fragte sie mit der größtmöglichen Beherrschung, die sie sich abringen konnte. Ihr Herz pochte, pochte unter ihrer Bluse, als würde es zerspringen.

»Ja«, antwortete er ruhig.

Warum hatte sie nichts davon gewußt? Warum hatte es ihr niemand gesagt? Wann war Penny nach England zurückgekehrt? Warum?

»Wie seid ihr euch begegnet?« fragte sie, versuchte krampfhaft, ihre fieberhafte Neugier zu verbergen, und bot ihm einen Teller mit warmen Kreuzsemmeln an.

»Sie hat mir geschrieben, nachdem Paddy gestorben war«, erklärte er, und dann platzte er damit heraus, daß sie ein Kind bekäme.

»Sie bekommt ein Kind«, sagte er, Scheu, Eifer, vor allem aber Besorgnis in der Stimme.

»Sein Kind?« fragte Nell, unfähig, Paddys Namen auszusprechen, geschweige denn, die beiden überhaupt miteinander in Verbindung zu bringen.

»Vielleicht«, erwiderte er und blickte zur Seite.

»Vielleicht... Vielleicht aber auch nicht... Was hat das alles zu bedeuten?«

»Sie ist sich nicht sicher«, sagte er, das Gesicht noch immer abgewandt. Offenbar wünschte er, sie würde es nicht ganz so brutal ausdrücken.

»Sie ist eine Schlampe«, sagte sie. Das Wort fiel wie von selbst von ihren Lippen.

»Sie ist keine Schlampe«, entgegnete er traurig und mit einem Blick, aus dem Enttäuschung sprach, einem Blick, der ihr sagen wollte: »Schweig jetzt lieber, du hast bereits zuviel gesagt.« Sie griff nach seinem Arm, hatte das Gefühl, sie müsse ihn irgendwie erreichen, mit ihm reden, ihm klarmachen, daß er doch noch so jung und in keiner Weise verpflichtet sei, dieses Erbe, diese Lüge anzunehmen, und plötzlich, in einem schrecklichen Augenblick, entdeckte sie für den Bruchteil einer Sekunde eine Ähnlichkeit mit Paddy, eine Ähnlichkeit mit dem Paddy, der sie einmal gehaßt hatte.

»Wir können jederzeit einen Bluttest machen lassen«, sagte sie fast atemlos, ihre Stimme Oktaven höher als sonst.

»Wozu?« gab er zurück, Galle in der Stimme.

»Du willst also tatsächlich mit ihr zusammenleben?« fragte sie, denn nun war sie diejenige, die weggehen würde, das bittere Brot der Verbannung schlucken müßte. Er nickte und sagte ja, Penny könne jetzt nicht alleine sein, habe Alpträume, sei von Schuldgefühlen geplagt, habe schon versucht, sich das Leben zu nehmen; sie habe schreckliche Angst, und sie würde ein Kind bekommen.

»Liebst du sie?« fragte sie, und jedes Wort schnitt grausam und schmerzhaft eine tiefe Wunde in die Seele, wie eine Metallsäge. Er antwortete nicht. Hatte er nicht nur den Haß, sondern vielleicht auch die Liebe seines Bruders angenommen? Oder war es nur ein Opfer, ein unnötiges Opfer?

»Oder ist es Mitleid, was du empfindest?« fragte sie, unfähig, ihre Zunge im Zaum zu halten.

»Nein, es ist kein Mitleid, Nell«, sagte er, und an der

schroffen Art, in der er ihren Namen aussprach, erkannte sie, daß er mit ihr fertig war. In ihrer Verzweiflung hörte sie Pennys prahlende Stimme: »Ein As im Sprücheklopfen, aber eine Niete im Kinderwagenschieben.« Hätte sie es bloß nicht ausgesprochen. Hätte sie es bloß nicht gesagt.

»Wenn du sie sehen würdest, würdest du ihr glauben«, entgegnete er und schrie ihr, für den Fall, daß sie Erkundigungen einziehen wolle, den wohlklingenden Namen der Entbindungsstation, auf der Penny ihr Kind zur Welt bringen würde, und den Namen ihrer Frauenärztin entgegen. Dann war es vorbei. Er verließ die Küche, und es war klar, daß er nach unten gehen würde, um seine Sachen zu packen. Was sollte sie bloß tun?

44

Sie wandert durch die Straßen und sinnt auf Rache, erfüllt von der Bosheit einer Ziellosen, erfüllt vom Zorn einer Frau, die nicht zugeben will, daß sie nirgendwo hingehen kann. Sie glaubt, daß es ihr letzter Gang sein wird. So kann sie nicht weitermachen. Genausogut hätte sie niemals Kinder, niemals einen Mann, niemals Eltern haben können – alles Phantome. Sie denkt: Was auch immer geschieht – denn irgend etwas wird zweifellos geschehen –, niemand soll je von diesem unermeßlichen Zorn in mir erfahren. Dieser Gang wird mein letzter sein. In den Schaufenstern, die sie in- und auswendig kennt, die ewig gleichen Gegenstände. Schmuck aus Afrika, statt Perlen goldene Eicheln, das goldene Graubraun ehrwürdiger Ikonen. Dann die Brautkleider im Fenster der Reinigung, jede Woche eine neue Folge, lebensecht und geisterhaft. Sie hängen von der Decke – cremefarben, elfenbeinfarben, weiß, mit Seidenpapier ausgestopfte Kreationen, die aussehen, als schwebten sie jeden Moment davon. Das Seidenpapier verleiht den Oberteilen eine solche Standhaftigkeit, daß sie zu atmen scheinen. Geduldig warten sie darauf, abgeholt zu werden.

Wann wurde sie das letzte Mal abgeholt? Ach, sie kann sich nur allzu gut daran erinnern. Es war mit ihrer letzten Monatsblutung zusammengefallen, ein verrückter, geheimnisvoller Zufall. Blut auf der weißen Satinsteppdecke in einem Zimmer in Finnland. Immer wieder hatte sie im Waschbecken darauf herumgeschrubbt, doch ohne Erfolg. Ein Fleck in Form eines Fisches. Auch das eine Wiederholung. Alles wiederholte sich. Ihren letzten Walzer in Helsinki, hatte sie die Affäre genannt. Er war groß gewesen, groß und stark wie ein Holzfäller, als er sie in seine Arme zog, und er hatte einen herrlichen Geruch verströmt, nach frischer Baumrinde und Weizenkörnern. Sie hatte ihn bei einer Konferenz kennengelernt, zu der ihr Verlag sie geschickt hatte. Quer durch den Saal hatte sie sein Blick getroffen. Später, beim Mittagessen, hatte er ihr einen kleinen Blumenstrauß geschenkt, Enziane oder Veilchen. Zum Abendessen hatten sie rohen Fisch in Dillsauce, dann Langusten und anschließend Moltebeeren gegessen. Danach waren sie zu seinen Freunden gegangen, die eine Sauna hatten. Seine Frau war nicht dagewesen, war wegen ihrer schlechten Gesundheit nach Süditalien gefahren und genoß dort mit seiner Tochter die süditalienische Sonne.

In der Sauna hatten die finnischen Frauen ihre Fleischfalten zwischen Daumen und Zeigefinger gequetscht, gelacht und gesagt, ihre Männer wünschten, sie wären um einige Kilos leichter. Sie rieben Salz in Nells Haut, kräftig, aber liebevoll, auf ihren Rücken, auf ihre Hinterbacken; dann sagten sie, sie solle sich umdrehen, und rieben ihr die Brust ein, als wäre sie noch ein Kind. Sie fühlte sich auch wie ein Kind. Die Gastgeberin sagte, sie hätte nicht gedacht, daß sie es ihm verzeihen könnte, mit einer anderen Frau in ihr Haus zu kommen, aber diese Frau könne sie ihm verzeihen. Als alle anderen ins Bett gegangen waren, führte er sie hinaus zu einem Tauchbecken im Wald, und sie tauchten gemeinsam in das klare Wasser, das so kalt war, daß sie das Gefühl hatte, es wäre kochendheiß. In einem Kinderzimmer, auf einem schmalen Bett, liebte er sie mit solcher Gier, als wollte er aus einer seltenen Frucht auch noch den letzten Tropfen Saft heraussaugen, machte aus ihrer einen heimlichen Nacht viele Nächte, ein wahres Fest. Er würde nach England kommen, würde ein hübsches Haus kaufen, in dem sie wohnen könnte und wo sie niemand stören würde außer ihm. Ein Traum. Er sah das Blut nicht. Er war schon hinausgegangen, um Frühstück zu machen. Sie hielt die Decke unter den Wasserhahn und betete, der Fleck möge endlich verschwinden und die Farbe einer großen Schneewehe annehmen wie der Rest der Decke. Sie rieb und rieb. Aus Hellrot wurde Dunkelrot, dann Braunrot und schließlich ein düsteres Braun. Sie versuchte es mit einem Bimsstein, aber der Fleck klammerte sich beharrlich an seine Existenz. Es lag so viel darin. Eine ganze Erzählung im Satin einer finnischen Decke.

Er kam nicht nach England, aber er schrieb ihr Briefe, herrliche Briefe voller abgebrochener Sätze und leidenschaftlicher Verzweiflung über die vielen Kilometer, die zwischen ihnen lagen. Er schrieb, er fühle sich verrückt, verliebt und verrückt, und dadurch, daß er ihr in einer fremden Sprache schreiben müsse, sei alles noch verrückter, aber er sei glücklich, glücklich wie noch nie. Dann der verrückte Plan, sie sollte ihn in Spanien treffen. Das Hotel, in dem sie wohnen sollte, war noch nicht ganz fertig, überall lag nasser Zement herum, den Männer mit Schubkarren mal hierhin, mal dorthin transportierten. Ein schweißnasser Vorarbeiter schrie seine Befehle. Das Reisebüro hatte einen Fehler gemacht; das Hotel, in dem sie eigentlich absteigen sollte, war bis zum Frühling geschlossen. Er war wenige Meilen entfernt in einem Apartmentblock untergebracht. Sie hatte ihm mit einem Taxi einen Brief zukommen lassen und wartete jetzt auf seine Antwort. Es war kalt, und die kleinen Primeln, die zwischen den Zementhaufen wuchsen, würden es wahrscheinlich nicht überleben. Dann eine Gruppe eifriger, gutgekleideter Männer, einige mit Notenblättern, einer mit einem Taktstock unter dem Arm. Er war der Dirigent, der die anderen zu musikalischen Höchstleistungen animierte. Einige der Musiker gingen soweit, sich auf den frisch angesäten Rasen oder die feuchte Betoneinfassung des Swimmingpools zu legen und sich in der schwachen Wintersonne einen Drink zu genehmigen. Der Dirigent blieb abseits, redete und gestikulierte wild, während ein junger Mann, sein Ministrant, hinter ihm herlief und ihm seinen Mantel aufdrängen wollte. Er weigerte sich, marschierte über die frischgepflanzten Primeln, drehte feierliche Pirouetten zwischen den Schubkarren mit Zement und verkündete irgendwelche wichtigen Dinge, ein Moses mit seinen Gesetzestafeln. Als er zu der Bank kam, auf der Nell saß, beugte er sich über sie, als wäre sie ein Mädchen vom Rhein und sprach sie auf deutsch an, redete hitzig und erregt. Sein Ministrant übersetzte, durch Computermessungen habe der Meister entdeckt, daß Toscanini die gleiche Gehirnstruktur besessen habe wie Puccini, deshalb habe er ›Madame Butterfly‹ so makellos dirigieren können.

»Jaah, jaah«, sagte der Dirigent, rückte noch näher, schaute sie mit dämonischen Augen an und rief: »Tiefgreifend, tiefgreifend.«

»Was soll das heißen?« fragte Nell erschrocken.

»Tiefer Griff, tiefer Griff«, übersetzte der Ministrant.

»Und was soll das heißen?« fragte sie wieder.

»Lachen... Frau Lachen«, sagte der Ministrant zu seinem Meister, und die beiden wandten sich ab.

Auf einem Dattelbaum sah sie die jungen, gerade erst im Entstehen begriffenen Früchte, blaßgolden, gebündelt und kunstvoll drapiert wie Beeren auf einem prachtvollen Hut, mit dem großen Unterschied, daß sie vom Leben kündeten, von der Fruchtbarkeit, von kommenden Genüssen. Als sie aufblickte, sah sie ihn, ihren Holzfäller, in einer langen, modischen Strickjacke auf sie zukommen, schüchtern, verlegen, mit schlechtem Gewissen, weil er seine kränkelnde Frau und sein Kind zurückgelassen hatte, eingeschüchtert von den vielen deutschsprechenden Männern, und als sie auf ihn zuging, dachte sie: Es ist vorbei… unser kleiner Ausbruch ist vorüber. Und doch lag in ihrem Wiedersehen große Zärtlichkeit, die Zärtlichkeit von Menschen, die einander knapp verfehlt haben und sich doch liebevoll an diese Begegnung erinnern, so wie man eine Sternschnuppe im Gedächtnis behält.

»Dein Haar«, sagte er. »Dein Haar ist irgendwie anders.«

Weitergehen, weiterrennen, den Blick meist auf den Boden gerichtet, so daß sie die Zigarettenstummel sieht, die Staubwirbel und gelegentlichen Karbunkel im Bürgersteig, wo sich der Asphalt hochgestülpt hat. In einem Restaurantfenster kleine Kästchen mit Baisers, weder ganz fahl noch ganz weiß. Ein winziger Teller mit Himbeeren fällt ihr auf, jede Beere wie eine Rosenknospe, feucht und frisch. Nur die Natur kann sie jetzt noch berühren, und auch dies sind nur flüchtige Berührungen. Daß sie sich all die Monate über hatte einbilden können, Penny gehörte der Vergangenheit an. Und jetzt das. Ging er um seines Bruders willen, um das Versprechen seines Bruders einzulösen, oder ging er um seiner selbst willen? An einem halb fertiggestellten Häuserblock sieht sie ein Pappschild, auf dem mit Kreide geschrieben steht: KEINE ARBEIT HEUTE, ALLE ZURÜCK ZUM WERK. Grausamkeit. Soviel Grausamkeit. Dann ein plötzlicher Geistesblitz, eine List. Sie wird eine Flasche Champagner kaufen, ein Abschiedsgeschenk für ihn, sie wird ihn damit bestechen, und falls er schon fort ist, wird sie die Flasche mit in Pennys Wohnung nehmen, um die Sache wieder ins Lot zu bringen.

»Siehst du«, sagt sie sich im stillen, »du bist sogar zur Lüge bereit, bist bereit, das Brot mit Menschen zu brechen, die du nicht ausstehen kannst, bloß um dich an ihn zu klammern, um zu klammern, so feige bist du.«

»Aber ich tue mein Bestes«, gibt sie zurück und sieht im länglichen Spiegel neben einem geschlossenen Schuhgeschäft plötzlich ein Gesicht, das mit ihrem Gesicht noch vor einem halben Jahr keine Ähnlichkeit mehr hat. Ein verwundetes Gesicht, die Augen hart und vorwurfsvoll, bar aller Spuren früherer Schönheit. Der Schuhladen hat zugemacht, aber es sind noch ein paar Schuhe da, wie einsame Propeller stehen sie auf ihren Glassockeln, ein kleines Schild umgebunden. Werbezettel und Briefe verstopfen drinnen den Eingang.

»Sie erinnern sich nicht an mich«, sagt eine Stimme. Nell ist im Weinladen, hat sich entschlossen, ihren heuchlerischen Plan wahrzumachen. Sie erkennt das Gesicht nicht, die auffallend blauen Augen, das kurze braune Haar, das an einen Rasierpinsel denken läßt. Aber sie sollte es erkennen. Er läßt sein Lachen hören, sein unverschämtes Lachen, und plötzlich weiß sie, wer er ist, und erschrickt über den ärgerlichen Zufall. Warum ist er hier? Warum ist sie hier? Warum hat sie ausgerechnet an dieser Stelle die Straße überquert? Nur weil die Ampel gerade grün war und sie nicht stehenbleiben, sondern weitergehen wollte, weitergehen, so schnell sie konnte, und weil ihr die vielen Flaschen in den Holzkisten ins Auge gefallen waren und die großsprecherischen Reklametafeln vor dem Weinladen sie angezogen hatten.

»Ich dachte, Sie wären Schauspieler«, sagt sie schroff.

»Im Moment gerade nicht«, erwidert er, und sie erkennt denselben verhaltenen Spott, der sie schon auf den Stufen der Kathedrale abgeschreckt hat. Sie sagt, sie wolle eine Flasche Wein. Er hält ihr einen redegewandten Vortrag – Adjektive purzeln von seinen Lippen, und in seinen schmalen, gekränkten Augen liegt ein falsches Selbstvertrauen, während er mit blasierter Stimme herunterrasselt: »Wir haben südafrikanischen... bulgarischen... italienischen... kalifornischen... libanesischen...« Als ob sie das nicht selbst wüßte. Als ob sie nicht lesen könnte. Er zeigt auf die Fässer, und sie weiß, warum. Ein Faß hat ihm das Leben gerettet. Daran erinnert sie sich. Der eiserne Reifen eines Fasses hat in seinen Nacken geschnitten. Eine Seite in ihr, eine fast verschwundene Seite in ihr, möchte den Fehdehandschuh zerreißen, ihm von ihrem letzten Schock erzählen, mit ihm weinen, mit ihm reden. Lächerlich. Ihre Gefühle sind abgestorben. Aber so ist es nicht, ihre Gefühle sind lebendig, treten um sich und bäumen sich auf, boshafte Gefühle wachsen in ihr heran wie ein Kind, finden aber keinen Weg hinaus, schwellen in ihr an wie ein fremdes Wesen, das die Grenzen ihres Fassungsvermögens sprengt.

»Ich nehme den Macon«, sagt sie.

»Villages oder Lugny?« gibt er zurück.

»Den preiswerteren von beiden«, sagt sie und ärgert sich sofort darüber, denn es kommt ihr so vor, als hätte sie ihn gebeten, sich ihrer Nöte anzunehmen. Er stürzt sich sofort auf diese Gelegenheit, nutzt seinen Vorteil aus, will ihr den besseren Wein zum günstigeren Preis mitgeben. Aber das will sie nicht, will keine Mildtätigkeit, und schon gar nicht von ihm. Was hat er gewählt, als sie die Münze warfen, Kopf oder Zahl? Seine Augenhöhlen scheinen tiefer als beim letzten Mal. Das Blau ist reine Angst, Tröpfchen der Angst.

Nell hat das Gefühl, wenn sich in diesem Moment einer von ihnen oder gar beide öffnen würden, liefe Flüssigkeit heraus, täten sich ganze Ströme auf, seine schmutzig blau und ihre zähflüssig schwarz-rot. Sie beschließt, die Flasche auf dem Nachhauseweg zu zertrümmern und den gezackten Hals nach Hause zu tragen wie eine Waffe, denn sie hat jetzt keine Angst mehr, eine Waffe zu schwingen. Er wickelt die Flasche ein und reicht ihr warme, fast schon schwitzige Münzen, vor denen sie sich ekelt.

»Sie arbeiten also nicht mehr als Schauspieler«, lautet ihr Giftpfeil zum Abschied.

»Nein... ich arbeite nicht mehr als Schauspieler. Das Problem ist, ich kann nicht mehr schlafen.« Er sagt es sehr sanft, und gäbe es in dieser Welt einen Augenblick, in dem ein Mensch dem anderen verzeihen oder zumindest eine Geste der Versöhnung machen kann, dann wäre es dieser Moment, aber sie bringt es nicht über sich, ist voller Scheu, Versagen, Stammeln, Vorbehalten, Tränen, Haß; und deshalb flieht sie, flieht, so schnell sie kann.

45

In der Geborgenheit und Stille der Kapelle wandelt sie zwischen Blau und Gold, zwischen Kirchenbänken und fürstlichen Wappen, zwischen prächtigen und schlichten Altären, die Flasche immer in der Hand, sieht Kerzenflammen, die bald hierhin, bald dorthin schwanken, flackern, sich wieder erholen, anschwellen wie ein lufthungriger Blasebalg; sieht die eichenbraunen Beichtstühle, die schwindsüchtigen Gesichter der Märtyrer, die Weisen mit ihren mahnenden Händen und strafenden Augen; sieht Jungfrauen, manche stolz wie Königinnen, andere keck wie Kurtisanen, und in den Nischen nackte, verspielte Engel. In der blauen Kuppel der Rotunde ein dunstiges Licht und der rauchige Duft gelöschter Altarkerzen. Vor dem Altar eine Barrikade aus Blumen, süßliche Duftschwaden, eine fließende Grenze. Vergessene Einzelstücke – Handschuhe, ein paar Rosenkranzperlen, eine gestrickte Kindersocke. Kerzen brennen, um für jene zu bitten, die nicht viel Zeit hatten und zu ihren Mittagstischen, Kopulationen, Tennisplätzen oder Turnhallen weitergeeilt sind. Palmwedel aus Licht, glänzend, wie in einem Theater. Nell kniet vor dem heiligen Antonius nieder. Er hat schon so manche Begnadigung erwirkt. Das runde Hinterteil des Jesuskindes paßt wie angegossen in Antonius' ausgestreckte Hand. Ulkig. In der anderen Hand hält er eine weiße Lilie. Nell hat Lilien immer besonders geliebt. Jetzt mag sie keine Lilien mehr um sich haben. Beide lächeln, als würden sie über denselben Witz schmunzeln. Nell kann nicht beten, und doch bleibt sie dort, wartet wie jemand, der damit rechnet, daß sich ihm jeden Moment der Magen umdreht. Vor dem Altar stehen zwei schwarze Kästchen auf Metallfüßen, das eine für Almosen, das andere zur Ehre Gottes. Sie kann nichts geben. Das ist die Wahrheit. Das ist ihr Elend. Ihre Sünde. Sie kann nichts geben. Zuviel ist ihr fortgenommen worden, alles, ihre Söhne, erst der eine, dann der andere. Es ist bitter, die Ketten,

Medaillons und anderen Schmuckstücke im rechteckigen Kästchen neben dem heiligen Antonius zu sehen, Opfergaben von Menschen, die geben können, Mütter wie sie, Ehefrauen wie sie, Töchter wie sie. Ihre Tragödie ist nicht die einzige auf der Welt, doch für sie ist sie die einzige Tragödie. Sie erinnert sich, etwas über Frauen in Afrika gelesen zu haben, über Frauen, die nach langer Gefangenschaft zu ihren Hütten zurückkehren, Hunderte von Meilen zu ihren zerstörten Dörfern wandern, aus denen man sie verschleppt hat, viele von ihnen schwanger, den üblen, aufgezwungenen Samen ihrer Peiniger in sich tragend. Wie können sie die Kinder lieben, die so entstanden sind? Aber vielleicht lieben sie diese Kinder wirklich, ihre Brüste warme Monstranzen, ihre bitteren Erinnerungen aufgelöst. In einem anderen Glaskasten verblaßte Flecken, wo früher einmal Schmuckstücke gelegen haben, bis irgendein dicker – oder irgendein dünner – Priester sie herausgenommen hat und damit zum Pfandhaus getürmt ist. Sie kann nichts geben. Sie wird nichts geben. Eher würde sie die Blumen stehlen, die vor dem Altar stehen, wenn sie nicht so vulgär, so weltlich, so anmaßend, so angewelkt wären. Wie war sie überhaupt auf den Gedanken gekommen, daß sie beten könnte? Wo soll man hin mit seiner Trauer? Wohin mit seinem Haß? Wohin mit einem Bastard, den ein lüsterner, boshafter Peiniger einem eingepflanzt hat? Wohin? Sie denkt an Müllhalden. Kein hübscher Anblick. Dabei sind sie überall, ganz in der Nähe des stattlichen Herrenhauses, ganz in der Nähe des ach so idyllischen Sees. Eine Phantasmagorie aus Asche, Plastik, Papier, Lebensmitteln, Kondomen, Blumen – die Nachgeburt aller Hoffnung, aller Mühe, allen Strebens, zu einem grotesken Brei verschmolzen, der sich selbst nicht zerstören läßt. So bin ich, denkt sie und ruft ihre tote Mutter an. Wie schade, wie jammerschade, daß wir sie nie gekannt haben, diese milchige Verschmolzenheit, daß jede für sich ihrer dunklen Flugbahn folgen muß.

Wie konnte er es herausbekommen? Auf jeden Fall ist er da und kettet sein Fahrrad an das schwarze Eisengeländer. Die blaue Ummantelung der Kette ist durchsichtig, darunter krümmen sich helle Metallschlangen, jedes Glied ordentlich an seinem Platz.

»Die Messe ist vorbei«, sagt Nell schroff, sehr schroff.

»Ich bin nur hergekommen, um zu beten.«

»Ach, Sie sind religiös.«

»Das kann man wohl sagen.« Er geht auf sie zu, die Nakkenhaare gesträubt. Es ist sein Augenblick der Gerechtigkeit. Sie könnte meinen, er hätte ihren Sohn umgebracht.

Sie könnte meinen, er hätte einen Fahrschein fürs Leben abgestaubt. Doch jetzt dämmert ihr eine andere Erkenntnis. Er wäre gern gestorben. Ja, Lady, immer wieder den Augenblick zu durchleben, ehe wir die Münzen geworfen haben, den großen Ruck, das schwarze Loch, in das ich gerissen wurde, das heißt, einen Alptraum ohne Ende zu durchleben, einen Alptraum, der mich in jeder Sekunde meines Lebens verfolgt. Ich habe das Allerschlimmste gesehen, ich bin auf dem Grund der Hölle gewesen. Der Tod ist längst nicht das Schlimmste im Leben. Nein, leben zu müssen ist das Schlimmste, leben zu müssen und gleichzeitig zu wissen, daß jemand anders nicht leben kann. Der Sturm hat sich gelegt, und plötzlich bin ich allein, habe meine drei besten Freunde verloren. Er lacht. Es ist ein seltsames, metallisches Lachen. Und dann fügt er hinzu, wahrscheinlich sei das sein Schicksal, sein Karma. Sein Ausbruch ängstigt sie nicht, sie hält bloß inne und wird nachdenklich.

»Ihre drei besten Freunde?«

Er weicht zurück, fürchtet, zuviel gesagt zu haben, murmelt vor sich hin.

»Sagen Sie etwas... Erzählen Sie es mir«, flüstert sie.

»Na ja... wir essen täglich zusammen...« Er schaut auf, um zu sehen, ob es in ihren Ohren zu phantastisch klingt, aber sie hört aufmerksam zu. »Jim ißt am liebsten Suppe, also mache ich ihm Suppe, Tomaten- oder Linsensuppe... Wir essen sie aus Bechern... braunen Tonbechern... Pasco und ich gehen zusammen schwimmen... er war ein guter Schwimmer, von uns allen der beste, er hat mir das Tauchen beigebracht. Und dann Hugo, der Anführer, unser Boss... Er wollte Rockstar werden, und er hatte auch das Zeug dazu, das Lächeln, das Aussehen, das Talent... Er hat ein Lied hinterlassen: ›Love Is Gonna Cut You Down‹... Wir haben gemeinsam verschiedene Zeilen erfunden... verschiedene Anfänge... verschiedene Schlüsse... ›Love Is Gonna Cut You Down‹... Für Hugo mache ich Omelette, aber er hält es mir entrüstet unter die Nase und sagt: ›Igitt, das ist ja noch ganz flüssig, so mag ich das nicht.‹ Also gebe ich noch ein paar Zutaten hinein, ein bißchen geriebenen Käse und Kräuter, dann verquirle ich das Ganze und gieße es zurück in die Pfanne, lasse es bräunen, drehe es um und frage: ›Ist es so besser, Hugo?‹ Es schmeckt ihm gut. Er sagt mir, wie gut es ihm schmeckt. Ich stelle ein paar Blumen in den Krug auf dem Fensterbrett und sage: ›Die sind für dich, und die sind für dich, und die sind für dich.‹«

Plötzlich hält er inne, und Nell sieht, daß seine Augen voller Tränen sind, aber er will nicht, daß sie ihn weinen sieht, schreckt vor ihrem Mitleid zurück. Das also macht er mit seinem Schmerz. Er hält seine Freunde lebendig, wenn schon nicht in der Welt, dann in seinem Innern, auf das es ankommt. Wahrscheinlich hatten er und Hugo sich geliebt. Ja, sie hatten sich geliebt, denn er hebt Hugo heraus, sagt, er habe erst nicht zur Party gehen wollen, sei aufgewacht und habe gesagt, in seinem Traum wären seine Stiefel zum Schwimmen zu schwer gewesen. Sie waren ins Bett gegangen, hatten sich geliebt, dann hatte Hugo seinen Traum geträumt und anschließend ignoriert, und später waren sie zum Pier gegangen, hatten die anderen getroffen, Paddy kennengelernt. Sie kann es fast berühren, so wirklich ist das Bild, das er malt.

»So schaffen Sie das also«, sagt sie ruhig und erstaunt.

»Manchmal... An anderen Tagen ist es schlimmer. Ich fürchte, ich bin noch nicht am Tiefpunkt angelangt... Am absoluten Tiefpunkt bin ich noch nicht gewesen.«

Aber sie weiß es auch so. Sie fragt ihn nach seinem Namen. Er sagt, er hieße Mitchell, aber alle würden ihn Mitch nennen.

»Vielleicht besuchen Sie mich mal, Mitch«, sagt sie und gibt ihm schüchtern ihre Adresse.

»Oder wenn ich wieder auf der Bühne stehe, kommen Sie mal ins Theater, und wir gehen anschließend gemeinsam essen.« Zum Essen gehen. Symbol einer anderen Welt, einer glatten, unbeschwerten Welt, die weit, weit hinter ihnen liegt.

»Sie werden also wieder zurück ans Theater gehen?«

»Ich hoffe es... Die Sache ist nur... im Augenblick kann ich einfach nicht schlafen.«

Ihre Körper fallen mehr oder weniger aufeinander zu, finden zu einer plötzlichen Umarmung. Er ist so dünn, daß sie das Gefühl hat, ein Musikinstrument in den Armen zu halten, ein Musikinstrument, das zu brechen droht und doch nicht bricht, einer inneren Größe standhaft die Treue hält, der Unschuld vielleicht.

46

Zu Hause kein Bellen. Tristan und Charlie waren gegangen. Auf dem Küchenfußboden die Geschenke, die sie ihm gegeben hatte. »Ein paar lebensnotwendige Dinge« hatte sie sie genannt. Ein Radio, ein Mixer, eine Kaffeekanne und ein Paket frische Kaffeebohnen. Als sie die Geschenke auf einem Haufen sah, dachte sie: Er hat sie nicht angenommen, er ist fortgegangen und hat sie liegenlassen, um mir zu zeigen, wie wütend er ist, wie fern wir uns sind. Sein Zettel war hinter die Kanne gefallen. Sie las ihn so oft, als wollte sie jedes Wort einzeln kosten. Aus irgendeinem Grund erinnerten sie sie an seine ersten Zähne. Sie las: »Danke für die Sachen, aber im Moment brauche ich sie noch nicht. Ich bin ja gar nicht weit von Dir und immer am anderen Ende der Telefonleitung erreichbar. Danke für alles.« Darunter liebe Grüße und ein paar Kreuzchen für liebe Küsse. Es war das P. S., das sie am meisten berührte: »Erinnerst Du Dich noch an den Sommer, als wir alle nach Arezzo gefahren sind?« Das Licht der Erinnerung. Die Gemeinsamkeit. Die sanft plätschernden Worte. Wie eine Taufe. Etwas, das sie berührte, eine Hand, eine Stimme, ein Atem, ein Gruß aus ferner, ferner Zeit. Ein Hiersein im Fortsein, ein Hiersein im Schmerz, ja, ein Hiersein im Tod. Einen Moment lang strahlte alles, als ob sie hinüberreichte, als ob etwas sie erreichte, das jenseits ihrer eigenen Begrenztheit lag; als ob er sie – und sie ihn – schon vorher gekannt hätte, so daß zwischen ihnen eine Freundschaft bestand, die alle Vorstellungen von Zeit und Ort überstieg und die sich auch von den kleinen Listen, durch die wir aufeinander Anspruch erheben, nicht irremachen ließ.

»Ich kann es ertragen«, sagte sie und schaute um sich, die Luft so lau, so mild, so still. Eine Stille, wie Nell sie, seitdem es geschehen war – und vielleicht auch davor –, niemals gekannt hatte. Und in dieser Stille ein Schweigen, für das es, weil es so neu war, noch kein anderes Wort gab; eine schlichte Zuflucht, die endlich ohne jeden Trost auskam.

»Du kannst es ertragen«, sagte das Schweigen, denn mehr gibt es nicht, nur jetzt und damals, Gegenwart und Vergangenheit, Leben und Tod – und das unwillkürliche Schaudern, das uns daran erinnert, daß wir am Leben sind.

Penelope Lively im dtv

Foto: Jerry Bauer

»Was mich interessiert«, sagt Penelope Lively, »ist das Gedächtnis, die Art und Weise, wie Menschen und Landschaften aus Erinnerungen zusammengesetzt sind.«

Moon Tiger
Roman · dtv 11795

Das Leben der Claudia Hampton wird bestimmt von der Rivalität mit ihrem Bruder, von der eigenartigen Beziehung zum Vater ihrer Tochter und jenem tragischen Zwischenfall in der Wüste, der schon mehr als vierzig Jahre zurückliegt. Allerdings ist nichts in diesem Leben wirklich vergangen. Alles ist Gegenwart: Kindheit und Krieg, Ägypten, England, die ganze Welt und ihre Geschichte. »Ein nobles, intelligentes Buch, eins von denen, deren Aura noch lange zurückbleibt, wenn man sie längst aus der Hand gelegt hat.« (Anne Tyler)

Kleopatras Schwester
Roman · dtv 11918

Eine Gruppe von Reisenden gerät in die Gewalt eines größenwahnsinnigen arabischen Machthabers. Unter ihnen sind der Paläontologe Howard und die Journalistin Lucy, Skeptikerin und Nonkonformistin von Kindheit an. Vor der grotesken Situation und der Bedrohung, der sie ausgesetzt sind, entwickelt sich eine ganz besondere Liebesgeschichte …

London im Kopf
dtv 11981

Der Architekt Matthew Halland, Vater einer Tochter, geschieden, arbeitet an einem ehrgeizigen Bauprojekt in den Londoner Docklands. Während der Komplex aus Glas und Stahl in die Höhe wächst, wird die Vergangenheit der Stadt für ihn lebendig. Sein eigenes Leben ist eine ständige Suche, nicht nur nach der jungen Frau in Rot …

Nancy Thayer im dtv

Foto: ECON Verlag GmbH

Das Glück am Rande des Wassers
Roman · dtv 11382

Nach dreißig Jahren Ehe bricht Margaret Wallace aus ihrem bisherigen Leben aus – ein Schritt, mit dem sie bei ihren beiden Töchtern auf wenig Verständnis stößt, stecken diese doch selber in einer Krise: Die schwangere Daisy wurde gerade von ihrem Mann mit zwei Kindern sitzengelassen, und Dale überfällt, trotz aller guten Vorsätze, die große Liebe…

Ein Morgen am Meer
Roman · dtv 11643

Was Sara nicht alles tut, um schwanger zu werden: Sie rennt von einem Arzt zum anderen, und kein Fruchtbarkeitsritus ist ihr mehr fremd. Doch was bei allen anderen so leicht zu gehen scheint – bei ihr klappt es einfach nicht. Sie bekommt und bekommt kein Baby…

Nell
Roman · dtv 11667

Nell St. John, Ende dreißig, ist von ihrem egozentrischen Mann verlassen worden – ausgerechnet wegen ihrer besten Freundin. Nun lebt sie mit ihren beiden Kindern, ihren Katzen und Hunden allein in einem großen Haus in Arlington, Neuengland. Eigentlich genießt sie die neue Selbständigkeit, wären da nicht die ständigen Geldsorgen, das Chaos im Haus, die leidige Kindererziehung und der ständige Ärger mit der Jobberei. Auch ihre Beziehung zu dem jungen Griechen Stellios ist nicht ohne Probleme. Da bietet sich ihr eine unerwartete Chance…

Nina Bawden im dtv

Foto: Jerry Bauer

»Nina Bawdens große erzählerische Begabung ist, uns durch scheinbar ganz normale Straßen zu führen. Und dann reißt sie die Fassaden ein und zeigt uns das seltsame und leidenschaftliche Geschehen hinter den verschlossenen Türen...«
(David Holloway im ›Daily Telegraph‹)

Besuch bei Freunden
Roman · dtv 11635

Laura ist glückliche Ehefrau und Mutter und hat Erfolg als Schriftstellerin. Eigentlich müßte sie sich nur noch Sorgen um ihre Verdauung oder den nächsten Zahnarztbesuch machen. Doch ihr Sohn aus erster Ehe landet im Gefängnis, und sie hat Alpträume, in denen das Haus über ihr zusammenbricht...

Das Eishaus
Roman · dtv 11775

Daß Ruth ihre ganze Kindheit hindurch von einem Vater, der halb verrückt aus dem Krieg nach Hause kam, mißhandelt wurde, macht es ihr später, als ihr Leben scheinbar so geordnet und angenehm verläuft, schwer, den Tatsachen ins Auge zu sehen. Die Affäre ihres Mannes mit einer anderen Frau bringt sie völlig aus dem Gleichgewicht.

Eine Frau in meinen Jahren
Roman · dtv 11726

Die Ereignisse auf einer Urlaubsreise nach Marokko werden für Elizabeth zum Anlaß, den eigenen Lebenslügen nachzuspüren. Besonders als sie feststellt, daß ihr Mann schon lange ein Verhältnis mit der Freundin der Familie hat, die ihnen dort scheinbar zufällig begegnet. Aber auch Elizabeth ist für Überraschungen gut.

Kunst der Täuschung
Roman · dtv 11908

Ein Mann, zwei Frauen, Kinder. Er verdient sein Geld mit den Kopien alter Meister. Täuschung ist sein Lebenselement. Doch manchmal täuscht er sich auch selbst. »Eine äußerst komische Geschichte, faszinierend und unterhaltsam im höchsten Maße.« (The Independent)

Mary Wesley im dtv

Foto: Nick Rogers

Zweite Geige
Roman · dtv großdruck 25084

Laura Thornby hat einige sehr gute Gründe dafür, sich in ihrem Leben auf keine allzu enge Beziehung einzulassen. Als sie merkt, daß sie sich in den jungen Claud verliebt hat, sucht sie auf ihre unkonventionelle Art Abhilfe. Selten ist eine durchaus mit tragischen Elementen behaftete Liebesgeschichte zwischen einer erfahrenen Frau und einem jungen Mann so kühn und mit soviel trockenem Humor erzählt worden.

Eine talentierte Frau
Roman · dtv 11650

Noch keine zwanzig, schwanger und mehr oder weniger mittellos verläßt Hebe den Schoß der Familie. Sie will das Kind, das sie erwartet, nicht abtreiben lassen, und tatsächlich gelingt es ihr offenbar, sich durchzuschlagen. Sonst würden wir sie zwölf Jahre später nicht in offensichtlich so angenehmen Lebensumständen wiedertreffen, daß sie als alleinerziehende Mutter ihrem Sohn sogar eine teure Privatschule finanzieren kann.

Ein Leben nach Maß
Roman · dtv 11741

Drei Männer begleiten Flora ein Leben lang. Sie lernt sie als zehnjähriges Mädchen kennen, sie verbringt Zeiten voll Gelächter und Leidenschaft mit jedem von ihnen, aber eine Trennung scheint immer unvermeidlich zu sein. Flora will unabhängig bleiben und ihren eigenen Weg gehen.

Matildas letzter Sommer
Roman · dtv 11893

Matilda, etwas exzentrisch, über fünfzig und verwitwet, sieht in ihrem Leben keine Perspektiven mehr und möchte ihm ein Ende machen. Das ändert sich, als sie einem Mann begegnet, der seit Wochen von der Polizei gesucht wird, weil man glaubt, er habe seine Mutter umgebracht…